Max Seeck
Der gesetzlose Richter

Buch
Ein Mitarbeiter der finnischen Botschaft in Zagreb ist verschwunden. Agent Daniel Kuisma soll den Fall aufklären – dieser diente in den 90er Jahren in der geheimen Eliteeinheit *Die Engel des Hammurabi*, welche serbische Kriegsverbrecher aufspürte. Während seiner Ermittlungen gerät Kuisma selbst in Lebensgefahr, denn alle Mitglieder jener Elitetruppe von einst sollen umgebracht werden. Wer ist der Drahtzieher hinter diesem tödlichen Befehl? Kuisma wird klar, dass er im Zentrum eines Rachefeldzugs steht, bei dem mehr als ein Richter für Gerechtigkeit zu sorgen glaubt ...

Autor
Max Seeck ist Finne mit deutschen Wurzeln. Während eines Urlaubs in Kroatien und Bosnien begann er, an seinem Thriller »Der gesetzlose Richter« zu arbeiten – die Tatsache, dass erst vor zwei Jahrzehnten ein blutiger Krieg mitten in Europa stattfand, der bis heute unzählige Menschenleben beeinflusst, ließ ihn nicht mehr los. Er liebt Jo Nesbø und Stieg Larsson, ließ sich für seinen Thriller aber auch von Lars Kepler, Jens Lapidus, Dan Brown und Michael Crichton inspirieren.

Besuchen Sie uns auch auf www.facebook.com/blanvalet und www.twitter.com/BlanvaletVerlag

MAX SEECK

DER GESETZLOSE RICHTER

THRILLER

Deutsch von Peter Uhlmann

blanvalet

Die Originalausgabe erschien 2016 unter dem Titel »Hammurabin Enkelit«
bei Tammi Publishers, Helsinki.

Sollte diese Publikation Links auf Webseiten Dritter enthalten, so
übernehmen wir für deren Inhalte keine Haftung, da wir uns diese nicht
zu eigen machen, sondern lediglich auf deren Stand zum Zeitpunkt der
Erstveröffentlichung verweisen.

Verlagsgruppe Random House FSC® N001967
1. Auflage
Copyright der Originalausgabe © Max Seeck & Tammi Publishers 2016
German edition published by agreement with Max Seeck and Elina Ahlbäck
Literary Agency, Helsinki, Finland
Copyright der deutschsprachigen Ausgabe © 2018 by Blanvalet in der
Verlagsgruppe Random House GmbH, Neumarkter Str. 28, 81673 München
Redaktion: Joern Rauser
Umschlaggestaltung: www.buerosued.de
Umschlagmotiv: Arcangel Images/Mohamad Itani
BL · Herstellung: sam
Satz: Vornehm Mediengestaltung GmbH, München
Druck und Bindung: GGP Media GmbH, Pößneck
Printed in Germany
ISBN 978-3-7341-0515-9

www.blanvalet.de

Prolog

Er stieß die Beretta tief in den Mund des Mannes und spürte, wie ihn ein Schauder durchfuhr, als der Pistolenlauf über die scharfen Kanten der abgebrochenen Zähne kratzte, der wenigen, die noch im Kiefer steckten. Überall war Blut. Diese Methode zur Beschaffung von Informationen mochte hart sein, aber sie brauchten unbedingt eine Bestätigung, wo sich ihre Zielperson aufhielt. Warum wollte der Kerl auch nicht reden? Er hatte es verdient, zusammengeschlagen zu werden. Und er hatte es wirklich verdient zu sterben. Doch jetzt noch nicht. Erst musste er reden. Die durften nicht glimpflich davonkommen.

Er fühlte, dass sich die Waffe in seiner Hand bewegte, der Mann versuchte Wörter zu formen. War der Kerl endlich zur Vernunft gekommen? Rasch zog er ihm die Pistole aus dem Mund und wischte den blutigen Brei ab, der den Lauf bedeckte. Der Gefangene hustete Blut, spuckte aus und sagte etwas in einem ausgeprägten Dialekt. Deshalb war er sich nicht sicher, was der Mann meinte. Er hatte ihn schon nicht verstanden, bevor sie minutenlang auf ihn eingeschlagen und ihm den Kiefer gebrochen hatten.

Der Leutnant kauerte sich neben den Gefangenen und hielt ein Ohr an seinen Mund. Er konnte seine Worte deuten und klopfte ihm auf die Schulter, dann sah er dem Soldaten, der neben ihm stand, in die Augen und nickte. Sie hatten Erfolg gehabt. Der Leutnant richtete sich auf, zog seine Dienstwaffe aus dem Gürtel und drückte dem Mann die Mündung an die Stirn.

Er öffnete die Augen und sah kein Blut an der Wand. Obwohl der Leutnant eben den Abzug gedrückt hatte und der ganze Schädelinhalt des Gefangenen an die weiße Tapete gespritzt war.

Der Raum wirkte jetzt leer und still. Er rutschte vorsichtig zur Bettkante, setzte sich auf und presste die Finger in das schweißnasse Laken. Der Leutnant hatte das Zimmer ganz offensichtlich verlassen. Die anderen warteten höchstwahrscheinlich immer noch draußen. Nicht alle fanden richtig, was sie getan und wie sie sich die Informationen beschafft hatten. Der Zweck heiligte nicht immer die Mittel. Sagten sie. Und sie hatten recht.

Er saß eine Weile auf dem Bett und betrachtete seine Zehen, dann erhob er sich mühsam und spürte den leider schon allzu vertrauten Schwindel. Draußen war es hell, und irgendwo weit entfernt heulte die Sirene eines Rettungsfahrzeugs. Langsam ging er quer durch den kleinen Raum und bemühte sich, das Gleichgewicht zu halten. Am Fenster öffnete er die weiße Jalousie einen Spalt und schaute nachdenklich auf einen von Bäumen gesäumten Parkplatz hinaus. Er war sich nicht sicher, was für einen Anblick er erwartet hatte.

In regelmäßigen Abständen schien er zu vergessen, dass er sich an diesem Ort befand. Von den serotonergen Medikamenten, den Antipsychotika und den Betablockern fühlte er sich benommen. Träge. Er selbst war keineswegs überzeugt, dass er sie wirklich brauchte. Einnehmen musste er sie trotzdem. Obwohl er ja nicht mal depressiv war. Und auch nicht verrückt. Aber er fühlte sich hilflos ausgeliefert. Er war all dem ausgeliefert, was ohne Unterbrechung auf seiner Netzhaut ablief. All dem, was vor ihm erschien, sobald er die Augen schloss. All diesen Erinnerungen, die ihn nicht losließen. Diesen Erinnerungen, die einfach auftauchten und eine urtümliche Rachgier mit sich brachten.

Er stützte den Kopf in die Hände, ihm war übel. Der Leutnant würde nicht mehr in das Zimmer zurückkehren, das er schon lange verlassen hatte – vor vielen Jahren. Das wurde ihm jetzt klar. Und doch würde er gleich Besuch bekommen. Aber willkommenen.

Er legte sich wieder hin und spürte, wie das schweißdurchtränkte Laken an seinem nackten Rücken klebte. Er könnte jetzt die Augen schließen, nur für einen Moment. Bis sein Besuch eintraf. Dann würden sie über etwas ganz anderes reden. Über etwas Angenehmes. Alles war schon besser geworden. Im Augenblick gab es nichts, weswegen man sich Sorgen machen müsste. Und es wusste ja auch sonst niemand, dass er hier war. Zu Hause würde ihn niemand für bemitleidenswert oder schwach halten. Hier konnte er sich in aller Ruhe erholen. Wieder zu sich kommen. Und in einem besseren Zustand heimkehren.

Er atmete ruhig und spürte, dass er schnell wieder in die andere Welt versank. Er fühlte, wie er schwebte, hin zu einem besseren Ort, wo er die Lage unter Kontrolle hatte. Und sich selbst. Alles. Dann hörte er von Neuem dieses grauenhafte Geräusch. Ein Schaben und Kratzen unter ihm. Die Kinder waren immer noch dort. Unter den Dielen. Diese unbarmherzigen Schweine hatten die Kleinen im Keller eingesperrt. Bei klirrendem Frost. Dem Hungertod ausgesetzt. Und zur gleichen Zeit hatten sie ihre Mütter vergewaltigt und ihre Väter umgebracht. Die Zeit war gekommen, ihnen das heimzuzahlen. Aug um Aug.

Er nahm die Beretta wieder in die Hand und entsicherte die Waffe.

TEIL I

1

Dubrovnik, Kroatien

Antonio Franzo schüttelte die *Herald Sun* und kniff die Augen zusammen. Das grelle Sonnenlicht machte es fast unmöglich, die Zeitung zu lesen. Ungeduldig tastete er auf dem Tisch nach seiner Sonnenbrille und setzte sie auf.

»Einen Hendrick's Tonic«, sagte er, ohne zu dem Kellner aufzublicken, der neben ihm stehen geblieben war und nun rasch wieder in Richtung Tresen verschwand. Antonio leckte seine in der Sonne getrocknete Fingerspitze neu an, so ließ sich die Zeitung leichter umblättern. Schließlich gelang es ihm, den Fingernagel an der rechten oberen Ecke zwischen zwei Seiten zu schieben und den Sportteil aufzuschlagen. Auf einer ganzen Doppelseite wurde ausführlich über den fast vollständigen Spieltag der Serie A berichtet. Ob sich da etwas Interessantes fand?

Plötzlich fuhr er zusammen. Ein Pfiff! Wer zum Teufel war das? Das schrille Geräusch am anderen Ende des Poolbereichs führte dazu, dass Antonio nervös die Zeitung sinken ließ. Er setzte die Sonnenbrille ab und sah zu, wie ein übergewichtiges Ehepaar auf Liegestühlen sein Kind lautstark zu sich beorderte. Antonios Herz hämmerte wie wild – als wolle es ihm aus der Brust springen. Er sah sich um. Verdammt. Schon bei der kleinsten Irritation geriet er in Aufregung.

Antonio seufzte tief, griff zur Sonnenbrille und wandte sich wieder dem Fußballteil der Zeitung zu. Er kannte sich gut genug aus, um beim Geschehen auf dem Spielfeld interessante Beobachtungen anstellen zu können. Eigentlich wurden die geschossenen Tore seiner Ansicht nach total überbewertet. Er selbst achtete mehr auf die Leistungen, die ihnen vorausgingen. Jene Abfolge kontrollierter Aktionen in den Sekunden vor den Treffern, die nur Zuschauer mit geschärftem Blick erkennen konnten. Bloß simple Gemüter richteten ihre ganze Aufmerksamkeit auf die Tore. Wie Schafe in einer Herde verfolgten sie bestimmte Phänomene, weil die bedeutungsvoll aussahen oder sich so anhörten oder weil sie unterhaltsam waren. Oder weil diese Leute es wegen ihres sozialen Status für wünschenswert hielten, sie in ihren Alltag einzubeziehen. Idioten. Die wahre Schönheit und Genialität fand sich fast ausnahmslos unter der Wasseroberfläche – da, wo der größte Teil des Eisbergs verborgen war.

Er warf einen Blick auf seine Uhr. Nicht wegen der Zeit – er wusste, dass es etwa fünf Uhr nachmittags war –, sondern um seine neue IWC Portofino zu bewundern, die er sich ein paar Stunden zuvor nach langem Abwägen in einem Uhrenladen der Altstadt gekauft hatte. Die Kombination von weißem Zifferblatt, Stahlgehäuse und schwarzem Armband aus Krokodilleder wirkte ganz einfach elegant. Als Uhr für den täglichen Gebrauch war sie zwar recht teuer, aber nicht zu auffällig. Sie passte ausgezeichnet zu seinem mediterranen Kleidungsstil. Er trug ein weißes Baumwollhemd und dazu beigefarbene eng anliegende Hosen und dunkelbraune Bootsschuhe. Nicht etwa die teuersten Marken. Hauptsache war, dass die Sachen gut und hochwertig aussahen.

Der groß gewachsene, sehnige Kellner tauchte mit seinem vollen Tablett neben ihm auf. Er stellte ein hohes Glas auf den Tisch, das allzu viel Eis und vermutlich viel zu wenig Gin enthielt. Zwischen den Eiswürfeln konnte man eine Gurkenscheibe erkennen, die zu dünn war und kaum ausreichen würde, um dem Hendrick's seine köstliche und charakteristische Geschmacksnote zu verleihen. Mit einer leichten Bewegung aus dem Handgelenk goss der Kellner ein wenig Tonic in das Glas und stellte die fast volle Flasche daneben. Antonio schaute von der Zeitung auf und nickte zustimmend.

Er faltete die *Herald Sun* zusammen und legte sie hin, um sich eine Weile ganz seinem Drink zu widmen. Dabei ließ er den Blick über den Barbereich mit seinen weißen Terrassenmöbeln wandern. Es war ein schöner Nachmittag – er könnte sich noch mehr Erfrischungen gönnen, während er auf Geoffs Anruf wartete. Bis zum Abend würde kaum etwas Wichtiges passieren. Diese Warterei, die eine Ewigkeit zu dauern schien, machte ihn gereizt und paranoid. Die Zeit kroch verdammt langsam dahin, und das würde wahrscheinlich noch so weitergehen. Er hatte in dem Hotel schon drei quälend lange Tage verbracht, und ein Ende war nicht abzusehen. Seit Jahren schon hatte Geoff nicht mehr von ihm verlangt abzuwarten. Und nie zuvor hatte er die Details der Aufgabe geheim gehalten. Zumindest nicht so lange. Dieser Auftrag war eindeutig anders als alle vorherigen.

Antonio kostete seinen Drink und schloss die Augen. Andererseits, wenn Geoff wollte, dass er geduldig wartete, dann war ein Fünfsternehotel mit allem Luxus der geeignete Ort dafür. Es hätte auch schlimmer kommen können.

Aus den Lautsprechern auf der sonnigen Terrasse am Pool erklang in genau der richtigen Lautstärke Aretha Franklins *I say a little prayer*, allerdings in einer Coverversion. Er mochte es, obwohl er natürlich lieber das Original gehört hätte. Antonio schüttelte das Glas, damit sich die Eisstückchen gleichmäßig verteilten, und schenkte Tonic nach. Dann hob er es vorsichtig an den Mund und stellte überrascht fest, dass der Drink gut und erfrischend schmeckte. An einem so warmen Tag konnte eine größere Menge Eiswürfel eben doch angebracht sein. Das Stück Gurke war aber auf jeden Fall zu klein – in dem Punkt würde er keine Zugeständnisse machen.

Seine Gedankengänge wurden unterbrochen, als das Samsung auf dem Tisch plötzlich vibrierte. Etwas von dem Drink schwappte auf sein Handgelenk, als er sofort nach dem Smartphone griff. Der Adrenalinstoß verebbte jedoch schnell wieder, und übrig blieb Enttäuschung. Es war nicht Geoff, sondern das russische Mädchen, mit dem er sich im Juni ein paarmal getroffen hatte. Eine bildschöne Brünette mit der Figur einer Barbiepuppe und schon fast unästhetischen Silikonbrüsten. Doch außerhalb des Schlafzimmers gab es zwischen ihnen keinerlei Berührungspunkte. Er hatte der Tussi gesagt, dass sie ihn nicht anrufen sollte. Vielleicht hätte er etwas deutlicher werden müssen.

Antonio drückte den Anruf weg und trank sein Glas in einem Zug aus. Verdammt noch mal, wann meldete sich Geoff denn endlich? Das wäre der einzige Anruf gewesen, der ihn beruhigt hätte.

2

Helsinki

Heftiger Regen und Wind peitschten das Meer im Jachthafen von Katajanokka. Die Boote, die sich noch vor ein paar Tagen bei schönstem Wetter auf den sanften Wellen gewiegt hatten, schwankten nun laut knarrend wie alte Schaukelstühle. Der ungewöhnlich warme Frühherbst hatte die Menschen in Helsinki zunächst verwöhnt, dann aber so schnell ein ganz anderes Gesicht gezeigt, dass sogar die zuversichtlichsten Sommerfreunde aufgeben mussten, als sich das ideale Spazierwetter in einen stürmischen Dauerregen verwandelte.

Ein Mann in einem langen Regenumhang lief mit großen Schritten die Laivastokatu entlang und wich den riesigen Pfützen aus, deren Oberflächen sich im Wind kräuselten. Vor ihm lag die pompöse Merikasarmi, die der dichte Regen graugelb färbte. Vor allem aus der Nähe betrachtet sah sie wie ein gewaltiger Palast aus, der mit seiner Größe und seinem Stil den Gesamteindruck des ganzen Gebäudekomplexes bestimmte. Seines Wissens war sie irgendwann im 19. Jahrhundert von Carl Ludwig Engel für das russische Militär entworfen worden und diente seit ein paar Jahrzehnten als Domizil des Außenministeriums. Eilig ging er auf den Eingang zu und fragte sich, wie es ihm in seiner langen Laufbahn als Polizeioffizier eigentlich hatte gelingen können, einen Besuch in den Räumen des Ministeriums zu vermeiden.

Gerade als er glaubte, den Marsch hierher halbwegs trockenen Fußes überstanden zu haben, trat er in eine Pfütze gleich neben einem überlaufenden Gully, nur ein paar Schritte vom Eingang zur Politischen Abteilung des Außenministeriums entfernt.

»Verdammt!«, fluchte er, schnaufte und hastete durch die Tür, die eine junge Frau Sekunden zuvor für ihn geöffnet hatte. Drinnen blieb er stehen und musterte sie fasziniert. Langes blondes Haar, eine Brille mit dunkler Fassung, ein elegantes, eng anliegendes weißes Kostüm und schwarze

Schuhe mit hohen Absätzen. Bei diesem Wetter könnte sie allerdings Schwierigkeiten bekommen, den Heimweg zu bewältigen, ohne ihre blendende Ausstrahlung zu verlieren.

»Schön, dass Sie so kurzfristig kommen konnten. Sind Sie sehr nass geworden?«, fragte die Frau mit einem freundlichen Lächeln und half ihm, den nassen Umhang auszuziehen. Er wusste, dass er wie ein begossener Pudel aussah, und begriff, dass es besser war, auf die rhetorische Frage nicht zu antworten.

»Offenbar muss man Galoschen auch im Sommer griffbereit haben«, sagte er und lachte etwas steif: »Ist er schon da?«

»Er erwartet Sie. Ich bin Annika Lehto, administrative Assistentin im Ministerium.« Sie hielt ihm ihre zierliche Hand hin. Hämäläinen schaute verlegen auf seine nassen Finger, wischte sie schnell am Hosenbein ab und reichte ihr die Hand.

»Mein Name ist Raimo Hämäläinen, ich bin …«

»Stellvertretender Polizeichef der Helsinkier Polizei. Der Staatssekretär erwartet Sie«, vervollständigte Annika Lehto den Satz und zeigte auf das Treppenhaus. »Folgen Sie mir bitte.«

Ohne die Unterhaltung auch nur mit einem Wort fortzusetzen, stiegen sie die Treppe in die erste Etage hinauf und liefen nebeneinander zum Büro des Staatssekretärs. Bei der Ausstattung des schmucklosen Flurs hatte man keinen Wert darauf gelegt, seine Akustik zu verbessern, und so drang das laute Klappern von Annika Lehtos Absätzen bestimmt durch alle Bürotüren in dem langen Korridor. Als sie an einem Ledersofa und einem Wasserautomaten vorbeigingen, schaute der Vizepolizeichef verstohlen zu seiner Begleiterin hinüber. Eine wirklich schöne Frau. Sexy und selbstbewusst. Kaum älter als fünfundzwanzig. Er senkte den Blick wieder auf seine Füße und fluchte im Stillen, weil ihm keine geistvolle Bemerkung einfiel. Erst als die Frau zum Zeichen dafür, dass die Tür des Staatssekretärs erreicht war, ihre Schritte verlangsamte, öffnete Hämäläinen den Mund.

»Arbeiten Sie schon lange hier?«, fragte er und hustete.

Annika Lehto hatte bereits die Klingel neben der Tür gedrückt, und das Rauschen der Gegensprechanlage kündigte eine schnelle Antwort an.

»Herein!«, rief entschlossen eine Stimme aus dem kleinen weißen Lautsprecher. Die Frau zuckte die Achseln und lächelte dem Gast zu, als bedauere sie das vorzeitige Ende ihrer Unterhaltung. Dann öffnete sie die Tür zum Arbeitszimmer des Staatssekretärs und bedeutete dem Vizepolizeichef, näher zu treten.

Hämäläinen ging, vom kalten Regen immer noch etwas steif, über die Schwelle. Mit schnellen Schritten näherte sich ihnen ein Mann, der jugendlich wirkte, aber ohne Zweifel schon Mitte vierzig war. Hämäläinen erkannte den Staatssekretär Ville Mäkelä, obwohl er ihm bisher nicht persönlich begegnet war.

»Raimo, danke, dass du so schnell gekommen bist.« Mäkelä, der einen maßgeschneiderten Anzug und eine schmale Seidenkrawatte trug, gab ihm die Hand und zeigte sein schneeweißes Lächeln.

»Ich bin natürlich so schnell ich nur konnte gekommen«, erwiderte Hämäläinen und sah noch kurz zu Annika hinüber, die gerade die Tür von außen schloss.

»Setz dich doch. Annika besorgt uns gleich Kaffee.« Mäkelä führte seinen Gast in eine Ecke des Zimmers zu einer Sitzgruppe, die aus vier Sesseln und einem kleinen Glastisch bestand.

»Nettes Mädchen.«

»Annika ist absolut brillant.« Routiniert deutete Mäkelä ein breites Hollywoodlächeln an.

Hämäläinen setzte sich in einen schwarzen Ledersessel und bemerkte, dass im Büro des Staatssekretärs kaum ein Quadratmeter verschenkt worden war. Mit seiner effizienten Raumnutzung hätte es sicher auch unter den prüfenden Blicken eines kritischen Steuerzahlers bestanden. Die Sessel hatte man so dicht an das Wandregal gestellt, dass er im Nacken die harten Buchrücken der dicken Wälzer spürte, wenn er sich zurücklehnte. Am anderen Ende des Regals sah es so aus, als würden sich ein Globus und eine große Grünpflanze einen erbitterten Kampf um ihren Lebensraum auf einem viel zu kleinen Podest liefern. Vor den Fenstern stand ein massiver Schreibtisch, durch den der Raum trotz seiner geringen Größe genau die richtige Dosis vom Glamour der Politik bekam, wie man ihn aus amerikanischen TV-Serien kannte. Alles in allem wirkte das Büro dank der hochwertigen Möbel und der Gemälde in breiten Rahmen äußerst beeindruckend. Und sogar gemütlich.

Energischen Schritts ging Staatssekretär Mäkelä an seinen Schreibtisch zurück, setzte sich mit geschmeidigen Bewegungen auf den schwarzen Bürostuhl und öffnete eine Schublade, die, nach dem rumpelnden und schleifenden Geräusch zu urteilen, schlecht geschmiert war. Er holte einige Eckspannmappen heraus und legte sie nebeneinander auf den Schreibtisch. Eine schob er beiseite und die anderen beförderte er wieder ins Schubfach. Er kehrte zu Hämäläinen zurück, setzte sich in den Sessel gegenüber und legte die aufgeschlagene Mappe auf den Tisch. Sie enthielt einen Stoß Unterlagen und obenauf das Foto eines lächelnden, ziemlich jungen blonden Mannes. Hämäläinen erkannte die Person auf dem Bild sofort.

3

»Wie viel weißt du über den Mann auf dem Foto?«, fragte Staatssekretär Mäkelä in einem Tonfall, der eher zu einem informellen Plausch passte als zu einer todernsten dienstlichen Angelegenheit.

Hämäläinen hustete in die vorgehaltene Faust und betrachtete das Foto. Die den finnischen Medien und der breiten Öffentlichkeit bislang völlig unbekannte Person sorgte nun schon den zweiten Tag in den Zeitungen für Schlagzeilen: Der Mann war in Kroatien spurlos verschwunden. Hämäläinen wusste darüber nicht mehr als jeder andere Bürger auch, der die Nachrichten verfolgte, denn er hatte dienstlich bisher nichts mit dieser Geschichte zu tun. Wie sollte er auch, die Sache war ja weit entfernt auf dem Balkan passiert.

»Jare Westerlund, Abteilungssekretär und Konsul der finnischen Botschaft in Zagreb, Kroatien. War im Laufe der vergangenen zwei Jahre in der Botschaft auf zwei verschiedenen Posten tätig. Wurde vor knapp einer Woche als vermisst gemeldet, da er nach seinem Urlaub nicht zur Arbeit zurückgekehrt war. Und offensichtlich hatte man ihn vorher mehrmals bedroht«, antwortete Hämäläinen in ironischem Ton und leierte die Sätze so herunter, dass sie sich fast wie auswendig gelernt anhörten.

Mäkelä wirkte überrascht.

»Ich bin beeindruckt, Raimo. Sehr. Allerdings habe ich schon vermutet, dass du über den Fall im Bilde bist. Du verstehst also, dass es sich für das Außenministerium hierbei wirklich um ein heißes Eisen handelt«, seufzte Staatssekretär Mäkelä und faltete die Hände in Brusthöhe. Er biss sich kurz auf die Lippen und fuhr dann fort: »Wir haben Mist gebaut,

Raimo. Das Ministerium hat Mist gebaut. Die Presse hat uns gekreuzigt und behauptet, wir wären nicht imstande, uns um unsere Leute im Ausland richtig zu kümmern. Wir hätten Westerlund versetzen müssen. Zumindest so lange, bis geklärt war, von wem die Drohungen ausgingen. Das ist die einhellige Meinung der Presse und einiger Scheinheiliger, die meiner Ansicht nach allerdings zur Besserwisserei neigen. Hinterher ist man nämlich immer klüger«, sagte Mäkelä und schwieg einen Augenblick, behielt aber den intensiven Blickkontakt zum Vizepolizeichef bei.

Hämäläinen erwiderte nichts. In seiner Laufbahn hatte er ähnliche Fälle erlebt. Dabei waren Drohungen beispielsweise gegen Chefs von Großunternehmen nicht ernst genommen worden, weil man sie nie wahr gemacht hatte. Die Sicherheitspolizei vertrat generell den Standpunkt, dass bestimmte Kreise, die ernsthaft einen Mord oder eine Sabotage planten, die Opfer kaum vorher warnten und damit verschärfte Sicherheitsmaßnahmen heraufbeschworen. Wollte man jemanden umbringen, brachte man ihn einfach um.

Die Einschüchterung hingegen diente einem anderen Zweck: Die Zielperson sollte nach einem bestimmten Verhaltensmuster agieren. Oft handelte es sich darum, dass der Bedrohte entweder bei irgendeiner Sache beide Augen zudrücken und untätig bleiben oder schlichtweg den Mund halten sollte. Im Fall Westerlund hatten die Massenmedien den Inhalt der Drohungen nicht aufgedeckt, somit besaß Hämäläinen keine Anhaltspunkte, wie ernst das von ihnen ausgehende Sicherheitsrisiko tatsächlich war. Und außerdem, auch wenn wahrscheinlich eine Verbindung zwischen den Drohungen und dem Verschwinden bestand, so gab es doch noch keine konkreten Beweise dafür.

Gerade als Hämäläinen, um das Schweigen zu brechen,

eine nichtssagende diplomatische Antwort geben wollte, ging die Tür auf, und herein trat mit klappernden Absätzen und klirrenden Tassen Annika Lehto. Sie stellte ein gelbes Holztablett auf den Tisch, das Hämäläinen an die Essensausgabe in der Kantine der Polizeischule erinnerte. Annika lächelte und verließ mit selbstsicheren Schritten den Raum, während sich beide Männer leise murmelnd bedankten. Hämäläinen sah der Frau verstohlen hinterher und konnte auf seiner Netzhaut noch das Bild des eng anliegenden Rockes über dem festen Hintern speichern. Dann sah er zu Mäkelä hin und überlegte, ob der wenigstens hin und wieder unbeabsichtigt die verlockende Ausstrahlung seiner Mitarbeiterin wahrnahm. So auf den ersten Blick hatte man den Eindruck, dass der Staatssekretär zu jovial und zu sehr auf die Arbeit orientiert war, als dass er irgendeine sexuelle Spannung zwischen sich und seiner Angestellten aufkommen ließe.

»Du verstehst sicher, dass wir im Ministerium jetzt die Schäden minimieren müssen«, sagte Mäkelä und goss Kaffee ein. Hämäläinen nahm die dampfende Tasse in Empfang, nickte leicht und wartete darauf, dass der Staatssekretär seinen Satz fortsetzte.

»Wir müssen Westerlund unbedingt finden. Sofern es sich um ein Gewaltverbrechen handelt, muss man es aufklären und die Schuldigen zur Verantwortung ziehen.« Nun sah Mäkelä den Vizepolizeichef abwartend an.

»Hat die kroatische Polizei etwas herausgefunden?«, fragte Hämäläinen, obwohl er ahnte, dass er genau deshalb hier saß, weil die Ermittlungen der kroatischen Kollegen ergebnislos geblieben waren.

»Nichts Konkretes. Wir haben mit allen Mitteln Druck auf Zagreb ausgeübt, der Außenminister steht persönlich in

Kontakt mit Kroatien und hat verlangt, dass die erforderlichen Ressourcen für die Ermittlungen freigegeben werden. Den dortigen Entscheidungsträgern wurde klargemacht, dass die Drohungen gegen den Mitarbeiter der finnischen Botschaft und sein Verschwinden vor einer Woche den diplomatischen Beziehungen zwischen beiden Ländern dauerhaft Schaden zufügen können.« Mäkelä beugte den Kopf von einer Seite zur anderen, als wolle er seine plötzlich verspannte Nackenmuskulatur dehnen, dann fuhr er entschlossen in leidenschaftlichem Ton fort:

»Kroatien ist vor zwei Wochen das 28. Mitgliedsland der Europäischen Union geworden. Der Beitrittsprozess hat zehn Jahre gedauert. Jetzt glauben sie, das Verschwinden eines finnischen Staatsbürgers – selbst wenn es ein Botschaftsangehöriger ist – könne ihre Position nicht mehr erschüttern. Wäre das vor ein paar Jahren passiert, als sich das Aufnahmeverfahren noch in einer sensiblen Phase befand, hätten dort tausend Polizisten und Freiwillige mit Hunden nach Westerlund gesucht. Vor allem, wenn wir für eine europaweite Medienpräsenz des Falles gesorgt hätten.«

Hämäläinen stellte seine Tasse auf den Tisch und fragte sich, warum der Staatssekretär in solche ganz überflüssigen Spekulationen verfiel. Er hatte Mäkeläs schlecht getarnte Verzweiflung bemerkt, und das verlieh ihm für den Augenblick Selbstvertrauen. Für ihn stand hier nichts auf dem Spiel, aber nach allem zu urteilen brauchte das Ministerium seine Hilfe – aus diesem Grund hatte man ihn ja so eilig herbestellt.

»Es tut mir leid, wenn ich neugierig bin, Herr Staatssekretär …«

»Du kannst ruhig Ville sagen«, unterbrach ihn Mäkelä.

Hämäläinen antwortete auf das angebotene Du mit einem verlegenen Lächeln und fuhr fort: »Ich bin neugierig zu erfahren, wie die Helsinkier Polizeibehörde dem Ministerium in dieser Angelegenheit helfen kann?«

»Na ja, dazu wollte ich grade kommen«, entgegnete Mäkelä und erhob sich unruhig. Er ging hinter seinen Schreibtisch zurück und setzte sich. »Das Ministerium hat beschlossen, Ermittler nach Zagreb zu schicken mit dem Auftrag, Westerlunds Schicksal aufzuklären«, sagte er mit ernster Miene und rieb sich den Nacken.

Hämäläinen runzelte die Brauen.

»Ermittler? Ist mit den kroatischen Behörden eine Zusammenarbeit vereinbart worden?«

»Ja. Aber unsere Leute werden auf kroatischem Boden offiziell keine polizeilichen Befugnisse haben. Die Arbeit der Ermittler wird vorläufig möglichst geheim gehalten, darüber wurde in Zagreb nur mit dem Botschafter, dem kroatischen Honorarkonsul der Botschaft sowie dem Leiter der Abteilung für Gewaltverbrechen der Zagreber Polizei vertraulich gesprochen.«

Mäkelä schwieg und ließ Hämäläinen damit Zeit, das Gehörte zu verarbeiten. Der stand auf und knöpfte seine Jacke zu. Dann machte er ein paar Schritte hin zum Schreibtisch des Staatssekretärs und öffnete zögernd den Mund: »Die Presse fordert vom Ministerium, dass Maßnahmen ergriffen werden, und ihr plant nun, eine Truppe von Ermittlern vor Ort zu schicken, über deren Vorgehen, ja, über deren Existenz ihr die Medien noch nicht einmal informieren könnt?«

Auf dem Gesicht des Staatssekretärs breitete sich ein verstehendes Lächeln aus, aber er unterbrach seinen Gast nicht. Hämäläinen kniff irritiert die Augen zusammen und fuhr fort: »Diese Maßnahme verringert doch kaum den Druck auf euch, in der Angelegenheit etwas zu unternehmen.«

»Das ist ganz richtig«, erwiderte Mäkelä und strich mit dem Finger über die Rahmen der Fotos, die auf dem Tisch standen. »Man wird uns die Hölle heißmachen, aber nur so lange, bis Westerlunds Schicksal geklärt ist. Dann können wir sagen, dass wir das geheim gehalten haben, um die Sicherheit der Ermittlungsgruppe und den Erfolg des Unternehmens zu garantieren.«

»Alles natürlich unter der Voraussetzung, dass Westerlund gefunden wird – tot oder lebendig«, konnte Hämäläinen einwerfen.

»Genau. Hoffen wir das Beste, aber zugleich müssen wir das Schlimmste befürchten.« Mäkelä hob den Zeigefinger, um die volle Aufmerksamkeit seines Gastes zu gewinnen, und dämpfte dann die Stimme, sodass er fast flüsterte. »Jetzt sind wir an dem Punkt angelangt, wo du gebraucht wirst, Raimo. Ich habe eben den Begriff Ermittlungsgruppe verwendet, obwohl es in Wirklichkeit nur zwei Ermittler sein werden.«

»Zwei Ermittler?«

»Wir glauben, dass eine zu große Gruppe unnötig auffallen könnte. Und wir sind uns ja auch noch nicht sicher, wem wir in Zagreb vertrauen können. Ebenso wichtig ist es, dass die Information über diesen Auftrag nicht einmal hier in Finnland verbreitet wird«, sagte Mäkelä und erhob sich in aller Ruhe hinter seinem Schreibtisch.

Hämäläinen spürte, wie es ihm kalt den Rücken herunterlief. Jetzt wurde ihm klar, warum diese Besprechung so kurzfristig und mit einer derart vagen Agenda angesetzt worden war. Man sah sich gezwungen, den Fall auf fremdem Boden zu lösen, und das brachte einen ganz neuartigen Stress mit sich. Man könnte es mit Kriminellen wer weiß welchen Kalibers zu tun bekommen. Seine Kehle war ganz rau geworden, er räusperte sich, bevor er Mut fasste, den Mund wieder zu öffnen.

»Ich verstehe. Was habt ihr geplant, wen wollt ihr nach Kroatien schicken?«

Mäkelä ging um den Schreibtisch herum, blieb direkt vor Hämäläinen stehen und lachte sanft.

»Keine Sorge, Raimo. Du bist ein guter Polizist, aber du wirst hier gebraucht. Ich möchte lieber, dass du sofort Kontakt zu Daniel Kuisma aufnimmst. Ich hätte gern, dass er morgen früh nach Zagreb fliegt.«

4

Dubrovnik, Kroatien

Antonio Franzo stand an der Bar im Hotelfoyer und trommelte mit den Fingern auf den Tresen. Er hatte schon beschlossen, ein Bier zu bestellen, überlegte aber noch, ob es nicht besser wäre, auf Wasser umzusteigen. Nach dem stundenlangen Aufenthalt in der Sonne fühlte er sich etwas taumlig. Er schloss die Augen und suchte mit der Hand Halt an einem Barhocker. Um nicht das Gleichgewicht zu verlieren, wäre es am besten, er würde sich für einen Augenblick setzen.

Ärgerlich. Er hatte in der Bar am Pool innerhalb der letzten Stunden mindestens vier Hendrick's Tonic und ein paar Biere zu sich genommen, aber nicht daran gedacht, Wasser zu trinken. Ein amateurhafter Fehler.

»Sir?«, fragte der Barkeeper und trocknete seine Hände an einem weißen Tuch ab.

»Ein Fassbier und eine Flasche Mineralwasser, bitte«, sagte Antonio und war mit dem Kompromiss zufrieden, den er sich kurzerhand ausgedacht hatte. Der Barkeeper blieb Herr der Situation und goss seinem Gast ein Glas Mineralwasser ein, während das Bier noch aus dem Hahn floss. Antonio griff nach dem Glas und leerte es ganz ruhig in einem Zug. Nach dem langen und alkoholträchtigen Tag auf der Terrasse schmeckte das Wasser unglaublich gut, und er spürte, wie das Schwächegefühl mit jedem Schluck weiter schwand.

Das Warten, das schon eine Ewigkeit zu dauern schien, und die nervliche Anspannung wegen des anstehenden Auftrags hatten ihn dazu gebracht, sich zu betrinken, und zwar mehr als sonst üblich. Ihm fiel Geoffs Anweisung ein: »Schwimme, trinke, genieße die Sonne, lies, bestell dir eine Hure ins Hotel. Und was den Auftrag angeht, warte ab. Ich informiere dich rechtzeitig.« Von wegen, verdammt. Seit dem Einchecken im Hotel waren schon drei Tage vergangen, und er hatte von Geoff noch keinerlei Nachricht erhalten. Die Warterei kam ihm trotz der fürstlichen Rahmenbedingungen allmählich wie Arbeit vor.

Der Barkeeper stellte das langsam vollgelaufene Bierglas auf den Tresen.

»Bitte sehr, Sir.«

»Auf die Rechnung von Zimmer 538.« Antonio trank den Rest des Mineralwassers aus der Flasche. Dann schwenkte er den Barhocker in aller Ruhe herum, ließ den Blick durch den ganzen Raum wandern und taxierte dabei, was er sah. Das Dubrovnik Palace war kein typisches Fünfsternehotel. Die Sitzgruppen des Foyers erstreckten sich über einen erstaunlich weiten Bereich des hallenartigen Raums, der von Beton und Glas dominiert wurde und aufgrund seiner Größe eher an ein Flughafenterminal denken ließ als an ein Hotelfoyer.

Durch die großen Fenster, die von der Decke bis zum Fußboden reichten, bot sich ein schöner Ausblick auf das Meer mit den Inseln, die riesigen Zähnen glichen, und der Sonne, die gerade langsam am Horizont versank und ihn rot färbte. Es war gelungen, trotz seines scheinbar asketischen Charakters elegante Details in diesen Raum einzustreuen, die in ihrer Einfachheit den kultivierten und vornehmen Eindruck noch verstärkten. Antonio gefiel die Art, wie die auf das Wesentliche reduzierte, aber gelungene Innenausstattung des Hotels anderen Spitzenhotels die Botschaft vermittelte, Luxus werde heutzutage nicht mehr mit Kristallleuchtern, vergoldeten Säulen oder Marmorplatten geschaffen.

Antonio stellte das leere Bierglas auf den Tresen und überlegte, ob er noch eins nehmen oder mit einer neuen Flasche Wasser wieder zu härteren Sachen übergehen sollte. Prüfend betrachtete er die Auswahl im Schrank und blieb an einem ungeöffneten Old Overholt hängen. Die Flasche im obersten Fach erinnerte ihn an Silvia.

Eine Prostituierte, die sich so nannte, hatte ihm den Roggenwhisky ein paar Jahre zuvor in der Panoramabar des Hotels Burj Al Arab in Dubai empfohlen. Antonio war auf einer Dienstreise mit Geoff dort gewesen, und Silvia hatte sie gebeten, sich zu ihnen an den Tisch setzen zu dürfen, weil sie – nach ihren eigenen Worten – einen Stützpunkt für einen langen und arbeitsreichen Abend brauchte. Die Frau versicherte, ihre Getränke selbst zu zahlen, und erklärte Antonio, dass die Türsteher sie aus dem Nachtclub werfen würden, wenn sie nicht zu einer überwiegend aus Männern bestehenden Gesellschaft gehörte. Als Gegenleistung versprach Silvia, Antonio und seinen Begleitern gegebenenfalls die gewünschten Serviceleistungen zu besorgen, und dies sogar mit einem beträchtlichen Preisnachlass.

Normalerweise hätte Antonio das Angebot angenommen. Er mochte schöne Frauen und brauchte keine Schwelle zu überwinden, um für Sex zu zahlen. Silvia war jedoch anders. In den Augenblicken, die sie an ihrem Tisch verbrachte und nicht mit Kunden – oder »Johnnys«, wie sie die Männer nannte – in irgendeinem der vielen hundert Zimmer des Hotels, hatten sie getrunken, geredet und zusammen gelacht. Antonio fiel ein, dass er Silvia gefragt hatte, warum eine so intelligente, humorvolle und charmante junge Frau hier als käufliches Mädchen gelandet war. Daraufhin hatte sich die Stimmung merklich abgekühlt, und Antonio musste schnell das Thema wechseln. Als Zigarettenasche auf seine Hose gefallen war, hatte Silvia sie zärtlich weggewischt und ihm zugeflüstert, sie gehe jetzt zur Toilette. Etwas später war der Kellner gekommen, um ihnen mitzuteilen, dass die junge Frau, die in ihrer Gesellschaft den Abend verbracht habe, leider gezwungen gewesen sei, die Bar zu verlassen. Doch vorher habe sie für ihre Freunde eine Flasche Old Overholt bestellt und bezahlt. Auf der zusammengefalteten weißen Serviette zwischen Flasche und Tablett stand mit schwarzem Kuli geschrieben: *Danke Tony. Probier den, Du wirst ihn sicher mögen.*

Gerade hatte Antonio vorsichtig den Zeigefinger gehoben, um den Barkeeper wieder auf sich aufmerksam zu machen, als er an seinem Oberschenkel ein Vibrieren spürte. In der tiefen Tasche der weiten Hose war das Handy an eine schwer zugängliche Stelle unter dem Schlüsselbund gerutscht, und Antonio musste aufstehen, um es herauszuholen. Aufgeregt starrte er auf das Display und empfand zugleich eine ungeheure Erleichterung. Verdammt, das wurde aber auch Zeit. Auf dem Touchscreen blinkte beharrlich: *Eingehender Anruf* – GEOFF.

5

Espoo

Vizepolizeichef Raimo Hämäläinen nahm den Gang heraus und ließ den Wagen die wenigen Meter bis zur Bordsteinkante rollen. Er beugte sich nach rechts und schaute durch das Beifahrerfenster zu dem weißen zweistöckigen Doppelhaus hinüber, dessen Zierde ein schöner und gut gepflegter Garten war. Hämäläinen griff nach der dicken Mappe, die auf dem Vordersitz lag, klemmte sie sich unter den Arm und schraubte sich aus dem Auto.

Der Nachmittag war grau und feucht, obwohl der Sturm, der noch vor zwei Stunden getobt hatte, schon nach Westen in Richtung schwedische Küste weitergezogen war. Hämäläinen betrat den asphaltierten Weg zum Haus und betrachtete den idyllischen Garten. Er war nicht sonderlich groß, aber die kleinen Bäume ließen ihn anheimelnd wirken.

Hämäläinen versuchte sich zu erinnern, wann er Daniel Kuisma zuletzt gesehen hatte. Im Frühjahr war Daniel das erste Mal dem traditionellen Angelausflug ihrer alten Unihockeytruppe ferngeblieben, ihre letzte Begegnung lag also bestimmt mindestens ein halbes Jahr zurück. Hatten sie sich nicht bei der Adventsfeier getroffen? Das war dann noch länger her. Damals hatten Daniel und seine Lebensgefährtin noch den Eindruck gemacht, sie wären miteinander glücklich. Von der Trennung hatte Raimo erst später durch einen Kollegen erfahren. Daniel wollte die Sache nicht an die große Glocke hängen. Aber Hämäläinen hätte bei ihren Telefongesprächen etwas spüren müssen. Er hätte ihn fragen müssen, ob zu Hause alles in Ordnung war.

Schon immer war es schwierig gewesen zu verstehen, was

in Daniel vorging. In den fast zehn Jahren ihrer Freundschaft hatte sich Hämäläinen oft eingebildet, er hätte die Gleichung gelöst, mit der man Zugang zu Daniels Innenleben erhielt, nur um dann überrascht festzustellen, wie weit er mit seiner Annahme danebengelegen hatte. Außerdem war der Kontakt zwischen ihnen mit zunehmendem Alter immer unregelmäßiger geworden. Wäre es nach ihm gegangen, so hätten sie sich öfter treffen können, aber anscheinend fühlte sich Daniel mehr und mehr am wohlsten, wenn er allein war.

»Fährst du wieder einen neuen Focus?«, fragte gut gelaunt eine Männerstimme hinter ihm. Hämäläinen wandte sich um, noch bevor er sie erkannt hatte.

»Daniel!«, rief er, lachte überrascht und wunderte sich, wie geräuschlos der Mann mit seinem Hund hinter ihm aufgetaucht war.

»Sicherheitshalber bin ich schon mal mit Frank rausgegangen. Besprechungen mit dir können sich lange hinziehen«, sagte Daniel Kuisma lächelnd und gab seinem Gast die Hand.

Hämäläinen schüttelte sie kräftig und bückte sich dann, um dem schwarzen Labrador Retriever ein wenig das Fell zu zausen.

»Frank sieht gesund aus. Er scheint einen anderen Speiseplan zu haben als du«, erwiderte Hämäläinen grinsend, erhob sich und musterte Kuisma, der sich die Hundeleine ums Handgelenk wickelte. Der Mann im Trainingsanzug hatte sich seit ihrem letzten Treffen kaum verändert. Nach dem Überschreiten der Schwelle zu den vierzig hatten sich ein paar Kilo angesammelt, doch die verliehen dem groß gewachsenen, auf sympathische Weise kantigen Mann nur noch mehr Glaubwürdigkeit und Autorität. Vor allem strahlten Daniels Augen und sein Lächeln sowohl physisches als auch psychisches Wohlbefinden aus.

»Möchtest du hier draußen weiterlästern oder gehen wir hinein?« Daniel öffnete das Tor und ließ den Hund von der Leine.

Er füllte eine Schüssel mit kaltem Wasser und stellte sie auf den Fußboden, damit Frank trinken konnte. Dann ging er zum Kühlschrank und kehrte mit zwei Flaschen kühlen Bieres zurück.

»Ich warte gespannt darauf zu hören, was du dich am Telefon nicht zu erzählen getraut hast«, sagte Daniel und öffnete beide Flaschen.

»Wie gesagt, ich hab dich aus dem Auto angerufen, kurz nach dem Gespräch beim Staatssekretär. Das Ganze kam auch für mich aus heiterem Himmel«, erwiderte Hämäläinen, während ihm der Gastgeber eine beschlagene Bierflasche in die Hand drückte.

»Gehen wir ins Wohnzimmer. Du darfst mir ruhig die ganze Story erzählen«, schlug Daniel vor und warf die Kronkorken in den verchromten Abfallkorb in der Küchenecke.

Sie setzten sich auf das dunkelrote Sofa und stellten die Flaschen auf den niedrigen Glastisch. Hämäläinen blickte sich um und bemerkte, dass sich seit seinem letzten Besuch nichts verändert hatte. Das Zimmer war aufgeräumt und geschmackvoll eingerichtet.

An den weißen Wänden hingen moderne Gemälde – von wem sie stammten, hätte er nicht sagen können. Zum größten Teil waren es schwarz-weiße, mit kräftigen Pinselstrichen auf eine dicke Leinwand gemalte Ölbilder. Er wusste, dass Daniel sie nicht selbst ausgewählt hatte.

»Du hast die Gemälde behalten können«, stellte Hämäläinen fest und brach damit das Schweigen.

»So ist es. Und das Sofa gehört eigentlich auch ihr.«
»Seltsam. In der Regel nehmen die Frauen ...«
»Als Frau eines Eishockeyprofis braucht einen so was nicht zu kümmern.«
»In welcher Mannschaft ...«
»Bei den Minnesota Wilds. Müssen wir unbedingt darüber reden?«
»Sorry. Schade, dass es ein so unschönes Ende genommen hat.«
»Eigentlich bin ich richtig erleichtert. Mit der Frau zusammenzuwohnen war von Anfang an die Hölle. Doch den Ärger hat jetzt ein anderer«, erwiderte Daniel, und sein Lächeln zeugte von Selbstironie. Alles in allem gehörte der Trennungsschmerz zu einem Leben, das schon hinter ihm lag. Hämäläinen nickte verständnisvoll und hob die Bierflasche an den Mund. Es war besser, über dieses Thema kein Wort mehr zu verlieren. Er schaute auf die gegenüberliegende Wand, an der Urkunden und gerahmte Fotos hingen, die an UN-Missionen zur Friedenssicherung erinnerten. Ein Teil der Bilder war Mitte der Neunzigerjahre aufgenommen worden, in der Endphase des Bürgerkriegs in Bosnien-Herzegowina. Darauf posierte der junge Unteroffizier Kuisma lächelnd zusammen mit unterernährten, aber offenkundig glücklichen Kindern.

»Denkst du oft an Bosnien?«, fragte Hämäläinen, ohne den Blick von den Fotos abzuwenden.

»Ich habe nicht vor, das alles zu vergessen, und möchte es auch gar nicht, obwohl viele sagen, es wäre besser. Deswegen lasse ich die Fotos hängen.« Daniel legte den Arm entspannt auf die Rückenlehne, presste die Lippen fest zusammen und fuhr dann fort: »Aber in den Nachrichten kommen manchmal Videoclips, bei denen ich schnell den Kanal wechsle.«

»Sehr vernünftig. Es ist sinnlos, sich mit alten Geschichten zu quälen.« Hämäläinen sah Daniel kurz an und bemerkte, dass der ganz offensichtlich nicht beabsichtigte, weiter über das Thema zu sprechen. »Allerdings ... ehrlich gesagt bin ich heute genau deswegen hier, weil du während des Jugoslawienkrieges in Bosnien und Kroatien gedient hast«, erklärte er vorsichtig.

»Ist Milošević von den Toten auferstanden?«

»Ich fürchte, Slobodan ist diesmal nicht schuld. Eigentlich hat das Ministerium keine blasse Ahnung, wer für dieses Durcheinander verantwortlich ist. Aber ich erzähle jetzt mal, warum ich zu dir gekommen bin.« Hämäläinen stellte sein Bier wieder auf den Couchtisch, verschränkte die Arme auf der Brust und fuhr fort:

»Weil du – und jetzt zitiere ich den Staatssekretär fast wörtlich – zweifellos der begabteste und intelligenteste Geheimdienstoffizier in Finnland bist. Außerdem hast du der Polizei auch schon früher bei der Aufklärung von Verbrechen geholfen, die mit dem ehemaligen Jugoslawien zusammenhingen. Du hast auf dem Balkan fast fünf Jahre verbracht und einen schwierigen Job erfolgreich gemacht. Und das Sahnehäubchen ist, dass du fließend Kroatisch und Serbisch sprichst. Du, mein Freund, bist für das Außenministerium der rettende Strohhalm, nach dem es greift.«

6

Raimo Hämäläinen ordnete die Unterlagen wieder in die Mappe ein. Daniel betrachtete Westerlunds Foto, das obenauf lag. Er beugte sich vor, drehte ein paarmal die Flasche auf dem Couchtisch und wirkte plötzlich sehr nachdenklich.

»Du willst, dass ich dorthin gehe, stimmt's?«, fragte er und rieb sich die Stirn.

»Findest du, das ist eine schlechte Idee?«

»Warum schickt das Außenministerium keine Ermittler der Polizei dorthin?« Daniel stand langsam auf, ging zu den Fotos an der Wand und fuhr fort: »Ich bin schließlich kein Polizist – auch wenn es einem manchmal so vorkommt.«

»Mäkelä hat gesagt, dass bei den Ermittlungen schon auf den ersten Metern schwerwiegende Fehler begangen wurden. Jemand muss die Sache jetzt in die Hand nehmen und ernsthaft untersuchen, was mit Westerlund passiert ist.« Hämäläinen erhob sich bedächtig. Er betrachtete seine Schuhspitzen und war sich nicht sicher, ob er Kuisma wenigstens dazu gebracht hatte, sich die Sache durch den Kopf gehen zu lassen. Er wusste, dass er höchstens Durchschnitt war, wenn es darum ging, jemandem etwas schmackhaft zu machen. Jetzt brauchte er einen Einfall, der ihm Schrittmacherdienste leistete.

»Hab ich dir erzählt, wie vor etwa zwanzig Jahren in Valkeakoski das Auto meines Cousins verschwunden ist?«, fragte er schließlich und musste bei dem Gedanken an die Geschichte schmunzeln.

»Ich glaube nicht. Was hat das jetzt damit zu tun?«

»Das wirst du gleich sehen. Es war ein regnerischer Sommertag. Mein Cousin hatte sein Auto neben einer alten Grillgaststätte in einem Blockhaus geparkt und war hineingegangen, um sich einen Hamburger zu holen. Als er fünf Minuten später zurückkehrte, war das Auto spurlos verschwunden. Mein Cousin meldete den Wagen natürlich unverzüglich als gestohlen. Dabei hat er gar nicht so sehr der alten Schrottlaube nachgetrauert, aber mit dem Auto war auch seine Katze gestohlen worden, die auf dem Vordersitz im Tragekäfig gewartet hatte.« Hämäläinen machte eine kurze Pause, er wusste, dass dadurch die Neugier des Zuhörers noch wuchs.

»Wurde der Fall aufgeklärt?« Daniel wandte sein Gesicht Hämäläinen zu und sah ihn gespannt an.

»Nein. Niemand hatte irgendetwas gesehen, das Auto mitsamt der Katze wurde nicht gefunden«, fuhr Hämäläinen fort und wippte auf den Fersen. »Tja. In dem Jahr habe ich dann die Weihnachtsfeiertage bei meinen Eltern und meiner Tante in genau dem Ort verbracht. Eines Abends hat mich mein Cousin zu der Grillgaststätte mitgenommen – die ein halbes Jahr zuvor dieser mysteriöse Tatort gewesen war. Der Fall beschäftigte ihn tatsächlich immer noch, und er wollte mir die Stelle zeigen. Ich war damals Polizeiobermeister. Wir fuhren also zu dem Grillladen, stiegen aus und gingen zum Eingang. Dabei erläuterte mir mein Cousin seine Theorie, wonach die Zigeunergemeinschaft aus dem Nachbarort an dem Diebstahl beteiligt war. Aber … plötzlich hörte ich leicht erschrocken ein Geräusch, das entsteht, wenn Reifen im knirschenden Schnee einsinken. Ich sah, dass sein Wagen auf dem geräumten abschüssigen Gelände zu einer Rampe hinüberrutschte, auf der im Frühjahr Boote zu Wasser gelassen werden. Und wenige Sekunden später glitt er in rasantem Tempo auf das Eis des Sees – bestimmt ein paar Dutzend Meter weit«, erzählte Hämäläinen vergnügt und streckte sich.

Daniel lachte lautlos.

»Wusste dein Cousin denn nicht, wie man die Handbremse benutzt?«

»Nur in bestimmten Fällen. Wir sahen uns jedenfalls an wie Wissenschaftler, die gerade ein Medikament gegen Alzheimer gefunden haben. Das als gestohlen gemeldete Auto wurde im folgenden Frühjahr, sobald das Eis getaut war, aus dem See gezogen.«

»Die arme Katze.«

»Die arme Katze«, wiederholte Hämäläinen fast im Flüsterton und ließ Daniel etwas Zeit, die Geschichte zu verdauen. Dann fuhr er fort: »Für Westerlunds Verschwinden gibt es womöglich eine ganz simple Erklärung, aber die kroatische Polizei sieht einfach den Wald vor lauter Bäumen nicht. Diesmal können wir jedoch nicht darauf warten, dass uns der Zufall im nächsten Winter auf seine Spur führt. Es kann sein, dass das Auto gerade in diesem Moment in den See rutscht.«

»Ich verstehe, worauf du hinauswillst.«

»Die Zeit ist jetzt unser schlimmster Feind.«

»Okay. Was ist, wenn ich einwillige? Was für eine Gruppe soll nach dem Plan des Ministeriums dahin fahren? Lauter Intelligenzbestien, eine schlauer als die andere? Und ich darf ihre genialen Erkenntnisse ins Kroatische übersetzen? Nein danke!«, entgegnete Daniel und schüttelte energisch den Kopf.

»Nichts dergleichen. Der Staatssekretär hat gesagt, das Ministerium wolle möglichst unauffällig vorgehen, deswegen würden nur zwei hinfahren.«

»Zwei? Weißt du, wer der andere ist?«

»Das dürfte sich herausstellen, sobald sie die Gewissheit haben, dass du dabei bist. Das heißt, hoffentlich spätestens in ein paar Stunden.«

»Raimo, du weißt, dass ich lieber nicht dahin fahren sollte.«

»Daniel, es liegt in deiner Hand, einen verdammt interessanten Fall zu übernehmen. Und ich weiß, dass es nicht deine Art ist, dich zu drücken, wenn es schwierig wird.«

»Du hast dem Staatssekretär versprochen, mich zu überreden.«

»Nein. Ich habe nur versprochen, mein Bestes zu tun.«

»Du verdammter Mistkerl setzt mich unter Druck«, sagte Daniel leidenschaftslos und nahm einen Schluck von seinem Corona-Bier.

»Du selbst triffst deine Entscheidung, niemand kann dich zu der Sache zwingen. Und du würdest das doch nicht übernehmen, bloß weil ich dich dazu dränge, oder? Du würdest das lediglich deshalb machen, weil du auf die Dinge Einfluss nehmen und an Projekten beteiligt sein willst, die von Bedeutung sind.«

»Und was ist von Bedeutung?«

»Westerlunds Leben ist von Bedeutung, Daniel. Sich für die eigenen Leute einzusetzen, ist das nicht der Punkt bei der ganzen Sache?«, fragte Hämäläinen. Seine Stimme klang jetzt noch emotionsgeladener.

Daniel lehnte sich an die Wand und stemmte die Hände in die Hüften. Eine Weile verging, ohne dass einer von beiden ein Wort sagte. Die Wanduhr im Wohnzimmer schlug zur vollen Stunde. Schließlich seufzte Daniel, schaute Hämäläinen an und lächelte trocken.

»Wollte sich deine Frau nicht immer um einen Hund kümmern?«

»Unser Haus wird für Frank wie ein Fünfsternehotel sein.«

»Okay. Bringen wir die Sache über die Bühne.«

7

Dubrovnik, Kroatien

Antonio schob die Keycard in den Kartenleser der Tür, sah das grüne Licht kurz aufleuchten und betrat sein Zimmer. Dann schaltete er mit der Karte das Licht ein, die Lampe flackerte ein paarmal und ging schließlich träge an. Er zog die Schuhe aus, setzte sich aufs Bett, holte sein Telefon heraus sowie einen Zettel mit dem Logo des Hotels, auf den er eben im Foyer die von Geoff durchgegebene Telefonnummer geschrieben hatte.

Er sollte sie am nächsten Morgen anrufen, sobald er aufgewacht war. Den Namen der Kontaktperson hatte er nicht erfahren. Alles in allem wirkte der Auftrag ungewöhnlich geheimnisvoll. Oder vertraute Geoff ihm nicht mehr und glaubte, er könne den Mund nicht halten? An der ganzen Sache war irgendwas faul. Aber er musste sich an die Instruktionen halten. Es nützte nichts, wenn er sich beschwerte.

Sein Chef hatte am Telefon merkwürdig geklungen. Als wäre er nicht er selbst. Vielleicht weil Geoff ihm angehört hatte, dass er betrunken war. Deshalb hatte Geoff ihn aufgefordert, schlafen zu gehen. Er müsse am frühen Morgen fit sein, um den Auftrag auszuführen. Zu seiner Rechtfertigung hatte Antonio gesagt, die tagelange Warterei sei nervenaufreibend gewesen, aber jetzt werde er den Korken in die Flasche stecken und am Morgen einsatzbereit sein.

Antonio rieb sich die Augen. Er sah es schon kommen: Wenn der Alkoholspiegel sank, würden die Kopfschmerzen zuschlagen wie ein scharfes Schwert, noch bevor er einschlafen konnte. Deshalb wollte er sich aus der Minibar noch einen Whisky eingießen. Nur einen einzigen. Dann würde er sicher besser schlafen.

Er stand auf, machte ein paar Schritte in Richtung Schreibtisch und bückte sich zur Minibar. Eine Weile betrachtete er das begrenzte Angebot an Spirituosen neben den Erfrischungsgetränken und Knabbereien, dann griff er sich ein Bier und stellte es auf den Tisch. Die Flaschengröße war lächerlich. Ähnliche Fläschchen servierte man jetzt auch in Flugzeugen. Ein typischer Fall dafür, wie man den durstigen Verbraucher unterschätzte und bewährte Standards willkürlich änderte.

Antonio zog sein Hemd aus und hängte es auf einen Bügel im Kleiderschrank. Als er die Schiebetür schloss, erblickte er sein Abbild im Spiegel. Das weiße ärmellose Unterhemd und die Spuren der tagelangen Trinkerei in dem unrasierten Gesicht ließen den sonst so gepflegten und selbstbewussten Mann wie jemanden aussehen, der einsam war und alle Hoffnung verloren hatte. Er drehte erst die eine und dann die andere Wange zum Spiegel, um besser sehen zu können, was er insgesamt für einen Eindruck machte. Schließlich biss er sich frustriert auf die Unterlippe und löschte das Licht im Flur. Er zog die Hosen und Strümpfe aus und hängte sie auf den Sessel. Dann nahm er das Bier und legte sich an das mit Kissen abgepolsterte Kopfende des Bettes.

Die Fernbedienung lag auf dem Nachttisch, aus Gewohnheit tastete er oben links nach dem Einschaltknopf. Der Fernseher mit Flachbildschirm hinkte seiner Zeit hinterher – er war fast genauso tief wie die neuesten Modelle mit Bildröhre und brauchte endlos viele Sekunden, bis er schließlich in Gang kam. Und dann begann die Sendung auch noch ohne Ton, der *Mute*-Modus musste manuell ausgeschaltet werden. Wo zum Teufel war doch gleich der Knopf für die Lautstärke?

Während das Fernsehprogramm weiter ohne Ton lief, bemerkte Antonio zum ersten Mal, seit er das Zimmer betreten hatte, dass die Klimaanlage geräuschvoll arbeitete. Er mochte die kalte Gebläseluft und den Lärm tagsüber schon nicht, und noch weniger nachts beim Schlafen. Deshalb ließ er in der Regel die Balkonschiebetür offen, dann schaltete sich die Anlage automatisch ab. Die Zimmerfrauen schlossen die Tür immer, damit der Raum voll klimatisiert war, egal, was draußen für eine Temperatur herrschte. Sein Zimmer hatte man jedoch nicht gereinigt. Das Bett war nicht gemacht, und das schmutzige Geschirr vom Mittagessen, das er am Vortag beim Zimmerservice bestellt hatte, stand noch immer auf dem Schreibtisch. Ihm fiel ein, dass er das Schild *Do not disturb* schon morgens an die Tür gehängt hatte. Und dort hing es auch eben noch – er brauchte niemanden, der bei ihm aufräumte. Dennoch hatte jemand die Balkontür geschlossen.

Antonio legte die Fernbedienung neben sich aufs Bett und hielt den Atem an. Befand sich jemand in seinem Zimmer? Seit er es betreten hatte, war er nicht im Bad und auch nicht auf dem Balkon gewesen. An dessen Tür hingen dicke Gardinen, hinter denen sich durchaus jemand verstecken könnte. Doch wenn tatsächlich jemand in seinem Zimmer war, warum lebte Antonio dann noch? Er hatte schon etwa fünf Minuten hier zugebracht, ganz und gar nichtsahnend. Eine ideale Zielscheibe. Seine Pistole lag seit dem Ankunftstag im Zimmersafe, der mit einem Zahlencode funktionierte.

Langsam stand er auf und hörte sein Herz immer schneller schlagen. Der tonlose Fernseher tauchte das Zimmer in flimmerndes blaues Licht, als er zum Safe schlich. Er tippte die Ziffernreihe ein. Die kleine Tür des Tresors öffnete sich mit einem Signalton, der wie die SMS eines uralten Mobiltelefons klang. Als er nach der Pistole griff, wurde ihm bewusst, dass jeden Augenblick irgendwer über ihn herfallen könnte. Antonio machte mit schussbereiter Pistole ein paar bedächtige Schritte zur Badezimmertür hin. Während er sich ihr näherte, wandte er den Blick für einen Moment zur Balkontür, um sich zu vergewissern, dass er nicht von hinten überrascht wurde. Der Balkon wirkte immer noch leer, allerdings konnte er ihn wegen der Gardinen nicht ganz einsehen.

Antonio schaute wieder in Richtung Bad. Er schaltete das Licht der Toilette mit der linken Hand ein und legte sie dann schnell wieder an den Pistolengriff. Der Raum war leer.

Er sah sich kurz im Spiegel über dem Waschbecken, machte auf den Fersen kehrt und steuerte den Balkon an, dabei rollte er die nackten Fußsohlen lautlos auf dem weichen Teppichboden ab. Er stellte sich an die Gardine und zuckte zusammen, als der Schalldämpfer der Pistole an die Scheibe hinter dem Stoff stieß. Langsam öffnete er den Vorhang weit genug, um den ganzen Balkon sehen zu können. Niemand. Alles leer.

Sofort spürte er, wie das Adrenalin, das in der letzten Minute eruptionsartig ins Blut geschossen war, aus seinem Körper entwich und der Erleichterung Platz machte. Er war allein. Natürlich. Wegen des Alkoholkonsums über den ganzen Tag hinweg litt er schon unter Verfolgungswahn.

Er öffnete die Gardinen ganz, hob die Hand mit der Waffe zur Stirn, um sich den Schweiß abzuwischen, und blickte durch die Balkontür auf das schöne Meer, das im Mondlicht glitzerte. Er sah die aus dem Wasser aufragenden schroffen Felsen, das steinige Ufer und davor die pittoresken alten Gebäude. In der Glastür spiegelte sich das durchsichtige Abbild seines Zimmers – das unruhige Flimmern des

Fernsehers und die Gestalt, die unterm Bett hervorkam und sich lautlos näherte.

8

Antonio schaffte es nicht mehr, sich umzudrehen. Ein dicker Draht wurde ihm blitzschnell von hinten um den Hals gelegt und so heftig straffgezogen, dass sein Kopf nach hinten fiel. Er hob beide Hände, um sich von der Schlinge zu befreien, die ihm den Atem nahm und einen schneidenden Schmerz verursachte, die Pistole fiel polternd zu Boden. Instinktiv stieß er sich mit dem Fuß am Rahmen der Balkontür ab, flog mit dem Angreifer nach hinten und landete auf dem Fußboden. Der Draht schnitt immer tiefer ein, seine Finger waren blutverschmiert, weil er vergeblich versuchte sie unter die Schlinge zu schieben. Er lag rücklings auf dem Mann, strampelte und wehrte sich und wusste, dass er gleich sterben würde. Sein Blick trübte sich. In ein paar Sekunden würde alles um ihn herum schwarz werden.

Die Waffe war jetzt seine einzige und letzte Chance. Er ließ die Schlinge los und tastete in höchster Not auf dem Fußboden herum. Endlich berührten seine Fingerspitzen kalten Stahl. Mit aller ihm verbliebenen Kraft versuchte er nach der Waffe zu greifen, er streckte die Hand noch weiter aus und konnte die Pistole ein paar Zentimeter näher an sich heranzupfen. Hastig griff er nach ihr, hob sie – die Mündung nach hinten gerichtet – ans Ohr und drückte ab. Dreimal. Er fühlte, wie warmes Blut geschossen kam und auf sein Haar und seine Wange spritzte. Der Würgedraht erschlaffte, und Antonio gelang es, den Kopf aus der Schlinge zu ziehen und sich auf die Seite zu rollen. Rasch richtete er sich auf und schob sich im Sitzen an die Wand, die Waffe zielte immer noch auf den Mann. Der lag in einer großen Blutlache, presste die Hände auf die Schusswunden und versuchte so zu verhindern, dass immer mehr Blut aus seinem Körper strömte, dabei schnappte er wie ein Fisch auf dem Trockenen nach Luft. Seine weit aufgerissenen Augen starrten ihn auch dann noch an, als er schon tot war.

Antonio griff sich an den Hals. Er fühlte die blutige Strieme unterhalb des Adamsapfels, begriff aber sofort, dass er bei dem Kampf keine lebensgefährlichen Verletzungen erlitten hatte. Es war um Sekunden gegangen – hätte er die Waffe nicht sofort gefunden, wäre es vorbei gewesen, er hätte das Bewusstsein verloren und dann sein Leben. Beim Abdrücken hatte er schon nichts mehr gesehen oder gehört. Doch er lebte noch. Im Gegensatz zu dem Unbekannten, der auf dem Boden in seinem Blut lag.

Mühsam stand Antonio auf. Ihm wurde schwindlig, und als Nachwirkung des Sauerstoffmangels atmete er immer noch schwer und ungleichmäßig. Was zum Teufel bedeutete das hier eigentlich? Wer war der Kerl, verdammt, und warum wollte ihn irgendjemand umbringen?

Antonio zerrte die Gardinen zu und taumelte zur Tür, um die Deckenlampe einzuschalten. Im grellen Licht sah der Raum entsetzlich aus – die Auslegware und der Saum der hellblauen Gardinen waren rot gefärbt. Klebrige Fußspuren führten bis zur Tür. Sein Gesicht, seine Haare und der Oberkörper waren blutüberströmt. Er starrte sich im Spiegel an und überlegte einen Augenblick, was für ein Theater es gäbe, wenn er so beim Frühstück im Hotel erschiene.

Er zog sein blutverschmiertes Hemd aus, ließ es fallen und ging langsam zu der Leiche. Könnte jemand die mit dem Schalldämpfer abgegebenen Schüsse gehört haben? In seinen Ohren dröhnte es immer noch, aber die Waffe war ja beim Abdrücken auch nur ein paar Zentimeter von seiner Schläfe entfernt gewesen. Nein – die Schalldämmung im Hotel war gut. Niemand konnte erkannt haben, dass es sich bei den gedämpften Geräuschen um Schüsse handelte. Niemand käme auf die Idee, dass im Hotel mitten in der Nacht geschossen wurde, selbst wenn ein Gast vom Kampflärm wach geworden sein sollte.

Antonio beugte sich über den Mann und betrachtete sein vor Entsetzen und Verzweiflung verzerrtes Gesicht. Am Kinn unterhalb der Zähne sah man ein kleines und sauberes Einschussloch. Der ganze Hals war voller Blut. Alle drei Kugeln befanden sich höchstwahrscheinlich im Fußboden, es sei denn, sie waren in die Halswirbelsäule eingedrungen. Das hielt er jedoch für unwahrscheinlich, denn in diesem Fall hätte der Killer seine Bewegungsfähigkeit verloren und wäre nicht imstande gewesen, die Hände auf die Wunden zu drücken.

Der Mann war etwa fünfunddreißig. Er hatte helle Haut, Haar und Bart waren aber ganz schwarz. Ein grauer Trainingsanzug, Turnschuhe, eine Uhr der Marke Breitling Superocean mit Stahlgehäuse sowie eine dicke goldene Halskette. Das entsprach genau dem Stereotyp des knallharten Burschen vom Balkan. Antonio griff in seine immer noch warmen Hosentaschen, aber die waren leer. Kein Portemonnaie, kein Handy und auch sonst nichts. Der Kerl hatte sich eindeutig an das alte Protokoll gehalten. Scheiterte ein Killer bei seinem Auftrag total – wie in diesem Fall geschehen –, war klar, dass es aus Sicht seines Auftraggebers nicht gerade clever gewesen wäre, wenn er Hinweise hinterlassen hätte. Seine Sachen lagen bestimmt irgendwo in der Nähe. Wahrscheinlich in einem Auto, sofern er allein agiert hatte. Aber wie war es ihm bloß gelungen, in das Zimmer zu kommen?

Er trat einen Schritt von der Leiche zurück, setzte sich auf den Fußboden, den Rücken an die Balkontür gelehnt, und bemerkte, dass er wieder in der Blutlache saß, die sich auf dem hellen Belag langsam ausbreitete ... wie eine Druckwelle. Das Ganze ergab keinen Sinn. Der Mann war, ohne Spuren zu hinterlassen, in das Zimmer eingebrochen, hatte aus irgendeinem Grund die Balkontür geschlossen und unter dem Bett auf sein Opfer gewartet, bewaffnet lediglich mit einem kurzen Stahlseil, an dessen Enden Handgriffe befestigt waren – so groß wie ein Tischtennisball –, damit man das Mordinstrument besser halten konnte. Antonio hatte in seinem Zimmer mindestens fünf Minuten verbracht, ehe der Killer aus seinem Versteck hervorgekommen und in Aktion getreten war. Vielleicht hatte er ja etwas gesucht und sich bei Antonios Auftauchen schnell unter dem Bett versteckt. Doch wenn es tatsächlich so gewesen war, warum hatte er dann nur ein ausschließlich zum Töten bestimmtes Werkzeug bei sich gehabt?

Antonio ließ sich auf den Bauch fallen und kroch auf die Ellbogen gestützt zum Bett, um das bis zum Boden reichende Laken hochzuheben. Unter dem Bett lag etwas. Er musste die Hand weit ausstrecken und bekam es schließlich zu fassen. Ein schwarzes Lederetui. Er öffnete den rundum führenden Reißverschluss.

In das kleine Etui passte verblüffend viel hinein – ein Handtuch, drei Spritzen und vier Fläschchen. Jedes trug einen Aufkleber mit einer handgeschriebenen Ziffer und der Bezeichnung des Stoffes, den es enthielt: *(1) Chloroform, (2) Thiopental, (3) Pancuroniumbromid und (4) Kaliumchlorid.*

Ein kalter Schauder lief Antonio den Rücken hinunter. Das hatte also eine Hinrichtung werden sollen. Und zwar eine ungewöhnlich humane und schmerzlose. Er wusste, dass die drei letztgenannten Substanzen in den US-Bundesstaaten, in denen es die Todesstrafe noch gab, den zum Tode Verurteilten injiziert wurden. Der Killer hatte die Absicht gehabt, unter dem Bett zu warten, bis Antonio schlief. Dann hätte er mit Chloroform sichergestellt, dass Antonio bewusstlos war, und ihm anschließend jedes der drei Gifte gespritzt, in der Reihenfolge ihrer Nummerierung.

Eine schmerzlose und saubere Art des Abgangs – die Todesursache ließe sich erst bei der Obduktion feststellen, und dann wäre es schon bedeutend schwieriger, dem Täter auf die Spur zu kommen. Der Killer hatte jedoch einen Fehler begangen, als er die Balkontür schloss. Wenn man es sich genau überlegte, musste der Mann über den Balkon gekommen sein. Und war sich wahrscheinlich nicht sicher gewesen, ob die Tür einen Spalt offen gestanden hatte oder nicht. Amateurhaft. Sicherheitshalber hatte er sie geschlossen. Als ihm dann klar wurde, dass Antonio Verdacht schöpfte, war er hektisch zu Plan B übergegangen, und es hätte nicht viel gefehlt, und der wäre auch gelungen. Die wesentliche Frage jedoch lautete: Wer wollte ihn umbringen und das noch dazu so schmerzlos? So sauber?

Plötzlich spürte Antonio einen brennenden Schmerz in der Brust. Ihm war etwas bewusst geworden, und diese Erkenntnis schoss wie ein Impuls vom Gehirn in die Muskulatur und führte dazu, dass ihm schlecht wurde: Der Mann war von dem Nachbarzimmer aus über den Balkon hereingekommen.

Rasch stand er auf, lief mit großen Schritten zum Fernsehtisch, nahm sein Handy und tippte die Nummer ein, die Geoff ihm kurz zuvor diktiert hatte. Er musste schlucken, während er auf den Rufton wartete. Doch der erklang nicht. Stattdessen verkündete eine Frauenstimme auf Kroatisch ganz ruhig: *Die von Ihnen gewählte Nummer ist uns nicht bekannt.*

Antonio spürte, wie eine Welle der Übelkeit über ihm zusammenschlug. Der Verrat schmerzte mehr, als er es sich jemals hatte vorstellen können.

9

Helsinki

Daniel Kuisma drehte den Zigarillo ein paarmal zwischen Daumen und Zeigefinger und zündete ihn dann mit einem Streichholz aus der Schachtel an, die der Kellner soeben an den Tisch gebracht hatte. Er drückte auf die Navigationstaste seines Telefons, um nach der Zeit zu sehen. 17.52 Uhr. Er war rechtzeitig hier im Café gewesen, für den Fall, dass der Journalist von *Helsingin Sanomat* auch pünktlich kam. Als das Display erlosch, lehnte er sich auf dem Terrassenstuhl zurück. Der Abend wurde anscheinend, was das Wetter anging, genau das Gegenteil vom Vormittag – die Sonne brannte vom Himmel, und die Leute, die auf dem Bulevardi von der Arbeit nach Hause oder in die Straßencafés strömten, sahen so aus, als würden sie in ihrer dunklen Kleidung fast ersticken.

Nur ein paar Stunden zuvor hatte sich Daniel bereit erklärt, eine Aufgabe zu übernehmen, die sich sehr stark von allem unterschied, was er bisher gemacht hatte. Er war überrascht, dass er ein solches Vertrauen genoss. Dass man im Ministerium gerade ihn ausgewählt hatte. Nun stand er jedoch vor der großen Herausforderung, den in der kroatischen Hauptstadt verschwundenen Finnen zu finden. Und die dortige Polizei war trotz des Drucks durch den finnischen Außenminister nicht über die Anfänge hinausgekommen.

Allerdings hatte er sich gefragt, welche Möglichkeiten er denn hätte, diesen Fall zu lösen? Genau da lag der Grund für seine Zusage. Seit ihn die Frau verlassen hatte, waren die Tage immer gleich und geruhsam. Zuweilen auch bedrückend und oft sogar sterbenslangweilig – aber sie hatten seine normale Handlungsfähigkeit wiederhergestellt. Und jetzt war er bereit zu handeln. Im Nachhinein betrachtet kam Hämäläinens Vorschlag gerade richtig. Er brauchte etwas, das ihn stimulierte, etwas, in das er sich mit Feuereifer stürzen konnte.

Das Merkwürdigste an diesem ganzen Fall war, dass anscheinend niemand Jare Westerlund kannte. Zumindest nicht sehr gut. Westerlund war auf seine Weise auffallend sozial gewesen, aber an verkaterten Tagen, so die Aussage eines seiner Kollegen, »war er einfach nicht vorhanden«.

Aus Hämäläinens Unterlagen ging hervor, dass Westerlund seine Kindheit und Jugend in Tammisaari verbracht hatte. Beachtung verdiente, dass seine Eltern ungefähr zu der Zeit, als Westerlund volljährig wurde, bei einem Brand ihres Eigenheims umgekommen waren. Er wurde in einer vom Sozialamt organisierten Notunterkunft untergebracht, zog aber wenig später nach Helsinki, machte alle möglichen Gelegenheitsarbeiten und studierte schließlich an der Universität Helsinki Kommunikationswissenschaft.

Ein geradezu glücklicher Zufall half Daniel dabei, sich ein Bild von Westerlund zu machen: Einer seiner engsten Studienkollegen, Jakke Timonen, Redakteur bei *Helsingin Sanomat*, war mittlerweile ein wichtiges Verbindungsglied zwischen der Redaktion der größten finnischen Tageszeitung und der Helsinkier Polizei und insbesondere Raimo Hämäläinen. Die Kooperation des Polizisten und des Journalisten funktionierte äußerst effizient: Hämäläinen gab Timonen Tipps zu laufenden Ermittlungen, und der sorgte seinerseits für die Veröffentlichung bestimmter Nachrichten und Reportagen und reichte nötigenfalls Hinweise, die er bekommen hatte, an die Polizei weiter.

Auf der Terrasse des Cafés blieb eine alte Romafrau gebückt neben Daniel stehen, sie hielt ihm ein kleines Blechgefäß hin und formte mit fast zahnlosem Mund Worte, die er nicht verstand. Sanft schüttelte Daniel den Kopf, und hätte die Frau Finnisch verstanden, hätte er ihr gesagt, dass er das Betteln aus prinzipiellen Gründen nicht unterstützte. Er wusste zu viel über die organisierte Kriminalität, die im Hintergrund der Bettler agierte, und gab deshalb selbst Kleinkindern, die mit ausgestreckter Hand herumliefen, keinen einzigen Euro.

»No, no, away please!«, rief der Kellner, der aus dem Café gekommen war, und bedeutete der Bettlerin mit einer Handbewegung weiterzugehen. Daniel zuckte die Achseln, als er Blicke mit dem Kellner wechselte, der nun vor der Terrasse Posten bezogen hatte, um sicherzustellen, dass die Bettlerin tatsächlich weiterging.

Die Romafrau lief in ihrem watschelnden Gang angesichts ihres äußeren Erscheinungsbildes überraschend flott über den Bulevardi und wich entschlossen der Straßenbahn aus, die rumpelnd aus Richtung Erottaja heranraste. Der Frau kam ein langhaariger, hagerer Mann entgegen, der ein dunkles Sakko und Jeans und unterm Arm ein Tablet trug. Zumindest war der Mann pünktlich, dachte Daniel, während er erneut auf die Uhr seines Telefons sah, die jetzt 17.58 Uhr anzeigte. Der Journalist nickte ihm zu, noch bevor er das

Straßenpflaster überquert hatte und den Fußweg betrat. Daniel erhob sich und stieß den Stuhl mit den Kniekehlen nach hinten, sodass der Asphalt unter den Stuhlbeinen krächzte.

»Daniel Kuisma. Danke, dass du gekommen bist«, sagte er und reichte dem skeptisch dreinblickenden Mann die Hand.

»Timonen, Jakke. Du bist also von der Polizei? Ich habe bisher noch nie von dir gehört«, erwiderte der Journalist mit gleichgültigem Gesichtsausdruck und strich ein paar Haare zur Seite, die ihm in die Stirn gefallen waren.

»Ich bin Armeeangehöriger und unterstütze die Polizei im Fall Westerlund.«

»Armee? Seit wann übernimmt denn die die Untersuchung, wenn Finnen im Ausland verschwinden?«, fragte Timonen ungläubig und setzte sich an den Tisch.

»Das ist ein besonderer Fall, und ich bin dabei, weil ich dank meines Backgrounds bei der Aufklärung der Sache von Nutzen sein kann. Mehr darf ich derzeit nicht sagen«, erklärte Daniel. Ihm gefiel die Art nicht, wie der Journalist das Gespräch eröffnet hatte.

»Na klar.« Timonen holte eine Schachtel Camel aus der Jackentasche und lächelte spöttisch: »Du erzählst mir nichts, ich muss dir alles erzählen und darf natürlich nichts darüber in der Zeitung schreiben.«

»Als Journalist wirst du verstehen, dass allzu viel Öffentlichkeit die Ermittlungen erschweren kann«, entgegnete Daniel und beobachtete, wie sich Timonen routiniert eine Zigarette zwischen die Lippen steckte. Es herrschte Schweigen, als er sie anzündete, einen tiefen Zug nahm und Daniel mit gerunzelter Stirn ansah.

»Ich erzähle natürlich das, was ich weiß. Dein Freund bei der Polizei verhält sich mir gegenüber immer anständig, also habe ich versprochen, dich zu treffen und zu sehen, ob ich behilflich sein kann.«

»Raimo Hämäläinen ist ein anständiger Kerl.«

»Manche Leute bei der Polizei empfinden uns investigative Journalisten als Bedrohung. Oder als Störfaktor. Hämäläinen hat diese Faxen nie mitgemacht.« Timonen legte eine Pause ein und blickte mit zusammengekniffenen Augen gen Himmel. »Vor allem aber wünsche ich mir, dass Jare bald gefunden wird und zwar – was das Wichtigste ist – unversehrt.«

»Wir tun unser Bestes, damit das geschieht«, sagte Daniel ganz ruhig, holte aus seiner Brusttasche einen kleinen Notizblock samt Kugelschreiber und fuhr fort: »Wenn ich das richtig verstehe, seid ihr alte Bekannte, du und Westerlund?«

»Jare und ich, wir sind ursprünglich Studienkollegen an der Uni in Helsinki gewesen. Wir haben vor sieben Jahren zur gleichen Zeit am Institut für Kommunikationswissenschaften angefangen. Neben dem Studium haben wir beide als Laufburschen im Radisson Blu in der Mikonkatu gejobbt, das damals aber wohl noch Radisson SAS hieß. Anyway, man könnte sagen, dass wir während des Studiums sowohl an der Uni und bei dem Job als auch größtenteils in der Freizeit viel miteinander zu tun hatten.«

»Also beste Freunde?«

»Na ja, so könnte man das schon formulieren. Wir haben zu der Zeit wirklich viel zusammen gemacht. Allerdings lief das nur ein reichliches Jahr so. Dann hat Jare beschlossen, das Studium abzubrechen – er hatte das Gefühl, dass die Kommunikationswissenschaft doch nicht das Richtige für ihn war.«

»Was ist dann passiert?«

»An der Uni ist er nicht mehr aufgetaucht. Im Hotel

hat Jare noch etwa ein halbes Jahr gejobbt, aber mit weniger Schichten als vorher. Wir haben uns auch nicht mehr so oft getroffen – ein paarmal pro Monat waren wir ein Bier trinken oder Badminton spielen. Man bekam den Eindruck, dass er trotz des abgebrochenen Studiums mehr unter Zeitdruck stand als vorher.«

»Hatte er einen anderen Job oder Hobbys?«

»Bevor Jare sein Studium aufgegeben hat, war er im Urlaub drei Wochen im kroatischen Split und irgendwie fasziniert von dem Feeling dort. Wieder zurück in Finnland hat er sich einen Privatlehrer gesucht und an ein paar Abenden pro Woche angefangen, die Sprache zu lernen. Schon damals hat er gesagt, es wäre nur eine Frage der Zeit, dass er nach Kroatien zieht.«

»Gab es dafür einen konkreten Grund? Hatte Westerlund dort möglicherweise eine Frau kennengelernt?«

»Meines Wissens nicht. Außerdem war Jare nicht so einer.« Timonen warf kurz einen Blick auf die Passanten und wandte sich dann wieder Daniel zu, der ihn fragend ansah. »Ich meine damit, dass er nicht der Mensch war, der sich einfach so verlieben und deshalb alles aufgeben würde. Ich habe ihn manchmal danach gefragt, aber er hat es zumindest nie zugegeben«, fuhr Timonen fort.

Daniel war nicht entgangen, dass der Journalist die Asche seiner Zigarette mehrmals neben dem Porzellangefäß, das als Aschenbecher diente, auf den Tisch fallen ließ. Der Mann fühlte sich eindeutig nicht wohl, wenn er über Westerlund sprach. Nach einer kurzen Pause holte Timonen tief Luft und sprach weiter:

»Ich muss sagen, dass er sich, aus heutiger Sicht betrachtet, nach seiner Rückkehr aus Split wirklich merkwürdig benommen hat. An die Stelle der spielerischen Sorglosigkeit war ein sachlicheres und zielstrebigeres Verhalten getreten.« Timonen starrte mit ausdruckslosem Blick über Daniels Scheitel hinweg. Daniel war Westerlund zwar nie begegnet, wusste aber genau, wovon der Journalist sprach. Er hatte gesehen, wie Jugendliche innerhalb weniger Monate erwachsen wurden. Im Krieg am eigenen Leib – oder als Augenzeuge – erlebte brutale Gewalt oder schon allein die ständige Gefahr, Opfer von Gewalt zu werden, führten oft zu einer Veränderung, nach der es keine Rückkehr mehr zu den unbeschwerten Tagen der Jugendzeit gab. Westerlund hatte jedoch keinen Krieg erlebt. Er musste etwas anderem ausgesetzt gewesen sein.

10

»Westerlund wollte also nach Kroatien ziehen, hat aber nie erklärt, warum?«, fragte Daniel nach einer Weile. Er nahm an, dass Timonen eine kleine Verschnaufpause brauchte, um seine Gedanken zu sammeln.

»Wie gesagt, wir hatten keinen so engen Kontakt mehr. Er wollte eindeutig nicht weiter darüber reden. Und da hätte es aufdringlich gewirkt nachzufragen«, erklärte Timonen und drückte seine Zigarette auf dem Rand des Porzellangefäßes aus.

Daniel zog einen Strich unter seine Notizen und begann das nächste Kapitel.

»Erzähl weiter, bitte.«

»Noch im Herbst desselben Jahres zog er nach Split. Wir wollten mit ein paar Studienkollegen zusammen eine Abschiedsfeier für ihn organisieren, aber auch daraus ist nichts geworden, weil Jare seine Abreise überraschend um zwei Wochen vorzog. In den ersten Monaten habe ich ein paar E-Mails von ihm bekommen, in denen er schrieb, dass er in einem Restaurant arbeitete und dass an der Frauenfront einiges los wäre, aber nichts Ernstes. Das hat meine Auffassung bestätigt, dass Jare nicht wegen einer bestimmten Frau ins Ausland gezogen ist. Nach diesen E-Mails brach der Kontakt jedoch für lange Zeit ab.«

»Wie lange?«

»Jahrelang. Ein Kollege bei *Helsingin Sanomat*, den ich schon seit der Unizeit kenne, ist dann vor zwei Jahren in einer Mitteilung des Außenministeriums zufällig darauf gestoßen, dass Jare als Praktikant an der finnischen Botschaft in Zagreb arbeitete. Ich weiß noch, damals war mein erster Gedanke: Das ist ja ausgezeichnet. Anscheinend passte nun alles zusammen, und er hatte mit dem Umzug ins Ausland die richtige Entscheidung getroffen. Ich habe nicht gleich Verbindung zu ihm aufgenommen, aber ein paar Monate später sah ich auf der Website der Botschaft, dass er eine feste Stelle als Abteilungssekretär bekommen hatte und als amtierender Konsul arbeitete.«

»Hast du zu diesem Zeitpunkt Kontakt zu ihm aufgenommen?«

»Ja, ich habe Jare eine E-Mail geschickt und ihm zu der neuen und überraschenden Wendung in seiner beruflichen Laufbahn gratuliert. Ein wenig gewundert, ja, sogar geärgert habe ich mich dann schon, weil er nur ziemlich kurz geantwortet hat. Und seltsam förmlich. Er ist in seiner E-Mail kaum auf meine Fragen eingegangen und gar nicht auf unsere alten Geschichten angesprungen, die wir zuvor in unseren Nachrichten immer kultiviert hatten. Ich dachte damals, dass er unter der E-Mail-Adresse der Botschaft eben nichts Privates oder irgendwie Unsachliches schreiben wollte.«

»Ist Jare bei Facebook?«

»Nein, er hatte vor einigen Jahren ganz kurz einen Account. Aber den hat er ziemlich schnell geschlossen. Wieso fragst du?«

»Ich dachte nur, ihr hättet ja vielleicht auf dem Weg Kontakt halten können. Aber erzähl nur weiter, bitte.«

»Jare wäre etwas weniger geheimnisvoll gewesen, wenn er Facebook genutzt hätte. Aber er ist wirklich einer der wenigen unter meinen Freunden, die da kein Konto haben. Deshalb hatte ich ihm ja gleich, als ich auf die neue Adresse gestoßen war, eine Nachricht geschickt. Jedenfalls blieb unser E-Mail-Verkehr schon in den Anfängen stecken, und ich habe mir dann vorgenommen, den ganzen Kerl einfach zu vergessen, denn Jares neuer, zugeknöpfter Stil hat mich offen gestanden angekotzt.«

»Und du hast nichts mehr von ihm gehört, bevor ...«

»... bevor ich in der Zeitung gelesen habe, dass er verschwunden ist. Und dass man ihn vorher bedroht hatte.«

»Verstehe. Hast du irgendeine Idee, was dazu geführt haben könnte?«

»Zu den Drohungen und zu seinem Verschwinden?«

»Ja.«

»Da würde ich jetzt am liebsten sagen, das ist aber eine dumme Frage. Ich weiß absolut nichts über das, was Jare in den letzten Jahren gemacht hat.«

»Hatte Jare die Gewohnheit, andere Leute zu provozieren? Ist er leicht in problematische Situationen geraten?«

»Jare ist ein ziemlich intelligenter Bursche. Und er versteht es auch, das zu zeigen, was wiederum einige Leute provozieren kann. Aber nicht so, dass es zu Drohungen und zum Kidnapping führen würde. Oder zu noch Schlimmerem – zu seiner Ermordung etwa. Dafür wäre schon etwas mehr nötig.«

»Hat er jemals von seinen Eltern gesprochen?«

»Einmal, aber eher beiläufig. Das war ein wunder Punkt. Eine persönliche Tragödie.«

»Schreckliche Geschichte. Fällt dir noch irgendwas anderes ein?«

»Nein. Sorry, das dürfte alles keine große Hilfe sein. Aber Raimo wollte, dass du so eine bessere Vorstellung bekommst, was für ein Typ Jare war. Also *ist*.«

»Genau. Und danke – das war schon nützlich. Mich hat nur ...«

»Was?«

»Die ganze Sache ist verwirrend.« Daniel rieb sich nachdenklich die Stirn und fuhr dann fort: »Westerlund hat sich zunächst an die Botschaft, dann an die örtliche Polizei und sogar an das Außenministerium gewandt, um Hilfe in einer Situation zu bekommen, über die er aber nichts Wesentliches verraten wollte. Wenn er tatsächlich Hilfe gebraucht hat, dann hätte er doch erzählen müssen, wer ihn möglicherweise bedrohte und warum.«

»Ich versteh das auch nicht. Was nützt es, allen von der Sache zu erzählen und dabei doch niemandem etwas zu sagen?«

»Vielleicht wusste Westerlund nicht, warum man ihn bedrohte.«

»Vielleicht«, sagte Timonen mit konzentrierter Miene. Dann räusperte er sich und redete weiter: »Ich glaube, das Ministerium hätte Maßnahmen ergriffen, wenn es gewusst hätte, worum es wirklich ging.«

»Ja, mit Sicherheit. Vorausgesetzt, es ging tatsächlich um etwas Ernstes.«

»Spricht nicht alles dafür, dass die Drohungen ernst gemeint waren?«

»Zweifellos. Aller Wahrscheinlichkeit nach hängt Westerlunds Verschwinden mit den Drohungen zusammen, die er erhalten hat«, erwiderte Daniel und schaute in Gedanken hinüber zu den alten Grabsteinen im Pestpark auf der anderen Straßenseite.

»Aller Wahrscheinlichkeit nach?«, sagte Timonen in schroffem Ton und beugte sich näher zu Daniel hin. »Willst du wirklich behaupten, dass die Verbindung zwischen den Drohungen und dem Verschwinden nicht der vorrangige und einzige Ausgangspunkt bei den Ermittlungen ist?«

Daniel sah zu einer Harley Davidson hinüber, die an ihnen vorbeiknatterte. Als der Lärm hinter der nächsten Straßenecke allmählich verklang, nahm er wieder Blickkontakt zu Timonen auf und verzog den Mund zu einem neutralen freundlichen Lächeln.

»Ich verstehe deine Besorgnis. Aber ich fürchte, dass es unter diesen Voraussetzungen ein wenig verfrüht ist, irgendeine Richtung anzugeben, in die ermittelt wird.«

11

Daniel betrat den Wintergarten des Restaurants Sipuli, der wegen seines großen Glasdaches an ein riesiges Gewächshaus erinnerte. Am Ende des ansonsten leeren Saales sah er an einem runden Tisch Raimo Hämäläinen mit seinem Essen beschäftigt. Neben ihm saß sehr aufrecht ein Mann, vermutlich Staatssekretär Ville Mäkelä.

»Ich grüße dich, Daniel!« Mäkelä stand auf, um ihm die Hand zu geben.

Er stellte sich trotzdem vor: »Daniel Kuisma.« Dann nickte er Hämäläinen freundschaftlich zu. Mäkelä trug einen eng anliegenden Anzug, der seinen athletischen Körperbau zur Geltung brachte. Daniel hatte den Staatssekretär nie zuvor persönlich getroffen, sich anhand der Berichte von Freunden, die im Generalstab arbeiteten, aber ein Bild von ihm gemacht. Ville Mäkelä war unbestritten intelligent und in sozialer Hinsicht durchaus talentiert, aber nach Ansicht vieler auch aufreizend selbstsicher und mit einem ausgeprägten Selbstwertgefühl ausgestattet. Mäkelä neigte dazu, alles zu kontrollieren, was um ihn herum geschah, und er verstand es – wie so viele andere Senkrechtstarter –, besonders bei den Leuten der Chefetage einen guten Eindruck zu hinterlassen und dadurch Hindernisse zu überwinden und geschickt in der Hierarchie aufzusteigen.

»Major Kuisma – wusstest du, dass wir zur selben Zeit zum Grundwehrdienst in Santahamina eingezogen wurden? Das war 1989. Wer hätte damals gedacht, dass wir beide ein Vierteljahrhundert später immer noch bei der Firma sind«, frotzelte Mäkelä und bedeutete Daniel, Platz zu nehmen. »Das Leben hat einen ganz schön gebeutelt, nicht zuletzt den Raimo, der Polizist geworden ist«, fuhr er mit einem breiten Lächeln fort.

Der Vizepolizeichef grinste, aber eher gequält. Daniel griff nach dem Wasserglas, das vor ihm stand, und wartete darauf, dass der Staatssekretär zur Sache kam. Mäkelä musterte sie abwechselnd beide mit zufriedener Miene und trommelte mit den Fingern auf die weiße Tischdecke. Dann warf er rasch einen Blick auf seine Armbanduhr und räusperte sich. Dabei wurde sein Gesichtsausdruck ernst.

»Raimo hat dir die Einzelheiten des Falles berichtet, nicht wahr?«

»Ja, wir sind ihn zusammen durchgegangen, und heute Abend werde ich mich noch genauer mit dem Material beschäftigen«, antwortete Daniel und stellte das Glas auf den Tisch.

»Gut. Die Maschine startet um halb sieben morgen früh. Eine Zwischenlandung in Kopenhagen. Um ein Uhr Ortszeit seid ihr da. Das muss man sich mal vorstellen, Zagreb ist eine europäische Hauptstadt, aber es ist ungeheuer schwierig, dorthin zu kommen«, sagte Mäkelä und wischte sich die Mundwinkel mit der Serviette ab.

»Man hat auch schon länger im Flugzeug gesessen«, entgegnete Daniel ungeduldig. Mäkelä lachte laut, war aber sichtlich nicht amüsiert. Die Atmosphäre wirkte alles andere als entspannt.

»Ausgezeichnet. Ich habe natürlich noch Hoffnungen gehegt, dass sich das Problem wie durch ein Wunder bis zu dieser Besprechung von selbst erledigt hat und du gar nicht erst nach Zagreb zu fliegen brauchst. Aber leider ist die Lage genau dieselbe wie am Vormittag, das heißt, Westerlund ist noch immer verschwunden und die Polizei vor Ort hat nach wie vor nichts herausgefunden«, erklärte Mäkelä und taxierte Daniels vergleichsweise legeren Bekleidungsstil.

»Das heißt, es ist alles klar für die Abreise? Mit Ausnahme der Frage, wer ...«

»Wer mit dir mitkommt?«, unterbrach ihn Mäkelä.

»Ja, das konnte mir Raimo noch nicht sagen«, fuhr Daniel fort und ärgerte sich darüber, dass Mäkelä ihn einfach unterbrach und seinen Satz zu Ende führte.

»Annika Lehto. Mein Schützling im Außenministerium. Die intelligenteste junge Frau, der ich je begegnet bin. Sicher überhaupt der intelligenteste Mensch dieser Altersklasse – viele junge Männer sind da auf der Strecke geblieben.«

»Annika Lehto? Das Mädchen, das ich im Ministerium

gesehen habe?« Raimo Hämäläinen sah den Staatssekretär erstaunt an.

»Jawohl. Meine Herren, jetzt kommen die Fakten auf den Tisch. Annika wurde vor einigen Jahren zum Doktor der Politikwissenschaft promoviert und war schon neben dem Studium im Außenministerium tätig, in dem sie auch seit ihrem Abschluss arbeitet. Ihre Aufgaben hängen dabei hauptsächlich mit der Regelung der Angelegenheiten von Auslandsfinnen und der entsprechenden Hilfestellung zusammen.« Mäkeläs Stimme klang jetzt resolut, um bei seinen Gesprächspartnern jegliche Zweifel schon im Ansatz zu zerstreuen. Er senkte den Blick und strich langsam mit der hohlen Hand über die strahlend weiße Tischdecke.

»Im Laufe des letzten Jahres hat mich Annika bei äußerst brisanten und anspruchsvollen Fällen unterstützt. Vorarbeiten, Koordinierung sowie allgemeines Management. In der Praxis erledigt sie fast ausschließlich solche Aufgaben, die direkt auf meinem Tisch landen und in der Regel nur teilweise delegiert werden. Kaffee kocht sie bloß, wenn ich sie extra darum bitte. Das bei deinem Besuch, lieber Raimo, war reine Show.« Mäkelä schwenkte die Hand theatralisch. »Ich glaube, dass sie es noch sehr weit bringen wird«, fuhr er fort und lehnte sich dann zurück, um für die Fragen und Kommentare der beiden Männer am Tisch Platz zu machen.

»Das heißt, die Berufung in diese – wenn man das so nennen kann – Ermittlungsgruppe erfolgt aus politischen Gründen?«, fragte Daniel und bemerkte, dass es viel zynischer klang als beabsichtigt.

»Daniel, du kannst mir glauben: Unser Motiv, die ganze Operation zu starten, ist zum großen Teil politisch – aber natürlich sind wir genauso in Sorge um Westerlunds Gesundheit. Doch ich sage dir auch: Annika Lehto wurde vor allem deswegen ausgewählt, weil sie für diese Aufgabe neben dir die mit Abstand kompetenteste verfügbare Person ist.«

Nun lehnte sich auch Daniel zurück, faltete die Hände im Nacken und warf einen Blick durch das gläserne Dach zum Himmel. Dann seufzte er tief und klatschte einmal verhalten, zum Zeichen dafür, dass aus seiner Sicht alles klar war. »Na gut, die Entscheidung, wer mitfährt, ist also offensichtlich abgenickt. Kommt Annika direkt zum Flughafen?«

Der Staatssekretär sah abwechselnd den verwirrt wirkenden Vizepolizeichef und Kuisma an, der sich ungeduldig die Fingerknöchel rieb. Dann erhob er sich, knöpfte sein Jackett zu und sagte wieder in seinem theatralischen, selbstgefälligen Tonfall:

»Als ich mich für dieses Amt bewarb, stellte man mir die sehr formale und klischeehafte Frage, warum ich als Staatssekretär eine gute Wahl wäre. Meine Antwort entsprach nicht nur vollkommen der Wahrheit, sie war auch der Schlüssel zu allem, was ich im Dienste des Staates erreicht habe. Wisst ihr, was ich geantwortet habe?«

Daniel schmunzelte amüsiert und schüttelte fragend den Kopf.

»Ich habe geantwortet, dass ich es hervorragend verstehe, Synergien zu finden, vor allem dann, wenn sie schwer zu erkennen sind. Darum geht es hier, meine Herren. Es geht um überraschende Synergieeffekte«, sagte Mäkelä stolz und reichte Daniel die Hand. »Viel Glück, Kuisma. Ich verlasse mich darauf, dass ihr für dieses ärgerliche Problem eine effektive Lösung findet. Ein Wagen des Ministeriums bringt dich morgen früh zum Flughafen.«

Er machte kehrt und steuerte den Ausgang des Wintergartens an. Die beiden am Tisch blickten dem Staatssekretär hinterher.

»Was hast du mir da bloß eingebrockt?«, fragte Daniel, als Mäkelä den Wintergarten verlassen hatte.

»Wart's erstmal ab, wenn du Frau Lehto siehst. Ich könnte mir wesentlich schlimmere Leute als Reisebegleitung vorstellen.«

»Ein hübsches Mädchen?«

»Unglaublich. Wie die junge Cameron Diaz.«

»Hoffentlich ist sie auch kompetent. Das ist ja wohl die Hauptsache.«

»Es gibt sicher gute Gründe dafür, dass die Wahl auf sie fiel. Ich glaube, Mäkelä weiß, was er tut. Das Ministerium will, dass der Fall gelöst wird.«

»Wenn Mäkelä jetzt gesagt hätte, dass er selbst mitkommt, wäre ich noch abgesprungen. Menschenskind, das ist vielleicht ein Typ«, sagte Daniel und hielt seine Hand wie eine Pistole an die Schläfe.

»Oje, dann würden die diplomatischen Beziehungen zwischen Kroatien und Finnland erst recht auf eine harte Probe gestellt werden.«

»Daraus hätte sich ein bewaffneter Konflikt entwickeln können. Nehmen wir ein Carlsberg?«, fragte Daniel.

»Auf alle Fälle«, antwortete Hämäläinen lachend und winkte dem Kellner.

12

Čapljina, Bosnien-Herzegowina

Mio, hier Tony. Hör genau zu und stell keine Fragen. Ich bin im Dubrovnik Palace. Zimmer 538. Du musst jetzt sofort hierherkommen. Pass auf, dass dir niemand folgt. Nimm zwei große

Sporttaschen mit, verdammt viel Teppichreinigungsmittel und Bürsten ... und eine Eisensäge.

Antonio schaute im Rückspiegel seines gemieteten Audi nach Autoscheinwerfern, als er auf den wenig beleuchteten Parkplatz einbog. Niemand war ihm gefolgt – und entgegengekommen war ihm unterwegs nur eine Handvoll Autos. Er fuhr bis ans Ende des Parkplatzes, direkt hinter das Motelgebäude, sodass man den Wagen von der Straße aus nicht sehen konnte. Dann schaltete er den Motor aus und ließ den Kopf an die Nackenstütze des Sportsitzes fallen. Das Display hinter dem Lenkrad zeigte die Zeit an, es war zwei Uhr fünf, nachts.

Zweieinhalb Stunden vorher hatte Antonio geduscht, ein weißes Hemd angezogen, dazu einen dunkelblauen Anzug und einen roten Schal, der die Wunden und blauen Flecke am Hals verdeckte. Kurz danach hatte er ein Klopfen gehört und sich erst vergewissert, dass Mio Arslanović mit seinen Taschen allein auf dem Gang wartete. Nachdem er ihn hereingelassen hatte, standen sie eine Weile nur da und starrten den toten Profikiller an, der blutleer gepumpt auf dem Boden lag.

»Kennst du den Mann?«, hatte sich Antonio erkundigt, obwohl er bezweifelte, dass die Frage etwas brachte.

»Nein, aber ich würde wetten, dass der Kerl nicht von hier ist. Möchtest du erzählen, was passiert ist?«, fragte Mio und wandte sich Antonio zu, die Hände lässig in die Hüften gestützt.

»Eigentlich sollte ich jetzt da liegen. Die Sache ist aber nicht ganz so gelaufen, wie er – und sein Auftraggeber – es sich gedacht hatten.«

»Von wem kam der Auftrag?«

»Ich habe da so einen Verdacht. Das erzähle ich dir später.

Die Hauptsache ist jetzt, dass du niemandem etwas davon sagst. Und halte dich zurück, bis ich die Sache geklärt habe.«

»Ganz wie du willst, Tony. Weiß dein Chef davon?«

»Kümmre dich nicht darum. Ich kläre die Sache. Sag niemandem etwas. Erledigst du das?«, fragte Antonio mit heiserer Stimme. Mio nickte, ohne eine Miene zu verziehen, und umarmte Antonio, bevor der nach seinem Koffer griff und zur Tür ging. Mio war ein Freund aus der Vergangenheit. Damals hatte er als kleiner Junge in den Trümmern des Hauses seiner Eltern gestanden. Geboren mitten hinein in die Schwierigkeiten. Ein einsamer Wolf. Sein Spezialgebiet war es, ausgesprochen chaotische Dinge zu erledigen, die niemand anders bereit war, auf sein Konto zu nehmen. Mio gehörte nicht zu Geoffs Gang. Und genau aus diesem Grund war er der Einzige, den Antonio in dieser Nacht um Hilfe bitten konnte.

Nachdem er Mio in seinem Hotelzimmer zurückgelassen hatte, war er gemächlich zur Hotelrezeption gegangen. Den Koffer in der linken Hand, die rechte am Griff der Waffe, jederzeit darauf gefasst, sie einzusetzen. Er hatte seinen Blick durch das ruhige Foyer wandern lassen, das in gedämpftem Licht lag. Außer den zwei Angestellten der Nachtschicht an der Rezeption war niemand zu sehen gewesen.

Antonio hatte ausgecheckt, aber angegeben, dass sein Freund die Nacht in dem Zimmer schlafen und erst am Morgen abreisen würde. Vor zehn Uhr brauche man keine Putzfrau in das Zimmer zu schicken. Auf seine Bitte hin hatte einer der Rezeptionisten den Audi aus der Tiefgarage direkt vor den Haupteingang des Hotels gefahren. Gründe gab es für diese Vorsichtsmaßnahme zumindest zwei: Die Möglichkeit einer Autobombe ließ sich nicht ausschließen. Wenn die sich Zutritt zu seinem Zimmer verschaffen konnten, dann kamen sie auch in die Tiefgarage und in sein Auto. Und außerdem war jetzt, nachdem man ihn zum Tode verurteilt hatte, der Gedanke, nachts durch die schlecht beleuchtete Garage zu laufen, nicht gerade verlockend. Er war dem Tod nur vorläufig von der Schippe gesprungen.

Während der Fahrt über die Grenze bis hierher nach Čapljina hatte ihm die Müdigkeit zu schaffen gemacht. Er öffnete die Wagentür und roch die dumpfig feuchte Nachtluft im Binnenland. Die Heuschrecken lärmten unruhig in den Bäumen, die den Parkplatz umgaben, ansonsten aber war es still. Er griff tief unter den Sitz, nahm seine Pistole heraus und steckte sie in den Hosenbund, wo sie schnell zur Hand wäre. Dann stieg er aus und streckte seine Glieder, die von der zweistündigen Fahrt ohne Pause ganz steif geworden waren. Er ging um das Auto herum und öffnete die Heckklappe. Als er seinen Koffer auf den Boden stellte, fuhr er zusammen, weil die kleinen Räder auf dem groben Asphalt quietschten und ächzten. Er sah sich um, hob den Koffer am Griff hoch und steuerte den Moteleingang an.

Geplagt von lähmender Müdigkeit und Übelkeit ging ihm immer wieder nur eine Frage durch den Kopf: Warum hatte Geoff ihn umbringen wollen?

Die ganze Geschichte ergab keinen Sinn. Hatte er einfach die falsche Telefonnummer aufgeschrieben? Er war ja ziemlich stark betrunken gewesen. Nein. Das war nicht möglich. Geoff hatte doch ausdrücklich gewollt, dass Antonio schlafen ging, in sein Zimmer. In dem der Killer schon auf ihn wartete. Der Killer, der über den Balkon des Nachbarzimmers eingestiegen war. Das musste in dem überfüllten Hotel schon vor langer Zeit bestellt worden sein, sonst hätte der Mann nicht das Zimmer nebenan bekommen. Geoff hatte also nicht nur ein Zimmer gebucht. Sondern zwei.

Antonio spürte, wie ihm die Magensäure hochschoss, und kurz vor dem Moteleingang wurden seine Lederschuhe nass vom Erbrochenen.

13

Helsinki

Annika Lehto schaute in der Puistokatu aus dem Fenster. Von der Wohnung im obersten Stockwerk sah man nicht nur den Kaivopuisto-Park, das Observatorium Ursa auf einem hohen Felsen und das Restaurant Kaivohuone, sondern auch das orangefarben schimmernde Meer und den breiten Sandweg, der zum Ufer führte. Auf dem war sie hunderte Male gejoggt. Das alles hatte sie immer als ihr Zuhause empfunden. Das Bild des Parks von hier oben aus war ihr das liebste. Es glich einer Rückblende in die Kindheit.

Annika senkte den Blick und betrachtete die Fotos, die auf dem Fensterbrett in Reih und Glied standen. Eines im Holzrahmen, dessen Vergoldung teilweise schon abgegriffen war, nahm sie in die Hand. Auf dem Bild saß eine schöne und hysterisch lachende junge Frau um die zwanzig auf einer Skulptur, einem Hund, der an einen Pfahl pinkelte. Schwer zu sagen, was auf dem Foto besonders retro war: ihre Frisur oder vielleicht doch die kastenförmige Kodak-Kamera, die ihr um den Hals hing. Sie selbst sah idiotisch aus, aber die auf dem Foto verewigte Freude wirkte sehr echt. Vielleicht war es die noch ganz frische, glühende Liebe gewesen, die sie damals hatte lachen lassen. Diese verbotene, spannende Liebe. Diese romantischen Spaziergänge durch die Brüsseler Straßen.

»Erinnerst du dich daran? Zinneke Pis, in Brüssel. Das Foto stammt meiner Ansicht nach aus dem Jahr 2001.« Ihre Mutter war lautlos neben ihr aufgetaucht.

»Ja«, sagte Annika und stellte das Bild wieder auf das Fensterbrett. Offensichtlich glaubte ihre Mutter, das Foto selbst gemacht zu haben. Aber Annika erinnerte sich ganz genau an alles. Die Aufnahme stammte aus dem Dezember 2001. Nur ein paar Monate vorher waren sie nach Brüssel gezogen.

»Hast du deinen Bruder angerufen?«

»In letzter Zeit nicht.«

»Du könntest ihn doch mal anrufen. Oder in Porvoo besuchen. Das würde ihm gefallen. Und deinem Patenjungen auch.«

»Ja«, Annika schluckte, drehte sich um und betrachtete das gedämpft beleuchtete Wohnzimmer. »Vielleicht dann zu Weihnachten.«

»Bis Weihnachten ist es noch eine lange Zeit, Annika. Es nützt nichts, Dinge immer zu verschieben. Zu seinen nächsten Angehörigen sollte man Kontakt halten, solange es noch einfach ist. Oder überhaupt noch möglich.«

»Mutti, bitte, ich bin nicht hergekommen, damit du einen besseren Menschen aus mir machst«, sagte Annika, bereute ihre Worte jedoch sofort, als sie die traurigen Augen ihrer Mutter sah, und nahm ihre Hand. »Ich verspreche, einen Besuch in Porvoo zu machen, sobald ich nach Finnland zurückgekehrt bin. Oder wir versuchen uns hier zu treffen und essen alle gemeinsam.«

»Ich weiß nicht, ob ich so ein großes Essen aus eigener Kraft zubereiten kann. Dein Vater ist immer für den Schweinebraten zuständig gewesen ...«

»Ich komme und helfe dir, Mutti.«

»Das wäre natürlich schön. Und dann – oder vielmehr vorher – könnten wir alle zusammen nach Meilahti ins Krankenhaus fahren.«

»Hört sich gut an«, sagte Annika, lächelte und rieb die kalten Hände ihrer Mutter, um sie zu wärmen. Sie wusste sehr gut, dass es vielleicht schon in einer Woche keinen Grund mehr für einen Krankenhausbesuch geben würde. Geschweige denn in einem Monat. Die Dienstreise nach Zagreb könnte viel mehr Zeit in Anspruch nehmen als erwartet. Der Auftrag war jedoch so wichtig, dass es beruflich Selbstmord gewesen wäre, ihn abzulehnen. Und außerdem, wenn Vater noch bei Bewusstsein wäre, würde er seine Tochter auffordern, dahin zu fahren. Daran bestand kein Zweifel. Tatsache war, dass Annika im Augenblick nichts für ihren Vater tun konnte. Er war schon nicht mehr ganz in dieser Welt. Dennoch wirkte der Gedanke, dass sie dann, wenn er von ihnen gehen würde, nicht in der Nähe, sondern auf der anderen Seite Europas wäre, ungeheuer bedrückend.

Annika trat an den Esstisch und hängte sich ihre Handtasche langsam über die Schulter.

»Und nun gehst du wieder in die Welt hinaus.« Die Mutter lächelte etwas gezwungen und wischte sich die feucht gewordenen Augen. »Dabei bist du doch gestern erst gekommen.«

»Meine Arbeit ist eben manchmal so. Sorry, dass ...«

»Du musst kein schlechtes Gewissen haben, weil du dein eigenes Leben hast. Mit einer tollen Karriere. Nur die Vogeljungen, die sich nicht trauen, ihre Flügel auszuprobieren, hocken bei ihren Eltern herum.«

Annika nickte und machte einen Schritt in Richtung Flur.

»Tu mir einen Gefallen, Annika.«

»Was für einen?«

»Geh noch heute ins Krankenhaus. Bevor du fliegst. Man weiß ja nie ...«

»Okay, Mutter. Mach ich,« sagte Annika und öffnete die Wohnungstür.

»Versprichst du mir das?«

»Ich verspreche es.«

Sie umarmten sich, und die Mutter gab der Tochter einen Kuss auf die Stirn. Annika zog die Tür hinter sich zu und stand nun allein im Treppenhaus. Bilder aus dem Krankenhaus schossen ihr durch den Kopf – und ihr war so, als würde sie den sterilen Geruch spüren. Als würde sie das schleppende Geräusch des Beatmungsgeräts hören. Sie schloss die Augen und sah ihren Vater mit bleichem Gesicht in seinem Krankenhausbett liegen. Regungslos. Angeschlossen an Sauerstoffschläuche. Annika öffnete das Gitter des alten Aufzugs und setzte sich auf dessen kleine hölzerne Bank. Dann liefen ihr die Tränen über die Wangen.

14

Espoo

Daniel lag in dem breiten Doppelbett und begriff erst jetzt, warum er – seit er allein lebte – auf der anderen Seite des Bettes schlief. Er verbrachte seine Nächte jetzt dort, wo früher die Frau gelegen hatte. Das tat er nicht etwa, weil Nachttisch und Bettwäsche noch den Duft ihres starken Parfüms ausstrahlten. Und auch nicht, weil diese Betthälfte etwas weicher war, was das Einschlafen erleichterte. Als ihm der eigentliche Grund klar wurde, empfand er für einen Augenblick Mitleid mit sich selbst: Er wollte einfach beim Aufwachen nicht das leere, gemachte Bett erblicken, da, wo er morgens immer die Frau gesehen hatte. Die Haare wild auf dem Kissen ausgebreitet. Ohne Make-up. Und trotzdem so schön. Der Neuanfang hatte neue Regelungen mit sich gebracht. Keine Unklarheiten mehr. Er würde nicht sinnlos auf dem unberührten Laken neben sich herumtasten.

Rasch richtete er sich auf und setzte sich auf die Bettkante. Das Haus war leer und seltsam still. Hämäläinen hatte den Hund mitgenommen, damit Daniel am frühen Morgen direkt zum Flughafen fahren konnte. Er öffnete erneut die Mappe, die Hämäläinen dagelassen hatte, und zündete sich einen Zigarillo an. Das war einer der Vorteile, wenn man allein wohnte. Er rauchte nur selten in der Wohnung. Immer, wenn er sich verwöhnen wollte. Wenn er seinen Körper nicht mit unnötiger Bewegung strapazieren wollte. Das war jetzt genau so ein Moment.

Er betrachtete Westerlunds Gesicht auf dem Foto und ließ sich den Bericht von dessen Freund, dem Journalisten, durch den Kopf gehen. Jare Westerlund hatte in Kroatien etwas Interessantes gefunden. Etwas, was seine Prioritäten geändert hatte. Seine Einstellung zu allem anderen. Aber was war in Kroatien eigentlich passiert? Und warum hatte man den jungen Finnen wiederholt bedroht? Außer Zweifel stand, dass sein Verschwinden mit den Drohungen zusammenhing. Aber auf die Frage, ob Westerlund aus eigenem Antrieb oder auf Betreiben eines anderen verschwunden war, musste eine Antwort gefunden werden.

Daniel ließ den dünnen Zigarillo zwischen den Lippen stecken und blätterte im Ermittlungsmaterial. Es bestand zum größten Teil aus mit Tippfehlern übersäten Dokumenten auf Kroatisch, was für Daniel kein Problem darstellte. Er hatte regelmäßig Nachrichten auf kroatischsprachigen Websites gelesen und so dafür gesorgt, dass seine Sprachkenntnisse nicht einrosteten. In den neun Jahren beim Nachrichtendienst der Streitkräfte hatte man ihm neben der Analyse der militärischen Sicherheitslage Finnlands und der Faktoren, die sie beeinflussten, auch andere vielfältige und hochinteressante Aufgaben übertragen. Seine umfassende Kenntnis der Balkanregion, ihrer Kultur und der Menschen hatten ihn zu einem geschätzten Experten gemacht, dessen persönliche Meinung im Laufe der Jahre nicht nur Journalisten und die Polizei eingeholt hatten, sondern sowohl das Außen- und das Innenministerium als auch das Verteidigungsministerium.

Bisher hatten die Konsultationen jedoch auf finnischem Boden stattgefunden, weit entfernt von dem Ort, an den er nicht hatte zurückkehren wollen. Er war einer Rückkehr schon so lange ausgewichen, dass er nicht mehr mit Sicherheit wusste, warum ihm der Gedanke, wieder dorthin zu reisen, so unmöglich erschien. Wovor hatte er am meisten Angst? Vielleicht davor, traurig zu werden. Oder davor, dass er – einmal dort angekommen – aus irgendeinem Grund nicht mehr nach Finnland zurückkehren könnte. Erinnerungen gab es viele, und eine war schmerzhafter als die andere.

Wieder betrachtete er das Foto. Es war nicht Raimo Hämäläinens Verdienst, dass er sich auf das Vorhaben eingelassen hatte. Der Grund für seine Bereitschaft, den Auftrag zu übernehmen, fand sich in Westerlunds Foto. Das Bild stammte ganz offensichtlich aus einer Zeit lange vor den schicksalhaften Ereignissen, aber dennoch rief ihn irgendetwas in diesem lächelnden Gesicht mit den blonden Haaren um Hilfe.

Daniel wurde kalt. Er drückte den Zigarillo aus. Draußen fuhr eine heftige Windböe in die Zweige, die Blätter raschelten auf den Dachziegeln. Das erste Mal seit Langem verspürte er Angst vor dem Einschlafen. Er musste jetzt stark bleiben. Eine Rückkehr mitten in die Erinnerungen durfte keine Rückkehr an den Ort der Dunkelheit bedeuten. Auf gar keinen Fall. Denn diesmal würde es ihm vielleicht nicht gelingen, sich aus seiner Hölle wieder herauszukämpfen.

15

Helsinki-Vantaa

Das strahlende Licht der Morgensonne flutete durch die runden Fenster des Flugzeugs herein. Daniel schloss die Augen, als die Stewardessen mit ihrem Vortrag begannen. Er war in seinem Leben viel geflogen und hatte das Gefühl, von der Pflicht, sich die Show anzusehen, befreit zu sein. Diese Choreografie war zweifellos die weltweit bekannteste, aber zugleich wohl auch jene, die man sich am schlechtesten merkte. Wie viele Passagiere auch dieser Maschine würden denn im Falle eines Unglücks die Schwimmwesten und den nächstgelegenen Notausgang rechtzeitig finden? Die wenigsten. Damit jeder Passagier im Ernstfall nach den vorher erhaltenen Anweisungen handelte, wäre ein enormes Training nötig. Die Abläufe müssten sich ins Muskelgedächtnis einprägen. Darum ging es auch in Kampfsituationen.

Daniel wandte den Blick zu Annika, die ihr Portemonnaie und das auf den Flugmodus umgestellte Smartphone in ihre Handtasche stopfte. Er musterte die zierliche, attraktive Frau und wunderte sich immer noch über die Entscheidung des Außenministeriums, eine junge und operativ gesehen relativ unerfahrene weibliche Person auf die Reise zu schicken.

Annika schaute kurz zu Daniel hinüber und lächelte vorsichtig. Das abwartende Schweigen hatte schon vor etwa zehn Minuten am Abflugterminal begonnen, als das Flugpersonal die Passagiere in die Maschine einsteigen ließ. Daniel saß am Gang und lehnte sich zu Annika hin, um der Stewardess Platz zu machen, die rasch die Klappen der Gepäckbehälter schloss. Dabei spürte er in der Nase den starken Duft eines sehr fraulichen Parfüms. Der Fensterplatz blieb leer, woraus er schloss, dass der Staatssekretär eine halbe Sitzreihe für sie gebucht hatte, um zu garantieren, dass sie in Ruhe arbeiten und die Dinge unterwegs durchgehen konnten. Daniel wollte etwas Lockeres sagen, damit das Eis schon gebrochen war, bevor sie zum Dienstlichen übergingen. Seit wann fiel ihm das denn so schwer? Ein kleiner Plausch. Als Spieleröffnung.

Ohne es zu wollen, hatte er während der langen Beziehung mit seiner Exfreundin gelernt, beim Kontakt mit schönen Frauen auf der Hut zu sein und ihn lieber zu meiden. Wenn er zu freundlich lächelte oder eine fremde Frau zum Lachen brachte, hatte das immer zu Problemen geführt. Seine Lebensgefährtin war sehr eifersüchtig gewesen. Sogar erschreckend besitzergreifend. Und deshalb war ihm die Art, wie sie ihre Beziehung beendet hatte, so ungeheuer absurd vorgekommen. Daniel wusste, dass er lange in einem unsichtbaren Käfig gelebt hatte. Aber jetzt machte ihm die Freiheit Angst. Die Freiheit, er selbst zu sein und neuen Menschen zu begegnen.

»Du wirst wohl kaum unter Flugangst leiden«, sagte er schließlich und holte aus seiner Brusttasche einen Nikotinkaugummi.

»He, hast du meine Bonuskarte von Finnair gesehen?«, erwiderte Annika und lachte überrascht.

Daniel lächelte zurück und hoffte, dass sie weiterredete.

»Es sind tatsächlich einige Reisen zusammengekommen. Als Kind wegen der Arbeit meiner Eltern, in der Studienzeit noch mehr zu meinem Vergnügen und jetzt im Ministerium aus dienstlichen Gründen. Da wäre es schon ziemlich dumm, keine Punkte zu sammeln.« In Annikas Stimme lag neben Entschlossenheit auch eine Prise Sarkasmus.

»Sind deine Eltern Diplomaten?«

»Ja, als ich Schülerin war, hat mein Vater in mehreren europäischen Ländern in der finnischen Vertretung gearbeitet. Als Botschafter war er ein paar Jahre zuerst in Frankreich und dann in Belgien. Wir haben viele Urlaubsreisen gemacht und sind bei jeder Gelegenheit, die sich geboten hat, in Finnland gewesen.«

»Das heißt, Botschaften sind dir vertraut«, sagte Daniel und blickte nachdenklich auf den Gang.

»Erhöht das meine Kompetenz in Hinsicht auf diese Ermittlungen?«, erwiderte Annika lächelnd. Daniel sah sie an, als wolle er um Entschuldigung bitten.

»Ich habe in keiner Phase Zweifel ...«

Annika unterbrach seinen Satz mit einem lauten Lachen und legte die Hand auf Daniels Schulter.

»Mach dir keine Gedanken! Viele Leute – vor allem Männer – zweifeln anfangs an meinen Fähigkeiten. Bis zum ersten richtigen Gespräch«, sagte sie und fuhr dann leise fort: »Außerdem bin ich etwas älter, als viele annehmen.«

Daniel schob den Nikotinkaugummi betreten im Mund hin und her und nickte.

»Okay, du bist ein Gentleman und fragst nicht. Ich bin zweiunddreißig Jahre alt, aber im Alkoholgeschäft muss ich fast jedes Mal den Ausweis zeigen«, erklärte Annika, legte den Kopf an die Lehne ihres Sitzes und schloss die Augen.

Als die Maschine die Flughöhe erreichte und die Notbeleuchtung ausging, holte Daniel einen Laptop aus seiner Tasche und stellte ihn vorsichtig auf den heruntergeklappten Tisch. Während das Betriebssystem Windows 8 – das er hasste – hochfuhr, drückte Daniel einen Kaugummi mit vier Milligramm Nikotin aus der Packung auf seine Hand und steckte ihn entschlossen zwischen die Zähne. Er biss leicht hinein, sodass ein Loch in der Oberfläche des medizinischen Kaugummis entstand, und schob ihn dann mit der Zunge in die Wange, wo das Nikotin gleichmäßig über die Schleimhäute des Mundes in den Organismus freigesetzt wurde.

»Kriegst du davon nicht Magenprobleme?«, fragte Annika und holte ihre Utensilien für Notizen aus der Tasche, die sie unter den Sitz vor sich geschoben hatte.

»Ja. Deswegen sitze ich ja am Gang«, erwiderte Daniel und tippte dabei sein Passwort ein. Er drehte sich zur Seite, um Annikas Gesichtsausdruck zu sehen, und antwortete auf ihr Grinsen mit einem vorsichtigen Lächeln. Dann wandte er sich wieder dem Display des Computers zu und räusperte sich zweimal.

»Vorab gleich ein paar Dinge, die du dir bitte einprägst.« Routiniert – ohne hinzuschauen – öffnete er seinen Gurt. »Damit unsere Zusammenarbeit möglichst fruchtbar ist, halte ich es für extrem wichtig, dass wir hinsichtlich der Ermittlungen beide auf demselben Level sind, keiner macht Alleingänge, keiner behält etwas für sich. Außerdem solltest du daran denken, dass die Weitergabe jeglicher Informationen an Dritte durch mich erfolgt, es sei denn, es wird zuvor etwas anderes vereinbart. Praktisch bedeutet das, dass ich über die Fortschritte bei den Ermittlungen nach Finnland berichte und gegebenenfalls die lokalen Behörden unterrichte. Wenn jemand mit Fragen oder Informationen an dich herantritt, musst du mir das sofort mitteilen«, erklärte Daniel und sah Annika kurz erwartungsvoll an. Sie nickte zustimmend. Dann fuhr er fort:

»Zu unserem Verbindungsmann wurde der Honorarkonsul der finnischen Botschaft ernannt: Viktor Lipovac. Er ist Kroate, spricht aber ausgezeichnet Englisch. Wir haben uns entschlossen, ihm in dieser Angelegenheit zu vertrauen, sollte aber etwas vollkommen schieflaufen ...« Daniel machte eine kurze Pause und lächelte, um die durch den Satz heraufbeschworene Spannung ein wenig aufzulockern. »Für den Fall also, dass mir etwas zustößt und du auf dich allein gestellt bist – dann nimm Kontakt zu diesem Mann auf. Er ist der einzige Mensch auf dem Balkan, dem ich hundertprozentig vertraue.« Daniel holte einen doppelt zusammengefalteten Zettel aus der Tasche und reichte ihn Annika.

»Okay. Das obligatorische Blabla haben wir jetzt hinter uns. Ich mach schnell einen Abstecher nach hinten und dann gehen wir das durch, was wir über Westerlund, sein Verschwinden und den ganzen Fall wissen«, sagte Daniel, stand auf und steuerte das WC an.

Annika blickte ihm eine Weile hinterher und faltete dann den Zettel auseinander, den er ihr gegeben hatte. Unter der Telefonnummer stand ein klangvoller Name, der sich ihrer Ansicht nach aber eher italienisch und nicht nach Balkan anhörte.

»Antonio Franzo«.

16

Zagreb, Kroatien

Der Chef der Abteilung für Gewaltverbrechen der Zagreber Polizei, Borko »Bee« Pavlović, war beliebt. Die Tür seines Büros stand buchstäblich andauernd offen. Kriminalchefinspektor Pavlović war in der dortigen Polizeibehörde kein typischer Leiter, denn er glaubte, dass sich das psychische Wohlbefinden und die Arbeitsleistung der Ermittler direkt proportional zur Aufklärungsquote bei den Verbrechen verhielten. Seine Methode der Transformationalen Führung verärgerte zwar viele Kollegen, die schon im alten Jugoslawien Polizisten gewesen waren, aber es stellte sich heraus, dass die Anzahl der unaufgeklärten Morde unter seiner Leitung deutlich gesunken war. Alles in allem hatte sich das Feng Shui – wie er die Arbeitsatmosphäre selbst nannte – der Abteilung innerhalb von zwei Jahren gewaltig verbessert, wofür auch die Tatsache sprach, dass die Ausfälle von krankgeschriebenen Polizisten gravierend abgenommen hatten.

Im Augenblick wirkte Pavlović jedoch viel nervöser als sonst. Vierundzwanzig Stunden zuvor hatte er sich an seinem Schreibtisch gerade erhoben und wollte zum Mittagsbüfett eines chinesischen Restaurants eilen, als plötzlich sein Vorgesetzter in Offiziersuniform durch die offene Tür getreten war und verkündet hatte, dass der Fall des verschwundenen Finnen jetzt Sache der Mordkommission sei. Und das war noch nicht alles. In dem Fall, der durch die katastrophal schlechten Ermittlungen am Anfang nun noch schwieriger geworden war, würden von jetzt an zusätzlich zu seinen eigenen Leuten zwei Zivilisten aus Finnland herumstochern.

Das hatte es noch nicht gegeben. Der ganze Fall, für dessen Aufklärung es nach Ansicht von Pavlović ohnehin schon zu spät war, kam ihm mehr und mehr wie ein Babysitterauftrag vor und nicht wie kriminalpolizeiliche Ermittlungen. Sein Vorgesetzter hatte jedoch betont, dass die diplomatischen Beziehungen zwischen beiden Ländern auf dem Spiel stünden, und Pavlović hatte versprochen, seine besten Leute auf den Fall anzusetzen. Und das hatte er auch wirklich getan.

»Grüß dich, Borko.« In der Tür war ein verblüffend großer Mann mit schmalem Gesicht aufgetaucht, dessen lange Arme und gewaltige Fäuste etwas schief, aber entspannt herabhingen. Der Mann neigte den Kopf ein wenig, um sich die Stirn nicht am Türrahmen zu stoßen, und betrat entschlossen das Zimmer. Der riesige Kriminalkommissar Josip Buvina hatte, soviel man wusste, unter einer Überfunktion der Hypophyse gelitten, die in der Pubertät außergewöhnlich viel Wachstumshormon produziert hatte. Mit fünfzehn Jahren war Buvina schon zwei Meter groß gewesen, und nach einigen Prognosen stand zu erwarten, dass er für den Rest seines vermutlich kurzen Lebens etwa zwei Zentimeter pro Jahr wachsen würde.

Die als Akromegalie diagnostizierte Krankheit hatte man jedoch schließlich unter Kontrolle gebracht, indem ihre Ursache beseitigt wurde: eine gutartige Geschwulst in der Hypophyse. Nach dem gelungenen chirurgischen Eingriff hatte sich das Wachstum verlangsamt, und beim letzten Gesundheitscheck der Polizeibehörde war eine Körpergröße von zwei Metern und zehn Zentimetern gemessen worden. Sein Äußeres, das auffiel und für Respekt vermischt mit Furcht sorgte, war bei der Arbeit als Kriminalkommissar zweifellos von Nutzen. Zudem verblüfften immer wieder sein ausgeprägtes analytisches Denken sowie die Fähigkeit, aus verstreuten Bruchstücken von Informationen ein präzises Gesamtbild zusammenzufügen.

»Setz dich, Josip.«

»Ist es wirklich unbedingt nötig, diese Finnen mit rumzuschleppen?« Buvinas tiefe und hohle Stimme klang so, als würde jemand durch ein Plastikrohr rufen. Alles am Wesen dieses Mannes bis hin zu den langsamen kontrollierten Bewegungen sprach von extremer Ausgeglichenheit.

»Ich fürchte, ja. Der Befehl kam von ganz oben.«

»Verdammt. Ich habe mir das Material angesehen. Die Geschichte ist ohnehin schon hoffnungslos, und ich fürchte, dass wir wegen der Touristen jetzt noch langsamer vorankommen.«

»Das finnische Außenministerium hat versichert, dieses Gespann sei außergewöhnlich kompetent. Ein Mann und eine Frau.«

»Eine Frau?«

»Genau. Aber der Mann, Daniel Kuisma, ist Experte für die Balkanregion. Er hat in der Zeit zwischen 1990 und 1995 mehrmals in den Reihen der UN-Truppen am Krieg nach dem Zerfall Jugoslawiens teilgenommen«, sagte Pavlović und schob einen Stapel Unterlagen auf dem Tisch zu Buvina hinüber.

»Er spricht Kroatisch?«

»Ja. Das heißt, der Begriff Tourist beschreibt ihn eher ungenügend.«

»Na, immerhin etwas.«

»Sieh das mal von der Seite, dass du kostenlos zusätzliche Ressourcen zur Verfügung gestellt bekommst. Ich glaube, die Finnen werden hier sein, bis die Sache aufgeklärt ist.«

»Wenn sie überhaupt aufgeklärt wird.«

»Nun unke nicht so herum. Du holst sie in zwei Stunden

vom Flugplatz ab. Ich geh mal davon aus, dass du für dein Team neben den Technikern ...«

»Adam.«

»Genau. Du kriegst, was du verdienst«, sagte Pavlović und lächelte kameradschaftlich. Adam Matić, Ermittler der Mordkommission, galt als Buvinas Stammpartner. Die beiden waren beinahe unzertrennlich und passten wie Topf und Deckel zusammen, nicht zuletzt deshalb, weil Matić fast einen halben Meter kleiner war als Buvina.

Pavlović betrachtete den Riesen, der vor ihm saß, und war nicht überrascht, dass der Kriminalkommissar sein Lächeln nicht erwiderte. Von Buvina brauchte man nicht zu erwarten, dass er sein Gesicht über das absolut notwendige Maß hinaus verzog. Dabei war der Mann jedoch nicht besonders unfreundlich, sondern eher zurückhaltend. Irgendwie glich er einem riesigen sympathischen pflanzenfressenden Dinosaurier. Und zwar einem sehr intelligenten. Und einem, den man nicht unnötig ärgern wollte. Pavlović erinnerte sich an ein Frühlingsfest der Polizei, auf dem ein armer Kerl unbedacht in betrunkenem Zustand eine ungehörige Bemerkung über Buvinas Frau gemacht und sich daraufhin in Höhe der Gemälde an der Wand hängend wiedergefunden hatte.

»Wenn das alles war, dann würde ich jetzt gern an die Arbeit gehen.«

»Ich wünsche viel Glück, Josip. Und wenn du etwas brauchst ...«

»Steht deine Tür immer offen. Danke, Bee.«

17

Viktor Lipovac, Honorarkonsul der finnischen Botschaft in Zagreb, entnahm seiner Hosentasche ein blaues Papiertaschentuch und wischte sich den Schweiß von der Stirn. Einige Wochen zuvor hatte er beschlossen, sein fast krankhaftes Übergewicht in den Griff zu bekommen – gesünder zu essen, weniger Bier zu trinken und mehr zu laufen, sofern es die Entfernungen irgendwie zuließen. Deshalb hatte sich Lipovac zu Fuß auf den Weg in das Café gemacht, in dem er sich mit den Finnen treffen sollte, die Westerlunds Verschwinden untersuchten. Für die Strecke von einem Kilometer war in der sengenden Hitze jedoch schon doppelt so viel Zeit vergangen, wie Google Maps vorausgesagt hatte. Er würde zehn Minuten zu spät kommen. Diese Woche war auch sonst äußerst stressig gewesen – es galt, eine gewaltige Menge verschiedenster dienstlicher Aufgaben zu erledigen, und das war durch Westerlunds Verschwinden und die Änderung der Lebensweise zumindest nicht leichter geworden.

Als wolle sie ihn ärgern, wich eine Taube Lipovac erst im letzten Moment aus. Er murmelte Schimpfwörter und hob die freie Hand, um seinen Kopf zu schützen, während er gleichzeitig den Zebrastreifen vor dem Café überquerte. Dann hörte er das intensive Klingeln eines Fahrrads, das mit jeder Zehntelsekunde lauter wurde und eine unausweichliche Gefahrensituation ankündigte. Lipovac bemerkte noch den aerodynamischen Anzug des Radfahrers, seine Sonnenbrille und den grellroten Helm, bevor seine eigene unkontrollierte Ausweichbewegung dafür sorgte, dass er auf die Straße stürzte, als das Rad mit erstaunlich hoher Geschwindigkeit vorbeirauschte.

»Hat es sehr weh getan?«, fragte Daniel Kuisma, der Sekunden später aus dem Café auf die Straße gerannt kam und dem wütend mit der Faust drohenden Radfahrer nachschaute, der hinter der nächsten Ecke verschwand. Lipovac saß mit ausgestreckten Beinen auf dem Pflaster und sah so aus, als hätte man ihn soeben aus einem jahrelangen Koma geweckt. Er kniff die Augen etwas zusammen und blickte den sehnigen Mann und die junge schöne Blondine an, die gerade aus dem Café heraustrat.

»Huch, das ist aber peinlich«, murmelte er auf Kroatisch, während ihm Daniel aufzustehen half.

»Tut es weh?«, wiederholte Daniel und streifte etwas Straßenstaub von der Jacke des Honorarkonsuls ab.

Lipovac holte tief Luft, zauberte ein unbekümmertes Lächeln auf sein Gesicht und sagte auf Englisch, wobei er den Blickkontakt zu Annika beibehielt: »It's all good. Wenn man dem Übergewicht etwas Positives abgewinnen will, so bin ich dadurch viel ruhiger geworden, und außerdem garantiert es eine weiche Landung, wenn ich stürze.« Lipovac gestikulierte beim Reden heftig und entblößte seine auffallend ungleichmäßigen, aber weißen Zähne.

Daniel und Annika sahen einander amüsiert an, waren sich aber nicht sicher, wie sie auf die Selbstironie des Mannes reagieren sollten.

»Mein Name ist Viktor Lipovac. Aber das wusstet ihr beiden sicher schon«, sagte er in freundlichem Ton und brach damit das kurze Schweigen. Er reichte erst Annika und dann Daniel die Hand und fuhr fort: »Also dann, wollen wir nicht hineingehen, um uns etwas zu beruhigen?« Lipovac griff nach seiner Tasche, die der Finne aufgehoben hatte.

Prüfend betrachtete Daniel die Decke des Cafés und die weiß verputzten Wände mit den dicken Stützbalken. Es war schwer zu sagen, ob die mit Teer gestrichenen Balken die Konstruktion tatsächlich trugen oder nur dazu dienten, eine mittelalterliche Atmosphäre zu schaffen. In jedem Fall duftete das Café dadurch stark nach altem Holz und Teer, was ihn an Museumsschiffe und die Achterbahn im Vergnügungspark von Linnanmäki erinnerte.

Ein junger Kellner erschien mit einem braunen geflochtenen Tablett und stellte Tee- und Kaffeetassen auf den Tisch. Lipovac sah ihm etwas geringschätzig, aber aufmerksam zu und wirkte alles in allem äußerst harmlos. Er hatte ordentlich nach links gekämmtes Haar, mit einem geraden Scheitel. Das konnte allerdings auch ein gut getarntes Toupet sein. Sein schweißglänzendes Kinn war glatt rasiert, was wiederum den dichten schwarzbraunen Schnurrbart betonte. Der Mann war knapp über fünfzig, aber aus seiner physischen Erscheinung ließ sich schließen, dass sein Herz ein deutlich höheres Dienstalter hatte.

»Beginnen wir mit den Fakten, die am wenigsten mehrdeutig sind.« Lipovac legte einen mit Notizen vollgeschriebenen karierten DIN-A4-Block auf den Tisch. »Westerlund hätte am Montag letzter Woche bis zehn Uhr am Vormittag an seinen Schreibtisch in der finnischen Botschaft zurückkehren müssen. Das ist jetzt acht Tage her. Das letzte Mal hat er sich in der Botschaft kurz vor seinem Urlaub am Freitag um zehn Uhr sehen lassen, das heißt vor annähernd zweieinhalb Wochen.« Lipovac schaute zu Daniel und Annika auf, um sich zu vergewissern, dass alle der gleichen Meinung waren.

»Aber das ist dann auch schon alles, was wir mit Sicherheit wissen«, sagte er und hängte den Teebeutel in die Tasse, in die der Kellner dampfendes heißes Wasser gegossen hatte.

»Was meinst du damit?«, warf Annika mit verblüffter

Miene ein und fuhr dann fort: »Die hiesige Polizei untersucht die Sache doch schon eine Woche lang.«

»Ich verstehe euren Frust. Die Untersuchung ist nicht so vorangekommen, wie man es sich wünschen würde. Wir wissen, dass Westerlund für sich eine Villa in Split gebucht hatte, mit zwei Schlafzimmern, und zwar vom Freitag, dem 16. August, bis zum Sonntag, den 25. August. Er hat das im Internet im Voraus bezahlt und sollte die Schlüssel in Split im Büro einer Firma abholen, die etwa fünfzehn ähnliche Villen verwaltet.«

»Gab es in Split irgendwelche Probleme? Ich habe einen Bericht gelesen, in dem bestätigt wurde, dass Westerlund die Villa bezogen hatte«, fragte Daniel und runzelte die Brauen.

Lipovac schüttelte den Kopf und atmete den aus der Tasse aufsteigenden Dampf ein. Dann verzog er den Mund, wie um etwas Rätselhaftes anzudeuten: »Auffällig ist, dass niemand gesehen hat, wie Westerlund die Schlüssel der Villa in Empfang nahm. Sie wurden in der Nacht von Samstag zu Sonntag abgeholt, als das Büro geschlossen war. Man kann die Schlüssel aus einem Tresor herausnehmen, der sich mit einem Zahlencode öffnen lässt. Dieser Tresor befindet sich außerhalb des Büros. Er funktioniert also nach dem Selbstbedienungsprinzip.«

»Gibt es dort keine Überwachungskameras, damit wir auch für diese Sache eine Bestätigung bekommen?«, fragte Daniel. Die überraschende Wendung hatte eine frustrierende Wirkung. Lipovac holte tief Luft und sah seinen beiden Zuhörern abwechselnd in die Augen.

»Ihr sitzt doch gut? Denn jetzt kommt der beste Teil der Geschichte. Oder der schlechteste – wie man's nimmt. Die Kameras sind nämlich so eingestellt, dass sie in einer Schleife von zehn Tagen funktionieren. Die Ereignisse in der Nacht von jenem Samstag zu Sonntag sind also durch das neue Material in der Nacht zum 26. August gelöscht worden. Noch am Dienstag hätte man die Sache überprüfen können, aber die Polizei in Split ist erst am Freitag auf die Idee gekommen, nach dem Band mit den Aufzeichnungen zu fragen. Das heißt in diesem Fall: zu spät. Zuvor hat sich niemand überlegt, dass Westerlund die Schlüssel vielleicht nicht selbst abgeholt hatte«, sagte Lipovac und hob die Hände.

Daniel schloss die Augen, er hatte die Nase voll von diesen schlechten Nachrichten.

18

Sie blickten einem Krankenwagen hinterher, der am Café vorbei in Richtung Zentrum raste. Daniel spürte einen stechenden Schmerz in seiner Brust und massierte die Stelle leicht mit dem Zeigefinger.

»Gibt es irgendwelche Hinweise, dass Westerlund nicht selbst in der Villa übernachtet hat?«, fragte Annika, als der Lärm der Sirene verklungen war. Daniel nickte zustimmend.

Lipovac kostete den Tee und ordnete einen Augenblick lang seine Gedanken. Dann hustete er.

»Die Polizei hat das Unternehmen, das die Villa vermietet, sehr gründlich befragt – dafür ist ihnen Anerkennung zu zollen. Zwei Frauen, die für das Reinemachen in den Villen zuständig sind, hatten erzählt, dass Westerlund nur eine kostenpflichtige Endreinigung bestellt hatte. Als die Putzfrauen nach dem Ablauf der Mietzeit in die Villa gegangen waren, mussten sie jedoch feststellen, dass es nichts sauber zu machen gab. In den Betten hatte niemand geschlafen, die Müllbeutel waren leer – sogar die sogenannten VIP-Falten der Toilettenpapierrollen hatte niemand angerührt. Ihr wisst schon, diese gefalteten Klopapierenden in den vornehmeren Hotels?«

»Ja, ja«, erwiderte Annika gelangweilt. Ihrem Gesicht konnte man leicht ansehen, wie es sie frustrierte, wenn man sich zu lange bei unwesentlichen Dingen aufhielt.

»Auf jeden Fall«, fuhr Lipovac voller Eifer fort, »lagen die Schlüssel der Villa auf dem Küchentisch. Es ist ja absolut üblich, sie bei der Abreise dort zurückzulassen. Somit ist jemand zumindest ein Mal in die Wohnung gegangen, hat aber dort offensichtlich weder übernachtet noch irgendetwas anderes gemacht.«

»Haben wir eine Ahnung, mit wem Westerlund seinen Urlaub verbracht hat? Eine Villa mit zwei Schlafzimmern bucht wohl kaum jemand für sich allein. Hat er denn niemandem in der Botschaft erzählt, mit wem er die Reise machen wollte?« Daniel kostete seinen schwarzen Kaffee und spürte den Teergeruch immer stärker.

»Freunde aus Split. Zwei Mädchen. Das hatte er gesagt. Aber keiner hat weiter nachgefragt. Oder zumindest hat niemand eine genauere Antwort bekommen.« Lipovac lachte, als wäre das für Westerlund sehr typisch gewesen.

»Kanntest du … Ich meine, kennst du ihn gut?«, erkundigte sich Daniel ganz ruhig und versuchte den Tonfall eines Verhörs zu vermeiden.

»Wir haben uns vielleicht einmal im Monat getroffen, in der Regel bei Abendveranstaltungen der Botschaft und zuweilen auch im Zusammenhang mit dienstlichen Aufgaben. Ein kluger Kopf war er, und ich hatte den Eindruck, dass er es nicht sehr lange mit derselben Frau ausgehalten hat«, sagte Lipovac und massierte vorsichtig sein rechtes Handgelenk, das er sich bei dem Sturz vielleicht doch verletzt hatte.

Daniel kratzte sich am Kinn, spürte die rauen Bartstoppeln und dachte daran, dass es schon zwei Tage her war, seit er sich zu Hause in Espoo das letzte Mal rasiert hatte.

»Würdest du noch etwas mehr über die Drohungen sagen, die Westerlund erhalten hat?«

»Meines Wissens gab es drei Vorfälle. Der erste ereignete sich zwei Wochen, bevor Westerlund seinen Koffer packte und nach Split in den Urlaub fuhr – das heißt etwa vor einem Monat.« Lipovac leckte seinen Zeigefinger an und blätterte in seinem etwas chaotischen Notizblock ein paar Seiten zurück. »Durch das offene Fenster von Westerlunds Wohnung in einem mehrstöckigen Haus war mitten in der Nacht ein toter Vogel hineingeworfen wurden.«

»Ein toter Vogel?«, fragte Annika verwundert.

»Ja. Wenn ich das richtig verstanden habe, war es ein Rabe. Der Vogel hatte gerahmte Fotos und Blumentöpfe vom Fensterbrett geworfen. Westerlund war von dem Lärm aufgewacht, hatte das Licht angeschaltet und den toten Vogel auf dem Fußboden bemerkt«, präzisierte Lipovac seine Aussage und konnte nicht verbergen, dass er bei der Schilderung der Ereignisse richtig in Begeisterung geriet.

»Okay, als mir Westerlund die Geschichte das erste Mal erzählte, habe ich überlegt, woher er denn gewusst haben konnte, dass man den Vogel tatsächlich hineingeworfen hatte, dass er also nicht selbst durch das offene Fenster geflogen war? Ihr fragt euch das doch vermutlich auch?«, fuhr er geheimnisvoll fort, lehnte sich über den Tisch und blickte abwechselnd beide intensiv an.

Daniel bemerkte, dass die Krawattenspitze des Honorarkonsuls kurz in dessen Teetasse tunkte, als er sich wieder aufrichtete.

»Der Rabe konnte nicht allein hineingeflogen sein. Man

hatte ihm nämlich die Augen ausgestochen!« Er öffnete die geballte Faust, streckte die Finger und dehnte den Nacken erst zur einen, dann zur anderen Seite.

Daniel warf einen Blick zu Annika und bemerkte, dass ihr der Gedanke an den verstümmelten Vogel zu schaffen machte. Aus der Küche des Cafés war Lärm zu hören, ein Tablett samt Gläsern war heruntergefallen. Der Kellner hastete mit der Kehrschaufel in der Hand an ihnen vorbei. Daniel dachte an den Raben, und dann schossen ihm Bilder von ähnlichen Brutalitäten durch den Kopf, begangen auch an Menschen.

»Und diese ausgestochenen Augen waren offensichtlich ein Hinweis auf irgendetwas, das Westerlund gesehen hatte oder vor dem er die Augen verschließen sollte?«, schlug Daniel vor und glaubte, sein Gedanke werde gewiss ein Echo finden.

»So hört sich das ja unbestreitbar an. Eine klassische Drohung. Aber Westerlund hat nie eingeräumt, irgendetwas gesehen oder erlebt zu haben, was vom Normalen abwich. Er konnte auch nicht sagen, ob es etwas gab, bei dem er von Amts wegen ein Auge zudrücken sollte. Er war einfach nicht fähig, uns eine Vermutung zu nennen, aus welchem Grunde oder von wem er bedroht wurde. Wir hatten also eine Drohung auf dem Tisch, ohne die geringste Ahnung zu haben, ob und was für Forderungen damit verbunden waren.« Lipovac klopfte leicht auf seinen Kopf und verlieh seinem Gesicht einen übertrieben trostlosen Ausdruck.

»Also beließ man es dabei und tat nichts?«, fragte Annika und klang etwas unsicher.

»Ja, obwohl er wegen der Ereignisse anscheinend wirklich Angst hatte. Er hätte sich gewünscht, dass die Sicherheitsvorkehrungen für die Botschaft und ihr Personal sofort verstärkt wurden.« Lipovac heftete den Blick ganz kurz auf die Schnittstelle von Wand und Decke und sah das erste Mal ratlos aus. »Das war alles in allem eine sehr merkwürdige Situation: Zum einen wusste Westerlund nichts über die Gründe für die Drohungen, zum anderen war er sich gleichzeitig vollkommen sicher, dass er in Lebensgefahr schwebte. Ich bekam dann schnell das Gefühl, dass er uns nicht die ganze Wahrheit verriet. Der Auffassung war auch der Botschafter. Westerlund hat sofort Kontakt zum Sekretär des Außenministers aufgenommen, weil er meinte, in der Botschaft würde man sein Problem nicht ernst genug nehmen. Meines Wissens hat man aber auch im Ministerium konkretere Angaben verlangt, um die Sache untersuchen und die Sicherheitsmaßnahmen verstärken zu können. Doch Westerlunds Erklärungen blieben wieder ein Torso.«

Bei einem Blick durch das große Fenster, dessen Scheibe an den Rändern dünn bemalt war, bemerkte Daniel, dass sich am Himmel dunkle Wolken zusammenballten. Die leichte Sommerkleidung der Passanten flatterte unruhig im auffrischenden Wind. Er dachte an Jakke Timonens Schilderung, wie geheimnisvoll sich Westerlund gegeben hatte.

»Aber die Drohungen fanden dann bald eine Fortsetzung?« Daniel bemühte sich, Lipovac zur Fortsetzung seiner Geschichte zu bewegen.

»Ja, und dazwischen lagen nur fünf oder sechs Tage. Der Schauplatz war erneut Westerlunds Wohnung. Diesmal hatte er den ganzen Abend bei einem Seminar mit anschließendem Essen in den Räumen der Botschaft verbracht und war gegen Mitternacht nach Hause zurückgekehrt. Die Wohnungstür stand offen, und das Licht brannte. Beim Betreten seiner Einzimmerwohnung hatte Westerlund festgestellt, dass die Regale und Schubfächer durchwühlt und alle Unterlagen und Mappen auf dem Fußboden ausgebreitet worden waren. Laut seinem Bericht hatte er sich sofort vergewissert, dass sich niemand mehr in der Wohnung befand. Dennoch soll plötzlich jemand, offensichtlich aus dem Treppenhaus, mit einer schwarzen Skimaske an der Tür aufgetaucht sein. *Gotovo je*, hätte der Mann leise gesagt und mit dem Daumen an seiner Kehle eine Geste gezeigt, die eindeutig war.« Lipovac ahmte mit seinem Daumen die Bewegung nach, mit der man jemandem die Kehle durchschnitt. Dann hob er seine Teetasse hoch und rührte das Getränk mit konzentrierter Miene um.

»Gotovo je?«, fragte Annika vorsichtig.

»Das ist Serbisch und bedeutet so ungefähr: Das Spiel ist aus, ›it's over‹«, antwortete Daniel schnell, ohne Annika anzusehen. »War das der erste Hinweis darauf, dass die Drohungen von Serben kamen?«

Daniel notierte sich die Aufforderung und kreiste die Wörter ein.

»Das kann man so sagen. Der Rabe ohne Augen hat ja gar keine Sprache gesprochen«, witzelte Lipovac und brach in ein unmäßig lautes Gelächter aus, das sich wie Keuchhusten anhörte. Daniel und Annika sahen sich ungläubig an, schmunzelten dann aber beifällig über den Witz.

»Der Mann hat Westerlund jedoch keine physische Gewalt angetan?«, fragte Annika, während sich der Honorarkonsul noch das Lächeln vom Gesicht wischte.

»Nachdem er seine Botschaft überbracht hatte, war der Mann im Treppenhaus verschwunden. Westerlund hat ihm durchs Fenster nachgeschaut und gesehen, dass er an der nächsten Kreuzung nach links abgebogen und hinter den Häusern untergetaucht ist.« Lipovac hustete zweimal und setzte seinen Bericht dann fort: »Wir haben später gefragt, warum er nicht sofort die Polizei angerufen hat. Westerlund hat uns erklärt, der hiesigen Polizei könne man seiner Ansicht nach nicht trauen, und er hätte sich auch nicht weiter in seiner Wohnung aufhalten, geschweige denn dort schlafen wollen, denn in die wäre ja kurz zuvor eingebrochen worden. Er hatte dann ein Taxi zur Botschaft genommen und die Nacht auf dem Sofa in seinem Arbeitszimmer verbracht.«

Daniel ließ den Blick langsam von Lipovac zum Tisch und zu seinen Notizen wandern. Der Plausch im Café zeigte schon jetzt, dass bei diesem mysteriösen Verschwinden schrecklich viele Puzzleteile fehlten.

»War die Tür aufgebrochen oder ist der Eindringling mit einem Schlüssel in die Wohnung gekommen?«

»Meines Wissens fanden sich keine Einbruchsspuren, aber es handelt sich um so ein altmodisches Schloss, das man mit dem entsprechenden Werkzeug leicht öffnen kann.«

»Ist euch irgendwann klar geworden, was der Mann in Westerlunds Wohnung gesucht – und möglicherweise gefunden hat?«, fragte Annika plötzlich, woraufhin Daniel etwas murmelte, so als hätte man ihm die Frage aus dem Mund genommen.

»Am nächsten Tag haben wir Westerlund gedrängt, sich an die Behörden zu wenden. Er ist dann mit einem Polizeikommissar in seine Wohnung zurückgekehrt, um Inventur zu machen. Seiner Ansicht nach war noch alles vorhanden, wenn auch achtlos auf dem Fußboden ausgebreitet«, erzählte Lipovac, schluckte und fuhr dann schnell fort: »Wenn ihr erlaubt, gehe ich jetzt mal kurz zur Toilette.«

Er hatte solche Mühe aufzustehen, dass Daniel sich schon darauf vorbereitete, ihn zu halten, falls er zusammenzusackte.

»Geht schon. Bleib ruhig sitzen.« Lipovac winkte ihm

kurz zu und steuerte das hölzerne WC-Schild an, das an der hinteren Wand des Cafés hing.

19

»Woran denkst du?«, fragte Daniel, als er Annikas amüsierten Gesichtsausdruck bemerkte.

»Ein eigenartiger Typ. Westerlunds Verschwinden scheint ihn nicht gerade zu erschüttern. Aber vielleicht ist das nur seine Art, die Sache darzustellen.«

»Ein eigenartiger Typ? Das ist aber eine sehr diplomatische Analyse. Verdammt eigenartig, würde ich sagen.« Daniel lachte und brachte Annika dazu, vorsichtig zu kichern. »Auf jeden Fall habe ich das Gefühl, dass uns Lipovac nichts Entscheidendes erzählen kann. Aber Leute, die befragt werden müssen, gibt's ja hier mehr als genug«, fuhr Daniel fort und schlürfte seinen Kaffee, bis die Tasse leer war.

»Ist es möglich, dass wir uns Westerlunds Wohnung ansehen?«, fragte Annika und warf einen Blick auf die betagten Frauen am Nebentisch, die ihren Kopf mit bunten Tüchern bedeckt hatten.

»Das müssen wir auf jeden Fall machen. Mit Hilfe des Kriminalkommissars kriegen wir auch sicher die Tür auf. Ich würde jedoch die Möglichkeit nicht ausschließen, dass immer noch jemand Westerlunds Wohnung mehr oder weniger aktiv observiert.«

»Du willst also nicht, dass man unsere Anwesenheit hier bemerkt?«

»Ich glaube, alle, die es betrifft, wissen längst, dass wir hier sind. Auch die, die möglicherweise für Westerlunds Verschwinden verantwortlich sind. Ich würde die Augen vor allem für den Fall offen halten, dass sich *uns* jemand ungewollt zeigt, und zwar am rechten Ort zur rechten Zeit.« Daniel winkte dem Kellner.

»Meinst du damit, dass uns möglicherweise jemand beobachtet?« Annika ließ den Blick im Café von einem Gast zum anderen wandern und fuhr mit leiser Stimme fort: »Sogar jetzt in diesem Moment?«

»Das ist denkbar. Aber auch sie werden kaum das Risiko eingehen, entdeckt zu werden«, sagte Daniel. Dann drehte er sich zu dem Kellner hin, der am Tisch erschienen war, und bestellte in flüssigem Kroatisch weitere Getränke. Als der Mann gegangen war, wandte sich Daniel wieder Annika zu:

»Wir haben meiner Meinung nach drei Alternativen. Erstens kann es sein, dass Westerlund aus eigenem Antrieb verschwunden ist, dann suchen ihn vielleicht auch die anderen. Wahrscheinlich genau die Leute, die ihn bedroht haben. Die zweite Alternative ist, dass sich Westerlund in der Gewalt derer befindet, die ihn bedroht haben. Oder er ist …«

»Ermordet worden?«

»Genau. Aber wie dem auch sei, der aufgewirbelte Staub hat sich noch nicht gelegt. Ich möchte wetten, dass bei der letzten Alternative die Gegenseite bestrebt ist, alle Hinweise zu vernichten und sicherzustellen, dass sein Verschwinden ein ewiges Rätsel bleibt. Deswegen halte ich es für ziemlich sicher, dass wir in Kürze auf jeden Fall Gesellschaft bekommen.« Daniel presste seine Lippen fest zusammen. Annika sah plötzlich ängstlich und unsicher aus. Ihre bisher demonstrierte Selbstsicherheit und Zielstrebigkeit hatten offensichtlich einen Dämpfer erhalten.

»Keine Sorge«, erklärte Daniel, »die sind nicht dumm. Wenn sie uns Schaden zufügen, wäre das der schlimmste Fehler, den sie machen könnten. Aus ihrer Sicht ist es natürlich am vernünftigsten, wenn wir das Land mit leeren Händen verlassen. Aber unversehrt. Denn sonst strömen ja noch mehr Ermittler und Polizisten hierher.« Er sah Annika beruhigend an.

»Du hast gesagt, dass alle von unserer Ankunft wissen. Meintest du damit, dass jemand in der Botschaft Informationen weitergibt?«, fragte Annika nach kurzem Schweigen.

»Wenn hier jemand eine Information haben will und bereit ist, dafür zu zahlen, dann kriegt er sie auch. Ich behaupte nicht, dass einer von den finnischen Diplomaten direkt an die Entführer von Westerlund berichtet, aber in der Kette ist für viele kleine Vögel Platz, von den Putzfrauen bis zu den Kraftfahrern«, antwortete Daniel und sah, wie sich die WC-Tür öffnete.

»Mach dir keine unnötigen Sorgen«, fuhr er mit ruhiger Stimme fort, während sich der Honorarkonsul dem Tisch näherte. Und dann flüsterte er: »Hören wir uns seine Geschichte bis zu Ende an.«

»Ich erzähle euch jetzt noch von der dritten und meines Wissens letzten Drohung«, sagte Lipovac und setzte sich dabei wieder. Er nickte dem Kellner zu, der an ihren Tisch kam und Kaffee und Tee nachschenkte. Als er weitergegangen war, verstummte Lipovac für einen Augenblick, schaute abwechselnd beiden Finnen in die Augen und sah das erste Mal während ihres Treffens wie ein intelligenter und analytisch denkender Mensch aus.

»Ich habe von dir und deiner Vergangenheit gehört, Kuisma. Ich glaube, dass du genau weißt, worauf du dich eingelassen hast. Aber ich möchte dennoch darauf hinweisen ...«, er senkte die Stimme und flüsterte nun fast, »... dass ihr es womöglich mit sehr unangenehmen Leuten zu tun bekommt.«

»Wir sind ja wohl auch nicht hier, um uns eine Urlaubsbegleitung zu suchen«, entgegnete Daniel, seufzte und wartete darauf, dass der Honorarkonsul seine Meinung etwas präzisierte.

»Apropos Urlaubsreise. Soviel man weiß, hatte Westerlund seine eigene Reise schon Wochen vor der ersten Drohung geplant und auch bereits gebucht. Zumindest hatte er mehrmals mit Leuten von der Botschaft darüber gesprochen. Die Nächte vor seinem Urlaub hat er dann jedenfalls in der Botschaft verbracht und ist nicht mal zum Mittagessen rausgegangen. Obwohl er einen eher gestressten und ängstlichen Eindruck machte, vertrat er kategorisch die Ansicht, er könne die Urlaubsreise nach Split nicht absagen und die Lage werde sich binnen Kurzem auf irgendeine Weise entspannen.« Lipovac schlürfte seinen Tee und fuhr mit leiser Stimme fort:

»Wie gesagt, er hat niemandem erzählt, mit wem er verreisen wollte. Doch er hat behauptet, es wäre sicherer, für eine Weile aus der Stadt zu verschwinden. Und wie wir wissen, befindet er sich immer noch auf dieser Reise.«

»Wann wurde er das dritte Mal bedroht?«

»Am Tag seiner Abreise in den Urlaub erhielt Westerlund morgens auf dem Festnetztelefon in seinem Büro einen Anruf. Die Botschaftsassistentin Maija Koistinen hat gehört, wie er wütend etwas ins Telefon rief. Danach wirkte Westerlund sehr aufgeregt. Er suchte sein Gepäck zusammen, das er schon mitgebracht hatte, und verließ die Botschaft, ohne das Telefongespräch weiter zu kommentieren. Der Botschafter sah durchs Fenster, wie er vor dem Eingang des Gebäudes in ein Taxi stieg, danach hat man nichts mehr von ihm gesehen oder gehört«, erzählte Lipovac und wischte sich den Schweiß von der Stirn.

»Was ist am Telefon passiert? Gibt es Informationen über den Anrufer?«

»Der Anrufer wurde nicht ermittelt. Das Telefonat aber haben wir auf Band. Alle Gespräche über die Festnetztelefone der Botschaft werden aus Sicherheitsgründen aufgezeichnet und können später nötigenfalls noch einmal abgehört werden, vor allem wenn es dafür einen guten Grund gibt. Der Botschafter vertrat die Ansicht, dass der Grund diesmal sehr stichhaltig war.« Lipovac holte tief Luft und fuhr fort: »Ich habe den wörtlichen Inhalt nicht hier. Auf jeden Fall war der Anrufer ein Mann und sprach Englisch, mit hiesigem Akzent. Die Stimme hatte man offenbar mit irgendeinem elektronischen Gerät verändert. Die Botschaft der Drohung war wieder dieselbe – Westerlund sollte mit dem, was er tat, aufhören. Die Zeit der Warnungen wäre vorbei.«

Daniel und Annika blickten einander mit ernstem Gesicht an. Daniel schloss seinen Notizblock und rieb sich vorsichtig das Genick.

»Aber ihr könnt euch natürlich das Gespräch selbst anhören, wenn ihr in die Botschaft kommt«, sagte Lipovac, und das vertraute schelmische Lächeln kehrte auf sein Gesicht zurück.

Aus seiner Tasche holte Daniel einen Zigarillo und blickte dem Honorarkonsul hinterher, von dem er sich soeben verabschiedet hatte. Es wehte immer noch eine steife Brise, und er musste die Flamme des Feuerzeugs mit der flachen Hand schützen. Als der Zigarillo angezündet war, fiel ihm auf der anderen Straßenseite ein stämmiger Mann auf, der mit den Händen in den Taschen dastand und ihn ansah. Daniel nahm einen tiefen Zug, stieß den Rauch langsam wieder aus und starrte den Mann in aller Ruhe an. Mit den ganz kurzen Haaren, der goldenen Uhr, Lederjacke und Jeans sah er wie der Prototyp des Balkanschlägers aus. Ging das jetzt schon los? Der Psychoterror. Die Drohungen. War das die erste Warnung? Während Daniel noch überlegte, was er als Nächstes tun sollte, kam eine groß gewachsene dunkelhaarige Frau aus dem Café, die fröhlich winkte, mit langen Schritten die Straße überquerte und den Mann umarmte, der jetzt ein sonniges Lächeln zeigte. Dann gingen sie Händchen haltend weiter.

»Ist irgendwas passiert?«, fragte Annika, die im Schlepptau der Frau aus dem Café gekommen war und sah, wie Daniel dem Paar hinterherstarrte, das hinter der nächsten Ecke verschwand.

»Ein Anfall von Verfolgungswahn«, sagte er und ließ den Rauch langsam aus den Nasenlöchern gleiten.

20

Čapljina, Bosnien-Herzegowina

»Bist du Italiener?«, fragte der Mann an der Rezeption, während er Münzen in die Schale für das Wechselgeld auf dem Tresen fallen ließ.

»Wieso?«, knurrte Antonio und nahm das Geld heraus. Der Kaffeeautomat im Foyer des Motels funktionierte mit Münzen, und er hatte nur Scheine in der Tasche. Glücklicherweise war der Angestellte zufällig da – Antonio brauchte jetzt Koffein.

»Ich wollte nicht aufdringlich sein.« Der ergraute und äußerst magere Mann auf der anderen Seite des Tresens sah ihn mit betrübter Miene an und fuhr dann in erklärendem Ton fort: »Es ist nur, weil Sie einem alten Freund von mir so ähnlich sehen, aus Neapel. Sie bleiben doch zum Frühstück? Es ist zwar nichts Besonderes, aber ganz gut – selbstgebackene Brötchen und frischer Kaffee.«

»Tut mir leid, aber ich bin grad nicht in Plauderstimmung«, sagte Antonio frostig und verließ den Empfangstresen. Als er die Münzen in den Automaten einwarf, der in der Ecke stand und surrte, sah er noch einmal zu dem alten Mann hinüber. »Aber eines kann ich Ihnen sagen, ich bin niemals in Neapel gewesen und hab es auch nicht vor.«

Er wandte den Blick von dem verwirrten Alten ab und stieß mit der freien Hand die Glastür des Motels auf.

Als er auf den Parkplatz hinaustrat, schlug Antonio die sengende Hitze hier im Binnenland ins Gesicht. Das erste Mal seit der Session am Pool setzte er sich der Sonne aus. Er spürte, wie sein Kater explosionsartig schlimmer wurde. Während er den bitteren Kaffee kostete, legte er den Daumen auf den Griff der Pistole im Gürtel, um sich zu vergewissern, dass sie notfalls schnell zur Hand wäre.

Er konnte nicht in dem Motel bleiben. Am vernünftigsten wäre es, möglichst schnell weiterzureisen, denn schon bald würde man ihn auch in Bosnien-Herzegowina suchen. Er müsste sich erst absichern und dann für einige Zeit untertauchen, um seine Wunden zu lecken. Danach, im geeigneten Moment, käme die Zeit der Rache.

Antonio holte ein Stofftaschentuch heraus, wischte sich den Schweiß von der Stirn und ließ sich zum x-ten Mal die Ereignisse der letzten Zeit durch den Kopf gehen. Geoff hatte ihn in einen Luxusurlaub geschickt, der mit seinem Tod enden sollte. Das gute Essen und die Getränke, der Swimmingpool und das bezahlte Mädchen – das alles war gewissermaßen seine Henkersmahlzeit gewesen. Aber warum gerade jetzt, nach all den Jahren?

Für Antonio war Geoff mehr als ein Chef gewesen. Er war Mentor und Vaterfigur, und Antonio wäre bereit gewesen, ihm selbst in den sicheren Tod zu folgen. Aber jetzt ... Das eiskalte und ausgeklügelte Täuschungsmanöver, die Irreführung. Der Verrat. Die erfundene Geschichte von einem wichtigen Auftrag. Eine Kontaktperson, die es nicht gab. Eine Telefonnummer, die niemand benutzte. Ein Allerweltskiller unter dem Bett, bereit, ihm eine Giftspritze zu verpassen. Verdammt! War das Geoffs Vision von einem ehrenvollen Tod? Nach drei Tagen Sauferei verteidigungsunfähig und in Unterhosen von irgendeinem Scheißbodybuilder vergiftet zu werden? Wenn Geoff irgendeinen Grund hatte, seinen treuen Freund loszuwerden, dann hätte er auch den Mumm haben müssen, es selbst zu tun. Aug um Aug.

Die direkt neben dem Eingang installierte Luftwärmepumpe brummte ungleichmäßig und ließ Antonio nervös über die Schulter schauen. Er müsste jetzt in sein Zimmer zurückkehren und sich einen Plan ausdenken. Das Wichtigste wäre, Geoff und seiner Truppe einen Schritt voraus zu sein. Inzwischen hatten sie sicher schon begriffen, dass der Killer bei seinem Auftrag versagt hatte.

Würde Geoff ihm glauben, wenn er ihn anriefe, von den Ereignissen der Nacht erzählte und so tat, als würde er nicht ahnen, wer den Mordversuch veranlasst hatte? Könnte er ihn vielleicht zu einem Treffen unter vier Augen überreden? Nein, Geoff war nicht dumm. Und vor allem, er hielt Antonio nicht für dumm. Geoff wusste, dass Antonio die Wahrheit kannte. Und dass er Tony loswerden musste, bevor der dazu käme, sich zu rächen. Er drückte den leeren Pappbecher zusammen und ließ ihn in den Mülleimer fallen.

Antonio kehrte in das Motel zurück, setzte sich auf das stoffbezogene Sofa im Foyer und fuhr mit den Fingern durch sein dichtes schwarzbraunes Haar. Er betrachtete den alten Mann hinter dem Tresen abschätzend und schloss für einen Moment die Augen. Wie konnte ihn der Alte mit seinem Freund aus Neapel in Verbindung bringen? Die Jungs aus dem Süden waren doch viel dunkler. Außerdem hatte sich Antonio in den über zwanzig Jahren, die er schon in Kroatien wohnte, seinen italienischen Akzent abgewöhnt. Er hatte sich auch nicht mit seinem eigenen Namen in dem Motel eingeschrieben. Woher zum Teufel wusste der Alte, dass Antonio Italiener war?

»Hat heute jemand hier angerufen?«, rief Antonio zum Tresen hinüber und runzelte plötzlich die Stirn.

»Was meinst du damit?« Der alte Mann faltete die Hände unsicher auf dem Buch mit den Zimmerbestellungen.

Antonio kniff die Augen zusammen und beobachtete das Verhalten des Mannes, das verdächtig geworden war.

»Hat jemand hier im Motel angerufen und etwas Ungewöhnliches gefragt?«

»Telefongespräche kommen ständig …«

»Hör auf, hier solchen Scheiß zu quatschen!« Antonio stand schnell auf und näherte sich drohend dem sichtlich angespannten Motelbetreiber. Er warf einen Blick über die Schulter auf den leeren Parkplatz, packte den Alten am Kragen und zog ihn über den Tresen näher zu sich heran.

»Ich frage noch einmal, und es wird am besten für dich sein, wenn du die Wahrheit sagst. Ich habe wirklich eine beschissene Nacht hinter mir und reiche die Scheiße gerne weiter. Hat heute jemand hier angerufen und sich nach einem Italiener erkundigt?«

»Na gut … vor einer halben Stunde wurde hier angerufen«, sagte der Alte mit zitternder Stimme, sah Antonio tief in die Augen und flüsterte offensichtlich verängstigt: »Ein Mann ... er hat gesagt, er wäre Polizist und würde einen Italiener suchen, der wahrscheinlich einen schwarzen Audi fährt.«

»Was hat er noch gesagt?« Antonio fasste fester zu.

»Dass es keinen Grund zur Panik gibt. Dass ich ganz ruhig bleiben soll und dass sie dich gleich holen würden.«

»Verdammte Scheiße!«, brüllte Antonio und ließ das Hemd des Mannes los. Er drehte sich um und blickte durchs Fenster auf die etwa dreihundert Meter entfernte Kreuzung der Landstraße. Auf dem vor Hitze flimmernden Asphalt war erst das Dach eines sich nähernden Autos zu erkennen, und bald sah er auch die Frontscheinwerfer und die Windschutzscheibe eines SUV.

21

»Verflucht!« Antonio trat ein paar Schritte vom Fenster zurück. Geoff und die Jungs mussten auf gut Glück Unterkünfte in Kroatien, Bosnien und Montenegro durchtelefoniert haben. Und dabei hatten sie wirklich Glück gehabt, denn es gab eine Unmenge davon. Antonio war nachts müde und schon furchtbar verkatert zu dem Schluss gekommen, dass ein kleines und abgelegenes Motel eine sichere Alternative für eine Übernachtung wäre.

»Du solltest dich verstecken! Sie werden dich verhören!«, rief Antonio dem Alten an der Rezeption zu und hastete in den langen Gang, der zu den Zimmern im Erdgeschoss führte. Er öffnete seine Zimmertür, lief mit raschen Schritten zum Fenster und stieß es auf. Dann warf er seinen Koffer hinaus auf den holprigen Sandboden und sprang selbst hinterher. Er nahm die Pistole in die Hand, rannte die fünfzig Meter bis zu seinem Auto, riss die Tür auf und schwang sich mitsamt dem Koffer hinein.

Antonio startete den Motor, fuhr rasch ein Stück zurück und lenkte den Wagen dabei in die Fahrtrichtung. Dann trat er aufs Gaspedal, sodass der Kies unter den durchdrehenden Reifen wegspritzte. Als er am Eingang des Motels vorbeifuhr, sah Antonio, wie sich vier Männer um den SUV herum bewegten und wild gestikulierten, als sie den Audi bemerkten, der hinter dem Haus hervorgeschossen kam. Im Rückspiegel beobachtete er, wie drei der Männer sich wieder in den Wagen zwängten, der lospreschte und seinem Wagen folgte, mit dem er in rasendem Tempo die Flucht ergriffen hatte.

Antonio machte mit dem Lenkrad eine schnelle korrigierende Bewegung und verhinderte so, dass sein Fahrzeug durch den rasanten Schwenk ins Schleudern kam. Als der Wagen seine Fahrlinie auf der zweispurigen Landstraße gefunden hatte, trat er das Gaspedal durch. Im Rückspiegel sah er, wie sich der Abstand zu seinen Verfolgern sofort vergrößerte. Der wendige kleine Wagen würde ihm sicher zur Flucht verhelfen, aber nur für einen Augenblick.

Der Plan der Männer hatte auf dem Überraschungsmoment beruht, und er war ihnen zum wiederholten Male einen Schritt voraus gewesen und hatte die kritische Situation mit Müh und Not überstanden. Antonio prüfte auf der Anzeige am Armaturenbrett das Tempo und hoffte, dass er mit seiner stark überhöhten Geschwindigkeit nicht der Verkehrspolizei auffiel. Das hätte gerade noch gefehlt. Der SUV, der ihm folgte, war zwar gerade im Rückspiegel verschwunden, würde ihm aber sicher noch eine Weile auf den Fersen bleiben. Er musste wieder dafür sorgen, dass sie ihn aus den Augen verloren. Und diesmal musste er dieses verdammte Auto loswerden.

Antonio warf einen Blick auf seine Waffe und legte sie vom Beifahrersitz auf die Mittelkonsole, damit sie schneller zur Hand wäre. Er blickte abwechselnd auf die Landstraße und auf den Innenspiegel. Dann traf ihn eine plötzliche Erkenntnis wie ein Schlag, und das tat weh, so wie immer bei unerwarteten Schlägen.

»Scheiße!« Er presste eine Hand um den Griff seiner Pistole und stampfte mit dem Fuß neben dem Bremspedal auf. »Ich bin ein verdammter Idiot!« Er schlug so hart gegen das Lenkrad, dass er ein schmerzhaftes Ziehen in dem Daumen spürte, den er sich vor langer Zeit einmal gebrochen hatte. Wie konnte er nur so blöd sein! Geoff hatte nicht etwa Glück gehabt. Natürlich nicht! Ein GPS-Sender! Die hatte Geoff auch früher schon benutzt. Sein Auto war sicher schon eine ganze Weile zu orten gewesen – für den Fall, dass er etwas geahnt hätte und aus dem Dubrovnik Palace verschwunden wäre.

Er schloss die Augen und wunderte sich über seinen Mangel an Urteilsvermögen. Er hätte das Auto schon an der Grenze zu Bosnien loswerden müssen. Der installierte Sender lieferte Geoffs Leuten auch jetzt Informationen über seinen Fluchtweg.

Antonio warf einen Blick auf den Wegweiser. Bis zur nächstgelegenen Stadt, Mostar, waren es achtundzwanzig Kilometer. Er würde das Auto dort stehen lassen und seine Fahrt mit öffentlichen Verkehrsmitteln fortsetzen. In einer kleinen Stadt ließ es sich zu leicht nachverfolgen, wenn jemand ein Auto mietete. Er brauchte jetzt dringend ein Versteck, in das Geoffs lange Fangarme nicht reichten. Es ging ihm gegen den Strich zu fliehen, aber diesen Kampf konnte er allein nicht gewinnen. Seine alte Truppe spielte jetzt gegen ihn – wer weiß, was für Lügen Geoff den anderen eingetrichtert hatte, Lügen über ihn. Das Motiv für dieses Intermezzo, für seine Eliminierung, war Antonio immer noch ein absolutes Mysterium. Er musste es erfahren. Das war Geoff ihm schuldig. Er holte sein Handy heraus und tippte die Nummer aus dem Gedächtnis ein. Das wäre der letzte Anruf bei Geoff. Er hob das Telefon ans Ohr und hörte es ein paarmal tuten. Dann knackte etwas leise, und es folgte ein Moment der Stille.

»Tony, wo bist du denn?«, fragte eine tiefe Männerstimme am anderen Ende der Leitung.

»Geoff, ich muss es wissen«, sagte Antonio und bemerkte, dass seine Stimme zitterte.

»Bist du in Ordnung?«

»Red keinen Scheiß!« Antonio spürte einen Druck in den Backenknochen, dann traten ihm Tränen in die Augen.

»Das bist du mir schuldig! Die Wahrheit!«, fuhr er fort und wischte sich mit dem Ärmel die Augen trocken.

Der Mann am anderen Ende der Leitung sagte nichts, aber Antonio hörte ihn schwer atmen.

»Sag mir jetzt, warum, verdammt noch mal! Ich weiß, dass du es warst.«

»Beruhige dich. Wir müssen uns treffen. Sag, wohin ich kommen soll«, erwiderte Geoff schließlich.

Antonio sah wieder kurz in den Rückspiegel und wischte sich mit der Daumenwurzel den Rest der Tränen weg.

»Nein, Geoff«, erwiderte er nun schon ruhiger und schluckte den Kloß im Hals hinunter. »Du weißt, dass es nach allem keine Rückkehr gibt, zu dem ... wie es früher war. Du kannst also deinem treuen Soldaten einen letzten

Gefallen tun und ihm sagen, warum er ein solches Schicksal verdient haben sollte.«

Er hörte Geoff tief seufzen. Das hatte er schon unzählige Male erlebt.

»Du bist ein guter Junge, Tony. Ich habe dich immer besonders gerngehabt. Das weißt du, nicht wahr?«, begann Geoff. Antonio hätte schwören können, dass er in der Stimme echte Trauer und Reue hörte.

»Es tut mir sehr, sehr leid«, sagte Geoff und seufzte erneut.

»Aber warum, Geoff? Verdammt, sag endlich, warum. Ich will die Wahrheit hören.« Antonio presste das Telefon in seiner Hand.

»Die Entscheidung lag nicht in meiner Hand«, antwortete Geoff schließlich nach längerem Schweigen und fuhr dann fort: »Ich habe all meinen Einfluss geltend gemacht, damit es möglichst schmerzlos und schnell geschieht.«

»Na, vielen Dank auch! Frag mal den Kerl, der unter meinem Bett gelegen hat, wie schmerzlos und schnell das gegangen ist.« Antonio ächzte niedergeschlagen und wartete darauf, dass die Erklärung weiterging. Er hörte Geoff wieder tief und diesmal noch bedeutend schwerer seufzen.

»Die Sache ist jetzt einfach die, lieber Antonio, dass die Engel des Hammurabi in den Himmel aufsteigen müssen. Endgültig«, sagte Geoff und legte auf.

Die Worte hallten in Antonios Ohren nach, und ihm wurde schwarz vor Augen. Das Telefon fiel ihm aus der Hand auf den Sitz und von dort auf den Boden. Geoff hatte ihm eben zweifellos die Wahrheit verraten. Aber diese Antwort hatte Antonio nicht einmal in seinen wildesten Fantasien erwarten können.

22

Zagreb, Kroatien

Daniel bemerkte die Wassertropfen auf der Windschutzscheibe schon, bevor die Scheibenwischer automatisch starteten. Der auffrischende böige Wind brachte Regenschauer mit, die zuvor über das südliche Kroatien hinweggezogen waren. Diese genaue Wetteranalyse hatte eben Kriminalkommissar Josip Buvina abgegeben, der am Steuer saß. Von der Seite betrachtete Daniel den Mann, dank dessen über zwei Meter hoher Gestalt man sich in dem Skoda Octavia wirklich beengt fühlte. Buvinas hageres Gesicht und seine langen Arme ließen ihn leicht untergewichtig aussehen, obwohl er vermutlich weit über hundert Kilo wog. Josip Buvina erinnerte auf lebendige Weise an den Riesen in der Serie Twin Peaks, die vor einiger Zeit im Fernsehen gelaufen war.

»Endlich Regen für diese Stadt«, murmelte Buvina, während er vor einem Fußgängerüberweg bremste. An sich sprach der Mann fließend Englisch, aber seine undeutliche Artikulation kombiniert mit dem starken Akzent machte es schwer, ihn zu verstehen. Kommissar Buvina war zwar kein guter Redner, aber ein Mann mit scharfem Verstand und mit einer beeindruckenden Karriere bei der Zagreber Kriminalpolizei, und zwar seit 1998. Daniel hatte von Raimo Hämäläinen eine Mappe mit den Angaben zu Buvina bekommen und sie sich schon im Flugzeug angesehen.

»Hier ist es offensichtlich in der letzten Zeit etwas trockener gewesen?« Daniel versuchte vergeblich das Gespräch fortzusetzen, das der Riese begonnen hatte.

Buvina antwortete nicht, sondern grüßte mit erhobener

Hand den Fahrer eines entgegenkommenden Polizeiautos und richtete dann den Blick auf den Innenspiegel.

»Das erste Mal in Zagreb, ja?«

»Annika, er redet mit dir …«, rief Daniel auf Finnisch und beendete damit ein peinliches Schweigen, das viele Sekunden lang gedauert hatte.

»Sorry, excuse me, what?« Annika schreckte auf dem Rücksitz hoch und beugte sich vor.

»Ist das dein erstes Mal hier?« Buvina lächelte und suchte Annikas Blick im Innenspiegel.

»An sich ja. Zagreb ist eine sehr schöne Stadt.«

»Zagreb ist ganz okay, ja. Schön wie sonst was«, sagte Buvina und lenkte den Wagen mit einer ruhigen Bewegung in eine Einbahnstraße, in die Gunduliceva, wie auf einem Schild an der Wand des Eckgebäudes zu lesen war. »Ich möchte noch eine Sache vorbringen«, fuhr er fort und hielt den Wagen vor einem grau verputzten mehrstöckigen Haus an. »Mir gefällt die Art und Weise nicht, wie die Ministerien diese gemeinsamen Ermittlungen arrangiert haben. Man hat uns auch sonst auf die Zehen getreten, aber diesmal können wir nur uns selbst die Schuld geben. Ich helfe euch nach besten Kräften. Und ich werde mich bemühen, euch in jeder Hinsicht den Rücken freizuhalten. Aber ihr müsst auf der Hut sein. Wenn ihr Informationen mit der hiesigen Polizei austauschen wollt, dann ausschließlich über mich. Ich meinerseits gebe jede neue Information immer erst an euch weiter. Ist das klar?«

»Fair enough«, antwortete Daniel und sah Buvina an, der ihn mit einem strengen, aber freundlichen Blick betrachtete.

Westerlunds relativ große Einzimmerwohnung wirkte nach dem Einbruch immer noch chaotisch, obwohl die Ordner, die ursprünglich auf dem Boden gelegen hatten, offensichtlich von der Polizei auf dem Schreibtisch gestapelt worden waren. Das fast zwei Meter hohe Bücherregal hatte man umgestoßen, und davor lag kaputtes Glas und Porzellan, die Überreste von Schmuckgegenständen. Als Daniel durch das Zimmer ging, spürte er, wie der alte und knarrende Dielenfußboden unter seinen Füßen leicht federte. Er blieb am Fenster neben dem Schreibtisch stehen, schaute erst hinaus auf die belebte Gunduliceva und dann zur Tür hinüber, wo Josip Buvina konzentriert in sein Telefon redete. Daniel dachte an den Bericht des Honorarkonsuls über den Mann mit der Maske, der in der Tür gestanden hatte und dann hinausgegangen und schließlich in der nächsten Querstraße verschwunden war.

Daniel ließ seinen Blick durch Westerlunds Wohnung wandern. Sie bestand aus einem etwa vierzig Quadratmeter großen Zimmer, einer offenen Küche und einem separaten Bad. Schreibtisch, Bücherregal, Sofa, TV-Bank und Bett. Kein Esstisch, obwohl der problemlos in den Raum gepasst hätte. Ein paar Bilder an der Wand. Daniel erkannte, dass zwei von Ikea stammten: auf eine gespannte Leinwand vergrößerte Fotos vom Times Square in Manhattan und vom Londoner Piccadilly Circus. Beides waren Schwarzweißfotos, mit Ausnahme der gelben Taxis von New York, die ihre typische Farbe ebenso behalten hatten wie die dunkelroten Londoner Doppeldeckerbusse. Neben dem Fenster stand auf dem Fußboden an die Wand gelehnt ein großes Ölgemälde mit einer Waldlandschaft. Die Leinwand war aufgeschlitzt.

»Die haben auch in den Gemälden gesucht.« Daniel beugte sich über das Bild und schob die Hand in den aufgeschnittenen Stoff hinein.

»Und was gesucht? Bist du schon so weit gekommen?«, fragte Annika, die an der Wohnungstür stand.

»Ich weiß nicht, aber es ist anzunehmen, dass es etwas war, was beispielsweise zwischen den Stoff und die Rückwand so eines Ölgemäldes passt.«

»Gut beobachtet, jetzt wissen wir, dass hier keine ...«

»...Wassermelone gesucht wurde, beispielsweise. Mit anderen Worten so gut wie nichts«, unterbrach Daniel Annika, die amüsiert den Kopf schüttelte.

»Wenn es sich um Informationen in Form von Text oder Bildern handelt, könnten mit dem Eindringling zusammen auch Ausdrucke, Sticks oder eine externe Festplatte verschwunden sein. Es kann sich allerdings auch um etwas ganz anderes handeln.« Daniel wirkte nicht sehr begeistert und rieb sich die Stirn.

»Oder der Eindringling hat ganz einfach nichts gefunden.«

»Ich wette, dass er etwas gefunden hat. Sonst hätte der Mann mit der Maske Westerlund erpresst, das Versteck zu verraten, als er an jenem Abend nach Hause kam.«

»Vielleicht hatte der Mann zwar etwas gefunden, aber nicht alles. Vielleicht hat Westerlund selbst etwas mitgenommen, als er nachts in die Botschaft fuhr«, sagte Annika entschlossen und trat mitten in das Zimmer.

»Für uns ist es praktisch unmöglich zu klären, was in dieser Wohnung zwischen dem Einbruch und Westerlunds Abfahrt passiert ist. Wir müssen davon ausgehen, dass er in der Botschaft die Wahrheit über diesen Abend erzählt hat. Sofern man nichts anderes nachweisen kann.«

»Ärgerlich, das zugeben zu müssen, aber du dürftest recht haben.« Annika ging zum Schreibtisch, um sich die Papierstapel anzusehen. »Worum geht es bei all diesen durchwühlten Unterlagen?«

»Laut Polizeibericht handelt es sich nur um Material,

das mit Westerlunds täglichen Arbeitsaufgaben zusammenhängt, und bei der schnellen Durchsicht ist angeblich nichts Auffälliges gefunden worden. Er hat oft von zu Hause aus gearbeitet, und entsprechende Unterlagen gibt es in seinem Büro. Ganze Regale voll.« Daniel rieb sich die Nase und spürte an seiner Hand den stechenden Geruch des Zigarillos, den er ein paar Minuten zuvor geraucht hatte.

»Jedenfalls sind von den Unterlagen Kopien an die Polizei gegangen, und Buvinas technische Gruppe geht sie gerade durch«, fuhr Daniel fort.

»Was für Aufgaben hatte Westerlund in der Botschaft?«, fragte Annika und setzte sich auf einen Holzstuhl am Schreibtisch.

»Er hat seit Anfang des Jahres als Verbindungsmann und Liquidator bei Globalisierungsprojekten finnischer Unternehmen gearbeitet. Mit anderen Worten, er hat vielen finnischen Firmen geholfen, hier in Kroatien Fuß zu fassen. Vorher bestand seine Aufgabe vor allem in der Unterstützung und Anleitung von Finnen, die sich in Kroatien und Mazedonien aufhalten.«

»In Mazedonien? Warum dort?« Annika sah Daniel an.

»Die Botschaft vertritt Finnland sowohl in Kroatien als auch in Mazedonien. Ich bin ... genau genommen ... nicht sicher, warum man so verfährt.«

»Wie ist das möglich? Und ich habe geglaubt, dass du alles über den Balkan weißt«, sagte Annika, und ihr verschmitztes Lächeln lenkte Daniel für einen Augenblick von Westerlund ab.

»Da hat sich dir die bittere Wahrheit ziemlich schnell offenbart. Ich bin nichts weiter als ein besserer Tourist«, erwiderte Daniel mit einem Grinsen und stellte fest, dass er Annikas Art genoss, die Atmosphäre von Zeit zu Zeit aufzulockern.

Sie machte das nicht nur auf sehr natürliche Weise, sondern immer dann, wenn man es am allerwenigsten erwartete.

»Hat Westerlund einen eigenen Laptop? Also zusätzlich zu seinem dienstlichen PC?«, fragte sie, während sie immer noch am Schreibtisch saß.

»In der Botschaft befand sich sein Laptop nicht. Wenn er nicht hier ist, dann hat Westerlund ihn mitgenommen.« Daniel schloss die Augen, um die Gedanken zu ordnen, die ihm durch den Kopf schwirrten. Was hatte der Mann mit der Maske gesucht und was hatte er gefunden? Vielleicht hatte er etwas gefunden, aber nicht alles. Verdammt, genau das hatte Annika ja eben vorgeschlagen. Daniel machte kehrt und sah erst seine Partnerin und dann das an die Wand gelehnte Ölgemälde an.

»Was ist jetzt?«, fragte Annika verwundert.

Daniel stellte seine Laptoptasche auf den Schreibtisch, öffnete den Reißverschluss und holte eine blaue Eckspannermappe mit Fotos heraus. Dann legte er vier Fotos der Wohnung nebeneinander, die von der Polizei zusammen mit Westerlund am Tag nach dem Einbruch aufgenommen worden waren. Daniel schaute sich abwechselnd jedes der im DIN-A4-Format vergrößerten Fotos an, räusperte sich schließlich und klopfte mit der Faust zärtlich auf Annikas Schulter.

»Du hattest zumindest teilweise recht.«

»In welcher Hinsicht?« Konzentriert betrachtete Annika die nebeneinanderliegenden Fotos.

»Dieses Foto ist nach dem Einbruch aufgenommen worden«, erklärte Daniel und zeigte mit dem Finger auf das Ölgemälde, das ordentlich an der Wand hing. »Das Gemälde ist unbeschädigt, wie du siehst. Also ist es erst aufgeschlitzt worden, nachdem man die Fotos gemacht hat.«

»Westerlund ist zurückgekehrt, um vor seiner Abreise nach Split etwas zu holen. Und zwar etwas, das sich in diesem Gemälde befand«, flüsterte Annika.

Daniel runzelte die Brauen, drehte sich um und musterte das misshandelte Bild.

»Würde das irgendeinen Sinn ergeben? Nehmen wir einmal an, dass Westerlund selbst etwas Brisantes in dem Gemälde versteckt hat. Warum hat er es nicht gleich mitgenommen? Also an dem Abend, als er seine Klamotten gepackt hat und in die Botschaft umgezogen ist. Warum geht er das Risiko ein, dass der Serbe später in die Wohnung zurückkehrt und seine Suche fortsetzt – und diesmal auch das Gemälde überprüft?«

»Du hast es doch vorhin selbst gesagt. Der Mann hatte offensichtlich geglaubt, das gefunden zu haben, was er gesucht hatte.« Annika stand abrupt auf und fuhr konzentriert fort: »Als der Eindringling verschwunden ist, steht Westerlund in seiner Wohnung und überlegt seinen nächsten Zug. Er bemerkt, dass der Einbrecher beim Durchwühlen der Wohnung etwas Wichtiges gefunden hat ... etwas, das für den Zusammenhang des ganzen Falles wesentlich ist. Doch sobald sich die Gelegenheit ergibt, vergewissert er sich, dass dieses Ölgemälde unberührt geblieben ist. In ihm befand sich vielleicht eine Kopie des Originaldokuments oder eine von Dateien. Vielleicht sogar das Originalmaterial.«

»Kann sein, dass du recht hast, aber ...«

»Westerlund hat, als er da so stand, begriffen, dass ihn die Leute, die ihn bedrohten, nun nicht mehr ins Visier nehmen würden. Er wird nicht als unmittelbare Bedrohung angesehen, solange dieses Gemälde an der Wand hängt. Deshalb lässt er es da hängen. Sicherheitshalber. Falls jemand ihn und die Wohnung noch überwacht«, fuhr Annika trotzig fort. In ihren Augen brannte ein Feuer, das sich Daniel vorher nicht hatte vorstellen können.

»Du glaubst also, dass die Leute, die ihn bedrohten, angenommen hatten, sie hätten Westerlund an jenem Abend entwaffnet?«

»Genau. Und ich glaube auch, dass Westerlund verschwunden ist, weil er es am Ende nicht fertiggebracht hat, das Bild nicht aufzureißen.«

# TEIL II

23

Republik Serbische Krajina
13.3.1995, 18.44 Uhr

Leutnant Aleksander Novak schreckte auf und ließ seinen Blick durch den Raum wandern, ohne den Kopf von der Matratze zu heben. Er sah im Fenster, dass die Sonne noch nicht untergegangen war, und hob das Handgelenk vor die Augen, um die Zeit zu checken. Dreiviertel sieben. Er hatte das erste Mal seit annähernd achtundvierzig Stunden geschlafen, seiner Ansicht nach reichten die vier Stunden Schlaf aber, um seine übliche Handlungsfähigkeit wiederherzustellen. Er ließ den Kopf auf der zwei Zentimeter dicken Matratze ruhen und holte mit einer knappen Bewegung eine rote Marlboro-Schachtel und ein verrostetes Zippo-Feuerzeug aus seiner Brusttasche.

»McKinzey?«, rief er mit der Zigarette zwischen den Lippen und zündete sie an.

»Sir, hier bin ich«, sagte die Stimme eines jungen Mannes von der anderen Seite des halb dunklen Zimmers.

»Sag der ganzen Truppe, das Briefing für den Einsatz findet in fünfzehn Minuten im Keller des Wirtschaftsgebäudes statt.«

»Sir.«

Novak zog den Zigarettenrauch tief in die Lunge ein und schnipste mit dem Daumen den Deckel des Feuerzeugs auf und nieder. Dabei schaute er dem jungen Soldaten hinterher, der rasch den Raum verließ. Sergeant McKinzey, ein Junge aus Hounslow in London. Sie waren alle noch Jungs, die ganze Truppe, der älteste erst fünfundzwanzig. Während die gleichaltrigen Bengel anderswo noch studierten, soffen und sich jedes Wochenende mit anderen Mädchen herumtrieben, hatte seine Gruppe die Kehrseite des Lebens gesehen, und das für all ihre Altersgefährten mit, die in der gleichen Zeit fröhlich feierten.

Die Abenddämmerung hatte erst begonnen, und es würde eine aktionsreiche Nacht werden. Ein Teil der Männer würde den Einsatz möglicherweise nicht überleben. Vielleicht würde ihn sogar niemand überleben, wenn die Geschichte wirklich vollkommen schieflief. Komme was da wolle – sie waren jetzt hier und würden die Sache zu Ende bringen.

»Hat der Herr Leutnant Appetit auf einen Kaffee?«, fragte McKinzey, der zurückgekehrt war.

»Danke! Wenn einem ein Kaffee angeboten wird, dann muss man ihn auch trinken.« Novak nahm den Becher, den ihm der Sergeant hinhielt, und setzte sich mühsam auf. Mit der anderen Hand griff er nach einem verstaubten Kofferradio von Panasonic, drehte unkontrolliert an den Knöpfen herum und brachte schließlich mit Rauschen vermischte italienische Musik hervor.

»Fuck, yes. Wurde auch den Wachen gesagt, dass sie in den Keller kommen sollen?«

»Nein, ich dachte, dass die Wachen auf ihren Posten bleiben.«

»Gib ihnen über Funk Bescheid, dass sie kommen sollen. Alle müssen da sein. Wir gehen das dann nicht noch einmal durch.« Novak bedeutete McKinzey mit der Zigarette zwischen den Fingern, er solle sich beeilen. »Nach der Befehlsausgabe werden keine Wachen mehr gebraucht. Wir brechen dann sofort auf«, rief er dem Sergeant hinterher, während dieser in den Raum nebenan ging, wo am selben Morgen eine geschützte Funkverbindung eingerichtet worden war. Für Wachen gab es sonst auch keine Notwendigkeit mehr, denn der Krieg war praktisch vorbei. Zumindest ein Kampf, ein sehr persönlicher, stand allerdings noch aus.

Novak erhob sich und trat langsam ans Fenster, dessen Scheibe von Staub und Ruß verschmutzt war. Er überlegte, wie viele Jahre vergangen sein mochten, seit man es das letzte Mal geputzt hatte. Draußen, neben dem ein paar Dutzend Meter entfernten massiven Steingebäude, stand ein einsamer, aus Ziegeln gemauerter Schornstein. Die Holzwände, die ihn einst umgegeben hatten, und auch das Dach waren nur noch ein Haufen verkohltes Holz und Asche.

Er betrachtete die teilweise abgebrochenen und umgestürzten, von Granatsplittern zerrissenen Bäume und stellte sich vor, wie idyllisch der Bauernhof noch vor einigen Jahren ausgesehen haben musste. Dann kehrten seine Gedanken zu dem verrußten Fenster zurück – es war Zeuge der Grauen des Krieges gewesen, hatte ihn aber doch überstanden, ohne zu zerbrechen. Dieses Fenster würde sein Schicksal mit hunderttausenden Zivilisten und Soldaten teilen, die alle Jugoslawienkriege durchlitten, aber überlebt hatten. Er sah sein eigenes Spiegelbild in dem schmutzigen Fenster und nahm den letzten Zug aus der Zigarette, bevor er sie mit der Schuhspitze austrat. Er hoffte, die Ereignisse der kommenden Nacht würden seinem Dasein eine Berechtigung geben. Er musste dabei sein. Er musste das tun, wozu die anderen nicht bereit waren. Wegen seiner Familie. Wegen der Zukunft.

Alle sieben hatten sich im Keller versammelt und warteten

auf Leutnant Novak. Sie standen um den großen Holztisch herum, der am Vormittag in den Raum getragen worden war. Die Glühlampe an der Decke wirkte in dem übergroßen Lampenschirm klein, schaffte es aber, ausreichend viel Licht auf den Tisch zu zaubern. Die Männer warfen sich kurz Blicke zu und versuchten bei ihren Kameraden Zeichen des Zögerns zu erkennen. Ungeduld, Spannung und Hass lagen in der Luft. Aber keine Angst. Sie waren aus freiem Willen hier, die Angst hatte in ihren Köpfen keinen Platz mehr.

»Gentlemen, let's start the show«, sagte Novak, während er rasch die letzten Stufen der Kellertreppe hinunterstieg. Dann blieb er stehen, um die Gruppe zu betrachten, die sich in dem dunklen und feuchten Raum versammelt hatte und auf die Befehlsausgabe wartete. Von den sieben jungen Männern waren zwei Kroaten und einer Serbe. Die restlichen vier kamen woandersher, manche von ziemlich weit weg. Es waren ehemalige UN-Soldaten, Blauhelme. Heute bildeten sie eine eigene Elitetruppe, in der nicht auf Nationalität, Grenzen oder politische Überzeugungen geachtet wurde. Die Gruppe, die in zwei Monaten zu einer überraschend einheitlichen Truppe zusammengeschweißt worden war, hielt ein viel stärkerer gemeinsamer Nenner zusammen – der gleiche persönliche Feind.

»Der Weg bis zum heutigen Tag war lang. Jetzt wird euer Warten belohnt«, sagte Novak, während ihm die Soldaten am Tisch Platz machten. Auf der Tischplatte breitete er eine Geländekarte der Südseite von Vukovar aus und holte aus seiner Tasche zwei oxidierte Kupfermünzen.

»Hier befinden wir uns jetzt«, sagte er und legte die Münzen auf die Karte. »Und hierhin bewegen wir uns heute.« Abwechselnd blickte der Leutnant jedem in die Augen und fuhr dann fort: »Der Ausgangspunkt des Einsatzes ist der folgende: Nach Informationen der Aufklärung verstecken sich in unserem Zielobjekt der ehemalige Kommandeur der serbischen Bundesarmee General Janko Dordević und sein Stellvertreter Oberst Dragoslav Dudas. Wie ihr alle wisst, ein Teil von euch weiß es nur allzu gut, sind Dordević und Dudas die hauptsächlichen Organisatoren des Massenmords 1991 in Kijevo und der systematischen Vergewaltigung der weiblichen Bevölkerung, und sie sind an der Vernichtung und am Raub des Eigentums von Zivilisten schuld. Diese Männer sind persönlich verantwortlich für die Ermordung von mindestens fünfhundert Einwohnern Kijevos.« Novak schluckte und spürte das drückende Schweigen, das über dem Raum lag.

»Diese Herren haben ihre Taten im Januar 1992 im Gebiet von Foča wiederholt. So als hätte man diese Grausamkeiten in Kijevo nur geübt, wurde in Foča das systematische Handeln auf ein ganz neues Niveau gehoben«, fuhr er fort und starrte für mehrere Sekunden ins Leere. »Das Duo versteckt sich schon seit mehreren Tagen in einem alten Schulgebäude und organisiert seine Flucht in den Osten. Wenn die Informationen, die wir erhalten haben, zutreffen, sollen sie in der kommenden Nacht um 2.00 Uhr mit einem Hubschrauber auf die andere Seite des Flusses geholt werden. Danach wird der Zugriff auf sie praktisch unmöglich sein. Deswegen handeln wir heute sofort nach Einbruch der Dunkelheit.«

»Wer weiß davon?«, fragte ein junger Sergeant mit kurz geschnittenem blondem Haar und dünnen Bartstoppeln.

»Nur unsere Männer im Kommandostab, der Aufklärungstrupp und wir selbst. Und das ist gut so, denn das alles muss sauber und ohne Vorwarnung erledigt werden. Diese Wichser sind auf der Hut, und sicher haben sie in der Hinterhand Plan B und C, über die wir nichts wissen«, sagte

Novak in entschlossenem Ton, schlürfte den Rest Kaffee aus dem Becher und fuhr fort: »Am Zielobjekt ist mit Widerstand zu rechnen. Beide hochrangigen serbischen Offiziere sind routinierte Killer, deren Kampfbereitschaft nicht unterschätzt werden darf. Außerdem wird ihre Flucht von vier Berufssoldaten geschützt, vorausgesetzt, das Gebäude war ursprünglich leer.«

»Spezialeinheiten?«, fragte McKinzey mit einem Kaugummi im Mund.

»Ich tippe, dass es enge Vertraute von Dordević sind. Sie werden ihre Aufgabe beim Schutz der beiden jedoch sicher sehr ernst nehmen. Kaum jemand wird die Hände hochnehmen, wenn wir hineingehen.« Novak steckte sich eine Zigarette zwischen die Lippen und fuhr fort: »Ich betone noch, dass die Luftangriffe der NATO auf das Gebiet von Bosnien-Herzegowina vorgestern wegen der Gefangennahme von UN-Soldaten eingestellt worden sind. Deshalb ist auch unsere Operation – ebenso wie die bisherigen – streng geheim. Es wurde keine Genehmigung vom Militärbündnis dafür eingeholt. Schlimmstenfalls führt ein Misserfolg der Operation zu neuen Racheakten und zur Hinrichtung von UN-Soldaten in Bosnien. Das heißt, dass wir uns, falls wir gefasst werden, zur unabhängigen Guerillagruppe erklären und die Folgen ohne einen Mucks hinnehmen müssen.«

Novak blickte wieder alle am Tisch stehenden Mitglieder des Kommandos an, bemerkte aber in ihren Gesichtern keinerlei Veränderung. Sie wussten, worauf sie sich eingelassen hatten. Sie hatten es von Anfang an gewusst.

»Wenn wir gefangen genommen werden, kann erst nach Ende des Krieges über unsere Freilassung verhandelt werden, sofern wir bis dahin überlebt haben. Aber jeder, der diesen Banditen in die Hände fällt, kann sich nur den schnellen

Tod wünschen«, sagte er und ließ die Asche seiner Zigarette auf den Holztisch neben die Karte fallen. »Gibt es jetzt Fragen?« Novak drehte die Karte um, der Maßstab gab hier die Möglichkeit, sich die verschiedenen Phasen des Einsatzes genauer vorzustellen.

»Keine Fragen? Gut. Machen wir weiter. Die Aufgabe ist an sich sehr simpel. Wir handeln lautlos, unsichtbar und außerordentlich schnell. Im Funk keine Namen. Niemand und nichts wird zurückgelassen, was man später mit uns in Verbindung bringen könnte. Kurz gesagt – wir sind überhaupt nie dort gewesen. Benutzt bei dem Einsatz die gestern ausgeteilten Kleidungsstücke und überprüft noch, dass sie keine Kennzeichen der NATO, der UN oder irgendwelche anderen enthalten. Ihr seid bewaffnet mit serbischen Sturmgewehren vom Typ Zastava M-70 und mit Pistolen CZ-99. Wir nehmen keinerlei Ausrüstung oder Material unserer eigenen Einheiten mit, nutzt also eure Zeit vor dem Abmarsch noch, um euch mit den neuen Sachen vertraut zu machen, damit ihr vor Ort nicht auf Vermutungen angewiesen seid«, erklärte Novak, obwohl er wusste, dass es unsinnig war, allzu detaillierte Anweisungen zu geben. Schließlich waren die Männer Profis. Aber weil sie die Operation bisher ohne Verluste überstanden hatten, wäre es idiotisch, nun noch dumme Fehler zu begehen, gerade jetzt, wo es um den allerletzten Einsatz ging. Den anspruchsvollsten von allen.

»Morgen um 12.00 Uhr wird man uns dort draußen auf dem Hof mit dem Hubschrauber abholen. Ich erwarte, dass den Helikopter neben mir sieben gesunde Soldaten besteigen und dass bis dahin die Herren Dordević und Dudas in der Hölle schmoren. Nur dann kann der Einsatz als erfolgreich betrachtet werden.« Leutnant Novak lächelte die Truppe, die ihm zuhörte, ermutigend an.

»Und jetzt, meine Herren, folgt die taktische Seite des Einsatzes. Wir haben nicht nur gute Karten von dem Angriffsgebiet, sondern auch einen ganz frischen Bericht der Aufklärung über das Gelände.« Novak ließ die fast bis zum Filter gerauchte Zigarette neben seinen Füßen auf den Steinfußboden fallen. Er holte aus seiner Oberschenkeltasche zwei kleine Fotos und einen Grundriss, den er kurz zuvor etwas achtlos zusammengefaltet hatte.

»Hier sind die Fotos der Schule. Ihr seht, dass es sich um ein relativ kleines Gebäude handelt. Die Grundfläche beträgt auf zwei Etagen insgesamt circa vierhundert Quadratmeter, dazu kommt noch ein Keller, der so groß wie die anderen Stockwerke ist. In der Nähe der Schule haben bei Kämpfen unter anderem Granaten eingeschlagen, und auf den ersten Blick macht sie – die Schule – als Versteck keinen sehr verlockenden Eindruck. Wie ihr bemerkt, sind die Fenster auf der Westseite und ein Teil des Daches zerstört worden. Aber ich glaube, dass sie gerade deshalb und zum Teil, weil sie so abgelegen ist, als letztes Versteck der serbischen Führer ausgewählt wurde«, fuhr er fort und tastete dabei vergeblich nach der Marlboro-Schachtel in seiner Brusttasche.

»Hier, Leutnant«, sagte ein muskulöser Soldat mit dunklem Teint und schwarzen Haaren und bot ihm über den Tisch hinweg eine von seinen an.

»Sehr freundlich.« Novak nahm die angebotene Zigarette an und zeigte zugleich mit dem Finger auf die Karte. »Die ganze Truppe fährt von hier mit einem Transporter bis zum Halt zwei Kilometer vor dem Zielobjekt, auf der Südseite dieses Hügels, und von dort gehen wir zu Fuß weiter. An der Strecke gibt es keine Siedlung, also ist eine Begegnung mit Zivilisten unwahrscheinlich. Wir halten am Südhang des

Hügels an, dort kann der Scharfschütze relativ leicht seinen Posten beziehen. McKinzey, such dir am Hang eine geeignete Stellung zum Schießen, von der du freie Sicht nicht nur auf die Tür des Gebäudes hast, sondern auch auf den Weg, der zu der Schule führt. Schalte das Nachtsichtgerät sofort ein und melde den anderen, wenn der Hof der Schule leer und die Strecke frei ist. Danach sicherst du ab, dass aus der südlichen Tür des Gebäudes niemand herauskommt und sich kein Außenstehender dem Gebäude nähert. Unser Angriff darf nicht zu früh bemerkt werden, das Feuer wird also erst eröffnet, wenn wir direkte Feindberührung haben. Danach darfst du jeden erwachsenen Mann eliminieren, den du nicht als Teil des Kommandos identifizierst. Sofern nichts anderes befohlen wird.«

»Sir.« McKinzey bestätigte, dass er die Anweisungen des Leutnants verstanden hatte.

»Die restlichen sechs Mann sind paarweise unterwegs. Gabelich und Karlo, ihr geht als Erste los, nachdem McKinzey den Hang gesichert hat. Ihr lauft am rechten Rand des Hügels hinunter und wartet hundert Meter vom Zielobjekt entfernt am Waldrand auf das Eintreffen der restlichen Gruppe. Überprüft den Hofbereich auf Fallen und Alarmanlagen. Wir müssen so schnell sein, dass sie keine Zeit haben, auf den Alarm eventueller Bewegungsmelder zu reagieren. Wir werden die Stromzufuhr des Hauses unterbrechen, noch bevor wir hineingehen.«

»Sir.«

»Stasiak und Baumgartner, ihr folgt dem ersten Paar und haltet einen angemessenen Abstand. Ihr wartet am Waldrand, so wie Gabelich und Karlo.«

»Sir.«

»Ich laufe mit dem letzten Paar los. Wir steigen am linken

Rand des Hanges hinunter, überqueren den Weg und den Parkplatz und bereiten uns dann darauf vor, das Gebäude über den nördlichen Eingang aufzurollen. Ist das klar, Kuisma und Franzo?«

24

Zagreb, Kroatien
Gegenwart

»Ist Ihnen dieser Mann bekannt«, fragte Daniel und legte ein Foto von Westerlund auf den Tresen. Im Laufe einer halben Stunde hatten sie etwa ein Dutzend Pubs und Gaststätten in Westerlunds Wohnviertel abgeklappert. Alle noch so kleinen Informationen zu den Routineverrichtungen und zu möglichen Begleitern des verschwundenen Finnen waren jetzt wertvoll. Bisher hatte allerdings niemand den Mann auf dem Foto erkannt.

»Steckt er etwa in der Patsche?«, fragte der Mann mittleren Alters hinter dem Tresen, der ein schwarzes Hemd und eine rote Fliege trug.

»Er ist verschwunden. Es wäre eine große Hilfe, wenn wir wüssten, mit wem er seine Zeit in den zurückliegenden Wochen verbracht hat«, antwortete Daniel, der plötzlich hellwach war. Die Augen des Mannes verrieten, dass er Westerlund erkannt hatte.

»So, verschwunden ist er«, murmelte der Mann und runzelte die Stirn. Dann schob er das Foto zu Daniel zurück. »Ja, das ist ein vertrautes Gesicht. Wahrscheinlich wohnt er in der Nähe – er sitzt hier oft beim Bier und manchmal nimmt er etwas zu essen mit.«

Mit müden Augen betrachtete er nun die Frau, die neben Daniel stand. Sein Blick wanderte langsam von oben nach unten, sodass sich Annika sichtlich unwohl fühlte.

»Sie scheinen nicht von hier zu sein«, sagte er mit gespielter Gastfreundlichkeit und musterte Annika mit seinem hungrigen Blick.

»Wann war er das letzte Mal hier?«, fragte Daniel und steckte das Foto in seine Brusttasche zurück.

Der Mund des Mannes verzog sich merkwürdig, und seine Augen wurden ganz groß, während sich die Pupillen schnell hin und her bewegten. Dann lachte er amüsiert.

»Da bin ich mir nicht sicher. Sind Sie übrigens überhaupt Polizisten?«

»Nein, aber da draußen im Auto wartet einer, wenn es für Sie angenehmer ist, das mit ihm zu besprechen«, sagte Daniel und blickte tief in die großen Augen des Mannes.

Nach einem kurzen Schweigen lachte der Mann erneut, wurde dann aber rasch ernst.

»Dafür besteht wohl jetzt keine Notwendigkeit. Was wollten Sie noch mal wissen?«

»Wann Sie ihn hier das letzte Mal gesehen haben?« Daniel bemerkte in seiner Stimme einen angespannten Ton. Die Einstellung des Mannes gefiel ihm nicht.

»Da müsste man noch bei den anderen nachfragen, aber ich würde mal annehmen, dass es schon zwei Wochen her ist. Er sitzt meistens an dem Tisch da.« Er zeigte mit dem Finger auf einen kleinen runden Zweiertisch am Fenster.

»Das heißt, er ist Stammgast?«

»Er kommt bestimmt seit etwa einem Jahr hierher. An mehreren Abenden in der Woche. Und die Trinkgewohnheiten verraten tatsächlich seine Nationalität.« Der Mann lachte wieder vorsichtig.

»Was meinen Sie damit? Wissen Sie, dass er Finne ist?«

»Der Mann kann vier oder fünf große Biere oder eine ganze Flasche Wein trinken und dann trotzdem auf eigenen Beinen nach Hause gehen. Das gelingt nicht gerade jedem.«

»Und das geht schon so lange, wie Sie sich erinnern?«

»Er ist immer ein sehr guter Kunde gewesen, wenn ich das so sagen darf.« Der Barkeeper korrigierte den Seitenscheitel seines dunklen Haars.

»Mit wem sitzt er hier?«

»Mit MacBook. Er hat immer den Computer dabei, und seine Finger tanzen auf der Tastatur wie die Flügel eines Kolibris, auch noch nach ein paar Biere«, antwortete der Mann und klopfte mit den Fingern auf den Tresen. »Und wir haben hier nicht mal so ein Wi-Fi, mit dem man ins Internet kommt«, fuhr er fort und schaufelte sich den Mund mit gesalzenen Erdnüssen voll, die auf dem Tresen standen.

»Er ist also immer allein hier?«

»Früher ja. Aber in letzter Zeit hat ein paarmal ein etwas älterer Kumpel mit ihm hier gesessen. Oder vielleicht auch noch öfter – so etwa einmal die Woche in den letzten zwei Monaten.«

»War der Kumpel in der allerletzten Zeit noch hier zu sehen?«

»Nein, war er nicht. Und meiner Meinung nach hat er sich früher ohne den Finnen nie hierher verirrt.«

»Wissen Sie den Namen des Mannes? Und wie sieht er aus?«, erkundigte sich Daniel und holte seinen Notizblock hervor.

»Er ist Kroate. Den Namen weiß ich nicht. Er ist ungefähr fünfzig. Normaler Körperbau. So wie er sich gibt und kleidet, würde ich wetten, dass er hier aus der Gegend stammt.«

»Können Sie etwas über ihre Treffen sagen? Haben Sie etwas gehört oder gesehen, was vom Üblichen abweicht?«, fragte Daniel und bemerkte, dass der Mann sein Augenmerk wieder auf Annika gerichtet hatte.

»He!«, sagte Daniel in scharfem Ton und schnipste mit den Fingern. »Konzentrieren Sie sich. Das ist wichtig. Haben Sie bei diesen Treffen etwas Besonderes bemerkt?«

Der Mann reckte den Hals, um an Daniel vorbei auf die Straße hinauszuschauen.

»Ich möchte jetzt allmählich diesen richtigen Polizisten sehen. Woher soll ich wissen, warum Sie diesen Finnen überhaupt suchen?«, entgegnete er schließlich und verschränkte zum Zeichen des Protests die Arme vor der Brust.

Daniel wandte sich mit einem Achselzucken Annika zu und erklärte auf Finnisch:

»Der Kerl ist vorsichtig. Würdest du bitte rausgehen und Buvina reinholen?«

»Ich schnappe gern ein bisschen frische Luft.« Annika machte kehrt und ging zu der Glastür mit dem dicken Holzrahmen.

»Sie können sich gleich den Dienstausweis ansehen, nach dem Sie solche Sehnsucht haben. Ich könnte eigentlich inzwischen ein kleines Bier bestellen«, sagte Daniel und setzte sich auf einen hölzernen Barhocker.

»Ein Karlovačko?« Mit seinem Vorschlag brach der Barkeeper das kurze Schweigen.

»Das geht. Hauptsache, es ist kalt.«

»Wirklich ein schönes Mädchen«, meinte der Mann wenig später und reichte Daniel die beschlagene Bierflasche.

»Hören Sie damit auf.« Daniel sah ihn streng an und setzte die Flasche mit dem kalten Lagerbier an die Lippen. Im selben Augenblick hörte er, dass Annika mit dem Kriminalkommissar zurückkehrte, und konnte sich ein Lächeln nicht verkneifen, als er sah, wie der Barkeeper den Riesen, der sich seinem Tresen näherte, mit ungläubigem Gesichtsausdruck anstarrte. Daniel warf einen Blick über die Schulter und bemerkte, dass Buvina neben Annika noch größer aussah. Oder Annika wirkte wie ein Zwerg. Auf jeden Fall war der Kontrast gewaltig.

»Wenn ich das richtig verstehe, hatten Sie Sehnsucht nach der Anwesenheit eines Behördenvertreters«, sagte Buvina trocken und zeigte seinen Polizeiausweis in der vorderen Tasche seines Portemonnaies. Er dehnte seinen Nacken nach links und nach rechts und fuhr fort: »Diese Personen helfen der Polizei bei der Untersuchung eines Falles. Ein finnischer Mann namens Jare Westerlund ist verschwunden. Sofern Sie etwas darüber wissen, wohin er unterwegs war und wer ihn möglicherweise begleitet hat, bitte ich Sie, uns das ausführlich zu schildern.«

»Verstehe … Es ist nur … Man kann ja nie vorsichtig genug sein.« Jetzt war der Mann wegen der Anwesenheit des riesengroßen Polizisten sichtlich verlegen.

»Das ist doch sehr vernünftig. Um zu diesen Treffen zurückzukehren – haben Sie etwas Ungewöhnliches bemerkt?«, fragte Daniel und drehte seine Bierflasche auf dem Bartresen aus Granit.

»Ich könnte eine große Cola nehmen.« Buvina zog einen Barhocker unter sich.

»Für den großen Herrn eine große Cola. Und nimmt das Fräulein dann eine kleine?«

»Ein Glas trockenen Weißwein, bitte«, sagte Annika und setzte sich zwischen Daniel und Buvina.

Der Mann nickte und goss die Getränke geschickt in die Gläser.

»Was die Treffen angeht.« Der Mann starrte abwechselnd jedem am Tresen in die Augen und fuhr dann fort: »Also, gute Freunde waren sie nicht gerade. Es ging immer um irgendwas Ernstes. Das merkte man. Dienstliche Dinge.«

»Sie haben also die Ereignisse an dem Tisch ziemlich genau verfolgt«, sagte Daniel, und es klang ungewollt vorwurfsvoll.

»He, Sie haben Ihre Arbeit, in der Sie offenbar gut sind. Und ich habe meine, bei der ich im Laufe von dreißig Jahren alles Mögliche gelernt habe. In diesem Job beobachtet man die Menschen – ganz automatisch«, erwiderte der Mann mit aufrichtiger Miene.

»Verstehe. Die saßen also immer zu zweit an diesem Tisch? Sonst niemand?«, fragte Daniel in versöhnlichem Tonfall.

»Sie waren immer zu zweit. Und wenn ich mich jetzt richtig entsinne, sind sie nie zusammen gekommen oder gegangen. Einer von beiden war immer zuerst hier und wartete auf den anderen. Genau so ist es beim Weggehen gewesen.«

»Und Sie haben keine Informationen, wer dieser andere Mann war?« Josip Buvina mischte sich ganz gelassen in das Gespräch ein.

»Nein. Ich kannte ja nicht mal den Namen von diesem Finnen, obwohl der wirklich oft hier war.«

»Hat einer der beiden jemals seine Rechnung mit Karte bezahlt?«, fragte Daniel und bekam als Anerkennung für seinen Einfall ein zustimmendes Nicken von Buvina.

»Vielleicht irgendwann mal. Der Finne hat allerdings beim Gehen in der Regel Bargeld auf dem Tisch liegen lassen«, antwortete der Mann und schob sich wieder gesalzene Erdnüsse in den Mund.

»Könnten Sie die Belege für die Kartenzahlung durchgehen? Für uns ist es jetzt extrem wichtig, die Identität dieses anderen Mannes zu klären«, sagte Daniel.

Der Barkeeper bedeckte sein Gesicht mit den Händen, seufzte tief und entgegnete erschöpft: »Als hätte man nicht schon genug Stress.« Er murmelte ein paar undefinierbare Flüche, richtete sich schließlich auf und fuhr fort: »Wie soll ich denn genau diesen Beleg finden, wenn ich keine Uhrzeit und nicht mal ein Datum habe.«

Der Mann warf Daniel einen Blick zu, der um Gnade flehte. Daniel drehte sich auf seinem Hocker zu Annika und Buvina hin und trank geräuschvoll sein Karlovačko aus.

»Er hat recht. Dafür würde ungeheuer viel Zeit draufgehen – vor allem, da wir nicht einmal wissen, was oder wen wir suchen sollen«, sagte er und kratzte sich unruhig den Kopf.

»Die Untersuchung der Belege überlassen wir meinen Jungs. Sie können im Kommissariat die Daten mit Hilfe der Kreditkartenunternehmen überprüfen. Vielleicht tauchen dabei ja interessante Namen auf«, erklärte Buvina.

»Das klingt vernünftig. Wie lange dauert es, die Informationen beispielsweise von zwei Monaten zu sichten?«

»Ich kann für die Sache zwei Jungs von der Technik loseisen. Ich wette, dass wir die Namensliste der männlichen Personen, die mit Karte bezahlt haben, bis morgen bekommen.« Buvina ließ seinen Blick langsam zum Barkeeper wandern und fuhr fort: »Sagen Sie uns noch, ob die sich immer zu einer bestimmten Tageszeit getroffen haben? Beispielsweise nur abends?«

»Ich selbst habe sie nur abends gesehen, allerdings bin ich beispielsweise zur Mittagszeit in der Regel nicht hier auf Arbeit. Ich kann aber die anderen fragen.« Er zeigte auf einen jungen Kellner, der die Tische abwischte.

»Gut. Rufen Sie mich an, sofern sich etwas Neues herausstellt. Und denken Sie daran: Das ist äußerst vertraulich«, wies Buvina ihn an, reichte ihm seine Visitenkarte und sah ihn mit seinen tief liegenden Augen intensiv an.

»Würden Sie jetzt das Material holen? Wir bringen alles in ein paar Tagen zurück«, sagte er und schaute zu, wie der Mann mit langsamen Schritten durch die Küche ging und im Hinterzimmer verschwand.

Daniel steckte sich einen Zigarillo zwischen die Lippen, drehte ihn mit den Fingern und betrachtete durch die Windschutzscheibe Buvina, der mit dem Handy am Ohr im Auto saß.

»Hast du gemerkt, wie mich der Mann angesehen hat?«, fragte Annika und knöpfte dabei ihren Trenchcoat zu.

»Wie hat er dich denn deiner Ansicht nach angesehen?«

»Als wäre ich irgendeine Dekoration. Und beim Reden hat er mich völlig übergangen.«

»Schwer zu glauben, dass du so etwas das erste Mal erlebst.« Daniel zündete den Zigarillo an.

»Das ist nur einfach so frustrierend.«

»Was?«

»Irgendetwas bei der ganzen Sache läuft schief, und zwar grundlegend, aber ich komme einfach nicht darauf, was es ist.« Annikas Gesichtsausdruck wirkte bedrückt.

»Wir sind doch erst ein paar Stunden bei der Arbeit, haben bisher nur zwei Leute befragt und sind in Westerlunds Wohnung gewesen. Hast du erwartet, dass der Fall schon beim Frühstückskaffee gelöst wird?« Daniel versuchte Annikas Blick einzufangen, der auf der Gunduliceva-Straße hin und her wanderte. Ihm wurde klar, dass die Frau von einem Perfektionismus der schlimmsten Sorte geplagt wurde, der nicht den geringsten Misserfolg zuließ.

»Das hört sich möglicherweise merkwürdig an, aber ich verstehe jetzt besser, warum der Staatssekretär gerade uns hierhergeschickt hat«, sagte Annika und schob ihre im Wind tanzenden Haare hinter die Ohren.

Daniel blickte sie schweigend an und wartete darauf, dass sie fortfuhr.

»Du weißt, was man wo suchen muss. Und meine Sache ist es, die geklärten Fakten aufs Papier zu bringen und daraus Schlüsse zu ziehen«, erklärte Annika schließlich.

»Hört sich nach einer richtig guten Arbeitsteilung an. Warum machst du dir dann Stress?« Daniel stieß den Rauch aus, der sich blitzschnell mit dem Wind vermischte.

»Es sind nicht genug Fakten. Wir brauchen mehr, und das schnell. Bevor es zu spät ist«, sagte Annika beschwörend und schwang sich auf den Rücksitz von Buvinas Auto.

Daniel betrachtete die zugeschlagene Tür und begriff, dass Annika nicht so leicht aufgeben würde. Diese nach außen hin so liebenswürdige und elegante junge Frau hatte jetzt das erste Mal ihren wirklichen, dickköpfigen Charakter aufblitzen lassen. Daniel bemerkte, dass er positiv überrascht war.

25

Republik Serbische Krajina
13.3.1995, 21.30 Uhr

»Franzo. Kuisma. Los!«, flüsterte Novak und hob die geballte Faust als Zeichen für den Aufbruch.

Die Männer rannten dem Leutnant hinterher, der rasch durch das dichte Nadelgehölz vordrang. Gebückt stürmten sie in der üppigen Vegetation bis hinauf zum Gipfel des

Hügels. Von dort sollten sie laut Plan ihren Weg fortsetzen bis zu dem Parkplatz neben dem Schulgebäude. Der bedeckte Himmel war fast kohlrabenschwarz. Ausgezeichnet, ein Abend ohne Mondlicht brachte ihnen einen großen Vorteil – er half dem Kommandotrupp, unsichtbar zu bleiben.

Irgendwo hörte man die Rufe eines auffliegenden Vogelschwarms, und Daniel Kuisma spürte die Spannung in den Adern. Wie schon so oft würde auch an diesem Abend der Tod die Hauptrolle in der Szene spielen, die, wenn alles gelang, zur Schlussszene der ganzen Aufführung werden würde. Lief alles wie geplant, würden sie den Ort als Sieger verlassen und als Männer, die zurückgezahlt hatten, was sie den Opfern schuldig waren.

»Angel 1, hier Angel 10.« Die unerwartete Funkmeldung des Scharfschützen knackte in den Ohrhörern der Männer. Novak hob wieder seine Faust, und Franzo und Kuisma blieben hinter ihm stehen und legten instinktiv den Zeigefinger auf den Abzug ihrer Zastava-Gewehre. Irgendetwas war hier im Gange, wenn McKinzey, der in der Scharfschützenstellung lauerte, den Leutnant rief, während sie ihre Position bezogen.

»Angel 1, ich höre«, antwortete Novak mit leiser Stimme in sein Sprechfunkgerät und drückte den Hörer tiefer ins Ohr.

»Durch die Tür auf der Südseite ist gerade eine bewaffnete männliche Person herausgetreten. Es handelt sich um keine der beiden Zielpersonen. Er raucht und schaut sich um.«

»Scheiße«, fluchte Novak und blickte zu den Soldaten, die wenige Meter hinter ihm warteten. Warum kam der Kerl gerade jetzt heraus? Lag irgendwas in der Luft?

»Angel Blue, hier Angel 1, habt ihr direkte Sicht auf den Feind?«, fragte Novak ins Sprechfunkgerät.

»Hier Angel Blue. Wir sehen den Feind an der Tür der Schule stehen. Entfernung etwa hundertfünfzig Meter.«

»Okay. Bleibt unsichtbar und haltet euch bereit, den Sturmangriff vorzeitig zu beginnen für den Fall, dass der Mann euch bemerkt«, befahl Novak und lief gebückt zu Franzo und Kuisma.

»All right, boys. Blau und Lila sind auf ihrer Position am Waldrand. Wir können trotz alledem rund zweihundert Meter in Richtung Nordseite des Gebäudes vorrücken. Duckt euch. Wir gehen in aller Ruhe weiter«, sagte er und lief wieder den Hang hinunter, der allmählich immer steiler wurde.

Das Trio trat vorsichtig auf und vermied so Geräusche durch zerbrechende Zweige oder hinabrollende Steine. In einer ruhigen Nacht könnten diese Geräusche sehr weit zu hören sein und damit den Erfolg ihrer Operation und ihr Leben gefährden.

»Angel 1, hier Angel 10. Ein Fahrzeug nähert sich dem Gebäude aus Südosten auf dem Kiesweg.« Erneut stoppte die Stimme von Sergeant McKinzey ihren Vormarsch. Novak, Franzo und Kuisma waren nur noch hundert Meter vom Parkplatz entfernt und bemerkten die Autoscheinwerfer sofort nach McKinzeys Meldung. Sie verfolgten die in der Dunkelheit grellen Lichter.

»Deckung«, befahl Novak, legte sich neben seine Männer und beobachtete den Defender-Jeep, der gerade auf den Parkplatz unter ihnen einbog.

»Was zum Teufel geht hier vor?«, flüsterte er und blickte durch das Nachtsichtgerät, das mit einem Lederriemen am Träger seines Rucksacks befestigt war.

Es handelte sich nicht um ein Militärfahrzeug. Zumindest trug es keine Kennzeichen irgendeiner Armee. Aus dem Auto stiegen zwei Soldaten mit Sturmgewehren, die dem rauchenden Mann vor der Tür freundschaftlich die Hand gaben und dann hinter ihm das Gebäude betraten.

»Verstärkung?«, schlug Franzo flüsternd vor.

»Aber warum gerade jetzt? Wenn Dordević wüsste, dass er verraten worden ist, wären sie schon geflohen.« Novak legte sein Fernglas auf einen feuchten Baumstamm. Dann drückte er die Tangente seines Sprechfunkgeräts.

»Angel 10, kannst du in das Gebäude hineinsehen? Was passiert dort?«

»Hier Angel 10. Alle Fenster sind immer noch dunkel. Ich schätze, sie sind in den Keller gegangen.«

»Und Angel Blue, ist es aus eurer Position möglich, zusätzliche Beobachtungen zu machen?«, fragte Novak und atmete schwer durch seine verstopften Nasenlöcher.

»Nein. Wir haben dasselbe gesehen wie Angel 10. Jetzt ist die Tür zu, und die Fenster sind dunkel«, meldete Gabelichs Stimme über Funk.

»Alles klar. Bleibt auf euren Positionen. Wir warten einen Augenblick, vielleicht machen die zwei Kerle ja nur eine kurze Stippvisite«, sagte Novak in sein Sprechfunkgerät und schaute dann zu Franzo und Kuisma, die neben ihm lagen.

»Zumindest waren auf dem Hof keine Bewegungsmelder«, stellte er nachdenklich fest.

»Stimmt. Aber irgendwas ist jetzt hier im Gange«, flüsterte Kuisma.

»In das Haus ist zwei Tage lang niemand hineingegangen und keiner herausgekommen. Aber jetzt vier Stunden vor der Evakuierung kommt auf einmal Verstärkung«, murmelte Leutnant Novak und schob den Ärmel über seine digitale

Armbanduhr. Sie zeigte zwanzig Minuten vor zehn an – sehr lange könnten sie nicht warten. Ihr Kommandotrupp verfügte nicht über die notwendige zahlenmäßige Überlegenheit. Also musste der Überraschungseffekt perfekt funktionieren. Wollten die zwei Männer aus dem Auto bis zum Eintreffen des Hubschraubers warten? Allmählich sah es so aus.

»Angel 1, hier Angel 10 – ich habe zwei Kameras geortet. An beiden Giebelseiten des Gebäudes. Sie erfassen die Wände des Hauses und den Parkplatz«, meldete McKinzey.

»Es sind bestimmt noch mehr«, sagte Novak und wandte den Blick zu Boden. Er schloss die Augen und überlegte, wie lange sie noch warten sollten. Die Garde von Dordević machte insgesamt einen ruhigen Eindruck, das ließ darauf schließen, dass sie keine Probleme erwarteten. Novak öffnete die Augen, drehte den Kopf und richtete sein rechtes – als Folge des Krieges besseres – Ohr gen Himmel.

Von der anderen Seite des Flusses drang ein gedämpftes, aber tiefes Surren herüber, das sich wie das Schnurren einer riesigen Katze anhörte. Als das Geräusch allmählich lauter wurde, konnte Novak das Klatschen der die Luft durchschneidenden Rotorblätter heraushören. Verdammt! Der Hubschrauber kam vorzeitig. Sie mussten die Aktion unverzüglich fortsetzen. Er drückte das Mikrofon näher an den Mund, befeuchtete seine Lippen und begann:

»Die Zielperson wird vorzeitig abgeholt. Angel 10, bleib auf deiner Position und handle nach den ursprünglichen Anweisungen. Angel Blue, bereitet euch vor, auf mein Zeichen zur südlichen Tür vorzurücken. Benutzt nötigenfalls eine Rauchbombe. Angel Purple bereitet euch vor, das Vorrücken von Blue bis zur Wand des Gebäudes abzusichern, und folgt ihnen nach, sobald ihr von ihnen das Zeichen bekommt. Wir rücken mit Yellow zum nördlichen Eingang vor. Und denkt daran, dass wir beide Türen sprengen, weil womöglich Fallen an ihnen installiert sind.« Novak wandte sich Franzo zu und winkte ihn näher zu sich heran. Er griff nach dem Hörer des Funkgeräts, das auf dem Rücken des Soldaten befestigt war.

»Angel 1 ruft die Null.«

»Die Null hört«, verkündete eine Stimme aus dem Funkgerät, nachdem es eine Weile gerauscht hatte.

»Ist alles bereit für die Unterbrechung der Stromzufuhr?«, fragte Novak.

»Alles bereit. Der Strom im Bereich R-2-4-3 wird unterbrochen. In einer Minute. Ab – jetzt!«, sagte die Stimme im Funkgerät.

»Angel 1, roger«, meldete Novak und schaltete den Countdown seiner Armbanduhr ein. Er hängte den Hörer wieder auf Franzos Rücken ein.

»Stell das Funkgerät hier ab. Wir holen es später«, sagte Novak leise und stand rasch auf.

»Und nun los.«

Novak, Franzo und Kuisma liefen zügig den steilen Hang hinab und blieben in dem Graben stehen, der zwischen dem Parkplatz und dem Weg am Waldesrand verlief.

»All right, der Strom wird in zwanzig Sekunden abgeschaltet. Auf mein Zeichen rennen wir zum nördlichen Eingang und beziehen Position neben der Tür. Dort bereiten wir uns darauf vor, mit Getöse einzudringen.«

»Sir. Alles klar«, sagte Franzo und entsicherte sein Sturmgewehr. Er drehte sich um und sah Kuisma an, der hinter ihm wartete. »Good luck, Danny-Boy«, flüsterte er.

Kuisma antwortete nicht, sondern nickte kameradschaftlich und behielt seinen selbstsicheren und furchtlosen

Gesichtsausdruck. Den hatte Franzo im Laufe ihrer gemeinsamen Dienstjahre zahllose Male erlebt.

Novak schaute von seiner Uhr auf und spähte auf den dunklen Hof. Das matte gelbe Licht an dem Laternenpfahl im hinteren Bereich des Parkplatzes würde in einigen Sekunden ausgehen. Gleichzeitig würden auch alle Kameras sowie die mit dem Stromnetz verbundenen Bewegungsmelder ausgeschaltet werden. Dann war es Zeit anzugreifen.

»Bereit …«, sagte Novak ins Sprechfunkgerät, kurz bevor das Licht an dem Pfahl ausging und die Dunkelheit noch zunahm. »Los!«

Novak stürmte auf den Parkplatz und heftete zugleich den Blick auf die dunklen Fenster und die geschlossene Tür der Schule. Hinter sich hörte er die raschen Schritte von Franzo und Kuisma, sie erreichten die Tür schneller, als er angenommen hatte. Novak setzte eine kleine Plastiksprengstoffpackung C4 an die Scharnierseite der Tür und bedeutete den Männern, sich hinter der Steintreppe, die zur Tür hinaufführte, niederzuknien.

»C4 an Südtür angebracht«, meldete Gabelich über Funk.

»Nördliche C4 angebracht. Auslösen! Drei, zwei, eins …« Novak drückte auf den Griff des Auslösers, und die ohrenbetäubenden Explosionen rissen beide Haustüren des Gebäudes heraus.

»Lampen an und rein!« Novak winkte das Kämpferduo durch die qualmende Türöffnung hinein. Franzo und Kuisma betraten den dunklen Vorraum und wären fast über einen Soldaten gestolpert, der mitten in dem qualmenden Gerümpel lag und jammerte. Offensichtlich hatte er direkt hinter der Tür gestanden. Franzo zielte sofort mit seinem Sturmgewehr auf den Verwundeten und schoss ihm zweimal in die Brust.

»Hammurab!« Der Ruf erklang aus dem Zimmer nebenan, als Gabelich, Karlo, Stasiak und Baumgartner an der offenen Tür vorbei ins Obergeschoss stürmten.

»One down!«, rief Franzo und ließ Kuisma an sich vorbei zur anderen Seite des Vorraums.

»Sichert das obere Stockwerk ab«, sagte Novak in sein Sprechfunkgerät und folgte Kuisma in das nächste Zimmer. »Franzo! Bleib hier und sorg dafür, dass niemand durch diese Tür hinausgeht«, rief er über die Schulter.

Novak und Kuisma liefen mit sicheren und raschen Bewegungen von einem Zimmer zum anderen und vergewisserten sich, dass die Räume leer waren. Gerade, als sie an der Tür zum Keller stehen blieben, hörte man aus dem Obergeschoss einen heftigen Schusswechsel, der mehrere Sekunden anhielt. Novak heftete den Blick an die Decke und versuchte sich vorzustellen, was da oben passierte. Hoffentlich meisterten die Jungs die Situation ehrenvoll. Verluste konnten sie sich nicht leisten.

26

Republik Serbische Krajina
13.3.1995, 21.50 Uhr

»Angel Blue, das Obergeschoss ist sauber. Ein Feind vernichtet«, meldete Gabelich über Funk.

Kurz darauf sah Novak, dass seine Männer mit schussbereiter Waffe zurückkehrten. Er sah auf die Uhr und errechnete, dass seit der Stromunterbrechung anderthalb Minuten vergangen waren. Die Operation verlief schneller als erwartet. Er bedeutete Kuisma, sich weiter zu entfernen, richtete seine Zastava auf das Schloss der Kellertür und gab mehrere Schüsse ab.

»Schockgranate bereit.« Er riss die zerschossene Stahltür auf.

Kuisma entsicherte die Granate und warf sie auf die Kellertreppe, während Novak darauf achtete, dass von unten niemand auftauchte. Die Granate kullerte ein paar Stufen hinunter, und dann krachte es laut, während grelles Licht im Dunkeln aufblitzte. Die Granate sollte alle, die sich in dem Raum aufhielten, lähmen und für den Augenblick handlungsunfähig machen.

Im Keller erklang sofort ein lautes Klagen.

»Stasiak und Baumgartner!« Novak gab den Männern das Zeichen hinunterzugehen. Die Soldaten setzten sich in Bewegung, ohne auch nur einen Augenblick zu zögern. Behände stiegen sie die Stufen hinunter in den ersten Raum des Kellers. Mitten auf dem Fußboden saß ein erschrockener Soldat, der sich die Ohren hielt und wie ein Schlachttier brüllte. Sein Sturmgewehr hatte er auf die Knie gelegt, aber als er die herunterstürmenden Männer sah, griff er hastig nach der Waffe. Doch es war zu spät. Stasiak und Baumgartner hatten schon das Feuer eröffnet, und die Kugeln der Zastava M-70 schlugen im Brustkorb des Mannes ein und warfen ihn rücklings zu Boden.

Stasiak blieb an der Treppe stehen, um abzusichern, dass sie von niemandem aus dem nächsten Raum überrascht wurden. Baumgartner schlich an dem toten Feind vorbei zu der Tür, die einen Spalt offen stand. Während er den Raum durchquerte, studierte er das erstarrte Gesicht des Mannes, den er eben gerade erschossen hatte, und glaubte für einen Augenblick ein leichtes Lächeln darauf zu erkennen. Er hörte, wie Stasiak den oben Wartenden etwas zurief, und sah nur kurz den Flintenlauf, der sich durch den Türspalt schob, dann spürte er schon, dass eine ganze Schrotladung seinen Bauch traf – wie der rechte Haken eines Berufsboxers – und ihn an die rote Ziegelwand des Kellers warf.

Als Stasiak das sah, eröffnete er unverzüglich das Feuer und schoss auf die Tür, die dadurch nach innen aufflog.

»Baum wurde getroffen!«, schrie er den Männern zu, die an ihm vorbeistürmten, und feuerte weiter auf die Türöffnung, in der kurz zuvor der Flintenlauf aufgetaucht war. Novak machte eine Handgranate scharf und warf sie durch die offene Tür hinein.

»Rein, sobald es kracht!«, rief er und drückte sich an die Wand, um die Detonation der Granate abzuwarten. Als Gabelich, Karlo, Kuisma und Stasiak die Explosion hörten, die in dem engen Kellerraum alles erschütterte und ohrenbetäubend laut widerhallte, stürmten sie zu der offenen Tür.

»*Ruke gore!* Hände hoch!«, riefen sie wie aus einem Munde. Auf dem Boden lagen drei schwer verwundete Männer, von denen einer deutlich älter war. Kuisma erkannte den Mann in der grauen Windjacke sofort. Oberst Dragoslav Dudas.

Weiter hinten waren in dem Raum zwei Doppelstockbetten zu sehen sowie ein umgestoßener massiver Holztisch mit Stühlen. Stasiak sah, wie ein Springerstiefel hinter dem Tisch verschwand.

»Kommt hinter dem Tisch hervor!« Stasiak ging an der Wand entlang, die Mündung seines Sturmgewehrs zeigte auf den Tisch.

»Dordević, du kommst heute mit uns mit. Tot oder lebendig«, rief er und stieß einem Soldaten, der halb tot auf dem Boden lag, mit dem Fuß die Schrotflinte aus der Hand.

»Ich zähle bis drei, danach zerschießen wir den Tisch in tausend Stücke!«, rief er auf Serbisch.

»Okay«, sagte eine Stimme hinter dem Tisch atemlos.

»Okay was?«, brüllte Stasiak und sah Gabelich und Kuisma an, die ihm gegenüber an die Wand getreten waren.

»Schießt nicht«, fuhr die Stimme fort. Hinter dem Tisch richteten sich zwei Männer mit erhobenen Händen langsam auf. Der Mann, der eben gesprochen hatte, war etwa fünfzig Jahre alt. Ein elegant ergrauter, von seinem Körperbau her aber kräftiger und für sein Alter durchtrainiert wirkender Mann, in dessen eiskaltem Blick nichts dafür sprach, dass er sich ergeben wollte.

Daniel Kuisma spürte, wie sich ihm fast der Magen umdrehte. Er war bereit, das ganze Magazin seines Gewehrs zu leeren, sobald dieser Teufel auch nur den geringsten Anlass dafür gab. Bald wäre es vorbei. Janko Dordević war ihnen jetzt ausgeliefert.

»Kommt langsam hierher«, befahl Stasiak.

Aus dem Raum nebenan hörte man ein verzweifeltes Schreien. Das war Baumgartner. Stasiak vergewisserte sich, dass seine Gefährten auf die beiden Männer zielten, und zog sich zur Tür zurück.

Leutnant Novak hatte sich über seinen schwer verwundeten Kameraden gebeugt und schüttelte mit ernster Miene den Kopf, als er Stasiak erblickte. Baumgartner lag in einer riesigen Blutlache. Er würde das nicht überleben.

Stasiak kehrte in den Raum zurück, sog die nach Pulver riechende Luft tief ein und schoss dem neben Dordević stehenden Mann ohne Vorwarnung in die Brust. Die Kugel traf das Herz, das rote breiartige Gewebe verteilte sich gleichmäßig an der Wand. Dann zog er eine schussbereite Pistole aus seinem Gürtel, trat zu den am Boden liegenden Verwundeten, blieb bei jedem stehen und drückte den Abzug durch. Das Blut, das auf den Boden und an die Wände spritzte, ließ den Raum sofort wie ein Schlachthaus aussehen. Stasiak hatte innerhalb eines Augenblicks vier Menschen hingerichtet. Übrig blieb nur noch Dordević.

»Wir machen keine Gefangenen, right?«, sagte Stasiak mechanisch, als er den verblüfften Gesichtsausdruck sowohl von Kuisma als auch von Gabelich sah. »Oder wolltet ihr Zeugen unserer kleinen Operation zurücklassen?«, fragte er trocken und steckte die Pistole wieder in das Holster, das an seinem Gürtel hing.

In der Tür tauchte mit verdutzter Miene Leutnant Novak auf, dessen Hände und Hosen blutverschmiert waren. Er schaute auf die am Boden hingerichteten, vorher von Granatsplittern schwer verletzten Männer und auf Janko Dordević, der mit seinem erschrockenen Gesicht und den zitternden Händen wie ein in die Enge getriebenes Raubtier aussah. Novak drehte langsam den Kopf und begegnete Stasiaks glasigem Blick. Er spürte, wie es ihm kalt über den Rücken lief.

Dann riss er sich zusammen. »Um Baumgartner steht es wirklich schlecht, aber wir müssen jetzt sofort los. Fesselt Dordević die Hände.«

»Angel 1, hier Angel 10.« McKinzeys erregte Stimme erklang über Funk. Im Hintergrund hörte man Lärm.

»Hier Angel 1.«

»Der Hubschrauber kreist hier oben! Er hat offensichtlich Schwierigkeiten, auf dem stockfinsteren Parkplatz zu landen!«

»Okay, wir verlassen das Gebäude gerade. Wir gehen durch den Nordeingang hinaus!«, antwortete Novak schnell. »Gabelich, du trägst Baumgartner. Wir können ihn nicht hierlassen. Stasiak und Karlo – ihr sichert den Weg hinaus. Ich und Kuisma bringen die Zielperson weg«, befahl Novak und sah, wie Stasiak Dordević anstarrte.

»Hast du gehört, Stasiak!«, rief der Leutnant.

»Wenn ihr mich umbringen wollt, dann macht es gleich«, sagte Dordević, als Kuisma nach seinen Armen griff.

»Halt's Maul!«, brüllte Stasiak und schlug Dordević mit der offenen Hand ins Gesicht. »Du hast uns nichts zu sagen. Du kommst mit, selbst wenn deine Knie zermalmt sind.« Stasiak presste die Lippen zusammen und atmete langsam durch die Nase. Dordević blickte ihm tief in die Augen und spuckte Blut auf den Boden, sagte aber nichts.

»Stasiak! Ich habe einen klaren Befehl gegeben. Sichert den Weg hinaus!« Novak war zwischen die beiden getreten.

»Bis gleich.« Stasiak zwinkerte Dordević zu, bestätigte, dass er den Befehl verstanden hatte, und verließ mit Karlo den Raum.

27

Mostar, Bosnien-Herzegowina
Gegenwart

Antonio parkte seinen Audi neben einer Tankstelle am Stadtrand von Mostar, stieg aus und beobachtete die Autos, die auf der Landstraße vorbeirasten. Dabei ging er um den Wagen herum und tastete das Chassis ab. Er wusste, dass die GPS-Geräte da am besten funktionierten, wo sich zwischen ihnen und dem Satelliten möglichst wenig Metall oder anderes massives Material befand. Im Innenraum eines Wagens gab es nicht besonders viele geeignete Stellen. Schon vor dem Anhalten hatte er das Handschuhfach und die Mittelkonsole zwischen den vorderen Sitzen überprüft.

»Fuck, yes!«, sagte er und grinste, als seine Finger das

kleine viereckige Metallteil neben dem rechten Vorderrad berührten. Er drückte den Hebel des Befestigungsmechanismus und zog das Gerät ab. Auf der anderen Seite des Parkplatzes sprang gerade der Fahrer eines langen Lasters aus seiner Zugmaschine und ging gemächlich durch die automatische Tür in die Tankstelle hinein. Antonio lief mit ein paar schnellen Schritten zu dem Fahrzeug, beugte sich vor zum Kotflügel des großen Vorderrades und brachte den Sender mit seinem rot blinkenden LED-Licht an. Zwar wäre die Wirkung der Täuschung selbst im besten Fall nur von kurzer Dauer, aber damit würde er Zeit gewinnen.

Er fuhr noch einige Kilometer weiter nach Norden und bog in der Nähe des Stadtzentrums auf den fast vollen Parkplatz der Uni ab. Die *Sveučilište u Mostaru* war die einzige kroatischsprachige Universität in Bosnien-Herzegowina, und ein Fahrzeug mit kroatischem Kennzeichen würde hier kaum auffallen.

Antonio öffnete den Kofferraum des Wagens und holte seinen Samsonite heraus. Aus der Seitentasche nahm er ein Bündel Geldscheine – schnell durchgeblättert waren es etwa zehntausend kroatische Kuna. Das war nicht viel, und seine Kreditkarte würde auch nicht mehr als vielleicht noch einen Zehntausender hergeben. Wahrscheinlich wäre es für ihn auch besser, sich von seinem Handy zu trennen. Er wusste, dass Geoff dank seiner Kontakte bei der Polizei die Möglichkeit hatte, nicht nur mit den Internetdaten, sondern auch mit dem IMEI-Code des Telefons herauszubekommen, wo er sich befand. Ein Tausch der SIM-Karte, wie man ihn aus den Krimi-Serien im Fernsehen kannte, schützte ihn also in Wirklichkeit nicht. Wollte jemand tatsächlich unsichtbar bleiben, dann musste er sich für jedes Telefongespräch zusätzlich zu einer neuen Karte auch ein neues Handy besorgen. Alles, was mit ihm zusammenhing, war jetzt markiert. Brandheiß und gefährlich.

Antonio lief ein paar hundert Meter auf einem von dichten Bäumen beschatteten Parkweg und setzte sich auf eine Holzbank, die mitten auf einem schlecht gepflegten Rasenstreifen stand. Die Vögel sangen, und in der warmen Luft hing frischer Kieferndult, doch er fühlte sich nicht gut. Das erste Mal in seinem Leben war er nun völlig auf sich allein gestellt. Es wäre so befreiend, richtig zu weinen. Die Tränen würden die Machomaske abwaschen, die er vor langer Zeit aufgesetzt hatte, als er zu Hause weggegangen war. Aber die Fähigkeit zu weinen und seine wirklichen Gefühle zu zeigen hatte er verloren. Sogar sich selbst gegenüber.

»Die Engel des Hammurabi müssen in den Himmel aufsteigen«, hatte Geoff gesagt. Ging es also um Rache, deren Ursprung in den Ereignissen vor zwanzig Jahren lag, die ebenfalls auf dem Bedürfnis nach Rache beruht hatten? Nach all den Jahren war er also deswegen ins Visier geraten. Geoff hatte ihn an irgendjemanden verkauft, weil ihm keine Wahl geblieben oder die gebotene Summe zu verlockend gewesen war. Er würde es diesem Verräter und Arschloch noch heimzahlen. Egal, womit man ihn erpresst hatte, er hätte es Antonio sagen müssen, und gemeinsam hätten sie das Problem lösen können. Dafür hatte Geoff ihn doch immer gebraucht – für die Lösung unüberwindlicher Probleme.

Antonio erinnerte sich noch lebhaft an den Augenblick, als sich ihre Wege das erste Mal gekreuzt hatten. Er war nach der Rückkehr aus dem Krieg keiner sinnvollen Beschäftigung nachgegangen. Ein junger arbeitsloser Berufssoldat, dem das Zivilleben nichts zu bieten hatte. Er hatte sich nicht wie seine Altersgefährten für feuchte Kneipenabende und belanglose Beziehungen zu Mädchen begeistern können. Vielmehr sehnte er sich nach einem geregelten Alltag mit routinemäßigen Abläufen, nach Spannung und der Nähe des Todes.

Er hatte die Angewohnheit, sich in den engen Kopfsteinpflastergassen von Triest herumzutreiben, um so die Zeit totzuschlagen. Doch an einem regnerischen Januarabend, als er am dortigen Canal Grande nach einem kurzen Wortgefecht allein drei betrunkene Iren niedergeschlagen und dabei einem das Handgelenk und einem anderen das Schienbein gebrochen hatte, war aus der Kneipe ein breitschultriger Mann herausgekommen. Die Regentropfen prallten von seinen kräftigen Backenknochen ab. Der Ire strahlte die Entschlossenheit und Führungskraft eines Menschen aus, dem die Leute gern folgten. Und den sie vor allem respektierten. Antonio war sicher gewesen, dass er sterben würde. Sein Herz schlug heftig, und nach langer Zeit hatte er endlich wieder einmal das Gefühl, am Leben zu sein.

»Wie heißt du, Junge?«

»Wieso? Willst du auch dieselbe Behandlung?«

»Ich habe gefragt, wie du heißt?«

»Antonio.«

»Wo hast du das gelernt?«

»Bei der Armee.«

»Bei der US-Navy? Stützpunkt Triest?«

»Forze Armate Italiane. Später bei den UN.«

»Du warst also da, wo es ernst wurde.«

»Ja.«

»Wir rekrutieren ständig Leute, Antonio. Hier ist meine Karte. Ruf mich morgen an, okay? Dann geh jetzt, bevor diese Clowns wieder zu sich und auf die Idee kommen, irgendwas zu versuchen.«

Antonio beobachtete ein Flugblatt, das von einer leichten Brise durch die Luft getragen nur ein paar Zentimeter von seinem Knie entfernt vorbeiflatterte und auf dem Sandweg landete. Er sah den gedruckten Text auf weißem Grund. Der Zettel tanzte eine Weile auf dem Sand und ließ sich dann vom Wind weitertreiben. Antonio schaute zum Himmel und schloss die müden Augen. Geoff wusste, dass Antonio an der Operation vor Jahren teilgenommen hatte. Aber er wusste nichts von den anderen. Existierte eine Liste der Engel des Hammurabi? Schwarz auf weiß? Darüber hatten sie sich damals unterhalten, als sich ein Mitglied der Gruppe Sorgen wegen einer möglichen Dokumentation ihres Einsatzes gemacht hatte. Leutnant Novak hatte versichert, niemand könnte im Nachhinein Informationen über die Operation oder die Identität der Beteiligten herausbekommen. Doch Geoff hatte bei ihrem Telefongespräch auf die ganze Gruppe verwiesen.

Die Engel des Hammurabi müssen in den Himmel aufsteigen. Antonio sagte Geoffs Worte leise vor sich hin. Jemand wollte also die ganze Gruppe für ihre Taten zur Rechenschaft ziehen. Aber wer? Sie hatten doch niemanden am Leben gelassen. Alle von ihnen geplanten Todesurteile hatten sie während der Operation auch vollstreckt. Wer könnte ihnen zwanzig Jahre danach auf den Fersen sein?

Er warf einen kurzen Blick in die Richtung, aus der er gekommen war. Auf dem Sandweg war niemand zu sehen. Er stand auf und ging weiter zu dem Kreisverkehr am Ende des Fußwegs. Wenn es sich wirklich um das handelte, was Geoff am Telefon zu verstehen gegeben hatte, müsste er die anderen Mitglieder der Gruppe unverzüglich warnen. Wenn einer gefasst wurde, gefährdete das die Sicherheit aller. Zugleich hatte er jedoch vorsichtig zu sein, um nicht ungewollt Geoff oder dessen Auftraggeber zu den anderen zu führen.

Antonio hob die Hand, als er zwei Taxis vorbeifahren sah. Eines hielt mit quietschenden Reifen halb auf dem Fußgängerüberweg an.

»*Gdje?*«, fragte der glatzköpfige und ziemlich stämmige Taxifahrer, als Antonio mitsamt seinem Koffer hinten eingestiegen war.

»*U Sarajevo*«, antwortete Antonio, woraufhin ihn der Fahrer ungläubig anstarrte. Die Fahrt von Mostar nach Sarajevo würde fast zwei Stunden dauern.

»Ich habe Bargeld! *Gotovina, gotovina!*« Antonio holte aus seiner Brieftasche einen Tausender und drückte ihn dem Mann in die aufgehaltene Hand.

Der Taxifahrer zuckte die Achseln, stopfte den Geldschein in seine Brusttasche und ließ in aller Ruhe die Kupplung los. Antonio packte den Fahrer am Ärmel und beugte sich nach vorn, um sicherzustellen, dass ihm der Mann zuhörte und ihn auch richtig verstand.

»Hände weg vom Taxifunk, ist das klar?«, sagte er mit Nachdruck.

Der Mann nickte. Die Taxizentrale brauchte nicht zu wissen, dass gerade jemand eine Fahrt von Mostar nach Sarajevo bestellt hatte.

28

Zagreb, Kroatien

Hinter ihnen hupte jemand, und Buvina fuhr an der Ampel ruckartig los. Daniel sah, wie Bauarbeiter auf den offenen Flächen eines halb fertigen Wohnhauses herumliefen. Die Stadt erneuerte sich in gewaltigem Tempo.

»Entschuldigung, dass ich eben ein wenig die Fassung verloren hatte. Das lag zum Teil an diesem Mann in der Gaststätte«, sagte Annika, nachdem sie ein paar Minuten lang schweigend hinten in Buvinas Auto gesessen hatten.

»Okay. Und woran lag es zum anderen Teil?«

»Ich weiß nicht. Ich habe das komische Gefühl, dass wir immer weiter von der Lösung dieses Falls weggetrieben werden.«

»Wer sein Wissen mehrt, der mehrt auch seinen Schmerz«, erwiderte Daniel und blickte hinaus. Sie fuhren gerade an einem parkartigen Freizeitgelände vorbei.

Annika schloss die Augen und strich sich über die Stirn.

»Du hast recht. Wir haben erst angefangen, in dem Fall herumzukramen. Ich muss mich jetzt einfach beruhigen«, stimmte Annika zu, hob das Kinn und hatte sich schon bald wieder unter Kontrolle.

»Das ist doch vollkommen in Ordnung«, entgegnete Daniel lächelnd und fuhr fort: »Der Mensch darf auch manchmal an sich selbst zweifeln.«

Daniel sah, dass Annika keine Lust hatte, weiter über das Thema zu sprechen, und lenkte das Gespräch in eine andere Richtung. »Außerdem finde ich es toll zu sehen, dass du kein Roboter bist. Bestimmte Dinge, bestimmte Menschen – die regen einen einfach auf. Das ist halt so. Daraus muss man Kraft schöpfen.«

»Wie schöpfst du Kraft aus Arschlöchern?«, fragte Annika und kniff die Augen zusammen.

»Touché!« Daniel lachte und fuhr in unbeschwertem Ton fort: »Du hast recht. Wenn wir herausfinden würden, wie man das macht, dann wären wir bald die stärksten Menschen auf der Welt.«

»Touché?« Annika brach in Gelächter aus. »Wie viele

finnische Heteromänner können dieses Wort so spontan im richtigen Kontext gebrauchen?«

»Ich bin kein gewöhnlicher finnischer Mann«, flüsterte Daniel und sah im Innenspiegel, wie Buvina neugierig nach ihnen schaute. Ein finnischsprachiger Flirt musste sich merkwürdig anhören. Aber war es denn das? Daniel fühlte sich für einen Augenblick glücklich.

»Das ist allerdings klar geworden«, erwiderte Annika und wischte sich die vom Lachen feuchten Augenwinkel trocken.

»Und es ist geradezu gefährlich anzunehmen, dass ich hetero bin. Wie könntest du denn etwas über meine Neigungen wissen?«, fragte Daniel und betrachtete die Wohnhäuser, deren Sockel von Schmierereien unterschiedlicher Farbe und Größe bedeckt waren.

Urplötzlich hatte das Lachen aufgehört, und das Schweigen kehrte zurück. Daniel wandte den Blick langsam zu Annika, die auf einen Schlag ernst geworden war. Die Frau mochte klug sein, aber eine besonders gute Lügnerin war sie nicht. Daniel brauchte nur einen Augenblick, um zu verstehen, worum es ging.

»Du hast dich also mit meiner Vergangenheit beschäftigt«, sagte Daniel. In seinen Augen schimmerte Entäuschung.

Annika schüttelte den Kopf und sah zu Boden. Dann schluckte sie.

»Tut mir leid, Daniel. Der Staatssekretär hat mir deine Akte zu lesen gegeben.« Annikas Augen strahlten Empathie aus und ihrem Gesicht sah man den Wunsch an, die Angelegenheit zu bereinigen.

»Warum hast du das nicht früher gesagt? Warum hast du nicht gesagt, dass du mich anhand einer verdammten Akte kennengelernt hast?«, fragte Daniel, ohne die Stimme zu heben, und schaute auf Josip Buvinas Nacken.

»Hast du nichts von mir gewusst?«

»Ich habe das erste Mal gestern Abend im Restaurant Sipuli von dir gehört«, erwiderte Daniel schroff und lehnte sich mit verschränkten Armen gegen die Tür.

»Ich habe die Unterlagen gelesen, na und? Das ist ja meine Arbeit, ich habe mich mit dem Material vertraut gemacht, das man mir übergeben hat. Und das diesen ganzen Fall betrifft so wie auch dich«, sagte Annika nun resoluter und fuhr dann fort: »Wir brauchen nicht weiter über dich zu reden, und ich kann dir alles über mich erzählen, was du wissen willst. Dann sind wir quitt und können uns wieder vertrauen.«

Für einen Moment schloss Daniel die Augen und analysierte ihren Vorschlag. Dann ließ er den Kopf gegen die Nackenstütze fallen. Zahllose Erinnerungen tauchten auf und liefen ohne Unterbrechung wie ein Band vor seinem inneren Auge ab. Erinnerungen, vor denen er ganz bewusst geflohen war, die nun aber trotzdem einen wesentlichen Teil seiner Identität darstellten. Er hatte so lange über sie geschwiegen, dass er sich nicht einmal mehr entsinnen konnte, wann er danach gefragt worden wäre. Dass nun jemand etwas von ihm wusste, was der Wirklichkeit entsprach, empfand Daniel überraschenderweise als erleichternd und beruhigend.

»Du weißt, dass ich hier in Kroatien geheiratet hatte?«, fragte er schließlich mit leiser Stimme.

Annika nickte, ohne etwas zu sagen, und ließ Daniel weitererzählen.

»Du weißt, dass meine Frau nur ein paar Monate nach unserer Hochzeit umgekommen ist«, fuhr Daniel fort und seufzte, ehe er seinen Satz beendete, »sie war eines der zivilen Opfer des Krieges.«

»Das tut mir leid.« Annika nickte vorsichtig.

»Das ist jetzt über zwanzig Jahre her. Eine lange Zeit. Aber das Leben musste weitergehen – damals wie heute. Die Möglichkeit, sich lang und breit mit seinem Leid zu beschäftigen, gab es nicht. Der Tod war überall.« Die Wehmut in seinem Gesicht verwandelte sich allmählich in jene gelassene Entschlossenheit, die Annika im Laufe des Tages schon vertraut geworden war.

»Das hört sich seltsam an«, sagte Annika vorsichtig, »aber ich möchte etwas über eure Hochzeit erfahren. Ein paar schöne Einzelheiten, die in einem förmlichen Bericht nicht erwähnt werden.«

Das Weiche und Warme in Annikas Stimme ließen Daniel darüber nachdenken, ob er ihre Bitte erfüllen sollte, obwohl sie ihm merkwürdig vorkam. Daniel rieb seine Nase und fragte sich, warum er das Bedürfnis verspürte, sich zu diesem heiklen Thema einem Menschen gegenüber anzuvertrauen, den er erst seit ein paar Stunden kannte. Noch dazu, wo er diese Erinnerungen früher, wenn überhaupt, dann nur nach reiflicher Überlegung mit jemandem geteilt hatte.

»Schöne Einzelheiten also«, murmelte Daniel und schaute wieder für einen Augenblick hinaus. Dann nickte er und fuhr fort: »Sie hieß Augusta. Ein sehr schönes Mädchen. Wir hatten uns ein paar Monate vorher zum ersten Mal gesehen. Ich war wirklich jung, zweiundzwanzig. Aber sehr, sehr verliebt.« Auf Daniels Gesicht erschien ein zartes Lächeln. Dann bemerkte er, dass ihr Auto zur Botschaft einbog.

»Das muss für diesmal reichen«, erklärte er mit neutraler Stimme und wollte gerade den Gurt öffnen, als er im Genick einen heftigen Ruck spürte. Buvina bremste abrupt, um den Zusammenstoß mit einem blauen BMW zu vermeiden, der unmittelbar vor ihnen vom Parkplatz auf die Straße kurvte und ungerührt seine Fahrt fortsetzte.

»Verdammter Idiot!«, knurrte Buvina. »Den müsste man gleich festnehmen.«

Der Kriminalkommissar starrte dem BMW eine Weile hinterher, seufzte und hielt an.

Die Finnen sahen sich amüsiert an.

»Danke, Daniel«, sagte Annika und öffnete den Gurt.

»Wofür denn?«

»Dafür, dass du diese sehr persönliche Erinnerung mit mir geteilt hast.«

»Bitte sehr. Dafür darfst du mir die Mappe über mich zeigen, wenn wir im Hotel sind«, erwiderte Daniel energisch und öffnete die hintere Tür.

29

Aarne Karlsson war fast auf den Tag genau seit zwei Jahren finnischer Botschafter in Zagreb. Der graubärtige, ungefähr fünfzigjährige Mann trug einen dunkelblauen, legeren Anzug und dazu eine rote Krawatte. Er hatte im Gesicht auffallend viele kleine Narben, vermutlich die Folge einer nicht sachgemäß behandelten Akne in jungen Jahren.

»Willkommen in Zagreb! Mit dem Wetter habt ihr jetzt ein bisschen Pech«, sagte Karlsson und gab seinen Gästen die Hand. Daniel hörte im Finnisch des Botschafters deutlich den Dialekt der Region Nord-Savo.

»Ihr habt, soweit ich das verstehe, einen wirklich straffen Zeitplan, also kommen wir sofort zur Sache. Der Kaffeetisch ist dort im Beratungsraum für uns gedeckt«, erklärte Karlsson und blickte dabei zu Josip Buvina hinüber, der gerade hereintrat und zwei große Ordner unterm Arm trug.

»Kommissar Buvina, leisten Sie uns Gesellschaft?«

»Nein. Ermittler Adam Matić kommt gleich, um diese Belege abzuholen. Macht ihr eure Besprechung mal ruhig auf Finnisch«, antwortete der Riese mit dem schmalen Gesicht gelassen und ging langsam zum Kaffeeautomaten.

»Hier herrscht seit ein paar Tagen ein ziemlicher Trubel«, begann Karlsson, als sie an dem lackierten Holztisch des Beratungsraums saßen. »Die Hektik ging los, als das Außenministerium eure Ankunft mitgeteilt hat. Viktor Lipovac hat bei der Regelung der Dinge eine sehr aktive Rolle übernommen und sein Bestes getan, damit jede noch so kleine Information an die Polizisten übermittelt wurde, die das Verschwinden untersuchen.« Karlsson goss aus einer kleinen Aluminiumkanne Milch in Annikas Tasse und bedeutete seinen Gästen, sie sollten sich zum Kaffee bei dem bereitgestellten Gebäck bedienen.

»Die Polizisten, die ursprünglich in dem Fall ermittelt haben, sind gestern aufs Abstellgleis geschoben worden, und das gesamte Untersuchungsmaterial wurde Josip Buvina übergeben, den man zum Leiter der Ermittlungen ernannt hat. Und das ist meiner Ansicht nach eine gute Sache. Die beiden vorherigen Ermittler habe ich nie für besonders kompetent gehalten.« Karlsson goss sich mit einem leichten Lächeln ein Glas Mineralwasser ein.

»Das ist unbestreitbar eigenartig«, sagte Daniel.

»Was denn?«

»Es handelt sich schließlich um einen diplomatischen Konflikt. Wie konnte die Zagreber Polizei da so nachlässig handeln?«

»Ich sage das wirklich nicht sehr gern, aber das ist zum Teil Jares eigene Schuld«, erwiderte Karlsson.

»Was meinst du damit?«

»Die Polizei hat die Drohungen, die Jare bekam, sehr

ernst genommen, aber er war nicht gerade kooperativ. Ich habe Jare ja praktisch zwingen müssen, überhaupt mit der Polizei zu sprechen. Er aber hat behauptet, er wisse nichts über den Grund der Drohungen, und die ganze Geschichte heruntergespielt.«

»Vielleicht hat er es ja wirklich nicht gewusst?«

»Vielleicht. Aber der Leiter der Ermittlungen war verärgert, als er feststellen musste, dass sich die Polizei vergeblich bemüht hatte, Westerlund zu helfen, und zwar schon vor seinem Verschwinden. Der Mann hat das nicht ausgesprochen, aber ich glaube, er hat gedacht, dass sich in diesem Fall der Verschwundene eben selbst die Schuld geben muss. Er hat zwar sofort Maßnahmen ergriffen, aber nicht die allerbesten Ermittler auf den Fall angesetzt. Außerdem ist die Kommunikation zwischen Zagreb und Split geradezu ein Jammer gewesen.«

»Aber jetzt hat sich die Lage verändert?«

»Ja. Jetzt bemüht sich ein richtiges Dreamteam darum, das Mysterium zu enträtseln. Der Chef der Abteilung für Gewaltverbrechen – Kriminaloberinspektor Borko Pavlović – hat seine erste Reihe ins Rennen geschickt. Josip Buvina ist hier eine Legende. Und Matić, seine rechte Hand, soll ein äußerst intelligenter Bursche sein«, erklärte Karlsson und nickte zufrieden.

»Na ja, es sieht so aus, als hätte der Druck durch das Außenministerium etwas gebracht«, sagte Annika.

»Genau. Und es ist gut, dass auch ihr bei den Ermittlungen richtig in Schwung gekommen seid. Ist alles hier in Zagreb nach euren Plänen verlaufen?«

»Danke, alles ist planmäßig vorangekommen«, antwortete Daniel und nickte Annika zu, damit sie die Schlussfolgerungen aus den Ereignissen des Tages wie vereinbart zusammenfasste.

»Okay.« Annikas liebenswürdiges Lächeln verwandelte sich blitzschnell in einen Gesichtsausdruck, der dienstlich und analytisch wirkte. Dank eines Lesezeichens öffnete sie ihren Notizblock sofort an der richtigen Stelle.

Daniel hörte ihrem Bericht über den Fortgang der Ermittlungen aufmerksam zu. Annika sprach klar und folgerichtig. Hinsichtlich ihrer rhetorischen Fähigkeiten hätte sie in einem anderen Leben beispielsweise Stabschefin des Weißen Hauses sein können. Daniel schaute kurz zu dem Botschafter hinüber, der gerade Notizen kritzelte, und bemerkte, dass er Linkshänder war.

»Westerlund hat seit dem Verlassen der Botschaft seine Kreditkarte oder sein Onlinekonto nicht benutzt. Außerdem sind wir auf der Grundlage von Buvinas Äußerungen mit Daniel der Ansicht, dass die Frage, wie Westerlund von Zagreb nach Split gereist ist, überhaupt nicht untersucht wurde, weil man noch bis zum letzten Freitag angenommen hat, dass er die Schlüssel der Villa selbst abgeholt hatte«, sagte Annika und pustete ein Haar weg, das ihr vor die Augen gerutscht war.

»Was meinst du damit?«, fragte Karlsson verwundert und wurde dabei ein wenig rot.

»Es wäre wichtig zu klären, wohin Westerlund mit dem Taxi von der Botschaft gefahren ist. Und womit er möglicherweise seine Reise nach Split fortgesetzt hat. Er besitzt doch kein Auto?«

»Nein, aber er hat vielleicht eins gemietet?«, schlug Karlsson vor.

»Und genau das muss eben unbedingt geklärt werden«, erwiderte Daniel, und dabei sah es so aus, als würde er versuchen sein sorgenvolles Gesicht mit den Händen zusammenzuhalten.

»Ich jedenfalls habe von der Polizei keine Informationen darüber erhalten, womit er dorthin gereist ist«, erklärte Karlsson und bemerkte nun offensichtlich selbst, wie schludrig die Polizei die Ermittlungen geführt hatte.

»Hast du das Taxi noch in Erinnerung, in das er vor der Botschaft eingestiegen ist? Name der Firma? Farbe, Typ, Modell des Autos?«, fragte Daniel.

»Ich habe es nur kurz durchs Fenster gesehen. Ein weißes Auto. Auf dem Dach ein Taxischild. Genauer kann ich es wirklich nicht beschreiben. Hätte ich damals bloß gewusst, dass dies von Bedeutung sein würde«, schimpfte Karlsson verärgert.

»Okay, das muss jetzt unbedingt geklärt werden.« Daniel fuhr sich mit den Fingern durchs Haar. Dann stand er auf, öffnete die Tür zum Vorraum und ging zu Josip Buvina, der auf dem Sofa saß und eine Zeitung las.

»Hat jemand untersucht, wohin Westerlund am 15. August um zehn Uhr von der Botschaft aus mit dem Taxi gefahren ist?«, erkundigte er sich und versuchte seine Erregung zu verbergen.

Buvina blickte von der Zeitung auf, faltete sie zweimal zusammen, legte sie neben sich aufs Sofa und stand langsam auf. Daniel wurde klar, dass er eine der Atempausen des Kommissars unterbrochen hatte, die sich Buvina selten gönnte.

»Ich weiß es nicht, aber ich kann es herausfinden«, sagte Buvina mit etwas schläfriger Stimme.

»Wir müssen den Taxifahrer finden, der ihn hier abgeholt hat. Weißt du, ob die Taxis Buch über ihre Bestellungen führen?«

»In dieser Stadt gibt es eine ungeheuer große Anzahl verschiedener Taxiunternehmen, und ihre Geschäftspraktiken sind sehr unterschiedlich. Aber wir könnten noch mal die Daten der Anrufe von Westerlunds Mobiltelefon und auch von dem Festnetztelefon der Botschaft überprüfen. Mal sehen, wo er angerufen hat«, anwortete Buvina und legte den Zeigefinger nachdenklich an die Nase.

»Wie ist es möglich, dass so etwas noch nicht untersucht wurde?«, fragte Daniel aufgebracht und ging zurück in Richtung Beratungsraum, noch bevor Buvina antworten konnte. Auf halbem Wege sagte er jedoch plötzlich »Ach so!«, blieb stehen und drehte sich zu Buvina um. »Kannst du herausfinden, ob Jare Westerlund für die Zeit seines Urlaubs entweder hier in Zagreb oder vielleicht in Split ein Auto gemietet hat?«

30

»Die Telefongesprächsdaten der Botschaft vom 15. August sind doch überprüft worden?« Mit diesen Worten betrat Daniel wieder den Beratungsraum.

»Natürlich. Der Anruf mit der Drohung, den Westerlund erhalten hat, wurde mit SkypeOut vorgenommen«, antwortete Karlsson.

»Womit?«

»Mit Skype – du kennst doch diese Telefonsoftware? SkypeOut ist ihre gebührenpflichtige Version, mit der man zum Beispiel direkt ein Festnetztelefon anrufen kann. Die Gespräche werden mit SkypeOut-Guthaben bezahlt – die wiederum hatte man in diesem Fall mit einer Prepaid-Kreditkarte bezahlt. Deshalb ist es praktisch unmöglich, die Identität des Anrufers zu ermitteln.«

»Okay. Aber wurde geklärt, ob Westerlund das Taxi per

Telefon bestellt hat?« Daniel ging, die Hände in die Hüften gestützt, im Zimmer umher.

»Das war das einzige Gespräch am ganzen Vormittag. Von seinem Telefon im Büro aus wurde nirgendwo angerufen. Es kann natürlich sein, dass er das Taxi mit seinem Handy angerufen hat.«

»Buvina hat versprochen, die Sache zu klären«, murmelte Daniel und lehnte sich unruhig an die Wand. Sein unberührter Kaffee wurde auf dem Tisch kalt.

»Und was ist mit der Autovermietung?«, erkundigte sich Annika.

»Buvina hat versprochen, auch das zu klären. Ich habe ihn gebeten, außerdem noch die Autovermietungen in Split zu überprüfen.«

»Und wenn der Wagen auf den Namen eines anderen Mitglieds der Urlaubsgesellschaft gemietet wurde?«, fragte Karlsson.

»Deshalb ist es ja jetzt so wichtig herauszufinden, mit wem Westerlund Urlaub gemacht hat«, sagte Annika und legte die Hand auf den Tisch.

»Hat denn wirklich keiner hier in der Botschaft wenigstens eine leise Ahnung, mit wem er in den Urlaub fahren wollte? Selbst der kleinste Hinweis kann jetzt Gold wert sein«, betonte Daniel und sah den Botschafter eindringlich an.

»Ihr könnt mir glauben, wenn ich sage, dass wir das hier unter uns schon erörtert haben, bevor Jare überhaupt losgefahren ist«, erwiderte Karlsson frustriert. Dann kratzte er sich am Bart und fuhr fort: »Ich habe ihn zweimal gefragt, aber er hat sich in der Hinsicht sehr geheimnisvoll gegeben. Da habe ich vermutet, dass es mit einer Frau zusammenhängt. Und außerdem weiß ich, dass er in Split alte Freunde hat. Er hat dort auch früher schon viel Zeit verbracht.«

»Hat jemand von der Botschaft Westerlunds Freunde aus Split mal gesehen? Haben wir Namen?«, fragte Daniel, obwohl er im Voraus wusste, was Karlsson antworten würde.

»Nein. Haben wir nicht. Das hat uns die Polizei auch schon gefragt. Wir haben hier in der Botschaft gemeinsam versucht, uns zu erinnern, was Jare von seinen Reisen nach Split erzählt hat. Aber niemand kann sich entsinnen, dass er auch nur beiläufig Namen erwähnt hätte.«

»Okay.« Daniel krempelte die Hemdärmel hoch. »Lipovac hat gesagt, dass ihr den Drohanruf hier gespeichert habt. Könnten wir uns den anhören?«

»Natürlich. Ich hole meinen Computer.« Karlsson stand auf und verließ den Raum mit raschen Schritten.

»Was ist jetzt?«, fragte Annika, als sie bemerkte, dass Daniel ausdruckslos vor sich hin starrte.

»Diese Polizeiermittlungen – wenn man sie so bezeichnen kann – sind von Anfang an ein Witz gewesen. Hätte die Polizei effektiv gearbeitet, wäre längst bekannt, ob Westerlund vielleicht schon hier in Zagreb gekidnappt worden ist. Und dadurch wären sie darauf gekommen, dass auch die Aufzeichnungen der Überwachungskameras des Unternehmens geprüft werden müssten, das die Villa vermittelt hat.«

»Du hältst es also für wahrscheinlich, dass jemand anders als Westerlund die Schlüssel abgeholt hat? Möglicherweise die Person, die an der Entführung beteiligt ist?«

»Meiner Ansicht nach ist das gut möglich. Aber das lässt sich ja jetzt nicht mehr mit Sicherheit klären, leider nicht«, schimpfte Daniel.

»So, hier könnt ihr euch das anhören«, rief Karlsson, als er ins Zimmer zurückkehrte. Er steckte einen kleinen Lautsprecher an seinen Laptop.

»Mir stehen dabei die Haare zu Berge«, fuhr er fort und schaltete die Aufzeichnung ein. Das erwartungsvolle Schweigen wurde von einem Knacken unterbrochen, das entsteht, wenn der Hörer des Festnetztelefons abgenommen wird. Dann folgte die Stimme von Jare Westerlund. Daniel wurde klar, dass er sie jetzt zum ersten Mal hörte.

»*Westerlund, Finnish Embassy.*«

»*We have warned you, boy*«, sagte eine roboterähnliche Stimme.

»*Who is this?*«

»*You know.*«

»*What? Who? Leave me alone.*«

»*You know who this is. You still won't play on our side, do you?*«

»*Leave me alone! Do not call me again!*«

Dann legte Westerlund auf. Das Gespräch dauerte nur fünfzehn Sekunden, aber es bestand kein Zweifel, dass es als Drohung interpretiert werden musste.

»Wann habt ihr euch das zum ersten Mal angehört?«

»Als Jare nach dem Urlaub nicht zur Arbeit erschienen ist, habe ich unsere Assistentin Maija gebeten, ihn anzurufen, denn ich habe sofort das Schlimmste befürchtet. In diesem Zusammenhang hat Maija dann erzählt, sie hätte gehört, wie Jare vor seiner Abreise am Telefon laut geworden war. Sie hatte das jedoch vorher niemandem gegenüber erwähnt.«

»Und dann hast du dieses Gespräch auf dem Band gesucht?«

»Ja, alle Telefongespräche der Botschaft werden in einem System auf Cloud-Basis aufgezeichnet, damit sich ihr Inhalt nötigenfalls nachträglich leicht überprüfen lässt«, murmelte Karlsson, kratzte dabei sein Kinn und fuhr fort: »Die Polizei hat alle Gesprächsdaten von Jare im letzten Monat überprüft, und dabei hat sich nichts herausgestellt, was vom Normalen abweicht.«

»Und diese Männerstimme, die wir hier auf dem Band hören? Könnten die Techniker diesen Effekt knacken, mit dem die Stimme verändert wird? Jemand könnte sie dann erkennen«, schlug Daniel vor.

»Das Band war von Anfang an der wichtigste und auch fast der einzige Hinweis, den die Ermittler hatten. Deswegen glaube ich schon, dass es in jeder erdenklichen Weise behandelt wurde. Aber fragt dazu noch lieber mal bei Buvina nach«, sagte Karlsson und leerte sein Wasserglas mit einem Schluck.

Daniel nickte und lehnte sich nachdenklich auf seinem Stuhl zurück. Annika blickte einen Augenblick lang vor sich hin, ohne etwas zu sagen, und schnipste mit ihrem Kugelschreiber.

»Ihr seid also vier Personen, die in der Botschaft arbeiten?«, fragte sie schließlich.

»Ja, richtig, neben mir gibt es hier noch den Botschaftsrat Johan Aho, die Assistentin Maija Koistinen und natürlich Jare Westerlund. Viktor Lipovac hat im Hause ebenfalls einen Arbeitsplatz, obwohl er nur gelegentlich hier sitzt.«

»Die Polizei hat sowohl Koistinen als auch Aho befragt?«
»Ja. Ich glaube, ihr bekommt die Verhörprotokolle noch von Buvina. Die sind allerdings ... wahrscheinlich auf Kroatisch.«

»Das ist kein Problem«, sagte Daniel, stand wieder auf und fuhr fort: »Danke für die Hilfe. Ihr teilt es uns doch sicher sofort mit, wenn euch etwas Neues einfällt. Komm, Annika, wir werfen noch einen Blick in Westerlunds Arbeitszimmer.«

31

»Wer ist Antonio Franzo?«, fragte Annika, als sie in Westerlunds Arbeitszimmer unter sich waren.

»Was ist denn das jetzt für eine Fragestunde?«, monierte Daniel, ohne Annika anzuschauen.

»Du hast mir im Flugzeug seine Nummer gegeben, für den Notfall. Wenn du ihm so sehr vertraust, kannst du ja wohl etwas mehr über ihn sagen?«

»Tony ist ein alter Freund«, erklärte Daniel und drehte die Papiere um, die auf Westerlunds Schreibtisch herumlagen.

»Na, das ist klar. Und er wohnt also hier in Zagreb?«

»Eigentlich habe ich keine Ahnung, wo er wohnt. Ich habe ihn viele Jahre nicht getroffen, aber ich weiß, dass er immer noch dieselbe Telefonnummer hat.«

»Wie kannst du das wissen?«

»Weil er mir mitteilen würde, wenn sie sich ändert. So läuft das«, antwortete Daniel und betrachtete die Sachen in Westerlunds offenem Bücherregal.

»Ist das die internationale Version eines Netzwerks guter alter Freunde?«

»So ähnlich. Aber heb die Nummer auf. Tony kann dir helfen, selbst wenn er auf der anderen Seite der Erde wäre«, sagte Daniel und sah Annika aufmerksam an, die unruhig auf und ab ging.

»Hast du gehört?«, fragte er so energisch, dass Annika aufmerksam wurde. »Vertrau mir. Ich erzähl dir schon alles, was du wissen musst.«

Annika nickte.

Daniel setzte sich an Westerlunds Schreibtisch und fuhr mit den Fingern über das lackierte Holz.

»Was suchen wir hier?« Annika setzte sich in den Sessel gegenüber.

»Irgendetwas, das uns helfen würde zu klären, wo und wie Westerlund unterwegs war. Beispielsweise ein Buchungsbeleg für Fahrkarten oder von der Autovermietung wäre jetzt genau das Richtige.«

»Heutzutage druckt die doch niemand mehr aus. Eventuelle Buchungen hat er bestimmt direkt im Netz gemacht.«

»Ja, aber der Computer ist mit ihm verschwunden«, entgegnete Daniel und legte einen Stapel Unterlagen wieder auf den Schreibtisch.

»Daniel, wir brauchen Westerlunds Computer gar nicht, um seine Browserchronik zutage zu fördern«, lächelte Annika triumphierend.

»Wieso?«

»Wenn Westerlund in das Computersystem der Botschaft eingeloggt war, dann kann jemand, der etwas von Informationstechnologie versteht, die Websites aufspüren, auf denen er beispielsweise in den Tagen vor seinem Verschwinden gewesen ist. Jedes Surfen hinterlässt immer Spuren.«

»Okay, das ist ja immerhin etwas Positives!« Daniel klopfte zuversichtlich auf den Tisch, erhob sich und ging zu den gerahmten Fotos, die an der Wand hingen. Er betrachtete ein Bild, auf dem Westerlund mit breitem Lächeln inmitten einer kleinen, festlich gekleideten Gruppe stand. Am unteren Rand des Fotos klebte eine goldene Platte, in die eingraviert war: One Minute Film Festival 2013. Um Westerlund herum gruppierte sich gut gelaunt das weitere Stammpersonal der Botschaft und der schwitzende, tragikomisch grinsende Honorarkonsul Viktor Lipovac.

Daniel betrachtete jeden auf dem Foto und kehrte schließlich zu dem verschwundenen Finnen zurück. Ein auf spitzbübische Weise charmanter junger Mann mit positiver Ausstrahlung, der, legte man das Foto zugrunde, sein Leben und seine vielversprechende Karriere als Konsul genoss. Soweit man wusste, hatten die Drohungen zum Zeitpunkt der Aufnahme noch nicht angefangen.

»Ich spreche mit Buvina über diese Browserchronik.« Annika öffnete die Tür und sah noch einmal zu Daniel hin, der rasch nickte und seinen Blick dann wieder auf die Fotos an der Wand heftete.

»Sehr schön. Danke«, sagte er zerstreut. Auf einem größeren Foto einer Gruppe von etwa zwanzig Personen stand Westerlund am linken Rand. Die Aufnahme stammte von einer Veranstaltung, die offenbar weniger offiziell war. Neben Westerlund erkannte man wieder Botschafter Karlsson, ansonsten aber schien das Bild auf den ersten Blick keine vertrauten Gesichter zu zeigen. Daniel hielt jedoch bei einem älteren Mann inne, der kniete. Verdammt, was war das? Er spürte, wie ihm ein eiskalter Schauder den Rücken hinunterlief. Hastig nahm er das Foto ab und hielt es näher an die Augen. Nein, das konnte nicht möglich sein. Auf keinen Fall.

Daniel trat mit dem Foto in der Hand ein paar Schritte zurück und lief dann rasch zur Tür und auf den Flur. Er fühlte, wie sein Herz heftig schlug.

»Wo ist Karlsson?«, fragte er aufgeregt, sodass Annika, die gerade am Ausgang mit Buvina redete, über die Schulter zu ihm hinblickte.

»Was ist los?«

Daniel antwortete nicht, sondern marschierte durch die nächste offene Tür hinein in der Annahme, dass sie ins Arbeitszimmer des Botschafters führte.

»Wo wurde dieses Foto aufgenommen?« Daniel ging mit

dem Foto in der Hand um Karlsson herum, der an seinem Schreibtisch saß, und stellte sich hinter ihn. Der Botschafter blickte Daniel überrascht an, holte dann seine Lesebrille aus der Brusttasche des Anzugjacketts und beugte sich über das Foto.

»Das Foto stammt von irgendeinem EU-Seminar im Februar oder März. Wieso?«, fragte Karlsson, nachdem er es kurz betrachtet hatte.

»Kennst du diesen Mann?« Daniel zeigte mit dem Finger auf den grauhaarigen Mann, der in der vorderen Reihe kniete.

»Nein, ich kann nicht sagen, dass ich ihn kenne.«

»Weißt du seinen Namen?«

»Ich kenne den Namen von keinem auf dem Foto. Außer Jare natürlich.«

»Warum sind alle diese Leute mit euch zusammen auf einem Foto? Wer sind sie?«

»Das sind alle Seminarteilnehmer. Da war niemand dabei, den ich schon vorher gekannt hätte.«

»Und Westerlund?«

»Wie ... Westerlund?«

»Kannte er diese Leute? Diesen Mann in der ersten Reihe? Hat sich Westerlund mit ihm unterhalten?«, fragte Daniel nach und klopfte mit dem Zeigefinger auf das Foto.

»Daran kann ich mich nicht erinnern. Aber Jare ist nach dem Ende des Seminars dageblieben, um mit anderen noch etwas zu feiern. Der gesellige Abend begann praktisch unmittelbar, nachdem diese Aufnahme gemacht wurde. Ich selbst bin nach Hause gefahren«, sagte Karlsson und rollte mit seinem Bürostuhl weiter weg von Daniel.

»Worum geht es hier?«, erkundigte er sich mit gerunzelter Stirn und nahm seine Lesebrille ab.

Daniel stand wie erstarrt da und schaute unverwandt auf das Foto.

»Wir brauchen eine Namensliste der Seminarteilnehmer. Kannst du das gleich erledigen?«, fragte Daniel und rieb sich das Kinn.

»Ich kann es jedenfalls versuchen, Daniel. Aber sagst du mir jetzt, worum es geht?«, wiederholte der Botschafter noch ungeduldiger.

»Ich sage es dir, sobald ich es selbst weiß. Versuch uns die Liste zu besorgen. Möglichst schnell.« Daniel nahm das Foto unter den Arm und verließ den Raum.

»Josip, wir müssen zurück in die Bar von vorhin!«, rief Daniel Buvina zu, der ihm mit Annika entgegenkam.

»Warum?«

»Der Barkeeper hat von einem älteren Mann gesprochen, mit dem sich Westerlund mehrmals auf ein Bier getroffen hat«, sagte Daniel und gab Buvina das Foto in seine großen Hände.

»Ich möchte eine Alternative ausschließen. Der Dritte von links in der vorderen Reihe«, fuhr er fort, ohne seine Erregung zu verbergen.

»Alles klar. Wer ist das?«

»Ein Mann, von dem ich geglaubt habe, dass er seit Langem tot ist.«

32

Daniel stieß die Glastür auf, ging entschlossen zum Bartresen und legte dem Barkeeper, der gerade Biergläser abtrocknete, das Foto der Seminargruppe vor.

»Sieh dir das Foto an.«

»Seid ihr schon zurückgekommen? Wo ist das Mädchen geblieben?«

»Konzentrieren Sie sich!«, befahl Daniel in so scharfem Ton, dass der Barkeeper ernst wurde und den Abwaschlappen ins Becken fallen ließ.

»Okay, okay.« Er hob die Hände und fuhr fort: »Da ist er ja, euer Finne.«

»Westerlund. Ja. Machen Sie weiter.« Daniel drehte ungeduldig den Zeigefinger und verfolgte die ruckartigen Bewegungen der Pupillen des Barkeepers, der prüfend ein Gesicht nach dem anderen betrachtete. Schließlich griff er nach dem Rahmen und hielt sich das Foto näher an die Augen.

»Das ist er«, sagte er vorsichtig, nickte und legte es wieder hin.

Daniel drehte das Bild so, dass sie beide das Gesicht des knienden Mannes in der ersten Reihe sahen. Der Barkeeper klopfte mit dem Fingernagel auf die rechte untere Ecke des Fotos.

»Er hat mehrmals mit dem Finnen hier gesessen.«
»Sind Sie sicher?«
»Natürlich bin ich sicher. Ich war es doch, der ihn gerade auf dem Foto erkannt hat«, entgegnete der Barkeeper lachend.

Daniel nahm das Foto mit einer heftigen Bewegung wieder in die Hand, drehte sich um und betrachtete die Gäste in dem Restaurant. Er spürte, wie er von dem Adrenalinschub eine Gänsehaut bekam und wie ihm dann eiskalt wurde. An einem Tisch etwa zwei Meter entfernt saßen zwei alte Männer und erwiderten verblüfft seinen starren Blick. Zu einer Gesellschaft an einem größeren Tisch gehörten ein paar Männer und zwei dunkelhaarige junge und schöne Frauen. Etwas weiter hinten saß etwa ein Dutzend Leute, die ihr

Abendessen zu sich nahmen und dazu Rotwein tranken. Warum blickten alle zu ihm herüber? Daniel versuchte sich am Tresen festzuhalten und hörte, dass Buvina an der Tür etwas rief. Die Gedanken schwebten losgelöst und unscharf durch sein Bewusstsein, und er begriff erst, dass er umgefallen war, als er auf dem Fußboden saß und neben sich das zerbrochene Bild erblickte.

»Was ist los? Alles in Ordnung?« Josip Buvina kniete neben ihm.

»Verdammt. Das ist nicht möglich.« Daniel blinzelte und war völlig durcheinander.

»Daniel, müssen wir einen Arzt rufen?«

»Einen Arzt? Nein. Den brauchen wir nicht. Mir ist nur plötzlich schwindlig geworden«, sagte er schon etwas deutlicher und passte auf, dass er sich nicht mit der Hand auf die Glasscherben stützte, die auf dem Fußboden lagen. Abwechselnd schaute er zu Buvina, der vor ihm kniete, zum Barkeeper, der über den Tresen herunterblickte, und zu den Restaurantgästen, die sich umgedreht hatten und das Geschehen neugierig beobachteten.

»Bist du sicher? Vielleicht sollte ich doch einen Arzt rufen?« Buvina holte das Handy aus seiner Tasche.

»Nein. Keinen Arzt. Ich bin völlig in Ordnung, wirklich.« Verärgert schüttelte Daniel den Kopf.

»Ich helfe dir wieder auf die Beine.« Buvina griff Daniel unter die Achsel und hob ihn mühelos hoch. »Hast du öfter solche Anfälle?«, fragte er und hielt sein Mobiltelefon immer noch anrufbereit.

»Nein. Wirklich nicht«, murmelte Daniel, drehte sich um und lehnte sich auf den Bartresen.

»Du musst jetzt erzählen, worum es geht – mit wem auf diesem Foto stimmt was nicht?«, wollte Buvina wissen und klopfte auch die restlichen Glassplitter aus dem Fotorahmen.

»Josip, lass mir einen Augenblick Zeit, um nachzudenken. Ich verspreche, dir alles sofort zu erklären, wenn ich meine Gedanken geordnet habe«, sagte Daniel und pustete die Luft langsam aus, um seine Atmung wieder zu normalisieren.

Buvina runzelte die Brauen und zauberte einen Ausdruck auf sein Gesicht, den Daniel im Laufe des Tages noch nicht gesehen hatte. Es war eine Mischung aus Ungeduld und Skepsis, und Daniel konnte sich vorstellen, wie wirkungsvoll der Kroate beim Verhör sein konnte, wenn es darauf ankam. Seine glühenden Augen in ihren tiefen Höhlen zeigten neben Sanftmut und Gelassenheit auch eine gehörige Portion Gnadenlosigkeit.

Nach einem kurzen Schweigen rieb sich Buvina die Backenknochen, stützte die Hände in die Hüften und sagte: »Na gut. Wir holen Annika aus der Botschaft. Ich bringe euch ins Hotel. Ruht euch eine Weile aus – ihr hattet einen langen Tag.«

»Das ist sicher eine gute Idee«, erwiderte Daniel kurz und ging mit vorsichtigen Schritten in Richtung Ausgang.

»He, eine Sache noch!«, rief der Mann hinter dem Tresen.

Daniel und Buvina blieben stehen und wandten sich ihm zu.

»Ich habe die anderen gefragt, ob sie sich bei diesen beiden Herren an irgendetwas Besonderes erinnern.«

»Und?« Daniels Stimme klang allmählich wieder wie gewöhnlich.

»Sie sind angeblich auch zu anderen Zeiten hier gewesen. Also nicht nur abends, wenn ich sie gesehen habe. Auch meine Kollegen finden, dass die beiden den Eindruck gemacht haben, als hätten sie hier jedes Mal gearbeitet, immer mit Computer und Unterlagen auf dem Tisch.«

»Okay, danke. Hat sich noch etwas anderes herausgestellt?«

»Ich weiß nicht, ob das von Bedeutung ist. Aber ich habe bemerkt, dass auf der Straße manchmal ein bestimmtes Auto gestanden hat. Immer dann, wenn sich die beiden getroffen haben.«

»Was für ein Auto?«

»Es wirkte so, als hätte jemand im Auto auf sie gewartet. Das war ein dunkelblauer BMW der Dreierreihe, aber ein altes Modell. Durch die großen Fenster kann man leicht hinausschauen. Ich weiß nicht, ob mir das aufgefallen wäre, wenn ich nicht selber mal so einen gehabt hätte.«

»Hast du den Fahrer gesehen? Oder das Kennzeichen?«

»Nein. Wenn ich gewusst hätte, dass es von Bedeutung ist ...«

Daniel betrachtete den Mann hinter dem Tresen eine Weile, atmete ruhig und nickte schließlich. »Okay, du gibst doch Kriminalkommissar Buvina Bescheid, sollte sich jemand an noch etwas erinnern?«

Buvina kam zur Beifahrerseite und öffnete die Tür für Daniel, der sich anscheinend immer noch in einer Art Schockzustand befand. Dann schlug er die Tür zu und ging mit trägen Schritten um das Auto herum.

»Du hast jemanden auf dem Foto erkannt«, sagte er und drehte den Zündschlüssel, nachdem er eine Weile schweigend dagesessen hatte.

»Ja.«

»Du musst alle Informationen mit mir teilen, Kuisma.«

»Ich habe auch nicht die Absicht, irgendetwas zu verschweigen«, erwiderte Daniel, ohne den Blick vom Fußweg abzuwenden.

»Wir dürfen keine Zeit verlieren. Westerlund kann immer noch am Leben sein.«

»Ich bin ganz derselben Meinung.«

»Na, dann sag es doch. Mit wem hat Westerlund in der Kneipe gesessen? Wir müssen den Burschen sofort suchen.«

»Sein Name ist Aleksander Novak«, antwortete Daniel nach einer Weile. »Aber ich glaube nicht, dass ihr ihn unter dem Namen finden werdet.«

»Gut. Erzähl mehr.«

»Ich bin hier auf dem Balkan 1994 als Freiwilliger an einer bestimmten Militäroperation beteiligt gewesen. Novak war damals mein Zugführer.«

»Und du hast all die Jahre geglaubt, dass der Mann tot ist?«

»Ich habe Novak sterben sehen.«

»Bist du sicher?«

»Ganz sicher.«

»Warum denkst du, dass er seinen Namen geändert hat.«

»Darauf möchte ich erst später zurückkommen, wenn ich das alles erstmal für mich selbst geklärt habe. Im Augenblick habe ich mehr Fragen als Antworten.«

»In Ordnung. Ich starte die Suche nach Novak sofort. Wenn wir ihn finden, kann uns das näher zu Westerlund hinführen«, sagte Buvina, holte sein Handy heraus, das wie eine Muschel aussah, und tippte auf dem Display aus dem Gedächtnis eine Nummer ein.

»Gabrijela, würdest du die Daten einer bestimmten Person für mich überprüfen?«, sagte er nach kurzem Schweigen ins Telefon. »Aleksander Novak, geboren ...« Buvina legte das Telefon auf seine Brust und sah Daniel fragend an.

»Ende der Fünfzigerjahre, vielleicht Anfang der Sechziger. Ich bin mir nicht sicher«, antwortete Daniel und hörte, wie Buvina seine Schätzung an die Frau weitergab.

»Ja ... hat bei der Armee gedient ... okay, ich verstehe. Danke, Gab.« Buvina beendete das Gespräch. »Novak wurde 1995 als vermisst gemeldet und 1996 für tot erklärt.«

»In dem Glauben war ich eben auch noch.«

»Bist du ganz sicher, dass es sich um denselben Mann handelt? Du hast diesen Novak zuletzt vor fast zwanzig Jahren gesehen. Das erschwert es doch, ihn zu identifizieren. Und der Mann auf dem Foto ist deutlich älter als Novak damals.«

»Eben. Der Mann auf dem Bild ist zwanzig Jahre älter. Es gibt überhaupt keinen Zweifel – das auf dem Foto ist Aleksander Novak. Er müsste jetzt fast sechzig sein.«

»Das heißt, du hast auf einem Foto an der Wand von Westerlunds Zimmer einen vor zwei Jahrzehnten gestorbenen Kampfgefährten erkannt, der noch dazu zufällig genau die Person ist, mit der unser spurlos verschwundener Westerlund seine geheimnisvollen Treffen abgehalten hat.« Buvina schüttelte ungläubig den Kopf und fuhr fort: »Das ist aber wirklich ein bemerkenswertes Zusammentreffen.«

»Josip«, begann Daniel und sah dem Polizisten am Steuer in die Augen. »Ich habe darauf selbst noch keine Antwort. Die ganze Geschichte kommt auch mir völlig unbegreiflich vor. Nicht zuletzt deshalb, weil ich mit eigenen Augen gesehen habe, wie Novak gestorben ist.«

»Überleg noch mal logisch. Wenn du ihn hast sterben sehen – dann kann es sich doch gar nicht um denselben Mann handeln.«

»Aber wenn er es nun mal ist.«

»Kann es sein, dass du dich irrst?«

»Klar ist, dass man einen Kuchen nicht aufessen und gleichzeitig behalten kann. Wenn er auf dem Foto ist, kann er nicht in Bosnien umgekommen sein. Aber ich verlasse mich gerade jetzt nicht auf das, was mir mein Unterbewusstsein eingibt.«

»Der Verstand ist ... wie sagt man das jetzt am besten? Der Verstand ist manchmal trügerisch«, murmelte Buvina rätselhaft und schaltete das Blaulicht des Wagens ein.

33

Sarajevo, Bosnien-Herzegowina

Antonio sprang am Ufer der Miljacka im Westteil von Sarajevo aus dem Taxi und sah zu, wie es eine Kehrtwende machte und dann in Richtung Mostar zurückfuhr.

Er warf einen Blick auf seine Uhr und lief am Flussufer in Richtung Stadtzentrum. Für die reichlichen Kilometer würde er bei flottem Tempo nur etwa zehn Minuten brauchen. Er wollte nicht mit dem Taxi bis vor die Haustür fahren. Die Ereignisse der letzten zwölf Stunden hatten ihn äußerst vorsichtig werden lassen.

Antonio ging am Rand einer schmalen asphaltierten Straße mit vielen Schlaglöchern. Gesäumt wurde sie von halb verfallenen und mit Graffiti bedeckten Bretterzäunen, hinter denen sich die Höfe flacher Wohngebäude befanden. Die Gegend war nicht sonderlich arm, aber hier am Rande der Stadt investierte man kaum in die Fassaden, und deshalb wirkte die Nachbarschaft ärmlicher, als sie in Wirklichkeit war. Eine Gruppe von Kindern im Vorschulalter kam ihm entgegengerannt, sobald sie ihn erblickten, verlangsamten sie aber ihr Tempo. Sie schauten ihn ängstlich an, stürmten jedoch schon bald weiter und lachten und schrien wieder.

Mitten auf den saftigen grünen Rasen links von der Straße hatte man ein altes Sofa getragen, auf dem ein dicker Mann ohne Hemd lag und die Sonne genoss, die aus einer Wolkenlücke hervorsah. Ein paar hundert Meter weiter schimmerte zwischen Bäumen ein gelb verputztes zweigeschossiges Eigenheim. Antonio beschleunigte seine Schritte. Er schaute über die Schulter zurück, um sich zu vergewissern, dass ihm niemand folgte. Bereits im Taxi hatte Antonio die hinter ihnen fahrenden Wagen beobachtet, schon für den Fall, dass es Geoffs Leuten gelungen war, ihn zu orten. Aber ihm fiel nichts Ungewöhnliches auf. Vielleicht war er jetzt endlich außerhalb der Reichweite von Geoffs Radar. Von diesem Ort hier zumindest könnte auf keinen Fall jemand wissen.

Antonio öffnete das knarrende Zauntor und betrat den gepflasterten Weg. Er sah den unter einem Carport abgestellten blauen Peugeot 306 und betrachtete das Haus, dessen Fenster auf den ersten Blick keinerlei Lebenszeichen erkennen ließen. Die Gardinen im Obergeschoss hatte man zugezogen, und im Haus brannte keine einzige Lampe, obwohl es schon bald Abend wurde. Vielleicht waren sie nicht zu Hause.

Er ging über den Hof und stieg die wenigen Stufen zur Haustür hinauf. Nachdem er auf die Klingel gedrückt hatte, trat er zwei Schritte zurück. Und wartete. Es kam jedoch niemand, um zu öffnen.

Antonio blickte sich um. Eine dichte Hecke versperrte die Sicht zu den Nachbarn. Irgendwo weiter entfernt hörte er Kinderlärm, aber auf der Straße vor dem Haus war niemand zu sehen. Antonio griff vorsichtig nach der Klinke und bemerkte, dass sich die Tür leicht aufdrücken ließ. Er sah sich noch einmal um. Niemand. Rasch stellte er den Koffer auf die Treppe, zog seine Pistole aus dem Gürtel, entsicherte sie und hielt sie nach unten.

»Hallo? Ist jemand zu Hause?« Antonio stieß die Haustür ganz auf. Niemand antwortete. Das Schweigen war bedrückend.

»Zoran?« Er bemerkte, dass er den Namen ungewollt vorsichtig sagte. Da eine Antwort ausblieb, legte er auch die linke Hand auf den Griff der Pistole und ging langsam bis ans Ende des Flures und dann ins Wohnzimmer hinein. Antonio durchquerte den Raum, behielt dabei die offenen Türen im Auge und blieb so in der Ecke stehen, dass man ihn von draußen durch die Fenster nicht sehen konnte.

»Zoran? Ist hier jemand?«, rief er und wusste jetzt zum ersten Mal mit Sicherheit, dass er keine Antwort bekommen würde. Er sah durch die offene Küchentür die umgestoßenen Stühle neben dem Tisch. Auf dem Fußboden lagen Essensreste und Glasscherben. Er richtete die Pistole schussbereit auf die Küche und trat vorsichtig näher.

Die Küche war leer, aber das Durcheinander in dem Raum sprach eindeutig dafür, dass es einen heftigen Kampf gegeben hatte. Antonio ging an den Esstisch und bemerkte eine aufgeschlagene Zeitung, ihr Datum verriet, dass sie am Morgen gebracht worden war. Er betastete den großen, aber schon eingetrockneten Kaffeefleck auf der Tischdecke. Seit seiner Ankunft waren offensichtlich schon mehrere Stunden vergangen, vielleicht ein halber Tag. Er betrachtete das Essen auf dem Fußboden. Eier, Speck und Müsli. Es musste beim Frühstück passiert sein. Aber wo waren sie jetzt alle? Plötzlich fielen ihm die zugezogenen Gardinen im Obergeschoss ein.

Antonio hörte die hölzernen Stufen knarren, als er die enge Treppe ins Obergeschoss hinaufstieg. Oben angelangt, warf er sofort einen Blick in den ersten Raum hinein und musste schlucken, als er das Doppelstockbett, die zwei kleinen Schreibtische und an der Wand die Poster von berühmten Fußballern und Rap-Sängern erblickte. Dann wandte er den Blick zu der anderen Tür, dahinter lag das Schlafzimmer der Eltern. Er presste die Hand noch fester um den Griff der Waffe und stieß mit der anderen die Schlafzimmertür auf. Es war furchtbar, wie jede Wendung dieses Tages die vorherige in all ihrer Grauenhaftigkeit noch übertraf. Er blickte erst auf den Fußboden, dann aufs Bett und schließlich auf die zugezogenen weißen Spitzengardinen, die verhinderten, dass die Sonnenstrahlen in das Bild des Schreckens drangen.

Auf dem Boden lagen zwei Jungen auf dem Bauch inmitten einer großen Blutlache. Zoran Gabelich und seine Frau lagen auf dem Bett, die Tagesdecke war völlig blutdurchtränkt und rot verfärbt. Antonio erstarrte für einen Augenblick und lauschte seinem eigenen schweren Atem. Dann fluchte er leise, frustriert und enttäuscht, dass er nicht fähig gewesen war, dem Freund und seiner Familie zu helfen.

Er betrachtete die Schusswunden der Opfer und das Blut, das sich auf dem Fußboden und im Bett ausgebreitet hatte. Dabei wurde ihm klar, dass er nichts mehr für sie tun konnte. Er war zu spät gekommen, daran ließ sich nichts ändern.

Das Blutbad an der Familie Gabelich bestätigte nur, was Geoff am Telefon gesagt hatte: Jemand wollte tatsächlich ihre ganze Gruppe auslöschen. Und zwar synchron, ohne irgendjemandem die Möglichkeit zu lassen, in den Lauf der Dinge einzugreifen. Aber bei ihm waren sie gescheitert.

Antonio lehnte sich an die Wand und rekonstruierte im Kopf die Ereignisse am Morgen. Die Familie Gabelich hatte in der Küche beim Frühstück gesessen, als die Killer – vermutlich waren es mehrere gewesen – eingedrungen waren und die ganze Familie zur Hinrichtung ins Obergeschoss gebracht hatten. Die Haustür war nicht aufgebrochen, also hatte Gabelich selbst oder ein anderes Familienmitglied die Tür geöffnet. Vielleicht hatte er den Ankömmling gekannt. Vielleicht war die Tür sogar offen gewesen. Auf jeden Fall musste der Angriff eine große Überraschung gewesen sein.

Antonio wischte sich einen Schweißtropfen von der Stirn und schaute zur Treppe. Hatten die schon alle gefunden? War er der Einzige, der noch lebte? Antonio holte das Handy aus der Tasche, behielt aber die Pistole in der rechten Hand. Er stieg die Treppe hinunter und suchte dabei in den Kontaktdaten seines Telefons. Unten öffnete er die Haustür einen Spalt und vergewisserte sich, das ihn von der Straße aus niemand sah. Dann trat er auf die Veranda, steckte die Pistole in den Hosenbund und schnappte sich seinen Koffer. Nervös sah er sich um und lief mit großen Schritten zu der eisernen Zaunpforte, die er offen gelassen hatte. Er sah gerade auf die Straße, als er eine leise, aber entschiedene Stimme hörte.

»Ist die Familie zu Hause?«

Antonio zuckte zusammen, griff nach seiner Pistole, erkannte aber, als er sich umdrehte, dass es eine alte Frau war, die eine rote Schubkarre hielt. Antonio steckte seine Waffe weg, sodass sie nicht mehr zu sehen war.

»Anscheinend nicht. Zumindest haben sie nicht aufgemacht«, sagte er und blickte sich unruhig um.

»Ich war vor zwei Stunden da und habe geklopft. Da hat auch niemand geöffnet. Zumindest die Hausfrau müsste aber jetzt da sein. Ich habe für die Familie Feuerholz gemacht.« Die Frau zeigte mit dem Finger auf klein gehackte Scheite, die ordentlich in ihrer Schubkarre gestapelt lagen.

»Wohnen Sie in der Nähe?«, erkundigte sich Antonio und versuchte seine Erregung zu verdecken.

»Da in der Nachbarschaft.« Die alte Frau deutete auf das Gartentor nebenan.

»Haben Sie heute Morgen zufällig etwas Ungewöhnliches gesehen oder gehört?«, fragte Antonio und entfernte sich dabei gleichzeitig etwas von der Frau.

»Nein. Was meinen Sie mit ungewöhnlich?«

»Nichts. Alles Gute«, rief Antonio ihr zu und lief mit raschen Schritten in die Richtung, aus der er gekommen war.

»Sie sind offenbar nicht von hier. In welcher Angelegenheit waren Sie denn eigentlich hier auf diesem Grundstück?«

Hinter sich hörte Antonio die Stimme der alten Frau, die immer leiser wurde. Er sah wieder auf das Display seines Handys, berührte es bei der richtigen Nummer und hielt den Hörer ans Ohr. Angesichts der Ereignisse in den letzten vierundzwanzig Stunden wagte er nicht zu hoffen, dass sich jemand meldete.

34

Dubrovnik, Kroatien

Als die Sonne hinter den roten Ziegeldächern allmählich im Meer versank, ließ sie die bis zum Horizont reichende Adria hellviolett glitzern. Auf einen kleinen Parkplatz außerhalb der Mauern der Altstadt bog ein Toyota Landcruiser in mattem Dunkelgrau ein, die hinteren Fenster waren getönt. Kleine lose Steine knirschten auf dem schlechten Asphalt unter den Reifen des schweren Fahrzeugs, als es schließlich quer in zwei Parktaschen stehen blieb. Nachdem der Wagen einige Minuten im Leerlauf dagestanden hatte, hielt neben ihm ein schwarzer Lexus RX-SUV an. Ein junger Mann in einem legeren schwarzen Anzug stieg aus, stellte sich mit entschlossener Miene neben die hintere Tür und hielt sie einem grauhaarigen Mann auf, der aus dem Toyota kletterte und in den Lexus einstieg. Der junge Mann schloss hinter ihm die Tür, verschränkte die Arme auf der Brust und blickte sich prüfend um.

»Guten Abend, Geoff«, sagte ein alter, völlig ergrauter Mann auf dem Rücksitz.

Geoffrey O'Donnelly nickte unsicher und warf dann einen Blick auf die stämmigen Bodyguards in den weißen Hemden, die schweigend vorn saßen.

»Vor einer Woche hast du mir einen Plan vorgelegt. Genauer gesagt, es war deine eigene Version von unserem Plan«, erklärte der alte Mann und atmete schwer. Das Pfeifen und Rasseln seiner Lunge war nicht zu überhören.

»Weißt du, Geoff, ich habe immer geglaubt, wenn etwas beschlossen ist und richtig erledigt werden soll ...« Er legte den Hinterkopf an die Nackenstütze aus Leder, machte eine Pause und fuhr dann fort: »... dann ist es unnötig, Pläne ohne triftigen Grund zu ändern. Nicht wahr?«

»Wir hatten vereinbart, dass es auf meine Art erledigt wird«, erwiderte Geoff und blickte nervös aus dem Fenster.

»Deine Art hat aber nicht funktioniert«, entgegnete der Alte mit schleppender Stimme.

Geoff wandte sich wieder dem alten Mann zu und traf auf seinen gleichgültigen, zugleich aber beängstigend analytischen Blick.

»Wir sind ihm auf der Spur. Die Sache wird zu Ende gebracht«, sagte Geoff. Seine Stimme hörte sich von Minute zu Minute unsicherer an. Er schaute hinaus und bemerkte, dass sich die zwischen den Autos stehenden Bodyguards mit ausdrucksloser Miene ein Blickduell lieferten.

»Wenn ihr ihm also auf der Spur seid ...«, begann der Alte, hielt nun aber eine Weile den Atem an und blinzelte mit den Augen. »Warum ist er dann noch nicht tot?«

»Das kann jeden Augenblick passieren.«

Der Alte, der eine dunkelbraune Strickjacke trug, verzog das Gesicht zu einem Lächeln, und für einen Augenblick sah er wie ein ganz normaler sympathischer Rentner aus.

»Du hast keine Ahnung, wo er ist, stimmt's?« Er lachte müde.

Geoff räusperte sich. Es war unglaublich, dass die Situation bis zu diesem Punkt so außer Kontrolle geraten konnte. Er beherrschte schon fast zwei Jahrzehnte lang die Unterwelt des südlichen Kroatien und war es nicht gewöhnt, vor irgendjemandem zu katzbuckeln. Hätte ihm jemand vor einem Monat gesagt, dass er seinen treuen Untergebenen und lieben Freund opfern müsste, dann hätte er über so einen absurden Gedanken nur gelacht.

Aber die Forderung war von zu weit oben gekommen. Sein Appell an das Syndikat hatte nichts genützt: Es war einfach nicht möglich, Antonio vor dem Todesurteil zu retten. Jeder verzweifelte Versuch, ihn mit irgendeinem Schachzug doch noch zu verschonen, wäre für Geoff und vielleicht auch für seine Angehörigen zum Verhängnis geworden. Geoff hatte jedoch beharrlich auf seinen Status und seine Rechte gepocht und den Wunsch vorgetragen, die Sache auf seine Weise zu erledigen. Antonio war ihm lieb und teuer, und der Gedanke, dass er einen langsamen und schmerzlichen Tod erleiden sollte, brachte ihn aus der Fassung. Antonio sollte im Schlaf sterben, ohne Schmerz und ohne Angst.

»Ich stelle dir, Geoff, jetzt eine Frage. Und ich möchte, dass du ehrlich bist.« Der alte Mann hob den Kopf von der Nackenstütze. »Weiß er, worum es hier geht?« Das Lächeln war jetzt wie weggewischt, und die ernste Miene verlangte Antworten.

»Nein«, erwiderte Geoff schroff und begriff, dass er selbst bei dem einfachsten Test mit dem Lügendetektor durchfallen würde.

»Bist du sicher?«

»Ja.«

»Gibt es auch nur die geringste Möglichkeit, dass er versucht, seinen Freund zu warnen?«

»Nein. Ich glaube wirklich nicht, dass er von eurer kleinen Jagdpartie weiß«, erwiderte Geoff absichtlich sarkastisch und sah auf seine Uhr. Ihm wurde klar, dass er sich mit gesenktem Kopf umsah wie ein Hund, der von seinem Herrchen getadelt wurde. Er sollte sich jetzt zusammenreißen und glaubwürdig verhalten. Jedoch nicht widerspenstig, obwohl sein Naturell das eigentlich verlangte.

»Ich bin sicher, für den Vorfall wird er mir die Schuld geben«, sagte Geoff und nahm jetzt das erste Mal direkten Blickkontakt zu dem Mann auf, der neben ihm saß.

»Ich hoffe wirklich, dass du ihm nichts verraten hast. Denn wenn unser Italiano nicht verdammt schnell auftaucht, dann sitzt du ganz schön in der Klemme, Geoff«, zischte der Alte und schnipste mit dem Finger. Einer der beiden Schränke auf den Vordersitzen klopfte mit dem Knöchel ans Fenster, und der junge Mann, der draußen wartete, öffnete die hintere Tür.

»Du hast bis morgen Abend Zeit. Und gnade ihm Gott, wenn meine Leute ihn zuerst finden. Dann wird er betteln, diese verdammte Giftspritze zu bekommen«, fuhr der alte Mann fort, während Geoff ausstieg. Kurz darauf knallte die Tür zu, aber Geoff sah noch, dass die Hände des Alten zitterten.

35

Zagreb, Kroatien

Annika vergewisserte sich, dass die Zimmertür abgeschlossen war. Dann betrachtete sie sich prüfend im Flurspiegel, dessen vergoldeter Holzrahmen mit eingravierten Ornamenten geschmückt war.

Sie und Daniel hatten sich vor einer Dreiviertelstunde im Hotel Panorama Zagreb angemeldet und danach in ihre Zimmer zurückgezogen, um sich auf den Abend und die Fortsetzung der Ermittlungen vorzubereiten. Da nicht viel Zeit blieb, hatte Annika beim Duschen die Plastikhaube aus dem Bad benutzt, damit sie nicht wieder eine Ewigkeit zum Föhnen ihrer nassen Haare brauchte. Auf ihr Gesicht hatte sie ein abendliches Make-up gezaubert, das etwas auffälliger war als das am Tag und dessen dunkler Ton in der Abenddämmerung gut zur Geltung käme. Sie trug ein rotes Kleid, das ihre fraulichen Formen betonte, und dazu eine Jacke, die dem Ganzen einen leichten Businesstouch verlieh. Die Ballerinaschuhe hatte sie durch Pumps mit flachem Absatz ersetzt. Alles in allem stellte ihr Outfit eine passende Mischung von Festlichem und Alltäglichem dar.

Annika warf einen Blick auf die Uhr, es blieb noch eine halbe Stunde, bis Daniel sie im Foyer erwarten würde. Sie holte das Handy aus der Handtasche und las erneut die SMS, die sie eben erhalten hatte. Der Mann erwartete sie in seinem Zimmer.

Die Türen des Aufzugs öffneten sich in der zehnten Etage, und Annika ging nach rechts. Als sie das richtige Zimmer erreicht hatte, klopfte sie vorsichtig an und schaute sich zugleich um. Auf dem Gang war niemand zu sehen. Sie trat einen Schritt zurück, damit sie durch den Spion leicht zu erkennen war. Einen Augenblick später öffnete sich die Tür. Der Mann sah im Dämmerlicht bedrohlich aus. Gar nicht wie er selbst. Überhaupt nicht sympathisch.

»Guten Abend, Annika. Komm rein.«

»Er erwartet mich im Foyer in einer halben Stunde«, sagte Annika und betrat unruhig das Zimmer.

»Bist du sicher, dass er nicht gesehen hat, wie du heraufgekommen bist?«

»Ja.«

»Gut. Wir müssen jetzt ganz vorsichtig sein. Wenn er etwas merkt, ist alles verdorben«, erklärte der Mann, griff nach der Klinke und vergewisserte sich, dass die Tür zu war.

»Ich verstehe«, erwiderte Annika zurückhaltend und stellte ihre Handtasche auf den Tisch.

»Na? Hat er etwas verraten?« Der Mann bückte sich und öffnete die Tür der Minibar.

»Noch nicht. Aber heute ist etwas passiert, das ihn aus der Fassung gebracht hat.«

»So? Was denn?«

»Es hing mit einem Foto aus Westerlunds Arbeitszimmer zusammen. Worum es dabei geht, wird mir sicher bald klar werden«, antwortete Annika, und dann – als der Mann mit fragendem Blick eine kleine Sektflasche hochhielt – schüttelte sie den Kopf.

»Möchtest du nicht doch einen Schluck nehmen? Wir feiern in letzter Zeit so selten zusammen«, drängte der Mann, lächelte verschmitzt und zeigte auf zwei Champagnergläser, die bereits auf der Fernsehbank standen.

»Nein danke. Ich bin nicht zum Feiern hergekommen«, entgegnete Annika und erntete dafür einen Blick, der lange auf ihr verweilte und schließlich in einem schelmischen Blinzeln endete.

»Gut«, sagte er betont unbekümmert, öffnete eine Coladose und trat vor Annika hin. »Du musst ab jetzt ein Mikrofon tragen.«

»Warum?« Annika wandte sich ab und ging zu den großen Fenstern des Zimmers.

»Beweise. Wir wollen diese Geschichten aus dem Krieg auf Band haben.«

»Und was ist, wenn er nicht darüber spricht?«

»Das ist schon möglich. Aber du trägst das Mikrofon für den Fall, dass er doch darüber redet. Wenn du deine Arbeit gut machst, ist es nur eine Frage der Zeit, dass es dazu kommt.«

»Seid ihr euch in dieser Sache ganz sicher?«

»Lass dich nicht von ihm täuschen.«

»Es ist nur so schwer, das zu glauben«, sagte Annika und sah im Spiegelbild des Fensters, dass der Mann ganz nah an sie herangetreten war. Sie spürte seine Hände auf ihrer Taille und schloss die Augen. Wie hatte die Berührung dieser Hände sie ganz durcheinandergebracht, vor Glück – damals, vor langer Zeit. Als sie seine trockenen Lippen im Nacken fühlte, entwand sie sich seinem Griff und ging vom Fenster weg.

»Gib mir jetzt das Mikrofon!«

»Okay, okay. Du bist eben nur so verdammt schön«, sagte der Mann grinsend und öffnete das dunkelblaue Plastiketui, das er aus der Schublade des Tisches geholt hatte.

36

Daniel setzte das Bierglas ab, das schon fast leer war, obwohl er es eben erst bekommen hatte. Der dünne, dunkelhaarige Kellner brachte in einem länglichen Porzellangefäß Salzstangen an den Glastisch und kehrte dann zu dem halbkreisförmigen, aus Holz geschnitzten Tresen der Foyerbar zurück. Daniel betrachtete die farbenfreudigen Gemälde an der Wand, bis ihn der Anblick der jungen Frau gefangen nahm, die sich der Tischgruppe näherte. Sie sah jetzt noch schöner aus als jemals zuvor. Daniel überlegte fieberhaft, wie er etwas Höfliches sagen könnte, ohne dass es merkwürdig klang.

»O, là, là.« Er trommelte mit den Fingern auf den Tisch und erkannte zu seinem Entsetzen, dass sich das doch etwas eigenartig, ja geradezu aggressiv anhörte.

Annika verdrehte die Augen und lächelte betreten.

»Sorry, dass du eine Weile warten musstest«, sagte sie und setzte sich in einen weichen Sessel ihm gegenüber.

»Lass dich von dem leeren Glas nicht täuschen. Ich bin erst seit fünf Minuten hier«, erwiderte Daniel lächelnd und winkte den Barkeeper heran.

»Ein Glas trockenen Weißwein, bitte.« Annika schlug die Beine übereinander und schob eine in die Stirn gefallene Strähne hinter das Ohr. »Hat Buvina von sich hören lassen? Haben sie etwas herausgefunden?«, fragte sie neugierig.

»Buvina hat angerufen, gerade als ich aus der Dusche kam. Sie haben tatsächlich neue Informationen«, antwortete Daniel und holte ein Notizheft aus der Brusttasche seines Sakkos.

»Und was hast du nun auf diesem Foto gefunden? Warum seid ihr zurück in die Gaststätte gefahren?«

»Das erzähle ich gleich.«

»Wie wäre es, wenn du das sofort erzählen würdest?«

»Lass uns mit den Informationen von Buvina anfangen. Zu der Sache mit dem Foto kommen wir, sobald du dein Weinglas vor dir hast. Das ist nämlich eine ganz besondere Geschichte«, seufzte Daniel und wandte den Blick auf seine Notizen.

»Die Telefongesprächsdaten haben nichts Neues gebracht. Ein Taxi wurde weder vom Festnetztelefon in der Botschaft noch von Westerlunds Handy aus bestellt.«

»Und dennoch ist an der Botschaft ein Taxi vorgefahren?«, fragte Annika mit ungläubiger Miene.

»Der Botschafter hat gesagt, er hätte durchs Fenster gesehen, wie Westerlund in ein Taxi gestiegen ist. Das heißt, sofern der Botschafter nicht vollkommen blind oder ein pathologischer Lügner ist, müssen wir das glauben.«

»Vielleicht hat Westerlund ein Handy besessen, von dem wir nichts wissen?«

»Buvina hat in der Botschaft nachgefragt, aber niemand hat jemals gesehen oder gehört, dass er ein zweites Handy besessen hätte.«

»Kann man die Sache bei der Taxizentrale klären? Oder gibt es mehrere?«

»Das war vorgesehen, brauchte aber nicht gemacht zu werden, denn die Überprüfung der Browserchronik brachte schon ein Ergebnis. Westerlund hatte bei Europcar am Hauptbahnhof einen PKW Seat Leon für die Zeit vom 15. bis 24. August gemietet. Die Autovermietung hat die Sache am Telefon bestätigt.«

»Gemietet für denselben Zeitraum wie die Villa in Split«, sagte Annika und schaute zu, wie der Kellner das Weinglas und ein neues Bier auf den Tisch stellte. Daniel nickte, rieb sich die Stirn und wirkte müde.

»Moment mal«, fuhr Annika unvermutet fort. »Das Auto musste doch am 24. August zurückgebracht werden. Warum hat die Autovermietung keine Anzeige bei der Polizei erstattet, wenn Westerlund das Auto nicht zurückgebracht hat? Das ist doch jetzt schon zehn Tage her.«

»Woher weißt du, dass der Wagen nicht zurückgebracht wurde?«

»Ich weiß es natürlich nicht. Ich habe es nur angenommen, weil der Mann selbst doch spurlos verschwunden ist.«

»Das ist eben eine falsche Annahme«, korrigierte Daniel und nahm einen Schluck Bier. »Das Auto wurde rechtzeitig zurückgebracht. An sich sogar vorzeitig – schon am 23. August.«

»Wer hat es zurückgebracht? Westerlund selbst?«

»Das wissen wir noch nicht. Buvina ist gerade auf dem Weg zur Autovermietung, um die Aufzeichnungen der Überwachungskamera zu prüfen. Ob du es glaubst oder nicht«, sagte Daniel und grinste, »sie sind noch vorhanden, und damit haben wir die Möglichkeit, die Person zu identifizieren, die das Auto zurückgebracht hat.«

Annika zupfte den Saum ihres Kleides etwas nach unten und lehnte sich tief in den Sessel zurück.

»Das ist alles?«, fragte sie und biss sich leicht auf die Unterlippe.

»Ziemlich viel für anderthalb Stunden. Wir haben etwas Schwung in die ganze Sache gebracht«, erklärte Daniel und hob sein Bierglas. Als sich die beiden Gläser leicht berührten, klang es dunkel. Daniel nahm einen Schluck und bemerkte, wie schwer es ihm fiel, den Blick von der Frau zu lösen.

»Und würdest du jetzt von diesem Foto erzählen, Daniel?«, verlangte Annika mit ernster Miene.

Er nahm die Zigarilloschachtel aus seiner Gesäßtasche, schob sie auf den Tisch und lehnte sich zurück.

»Das ist eine Geschichte, die irgendwie irreal erscheint. Ich habe auf dem Foto einen Mann namens Aleksander Novak erkannt«, sagte Daniel und legte die Hände zusammen.

»Okay. Wer ist Aleksander Novak?« Neugierig neigte Annika den Kopf zur Seite. Genau wie Daniels Labrador Retriever, wenn er das, was er hörte oder sah, nicht begriff. Daniel verdrängte das Bild schnell, lächelte ungewollt und begann:

»Die letzte richtige Militäraktion, an der ich teilgenommen habe, fand im Dezember 1994 statt. Damals war Novak mein Vorgesetzter. Ein paar Monate nach dem Ende der Operation – als alles schon vorbei sein sollte – fand er beim Angriff einer Guerillagruppe den Tod. Ich war vor Ort und sah alles mit eigenen Augen«, berichtete Daniel und trank einen Schluck.

Annika sagte nichts. Sie blickte Daniel konzentriert und ganz ruhig an.

»Novak ist auf dem Foto, Annika.«

»Wie ist das möglich, wenn er doch …«

»Ich habe mich, was seinen Tod angeht, offensichtlich geirrt. Denn das auf dem Foto ist er wirklich. Da gibt es keinen Zweifel.«

»Wie hängt diese Person mit dem Fall Westerlund zusammen?«

»Eben. Das ist immer noch ein Mysterium. Aber als ich das Foto gesehen hatte, bekam ich sofort das Gefühl, dass nichts mehr Zufall ist. Weder dass man mich gebeten hat, hierherzufahren und an der Aufklärung des Falles mitzuarbeiten, noch dass ich, kaum vor Ort angekommen, auf ein

Foto stoße, das ein Gespenst aus meiner Vergangenheit beim Posieren zeigt.« Daniel beugte und dehnte seinen Nacken eine Weile schweigend und fuhr schließlich fort: »Irgendwie wusste ich einfach sofort, dass Novak der Mann in der Kneipe ist.«

»Hat der Barkeeper das bestätigt?«

»Westerlund hat sich vor seinem Verschwinden offenbar etliche Male mit Novak getroffen.«

»Okay, selbst wenn es sich um ein und dieselbe Person handeln würde ...«

»Er ist es«, sagte Daniel mit Nachdruck.

»... die 1995 wie durch ein Wunder überlebt hat, dann ist immer noch nicht sicher, dass sie mit Westerlunds Verschwinden zusammenhängt«, entgegnete Annika. Daniels Gesichtsausdruck ließ keine Unklarheiten aufkommen, wie er darüber dachte.

»Annika, ich bin auf dem Begräbnis des Mannes gewesen. Ich war dabei, als ein leerer Sarg ins Grab hinabgelassen wurde. Er hatte eindeutig einen Grund, für Jahrzehnte zu verschwinden und später unter einer falschen Identität zurückzukehren. Das Auftauchen dieses Mannes deutet garantiert auf Schwierigkeiten hin, und nach allem zu urteilen ist Westerlund in genau diese hineingeraten. Ich bin sicher, wenn wir Novak finden, dann kommen wir der Lösung des ganzen Falles sehr nahe«, sagte Daniel und stellte das leere Glas auf den Tisch.

»Aber das bedeutet ja, dass wir jetzt das erste Mal etwas Konkretes haben. Ist das nicht eine gute Sache?«

»Das ist eine gute Sache. Aber ich möchte auch nicht lügen: Ich bin seit Jahren nicht so entsetzt gewesen«, erwiderte Daniel und ballte die Fäuste.

Annika sah, dass sie zitterten.

37

Sarajevo, Bosnien-Herzegowina

Nach einem Fußmarsch von fünf Minuten erreichte Antonio eine Bushaltestelle und sah, dass sich etwa zweihundert Meter entfernt ein Linienbus gerade zur rechten Zeit näherte. Er winkte dem Bus, damit er anhielt, holte aus der Hosentasche schon vorher eine Handvoll Münzen und sprang durch die Vordertür, die der Fahrer ihm öffnete, hinein.

Der Bus war bis auf ein paar Rentner leer, und Antonio ging mit raschen Schritten zur hinteren Tür. Kurz zuvor hatte er Daniel Kuisma angerufen, einen Mann, mit dem er viele Jahre lang kein Wort gewechselt hatte, dem er aber trotzdem mehr als jedem anderen vertraute. Am Telefon hatte sich jedoch nicht Daniel gemeldet, sondern eine helle Frauenstimme vom Band. *Die von Ihnen gewählte Nummer ist uns nicht bekannt.* Dieser verdammte Kuisma hatte die Nummer gewechselt und sich nicht die Mühe gemacht, ihm das mitzuteilen.

Aber irgendwie musste er doch Kontakt zu Kuisma aufnehmen und seinen Freund warnen. Außerdem könnte er einen verlässlichen Verbündeten wirklich gut brauchen. Aber höchstwahrscheinlich war das alles schon zu spät. Gabelich war früh am Morgen ermordet worden. Antonio hätte zu der Zeit schon tot in seinem Hotelzimmer gelegen. Wenn Geoff die Wahrheit gesagt hatte, dass die Engel des Hammurabi in den Himmel aufsteigen mussten, dann hatten die anderen vermutlich längst dasselbe Schicksal erlitten. Karlo, Stasiak, McKinzey. Er besaß ihre Telefonnummern nicht, musste aber irgendwie herausbekommen, ob einer von ihnen noch am Leben war. Das glich der Suche nach einer Nadel im Heuhaufen. Antonio wusste nicht einmal, in welchem Land die Männer heutzutage lebten. Ob sie vor den Ereignissen der letzten Tage überhaupt noch am Leben gewesen waren. Es wäre gar nicht ungewöhnlich, wenn sich jemand, der mit seiner Vergangenheit zu kämpfen hatte, inzwischen zu Tode getrunken oder gespritzt hätte.

Die Zeit vergoldete die Erinnerungen nicht, wenn es um den Krieg ging. Für einen Teil der Männer wurde es von Jahr zu Jahr immer schwerer, die Erinnerung an die Grauen der Kämpfe zu ertragen. Und für einige von ihnen war es womöglich so schwer geworden, all das, was ihre Gruppe getan hatte, vor sich selbst zu rechtfertigen, dass es ihre Kräfte überstieg.

Für einen Moment schloss Antonio die Augen. Er dachte an seine eigenen Besuche in einem der Zentren für psychosoziale Hilfe, die Ende der Neunzigerjahre von der kroatischen Regierung eingerichtet worden waren. Allein in Kroatien hatte man tausende Menschen noch lange nach Kriegsende wegen einer posttraumatischen Belastungsstörung in diese Zentren eingeliefert. Neunzig Prozent von ihnen waren Männer gewesen. Im schlechtesten Zustand befanden sich üblicherweise jene, die selbst abgedrückt hatten, um zu töten.

Antonio erinnerte sich an einen Jungen mit dichtem Haar, fast noch ein Teenager, der bei Kriegsbeginn in der Nähe des Stützpunktes der UN-Truppen stationiert gewesen war. Ljubomir. So hieß er. Ein breites Lächeln, schneeweiße Zähne und dunkelbraune Augen. Immer ein sonniges Gemüt. Voller Vertrauen in die Zukunft. Im weiteren Verlauf des Krieges hatte man ihn in Bosnien bis an die vorderste Front geschickt, die er wie durch ein Wunder ohne physische Verletzungen überlebte. Kurz nach dem Krieg wurde jedoch Leukämie bei Ljubomir diagnostiziert. Alles deutete auf das umstrittene Balkankriegssyndrom hin, bei dem die Panzerabwehrraketen der Nato und Bomben, die abgereichertes Uran enthielten, bei strahlungsbelasteten Soldaten und Zivilisten Blutkrebs auslösten.

Todesfälle gab es laut Berichten nur eine Handvoll, und auch Ljubomir überwand die Krankheit dank seines guten physischen Zustands. Aber seine Gedanken kehrten nie mehr von den Schlachtfeldern zurück. Als man ihn dann schließlich 2001 nach einer langen – vor allem psychotherapeutischen – Behandlung aus dem Krankenhaus entließ, hielt er es nur zwei Wochen aus. Auf seine Frage nach der Todesursache erfuhr Antonio, dass sich Ljubomir die Pulsadern am Handgelenk aufgebissen und dann seinen Kopf gegen die Wand geschlagen hatte, um das Bewusstsein zu verlieren. Letzteres war dem armen Jungen allerdings nicht gelungen. Schließlich war er mit schweren Schädelbrüchen verblutet. Unter furchtbaren Schmerzen.

Antonio öffnete die Augen und bemerkte, dass er fror. Nur wenige waren so stark und entschlossen gewesen, dass sie es geschafft hatten, jene schrecklichen Erinnerungen aus ihrem Kopf zu verbannen. Das war nicht einmal seinem Freund Daniel Kuisma gelungen. Antonio hatte mit ansehen müssen, wie der Finne an einen sehr dunklen Ort geraten war und dort um ein Haar den Verstand verloren hätte. Daniel war jedoch wieder gesund geworden. Antonios Besuche in dem Sanatorium, ihre Gespräche unter vier Augen – sie hatten eine entscheidende Rolle gespielt. Daniel hatte gelernt, mit seinen Erinnerungen zu leben. Doch nun waren die Erinnerungen hinter ihnen her. Gerade als schon alles wieder gut gewesen war.

Ein paar Reihen weiter vorn blickte sich ein altes Paar mit zerfurchten Gesichern nach ihm um und flüsterte miteinander. Sie wussten, dass er ein Fremder war – ein Mann, der nicht von hier stammte. Ein Mann, der ohne Schutz, ohne Zufluchtsort und ohne Ziel war. Das sah man seinem Gesicht an. Das strahlten seine Gesten aus. Antonio fühlte sich entblößt und unsicher. Er müsste jetzt rasche und geradlinige Entscheidungen treffen. Nach Karlo, Stasiak und McKinzey zu suchen wäre in dieser Situation eine zu große Herausforderung und auch zu zeitaufwendig. Er musste sie vergessen. Jetzt würde er sich darauf konzentrieren, Daniel zu erreichen.

Man hörte einen lauten Knall, als der Bus zu schnell über eine Bremsschwelle fuhr. Der etwas abgefederte Stoß hob die Reisenden für ein paar Zehntelsekunden in die Luft. Antonio blinzelte und wäre fast zu Tode erschrocken.

TEIL III

38

Helsinki

Vom Beratungsraum in der vierten Etage des Parlaments bot sich ein vorläufig noch sommerlicher Ausblick über das sogenannte Kleine Parlament hinweg auf die Arkadiankatu und die etwas weiter entfernte verkehrsreiche Mannerheimintie. Der Tag war lang gewesen, aber die Dringlichkeit der Tagesordnungspunkte hatte sie gezwungen, jetzt am Abend noch eine Besprechung abzuhalten. Staatssekretär Mäkelä schaute kurz auf seine Armbanduhr und kam zu dem Schluss, dass er es bis um zehn nach Hause schaffen würde und noch seine zur Routine gewordene abendliche Runde joggen könnte, falls sie auch die restlichen Punkte genauso effektiv abhandelten. Er wischte sich die Augen und sah wieder zu dem Redner hin, der auf der anderen Seite des ovalen Tisches saß. Plötzlich hörte er, wie sein Mobiltelefon auf der Acryllackoberfläche der Tischplatte heftig vibrierte. Er nahm das Handy in die Hand, schaute nach der Nummer, die auf dem Display blinkte, und hustete, um die Aufmerksamkeit der anderen Anwesenden zu erlangen. »Ein Anruf, den ich annehmen muss.« Er sah den Redner an, der zustimmend nickte, ohne seinen Vortrag zu unterbrechen.

»Ville Mäkelä«, sagte der Staatssekretär, als er auf dem Flur stand und die Tür des Beratungsraumes geschlossen hatte.

»Hier Gustaf Koivurinne von der Pressestelle der Streitkräfte, guten Abend.«

»Ja, guten Abend.« Mäkeläs Miene verriet, dass er nun hellwach war. Er ging etwas weiter von der Tür weg. Außer ihm befand sich auf dem Flur niemand.

»Wir haben vom Außenministerium Instruktionen in Bezug auf die Meldung von Bitten um Auskunft nach bestimmten personenbezogenen Daten und ...«, sagte die Stimme am Telefon.

»Ja, ja, genau. Hat jetzt jemand nach den Kontaktdaten von Daniel Kuisma gefragt?« Mäkelä unterbrach den Mann ungeduldig.

»Ja. Bei uns ist eben ein Anruf aus Kroatien eingegangen. Ein Englisch sprechender Mann hat die für die Medien bestimmte Nummer angerufen, das Gespräch hat unser Leiter der Pressestelle entgegengenommen.«

»Hat sich der Anrufer vorgestellt?«

»Nein. Der Akzent klang angeblich spanisch oder italienisch. Er hat sich nach der Telefonnummer von Major Kuisma erkundigt, die wir ihm nicht gegeben haben.«

»Was hat er sonst noch gesagt?«

»Die Sache wäre sehr wichtig, und er müsste unverzüglich Verbindung zu Kuisma aufnehmen.«

»Gut. Schick mir die Telefonnummer des Anrufers als SMS.«

»Eine Sache noch ...«, sagte Gustav Koivurinne, als Mäkelä das Gespräch schon beenden wollte.

»Was?«

»Ihnen ist doch bewusst, dass Daniel Kuismas Telefonnummer öffentlich zugänglich und über die Auskunft erhältlich ist? Ich habe das überprüft und ...«

»Mir ist das sehr wohl bewusst, aber den internationalen

kriminellen Organisationen nicht unbedingt. Kümmert ihr euch mal um nichts anderes als darum, dass ihr die Nummer nicht mal versehentlich weitergebt«, entgegnete Mäkelä und beendete das Gespräch.

»Verdammt«, fluchte er leise und blickte durch das große Fenster hinaus. Eine variable Größe, die gar nicht existieren dürfte, war gerade dabei, die längst gemischten Karten gehörig durcheinanderzubringen.

Mäkelä rieb sein Gesicht und begriff, dass er seine abendliche Runde vergessen konnte.

39

Zagreb, Kroatien

»Ihr habt einen langen Tag gehabt«, sagte Josip Buvina, trat an den für vier Personen gedeckten Tisch im Restaurant des Hotels Panorama Zagreb und setzte sich auf einen Stuhl, der ihnen gegenüberstand. Für seine gewaltige Größe bewegte er sich sehr geschmeidig.

»So ist es. Solche Vermisstenfälle klären sich leider nicht von allein«, erwiderte Daniel und bemerkte, wie Buvina die Brauen runzelte.

»Entschuldigung, damit habe ich nicht gemeint …«

»Na, es ist ja so«, stimmte Buvina ihm zu, während er sich die weiße Serviette auf den Schoß legte. »Es ist wahr, dass unsere Polizei bei den Ermittlungen keinen Durchbruch erreicht hat. Doch es ist hart gearbeitet worden.«

Daniel nickte verständnisvoll, obwohl es sich lachhaft anhörte, hier den Begriff Durchbruch zu verwenden. Die Zagreber Polizei hatte nicht einmal die grundlegende Arbeit ordentlich gemacht. Sie hatten praktisch nichts in der Hand, was selbst mit sehr viel Glück zu einem Durchbruch und zur Lösung des Falls führen könnte.

Er musterte den Kroaten, und ihm fiel auf, dass Buvina selbst im Sitzen reichlich zehn Zentimeter größer war als er. Seine Länge verteilte sich also gleichmäßig auf den ganzen Körper.

»Aber natürlich. Wir hoffen nur, dass wir in einem bestimmten Maße behilflich sein können«, erklärte Annika hastig zur Wiedergutmachung und erntete dafür beim Kriminalkommissar ein Lächeln.

»Genau, mein Fräulein«, sagte Buvina und griff neugierig nach der roten Mappe mit der Speisekarte, die vor ihm bereitlag.

Daniel warf einen Blick auf Annika. Ihrem mordlüsternen Gesichtsausdruck ließ sich entnehmen, dass sie es hasste, wie ein kleines Mädchen behandelt zu werden. Immerhin fiel es ihnen jetzt jedenfalls schon viel leichter, den Kriminalkommissar zu verstehen, offensichtlich hatten sie sich an seine exotische englische Aussprache gewöhnt.

»Ich gehe mal davon aus, dass wir direkt mit der Hauptmahlzeit beginnen«, sagte Buvina.

»Richtig. Wir sind ja eigentlich nicht zum Essen nach Zagreb gekommen.« Daniel überflog kurz die Speisekarte und klappte sie dann zu. »Was habt ihr herausgefunden?«, fragte er dann und erstickte ein Gähnen mit der Hand.

»Gleich zu Anfang muss ich euch eine kleine Enttäuschung bereiten. Ich habe die Bilder der Überwachungskamera von dem, der den Mietwagen zurückgebracht hat, noch nicht gesehen. Die Autovermietung musste erst jemanden kommen lassen, der diese Geräte bedienen kann. Matić ist dort und wartet, sie schicken mir so bald wie möglich Fotos für die Erkennung.

Das Band ist jedenfalls vorhanden.« Buvina atmete tief durch, und Daniel sah, wie sich der gewaltige Brustkorb hob und senkte. »Jare Westerlund hat das Auto am 16. August selbst am Bahnhof abgeholt. In der Autovermietung befinden sich die Unterlagen mit Westerlunds Unterschrift. Die Identität wurde anhand des Führerscheins bestätigt. Der Mitarbeiter, der das Auto übergeben hat, behauptet, er erkenne ihn auf dem Foto. Somit können wir als sicher annehmen, dass Westerlund an dem fraglichen Tag um 11.25 Uhr in der Autovermietung gewesen ist«, sagte Buvina.

»Moment mal. Wir haben den Bahnhof doch auf der Fahrt von der Botschaft gesehen«, warf Annika ein, bevor Buvina seinen Bericht fortsetzen konnte. »Auch Botschaft und Wohnung sind doch nur einen kurzen Fußmarsch voneinander entfernt.«

Sie wandte sich Daniel zu, der ganz genau wusste, was Annika im Sinn hatte.

»Warum hat er für eine so kurze Strecke ein Taxi genommen?«

»Er hatte Angst. Ein Fußmarsch erschien ihm zu gefährlich«, schlug Buvina vor und verzog die Lippen.

»Sicher. Aber was ist in der Zwischenzeit passiert? Da gibt es ein Zeitfenster von fast anderthalb Stunden zwischen der Taxibestellung und dem Abholen des Mietwagens.«

»Er muss irgendwo gewesen sein.«

»Es ist schwer, das zu klären, solange wir nicht das Taxi gefunden haben, mit dem er gefahren ist. Was wiederum schwierig, wenn nicht sogar unmöglich ist.« Buvina betonte die letzten Worte des Satzes.

»Nehmen wir einmal an, dass er vor seiner Abreise noch schnell irgendwohin musste. Wo könnte das gewesen sein? Was brauchte er, was wollte er mitnehmen?«

»Annika, du hast es doch schon gesagt.« Daniel schnipste mit den Fingern, wie um jemanden zu wecken.

»Westerlunds Wohnung.« Annika sah aus, als wäre ihr gerade die Antwort auf die Millionenfrage im Fernsehquiz eingefallen.

»Er muss in seine Wohnung zurückgekehrt sein, um den Inhalt des Gemäldes zu holen«, fuhr sie fort.

»Entschuldigung, wovon redet ihr denn jetzt eigentlich?«, unterbrach Buvina sie sichtlich frustriert.

Daniel holte das Foto von dem unversehrten Ölgemälde hervor. Dann öffnete er das Display seines Telefons, suchte sein Foto von dem Gemälde und schob das Telefon Buvina hin.

»Und das sagt ihr mir erst jetzt?« Buvinas große, tief liegende Augen sahen nun plötzlich viel weniger sympathisch aus.

»Uns ist das auch eben erst klar geworden, als wir uns die Fotos angesehen haben«, erklärte Daniel und fuhr mit dem Finger über das Bild der zerrissenen Leinwand des Gemäldes, um es zu vergrößern. »Er ist mit dem Taxi zu seiner Wohnung gefahren, hineingerannt, hat das Bild aufgeschlitzt und das herausgeholt, was diejenigen, die ihm drohten, nicht finden sollten. Danach hat ihn das Taxi zum Bahnhof gebracht, wo er nachweislich im vollen Besitz seiner geistigen und körperlichen Kräfte den Empfang des Mietwagens quittiert hat.«

»Okay«, sagte Buvina schon etwas besänftigt. »Aber – wenn es Westerlund gelungen ist, etwas sauber in einem alten Ölgemälde zu verstecken, warum hätte er es dann mit Gewalt herausreißen sollen? Warum hat er nicht den Stoff hinten abgenommen, wie er es mit großer Wahrscheinlichkeit beim Verstecken des Gegenstands gemacht hat?« Buvinas Gesicht strahlte Zufriedenheit aus. Er wusste, dass er eine gute Frage gestellt hatte.

Daniel und Annika sahen sich kurz an und schwiegen eine Weile.

»Man darf nicht vergessen, dass er es eilig hatte. Er fürchtete ja um sein Leben«, antwortete Annika.

»Aber trotzdem ist es merkwürdig, dass der Mann sorgfältig in einem wertvollen Gemälde etwas versteckt, nur um es dann später aufzureißen«, knurrte Buvina, während eine dunkelhaarige langbeinige Kellnerin hinter ihm auftauchte, um die Bestellungen entgegenzunehmen.

»Vielleicht ...«, sagte Daniel, als sie sich entfernt hatte, »vielleicht hat Westerlund den Taxifahrer in die Wohnung geschickt. Vielleicht hat er gedacht, jemand bewacht die Wohnung für den Fall, dass er zurückkehrt.«

»Vielleicht.« Buvina nickte vorsichtig.

»Das hört sich doch wie eine ganz vernünftige Vorsichtsmaßnahme an«, pflichtete Annika ihrem Landsmann bei.

»Andererseits aber lässt sich schwer vorstellen, dass Westerlund einem Taxifahrer eine so brisante Aufgabe übertragen hätte«, überlegte Daniel laut und steckte einen Nikotinkaugummi in den Mund. Er bemerkte, dass die Verpackung leer war, und zerdrückte sie in der Faust.

»Aber es ist anzunehmen, dass er auf den Taxifahrer in dessen Auto wartete. Das ist meiner Ansicht nach ein ganz angemessenes Pfand«, wandte Annika ein.

»Hängt natürlich davon ab, was man dafür bekommt«, antwortete Daniel und bearbeitete seinen Nikotinkaugummi im Mund.

»Ihr habt also auch keine Ahnung, was sich in dem Gemälde befunden hat?«, fragte Buvina.

»Leider nein. Nicht die geringste.« Daniel schaute sich um und nahm eine grobe Analyse der Gäste in dem Hotelrestaurant vor. Er hatte den ganzen Tag über seine Umgebung beobachtet und mit allen Sinnen wahrzunehmen versucht: Gesichter, Autos, Stimmen, irgendein Muster, das sich wiederholte. Dieselbe Person oder dasselbe Auto zweimal an einem Tag, das hätte bei ihm die Alarmglocken läuten lassen.

»Okay, ich glaube, dass wir auf der richtigen Spur sind«, sagte er nach einem kurzen Schweigen.

»Aber?« Annika sah Daniel an, dessen Gesichtsausdruck rätselhaft geworden war.

»Eigentlich kein Aber – aber!« Daniels Antwort ließ Buvina lautlos lachen. »Ich glaube, dass Westerlund den Taxifahrer schon vorher kannte«, fuhr Daniel fort. »Deshalb hat er es gewagt, ihn in die Wohnung zu schicken und dieses Etwas aus dem Gemälde holen zu lassen. Und deshalb kann man die Taxibestellung auch zu keinem Telefonanschluss zurückverfolgen.«

»Das Eintreffen des Taxis vor der Botschaft war also im Voraus vereinbart! Für genau zehn Uhr.« Annikas Augen glitzerten.

»Genauso ist es«, bestätigte Daniel. »Dass der Drohanruf, den wir gehört haben, gerade kurz vor dem Eintreffen des Taxis und Westerlunds Abreise einging, ist allerdings ein zumindest sehr eigenartiger Zufall.« Er bemerkte, dass der Kaugummi schon fast seinen ganzen Geschmack verloren hatte.

»Vielleicht war es gar kein Zufall. Vielleicht hat Westerlund selbst diesen letzten Anruf organisiert?«, sagte Annika.

Buvina und Daniel sahen sie verblüfft an.

»Meinst du, dass die Drohungen inszeniert waren?«

»Nein. Über die vorherigen kann ich nichts sagen, aber dieser Anruf sieht so aus. Selbst der dümmste Erpresser weiß doch, dass Anrufe in einer Botschaft aufgezeichnet werden. Warum sollte er also eine Spur hinterlassen?«, erklärte Annika und drehte die Gabel hin und her.

»Westerlund wollte aus irgendeinem Grund, dass ein konkreter Beweis der Drohungen aufgezeichnet wurde? Hast du den Verdacht, er hat jemanden anrufen lassen?«

»Ich weiß es nicht, Daniel. Aber wie du selbst sagst, für einen Zufall ist das zu eigenartig.«

40

Mühsam stand Viktor Lipovac von dem roten Sofa auf und zog sein Jackett aus, das hinten völlig durchgeschwitzt war. Er atmete nun schwerer und lockerte seine Krawatte. Das Mädchen vor ihm sah schöner aus als bei seinen vorherigen Besuchen. Vielleicht lag das am Goldglitter, der auf ihren durchtrainierten Oberschenkeln glitzerte. Oder vielleicht daran, dass sie offensichtlich gerade beim Spray Tanning gewesen war und die bronzene Farbe ihrer Haut zusammen mit dem orientalischen Make-up an Königin Kleopatra aus der Dynastie der Ptolemäer erinnerte. Nein, der größte Unterschied im Vergleich zum letzten Mal war bestimmt diese erregende, fast schneeweiße Bubikopfperücke, die ihr dunkles, viel zu alltägliches Haar verdeckte. Lipovac hob das Champagnerglas auf Augenhöhe, traf den Blick der Göttin, und dann stießen sie an, kosteten das perlende Getränk, bis sie ihn resolut aufs Sofa zurückschubste. Der Champagner schwappte über den Glasrand in Lipovac' Gesicht, und er leckte sich mit einem breiten Lächeln die Lippen, ohne den

Blick von ihr zu lösen. Sie stellte ihr Glas auf den Tisch und stützte sich mit den Händen auf ihre Knie.

»Gefällt dir mein neuer Look, Maus?«, fragte sie mit einer Stimme, die gerade so den im Hintergrund dröhnenden bosnischen Rap übertönte.

»Er gefällt mir wirklich, wirklich sehr«, antwortete Lipovac gehorsam und fühlte, wie er immer mehr schwitzte.

Sie richtete sich auf und streichelte sich im Takt der Musik. Der rote Latex, der ihre strategischen Stellen vorläufig noch verdeckte, funkelte in dem grell zuckenden Licht des Strobolights an der Decke. Sie schürzte die Lippen, ging am Sofa vorbei und zog die schwarzen Samtvorhänge zu, die den Raum vor den Blicken Neugieriger schützten.

»Bist du ein unartiger Junge gewesen, Maus? Na?« Sie hob den Fuß und drückte den hohen und spitzen Absatz ihrer Stöckelschuhe in seinen Schenkel.

»Ja. Verzeih mir, Sabina«, jammerte Lipovac mit schriller Stimme.

»Sag Königin zu mir, Maus!«, fauchte sie und packte ihn fest an den Haaren.

»Nein – nicht an den Haaren, Sabina.«

»Schweig, Maus!«, fuhr sie ihn an, ließ aber das Toupet los und packte ihn stattdessen am Ohr. »Koste mich! Betaste mich«, befahl sie und reckte ihre vom Latextop zusammengepressten Brüste vor sein Gesicht.

Lipovac seufzte vor Glück, legte seine Hände auf die Brüste, drückte sie wie zwei weiche und elastische Apfelsinen und begrub sein Gesicht zwischen ihnen.

»Sind sie das, was du willst, du unscheinbare Maus? Ja? Willst du sie sehen?«, fragte sie und hob sein Kinn mit ihrem Finger.

Lipovac atmete schwer und war vor Erregung zu nichts anderem mehr fähig, als zustimmend zu nicken.

»Ungezogener Junge!« Sie lehnte sich auf Lipovac, seine und ihre Stirn berührten sich. Sie griff auf ihren Rücken, schnipste mit einer geschickten Bewegung das Latextop auf und gab ihre festen Brüste frei, die nun vor seinen Augen der Schwerkraft gehorchen konnten. Dann legte sie das Top um seine Schultern.

»Willst du mich ficken, Maus?«, flüsterte sie und zupfte ihn am Ohr.

»Ja«, keuchte Lipovac.

»Was? Ich verstehe dein Gewinsel nicht.«

»Ich will, Königin!«

»Was willst du?«

»Dich ficken!«

»Sieh dich vor mit dem, was du dir wünschst. Dein Wunsch kann Wirklichkeit werden.« Behände wie ein wildes Tier sprang sie auf und trippelte mit viel Sex-Appeal zu der Tanzstange, die vom Fußboden bis zur Decke reichte.

»Tanze für mich«, sagte Lipovac, während sein Atem noch schwerer ging. Sie hielt sich mit einer Hand fest, legte eine Kniekehle um die Stange und warf den Kopf mit solcher Wucht nach hinten, dass man hätte annehmen müssen, die weiße Perücke würde ihr vom Kopf fallen. Sie schwang sich um die Stange, und für einen Augenblick vermochte sich Lipovac vorzustellen, wie er einer Schlange zusah, die sich auf magische Weise bewegte, und die er allein durch seine Anwesenheit verzaubert hatte.

An der Stange ließ sie sich tief in die Hocke hinab und schaute über die Schulter zu Lipovac, der auf dem Sofa saß und nahe daran war zu explodieren. Dann schnellte sie hoch, tat so, als würde sie zur Seite taumeln, hielt sich aber mit der anderen Hand an dem glitzernden Stahl fest und ließ sich von der Zentrifugalkraft fast eine Runde um die Stange drehen. Sie warf Lipovac einen verführerischen Blick zu, griff dann mit beiden Händen weiter oben nach der Stange, sprang hoch, umschlang sie weit oben mit beiden Beinen, bog den Rücken an das schimmernde Metall und ließ ihren festen Körper langsam zu Boden gleiten.

»Gnade, Königin«, ächzte Lipovac auf dem Sofa.

»Hast du genug gesehen, Maus?« Langsam stemmte sie sich wieder in den Stand zurück.

»Ja! Ich will dich ... jetzt.« Seine Stimme war zu einem heiseren Flüstern geworden.

»Mich interessiert nicht, was du willst, Maus«, sagte sie und trat wieder vor ihn hin.

Lipovac atmete tief ein und öffnete seinen Gürtel mit zitternden Händen.

»Aber als deine Königin befehle ich dir, mich zu ficken!« Sie ließ den Minirock auf die Knöchel fallen.

Lipovac wusste, dass er diesmal kaum eine Minute durchhalten würde.

Sie zündete sich eine Zigarette an, während Lipovac sein verschwitztes Jackett überzog.

»Mir hat dein Kleopatra-Look gefallen«, sagte er und band die Krawatte straff.

»Ach, Kleopatra? Auf die Idee bin ich gar nicht gekommen«, erwiderte sie und zog ihre roten Latexsachen wieder an.

»Na, auf jeden Fall könntest du die Rolle ruhig in Richtung der Herrscherin aus dem Altertum weiterentwickeln. Ich mag das.« Lipovac wischte sich die Stirn mit dem Taschentuch ab.

»So?«, fragte sie lustlos.

»Dafür zahle ich auch extra. Natürlich. Wenn die Figur meiner Ansicht nach gelungen ist.«

»Ich werde mir die Sache überlegen.« Sie schenkte ihm ein künstliches Lächeln.

»Also, Sabina. Danke auch für dieses Mal.«

»Ich habe zu danken. Übrigens, ist dein Freund jetzt mit einer liiert, oder so?«, fragte sie, als Lipovac seine Arme um sie legte.

»Was meinst du damit?« Lipovac trat einen Schritt zurück und hielt sie an den Schultern fest.

»Na, weil er schon ein paar Wochen lang nicht mitgekommen ist«, konnte sie noch sagen, bevor er die Finger hart um ihr Kinn presste.

»Hat jemand Fragen gestellt?«, erkundigte sich Lipovac mit einer erzwungen leisen Stimme.

»Wer hätte denn Fragen stellen sollen?« Sie sträubte sich und versuchte sich aus seinem Griff zu befreien.

»Nun hör mal genau zu, Hure.« Seine Lockerheit und gute Laune waren spurlos verschwunden.

»Du tust mir weh.«

»Er ist nicht mein Freund. Und wir sind nie zusammen hier gewesen. Vergiss das nicht. Denk daran, wenn dir jemand Fragen stellt.« Lipovac grinste und ließ ihr Gesicht los. Dann strich er seinen Scheitel gerade.

»Ich kann dafür sorgen, dass du echte Probleme bekommst«, sagte er und zeigte mit dem Finger auf sie.

»Okay, Viktor. Aber niemand hat irgendwelche Fragen gestellt. Ich dachte nur …« Tränen traten ihr in die Augen.

»Denk nicht. Das gehört nicht zu deinen Tätigkeitsmerkmalen«, fuhr Lipovac sie an, drehte sich um und riss die schwarzen Samtvorhänge auf.

41

Das dampfende Essen war gerade serviert worden, da läutete Josip Buvinas Nokia Lumia zum Zeichen einer eingegangenen SMS. Er wischte sich die Hände sorgfältig an der Serviette ab und öffnete die Tastensperre.

»Es ist von Matić. Er schickt Fotos von der Aufzeichnung der Überwachungskamera bei Europcar.« Der Kommissar hielt das Telefon in seiner riesigen Hand.

»Zeig«, sagte Daniel ungeduldig. War es tatsächlich Novak? Die ganze Sache war jetzt schon so merkwürdig, dass er sich auch nicht wundern würde, wenn seine ehemalige Lebensgefährtin das Auto zurückgebracht hätte.

»Warte. Das Foto kommt gleich hinterher«, entgegnete Buvina mit ruhiger Stimme.

Die Sekunden vergingen quälend langsam, und am Tisch herrschte ein erwartungsvolles Schweigen. Dann läutete Buvinas Telefon wieder.

»Hier.« Er drehte das Display zu Daniel und Annika hin. Daniel scrollte die Standfotos durch, insgesamt etwa ein Dutzend. Vergrößert wirkten die Bilder ein wenig grießig, aber trotzdem ließ sich das Gesicht des Mannes gut erkennen. Daniel war sowohl enttäuscht als auch erleichtert. Es war nicht Novak. Auf den Bildern sah man einen schätzungsweise dreißigjährigen Mann mit zum Pferdeschwanz gebundenen schwarzen Haaren und einer hüftlangen Lederjacke. Die schwarz-weiße Fotoserie zeigte, wie der Mann aus dem Seat Leon ausstieg, die Autoschlüssel in den Tresor auf dem Parkplatz fallen ließ und wegging, ohne mit dem Personal der Autovermietung gesprochen zu haben.

»Haben wir irgendeine Ahnung …« Annika brach mitten im Satz ab, als Buvinas Telefon begleitet von einer sehr speziellen Melodie zu vibrieren begann. Der Kommissar nahm das Telefon vom Tisch, strich mit seinen langen und dicken Fingern unbeholfen über den Touchscreen und meldete sich. »Hallo? Okay. So? Na dann ...« Buvina wirkte nun wieder hellwach und richtete sich auf. »Ruf das Team zusammen. Ich bin in zwanzig Minuten im Kommissariat«, verkündete er voller Eifer und beendete das Gespräch.

Annika und Daniel starrten ihn über den Tisch hinweg an wie Haustiere, die auf ihr Futter warteten.

»Bingo«, sagte Buvina. Seiner Stimme fehlte die Begeisterung, die in der Regel dazugehörte, wenn dieses Wort ausgesprochen wurde. »Der Mann auf dem Foto ist ein alter Bekannter der Polizei. Ein Gewohnheitsverbrecher.«

»Ihr wisst also, wer es ist. Und wo man ihn findet.«

»Selbstverständlich. Wir holen ihn uns heute noch«, antwortete Buvina mit zufriedener Miene und erhob sich.

»Wer ...«, konnte Daniel noch fragen, aber Buvina hob ablehnend die Hand.

»Esst ihr mal in Ruhe zu Ende. Ich ruf dich an, sobald wir ihn ins Kommissariat gebracht haben.« Buvina drehte sich um und verschwand mit raschen Schritten in Richtung Hotelausgang.

»Mach dir keine Sorgen. Wir kümmern uns um die Rechnung«, murmelte Daniel und schüttelte den Kopf.

»Glaubst du, dass der Mann, der den Mietwagen zurückgebracht hat, für Westerlunds Verschwinden verantwortlich ist?«, fragte Annika, als der Polizist nicht mehr zu sehen war.

»Ist das nicht sehr wahrscheinlich?« Daniel nahm einen Schluck Bier.

»Wie dumm muss jemand sein, wenn er das Auto eines auf rätselhafte Weise verschwundenen Mannes zurückbringt? Für einen Gewohnheitsverbrecher dürfte es kaum eine Überraschung sein, dass die Kameras ihn da aufzeichnen.«

»Es kann ja sein, dass derjenige, der das Auto zurückgebracht hat, gar nicht wusste, dass Westerlund verschwunden ist. Vielleicht hat einer seiner Freunde den Wagen abgeliefert.«

»Vielleicht.«

»Aber nehmen wir einmal an, dass jemand, der in die Entführung verwickelt ist, das Auto zurückgebracht hat. Warum musste man es in dem Fall überhaupt zurückbringen?«

»Damit gewinnt man Zeit. Andernfalls hätte die Autovermietung sicher gleich an dem Tag, an dem die Mietzeit für den Wagen abgelaufen ist, Anzeige erstattet. Nicht wahr?« Nachdenklich kniff Annika die Augen zusammen, während Daniel nickte, und fuhr fort: »Ohne unser Zutun wäre die Sache mit der Autovermietung vielleicht nie auf die Tagesordnung gekommen. Möglicherweise hat der Typ damit gerechnet, dass die hiesige Polizei die ganze Geschichte gar nicht untersucht.«

»Das ist schwer zu glauben. Hoffen wir mal, dass Buvina den Kerl schnappt und der dann selbst Licht in das Dunkel bringen kann«, sagte Daniel und leerte sein Glas. Nun griff er zum Besteck und zerschnitt sein Rinderfilet fein säuberlich in kleine Stücke.

»Du bist ein Vertreter der Schule, die ihr Essen fertig zerkleinert, noch bevor sie den ersten Bissen in den Mund gesteckt hat«, stellte Annika amüsiert fest und prüfte, ob der Sägebarsch, den sie bestellt hatte, richtig gar war.

Daniel betrachtete sie eine Weile, als hätte er nicht verstanden, wovon sie sprach. Dann blickte er auf seinen Teller und lächelte.

»Eine alte Gewohnheit. Eine Praxis, die sich bei mir

eigentlich hier in dieser Region im Hinterkopf festgesetzt hat.«

»Was meinst du damit? Ist das in Kroatien so üblich?«

»Eher ist es in Krisensituationen Praxis«, erklärte Daniel. Annika nickte.

»Während des Krieges litten hier all jene unter dem Mangel an Lebensmitteln, die in der Nähe der Kämpfe lebten. Essen war knapp. Ordentliches Essen, wie dieses Steak, war noch knapper. Auch deshalb wurde das Fleisch vor dem Essen zerkleinert, damit es leichter unter der ganzen Familie aufgeteilt werden konnte.«

»Du hast wirklich alles Mögliche erlebt«, sagte Annika mit einer Stimme, in der echte Bewunderung lag.

»Wir von den UN-Truppen zur Krisenbewältigung haben natürlich fürstlich gegessen – verglichen mit den normalen Leuten. Aber so etwas vergisst man nicht so leicht. Das stammt sicher aus der Zeit. Diese Angewohnheit, meine ich.«

»Komisch.«

»Was ist komisch?«

»Ich habe auch einiges mitgemacht. Für mein Alter bin ich viel gereist, habe viel gesehen und erlebt. Aber trotzdem habe ich eigentlich wie unter einer großen Glasglocke gelebt.«

»Unsinn. Dass du den Krieg nicht aus der Nähe gesehen hast, bedeutet doch nicht, dass du unter einer Glasglocke gelebt hast. Im Krieg gibt es nichts Schönes. Er formt dich nicht einmal als Mensch. Er hinterlässt nur Bedrängnis, Angst und bittere Erinnerungen.«

»Aber trotzdem schätze und respektiere ich die Erfahrungen der Menschen«, sagte Annika mit einem leichten Lächeln, kostete ihren Wein und fuhr fort: »Durch Erfahrungen allein wird einer noch nicht klug, aber man lernt viel aus ihnen, und sie helfen einem, die Dinge auf neue Art zu sehen. Sie geben eine Perspektive.«

»Anscheinend hast du in der Sozialwissenschaftlichen Fakultät alle Psychologiekurse besucht?«

»Kann sein.« Annika lächelte geheimnisvoll und strich mit den Fingerspitzen über den Rand des Glases.

Daniel schaute sich in dem Restaurant um, das sich allmählich füllte. Etwas weiter hinten saß mit dem Rücken zu ihm ein grauhaariger Herr. Der hätte von seinem Alter und Körperbau her Novak sein können. Diesen Mann sah Daniel jetzt überall, wohin er auch blickte. Annika sagte etwas, aber Daniel hörte nicht zu. Er überlegte fieberhaft, was geschähe, wenn Novaks Anteil an dem ganzen Durcheinander ungeklärt bliebe. In diesem Fall würde er vielleicht nie wieder ruhig schlafen können.

42

Sarajevo, Bosnien-Herzegowina

Antonio trat ins Foyer des Flughafenhotels und ging auf dem kürzesten Weg zur Rezeption.

»Tag, ich müsste einen wichtigen Videoanruf ins Ausland machen. Haben Sie einen freien Beratungsraum?« Antonio lehnte sich auf den Tresen und sah sich genau um. Die Finger des jungen Mannes tanzten auf der Tastatur.

»Ich verstehe. Das ist zu dieser Zeit am Abend sicher kein Problem. Beispielsweise Konferenzraum A5 ist frei. Sind Sie Hotelgast?«

»Nein. Ich zahle im Voraus. Befindet sich in dem Raum ein Computer?«

»Nein, aber gegen eine Gebühr kann ich das organisieren. Wollen Sie Kaffee oder etwas zu essen?«

»Kaffee, bitte.« Antonio zögerte einen Augenblick und reichte dem Mann seine Kreditkarte. Wer auch immer es war, der ihn zusätzlich zu Geoff jagte, die Information über die Kartennutzung würden sie nicht schnell genug bekommen. Schließlich handelte es sich ja nicht um die CIA. Hoffentlich nicht.

»Okay, Herr Franzo. Ich begleite Sie in den Raum«, sagte der Angestellte und kam mit einem Laptop unterm Arm um den Tresen herum.

Der Hotelangestellte verließ den Beratungsraum und schloss hinter sich die Tür. Antonio dehnte seine Finger und überlegte sich geeignete Suchbegriffe. Er würde jetzt jede Art von Information über eine an diesem Tag gefundene Leiche oder über eine verschwundene Person suchen. Jede beliebige. Die Nachrichten von Todesfällen waren vermutlich noch nicht bis in die Zeitungen gelangt. Vielleicht hatte man die Leichen noch nicht gesucht, geschweige denn gefunden. Möglicherweise sollten gar nicht alle gefunden werden.

Er gab bei Google »Daniel Kuisma« ein, und danach die Wörter »dead«, »killed«, »disappeared«. Unter den Ergebnissen befanden sich keine neuen Nachrichten. An sich brachte der Name Daniel Kuisma nur drei Treffer, die Antonio mit dem Translator-Programm ins Englische übersetzte. Die Übersetzungen waren bestenfalls holprig, aber mit ihrer Hilfe würde er den Inhalt zumindest grob verstehen. Der erste Treffer war eine Nachricht über die Beförderung in der Reserve. Die zweite verwies auf eine Erklärung über die Verhaftung eines finnischen Geschäftsmanns in Kroatien, die Kuisma 2006 abgegeben hatte. Das dritte Suchergebnis führte zu einem Artikel, ein Jahr später in der Abendzeitung *Ilta-Sanomat* erschienen, der Kroatiens eventuelle EU-Mitgliedschaft behandelte und in dem Daniel Kuisma als Balkanexperte zitiert wurde.

Allmählich sah Antonio ein, dass er nicht finden würde, was er suchte. Er leerte schnell seine Kaffeetasse, lockerte die Finger über der Tastatur und wartete auf den nächsten vernünftigen Gedanken. »Finnish exsoldier disappeared.« »Finnish peace keeper disappeared.« Er aktivierte die Suche und starrte auf die Treffer. Die aufgereihten Links entsprachen nicht direkt den Suchbegriffen, verrieten aber etwas anderes Interessantes. Antonio heftete den Blick auf eine englischsprachige Nachricht der BBC, die sich mit dem Verschwinden eines Mitarbeiters der finnischen Botschaft in Zagreb beschäftigte. Diese Nachricht war neu.

Er klickte die Überschrift an, um mehr zu lesen, und konzentrierte sich auf das, was er sah. Aufmacher der Story war das Foto eines blonden, lächelnden Mannes, bei dem es sich laut Bildunterschrift um den achtundzwanzigjährigen Jare Westerlund handelte. Der Finne war bedroht worden. Eine Zeit lang. Und er war von seinem Urlaub in Split nicht zurückgekehrt.

Antonio betrachtete wieder das Bild über dem Text. Hatte er den Mann schon einmal gesehen? Die blonden Haare, das schmale Gesicht, die tiefen, fast bis zu den Backenknochen reichenden Grübchen. Westerlund sah wie ein entfernter Bekannter aus. Aber Antonio konnte sich nicht erinnern, warum. Er gab den Namen des verschwundenen Finnen in die Suchmaschine ein und bekam als Antwort seitenweise finnischsprachige Nachrichten.

Antonio stand auf und lehnte sich an die weiße Gipswand des Raumes. Das Verschwinden des Botschaftsmitarbeiters weckte garantiert Emotionen in dessen Heimatland. Das finnische Außenministerium hatte sicher Maßnahmen ergriffen, um den Fall zu lösen. Es konnte gut sein, dass die Behörden dabei die Sachkenntnis von Daniel Kuisma nutzten. Sofern er noch am Leben war.

Antonio gab noch ein Wörterpaar ein und holte aus der Tasche ein Telefon mit einer neuen Prepaid-Karte, das er kurz zuvor gekauft hatte. Während er auf das Signal des Anrufbeantworters wartete, fragte er sich, ob er gerade im Begriff war, einen großen Fehler zu begehen. Schlimmstenfalls würde er es mit der Polizei zu tun bekommen. Aber im besten Fall könnte er Kontakt zu Kuisma aufnehmen. Das Risiko lohnte sich.

»Mein Name ist Antonio Franzo. Ich habe Informationen über den verschwundenen Jare Westerlund, aber ich spreche darüber ausschließlich mit Daniel Kuisma«, sagte Antonio auf Englisch, diktierte dann die Telefonnummer auf dem Rahmen der SIM-Karte und beendete das Gespräch.

Diese Nachricht konnte die finnische Botschaft nicht einfach übergehen. Und wenn Daniel am Leben war, dann würde er bestimmt davon erfahren und seinen alten Freund anrufen.

Antonio warf einen Blick auf seine Uhr. Er musste unverzüglich nach Zagreb. Dem Fahrplan im Internet zufolge fuhr ein Nachtzug um halb zehn, den konnte er noch schaffen.

43

Zagreb, Kroatien

Als Josip Buvina die Autos überholte, die vor dem gellenden Martinshorn zur Seite fuhren, erleuchtete das Blaulicht des Skoda Octavia die dunklen Straßen. Der Mann würde noch heute Abend festgenommen werden. Die Ehre für den Durchbruch gebührte bedauerlicherweise den Finnen, die auf die Idee gekommen waren, die Autovermietungen zu überprüfen. Das ärgerte Buvina am meisten.

Der Verdächtige, Mirco Redevich, war ein Mann, den die Polizisten und die Kriminellen unter dem vertrauteren Namen *Möwe* kannten. Josip Buvina hatte zwar schon oft von Möwe gehört, ihn aber auf den Fotos der Überwachungskamera nicht erkannt. Vier Jahre hatte Möwe wegen schweren Raubes im Gefängnis gesessen, sich in der Zeit seinen neuen Spitznamen Möwe verdient und sich danach ein zähes Drogenproblem eingehandelt. Trotzdem war es ihm gelungen, sich vom Radar der Behörden fernzuhalten. Das bedeutete natürlich nicht, dass der Mann keine zwielichtigen Sachen mehr machte. Aber als Kunde der Gewahrsamszelle hatte man ihn zumindest zwei Jahre lang nicht gesehen. Nun war er jedoch irgendwie in das Verschwinden des Finnen verwickelt.

Buvina stellte den Polizeifunk lauter. Es wäre gut, wenn ihnen jemand den Aufenthaltsort von Redevich bestätigen könnte. Aber diesmal wagte er nicht, Informanten daraufhin zu befragen, wo der Mann steckte. Das Risiko wäre zu groß. Die Festnahme war zu wichtig. Das musste effektiv und unter optimaler Ausnutzung des Überraschungsmoments erledigt werden. Mit seinen langen Fingern hielt Buvina das

Lenkrad krampfhaft fest. Hoffentlich würden sie Möwe im Suff eingepennt auf seinem Sofa vorfinden. Und hoffentlich würde er ihnen nach dem Aufwachen alles über Westerlund erzählen.

»Okay, Jungs, überwacht jemand Möwes Wohnung?«, fragte Buvina und schloss die Autotür. Er hatte seinen Skoda im unterirdischen Parkhaus des Kommissariats abgestellt.

»Redevichs Motorrad steht auf dem Hof, und in der Wohnung brennt Licht«, anwortete der Ermittler Adam Matić und reichte Buvina eine kugelsichere Weste.

»Gut.« Der Kriminalkommissar richtete den Blick auf die Spezialeinheit, die neben dem Transporter wartete, und aus sechs Polizisten mit Helmen und Schutzwesten bestand, bewaffnet mit MP5-Maschinenpistolen.

»Gut möglich, dass die Zielperson in ihrer Wohnung den vor zwei Wochen verschwundenen Mitarbeiter der finnischen Botschaft gefangen hält. Es kann auch sein, dass man ihn woanders gefangen hält. Somit brauchen wir Redevich unbedingt lebendig«, erklärte Buvina nachdrücklich und bedeutete der Gruppe einzusteigen.

Zwei weiße Transporter hielten vor dem niedrigen Wohnhaus im Stadtteil Martinovka. Buvina sah, wie das Kommando ausstieg und mit raschen Schritten zur Tür des Gebäudes ging. Der letzte Polizist führte einen aufgeregt schnaufenden Schäferhund an einer kurzen Leine. Auf der Straße war weit und breit kein Mensch zu sehen. Es war tatsächlich ein ruhiger Abend.

»Los, gehen wir«, sagte er und öffnete die Autotür möglichst geräuschlos. Mit langen Schritten liefen sie auf der Straße mit rissigem Asphalt bis zu dem Hauseingang, an dem sich vier Mitglieder des Kommandos aufgebaut hatten.

Zwei Polizisten waren über den Hof gegangen, um abzusichern, dass der Verdächtige nicht durch den Hintereingang flüchtete. Buvina zog seine Pistole, eine ČZ 75, aus dem Holster, hielt sie am Oberschenkel und gab den Männern mit einem Nicken das Zeichen, in den Hausflur vorzurücken. Die Gruppe stieg schnell die Treppe hinauf in die erste Etage, in der sich Mirco Redevichs Wohnung befand. Am Ende des Flures schaute eine alte Frau zur Tür heraus, verschwand aber wieder in ihrer Wohnung, als sie den Dienstausweis bemerkte, der dem Kommissar um den Hals hing. Buvina trat vor die Tür direkt an der Treppe und klopfte mit der Außenkante der Faust an. Der Schäferhund bellte trotzig, als hätte er gespürt, wie sich die Spannung verdichtete.

»Mirco Redevich. Hier ist die Polizei. Wir wollen mit dir reden. Bitte öffne die Tür!«

Nichts passierte. Auf dem Flur war es wieder still, und fast konnte Buvina den zuckenden Sekundenzeiger seiner Quarzuhr hören.

»Hier ist die Polizei. Öffne sofort die Tür, oder wir müssen sie aufbrechen.« Buvina beugte sich zur Tür hin und drückte dann den Rücken an die Wand im Hausflur. Irgendwo war das Weinen eines kleinen Kindes zu hören. Buvina sah Matić an, der auf der anderen Seite der Tür einsatzbereit wartete. Dann blickte er kurz auf seine Uhr, sah, wie die Sekunden vergingen, und griff schließlich zum Sprechfunkgerät.

»Sieht man, dass sich am Fenster etwas bewegt?«

»Nein. Das Licht ist nach wie vor an, aber ich kann niemanden in der Wohnung erkennen«, meldete der Polizist, der von der Straße aus die Situation beobachtete.

Im Funkgerät rauschte es. Buvina sah den Leiter des Kommandos an und deutete mit dem Kopf auf die Tür.

»Brecht sie auf.«

Einer der Polizisten trat vor das Schloss der Tür, schwenkte von seiner Schulter ein schwarzes Rohr herab, das an eine kurze tragbare Panzerabwehrwaffe erinnerte. Er hielt dessen Griffe fest und holte aus. Die kräftigen Schläge mit dem Rohr erfüllten sofort ihren Zweck, das Schloss fiel auf der anderen Seite der Tür krachend zu Boden. Der letzte Treffer kippte die Tür nach innen. Die Gruppe stürmte hinein und befahl allen in der Wohnung, sich auf den Boden zu legen. Buvina blieb in der Tür stehen, ebenso wie Matić und der Polizist mit dem Hund an der gespannten Leine.

»Die Wohnung ist leer!«, rief ein Polizist, dessen Maschinenpistole jetzt wieder an dem taktischen Riemen um den Hals hing.

»Verdammt!« Buvina schlug mit der Faust an die verputzte Flurwand. »Wir hätten uns vorher vergewissern müssen, dass er in der Wohnung ist. Womöglich wird ihn jetzt einer der Nachbarn warnen, dann kommt er nicht nach Hause zurück.« Lustlos betrat Buvina die Wohnung.

»Untersucht jeden Winkel! Alle denkbaren Verstecke. Aber bringt nichts durcheinander«, schnaufte er und rieb sich frustriert die Stirn. Er ließ seinen Blick durch die unaufgeräumte Wohnung wandern. Redevich war eindeutig kein Sauberkeitsfanatiker, aber hier herrschte auch kein solches Chaos wie in den meisten Fixerbuden.

Buvina ging durch den engen Flur ins Wohnzimmer und blickte sich um. Vor dem abgewetzten Ledersofa stand eine Kommode und darauf ein kleiner Fernseher mit Flachbildschirm. Daneben gluckerte in der Zimmerecke ein recht großes Aquarium. Das darüber installierte durchsichtige Rohr, das kleine Kristalle enthielt, war offensichtlich ein Futterautomat für die Fische. Es war fast leer, was bedeuten könnte, dass Redevich einige Zeit nicht zu Hause gewesen war. Oder es bedeutete, dass der Mann irgendwo in der Nähe steckte und deswegen den Automat nicht gefüllt hatte. Buvina schlängelte sich zwischen Sofa und Kommode hindurch weiter nach hinten und musste sich bücken, um nicht mit dem Kopf an die Lampe zu stoßen, die von der niedrigen Decke herabhing.

»Bleiben wir hier und lauern ihm auf, wenn er zurückkommt?«, fragte Adam Matić beim Betreten des Wohnzimmers.

»Nein. Dazu war die Erstürmung der Wohnung zu auffällig«, seufzte Buvina und ging langsam weiter bis zum Fenster. »Gib die Fahndung raus. Befrag alle Nachbarn. Und ruf die Leute von der Technik her. Wir suchen in der Wohnung Westerlunds Fingerabdrücke, Haare oder meinetwegen auch Sperma. Irgendwas«, fuhr er fort, ohne den Ermittler anzuschauen, der das Zimmer verließ.

Sie hinkten wieder hinterher. Möwe würde kaum nach Hause zurückkehren. Er konnte sich schon vorstellen, wie Kuisma ihn ansehen würde, wenn er erfuhr, dass sie Redevich nicht gefunden hatten. Was bildete der sich eigentlich ein, verdammt, wie kam er überhaupt dazu, etwas zu sagen? Kuisma war ja nicht mal Polizist.

»Josip! In der Küche!« Matić' Stimme klang scharf.

Buvina drehte sich sofort um und legte die Hand instinktiv auf das Holster seiner Dienstwaffe. Er hielt einen Moment inne und lauschte, was in der Küche eigentlich vor sich ging.

»Was ist da?«

»Josip. Du musst das sehen. Wir haben …«, fuhr der Ermittler von der Küche aus fort, konnte den Satz aber nicht zu Ende bringen.

Buvina durchquerte hastig das Wohnzimmer und schlug im Vorübergehen mit der Stirn gegen die Deckenlampe. Er ging auf dem Flur an einem sichtlich schockierten Polizisten vorbei und trat dann durch die erste Tür in die enge Küche, an deren Rückwand eine Gefriertruhe stand, die im Verhältnis zu diesem kleinen Raum groß wirkte.

»Geht beiseite«, sagte Buvina unwirsch und stieß die Polizisten weg, die sich um die offene Truhe versammelt hatten. Sein Herz schlug immer schneller, als er sich vorbeugte. Am Boden der laut surrenden Truhe lag in der Haltung eines Embryos eine leblose Gestalt. Es ließ sich schwer sagen, was an dem Anblick am meisten schockierte. Waren es die straff gezogenen Kabelbinder um die Handgelenke und Knöchel des Opfers? Oder die Tatsache, dass Buvina auch mit zusammengekniffenen Augen kein Gesicht sehen konnte, da, wo bei dem gefrorenen Mann aller Logik zufolge der Kopf hätte sein müssen.

44

Daniel Kuisma lag auf dem Bett in seinem Hotelzimmer und schaute durchs Fenster auf die unermüdlich blinkenden Lichter der Stadt. Nach dem Verschwinden des Kommissars hatte er mit Annika zwei Stunden im Restaurant gesessen und auf Informationen von Buvina gewartet. Sie hatten gegessen und über Westerlund geredet, von dem sich beide trotz der Ermittlungen und trotz der intensiven Beschäftigung mit seiner Person kein sonderlich klares Bild machen konnten.

Sie hatten Nachtisch bestellt, und da sich Buvina nicht meldete, waren sie in ihrer Unterhaltung nach und nach bei anderen, unbeschwerten Themen gelandet. Sie hatten lachend festgestellt, dass Josip Buvina wegen seiner enormen

Größe und der riesigen, tief liegenden Augen mit ihrem starren Blick eine urtümliche Angst in ihnen beiden weckte. Annika hatte schallend gelacht, als Daniel die langsamen und steifen Bewegungen des Kommissars nachahmte, die sie jetzt schon mit dem Mann assoziierten, obwohl sie ihn noch nicht lange kannten. Später hatten sie von Annikas Hobbys und ihren Lieblingsfilmen gesprochen, und trotz ihrer ständigen Versuche, ihn zu bewegen, etwas von sich selbst zu erzählen, war er auf spielerische Weise hartnäckig dabei geblieben, die Rolle des Fragestellers zu spielen. Nach dem Dessert hatten sie ein Glas Wein bestellt, und allmählich waren die Worte durch Momente des Schweigens ersetzt worden, die er nicht im Geringsten als peinlich empfunden hatte. Im Gegenteil – es waren Augenblicke, in denen alles natürlich wirkte. Sicher. Vollkommen.

Dann war Daniel durch die Schiebetür des Hotels hinausgetreten und hatte einen Zigarillo aus einer eben gekauften Schachtel der Marke Café Crème genommen, als sein Telefon geklingelt hatte.

»Was ist jetzt los?«, hatte Annika gefragt, nachdem Daniel später mit ernster Miene an den Tisch zurückgekehrt war. Er hatte noch eine ganze Weile draußen gestanden und dabei auch mehr als nur einen Zigarillo geraucht.

»Sie haben eine Leiche«, sagte Daniel und setzte sich mit leerem Gesichtsausdruck Annika gegenüber.

»Ist es Westerlund?«

»Das ist möglich.«

»Was heißt, es ist möglich? Ist er es oder nicht?«

»Sie wissen es nicht.«

»Wie können Sie das nicht wissen?«

»Weil die Leiche gefroren ist. Und der Mörder hat den Kopf des Opfers abgesägt.«

Daniel setzte sich im Bett auf, als ihm klar wurde, dass er nicht einschlafen würde. Annika hatte die Nachricht verblüfft, aber sie war nicht so entsetzt gewesen, wie man hätte annehmen können. Die Frau war stark. Stärker als sie aussah.

Daniel hatte ihr Buvinas ganzen Bericht weitergegeben. In der Nacht würde die Polizei die Nachbarn und Informanten, die Redevich kannten, befragen und die Identität des Toten zu klären versuchen. Die Kriminaltechniker würden in der Wohnung Spuren sichern und sich bemühen herauszufinden, wer sich dort aufgehalten hatte. Redevich war unter Mordverdacht zur Fahndung ausgeschrieben. Die kopflose Leiche lag vermutlich schon die zweite Woche in der Truhe, da sie sehr tief gefroren war. Sobald sie in das gerichtsmedizinische Institut der Universität transportiert worden war, würde der Gerichtsmediziner sofort beginnen, sie aufzutauen. Aufgrund seiner Größe, seines Gewichts sowie seiner Bekleidung konnte das Opfer sehr wohl Westerlund sein, aber das würde sich erst klären, wenn sie die Fingerabdrücke des Opfers nehmen oder es anhand besonderer Kennzeichen wie Narben, Tätowierungen und Leberflecke identifizieren konnten. Buvina hatte versprochen, eine SMS zu schicken, sobald sich etwas ergab. Daniel konnte nichts anderes tun, als abzuwarten. Zu schlafen wäre er jetzt aber nicht imstande. Annika vermutlich auch nicht. Annika. Daniel schloss die Augen und sah ihr schönes Gesicht vor sich. Die blonden, fast goldfarbenen Haare. Die reizenden Grübchen. Aber das Aussehen allein war es nicht, was die Frau unwiderstehlich machte. Die Gleichung enthielt noch viel mehr. Annika hatte Sinn für Humor, war schlagfertig und amüsant. Und geradezu beängstigend klug. Wie konnte es sein, dass so eine Frau überhaupt noch frei war?

Andererseits war die Ehe nicht für alle das Richtige. Ein

Glück, sagte sich Daniel, dass er nicht Hals über Kopf mit seiner Lebensgefährtin zum Traualtar geeilt war. Vier lange Jahre hatten sie an einer gemeinsamen Zukunft gebaut, aber ein einziges Wochenende hatte gereicht, und alles war wie weggeblasen gewesen. Ein Flirt. Verliebt. Die Frau hatte gesagt, es täte ihr leid. Nicht ihr Entschluss, mit einem anderen Mann wegzugehen, tat ihr leid, sondern dass ihre Entscheidung Daniel traurig machte. Dass alles für ihn so überraschend gekommen war. Dass Daniel das Ende ihrer Beziehung erst klar geworden war, als man es ausgesprochen hatte. Daniel war blind gewesen. Egozentrisch. Abwesend. Die Frau hatte ihn schon so lange mit Vorwürfen überschüttet, dass die ihm am Ende wie Wahrheiten vorgekommen waren. Aber als sie gegangen war, hatte Daniel allmählich verstanden, dass zu der Zerstörung einer Paarbeziehung immer zwei gehörten. Es stimmte, dass Daniel die Frau nicht allzu oft mit Blumen und Geschenken verwöhnt hatte und sich seine Arbeitstage häufig zu sehr in die Länge zogen. Aber er hatte sie nie betrogen. Dennoch hatte er sie mit seinem Verhalten und seinem Handeln dazu getrieben, ihn zu betrügen. Verdammter Schwachsinn. Im Nachhinein erschien es unglaublich, dass sich diese absurden Gedanken damals in seinem Kopf festgesetzt hatten. Die Frau hatte sie dort eingepflanzt. Die ständige, einseitige Propaganda hatte dazu geführt, dass Daniel sich selbst für den Schuldigen hielt. Und wegen der Untreue der Frau ein schlechtes Gewissen hatte.

Das Ende vom Lied war, dass er allein in einem leeren Haus saß, das sie zusammen gekauft hatten.

Die tägliche Arbeit half. Die therapeutischen, zuweilen stundenlangen Spaziergänge mit dem Hund. Das Rauchen abends auf dem Hof. Das beruhigende Nikotin und die nächtlichen Geräusche des Viertels. Die Fernsehserien, die er sich über Netflix ansah. Ihm war klar geworden, dass er nichts anderes brauchte. Sein Leben würde ganz von allein immer so weitergehen, ohne unnötige Ängste. Ohne Spannungen, von komplizierten menschlichen Beziehungen verursacht.

Doch dann hatte Raimo Hämäläinen angerufen und ihm die Tür zu einem neuen Abenteuer geöffnet. Im Augenblick wusste er nicht recht, ob er seinem Freund dankbar oder auf ihn wütend sein sollte. Um das zu beurteilen, war es zu früh. Auf jeden Fall befand er sich nun mitten in einer ganz anderen Welt. Er war in die Hölle zurückgekehrt, von der er sich eigentlich fernhalten wollte. Das hatte er sich damals geschworen.

45

Helsinki

Gerade hatte Raimo Hämäläinen die Kofferraumtür seines mondweißen Ford Focus zugeschlagen und die Zentralverriegelung eingeschaltet, als die Stille in der Tiefgarage von Merihaka plötzlich durch den Widerhall von Schritten gestört wurde.

»Grüß dich, Raimo.« Hinter sich hörte er eine Stimme, drehte sich um und sah, dass es der Redakteur von *Helsingin Sanomat* war. Die glühende Spitze seiner im Mundwinkel hängenden Zigarette leuchtete in dem dämmrigen Licht dunkelrot.

»Hallo, Jakke. Was ist los?«

Der stellvertretende Polizeichef kooperierte seit ein paar

Jahren mit Jakke Timonen, aber der war nie auch nur in der Nähe seiner Wohnung aufgetaucht oder außerhalb der Dienstzeit an ihn herangetreten. Hämäläinen sah auf seine Armbanduhr. Um diese Zeit! Da sollte Timonen mal lieber etwas Akutes haben.

»Sorry, ich hätte vorher anrufen sollen. Aber ich dachte, es ist besser, wir besprechen das von Angesicht zu Angesicht. Hast du grad Zeit?« Timonen wischte sich eine lange Haarsträhne aus der Stirn.

»Es ist verdammt spät, und der Tag war wirklich lang. Worum geht es?« Hämäläinen trat einen Schritt näher an den Journalisten heran und ließ die Autoschlüssel in seine Tasche fallen.

»Können wir uns ins Auto setzen?«, fragte Timonen und sah sich unruhig um.

Hämäläinen fühlte instinktiv, dass der Journalist auf der Hut war. Die Sache musste irgendwie damit zusammenhängen, dass er am Vortag Daniel Kuisma getroffen hatte.

»Okay. Aber es muss schnell gehen. Tuula ist noch wach und wartet auf mich«, seufzte Hämäläinen, öffnete die Türen seines Autos wieder und fragte: »Hast du neue Informationen zum Fall Westerlund?«

»Ja, man kann das auch so ausdrücken. Was weißt du über Annika Lehto?«, fragte Timonen, als sie auf den mit Alcantara bezogenen Sitzen Platz genommen hatten. Die Frage ließ Hämäläinen zusammenzucken.

»Über wen?«, erwiderte er und begriff sofort, dass ihn seine ungeschickte Reaktion verraten hatte.

»Lass das, Raimo. Wir wollen ehrlich zueinander sein. Ich weiß, dass sie mit Kuisma zusammen nach Zagreb geschickt wurde«, erwiderte Timonen und öffnete seine Umhängetasche aus Leder.

»Woher hast du diese Information?«

»Sagen wir mal, dass einem die Passagierlisten eines Flugzeugs da recht viel weiterhelfen können. In der Reihe saß außer ihnen niemand ...«

»Es ist ein Vergehen, die herauszugeben. Ich werde klären ...«

»Tu, was du tun musst, aber hör mir erstmal zu.« Timonen wählte aus seinen Unterlagen einen zusammengefalteten Ausdruck aus. Hämäläinen versuchte seine Erregung zu unterdrücken und lehnte sich mit dem Ellbogen ans Fenster.

»Keine Sorge. Das alles bleibt unter uns. Ich wollte mich nur vergewissern, dass du weißt, worauf du dich eingelassen hast. Wenn ich das richtig verstanden habe, ist Kuisma ein alter Freund von dir«, fuhr Timonen fort und hielt das Blatt immer noch auf seinem Schoß.

»Wovon redest du eigentlich?« Hämäläinen fühlte sich plötzlich sehr unsicher.

»Die Entscheidung des Außenministeriums, einen Aufklärungsoffizier und eine administrative Assistentin aus dem Ministerium nach Zagreb zu schicken, erschien zumindest merkwürdig. Sogar fast unbegreiflich. Selbst wenn sich Lehto trotz ihres geringen Alters bei brisanten internationalen Aufgaben Verdienste erworben hat. Irgendetwas daran stimmt trotzdem nicht. Nachdem ich den Namen der Frau ermittelt hatte, habe ich also eine routinemäßige Recherche vorgenommen. Erst habe ich nichts gefunden. Aber das lag daran, dass ich nicht wusste, wo ich suchen sollte.« Timonen warf wieder kurz einen Blick über die Schulter durch das Heckfenster des Wagens.

»Wenn du die Operation gefährdest, indem du deine aus der Luft gegriffenen Verdächtigungen veröffentlichst, kann ich dir versprechen, dass du dafür zur Verantwortung gezogen wirst«, sagte Hämäläinen mit angespannter Stimme. Im Rückspiegel sah er, wie der Nachtbus, der durch die Halle fuhr, an ihnen vorbeiraste, ohne an der verwaisten Haltestelle anzuhalten.

»Vergiss nicht, dass Jare Westerlund mein Freund ist. Ich habe nicht die Absicht, irgendetwas zu tun, was ihn oder die Personen, die den Fall aufklären sollen, gefährdet. Aber ich möchte deine Version hören.«

»Meine Version wovon?«, fragte Hämäläinen.

»Von Annika Lehto. Wer ist sie? In deinen Augen.«

»Du überschreitest eine Grenze, Jakke. Das Gespräch ist hiermit beendet.« Hämäläinen öffnete die Tür, um auszusteigen.

»Hör zu, Raimo. Lehto steht zwar auf der Gehaltsliste des Außenministeriums, aber ihren Schreibtisch hat sie seit zwei Jahren in Frankreich. Genau genommen in Lyon.« Timonens Worte ließen den stellvertretenden Polizeichef erstarren.

»Interpol? Verdammt, was soll das?«

»Right. Hör dir das an.« Timonen nickte und begann das auseinandergefaltete Blatt vorzulesen: »Die Generalversammlung von Interpol hat zahlreiche Beschlüsse angenommen, um die Unterstützung der Organisation für ihre Mitgliedsländer und Netzwerke bei den Ermittlungen und Anklagen wegen Völkermords sowie Kriegsverbrechen zu verstärken. Interpol arbeitet seit 1994 in Bezug auf die Völkermorde im ehemaligen Jugoslawien und in Ruanda mit dem Internationalen Gerichtshof der UNO zusammen.«

Timonen schaute von dem Papier auf und betrachtete prüfend Hämäläinens verwirrte Miene. Dann fuhr er vieldeutig fort: »Mir ist nicht klar, wie Westerlunds Verschwinden mit zwanzig Jahre zurückliegenden Kriegsverbrechen zusammenhängt.«

»Davon habe ich noch nichts gehört«, knurrte Hämäläinen und zog die Tür wieder zu.

»Genau das wollte ich von dir hören und dir dabei in die Augen blicken. Und jetzt, wo ich deinen Gesichtsausdruck sehe, bin ich überzeugt, dass du die Wahrheit sagst«, erklärte Timonen. »Aus irgendeinem Grund will das Außenministerium den tatsächlichen Arbeitgeber von Annika Lehto verheimlichen. Auch vor dir und vor Daniel Kuisma.«

»Ich rufe Mäkelä an. Dafür verlange ich sofort eine Erklärung!«

»Warte. Der Staatssekretär hat seine Gründe gehabt, dir die fragliche Information vorzuenthalten, und er wird kaum begeistert sein, wenn er mitten in der Nacht über dieses Thema mit dir sprechen soll. Jetzt heißt es kühlen Kopf bewahren und überlegen, warum überhaupt so verfahren wurde.« Timonen holte eine Schachtel Camel aus der Tasche.

»Du darfst im Auto nicht rauchen.« Hämäläinen rieb sich nachdenklich die Stirn.

»Das hatte ich auch nicht vor. Mir gefällt es in deinem Ford sowieso nicht. Aber dieses Gespräch sollte vorläufig unter uns bleiben«, sagte Timonen, reichte dem Vizepolizeichef den Ausdruck und stieg aus. Unter dem Text, den er vorgelesen hatte, befand sich eine Kopie von Annika Lehtos Dienstausweis. Auf dem Foto war das Haar der Blondine dunkelbraun. Rechts oben auf dem Ausweis glänzte das Logo von Interpol.

46

Kroatien, Grenzstation

Immer wieder blickte Antonio nervös nach allen Seiten. Der Zug stand schon über eine Stunde an der kroatischen Grenzstation. Es war zwei Uhr nachts. Er hätte doch ein Auto mieten sollen. Vielleicht wäre er dann schon da. Der Zug war von allen Alternativen zwischen Sarajevo und Zagreb die langsamste. Aber er musste schlafen. Und er hätte nichts gewonnen, wenn er schon in den frühen Morgenstunden in Zagreb angekommen wäre.

Ihm knurrte der Magen. Außer dem in aller Eile am Bahnhof gekauften Schinkenbaguette hatte er nichts gegessen, seit er eine Nacht zuvor in Dubrovnik losgefahren war. Er hatte sich beim Schaffner nach dem Speisewagen erkundigt, aber nur erfahren, dass es keinen gab. Der Hunger und die Müdigkeit machten die Warterei unerträglich. Er schloss die Augen und ließ seinen Gedanken freien Lauf. Ihm wurde klar, dass er bei seinen Grundbedürfnissen schon lange keine Abstriche mehr hatte machen müssen. Dass er unter Geoffs Fittichen sogar im Überfluss gelebt hatte. Von diesem Zustand hatte er als Junge nicht einmal träumen können.

Sofort nach dem Ende des Jugoslawienkrieges war er in sein Zuhause im norditalienischen Triest an der slowenischen Grenze zurückgekehrt, wo er sein ganzes Leben verbracht hatte. Die Kindheit am Rande der schönen Küstenstadt war noch sehr glücklich gewesen, bis die Mutter einige Jahre vor dem Ausbruch des Krieges an Brustkrebs gestorben und der bis dahin stets gut gelaunte und lebensbejahende Vater allmählich depressiv geworden und dem Alkohol verfallen war.

Als Antonio aus dem Krieg zurückkehrte, erwartete ihn zu Hause ein verbittertes menschliches Wrack, das seinem Sohn vorwarf, er hätte, als er weggegangen war, den Vater seinem Schicksal überlassen. Der Armut und dem Elend. Innerhalb weniger Jahre war der Vater grau und krumm geworden, und seine Vorwürfe hatten sich so angehört, als hätte sich Antonio nur deshalb für die UN-Truppen anwerben lassen, um von zu Hause wegzukommen.

Sie hatten sich an den Tisch gesetzt, um das von Antonio zubereitete Abendessen zu sich zu nehmen. Antonio hatte gefragt, ob der Vater wolle, dass er jetzt hier bliebe. Die Antwort des Vaters kam ohne Zögern: Nein. Antonio hätte genauso gut im Krieg fallen können. Die Flasche wäre jetzt der einzige Sohn des Vaters. Der einzige, auf den er sich verlassen konnte.

Als Antonio durch die Tür seines Zuhauses hinaus in den dunklen Frühlingsabend getreten war, hatte er begriffen, dass er das erste Mal in seinem Leben allein war. Der größte Teil der alten Freunde war in die größeren Städte gezogen, um dort zu arbeiten oder zu studieren. Und die wenigen, die immer noch in Triest wohnten, kamen ihm mit ihren Ehefrauen, ihren Freundinnen und ihren Brettspielabenden wie Fremde vor. Es gab niemanden, mit dem er seine Erfahrungen hätte teilen können. Dem er hätte erzählen können, wie es ist, den Abzug zu drücken. Wie es ist, das Leben eines Menschen zu beenden, indem man den Finger krümmt. Und das geschah manchmal in so großer Nähe, dass man die Blutspritzer auf der Stirn fühlen konnte. Auf den Wangen und Lippen. Er hatte niemandem erzählen können, wie es ist, ein verwundetes Kind im Arm zu tragen und dann doch nur zu hören, wie das Weinen allmählich leiser wurde und der Körper erschlaffte. Und dass die müden Herzen ihrer

Eltern schon Tage zuvor in tiefen, breiten Sandgruben stehen geblieben waren.

Bei seiner Rückkehr nach Triest war Antonio ein vierundzwanzigjähriger Berufssoldat gewesen – ein ausgebildeter Killer ohne Arbeit. Und obwohl er immer das Gefühl gehabt hatte, für eine gute Sache zu kämpfen, und obwohl er sich nicht für einen schlechten Menschen hielt, war es ihm letztlich nicht schwergefallen, das Angebot des irischen Gangsters anzunehmen. Junge Soldaten wie Antonio, die nichts zu tun hatten und nur herumhingen, waren aus der Sicht krimineller Organisationen besonders interessant und wurden gern rekrutiert. Zudem war Antonio intelligent. Und Geoff hatte ihn wirklich gemocht.

»Was dauert hier eigentlich so lange?«

Der Schaffner blieb neben ihm stehen und seufzte schwer.

»In einem Wagen weiter vorn sitzen ein paar Ausländer, mit deren Pässen offensichtlich etwas nicht stimmt«, antwortete der Schaffner müde und ging weiter.

Antonio spürte, wie sich sein Puls beschleunigte. Vielleicht hätte er sich doch lieber in Sarajevo verstecken und abwarten sollen, bis sich die Lage wieder beruhigte. Schlimmstenfalls war er auf die eine oder andere Weise schon gebrandmarkt. Vielleicht wäre es klüger, seinen Pass zu zerreißen, der nun ein allzu großes Risiko darstellte.

Er schloss wieder die Augen, und vor ihm tauchte die blutbefleckte Auslegware auf. War es seinem Freund gelungen, die Spuren des nächtlichen Kampfes im Dubrovnik Palace zu beseitigen? Oder besser gesagt: War Mio überhaupt noch am Leben? In dem Hotel konnten ja noch mehr Killer aufgetaucht sein. Mio hatte ihm jedenfalls einen Gefallen geschuldet, denn Antonio hatte zwei Jahre zuvor dessen fällige Spielschulden bezahlt und ihm so die Gangster aus Montenegro vom Halse geschafft.

Er hörte, wie jemand draußen im Dunkeln eine Pfeife benutzte und etwas rief. Dann trampelte es im Waggon. Die Männer von der Grenzwache waren eingestiegen. Antonio holte seinen Pass heraus und atmete tief durch. Sie hatten keinerlei Anlass, ihn an der Fortsetzung seiner Reise zu hindern. Nach der Abfahrt des Zuges in Sarajevo hatte er seine Pistole auf der Toilette des nächsten Wagens im Papierbehälter versteckt. Er würde sie holen, sobald sie kroatischen Boden erreichten. Selbst wenn man die Waffe bei der Grenzkontrolle auf der Toilette fände, könnte man sie nicht mit ihm in Verbindung bringen. In dieser Hinsicht hatte er nichts zu befürchten.

Antonio reichte seinen Pass dem bewaffneten Uniformträger, der auf dem Gang stand und abwechselnd das Passbild und den vor ihm sitzenden Italiener betrachtete.

»Machen Sie eine Urlaubsreise?«

»Eine Dienstreise.«

»Was arbeiten Sie in Zagreb?«

»Ich bin Berater. Ich habe morgen früh einen wichtigen Termin. Gibt es ein Problem?«

»Sagen Sie es mir.«

»Natürlich nicht.« Antonio fühlte sich erschöpft. Er hatte versucht einen unbekümmerten Eindruck zu machen, und das kehrte sich nun gegen ihn. Hatte Geoff an der Grenzstation Bescheid gesagt?

»Ein Italiener«, murmelte der Grenzsoldat, blätterte den Pass schnell durch und erklärte nach einer kurzen Pause: »Sie müssen mit mir kommen.«

Antonio spürte, wie ihm das Blut in den Ohren rauschte.

»Warum? Stimmt was nicht mit meinem Pass?«

»Kommen Sie mit.« Die Stimme des Grenzwächters klang entschlossen.

Antonio stand auf, faltete die Hände vor der Brust und sagte so ruhig wie möglich: »Ich muss am Morgen in Zagreb sein. Ich kann den Zug nicht verlassen. Untersuchen Sie mich und meinen Koffer – ich habe nichts mit, was verzollt werden müsste.«

»Sie kommen mit. Ich sage es nicht noch mal.« Der Grenzwächter steckte den Pass in seine Brusttasche und legte die Hand auf den Griff der Pistole. Die Situation geriet außer Kontrolle. Antonio versuchte Blickkontakt zu dem Mann aufzunehmen und bemerkte, dass der auf die Uhr an seinem Handgelenk starrte.

»Du kriegst sie«, flüsterte Antonio und schaute mit klopfendem Herzen über die Schulter. Außer ein paar alten Leuten, die weiter entfernt mit dem Rücken zu ihnen saßen, war der Wagen leer. Die Sekunden vergingen quälend langsam. Es war schwer zu sagen, ob er das Problem gelöst oder nur verschlimmert hatte.

»Du bekommst die Uhr. Eine echte Portofino. Ich habe auch den Kaufbeleg«, sagte er und holte den Garantieschein des Uhrengeschäfts in Dubrovnik aus seinem Portemonnaie. Der Mann blickte sich um, nahm den Pass aus seiner Brusttasche und nickte ausdruckslos. Antonio öffnete das Armband und ließ die Uhr vom Handgelenk gleiten. Dann sah er zu, wie der Grenzwächter durch die Tür des Wagens verschwand.

Antonio setzte sich wieder und schloss die Augen. Ein paar Minuten vergingen. Dann wurden die Türen geschlossen, und der Zug fuhr langsam los. Er fühlte sich gedemütigt. Aber die Reise würde wie geplant weitergehen.

47

Zagreb, Kroatien

Daniel ging langsam auf das verputzte Haus zu, das er schon so oft gesehen hatte. Feuchte Luft bewegte sich in horizontaler Richtung, dabei entstand Advektionsnebel, der die Sicht hinter das Gebäude verdeckte, deshalb schien das Haus aus dem Nichts aufzutauchen. Wieder war das kratzende Geräusch zu hören, er bekam eine Gänsehaut und wollte losrennen oder zumindest das Tempo beschleunigen. Auf dem morastigen Boden fiel ihm das Laufen jedoch schwer, und trotz aller Anstrengungen gelang es ihm nicht, das im Nebel entschwindende Haus zu erreichen. Alle anderen waren schon dort. Er musste unbedingt in den Keller.

Das kratzende Geräusch wurde immer lauter, und als Daniel sich umdrehte, spürte er, wie ihn etwas am Knöchel packte. Der schrille Aufschrei war ohrenbetäubend. Er warf einen Blick auf seine Füße und sah ein kleines Mädchen, das die Arme um seine Beine geschlungen hatte und allmählich im Morast versank.

»Entschuldigung«, murmelte Daniel und schüttelte den Kopf. Er konnte das Mädchen nicht retten. Es war nicht seine Aufgabe, alle zu retten, und er wäre auch gar nicht dazu imstande. Er spürte, wie sich der Griff um seine Beine löste. Das Mädchen war im Morast verschwunden.

Das Kratzen kam immer näher. Um sich herum sah Daniel erfrorene Kinder daliegen. Mindestens ein Dutzend. Dann hörte er die Schreie der Frauen. Sie hatten die Mütter von ihren Kindern getrennt. Und ins Haus gebracht. Ihre Ehemänner hatten sie hingerichtet. Die Leichen waren zum Flusshang geschleppt worden, wo man ein Massengrab ausgehoben hatte. Er spürte dicke Schneeflocken auf seinen Wangen und bemerkte, wie der eben noch so weiche Boden plötzlich steinhart gefroren war.

Eine SMS. Daniel öffnete die Augen und atmete schwer. Er sah sich um und stellte fest, dass er angezogen auf der Tagesdecke lag. Der digitale Wecker auf dem Nachttisch zeigte 5:20 Uhr. Draußen war es noch dunkel. Er ging schwankend ins Bad und wusch sich das Gesicht mit warmem Wasser. Die Deckenlampe, die sich automatisch einschaltete, beleuchtete das Spiegelbild über dem Waschbecken. Der Albtraum war zurück. Und das lag an Novak. Die alten Wunden rissen gerade wieder auf, das ließ sich nicht aufhalten. Er hätte den Auftrag nicht übernehmen dürfen. Es war ein großer Fehler gewesen, hierher zurückzukehren. Beim Gedanken an das kratzende Geräusch im Traum sträubten sich ihm die Haare. Er schloss die Augen.

Plötzlich fiel ihm ein, dass er vom Signal einer SMS aufgewacht war. Das hatte ihn aus dem Albtraum gerettet. Vorläufig. Daniel kehrte schnell zum Bett zurück und nahm sein Handy. Der Absender war Josip Buvina. Daniel spürte, wie sein ohnehin schon unruhig schlagendes Herz nun noch schneller hämmerte. Er öffnete die Nachricht und schaute sie unablässig mehrere Sekunden lang an.

»Das Opfer ist nicht Westerlund. Ruf an, wenn du wach bist.«

Nur eine halbe Stunde später gossen sich Daniel und Annika am kleinen Frühstücksbüfett der Rezeption ihren Coffee-to-go ein und stiegen in das Polizeiauto, das vor dem Hotel wartete.

»Hast du überhaupt nicht geschlafen?«, fragte Daniel Buvina und setzte sich neben ihn.

»Nein«, antwortete der große Mann mürrisch und startete den Wagen.

Daniel schlürfte seinen Kaffee und blickte hinaus. Die Stadt war noch nicht erwacht, auf den Plätzen herrschte noch kein reges Treiben, die Straßen wirkten wie ausgestorben. Der Nebel, der in der Ferne zwischen den Bürohäusern schwebte, erinnerte ihn an den Traum, und sofort durchfluteten ihn eiskalte Wogen. Daniel schaltete die Sitzheizung ein und sah kurz zum Kommissar hinüber. »Das Opfer war also nicht Westerlund?«

»Westerlund konnte ziemlich schnell von der Liste der möglichen Opfer gestrichen werden. Die Tätowierungen auf den Armen verrieten an sich schon genug, bevor wir der Leiche Fingerabdrücke abnehmen konnten«, sagte Buvina.

»Habt ihr irgendeine Ahnung, wo dieser Mann ... Wie hieß er noch?«

»Redevich. Mirco Redevich. Möwe. Nein, er konnte uns entwischen«, antwortete Buvina mit eisiger Stimme, und Daniel war klug genug, keine weiteren Fragen zu stellen. »Nach ihm wird jedenfalls gefahndet, und es sollte mich sehr wundern, wenn wir nicht bald irgendeinen Hinweis bekämen.«

»Und das Opfer?«, fragte Annika vom Rücksitz.

»Hoffentlich bringt die Fingerabdrucksuche Ergebnisse. Die Zahnkarten helfen uns diesmal nicht weiter«, sagte Buvina müde.

An den ruckartigen Bewegungen des Wagens spürte Daniel, wie ungleichmäßig Buvina aufs Gaspedal trat.

»Womit ist der Kopf des Opfers abgeschnitten worden?« Annika wählte jedes Wort ihres Satzes vorsichtig und mit Bedacht.

»Mit der Säge. Die Schnittspur ist sauber, weil der Kopf

offensichtlich abgesägt wurde, als die Leiche schon gefroren war. Das ist etwa so, als würde man einen Baumstamm sägen.«

Im Getriebe hörte man ein unangenehmes Knacken, als Buvina einen höheren Gang einlegte, ohne die Kupplung tief genug zu treten. Mit so langen Beinen musste es schwierig sein, die Pedale zu benutzen.

»Wie lang ist die Leiche also in der Gefriertruhe gewesen?«, erkundigte sich Daniel und hoffte, dass es den Kommissar nicht nervte, wenn er abgefragt wurde.

»Nach Einschätzung des Gerichtsmediziners mindestens eine Woche. Der Kopf ist aber erst innerhalb der letzten achtundvierzig Stunden abgesägt worden. Das wiederum bedeutet, Redevich hat gewusst, dass man ihn fassen wird, und wollte Beweise vernichten, bevor er verschwunden ist.«

»Eine Leiche ohne Kopf ist doch ein ziemlich stichhaltiger Beweis. Was hat er damit gewonnen, dass er vor seinem Abtauchen den Kopf abgesägt hat?«

»Vielleicht hatte er keine Zeit oder Gelegenheit, die ganze Leiche loszuwerden. Vielleicht wollte er sie zerteilen und so möglichst unauffällig Stück für Stück verschwinden lassen. Nun aber blieb plötzlich keine Zeit mehr.« Buvina schaute jetzt zum ersten Mal von der Straße weg und abwechselnd Daniel und Annika an.

»Woher wusste er, dass plötzlich keine Zeit mehr blieb?«, fragte Daniel und erhielt als Antwort ein tiefes Schweigen. Buvinas Telefon klingelte, und er legte es auf das Lenkrad, um die SMS zu lesen.

»Das ist von Matić. Er kommt aufs Kommissariat und hat eine Nachbarin dabei, die angeblich etwas gesehen hat.«

48

Daniel und Annika betraten einen Raum, in dem ein viereckiger Tisch und sechs Stühle standen. Am Rand des Tisches hatte man einen Zwanzig-Zoll-Bildschirm, zwei kleine Lautsprecher und ein Gerät aufgestellt, das wie eine drahtlose Gegensprechanlage aussah.

»Ihr könnt die Befragung des Zeugen von hier aus verfolgen«, sagte Buvina und schaltete mit routinierten Bewegungen die Geräte ein.

»Habt ihr kein Zimmer mit Spiegelglas?«

»Hier wird jetzt kein Serienmörder verhört, sondern lediglich eine schockierte Zeugin«, schnauzte Buvina Daniel an und drückte die graue Taste des Telefons.

»Wenn euch was einfällt, dann sagt es mir damit«, fuhr er fort und bedeutete ihnen, sich hinzusetzen. Dann verließ er den Raum.

»Ich dolmetsche das Gespräch für dich, sobald etwas Interessantes zur Sprache kommt«, erklärte Daniel Annika und setzte sich an den Tisch. Kurz danach konnten sie auf dem Bildschirm verfolgen, wie sich im Verhörraum eine Frau mittleren Alters, die müde und unterernährt aussah, gegenüber von Matić setzte.

»Danke, dass Sie mit mir aufs Kommissariat gekommen sind, Frau Topalović«, begann Matić und schenkte der Frau ein Glas Wasser ein. »Ich möchte betonen, dass Sie nicht irgendeines Vergehens verdächtigt werden und freiwillig hierhergekommen sind, um Ihre Aussage zu machen.«

»Ich verstehe«, sagte die Frau mit zitternder Stimme und starrte auf das Wasserglas, griff jedoch nicht danach.

»Ich will Ihre Zeit nicht länger als nötig in Anspruch nehmen. Also möchte ich Sie bitten zu erzählen, was Sie gesehen haben. Ihre Wohnung liegt der von Redevich gegenüber.« Matić warf einen Blick über die Schulter und wandte sein Gesicht der Kamera zu, die in einem Stativ im hinteren Teil des Raumes stand.

»Herr Redevich hatte viel Besuch. In seiner Wohnung ist oft ein furchtbarer Lärm zu hören gewesen. Da wurde gefeiert. Mit Frauen. Ich habe mir wegen des Trubels etwas Sorgen gemacht und zuweilen durch den Spion geschaut, was dort eigentlich los war.« Die Frau sprach langsam und sah ihn ängstlich an.

»Sie brauchen keine Angst zu haben, Frau Topalović.«

»Wirklich nicht? Die anderen haben gesehen, dass ich mit Ihnen mitgegangen bin. Ich möchte nicht, dass der Mann denkt, ich schwärze ihn hier an.«

»Wir schützen Sie. Außerdem ist Redevich geflohen und wird sicherlich nicht wiederkommen«, sagte Matić mit beruhigender Stimme, obwohl er wusste, dass er log. Sie verfügten kaum über die Ressourcen, Frau Topalović rund um die Uhr zu beschützen.

»Vor etwa einer Woche war da ein schrecklicher Schrei zu hören, der jedoch ziemlich schnell aufhörte. Ich habe mich an die Tür gestellt, und mir war so, als würde ich in seiner Wohnung ein gedämpftes Knallen hören. Das ging sicher zwei Stunden lang so«, sagte die Frau mit heiserer Stimme und nahm endlich einen Schluck Wasser.

»Das hört sich so an, als hätte Redevich sein Opfer bei lebendigem Leibe eingefroren«, sagte Daniel zu Annika, die unverwandt auf den Bildschirm starrte. »Das erklärt auch, warum die Hände und Füße des Toten gefesselt waren.«

»Ich möchte, dass Sie sich die hier ansehen. Sagen Sie es mir, falls Sie die Personen auf den Fotos erkennen«, bat

Matić die Frau im Verhörraum und legte drei Fotos vor ihr auf den Tisch.

»Das ist Herr Redevich.« Die Frau zeigte auf das erste Foto.

Annika lehnte sich zu Daniel hin. »Warum ...?«

»Das fragt Matić, um die Sicherheit zu haben, dass die Frau bei vollem Verstand ist. Und dass sie beide von derselben Person reden«, erklärte Daniel.

Die Frau beugte sich über den Tisch, um die beiden anderen Fotos zu betrachten. Auf dem einen lächelte Westerlund und auf dem anderen Aleksander Novak, vergrößert aus dem Gruppenfoto.

»Dieser blonde Junge.«

»Erkennen Sie ihn?« Matić war hellwach.

»Diesen anderen habe ich nie gesehen, aber der blonde Junge kommt mir bekannt vor.«

»War er in der Wohnung? Oder auf dem Treppenflur? Haben Sie ihn durch den Spion gesehen?« Matić stützte sich auf seine Ellbogen und beugte sich vor.

»Nein. Ich glaube nicht, dass ich ihn gesehen habe.« Die Frau wickelte eine Haarsträhne um ihren Zeigefinger.

»Frau Topalović, das ist jetzt sehr wichtig. Versuchen Sie sich zu erinnern.«

Matić füllte das Wasserglas. Die Frau vergrub ihr Gesicht in beiden Händen.

»Vielleicht hat sie das Bild in der Zeitung gesehen«, sagte Annika leise.

»Warte.«

Matić nahm Novaks und Redevichs Foto vom Tisch und legte zwei andere Fotos vor sie hin, die beide Jare Westerlund zeigten.

»Haben Sie ihn möglicherweise außerhalb des Gebäudes

gesehen? Oder ist er Ihnen im Treppenhaus entgegengekommen?«

»Ich bin mir nicht sicher ...«

»Denken Sie nach. Das ist sehr wichtig.« Die Befragung bekam allmählich Züge eines Verhörs.

»Im Auto. Ich habe ihn im Auto gesehen«, sagte sie plötzlich, und Tränen liefen über ihr hageres Gesicht.

»Keine Angst, Frau Topalović. Alles ist gut. Erzählen Sie weiter. In welchem Auto?«

»Ich kam vom Einkaufen zurück. Das ist etwa zwei Wochen her. Da stand auf der Straße ein Auto, und in dem saß er.«

»War er allein?«

»Das weiß ich nicht mehr. Er saß einfach da auf dem Beifahrersitz in dem Auto. Ich habe gesehen, wie er mich durch die Scheibe angeschaut hat.«

»Saß jemand am Steuer?«

»Vielleicht. Aber nicht unbedingt. Ich erinnere mich nicht«, erwiderte die Frau, schluchzte und wischte sich die Tränen mit dem Handrücken ab.

»Um welche Tageszeit ist das passiert?«

»Vermutlich nachmittags. Es war hell. Deswegen habe ich wohl auch das Gesicht gesehen.«

»Erinnern Sie sich, was es für ein Auto war?«

»Ich glaube, es war weiß ...«

»Und was für eine Marke?«

»Das weiß ich nicht.« Die Frau sah den Ermittler verzweifelt an.

Aus einer Plastiktasche holte Matić das schwarz-weiße Foto einer Überwachungskamera, das zeigte, wie Redevich aus dem weißen Seat Leon ausstieg.

»Könnte das dieses Auto sein?«

»Ja. Ich glaube, ja.« Ihren Augen konnte man die kurze Euphorie ansehen, die entstanden war, weil sie das erkannt hatte.

49

Die Tür des Verhörraums öffnete sich, und Josip Buvina trat ein, gefolgt von Adam Matić.

»Sofern man dem Bericht der Frau Glauben schenken kann, war Westerlund vor zwei Wochen am Leben. Was bedeutet, dass er nachweislich noch in Zagreb gewesen ist, als man annahm, er sei schon in den Urlaub gefahren«, sagte Buvina und blieb mitten im Raum stehen. Matić ging bis an den Tisch.

»Sofern das Zeitgefühl der Frau nicht trügt. Für jemanden, der allein lebt, kann die Zeit lang werden«, wandte Daniel ein.

»Die Frau ist nicht verrückt. Und sie sitzt zwar allein zu Hause herum, aber sie wirkt überhaupt nicht verdreht. Sie hat nur Angst«, widersprach Matić und setzte sich an den Tisch.

»Weiß sie, dass in der Wohnung ein toter Mann gefunden wurde?«

»Bestimmt. Ohne Leiche zieht die Polizei keine solche Show ab. Sie hat gehört, dass wir die Fahndung nach Redevich rausgeschickt haben«, erklärte Matić, der etwas ins Auge bekommen hatte und nun versuchte es herauszuwischen.

»In einer halben Stunde halten wir eine Pressekonferenz dazu ab.« Buvina steckte die Hände in die Taschen. Daniel schaute auf dem Bildschirm zu, wie die Zeugin in einen kleinen Taschenspiegel blickte und ihr Make-up korrigierte.

»Habt ihr die Absicht, den Zusammenhang mit Westerlunds Verschwinden vor der Presse offenzulegen?«, fragte Annika und sah abwechselnd beide Polizisten an.

»Eine ausgezeichnete Frage, mein Mädchen.« Buvina trat einen Schritt näher an den Tisch heran, an dem die anderen saßen. Annika kratzte sich die Stirn und versuchte sich nicht davon provozieren zu lassen, dass Buvina sie ständig als Mädchen anredete.

»Nach Redevich wird gefahndet, weil in seiner Gefriertruhe eine kopflose Leiche gefunden wurde. Ich glaube, damit ist der größte Hunger der Journalisten erst einmal gestillt«, sagte Buvina und wartete darauf, dass Matić fortfuhr.

»Ja«, begann der Ermittler und räusperte sich. »Wir können den Medien gegenüber behaupten, dass die Polizei einen anonymen Hinweis erhalten hat. Auf diese Weise brauchen wir die Verbindung zum Fall Westerlund nicht offenzulegen.«

»Das würde uns vorläufig noch garantieren, dass wir in Ruhe arbeiten können«, merkte Daniel an und nickte zustimmend.

»Genau«, sagte Matić und holte tief Luft. »Jetzt ist auf jeden Fall klar, dass es der Finne mit dieser Kakerlake zu tun gehabt hat. Aber für sein Verschwinden muss Redevich nicht unbedingt verantwortlich sein. Meiner Ansicht nach hörte sich die Schilderung der Zeugin so an, als hätte Westerlund ganz freiwillig in dem Auto gesessen.«

»Sie sind mit dem von Westerlund gemieteten Auto unterwegs gewesen. Es kann sein, dass sie zwischendurch nach Split und zurück gefahren sind.«

»Wie lange braucht man von hier nach Split mit dem Auto?«, fragte Annika.

»Etwa vier Stunden. Von Europcar bekommen wir ja noch die Information, wie viele Kilometer mit dem Auto gefahren wurden.«

»Wir wissen, dass jemand in der von Westerlund gemieteten Villa gewesen sein muss. Könnte es sein, dass Redevich Teil der Reisegesellschaft war?«

»Im Lichte der letzten Ereignisse ist das sehr wohl möglich. Westerlund ist vielleicht auch Zeuge eines Gewaltverbrechens gewesen. Es kann sein, dass er weiß, wer in die Truhe gestopft wurde und warum«, antwortete Matić. »Ich bin sicher, dass der Frau noch etwas einfällt. Wir brauchen auch die kleinsten Bruchstücke von Informationen, wenn wir Redevich auf die Spur kommen wollen«, fuhr er fort.

»Josip«, sagte Daniel nachdenklich. »Annika hat doch gestern beim Abendessen vorgeschlagen, auch in Erwägung zu ziehen, dass Westerlund möglicherweise selbst jemanden gebeten hat, ihn in der Botschaft anzurufen und ihm zu drohen.«

»Das war meiner Ansicht nach etwas weit hergeholt«, knurrte Buvina.

»Wenn es deiner Ansicht nach weit hergeholt ist, dann sag uns, warum man die Drohungen überhaupt fortgesetzt hat?«

»Was meinst du damit?«

»Wenn die Leute, die Westerlund gedroht haben, in seiner Wohnung das schon gefunden hatten, was sie suchten, warum bedrohte man ihn dann immer noch weiter? War die Sache damit nicht schon klar?«

»Denkt daran, dass wir nicht mit Sicherheit wissen, ob der Mann mit der Maske in der Wohnung etwas gefunden hat. Das ist nur eine Theorie.«

»Meiner Meinung nach ist das die mit Abstand beste

Theorie. Wenn nicht sogar die einzige. Aber können wir jetzt nicht mal für einen Augenblick davon ausgehen, dass Annika recht hat?«

»Gut. Sag, worauf du hinauswillst.«

»Redevich und Westerlund sind zusammen unterwegs gewesen. Vielleicht haben sie gemeinsam Geschäfte gemacht. Könnte der Anrufer mit den Drohungen Redevich gewesen sein?«

»Moment mal. Warum hätte sich der Finne eigentlich einen Drohanruf organisieren sollen?«, fragte Matić ungläubig.

»Vielleicht könntet ihr die Sache klären? Hat man es inzwischen geschafft, die Aufzeichnung des Drohanrufs wieder in die ursprüngliche Form zu konvertieren?«

»Nicht ganz. Allerdings lassen sich oft schon nach Akzent und Sprechstil Schlüsse auf den Anrufer ziehen. Aber dann müssten wir etwas haben, womit wir vergleichen könnten. Irgendeine Aufzeichnung, auf der Redevich Englisch spricht«, sagte Buvina.

Matić war aufgestanden und ging nervös hin und her.

»Vielleicht könnte irgendein Informant die Sache bestätigen. Oder zumindest die Frage klären, ob Redevich überhaupt Englisch spricht«, schlug Daniel vor.

»Vielleicht«, murmelte Buvina.

»Es ist möglich, dass Westerlund sowohl das Telefongespräch als auch das Taxi im Voraus bestellt hat. Vielleicht hat Redevich das Taxi sogar gefahren. Jemand könnte überprüfen, ob der Mann Verbindungen zu Taxiunternehmen hat. Oder vielleicht sogar eine Taxigenehmigung?«, fuhr Daniel fort.

»Vielleicht sollten wir jetzt einen Schritt nach dem anderen machen«, entgegnete Matić leicht ungehalten, »und uns erstmal anhören, was Frau Topalović noch so zu erzählen hat ...« Ein Klopfen an der Tür unterbrach ihn. Eine kräftig gebaute, recht junge Frau mit Brille trat ein, sie trug schwarze Cordhosen und einen dunkelroten Pullover. Um ihren Hals hing der Ausweis der Kriminaltechniker. Die Frau machte einen enthusiastischen und zugleich schockierten Eindruck.

»Na?« Buvina wandte sich ihr neugierig zu.

»Wir haben die Fingerabdrücke des Opfers in das System eingegeben«, sagte die Frau und atmete schwer. Vermutlich war sie die ganze Strecke vom kriminaltechnischen Labor bis hierher gerannt.

»Haben sich Übereinstimmungen gefunden?«, fragte Buvina konzentriert.

»Ja. Das Opfer ist Mirco Redevich. Die besonderen Kennzeichen bestätigen das.«

50

Helsinki

Raimo Hämäläinen schloss die Tür seines Dienstzimmers und dehnte die Finger, während der Computer gemächlich startete. Es war früh am Morgen, und der Nachtschlaf von wenigen Stunden hatte das angesammelte Schlafdefizit nicht ausgleichen können. Als er abends nach Hause gekommen war, hatte er noch Daniel Kuismas Nummer eingetippt, das Handy ans Ohr gehoben, aber das Telefonat gleich wieder abgebrochen, noch bevor ein Ruf herausging. Es wäre besser, Daniel nicht durcheinanderzubringen, bevor er selbst mehr wusste. Möglicherweise fand sich für alles noch eine vernünftige Erklärung. Außerdem sollte Daniel sowieso bis zum Mittag über die Fortschritte bei den Ermittlungen berichten. Bei der Gelegenheit könnte er die Sache genauso gut zur Sprache bringen. Vielleicht hätte er dann statt der Fragen schon Antworten.

Hämäläinen legte den Ausdruck mit der Kopie von Annika Lehtos Interpol-Dienstausweis auf den Tisch. Dann loggte er sich in das Datensystem der Polizei ein. Wenn man einen Namen direkt eingab, hinterließ das im System immer Spuren, und wahrscheinlich hatte Mäkelä veranlasst, dass er darüber informiert wurde. Hämäläinen tippte auf der drahtlosen Tastatur in das Suchfeld die Buchstaben BEDINGUNG ein. Die unterbrochene Suche brachte als Ergebnis eine lange Reihe von Lehtos und Lehtonens, unter denen er mit Hilfe des Vornamens und des Geburtsdatums die richtige Person suchte. Im Register der Polizei fanden sich jedoch keine Eintragungen zu Annika Lehto.

Hämäläinen gab ihre Personenkennziffer in das Zentrale Bevölkerungsdatensystem ein und las, dass sie keine registrierten Partnerschaftsbeziehungen hatte. Im Register fanden sich für die Jahre 2002-2013 fünf verschiedene Adressen, die letzte lautete 26 Rue René Leynaud, Lyon, Rhône-Alpes. Annika Lehtos Wohnadresse war also kein streng gehütetes Geheimnis.

Schließlich tippte er Lehtos Personenkennzahl in das Personalausweis- und Passregister ein, verglich die Fotos dort mit dem auf Timonens Ausdruck und stellte fest, dass es sich tatsächlich um dieselbe Annika Lehto handelte. Hämäläinen lehnte sich zurück und legte die Hände aufs Gesicht. Auf die Daten von Interpol bekäme er über seinen Computer keinen Zugriff, aber eine Kontaktaufnahme mit dem von der Zentralen Kriminalpolizei verwalteten SIRENE-Büro könnte ihm helfen, an sie heranzukommen. Allerdings würde auch dies unerwünschte Spuren hinterlassen.

Hämäläinen seufzte, tippte eine Nummer in sein Handy und hoffte, dass sich der Journalist meldete, auch wenn es noch sehr früh war.

»Hallo?«

»Jakke, ich brauche deine Hilfe.«

»Einen Moment, könntest du das wiederholen? Ich bin wahrscheinlich noch etwas verschlafen und höre alles Mögliche.«

»Leck mich am Arsch. Schaffst du es in einer halben Stunde bis ins ›Monte‹?«

»Nein. Aber gib mir eine Dreiviertelstunde.«

Hämäläinen sah den Journalisten schon von Weitem, hob aber erst den Blick vom Display seines Handys, als sich Timonen bereits auf den Stuhl gegenüber gesetzt hatte. Das Schöne am Monte Carlo waren seine Logen mit den hohen Wänden, die verhinderten, dass die Gäste hörten und sahen, was an den anderen Tischen passierte. Allerdings saßen in dem Restaurant immer so wenig Leute, dass Hämäläinen vermutete, es halte sich mit etwas anderem über Wasser als dem Verkauf von Kaffee, belegten Brötchen und Mittagessen, das nach nichts schmeckte.

»Ich habe mir schon gedacht, dass dich das interessieren würde.« Jakke Timonen trug dasselbe Sakko wie am Tag zuvor, aber statt des T-Shirts einen grauen Rollkragenpullover.

»Stimmt. Du hast mein Interesse geweckt. Hier ist etwas ganz Besonderes im Gange. Ich verspreche dir, dass du die ganze Story bekommst. Aber vorher musst du mir noch helfen, zwei Dinge zu klären.«

»Ich genieße den Gedanken, dass du mir etwas schuldig bleibst, Raimo. Aber nun sag mir doch mal, an was du da gedacht hast«, erklärte Timonen und knüpfte seine langen Haare zu einem Pferdeschwanz.

»Wie hast du den tatsächlichen Arbeitgeber von Annika Lehto ermittelt?«, fragte Hämäläinen mit gedämpfter Stimme und sah sich um.

»Das war nicht ganz einfach. Jemand in Frankreich war mir noch einen Gefallen schuldig. Einen etwas größeren.«

»Du Mistkerl. Wie ist es möglich, dass du bessere Kontakte dorthin hast als ich?«, schimpfte Hämäläinen, goss sich den Inhalt einer kleinen Milchkapsel in den Kaffee und fuhr fast flüsternd fort: »Ich habe auf der Herfahrt einen Freund von mir im Außenministerium angerufen. Dort hat niemand den Namen von Annika Lehto auch nur gehört. Also ist klar, dass man die Frau von Lyon aus extra als Partnerin für Daniel eingeflogen hat.«

»Eine schöne, junge und relativ unerfahrene Frau ist das, was man sich für diesen Job wirklich am allerwenigsten vorstellen würde.«

»Eben. Dahinter steckt auch das Geniale dieser ganzen Geschichte. Die Wahl, die der Staatssekretär getroffen hat, war so ungewöhnlich, dass ich nicht wusste, wie man sie hätte infrage stellen sollen. Ich habe den Scheiß auch noch geglaubt, den Mäkelä von irgendwelchen Synergieeffekten erzählt hat«, sagte Hämäläinen und schlug mit der Faust auf den Holztisch. Dann rührte er seinen von der Milch hellbraun gefärbten Kaffee und fuhr fort: »Wenn man Lehto unter dem Vorwand, sie ermittle im Fall Westerlund, dahin geschickt hat, um etwas anderes zu untersuchen, dann hätte man mir das der Einfachheit halber doch sagen sollen. Und Kuisma natürlich auch.«

»Es kann nur einen Grund geben, warum Mäkelä nicht die Wahrheit sagen wollte.«

»Interpol ermittelt gegen Kuisma.«

»Genau. Aber warum?«

»Das weißt du natürlich. Oder willst du etwa behaupten, du hättest Kuismas Background nicht gecheckt, als du wegen Lehto geschnüffelt hast?«

»Natürlich habe ich das überprüft. Der Mann hat ein halbes Jahrzehnt auf dem Balkan verbracht. Und zwar genau da, wo es ernst wurde. Und er musste mit ziemlich großen Schwierigkeiten fertigwerden. Aber nichts weist darauf hin, dass er etwas Gesetzwidriges getan hätte. Es geht doch um die Untersuchung von Kriegsverbrechen.«

»Kann sein, dass Interpol nicht direkt Kuismas Aktivitäten untersucht. Vielleicht wollen sie über ihn noch etwas anderes herausfinden.«

»Mensch, verdammt, Raimo«, sagte Timonen leise. »Du willst, dass ich dir Kopien des Ermittlungsmaterials von Interpol besorge?«

»Ich brauche das möglichst schnell, am besten in einer Stunde«, erwiderte Hämäläinen mit ernster Miene.

Timonen brach in ein leises Gelächter aus.

»Innerhalb von einer Stunde? Das klappt nicht einfach so. Warum kannst du nicht von Amts wegen eine offizielle Bitte nach Lyon schicken?«

»Bürokratie. Langsam. Und außerdem weißt du als Journalist ganz genau, dass so etwas Spuren hinterlässt. Wie du selbst gesagt hast, braucht Mäkelä noch nicht zu wissen, dass wir es wissen.«

»Das ist ein großer Gefallen, Raimo, den du da von mir verlangst. Dabei geht man wirklich ein erhebliches Risiko ein.« Timonen stand auf und klopfte mit der Camel-Schachtel auf den Tisch.

»Ich verspreche dir, dass ich die Schläge entgegennehme,

falls die Sache schiefläuft«, sagte Hämäläinen und klopfte auf seine Uhr. »Please, Jakke. Jetzt sofort. Die Zeit läuft.«

51

Zagreb, Kroatien

Daniel dehnte seinen Nacken ein paarmal und wandte das Gesicht zum grauen Himmel, von dem feine Wassertröpfchen herabnieselten. Er fuhr sich durchs dichte Haar, nahm den Zigarillo, den er schon minutenlang zwischen den Lippen bearbeitet hatte, und ließ ihn in den verchromten Aschenbecher fallen. In diesem Moment ging die Stahltür zum Innenhof auf, und kurz danach stand ein sehr großer Mann mit nachdenklicher Miene neben ihm. Daniel holte die Zigarilloschachtel wieder hervor.

»Woher wusstest du, dass ich rauche?«, fragte Buvina und zog einen Zigarillo aus der Schachtel.

»Man spürt es, wenn jemand aufhört und sich quält.« Daniel sah Buvina verständnisvoll an. Das war allerdings nicht die ganze Wahrheit. Er hatte ein Päckchen Nikotinpflaster in Buvinas Auto gesehen.

»Die Pflaster taugen überhaupt nichts.«

»Ist jetzt auch keine gute Zeit aufzuhören«, verkündete Daniel und gab ihm Feuer. Sie rauchten eine Weile, ohne ein Wort zu sagen. Der Wind wehte einen Streifen Verpackungsfolie an ihnen vorbei.

»Mit deiner Vermutung lagst du richtig. Redevich besaß eine Taxigenehmigung. In einer Taxifirma hat er ein Auto für zwei Stunden geholt«, sagte Buvina schließlich.

Daniel schreckte aus seinen Gedanken auf.

»Redevich hat Westerlund also an der Botschaft abgeholt. Die ganze Sache war vorher abgesprochen. Und der Anruf?«

»Matić klärt die Sache. Gut möglich, dass es die Stimme von Redevich ist.«

»Was zum Teufel ist hier los?«

»Der Gedanke, die Leiche in der Gefriertruhe wäre Westerlund – ich weiß nicht recht. Ich hatte schon gedacht, der Fall wär einfach«, murmelte Buvina und ließ den brennenden Zigarillo einen Augenblick im Mundwinkel hängen.

»Jetzt ist er alles andere als einfach«, sagte Daniel und blies den Rauch gen Himmel.

»Alles weist darauf hin, dass sie zusammen unterwegs waren. Bis jemand Redevich in dessen eigene Gefriertruhe gestopft und der gefrorenen Leiche den Kopf abgetrennt hat. Wenn ich mir überlege, dass wir noch nach ihm gefahndet haben. Wirklich ein Witz.«

»Jemand wollte alle Brücken hinter sich abbrennen. Redevich wurde ermordet, weil man wusste, dass ihm die Polizei dank der Überwachungskamera in der Autovermietung binnen Kurzem auf die Spur kommen würde.«

»Aber jetzt hocken wir wieder in den Startlöchern. Wo zum Henker ist Jare Westerlund?« Buvina ging etwas weiter weg von der Tür.

»Wir sind jetzt näher dran, Josip.«

»Zum Glück kannst du das positiv sehen, Kuisma. Meiner Ansicht nach haben wir immer noch dieselben Probleme wie gestern und dazu ein neues. Eine kopflose Leiche.«

»Tja, ein Pessimist ist nie enttäuscht. Was geschieht als Nächstes?«

»Die Pressekonferenz beginnt in zehn Minuten. Ich muss mich darum kümmern«, antwortete Buvina und schaute über die Schulter zurück.

»Okay.«

»Und dann denken wir über unseren nächsten Zug nach«, versprach Buvina und schnipste die Zigarillokippe auf den kurz geschnittenen Rasen. Er stopfte sein über dem Gürtel hängendes dunkelblaues Hemd in die Hose und legte die Hand auf die Klinke.

»Ich möchte nach Split fahren. Am liebsten schon heute«, verkündete Daniel, als er hinter Buvina ins Haus trat.

»So?« Buvina ging weiter, ohne ihn anzusehen.

»Es kann sein, dass die örtliche Polizei irgendetwas übersehen hat«, erklärte Daniel mit Nachdruck.

Der Kommissar beschleunigte seine Schritte und machte keinerlei Anstalten, auf den Vorschlag zu antworten. Offensichtlich galten seine Gedanken schon der in Kürze beginnenden Pressekonferenz, bei der keinem anwesenden Vertreter der Polizei unangenehme Fragen der Journalisten nach Zusammenhängen erspart bleiben würden. Allerdings war es geradezu ein Glück, dass sie die Verknüpfung mit dem Fall des verschwundenen Finnen noch nicht an die Öffentlichkeit zu bringen brauchten.

»Josip!«, sagte Daniel schließlich mit erhobener Stimme und erreichte, dass der Mann stehen blieb und sich umdrehte. Der vor Müdigkeit wütende Riese sah auf dem engen Flur fast bedrohlich aus, und Daniel trat instinktiv einen halben Schritt zurück. Buvina hob die zur Faust geballten Hände hoch, hielt den Atem an und seufzte schließlich frustriert.

»Wir machen es jetzt so, Kuisma. Ihr fahrt mit dem Taxi in die Botschaft. Ich hole euch dort ab, sobald die Pressekonferenz vorbei ist. Dann sehen wir, wer nach Split fährt und wann. Okay?« Buvina wartete ein paar Sekunden, bis Daniel zustimmend nickte, und ging dann weiter zum Versammlungsraum des Kommissariats.

Daniel sah dem Riesen eine Weile hinterher, holte sein Handy aus der Tasche und bemerkte, dass Annika zweimal angerufen hatte.

»Hallo. Sorry, ich war mit Buvina zusammen draußen – rauchen. Das Telefon war auf lautlos gestellt«, sagte Daniel, nachdem sie sich gemeldet hatte.

»Okay. Du, Matić hat gesagt, dass Redevich tatsächlich eine Taxigenehmigung besaß.«

»Genau. Du hattest den richtigen Riecher.«

»Na ja, auch eine kaputte Uhr geht zweimal am Tag richtig.«

»Sei nicht zu bescheiden. Wo bist du übrigens?«, fragte Daniel, als er im Hintergrund ein Rauschen hörte.

»Deswegen habe ich dich gerade angerufen. Ich muss kurz ins Hotel gehen.«

»Ist alles in Ordnung?«

»Natürlich. Es dauert nicht lange. Wo treffen wir uns?«

»Komm in die Botschaft. Wir fahren zusammen nach Split.«

52

Aarne Karlsson öffnete die Glastür. Daniel trat über die Schwelle und blieb mitten im Foyer der Botschaft stehen.

»Wo ist Fräulein Lehto?«, fragte der Botschafter und ging zu seinem Arbeitszimmer.

»Annika musste noch kurz ins Hotel. Sie kommt sofort.«

»Ist irgendetwas nicht in Ordnung?«

»Alles«, antwortete Daniel mit einem Kopfschütteln und folgte dem Botschafter gemächlich.

»Ich habe diese Liste der Seminarteilnehmer für dich herausgesucht«, sagte Karlsson und zog einen Stuhl für Daniel an seinen Schreibtisch.

»Ausgezeichnet.« Daniel setzte sich und knackte mit den Fingerknöcheln.

»Ich weiß jetzt aber nicht, wer wer ist. Hast du das Foto irgendwo?« Karlsson reichte Daniel ein DIN-A4-Blatt aus dem Drucker.

»Mist. Das hab ich in Buvinas Auto liegen lassen«, ärgerte sich Daniel und studierte die Liste intensiv. Auf dem Blatt standen vierzehn Namen, von denen er nur Jare Westerlund und Aarne Karlsson kannte. Die anderen klangen kroatisch. Die Hälfte der Teilnehmer waren Frauen. Doch wie erwartet fand sich kein Aleksander Novak auf der Liste.

»Ihr habt bestimmt keine Kopie dieses Fotos hier in der Botschaft?« Daniel hob den Blick von der Liste.

»Ich frage Johan. Meiner Ansicht nach hat er die gerahmten Fotos machen lassen. Warte einen Augenblick.« Karlsson stand auf und verließ das Zimmer.

Obwohl er wusste, dass die Namen allein nicht helfen würden, das Rätsel zu lösen, starrte Daniel weiter auf das Papier. Dann legte er den Ausdruck vor sich auf den Tisch und ließ langsam seine Schultern kreisen. Vor der Abfahrt nach Split sollten sie noch die zwei Mitarbeiter der Botschaft befragen. Am Vortag war so viel passiert, dass er es nicht geschafft hatte, die Aussagen von Johan Aho oder Maija Koistinen auch nur zu überfliegen. Andererseits hatte Buvina gesagt, aus ihnen ergebe sich nichts Neues.

»Hallo, Daniel!« Herein trat ein kahlköpfiger, kräftig gebauter Mann um die vierzig, der ein enges T-Shirt trug. Seine Stimme klang lebhaft und energisch. Daniel erkannte den Mann von den Fotos.

»Ich bin gerade aus dem Studio gekommen. Mein Name

ist Johan Aho.« Er reichte Daniel die Hand und strahlte eine geradezu überschwängliche Selbstsicherheit aus.

»Ein Morgensportler?«, fragte Daniel und erhob sich, um ihn zu begrüßen.

»Manchmal. Um Stress abzubauen. Die Geschichte mit Jare raubt einem die Energie«, sagte Johan Aho und legte ein ungerahmtes Foto auf den Tisch.

»Das glaube ich«, erwiderte Daniel und bemerkte, dass es das gleiche Foto war wie das an Westerlunds Wand.

Aarne Karlsson kam wieder herein und schloss die Tür zum Flur.

»So. Gut, dass auch ihr euch nun kennengelernt habt. Hat sich inzwischen etwas Neues ergeben?«, fragte er und setzte sich dabei wieder auf seinen Platz.

»Wir sind zwar weiter vorangekommen. Aber gleichzeitig ist der Fall komplizierter geworden«, erklärte Daniel und legte das Foto neben die Namensliste.

»Habt ihr eine Theorie?«, wollte Aho mit ernster Miene wissen.

»Etwas in der Richtung.«

»Was glaubt ihr – ist Westerlund …«

»Tot?«

»Noch am Leben? Ich wollte positiv an die Sache herangehen«, entgegnete Aho barsch und setzte sich auf den letzten freien Stuhl in dem Raum.

»Wir wissen, dass er einige Zeit nach seiner Abfahrt hier vor der Botschaft noch am Leben gewesen ist. Mehr würde ich über die Sache derzeit nicht spekulieren wollen.« Daniel verfolgte, wie Johan Aho seine durchtrainierten Arme massierte. Der Mann sah so aus, als könnte er auch irgendeine körperliche Arbeit tun. Auf den ersten Blick würde man annehmen, dass er Soldat, Feuerwehrmann oder Polizist wäre. Aber nicht Büroangestellter. In seinem Verhalten spürte man eine Aufsässigkeit, die im Widerspruch zu seiner vermeintlichen Kooperationsbereitschaft stand.

»Ich verstehe. Fürchtet ihr, dass Informationen von hier aus weiterverbreitet werden?«, fragte Aho. Seine Schultern zuckten, vielleicht hatte er im Studio mit Hanteln trainiert.

»Das fürchte ich nicht. Ich halte mich nur an meine Anweisungen«, entgegnete Daniel gelassen.

»Das ist völlig klar«, beeilte sich Karlsson versöhnlich einzuwerfen und rieb sich die Hände. »Hör mal, Daniel. Du kannst in den Beratungsraum gehen, wenn du deine Ruhe haben willst. Ich besorge dir einen Computer.«

Der Mund des Botschafters verzog sich zu einem steifen, aber gutwilligen Lächeln.

»Danke, Aarne. Ich nehme das Angebot an.« Daniel griff nach dem Foto und dem Ausdruck und ging langsam zur Tür.

»Und danke für das Foto, Johan«, rief er beim Verlassen des Raumes.

Auf dem Weg zum Beratungsraum hatte Daniel das merkwürdige Gefühl, dass Johan Aho ihm abschätzend hinterherschaute. Irgendetwas in dessen Verhalten ließ ihn auf der Hut sein.

53

Nervös ging Annika in ihrem Hotelzimmer auf und ab. Sie hatte fünfzehn Minuten zuvor eine SMS abgeschickt, zum Zeichen dafür, dass sie einen Rückruf aus Finnland erwartete. Sofort. Aber ihr Telefon hatte noch nicht geklingelt.

Alles war viel zu eigenartig geworden. Annika hatte

geglaubt, die Situation unter Kontrolle zu haben, aber da hatte sie sich geirrt. Im Fall Westerlund war es mehr und mehr zu äußerst merkwürdigen Wendungen gekommen, und es erschien ihr nun fast unmöglich, parallel dazu ihre anspruchsvolle andere Aufgabe zu erfüllen. Außerdem kannte Annika die menschliche Seele. Sie konnte Kriminelle lesen. Die Beweise für Kuismas Verbrechen waren ohne Zweifel handfest, aber Annika vermochte den Mann nicht mit den im Ermittlungsmaterial aufgeführten Gräueltaten in Verbindung zu bringen. Niemand konnte sich so meisterlich tarnen. Schon gar nicht, wenn er wirklich die Schuld an all dem trug, was die Informationen zu verstehen gaben, die in die Hände von Interpol gelangt waren.

Das Telefon vibrierte und meldete einen unbekannten Anrufer.

»Hallo. Danke, dass du zurückrufst.«

»Sag, was los ist.«

»Die Sache ist kompliziert geworden. Ist die Verbindung sicher?«

»Ja. Sprich ruhig, aber mach schnell. Ich bin wirklich in Eile.«

»Die hiesige Polizei informiert die Presse gerade über eine Leiche, die gestern Abend in einer Gefriertruhe entdeckt wurde. Die Polizei fand die Leiche bei der Suche nach Westerlunds Spuren.«

»So? Na und?«

»Das konnte man nicht voraussehen«, sagte Annika und hörte das gleichmäßige Atmen am anderen Ende der Leitung.

»Man kann nie alles voraussehen. Es ist nicht ausgeschlossen, dass Westerlund selbst jetzt auch schon eine Leiche ist. Lass Kuisma das untersuchen. Untersuche du Kuisma.«

»Da ist auch noch etwas anderes. Kuisma ist bei den Ermittlungen zu dem Fall auf seinen ehemaligen militärischen Vorgesetzten gestoßen. Habt ihr das organisiert? Soll das die Sache beschleunigen ...«

»Annika, nun hör mir mal zu. Du hast exakt zwei Aufgaben. Wenn du deine Sache gut machst, erfüllst du beide. Das ist ein gewaltiger Schritt in deiner Karriere.«

»Aber wie ist es möglich, dass ein vor zwanzig Jahren gestorbener Offizier plötzlich am Leben ist – und wie kann er dann auch noch zufällig in Westerlunds Verschwinden verwickelt sein?«

»Das weiß ich nicht. Damit habe ich nichts zu tun.«

»Das riecht langsam nach einem Schauspiel, in dem alles nach einem vorher verfassten Drehbuch abläuft. Wenn es sich um eine Art Inszenierung handelt, dann ist es überflüssig, dass wir Spuren in der Richtung verfolgen. Und ich müsste das unbedingt erfahren. Wenn Westerlund wirklich ...«

»Hör zu, Annika. Du hast das Voruntersuchungsmaterial von Interpol gesehen. Kuisma muss zum Reden gebracht werden. Das kannst du doch. Der Fall Westerlund wird da ganz nebenbei geklärt.«

»Ich weiß, dass ich in meiner Arbeit gut bin«, sagte Annika mit zitternder Stimme, machte eine kurze Pause und fuhr dann fort: »Aber für mich ist es trotzdem schwierig, durch Kuismas Panzer hindurchzuschauen. Eigentlich fällt es mir schwer zu glauben, dass es überhaupt einen Panzer gibt.« Annika hörte, wie der Mann leise lachte.

»Er kann charmant sein, Annika. Er ist charismatisch. Warmherzig und Vertrauen erweckend. Wie Psychopathen meistens. Das sollte ich dir doch nicht erklären müssen. Kuisma ist ein Ungeheuer, das nicht gefasst werden will.«

»So? Merkwürdig ist auch noch etwas anderes. Als ich im Büro anrief und um einen sofortigen Bericht über das Beweismaterial in Bezug auf Kuisma bat, bekam ich zu hören, dass meine Sicherheitsstufe nicht hoch genug ist, um diese Informationen entgegenzunehmen.«

»Bei einem so brisanten Fall lässt man bestimmt extreme Vorsicht walten.«

»Die Archive öffnen sich also nicht mal für diejenigen, die mit dem Fall beschäftigt sind? Das ist allerdings ...«

»Vielleicht war es ein Fehler, dich dorthin zu schicken, Annika. Vielleicht habe ich die Situation falsch eingeschätzt. Das ist jetzt eine schwierige Zeit für dich. Dein Vater ...«

»Der Zustand meines Vaters hat damit überhaupt nichts zu tun. Aber meiner Ansicht nach treibt die Sache in raschem Tempo in eine falsche Richtung.«

»Hast du Angst?«

»Ich bin nicht bereit, darauf zu antworten. Hier geht es jetzt um etwas ganz anderes.«

»Du brauchst dir keine Sorgen zu machen. Unser Mann in der Botschaft passt schon auf dich auf.«

»Das wollte ich auch noch erwähnen«, sagte Annika, schob sich die Haare aus der Stirn und fuhr fort: »Sag diesem Arschloch, wenn er noch mal seine Arme um mich legt, dann stopf ich ihm das Mikro mitsamt dem Abhörgerät ins Maul.«

54

Daniel schloss den Deckel des Laptops und rollte mit dem Bürostuhl weiter weg vom Tisch. Es war ihm gelungen, innerhalb von zehn Minuten zwei Namen auszuschließen. Der eine ließ sich anhand des Bildes leicht mit einem öffentlichen Profil auf Facebook in Verbindung bringen. Der andere fand sich bei den Kontaktdaten auf der Website eines hiesigen Unternehmens. Auf der Liste blieben noch drei Namen übrig. Einer von ihnen gehörte dem Mann, der früher einmal Aleksander Novak geheißen hatte.

Mit dem Filzstift markierte Daniel die zwei anonymen männlichen Personen. Dann nahm er sein Telefon und schickte Buvina die Namen als SMS. Wenn das Glück auf ihrer Seite war, hatte einer von ihnen seine Kreditkarte in Westerlunds Stammkneipe benutzt.

Er sah auf die Uhr. Es war kurz vor neun. Buvinas Pressekonferenz wäre bald vorbei, und Annika würde auch in die Botschaft kommen. Zwischendurch könnte er noch kurz rausgehen und eine rauchen.

In diesem Augenblick klingelte sein Handy. Der Anrufer war Buvina.

»Josip, wie ist die Pressekonferenz verlaufen?« Daniel hatte sein Telefon an den Lautsprecher angeschlossen.

»Magisch. Und jetzt hör mal zu. Der Mann, der mit Westerlund in der Gaststätte gesessen hat ... Wir haben bei den Quittungsbelegen gefunden, was wir gesucht haben.« In Buvinas Stimme lag eine Spur Begeisterung. »Sie hatten sich eine größere Rechnung geteilt, und dadurch sind die Jungs darauf gekommen. Der Name ist Filip Horvat.«

Daniel schluckte, derselbe Name stand auf dem Blatt, das vor ihm lag.

»Sagt euch der Name etwas?«, fragte Daniel.

»Bei uns gibt es keinerlei Informationen über ihn.«

»Das muss Novak sein.«

»Am besten ist es, das zu überprüfen. Wir haben eine Adresse.«

»Willst du das SEK schicken?«, fragte Daniel, obwohl er wusste, dass Buvina die Frage als Spitze verstehen würde.

»Nein, Daniel. Ich habe mir gedacht, dass ich mit Matić hingehe. Du kannst mitkommen, bleibst aber im Auto.«

»Okay. Annika kommt auch mit.«

»Ich bin in einer Viertelstunde vor der Botschaft«, sagte Buvina und beendete das Gespräch.

Daniel schnappte sich sein Sakko von der Stuhllehne und lief mit großen, schnellen Schritten zum Eingangsfoyer der Botschaft. Vor dem Kaffeeautomaten blieb er stehen und wählte nach kurzem Überlegen einen doppelten Espresso. Während das Getränk langsam in den kleinen Pappbecher floss, betrachtete er die Männer, die hinter offenen Türen in ihren Zimmern saßen und arbeiteten. Nur Westerlunds Tür war geschlossen.

»Guten Morgen«, grüßte eine müde, aber sympathische Frauenstimme. Es war die Botschaftsassistentin Maija Koistinen, die hinter sich die Tür der Damentoilette schloss.

»Guten Morgen«, sagte Daniel und gab ihr die Hand.

Maija Koistinens äußere Erscheinung war zumindest beeindruckend. Die Haare fast abrasiert, eine riesige Brille mit grünem Gestell und goldene Papageiohrringe, die eher wie Blinker aussahen und nicht wie Schmuck. So als wolle sie mit allen Mitteln von ihren ausgesprochen schönen Gesichtszügen ablenken.

»Wie kommen die Ermittlungen voran?«

»Danke, so einigermaßen«, antwortete Daniel und nahm den heißen Kaffeebecher in die Hand. Die Frau ging an ihm vorbei zum Automaten und ließ den Finger eine Weile kreisen, bevor sie einen Cappuccino wählte.

»Ich habe der Polizei schon alles erzählt, was ich weiß«, sagte sie und lächelte unbekümmert.

»Ich weiß. Es ist alles aufgeschrieben worden.«

»Was denkst du?«

»Was meinst du damit?«

»Was denkst du, was ihm passiert ist?«, fragte die Assistentin, spuckte ihren Kaugummi in die Hand und ließ ihn in den Mülleimer fallen.

»Ich weiß, dass ihr euch Sorgen macht, aber ich kann jetzt nichts dazu sagen. Johan Aho war in der Hinsicht auch schon sehr neugierig.«

»Aha?«, sagte Koistinen leise und verdrehte die Augen so, dass Daniels Instinkt erwachte.

»Ist es schwer, das zu glauben?«, erkundigte er sich.

»Überhaupt nicht. Johan ist sicher genauso besorgt wie wir alle. Es ist nur … sie waren nicht gerade die allerbesten Freunde.«

»Könntest du das etwas präzisieren?«, bat Daniel und vergewisserte sich mit einem Blick über die Schulter, dass ihnen niemand zuhörte.

»Sie haben halt immer ziemlich unterschiedliche Meinungen über so gut wie alles. Das ist so ein Machogetue. Hahnenkampf.« Sie lachte bitter.

»Hatten sie Streit über irgendeine bestimmte Sache?«

»Wohl kaum. Zwischen ihnen hat einfach die Chemie nicht gestimmt«, antwortete Koistinen. Sie strich sich über die Stirn und wirkte trostlos.

»O, schrecklich, so wie ich das gesagt habe, hört es sich ja wirklich verdächtig an. Jares Verschwinden hängt ganz bestimmt überhaupt nicht mit ihren Meinungsverschiedenheiten zusammen«, erklärte die Assistentin mit aufrichtiger Miene und nieste plötzlich.

»Gesundheit. Fällt dir irgendetwas ein, was mit dem Verschwinden zusammenhängen könnte? Oder mit den Drohungen?« Daniel nahm eine Papierserviette neben dem Kaffeeautomaten und gab sie der Frau.

»Nein. Tut mir leid.« Sie schüttelte den Kopf, nahm ihr heißes Getränk und fuhr fort: »Ich muss mich jetzt an die Arbeit machen. Wegen einer gestern in Kraft getretenen Gesetzesänderung, die sich auf die Buchhaltungspraxis ausländischer Unternehmen auswirkt, klingelt unser Telefon pausenlos.«

»Du meldest dich doch, wenn dir etwas einfällt? Egal, was«, sagte Daniel und schrieb seine Nummer auf einen Zettel, der sich in seiner Tasche fand. Die Assistentin nickte wortlos und kehrte hinter ihren Schreibtisch zurück, der die Form eines Bumerangs hatte. Dann fluchte sie leise, weil sich im Laufe des Abends und der Nacht wieder eine ganze Reihe neuer Sprachnachrichten angesammelt hatte. Daniels Telefon klingelte. Annika würde in ein paar Minuten da sein.

»Danke, Maija. Wir unterhalten uns später noch!«, rief Daniel und trat durch die Glastür ins Treppenhaus.

55

Vor der Botschaft hielt ein weißer Skoda, in dem man nicht nur wegen des leuchtenden Schildes auf dem Dach ein Taxi erkennen konnte, sondern auch wegen des gelb-schwarz karierten Bandes, das am Fensterrand klebte. Daniel wollte schon die Hintertür für Annika öffnen, ließ es dann aber doch sein. Das wäre zwar höflich gewesen, aber Annika mochte so etwas offensichtlich nicht. Derzeit wollte sie als Ermittlerin behandelt werden, nicht als schöne Frau. Daniel hob eine Hand als Windschutz und konnte den aus einem braunen Blatt gewickelten Zigarillo anzünden.

»Na?«, fragte Annika und stieß die Tür hinter sich zu.

»Buvina holt uns gleich ab. Wir wollen Novak guten Tag sagen«, erklärte Daniel und schloss die Augen.

»Bist du schon aufgeregt?«

»Natürlich bin ich aufgeregt, verdammt. Ich glaube erst, dass es wahr ist, wenn ich ihn mit eigenen Augen sehe.«

»Wie hast du ihn eigentlich sterben sehen?« Annika band den Gürtel um ihren Trenchcoat, der im Wind flatterte.

»Darüber möchte ich nicht sprechen.«

»Du möchtest nicht? Daniel, du musst langsam anfangen zu reden, wenn du willst, dass unsere Zusammenarbeit funktioniert.«

»Da irrst du dich. Ich brauche überhaupt nicht darüber zu reden.«

»Ich bin hier in Zagreb mit dir zusammen, als deine Partnerin bei der Arbeit, und ich habe das Recht, die ganze Geschichte zu kennen. Ich erinnere dich daran, dass wir jetzt zusätzlich zu dem verschwundenen Botschaftsmitarbeiter einen kopflosen Drogendealer und einen von den Toten auferstandenen Soldaten auf dem Terminplan haben«, wetterte Annika und sah sich nervös um.

»Du bist ja richtig auf hundertachtzig«, sagte Daniel und klopfte die Asche ab.

»Das war von Anfang an so, dass du Sherlock Holmes bist und ich …«

»Du bist Watson?« Daniel lachte amüsiert.

»Eben. Du erzählst nur, was du willst, und ich hänge sicherheitshalber mit rum. Und stelle ein ums andere Mal dieselben Fragen, ohne Antworten zu bekommen«, schimpfte sie und hob den Zeigefinger. »Ich habe letzte Nacht kein Auge zugemacht und bin wirklich müde. Ich bitte dich nicht, irgendwelche Wunder zu vollbringen, aber ich möchte, dass du mehr erzählst.«

»Nun beruhig dich mal. Ich hab doch schon erzählt, dass Novak 1994 mein Zugführer war.«

»Aber laut Buvinas Bericht ist Novak 1995 verschwunden und 1996 für tot erklärt worden. Du selbst hast mir etwas vom Angriff einer verdammten Guerillagruppe erzählt, als eigentlich alles schon vorbei war. Warum wurde er nicht sofort für tot erklärt?«, fragte Annika mit angespannter Stimme.

Überrascht schmunzelte Daniel: Er hatte jetzt zum ersten Mal gehört, dass Annika fluchte.

»Dafür gibt es eine einfache Erklärung«, sagte Daniel und nahm einen tiefen Zug. »Ich habe die Explosion gesehen.«

»Aber du hast die Leiche nicht gesehen?«

Daniel schüttelte den Kopf.

»Warum hast du dazu nie eine eidesstattliche Erklärung abgegeben?«

»Woher weißt du, dass ich das nicht getan habe?«

»Weil man ihn in dem Fall schneller für tot erklärt hätte.«

»Was willst du damit andeuten?«

»Ich deute überhaupt nichts an. Meiner Ansicht nach habe ich ziemlich direkt gefragt«, entgegnete Annika und trat vom Fußweg herunter.

»Weißt du was, Annika? Wenn ich nicht das Gefühl habe, dass die Ereignisse von 1995 etwas mit Westerlunds Verschwinden zu tun haben, dann bin ich dir, was sie angeht, auch nicht rechenschaftspflichtig.«

»Aber natürlich bist du das. Schließlich hat Novak Zeit mit Westerlund verbracht. Soll ich glauben, sie haben in der Kneipe gesessen und sich auf dem Computer lustige Youtube-Videos angeschaut? Wir haben doch keine Chance, den Fall zu lösen, wenn du deine Informationen für dich behältst.«

»Aber wenn ich nun mal nichts für mich behalte!«

»Genau. Du erzählst nur vage Geschichten vom Tod eines Mannes.«

»Weißt du was?« Daniel rieb sich eine Weile frustriert den Nacken und fuhr dann fort: »Vielleicht ist es Mäkelä diesmal nicht gelungen, Synergieeffekte zu erzielen.«

»Wovon redest du jetzt eigentlich?« Annika stand nun mit verschränkten Armen da.

»Mäkelä hat mir in Helsinki gesagt, er habe für den Auftrag uns beide ausgewählt, weil er glaube, überraschende Synergievorteile gefunden zu haben. Aber wenn man sich das jetzt so betrachtet, was wir hier machen, kann man nur konstatieren, dass er sich geirrt hat.« Daniel holte wieder seine Zigarilloschachtel heraus und errechnete schnell, dass er seit seiner Ankunft in Kroatien mehr geraucht hatte als seit Jahren.

»Schade, wenn du das so siehst«, erwiderte Annika demonstrativ und setzte sich auf eine lange Bank. Daniel fluchte innerlich leise und zündete den Zigarillo an. Er sah auf seine Uhr, und ihm fiel ein, dass er Hämäläinen versprochen hatte, sich bis zum Mittag bei ihm zu melden.

»Sorry, so habe ich das nicht gemeint«, sagte er und machte ein paar Schritte in Richtung Bank. Dann setzte er sich an ihr anderes Ende und ließ zwischen ihnen etwa einen Meter Platz.

»Ist ja auch egal. Synergie hin oder her, der Fall muss jedenfalls gelöst werden.«

»So sehe ich das auch. Wir versuchen schließlich professionell vorzugehen«, stimmte Daniel ihr zu und sah sich um. Die Stadt war wieder zum Leben erwacht, und der Parkplatz des Bürogebäudes, in dem sich die Botschaft befand, hatte sich mit Autos gefüllt. Sein Blick blieb an einem dunkelblauen BMW hängen. Das Auto stand etwa fünfzig Meter vom Eingang des Gebäudes entfernt, aber Daniel sah, dass am Steuer jemand saß. Irgendwo hatte er das Auto schon einmal gesehen.

»Wie ist Buvinas Pressekonferenz verlaufen?« Annika überprüfte ihr Make-up in einem kleinen Spiegel.

Daniel antwortete nicht, sondern starrte immer noch auf den Parkplatz. Dann fiel ihm ein, dass der Mann in der Gaststätte erzählt hatte, er habe ein ähnliches Auto oft vor dem Restaurant gesehen, wenn Westerlund und Novak sich getroffen hatten. Einen dunkelblauen BMW der Dreierreihe.

Daniel sah, wie das Licht des Wagens anging, dann fuhr er aus seiner Parklücke heraus in Richtung Ausgang. Verdammt, sein Hingestarre hatte den Fahrer wohl aufgescheucht. Das Auto war so weit entfernt, dass er das Kennzeichen nicht lesen konnte. Die Ausfahrt des Parkplatzes befand sich auf der anderen Seite des Gebäudes. Selbst wenn er rannte, würde er das Auto nicht einholen können. Im selben Augenblick hörte er hinter sich das rollende Geräusch von Autoreifen und sah, wie Buvina mit seinem Skoda vor dem Gebäude anhielt. Daniel stürmte zu ihm hin und klopfte ans Fenster.

»Was ist? Steigt ihr ein?«, fragte Buvina, während sich das Fenster öffnete.

»Vom Parkplatz fährt gerade ein dunkelblauer BMW herunter! Den müssen wir kriegen!«

Buvina sah kurz nach vorn, trat, ohne weiter zu fragen, die Kupplung, gab Gas und fuhr in Richtung Parkplatz.

»Warte hier, Annika!« Daniel sprintete in die entgegengesetzte Richtung, er wollte das Gebäude umgehen, für den Fall, dass der BMW um den Häuserblock herumraste. Im Laufen wurde ihm jedoch klar, dass er das Auto zu Fuß nicht aufhalten konnte. Sein Handeln wurde jetzt eher vom guten Willen bestimmt und weniger vom Verstand. Plötzlich fiel Daniel ein, wo er das Auto schon einmal gesehen hatte. Der BMW hätte am Vortag beinahe einen Unfall verursacht, als sie mit Buvina das erste Mal zur Botschaft gefahren waren.

Daniel hörte, wie die Sirene des Polizeiautos verstummte. Er rannte weiter, um das Gebäude herum und die Straße an dessen Längsseite entlang. An der Ecke angekommen sah er Buvinas Skoda, dessen Blaulicht auf dem Dach lautlos blinkte. Der dunkelblaue BMW hatte hinter dem Polizeiauto angehalten, und sein Fahrer stützte sich mit den Händen auf das Dach des Wagens.

»Der Mann ist sauber«, rief Buvina und drehte den Fahrer vorsichtig an der Schulter herum. »Los, wir setzen uns ins Auto.«

Daniel sah sich um. An den Fenstern des Bürogebäudes hatten sich viele Leute versammelt. So viel dazu, dass die Ermittlungen möglichst unauffällig verlaufen sollten.

56

»Darf ich fragen, mit welcher Begründung Sie mich gestoppt haben?« Der Mann, der wie befohlen auf dem Beifahrersitz Platz genommen hatte, sprach ein amerikanisches Englisch. Buvina betrachtete prüfend seinen Personalausweis. Demnach handelte es sich um den sechsunddreißigjährigen William F. Robertson aus Michigan, Vereinigte Staaten. Der braun gebrannte Mann mit kantigem Kinn trug eine graue Kapuzenjacke und ein Snapback-Basecap, das er tief über den Kopf gezogen hatte, um seine dichten, nackenlangen

Haare zu schützen. Ein äußerst gut aussehender Mann, der in seiner Alltagskleidung an einen Promi auf der Flucht vor Paparazzi erinnerte.

»Warum verbringst du deine Zeit auf dem Parkplatz der finnischen Botschaft?« Daniel, der auf dem Rücksitz saß, atmete nach dem Sprint noch etwas heftig. Er sollte besser aufhören zu rauchen.

»Ist das ein Verbrechen?« Die Stimme des Mannes klang widerwillig, aber nicht übertrieben selbstsicher.

»Wir können das auch kompliziert machen. Wir können ins Kommissariat fahren und uns dort weiter unterhalten. Verbindungen zu einem Fall, in dem wir ermitteln, braucht man nicht lange zu suchen«, sagte Buvina und trommelte mit den Fingern auf das Lenkrad.

»Warum hast du versucht zu flüchten?«, fragte Daniel.

»Auch das ist kein Verbrechen. Ich habe natürlich sofort angehalten, als ich das Blaulicht sah«, entgegnete Robertson. Offensichtlich wusste er, dass Daniel kein Polizist war. Was wusste er sonst noch?

»Okay.« Daniel räusperte sich und fuhr fort: »Könntest du uns einen Gefallen tun und uns sagen, warum wir hier innerhalb von vierundzwanzig Stunden schon zweimal auf dich gestoßen sind? Und warum man dich gesehen hat, wie du einen mittlerweile verschwundenen Finnen in der Gunduliceva beobachtet hast?«

»Ich habe meines Wissens nichts Gesetzwidriges getan. Kann ich jetzt gehen?« Robertson griff nach der Türklinke.

»Warte hier einen Augenblick.« Buvina stieg aus und schloss die Tür hinter sich.

»Warum kannst du nicht einfach sagen, in welcher Angelegenheit du unterwegs bist? Je länger du schweigst, umso verdächtiger wirst du«, sagte Daniel und verfolgte im Augenwinkel, wie Buvina um das Polizeiauto herumging und die Kofferklappe des BMW öffnete.

»Hiesigen Polizisten sage ich nichts«, erklärte der Mann und fuhr dann fort: »Ich vertraue ihnen nicht.«

»Kannst du dann mit mir reden?«

»Dass du kein hiesiger Polizist bist, macht dich überhaupt nicht vertrauenswürdiger. Außerdem gibt es nichts zu erzählen«, sagte der Mann und fuhr über die Bartstoppeln an seinem Kinn.

Daniel überlegte fieberhaft, wie er den Amerikaner dazu bringen konnte, den Mund zu öffnen. Wenn nichts Belastendes auftauchte, müssten sie ihn weiterfahren lassen. Einer der Polizisten könnte ihm möglicherweise folgen – das wäre aber auch alles.

Im selben Augenblick öffnete Buvina die Tür auf Robertsons Seite:

»Würdest du aussteigen?«

»Ich kann also gehen?«

»Wenn du auf eine Frage richtig antwortest.« Buvina bedeutete dem Mann, sich an seinen dunkelblauen BMW zu stellen.

»Ich habe doch gesagt, dass ich euch nicht rechenschaftspflichtig bin.« Der Amerikaner folgte Buvina.

Buvina reagierte darauf nur mit einem müden Blick und zeigte auf die Kofferklappe des BMW. Auch Daniel war jetzt ausgestiegen und ging ihnen hinterher.

»Nur eine Frage, Herr Robertson. Wie erklärst du uns das?« Buvina zeigte mit dem Finger auf eine blaue Ikeatasche im Kofferraum des BMW.

»Was zum Teufel soll das?« Robertson öffnete die Tüte einen Spalt und sah einen durchsichtigen Beutel und dessen dunkelgrünen Inhalt. »Du hast die da reingestellt!«

Der Kommissar zog die Handschuhe an, die an seinem Gürtel hingen, und nahm den Beutel mit den Fingerspitzen heraus.

»Das duftet aber nach Wald. Bist du früher schon mal verurteilt worden? Oder ist es das erste Mal?« Buvina roch am Inhalt des Beutels und nahm die Handschellen heraus.

»Hast du das gesehen? Er hat das inszeniert! Scheiße, ich hab doch gesagt, dass man einem Polizisten nicht vertrauen kann«, schimpfte Robertson entrüstet und sah Daniel dabei verzweifelt an.

»Nun hör mal zu, Captain America«, unterbrach ihn Buvina, bevor Daniel etwas sagen konnte. »Du hast hier auf dem Parkplatz keinen Freund. Erzähl uns etwas Interessantes, dann belassen wir es eventuell dabei, den Stoff zu beschlagnahmen. Andernfalls verhafte ich dich wegen des Besitzes von Cannabis.«

57

Plötzlich erschien Annika auf dem Parkplatz und trat zu den beiden Autos hinüber. Man sah ihr an, dass sie es allmählich satthatte.

»Ach du lieber Himmel«, seufzte Daniel, denn er hatte seine Partnerin in ihrem Traumgespann zehn Minuten vor dem Eingang der Botschaft stehen lassen.

»Erzähl«, sagte Annika mit eisiger Stimme, die keinen Raum für Scherze ließ. Buvina zog die Autotür zu und Daniel blieb draußen, um die Situation zu erklären.

»Der Mann im Auto ist Amerikaner. William Robertson. Er hat die Botschaft offensichtlich eine ganze Weile beobachtet und könnte etwas wissen.«

»Und Novak? Man sollte annehmen, dass es jetzt am wichtigsten wäre, diese Karte aufzudecken.«

»Buvina hat Matić und Polizisten in Zivil losgeschickt. Sie sollen Novak in seinem Büro abholen. Nötigenfalls gehen sie auch zu ihm nach Hause.«

»Solltest du nicht dabei sein und ihn identifizieren?«

»Die Lage ändert sich eben manchmal.« Daniel öffnete die Hintertür. Der Amerikaner auf dem Beifahrersitz seufzte, als er die Blondine einsteigen sah.

»So, jetzt ist die ganze Familie versammelt«, murmelte er sarkastisch.

»Fang an zu reden.« Buvina starrte den Mann mit großen Augen an.

Robertson setzte seine Mütze ab und strich sich übers Haar.

»Ich bin freiberuflicher Journalist.«

»Red keinen Scheiß. Ich hab das schon überprüft. Dein Name findet sich auf keiner Liste.«

»Hatte ich schon erwähnt, dass ich Freelancer bin?«

»Da musst du wirklich ein schlechter Freelancer sein, wenn noch nie jemand etwas von dir gehört hat«, erwiderte Buvina mit todernster Miene.

Daniel hatte schon gelernt, dass Sarkasmus bei dem Kriminalkommissar nicht sonderlich gut ankam. Der Amerikaner war gut beraten, wenn er anfing zu reden.

»Das ist der springende Punkt an der ganzen Sache. Ich mache seit drei Monaten in aller Stille eine Untersuchung zur Geldwäsche nordeuropäischer Unternehmen hier in Zagreb.«

»Wer bezahlt dich dafür?«, fragte Buvina, ohne den Blick von Robertson abzuwenden.

»Niemand. *Noch* niemand.«

»Wovon lebst du dann?«

»Von den Zinsen. Ich habe vor zwei Jahren meinen Anteil an einer von mir entwickelten Software zur Erstellung von Websites verkauft. Wir haben mit meinen Partnern ein gutes Geschäft gemacht. Du kannst die Sache meinetwegen im Internet überprüfen.«

»Warum verbringt ein amerikanischer IT-Millionär seine Freizeit auf einem osteuropäischen Parkplatz?«, fragte Buvina trocken.

Daniel hätte am liebsten gelächelt, verzog aber keine Miene.

»Weil mir ein amerikanischer Diplomat, ein alter Freund, den Tipp gegeben hat, dass hier eine Story heranreift. Dass es aber niemanden gibt, der sie schreibt.«

»Okay, nehmen wir einmal an, dass deine Geschichte stimmt. Dann erzähl uns was darüber, wie das mit der finnischen Botschaft und Westerlund zusammenhängt«, sagte Buvina.

»Ist euch klar, dass alles, was ich in den letzten drei Monaten erreicht habe, verwässert werden kann, wenn ich darüber spreche?« Robertson warf einen Blick zu Buvina und dann über die Schulter nach hinten.

»Wir wollen nichts durcheinanderbringen. Aber du musst uns schon erzählen, was du über Westerlund weißt«, erklärte Daniel in versöhnlichem Ton.

»Ach, ihr wollt nichts durcheinanderbringen? Im Kofferraum meines Wagens ist einfach so ein halbes Kilo Schnee aufgetaucht?«

»Das war aber eine genaue Schätzung, die natürlich belastend ist. Auch mir kam das wie ein halbes Kilo vor«, sagte Buvina und gähnte.

Annika sah Daniel an, der ihr bedeutete, still zu bleiben. Robertson seufzte, setzte das Basecap wieder auf und begann:

»Ich versuche es kurz zu machen: Vor etwa einem halben Jahr hat mein Freund erzählt, in Kroatien wären von 2009 bis 2012 mindestens dreißig Firmen gegründet worden, deren einzige Aufgabe darin besteht, kriminelle Gelder in einen legalen Cashflow umzuwandeln.«

»Die gibt es doch schon immer«, seufzte Buvina.

»Ja, aber all diese neuen Firmen hat ein und derselbe Eigentümer gegründet«, sagte Robertson. »In Split wurden allein im Sommer 2009 fünf neue Spielhallen und drei Indoor-Kartingbahnen eröffnet. Dabei konnte man nur bei zwei Spielhallen und einer Kartingbahn davon ausgehen, dass sie tatsächlich für das Publikum offen stehen. Im ganzen Rest lief das Geschäft ohne Kunden, versteht ihr?«

»Wem gehören sie?« Daniel blickte auf seine Uhr und hoffte, dieses Gespräch möge einen Nutzen bringen.

»Die Firmen befinden sich im Besitz von drei Holdinggesellschaften, die sie unter sich aufgeteilt haben. Einige Dienstleistungsunternehmen sind unter den drei Besitzern aufgesplittet worden, ein anderer Teil befindet sich zu hundert Prozent im Besitz jeweils einer Holding.«

»Wem gehören denn die Holdinggesellschaften?«, fragte Buvina.

»Das ist es ja. Die Holdinggesellschaften sind – wie ihr vielleicht schon ahnt – in verschiedenen Ländern, die als Steuerparadies gelten, registriert. Aber diesmal ist der Grund dafür nicht die Steuerumgehung oder die Steuerhinterziehung, wie es die zynischsten Leute nennen. Nein, die Holdingunternehmen sind rein aus Datenschutzgründen in einem Steuerparadies registriert. So ist es bedeutend schwieriger, die Eigentümer aufzuspüren«, erklärte Robertson. Wenn er sprach, wirkte er wie jemand, der aufrichtig und mit der Materie vertraut ist. »Beachtenswert ist jedoch, wessen Gelder mit den Dienstleistungen gewaschen wurden, die dieser sogenannte Konzern anbietet.«

»Ging es um Drogenhandel?«, fragte Daniel.

»In diesem ganzen verworrenen Knäuel gibt es so viele Beteiligte, dass man gar nicht erst Vermutungen zur Herkunft der Gelder anzustellen braucht. Dutzende Unternehmen und Privatpersonen machen da mit. Ein Teil regelmäßig und andere nicht so oft.«

»So, wir warten jetzt schon auf den endgültigen Höhepunkt«, sagte Buvina trocken. Er war immer ungeduldiger geworden.

»Hört jetzt aufmerksam zu. Die ausländischen Unternehmer, die auf dem Balkan agieren, nehmen doch im Laufe ihrer Geschäftstätigkeit hin und wieder Bargeld als Bezahlung für ihre Dienstleistungen oder als Schmiergeld an, oder?« Robertson sah abwechselnd jedem seiner Zuhörer ins Gesicht und fuhr dann fort: »Aber wenn ein Mensch eine Tasche voller Geldscheine hat, stößt er unausweichlich auf ein bestimmtes Problem: Wie kann man das Geld transportieren, deponieren und vor allem ausgeben, ohne dass sich die Steuerbehörden für seine Herkunft interessieren? Kroatien erlebt in den letzten Jahrzehnten nach dem Krieg einen Umbruch, und vor allem dank des Tourismus entfaltet sich eine ernst zu nehmende Volkswirtschaft. Aber diese schnelle Entwicklung hat auch das Wachstum der ›grauen‹ Wirtschaft ermöglicht. Es gibt viel Schwarzgeld. Andererseits hat allein die Diskussion um die EU-Mitgliedschaft dazu geführt, dass die Steuerbehörden die Schrauben angezogen und ihre Praxis transparenter als früher gestaltet haben, bis hin zu einem Modell, das sich stärker am westlichen orientiert. Somit gibt es eine Nachfrage nach Geldwäscheaktivitäten. Aber nicht unbedingt das Know-how dafür und die erforderliche Ortskenntnis«, erzählte Robertson und machte eine kurze Pause.

»Meinst du damit, dass jemand aus der Geldwäsche ein Geschäft gemacht hat?« Annika sagte jetzt das erste Mal etwas.

»Gut, dass wenigstens einer von euch wach ist.« Robertson lächelte Annika an, zeigte dabei seine weißen Zähne und fuhr fort: »Die Sache funktioniert so: Die Unternehmen schicken das Bargeld mit einem Kurier zu dem Geldwäschedienst. Das Bargeld wird gleichmäßig in die Kassen der Dienstleistungsunternehmen eingespeist, die zu dem sogenannten Wäschering gehören. Der Umsatz dieser zweiunddreißig Firmen betrug im letzten Jahr insgesamt 36 Millionen Euro. Von dieser Summe ist nach meiner Schätzung nur ein Viertel Geld tatsächlicher Kunden. Die restlichen 27 Millionen hat man durch den Wäschering laufen lassen, um die Herkunft des Geldes zu vertuschen.«

»Wo ist dabei das Geschäft?«, fragte Buvina.

»Die Firmen, die das Bargeld geliefert haben, stellen natürlich Rechnungen aus und bekommen so das Geld zurück. Beispielsweise als Beraterhonorare. Aber meiner Ansicht nach beträgt der Preis für den Wäschedienst 20 bis 25 Prozent der Gesamtsumme.«

Robertson bemerkte den ungläubigen Gesichtsausdruck des Kommissars.

»Jemand streicht mit dieser Tätigkeit einen beachtlichen Gewinn ein«, sagte Daniel vom Rücksitz. »Man sollte annehmen, dass solche Aktivitäten nach kurzer Zeit aufgedeckt werden.«

»Du hast recht. Das ist eine extrem heikle Geschichte.

Deshalb erfordert sie auch eine perfekte Organisation. Ein perfektes Risikomanagement. Also muss es jemanden geben, der es versteht, die richtigen Kunden auszuwählen. Und der die Ratten erkennt, bevor sie das Schiff verlassen«, erklärte Robertson. Er wirkte auf einmal deutlich entspannter – als wäre ihm eine drückende Last von den Schultern genommen worden. Der Journalist zeigte wieder seine schneeweißen Zähne und fragte fast flüsternd: »Wisst ihr wirklich nicht, was hier los ist?«

Im Auto war es mucksmäuschenstill geworden. Buvina hatte genug davon, immer einen Schritt hinterher zu sein, aber er schwieg aus Neugier.

»Wir suchen alle denselben Mann«, sagte Robertson und zog sich die Kapuze über den Kopf.

TEIL IV

58

Zagreb, Kroatien

»Willst du ernsthaft behaupten, dass Jare Westerlund einen umfangreichen Geldwäschering geleitet hat?« Daniel hatte sich vorgebeugt bis zur Lücke zwischen den Lehnen der Vordersitze.

»Geleitet? Keineswegs. Aber wie gesagt, er hat die Sache hier in Zagreb koordiniert. Die Akquisition neuer Kunden war für ihn einfach, da er durch seine Arbeit ständig mit den Entscheidungsträgern kleiner und mittelgroßer Unternehmen zu tun hatte.« Der Amerikaner lehnte sich zurück und wollte gerade seinen Bericht fortsetzen, als Kuismas Telefon klingelte. Daniel warf einen Blick auf das Display: eine hiesige Nummer. Robertsons Behauptung hatte ihn so aus der Fassung gebracht, dass er den Anruf instinktiv wegdrückte. Wer auch immer das war, er würde ihn in ein paar Minuten zurückrufen.

»Red weiter, bitte«, sagte Daniel und steckte das Telefon in die Tasche.

»Geleitet wurden diese Geschäfte von der Küste, genauer gesagt von Dubrovnik aus. Ich besitze zwar noch nicht genügend Beweise dafür, aber alles deutet darauf hin, dass Geoffrey O'Donnelly die Fäden in der Hand hält, also der Mann, der den schwarzen Markt der Hafenstädte beherrscht. Seinen Spitznamen *Zeleni Geoff* – Grüner

Geoff – verdankt er seiner irischen Abstammung. Er kontrolliert die Häfen schon seit Anfang der Neunzigerjahre«, erklärte Robertson.

Daniel sah zum Fenster hinaus und kaute am Nagel seines Zeigefingers. Er wusste, wer Geoffrey O'Donnelly war, sein alter Freund arbeitete für den Iren. In diese ganze Sache sollte er sich besser nicht mehr einmischen.

»Was weißt du von Mirco Redevich?«, fragte Buvina.

»Sagen wir mal so, um ein Bild aus dem Eishockey zu verwenden: Wenn Westerlund der Stürmerstar Selänne war, dann ist Redevich Tie Domi gewesen, der Spieler, dessen Aufgabe darin bestand, dem finnischen Star mit robusten Aktionen den Rücken freizuhalten.« Robertson richtete seinen Vergleich an die Finnen auf dem Rücksitz.

»Du interessierst dich für Eishockey?« Daniel kratzte sich die Stirn und fragte sich, welche Rolle Antonio bei der ganzen Geschichte wohl spielte.

»Das Haus meiner Eltern lag einen Kilometer von der Eishalle der Red Wings entfernt«, antwortete Robertson und hob den Daumen.

»Hört mit dem Eishockey auf, das hat doch mit all dem nichts zu tun«, knurrte Buvina. »War Redevich nicht drogenabhängig?«

»Meiner Auffassung nach hatte er schon seine Probleme. Aber ihm wurde die Verantwortung für Westerlunds Sicherheit übertragen.«

»Ist dir bekannt, dass wir ihn gestern Abend in seiner eigenen Gefriertruhe gefunden haben?«

»Ja. Ich habe die Mitteilung an die Presse gelesen.«

»Weißt du etwas über den Mord?«

»Nein. Ich verbringe die meisten Tage zwar damit, Objekte und Personen zu beobachten, aber ich leide unter einem Mangel an Ressourcen. Wir sind in meinem Team nur eine Person.«

»Kennst du diesen Mann?« Buvina holte aus der Mittelkonsole des Wagens einen Stapel Fotos. Das oberste zeigte Aleksander Novak.

»Das ist Filip Horvat.« Nach seiner spontanen Reaktion zu urteilen kannte Robertson den Hintergrund des Mannes nicht.

»Wie hängt er mit all dem zusammen?«

»Horvat gehört eine kleine Consulting-Firma im Zentrum. Und meiner Ansicht nach dürfte er Westerlunds größter Kunde sein.«

»O verdammt«, seufzte Daniel und murmelte leise: »Was stellt sich denn noch alles heraus? Dass die Holdingfirmen, die du erwähnt hast, Barack Obama gehören?«

»Na, nicht ganz. Aber ihr werdet staunen, wie die Geschichte weitergeht«, sagte Robertson mit ernstem Gesicht. »In der Welt der Kriminellen besteht zuweilen eine genauso strenge Hierarchie wie in einer japanischen Autofabrik.

Geoff O'Donnelly zählt nicht mal sein Geld selbst. Einer seiner Untergebenen hat sich um die Verbindung nach Zagreb gekümmert, wo wiederum jemand anders für die Lieferung der Gelder nach Split verantwortlich ist. Und dieser jemand ist nicht Westerlund.«

»Wer ist es dann?«

»Das weiß ich noch nicht. Aber es gibt nicht viele Alternativen. Westerlund hinterlässt das Geld nämlich in der Botschaft.«

»Und – holt es dann jemand aus der Botschaft?«

»Nein. Jemand nimmt es von dort aus mit. Westerlunds Kontaktperson hat einen Arbeitsplatz in der Botschaft.«

59

Mit der Zeitung in der Hand ging Viktor Lipovac über den Hof seines Eigenheims. Er hatte soeben seine Frau und seine Tochter zum Auto begleitet und ihnen nachgesehen, als sie in Richtung der Schule losfuhren, die am Ostrand der Stadt lag. Nada ging in die fünfte Klasse, und Eda arbeitete an derselben Schule als Muttersprachenlehrerin. Während der Wagen um die Ecke bog, spürte Lipovac, wie seine innere Bedrängnis immer größer wurde.

Er setzte sich auf die Treppe vor dem Haus und wischte sich den Schweiß von der Stirn. So konnte er nicht mehr weitermachen. Man würde ihn erwischen, es war nur eine Frage der Zeit. Denn jetzt wimmelte es hier plötzlich von allen möglichen Schnüfflern. Die würden bald auch die Orte finden, an denen es gefährlich wurde. Und dann wurde das Geheimnis aufgedeckt.

Die Schuld dafür, dass die Situation außer Kontrolle geraten war, lag eindeutig bei Westerlund. Verdammt, warum hatte er sich bloß auf die Spielchen dieses Typen eingelassen? Aber der Bursche verstand es wirklich, seine Vorhaben so darzustellen, dass sie ins rechte Licht gerückt wurden. Dass auch Lipovac selbst sie auf einmal als eine ausgezeichnete Idee betrachtet hatte. Als etwas, wovon viele nur träumen konnten. Etwas, für das sich plötzlich eine einzigartige Chance ergeben hatte. Und obendrein war das Risiko, dass alles aufflog, lächerlich gering.

Viktor Lipovac fühlte sich in die Ecke getrieben. Aber die Schuld dafür durfte er einzig und allein sich selbst geben. Er starrte auf seine Füße, die er in zu kleine Sandalen gesteckt hatte. Was für ein widerlicher, verschwitzter und unehrlicher Fettsack er doch war. Seine neue, kalorienarme Lebensweise, die so gut begonnen hatte, war nur noch eine Erinnerung, bestenfalls ein mittelmäßiger Versuch, der gleich – wenn er in die Küche kam – endgültig aufhören würde. Er hatte sich von den falschen Dingen blenden lassen und alles gefährdet, was ihn glücklich machte.

»Lipovac!« Er zuckte zusammen und sah sich um. Auf der anderen Seite des Zaunes stand der Nachbar mit erhobener Hand. Er nickte dem Mann zu und erhob sich. Jetzt musste er sich zusammenreißen und möglichst normal verhalten. Vielleicht kam er doch noch mit dem Schrecken davon.

»Ist alles in Ordnung, Vik?«, rief der Nachbar. Dasselbe hatte Eda gefragt, als sie ins Auto gestiegen war.

»Aber natürlich, Liebling. Wieso?«, hatte Lipovac geantwortet.

»Du wirkst so still. Macht dir der Fall des verschwundenen Finnen zu schaffen?«

»Ja, natürlich macht mir das etwas zu schaffen. Eine schreckliche Geschichte.«

»Das wird sich schon alles regeln.«

Lipovac nickte dem Nachbarn noch einmal zu und trat in das leere Haus. Eda hätte das nicht gesagt, hätte sie die Wahrheit gewusst.

60

Dubrovnik, Kroatien

Der Wind wehte über das Wasser und trug den Geruch des Meeres in seine Nase. Der alte Mann schloss die Augen. Für die letzte Phase des Planes war jetzt alles bereit. Er hörte, wie er atmete. Die Lunge rasselte und pfiff, als hätte man sie mit einer rostigen Harpune durchstochen. Er wusste, er würde bald sterben, aber vorher wollte er zu Ende bringen, was er schon seit Jahren in seinem Kopf vorbereitet hatte.

Er fuhr mit dem Rollstuhl zu dem kleinen Tisch am Rand der Terrasse und schenkte sich ein Glas Wasser ein. Es war ein ehrgeiziger und verrückter Plan, dessen Umsetzung Zeit und Geld erfordert hatte und für den er vor allem seinen ganzen Einfluss hatte geltend machen müssen. Jeden einzelnen Augenblick genoss er – wie ein kleiner Junge sein neues, glänzendes Fahrrad. Er war nach dem Krieg am Boden gewesen, hatte sich aber trotz aller Aussichtslosigkeit wieder aufgerafft und sein Reich unter Nutzung seiner alten, wertvollen Kontakte neu erschaffen. Der Satz stimmte tatsächlich: Amerika war das Land, in dem alle ihre Chance für einen Neuanfang erhielten.

»Ein Anruf aus Zagreb«, meldete ein breitschultriger Mann, der neben ihm aufgetaucht war, und reichte ihm ein Handy.

»Ja?« Die Hand, die nach dem Telefon griff, war schwach, aber die Stimme strahlte trotz des rasselnden Atems große Autorität aus.

»Antonio Franzo hat auf dem Anrufbeantworter der Botschaft eine Nachricht hinterlassen«, sagte eine vorsichtige Stimme am anderen Ende der Leitung.

Der alte Mann spürte, wie die Wut in ihm hochstieg.

»Wieso hat Antonio Franzo die finnische Botschaft angerufen?« Seine Stimme war vor Ärger heiser geworden.

»Tja – ich weiß es nicht. Ich verstehe offen gesagt nicht, wie das möglich ist. Er muss in Erfahrung gebracht haben, dass Kuisma den Fall untersucht.«

»Wer hat die Nachricht abgehört?«

»Die Botschaftsassistentin.«

»Weiß sonst noch jemand davon?«

»Natürlich nicht. Ich habe der Assistentin gesagt, dass der nur versucht, die Dinge durcheinanderzubringen. Und ich habe ihr befohlen, den Mund zu halten.«

»Wir gehen keine Risiken mehr ein. Kümmere dich um die Sache«, erwiderte der Alte schroff und ließ den Mann am anderen Ende der Leitung verstummen.

»Woher kam der Anruf?«

»Von einem bosnischen Prepaid-Anschluss.«

»Unser Italiano ist aalglatt. Stell alle eingehenden Anrufe zu dir durch. Und pass auch auf, dass Kuisma nichts davon erfährt. Ich brauche nur eine Stunde oder zwei. Der abschließende Höhepunkt wird vorgezogen«, sagte der alte Mann und brach das Gespräch ab.

Der Alte zitterte vor Wut und hatte den brennenden Wunsch, das Telefon von der Terrasse ins Meer zu werfen. Er biss die Zähne zusammen und gab das Teil dem Mann zurück, der neben ihm stand.

»Haben wir ein Problem, Chef?«

»Der Italiener, der sich in irgendeinem verdammten Felsenloch versteckt, versucht seinen Freund zu warnen.«

»Aber es ist ihm noch nicht gelungen?«

»Noch nicht. Zum Glück.«

»Gut.«

»Das geht auf Geoffs Kappe. Dafür wird er büßen.«

»Wir hätten auch Franzo selbst erledigen sollen. Man hätte bei ihm keine Ausnahme machen dürfen«, sagte der stämmige Mann und rieb seine dicken Handgelenke.

»Ich habe es von Anfang an gewusst. Im Alter bin ich einfach zu freundlich geworden«, erklärte der Alte, rollte seinen Stuhl näher an das Terrassengeländer und schloss wieder die Augen.

61

Zagreb, Kroatien

Daniel sah zu, wie William Robertson wieder in seinen Wagen stieg. Vorläufig war noch unsicher, ob seine Theorie von Westerlunds Beteiligung an kriminellen Aktivitäten stimmte. Der Amerikaner hatte zugesagt, ihnen als Beleg für seine Geschichte Sachbeweise wie Kontoauszüge, Fotos und Gründungsprotokolle von Scheinfirmen zu schicken. Robertson war ganz offensichtlich über die Personen, die mit dem Fall zusammenhingen, im Bilde. Aber er besaß nach Daniels Ansicht nur ein schwaches Motiv, die Sache aufzuklären.

»Ein halbes Kilo Stoff? Hättest du den Kerl wirklich mit ins Kommissariat geschleppt?« Daniel schaute kurz zu Buvina hinüber, der neben ihm saß, und schnallte sich an.

»Nein. Ich wusste, dass er die Karten auf den Tisch legen würde.«

»Stammen die Drogen von Redevich?«

»Redevich scheint clean gewesen zu sein. In dem Beutel ist getrockneter und fein gemahlener Salbei. Den habe ich für ähnliche Situationen immer dabei. Bei den fiesen Kerlen, die den Unterschied erkennen, kannst du den Trick sowieso vergessen.« Buvina zeigte kurz ein Lächeln – ein äußerst seltener Anblick. Daniel schüttelte amüsiert den Kopf.

Plötzlich blinkte das Display von Buvinas Telefon lautlos. Er tippte sein Passwort ein und las die Nachricht von Adam Matić.

»Novak hat sich aus dem Staub gemacht. Angeblich hat er sich die ganze Woche nicht in seinem Büro sehen lassen.«

»Na, so eine Überraschung«, seufzte Daniel und warf

einen Blick zu Annika, die gerade zum Fenster hinausschaute und abwesend wirkte. »Alles in Ordnung?«, fragte er und hob zugleich sein Handy ans Ohr. Annika nickte nervös.

»Einen Augenblick, ich muss kurz anrufen …«, sagte er und wartete darauf, dass die Verbindung zustande kam. Dann hörte er, wie sich die Botschaftsassistentin mit ihrem Namen meldete. Ihr musste etwas eingefallen sein.

»Hallo, Maija. Du hast mich eben angerufen. Tut mir leid, hier war gerade viel los.«

»Habe ich wirklich angerufen?«

»Ja, vor zehn Minuten.«

»Das muss ein Versehen gewesen sein.«

»Bist du sicher?«

»Ja, ich war … in Gedanken.«

»Und dabei hast du meine Nummer versehentlich eingetippt?«

»Ja.«

»Dir ist also nichts Neues eingefallen?«

»Leider nicht. Ich rufe natürlich sofort an, wenn sich etwas ergibt. Ich muss jetzt leider los und einige Dinge erledigen.«

»Okay, so machen wir es.« Daniel beendete das Gespräch und runzelte nachdenklich die Stirn. Irgendetwas stimmte da nicht.

»Wer war das?« Buvina startete sein Auto.

»Die Botschaftsassistentin. Sie hat mich vorhin offenbar versehentlich angerufen.«

»Versehentlich?«

»Ja. Aber sie hat sich irgendwie merkwürdig angehört.«

»Sollten wir uns mit ihr unterhalten?« Buvina ließ den Wagen langsam über den Parkplatz gleiten. Daniel klopfte mit dem Fingernagel auf das Display seines Telefons.

»Vielleicht ...«

»Halt an!« Annikas Stimme klang fordernd.

»Annika, was willst du ...«

»Halt an«, wiederholte sie und öffnete die hintere Tür, bevor Buvina bremsen konnte.

»He, wo willst du hin?« Daniel stieg aus und blickte der Frau hinterher, die mit langen Schritten zur Kreuzung eilte.

»Ich muss eine Sache klären! Ich melde mich gleich bei dir!«, rief Annika zurück, ohne sich umzudrehen, und winkte ein vorbeifahrendes Taxi heran.

Ihre Stimme klang eigenartig. Diesen Ton hörte Daniel jetzt das erste Mal bei ihr. Irgendetwas hatte sie plötzlich völlig aus der Fassung gebracht.

»Was ist denn los? Haben die Geschichten des Amerikaners dazu geführt, dass sie Angst bekommen hat?«, fragte Buvina, als Daniel wieder auf dem Beifahrersitz des Skoda saß.

»Ehrlich gesagt, ich habe keine Ahnung, was los ist. Aber es fällt mir schwer zu glauben, dass sie Angst bekommen hätte.«

»Folgen wie ihr?« Buvina presste die Finger ums Lenkrad und sah Daniel fragend an.

»Dafür gibt es keinen Grund. Außerdem würde Annika uns bemerken.«

Dann zeigte Daniel mit dem Finger auf Maija Koistinen, die gerade vor der Botschaft eilig in ein Taxi stieg. »Folgen wir lieber ihr.«

62

Der Zug wurde langsamer, er näherte sich dem Zagreber Hauptbahnhof. Antonio warf einen Blick auf sein nacktes Handgelenk und holte dann sein Telefon aus der Tasche. Sie hatten an der Grenzstation über drei Stunden gestanden und kamen mit großer Verspätung an. Antonio hatte einen Seufzer der Erleichterung ausgestoßen, aber erst als der Zug nachts endlich weitergefahren war. Die wertvolle Uhr hatte ihre Aufgabe erfüllt. Dieser verfluchte Mistkerl. Wenn er irgendwann dieses ganze Chaos überstanden hatte, würde er sich diesen Wichser, der seine Macht missbrauchte, vorknöpfen und seine Uhr zurückholen. Und er würde dem Kerl zeigen, was er für ein Mann war, wenn er bei seinen Entscheidungen nicht mit dem Rücken zur Wand stand.

Langsam fuhr der Zug in den Bahnhof ein, die Türen würden sich gleich öffnen, und Antonio bereitete sich darauf vor, auf den Bahnsteig zu springen. Es war schon halb zehn, und niemand hatte auf seine auf dem Anrufbeantworter der Botschaft hinterlassene Nachricht reagiert. Etwas sehr Merkwürdiges war im Gange.

Die Türen öffneten sich. Antonio stieg aus, eilte im Laufschritt los und schlängelte sich durch die Menschenmassen auf dem Bahnsteig. Er hatte vorher im Internet nachgesehen und wusste, dass man die Strecke vom Bahnsteig bis zur Botschaft bei flottem Schritt in zehn Minuten schaffte. Gleich würde er da sein. Mit jeder im Zug verbrachten Stunde war Antonio immer mehr davon überzeugt gewesen, dass Daniel mit dem Fall des verschwundenen Finnen zu tun hatte. Diese Annahme wurde durch die ausbleibende Reaktion auf seine Nachricht nur bestätigt.

Antonio holte sein Handy heraus und wählte unter seinen letzten Anrufen die Nummer der finnischen Botschaft. Er hielt das Telefon ans Ohr, beschleunigte sein Tempo und beobachtete zugleich das pulsierende Leben auf dem Bahnhof in seinem Umfeld.

»Finnish Embassy«, meldete sich eine Männerstimme.

»Ich habe Informationen über Jare Westerlund«, sagte Antonio und wartete eine Antwort ab.

»Wer ist da?«

»Antonio Franzo. Ich habe gestern Abend eine Nachricht hinterlassen.«

»Hier ist keine Nachricht eingegangen.«

»Das ist schwer zu glauben. Aber eigentlich hat es keine Bedeutung. Ich möchte mit Daniel Kuisma reden.«

»Ich weiß nicht, von wem Sie sprechen.«

»Wollen Sie Informationen oder nicht?«

»Natürlich. Können wir uns irgendwo treffen?«

»Ich möchte mit Daniel Kuisma reden.«

»Es tut mir leid, aber ich kenne niemanden mit diesem Namen. Aber wenn Sie Informationen über Westerlund haben, müssen Sie die unbedingt mitteilen. Es geht um Leben und Tod.«

Die Stimme des Mannes klang überzeugend. Antonio legte das Telefon auf seine Brust und dachte nach. Hatte er sich doch geirrt? Er holte schnell Luft und fuhr fort: »Sie wissen also nicht, von wem ich spreche?«, sagte Antonio und ging zu den Schließfächern.

»Nein.«

»Dann bringen Sie es in Erfahrung. Der Name ist Daniel Kuisma. Sie werden ihn schon finden. Sagen Sie ihm, er soll mich sofort anrufen. Unter dieser Nummer«, erwiderte Antonio und beendete das Gespräch.

Was hatte er eigentlich erwartet? Dass man Kuisma aus

dem Zimmer nebenan ans Telefon holte? Verdammt. Wenn Daniel also nicht in Zagreb steckte, dann war er sicher schon tot. Man hatte ihn wahrscheinlich zu Hause in Finnland ermordet. Allmählich sah es ganz so aus.

Antonio öffnete ein Schließfach und schob seinen kleinen Koffer hinein. Er sah sich um und legte dann seine Pistole hinter den Koffer. Die Waffe konnte er nicht mit in die Botschaft nehmen.

Er schloss das Fach und steckte die nötige Anzahl Münzen in den Automaten. Dann ging er rasch zum Bahnhofsausgang und trat hinaus auf die Straße ins grelle Sonnenlicht.

Als Antonio an einer Ampel wartete, fühlte er sich nackt. Schutzlos. Es war klar, dass schon ein wenig Pech genügte, um seinem Leben ein Ende zu setzen. Geoff hatte die Nachricht längst weitergegeben. Jemand könnte ihn auf der Straße erkennen. Und dann war er praktisch schon tot.

Die Ampel wechselte auf Grün. Antonio trat auf die Straße und bemerkte im letzten Augenblick noch das Auto, das sich dem Überweg näherte und nicht die geringste Absicht hatte, bei Rot anzuhalten. Er trat einen Schritt zurück, sah das Auto vor seiner Nase vorbeirasen und spürte das Rauschen des Blutes in den Ohren. Nein – der Tod war keine Alternative. Er sah eine Weile den Rücklichtern des Wagens hinterher. Nach all dem hatte er es verdient, zu leben. So war es bestimmt. Deshalb hatte er auch bisher alles überlebt. Er würde aus dem Land verschwinden. Irgendwohin weit weg. Irgendwohin, wo er neu anfangen könnte. Vielleicht würde er Mio mitnehmen. Aber vorher wollte er noch der finnischen Botschaft einen Besuch abstatten. Dann eben nur sicherheitshalber.

63

Buvina bremste leicht und ließ von der Spur nebenan zwei Autos in die Lücke zwischen dem Skoda und dem Taxi, dem sie folgten.

»Pass auf, dass du sie nicht verlierst.«

»Misch dich hier nicht ein, Kuisma. Denk dran, dass ich Polizist bin, du nicht«, erwiderte Buvina in aller Ruhe und ließ den Blick auf der Straße.

»Du hast recht.«

»Auf der Karosserie des Skoda steht zwar nicht ›Polizei‹, aber wir haben ein Blaulicht auf dem Dach. Ein Berufskraftfahrer braucht nur einen Blick in den Rückspiegel zu werfen, und schon bemerkt er, dass er die Behörden hinter sich hat.«

Daniel sah, wie das Taxi an der Ampelkreuzung als einziges Auto nach rechts abbog.

»Willst du erzählen, warum wir der Botschaftsassistentin folgen?«, fragte Buvina.

»Sie hörte sich, wie gesagt, am Telefon merkwürdig an. Sie hatte ohne Zweifel etwas zu erzählen, aber aus irgendeinem Grund hat sie beschlossen zu lügen.«

»Woher weißt du, dass sie gelogen hat?«

»Ich weiß es nicht. Aber nach dem Gespräch hatte ich so ein Gefühl.«

»Okay. Warum sollte die Assistentin lügen?«

»Ich habe am Vormittag mit ihr gesprochen. Und sie zum Schluss aufgefordert, mich anzurufen, sofern sich irgendwas ergibt. Kurze Zeit später versucht sie tatsächlich anzurufen«, erklärte Daniel und spürte am Vibrieren des Sitzes, dass die Straße schlechter geworden war. Buvina hatte dem Taxi noch mehr Vorsprung gegeben. »Verdammter Mist, ich hätte diesen Anruf annehmen sollen«, fluchte Daniel und klopfte mit der Faust auf die Innenseite der Tür.

»Hinterher ist man immer schlauer, das bringt aber auch nichts«, sagte Buvina und klang nun empathischer.

»Na ja, schauen wir mal, was als Nächstes passiert.«

»Eine Frau mit einem eigenwilligen Outfit.«

»Koistinen?«

»Ja.«

»Unbestreitbar«, erwiderte Daniel, ohne den Blick von dem Auto vor ihnen zu lösen. »Hat Koistinen der Polizei etwas von dem schlechten Verhältnis zwischen Westerlund und Aho erzählt? Oder von irgendeinem Streit, den es zwischen den beiden gegeben haben soll?«

»Nein. Das wäre ja eine Untersuchung wert gewesen. Wieso fragst du?«

»Die Männer mögen sich angeblich nicht besonders. Aber im selben Atemzug hat Koistinen versichert, es wäre nichts Todernstes gewesen.«

»Also, da müssen wir die Frau noch mal befragen.«

»Wir sollten zusehen, dass ...«

»Warte. Hör zu«, unterbrach ihn Buvina und drehte, als er hörte, dass der Nachrichtensprecher einen vertrauten Namen erwähnte, das Autoradio lauter, »... handelt es sich laut Polizei möglicherweise um eine Auseinandersetzung zwischen rivalisierenden kriminellen Banden. Die Polizei hat den zweiunddreißigjährigen Redevich gestern am späten Abend tot in seiner Wohnung aufgefunden, nachdem sie einen anonymen Hinweis erhalten hatte. Der Leiter der Ermittlungen, Kriminalkommissar Josip Buvina von der Abteilung für Gewaltverbrechen der Zagreber Polizei, teilte mit, dass der Fall als Tötungsdelikt untersucht wird.«

Buvina seufzte, schaltete das Radio aus und sah Daniel an.

»Glaubst du wirklich, dass Westerlund mit Redevich zusammengearbeitet hat?«

»Die Nachbarin hat doch gesagt, dass sie Westerlund in einem Auto vor dem Haus von Möwe gesehen hat. Außerdem lässt sich in zwielichtigen Geschäften leicht ein Motiv für dessen Ermordung finden.«

»Genau dasselbe habe ich auch gedacht.«

»Irgendwas ist offensichtlich schiefgegangen. Und dann sind beide verschwunden.«

»Vorläufig haben wir nur eine Leiche. Aber im Lichte dieser neuen Informationen habe ich den Verdacht, dass wir bald noch eine zweite finden«, erklärte Buvina und richtete den Blick auf das Taxi, dessen rote Bremslichter jetzt ohne Unterbrechung leuchteten. Es hielt einen Häuserblock vor ihnen halb auf dem Fußweg an.

»Wir sind da«, sagte Buvina und stoppte den Wagen.

»Was ist das hier?«

»Ich weiß es nicht. Vielleicht die Wohnung oder das Büro von jemandem.«

»Wir müssen näher heran.«

»Aber nicht mit dem Polizeiauto. Steig aus und sieh vorsichtig nach. Ich biege hier nach rechts ab und fahre um den Block herum auf die Südseite des Gebäudes und warte dort.«

»Halt das Telefon griffbereit«, sagte Daniel und stieg schnell aus.

»Geh auf gar keinen Fall allein rein ...«, konnte Buvina noch rufen, bevor die Tür zuknallte.

Vom Innenhof nebenan hörte man das Geräusch eines Steinbohrers, und Daniel bemerkte noch, wie Buvina an der Kreuzung nach rechts abbog. Er steckte die Hände in die Taschen und ging in Richtung Taxi, das im Leerlauf mehr als hundert Meter vor ihm stand. Koistinen bezahlte offensichtlich die Fahrt. Oder sie wartete darauf, dass jemand zustieg. Verflixt. In dem Fall hatten sie überstürzt gehandelt. Wenn das Auto jetzt weiterführe, würden sie es verlieren.

Daniel holte sein Handy heraus und wählte Buvinas Nummer.

»Josip. Lass den Motor laufen. Es sieht so aus, als würden sie auf jemanden warten.«

»Alles klar. Ich steh gleich hinter der Ecke.«

Daniel beendete das Gespräch. Er vergewisserte sich, dass von links kein Auto kam, und lief mit großen Schritten über die Straße. Das Taxi der Assistentin stand immer noch mit laufendem Motor vor dem fünfgeschossigen Haus. Als Daniel näher herankam, wurde ihm klar, dass es sich um ein Hotel handelte. Er blieb an der Ecke des gegenüberliegenden Gebäudes stehen und warf aus sicherer Entfernung immer wieder einen Blick zu dem Taxi hinüber. Es verging eine Weile, ohne dass etwas passierte. Dann signalisierte sein Telefon den Eingang einer SMS.

»Sag, was los ist.«

»Warte.« Daniel tippte die Nachricht ein und steckte das Telefon wieder in die Tasche. Er hatte ein komisches Gefühl im Magen. Irgendetwas braute sich hier zusammen. Es war richtig gewesen, der Frau zu folgen.

Der Steinbohrer war verstummt, und die Straße lag still da. Daniel holte seine Zigarilloschachtel heraus. In der Regel passierte gleich etwas, wenn er sich eine angezündet hatte.

Aber diesmal war das nicht nötig, denn die Taxitür ging auf und Maija Koistinen erschien auf dem Fußweg. Sie sah sich erst unruhig um und stieg dann die kurze Treppe zum Hoteleingang hinauf. Oben griff sie nach der Klinke der alten, offensichtlich sehr schweren Holztür, schob sie auf und trat rasch hinein. Das Taxi fuhr sofort weiter. Wen wollte die Frau in dem Hotel treffen? Und warum gerade jetzt?

Daniel überlegte fieberhaft, was er als Nächstes tun sollte. Die Straße überqueren und der Assistentin in das Hotel folgen? Dabei könnte er leicht entdeckt werden. Aber jetzt galt es zu handeln. Er nahm wieder sein Telefon heraus, wählte Buvinas Nummer, brach den Anruf aber sofort ab. Nein – das wäre von allen Ideen die schlechteste. Der über zwei Meter große Polizist fiel zu sehr auf. Daniel würde allein hineingehen. Er wusste genug darüber, wie man jemanden beschattete, und er verstand sich darauf, vorsichtig zu agieren. Sein Telefon vibrierte. Buvina. Daniel hielt es ans Ohr. »Bleib dort und warte«, sagte Daniel schnell, brach das Gespräch ab und schaltete das Telefon auf lautlos. Er ging langsam die Straße entlang und blieb im Schatten eines Zeitungskiosks stehen. Das Hotelgebäude sah alt und heruntergekommen aus, hinter den Gardinen an den Fenstern ließ sich kein Lebenszeichen erkennen. Koistinen war jedoch durch die unverschlossene Tür hineingegangen. Daniel musste ihr folgen.

Für ein paar Sekunden schloss er die Augen und holte tief Luft. Es half nichts, er musste herausfinden, was da drin passierte. Er wollte schon die Straße überqueren, bemerkte aber im letzten Augenblick ein weißes Taxi, das sich etwa zwanzig Meter entfernt näherte. Daniel machte kehrt und wartete. Das Auto hielt vor dem Hotel an. Er schlich hinter den Zeitungsständer des Kiosks, sodass man ihn nicht sehen konnte, und beobachtete, wie der Fahrgast dem Chauffeur vom Rücksitz einen Geldschein reichte. Durch die Fensterscheibe des Autos sah Daniel eine dunkle Silhouette, erkannte den Mann aber erst, als er aus dem Taxi stieg.

64

Antonio betrachtete sich kurz im Spiegel des Aufzugs und stellte fest, dass er grauenhaft aussah. Er müsste unbedingt schlafen. Und essen. Aber erst musste er der Botschaft einen Besuch abstatten. Die Fahrstuhltüren öffneten sich, und er trat ins Foyer, durch dessen Glaswände helles Tageslicht flutete. Die Strahlen der Sonne, die gerade hinter einer Wolke hervorsah, blendeten seine müden, brennenden Augen und verschlimmerten die Schmerzen im Hinterkopf. Er ließ den Blick bis ans Ende des Ganges gleiten und sah die Tür, neben der die Worte »Embassy of Finland – Suomen suurlähetystö« in eine goldene Metallplatte eingeprägt waren.

Mit diesem Besuch würde er vermutlich nichts gewinnen. Im schlimmsten Fall rief jemand die Polizei. Er hatte ja schon am Telefon gesagt, dass er etwas über Jare Westerlund wusste. Das war eine Lüge gewesen. Damit wollte er nur versuchen, Daniel Kuisma zu erreichen.

Antonio schaute auf die glitzernde gläserne Halbkugel über der Tür. Eine Überwachungskamera.

Er musste kurz warten, dann öffnete ein graubärtiger Mann in einem legeren Anzug und mit einer auffällig unebenen Gesichtshaut die Tür. »Wie kann ich Ihnen helfen?«

»Ich hatte vorhin angerufen. Darf ich eintreten?«

»Wir sind hier im Moment ziemlich unterbesetzt. Ich bin allein. Worum ging es?«

»Ich habe womöglich Informationen über Ihren verschwundenen Mitarbeiter.« Antonio sah den Mann prüfend an. Hatte er vorhin mit ihm gesprochen? Oder war das am Telefon jemand anders gewesen?

»Über Westerlund?« Der Mann sah verblüfft aus.

»Ja. Aber ich müsste dafür Verbindung mit Daniel Kuisma aufnehmen. Ich weiß, dass er offensichtlich nicht ...«

»Daniel Kuisma war heute Morgen hier.« Die Worte ließen Antonio schlagartig hellwach werden. Er blinzelte und schluckte.

»Wirklich? Daniel Kuisma war wirklich hier?«

»Kommen Sie doch herein. Ich bin Aarne Karlsson. Ich leite diese kleine Einrichtung.«

Antonio betrat den Raum, der vom Kaffeeautomaten und dem wenige Meter entfernten, bumerangförmigen Empfangstresen begrenzt wurde. Auf der anderen Seite befand sich eine Sitzgruppe. Das Eingangsfoyer bildete den Mittelpunkt des Büros. Er sah eine Küchennische und fünf Räume mit Glaswänden. In vier von ihnen war das Licht ausgeschaltet und die Tür geschlossen.

»Untersucht Kuisma den Fall des Vermissten?«, fragte Antonio und betrat hinter dem Botschafter ein Zimmer mit einem langen Eichentisch und einem Projektor. Offensichtlich handelte es sich um den Beratungsraum.

»Ja. Wussten Sie das nicht? Ich bin davon ausgegangen, weil Sie doch danach gefragt haben.« Der Gesichtsausdruck des Botschafters wirkte überrascht.

Antonio seufzte, setzte sich an den Tisch und räusperte sich.

»Das alles hört sich jetzt etwas seltsam an. Aber als Allererstes möchte ich mich vergewissern, dass es Kuisma gut geht.«

»Warum sollte es Kuisma nicht gut gehen?«, lachte der Botschafter gutwillig und setzte sich an den Tisch.

»Das ist eine lange Geschichte. Ich bin extra hierhergereist, um ihn zu treffen. Dürfte ich mit ihm sprechen?«

»Ich regle das gleich. Er ist zurzeit mit Kriminalkommissar Josip Buvina unterwegs.«

»Aber habe ich das richtig verstanden, dass Kuisma extra

nach Kroatien gebeten wurde, um das Verschwinden von diesem Westerlund aufzuklären?«

»Ja. Im Auftrag des Außenministeriums. Mehr darf ich leider nicht sagen. Und *kann* ich eigentlich auch nicht«, sagte der Botschafter, lächelte etwas verlegen und faltete die Hände auf dem Tisch.

»Und er hat mit allen Mitarbeitern der Botschaft gesprochen?«, fragte Antonio ganz ruhig und versuchte zu vermeiden, dass es wie bei einem Verhör klang. Er wusste, dass der Botschafter, wenn er wollte, nicht auf die Fragen zu antworten brauchte. Oder einen lautlosen Alarm auslösen könnte, bei dem die Wachmänner des Gebäudes wenig später zur Stelle wären.

»Ja.«

»Ich frage das deshalb, weil ich vor etwa zwanzig Minuten hier angerufen habe. Und die Person, mit der ich gesprochen habe, hat behauptet, sie hätte nie etwas von einem Daniel Kuisma gehört.«

»So?« Karlsson runzelte die Stirn und beugte sich vor.

»Und wenn ich nicht mit Ihnen gesprochen habe, dann ...«

»Unsere Assistentin ist gerade zu der Zeit weggegangen, um etwas zu erledigen, aber sie hätte die Anrufe auf ihr Handy umleiten müssen.«

»Am Telefon hat sich ein Mann gemeldet.«

»Das ist wirklich merkwürdig«, sagte Karlsson und biss sich auf die Unterlippe. »Haben Sie zufällig bemerkt, ob er Englisch mit kroatischem Akzent gesprochen hat?«

»Nein, sondern mit finnischem Akzent.«

»Sind Sie ganz sicher? Sie erkennen also einen finnischen Akzent?« Karlsson rieb sich nachdenklich das Kinn.

»Den erkenne ich schon seit zwanzig Jahren.«

»Das ist außerordentlich eigenartig. Ich kann das gar nicht glauben.«

»Sie wissen also, wer es war?«

»Es gibt nur eine Möglichkeit. Und er ist gerade mal weggegangen.« Karlsson griff nervös nach seinem Handy. »Dafür findet sich bestimmt eine einleuchtende Erklärung. Vielleicht wollte Johan nur vorsichtig sein.«

65

Josip Buvina öffnete das Fenster und trommelte mit den Fingern auf die Karosserie. Er würde gleich noch mal anrufen, und wenn sich der Finne wieder nicht meldete, würde er zu Fuß nachschauen gehen. Die Warterei konnte er jedenfalls nicht ausstehen. Aber vor allem quälte ihn der Gedanke, dass Kuisma womöglich ohne ihn etwas Entscheidendes herausfand. Tatsächlich waren die Dinge nach dem Auftauchen der Finnen ins Rollen gekommen. Ein Zufall folgte auf den anderen, und das hatte die Ermittlungen vorangebracht, und zwar wie eine Lawine. Ohne Kuismas und Annikas kritische Erkenntnisse hätte er mit seinem Team kaum genauso viel erreicht. Buvina seufzte und überlegte, ob er kurz seine Frau anrufen sollte. Suzana hasste es, wenn er wegen seiner Arbeit über Nacht nicht nach Hause kam. Die Sorge um ihren Mann, der in der nächtlichen Stadt unterwegs war, umgeben von gefährlichen Menschen und schweren Verbrechen, hielt sie wach.

Plötzlich klingelte Buvinas Telefon.

»Sag schnell, was ist, Adam.« Buvina hörte, wie der Ermittler Matić mit jemandem redete, bevor er das Telefon ans Ohr hob.

»Josip, wo bist du?«

»Ich folge gerade einem Hinweis. Wieso?«

»Erinnerst du dich an das Durcheinander mit den Überwachungskameras in Split?«

»Ja. Das Material, das wir uns ansehen wollten, war gelöscht worden.«

»Von wegen, verdammich. Das war reine Verarsche.«

»Was meinst du?«

»Der Vertreter der Firma, die diese Villa vermietet, hat die Nachricht von dem Mord an Redevich gehört. Und ist furchtbar erschrocken.«

»Hatte er vorher gelogen?« Buvina vergaß Daniel für einen Augenblick und konzentrierte sich auf Matić.

»Ja. Und er hat dafür eine Entschädigung in Bargeld bekommen.«

»Von wem?«

»Das ist das Verrückteste daran.«

»Na?«

»Er wusste den Namen nicht, hat aber gesagt, dass auch dieser Herr auf dem Band der Überwachungskamera zu sehen war.«

»Ist die Aufzeichnung vorhanden?«

»Sie ist nie gelöscht worden. Darauf ist deutlich zu sehen, wie drei Männer die Schlüssel der Villa abholen.«

»Nun sag es schon, verflucht noch mal, und lass mich nicht raten!«

»Westerlund und Redevich. Und ein dritter Mann. Ich schicke dir jetzt eine Vergrößerung von dem Screenshot. Du könntest vielleicht bestätigen, ob ich recht habe. Wenn ich mich nicht irre, ist der Dritte der dicke Honorarkonsul.«

»Lipovac?« Buvinas verblüffter Blick wanderte über die Innenausstattung des Autos.

»Er war derjenige von den dreien, der den Besitzer der Villa für sein Schweigen bezahlt hat.«

»O verdammt. Danke, Adam. Ich kümmere mich darum.«

»Und noch eine andere Sache, Josip.«

»Na?«

»Wusstest du, dass Westerlund zu Hause eine Luftpistole besaß? Er hat sie irgendwoher als Werbegeschenk bekommen. Vor vielleicht einem Jahr.«

»Eine Luftpistole? So was haben wir in seiner Wohnung nicht gefunden. Und so eine Waffe darf man auch gar nicht in die Botschaft mitbringen, es sei denn, sie ist nachweislich deaktiviert.«

»Ich weiß nicht, ob die Pistole irgendwie mit all dem zusammenhängt, aber es kann durchaus sein, dass Westerlund die Waffe mitgenommen hat, um sich zu schützen.«

»Kann man mit so einer überhaupt jemanden umbringen?«

»Das hängt von der Austrittsgeschwindigkeit der Kugel ab. Man müsste sicher zwischen die Augen schießen. Aber ich versuche zusätzliche Informationen über diese Pistole zu bekommen. Wer weiß, vielleicht finden wir sie irgendwo.«

Buvina beendete das Gespräch und wählte Daniels Nummer.

»Nun geh schon ran, verdammt noch mal.« Buvina wartete einen Augenblick, fluchte, als sich niemand meldete, und startete das Auto. Im selben Augenblick erschien auf dem Display die Meldung über die Nachricht von Matić. Buvina warf einen Blick auf das Bild und reihte sich dann mit seinem Skoda schnell in den fließenden Verkehr ein.

»Lipovac, elendes Lügenschwein.«

66

Helsinki, Finnland

Jakke Timonen legte sein Telefon weg und zündete sich eine neue Zigarette an. Er hatte schon vermutet, dass es nicht einfach sein würde, Ermittlungsmaterial aus den Archiven von Interpol zu kopieren. Jetzt wusste er, dass es praktisch unmöglich war. Seine Kontaktperson sah sich dazu nicht imstande. Es wäre ein sogenannter Selbstmordauftrag – theoretisch war es möglich, ihn auszuführen, aber man wurde zwangsläufig dabei erwischt. Zu einem solchen Opfer war sein Kontaktmann aus verständlichen Gründen nicht bereit.

Timonen schloss die Augen und trommelte mit der Schuhspitze auf das Pflaster. Plötzlich klingelte sein Telefon und zeigte auf dem Display eine unbekannte Nummer.

»Timonen.«

»Hier ist Annika Lehto«, stellte sich die Anruferin vor.

Timonen war schlagartig hellwach und nahm die Zigarette aus dem Mund. Die Anruferin fand seine ungeteilte Aufmerksamkeit. Dieser Anruf war nicht zu erwarten gewesen.

Nach einem kurzen Schweigen fuhr die intensiv und atemlos klingende Frauenstimme fort. »Ich weiß, dass du dir Informationen von Interpol beschafft hast.«

»Ich habe keine Ahnung, wovon du sprichst.«

»Hast du sehr wohl. Dein Freund in Lyon hat Spuren hinterlassen. Und ich bin sicher, dass du mit seiner Hilfe versuchst, auch an andere Dokumente zu dem Fall in Zagreb zu kommen.«

»Warum rufst du mich an?«

»Ob du es glaubst oder nicht – ich möchte, dass du mir hilfst.«

»Warum sollte ich dir helfen?«

»Weil ich sonst dafür sorge, dass dein Freund in Lyon wegen Datenverrats angeklagt wird. Und vor allem, weil es auch dir nützt, wenn du mir hilfst.«

»Ich verstehe nicht, was du meinst.«

»Hör zu. Ich vertraue dir.«

»Warum solltest du einem Journalisten vertrauen?«

»Weil ich weiß, dass Hämäläinen dir vertraut. Und dass Daniel Kuisma Hämäläinen vertraut.«

»Du bist hinter Kuisma her. Stimmt's? Was glaubt ihr eigentlich, in was er verwickelt ist?«

»Hör genau zu. Ich sorge dafür, dass das Ermittlungsmaterial zum Fall Kuisma für die nächsten fünfzehn Minuten leicht verschlüsselt in die für die Presse bestimmte offene Datenbank eingegeben wird. Es handelt sich um ein menschliches Versagen meinerseits, und wenn du die Daten herunterlädtst, ist das kein Vergehen.«

»Da bekommst du aber Schwierigkeiten. Wahrscheinlich wirst du sogar gefeuert. Warum solltest du das tun?«

»Weil du mir als Gegenleistung einen Gefallen tust.«

»Und welchen?«

»Ermittle die direkten oder indirekten Besitzanteile von Staatssekretär Mäkelä an ausländischen Holdinggesellschaften.«

»Warum?«

»Das wird sich dann herausstellen.«

»Warum sollte ich dir vertrauen?«

»Weil ich Mäkelä nicht mehr vertraue. Und weil ich nicht glaube, dass sich Kuisma in Wirklichkeit irgendeines Vergehens schuldig gemacht hat.«

67

Zagreb, Kroatien

Botschaftsrat Johan Aho betrat das Hotel, ohne sich umzuschauen. Daniel blieb noch eine Weile hinter dem Zeitungsständer stehen, ballte die Hände zur Faust und überlegte fieberhaft, was er tun sollte. Dann sprintete er los, rannte über die Straße und wechselte kurz vor dem Hoteleingang ins normale Schritttempo.

Das Gebäude war alt, wirkte eher wie eine Herberge und nicht wie ein modernes Hotel. Daniel öffnete die Tür einen Spalt, spähte hinein und sah ein paar Meter entfernt ein Foyer. Er blickte sich nach allen Seiten um, entdeckte allerdings niemanden. Der Tresen der Rezeption war leer, aber hinter der Tür zum Büro hörte man jemanden kroatisch sprechen. Er schreckte zusammen, als irgendwo etwas dumpf aufschlug, und sah sich um. Etwas weiter entfernt auf der linken Seite schwang eine Saloontür knarrend hin und her. Das hölzerne Schild über ihr verriet, dass die Tür ins Treppenhaus führte.

Daniel vergewisserte sich, dass man ihn von der Rezeption aus nicht bemerken würde, und lief mit raschen Schritten zu der Tür, durch die Johan Aho offensichtlich kurz zuvor gegangen war. Er betrat den Treppenflur und hörte über sich jemanden die Holzstufen hinauftrampeln. Daniel folgte dem Geräusch und hielt dabei ausreichend Abstand zu dem Botschaftsrat, der jetzt die Tür zur zweiten Etage öffnete. Daniel stieg die restlichen Stufen hinauf und wartete einen Augenblick an der Tür. Dann öffnete er sie vorsichtig einen Spalt, schaute kurz in den Gang und sah, wie Johan Aho an der Tür eines Hotelzimmers klopfte. Warum trafen sich Koistinen und Aho in einem bescheidenen Hotel kurz vor der Mittagszeit? Hatten sie vielleicht ein Verhältnis oder waren auch sie in die Geldwäsche verwickelt?

Er zog den Kopf zurück, falls Aho sich umblickte, und hörte dabei, wie der Mann erneut anklopfte – ohne eine Antwort zu bekommen. Daniel spähte wieder durch den Spalt. Gerade drückte Aho die Klinke herunter und verschwand. Er war drin.

Daniel schlich in Richtung der Tür, die halb offen stand. Jetzt wäre es an der Zeit zu handeln, aber Johan Aho konnte bewaffnet sein. Daniel blieb auf dem Flur vor der Tür stehen – nun müsste er Buvina doch anrufen. Wenn er jetzt hineinging, würde er nichts gewinnen. In diesem Raum befanden sich womöglich auch noch andere. Was hatte er sich eigentlich gedacht?

In dem Augenblick erschien Johan Aho wieder auf dem Flur. Sein Gesicht war kreidebleich. Er atmete schwer, und seine Nackenmuskeln spannten sich, als er Daniel auf dem Flur stehen sah.

»Was zum Teufel machst du hier?«, fragte Aho mit eisiger Stimme. Daniel trat einen Schritt zurück und war sich nicht sicher, was er tun sollte. Alles war so schnell gegangen. Er hatte eine überstürzte Entscheidung nach der anderen getroffen, mit dem Ergebnis, dass er nun einem muskulösen Mann auf einem verlassenen Flur von Angesicht zu Angesicht gegenüberstand. Ahos Blick war leer.

»Antworte mir«, sagte Aho und wischte sich die Stirn mit dem Handrücken ab. Der Mann hatte eindeutig die Absicht, ihn anzugreifen, stand aber aus irgendeinem Grund wie erstarrt da.

Daniel trat einen Schritt zur Seite und sah über die Schulter des Mannes hinweg in das Zimmer. Maija Koistinen lag auf dem Parkettfußboden inmitten einer Blutlache. Ihr Kopf war nach hinten gefallen, und auf der Stirn sah man ein Einschussloch.

»Ganz ruhig«, sagte Daniel und zog sich langsam mit klopfendem Herzen zur Tür ins Treppenhaus zurück. Johan Aho kam ihm einen Schritt näher, behielt aber die Distanz von zwei Metern bei. Er musste eine Pistole bei sich haben. Und zwar eine mit Schalldämpfer, denn Daniel hatte keinen Schuss gehört. Ohne Waffe hätte er nicht die geringste Chance. Jetzt blieb ihm nur die Flucht. Daniel trat noch ein paar Schritte zurück, und gerade, als er nach der Türklinke fasste, warf sich Johan Aho wie ein hungriges Raubtier auf ihn.

68

Josip Buvina hielt seinen Skoda Octavia vor dem weißen Eigenheim an und ging mit schnellen Schritten über den kleinen Hof zur Haustür. Kurz vorher hatte er Viktor Lipovac angerufen, seine Entrüstung überspielt und schnell eine Geschichte von einem Hinweis erfunden, den er verfolgte und über den er gern mit dem Honorarkonsul sprechen würde.

Lipovac hatte gesagt, er arbeite momentan von zu Hause aus und werde schon mal Kaffee kochen. Er hatte sich nervös angehört. Aber Buvina wusste, dass er nicht die Flucht ergreifen würde. Lipovac war ein familienorientierter Mann. Er hatte einfach keinen Ort, wohin er fliehen könnte.

»Guten Morgen, Kommissar«, begrüßte ihn Lipovac. Er stand hinter der Schwelle und sah müde aus. Über das Hemd hatte er einen verfilzten Westover gezogen. Im Haus roch es nach Essen.

»Guten Morgen. Ist deine Familie zu Hause?«

»Nein. Beide sind in der Schule.«

»Gut«, sagte Buvina, sah sich schnell um, packte den Mann am Kragen und schob ihn mit Gewalt ins Haus hinein. »Viktor Lipovac, ich nehme dich wegen der Beteiligung an der Entführung von Jare Westerlund fest.« Buvina stieß den Mann im Flur mit dem Gesicht nach vorn gegen die Wand und legte ihm Handschellen an.

»Das ist ein Missverständnis!«

»Wir alle haben deinetwegen viel Zeit verschwendet. Aber das passiert uns nicht noch mal. Ohne zu übertreiben, kann ich sagen, dass du jetzt bis zum Hals in der Scheiße steckst.«

Buvinas große Hände nahmen eine schnelle Leibesvisitation vor.

»Josip, ich weiß nicht, wo Westerlund ist!«, rief Lipovac mit kläglicher Stimme. »Sei so lieb und tu das nicht. Ich möchte nicht, dass meine Familie das erfährt.«

»Was erfährt?«

»Alles«, antwortete Lipovac und starrte den Kommissar hilflos an. In seinem Blick lag etwas, das Buvina als Reue deutete.

»Und was soll dieses ›alles‹ sein?«

»Sag mir, wessen ich verdächtigt werde!«

»Vorläufig nur der Beteiligung an der Entführung von Westerlund, aber angesichts der Informationen, die ich heute erhalten habe, kann es sein, dass man dir auch einige andere Dinge zur Last legen wird.«

»Aber ich habe keine Ahnung, wo Westerlund ist!«

»Du kannst dir neue Märchen ausdenken, wenn du deinen Anwalt triffst«, sagte Buvina, packte Lipovac am Arm und führte ihn zur Tür hinaus.

Buvina stieß den Honorarkonsul auf den Rücksitz seines

Autos und setzte sich dann hinters Lenkrad. Er drehte das Display seines Telefons so, dass Lipovac es erkennen konnte. Auf dem Foto der Überwachungskamera sah man Westerlund, Redevich und Lipovac auf der Straße stehen. Am oberen Rand des Fotos waren Uhrzeit und Datum angegeben.

»O nein«, ächzte Lipovac und leckte sich die Lippen.

»Ganz recht.«

»Gut! Ich habe gelogen, was die Villa anging! Aber das hängt überhaupt nicht mit Westerlunds Verschwinden zusammen.«

»Warum denn nicht?« Buvina hielt den Zündschlüssel in der Hand, startete den Wagen aber nicht. Er sah im Innenspiegel zu, wie der Schweiß über die runden Wangen des Mannes lief.

»Ich ...«

»Ja?«

»Kannst du das, was ich dir erzähle, vertraulich behandeln?«

»Nein. Aber wenn du etwas wirklich Interessantes erzählst, könnte ich mir überlegen, ob man alles in den Bericht schreiben muss«, sagte Buvina und trommelte mit den Fingern auf den Schalthebel. Es dauerte ungeheuer viele Sekunden, bis der Honorarkonsul überhaupt etwas herausbrachte.

»Ich höre nur ein Schnaufen, Lipovac. Wir setzen das im Kommissariat fort.«

»Die Sache ist die, dass ich ...« Lipovac fluchte kurz, drückte dann das Kinn auf die Brust und redete mit leiser Stimme weiter: »Sieh mal ... ich ... ich habe so ein Laster, also ich liebe solche ... solche Rollenspiele.«

»Rollenspiele?«

»Ja. Es gefällt mir, wenn man mich ... mich unterdrückt.« Seine Stimme zitterte vor Scham.

Buvina drehte sich um und blickte den Mann an, der mit Handschellen auf dem Rücksitz saß.

»Weiter.«

»Ich habe nie die Absicht gehabt, diese Gedanken auch zu verwirklichen. Es sind immer nur solche Fantasien gewesen.«

»Aber?«

»Aber dann fing Jare an, in der Botschaft zu arbeiten ... Und seine Sachen waren noch viel verrückter als meine. Er organisierte solche Abende, bei denen ...«

»Bei denen was?«

»Bei denen käufliche Frauen mit dabei waren und bei denen man sich selbst verwirklichen durfte. Jare verstand sich wirklich darauf.«

»Wo wurden diese ... Treffen abgehalten?«

»Meist in einem Bordell in der Altstadt. Und manchmal auch in einem alten, geschlossenen Hotel in der Ulica Kralja Držislava«, antwortete Lipovac mit zitternden Lippen.

Buvina spürte, dass sein Herz einen Schlag ausließ. Vorhin waren sie der Botschaftssekretärin in genau diese Straße gefolgt.

Er tippte Daniels Nummer ein und hörte den Rufton. Der Finne ging immer noch nicht ran. Was zum Teufel war hier los? Er hätte dort bleiben müssen. Wenn Daniel nun trotz seiner Warnung in das Haus hineingegangen war?

»Und dieses Foto? Was hast du zusammen mit Westerlund und diesem Widerling in Split gemacht? Warum hast du gelogen?«, fragte Buvina, während sein Anruf auf der Box landete.

»Josip, verstehst du nicht? Dorthin sollten Frauen kommen, für eine ganze Woche!«

»Aber ihr habt die Villa verlassen, noch bevor die Feier überhaupt angefangen hat?«

»Jare bekam einen Anruf, gerade als wir dort angekommen waren. Die ganze Sache musste abgeblasen werden. Offensichtlich hatte jemand erfahren, wo wir absteigen wollten. Und das passte Jare nicht. Ich weiß nicht, wohin Jare und Redevich dann gefahren sind. Ich war mit meinem eigenen Auto gekommen.«

»Aber du kanntest Redevich?«

»Ich kannte ihn überhaupt nicht! Wir haben uns in Split das erste Mal gesehen. Jare hat gesagt, er sei ein Freund von ihm«, erklärte Lipovac, und seine Stimme zitterte nun noch mehr. »Josip, bitte. Meine Frau darf nichts davon erfahren! Ich habe niemandem etwas zuleide getan! Ich erzähle alles, was du wissen willst, aber ...«

»Ich glaube dir kein Wort.« Buvina startete den Wagen und griff zum Monofon des Polizeifunks: »Die 92 ruft die Zentrale. Schickt eine Streife zur Kralja Držislava, sie soll das verlassene Hotel an deren Südende untersuchen. Die Sirene an.«

Buvina hörte, wie die Zentrale antwortete, sie habe verstanden, und legte das Monofon wieder in die Halterung am Armaturenbrett. Dann sah er, dass Lipovac einen glasigen Blick hatte und mit den Tränen kämpfte. Zwar hatte der Kommissar gerade behauptet, er glaube die Geschichte des Honorarkonsuls nicht. Aber zu seinem Ärger musste er sich eingestehen, dass sie durchaus Sinn ergab.

69

Mit Mühe konnte Daniel dem rechten Haken ausweichen, der vorbeirauschte und in Höhe seines Magens an die Gipswand krachte. Johan Aho schrie auf vor Schmerz, schlug aber erneut zu, diesmal mit der Linken, und traf mit voller Wucht das Zwerchfell. Daniel spürte den Schlag und den plötzlichen Druckanstieg im Bauch, stürzte zu Boden und schnappte nach Luft.

Der Angreifer kam rasch auf ihn zu, Daniel beugte sein rechtes Bein, streckte es blitzschnell und trat ihm kräftig gegen das Knie. Ahos Bein gab nach, er fiel halb auf Daniels Genick und versuchte sofort den Ellbogen um dessen Hals zu legen. Daniel spannte die Muskeln an und drückte mit der Hand Ahos Kopf zu Boden. Der Mann hatte viel Kraft. Daniel würde den Ringkampf unweigerlich verlieren. Jetzt brauchte er wirklich Buvinas Hilfe. Aber der würde kaum schnell genug kommen können. Er hatte einen Kardinalfehler begangen, als er Aho ins Haus gefolgt war. Ohne Hilfe hätte er bald ausgespielt.

Plötzlich hörte er schnelle Schritte und sah aus den Augenwinkeln, wie ein Mann in einem langen dunklen Mantel und mit einer Skimaske aus dem Hotelzimmer gerannt kam und an ihnen vorbei zum Treppenhaus stürmte.

»He! Was ...« Ein Faustschlag auf den Kopf unterbrach Daniels Versuch, Ahos Aufmerksamkeit auf den Mann zu lenken. Daniel spürte den Geschmack von Blut im Mund und zeigte mit dem Finger auf die Gestalt, die im Treppenhaus verschwand. »Hör jetzt auf, verdammt! Schau da hin!«

»Was ist, verflucht?« Johann Aho blickte schnell zur Flurtür und lockerte seinen Griff um Daniel, dem es gelungen war, den Mann von sich herunterzustoßen. Daniel riss sich los, rollte sich an die Wand und stand schnell auf. Sie sahen sich eine Weile an, schweigend. Und schwer atmend.

»Wer war das?«, fragte Daniel und zog sich in die gleiche Richtung zurück, in die der Maskenmann Sekunden zuvor verschwunden war.

»Keine Ahnung. Er muss in dem Zimmer versteckt gewesen sein«, antwortete Aho und richtete sich auf. »Ich dachte, dass du …«

»Was? Ich bin nach dir ins Hotel gekommen! Aber du hast also nicht …«

»Nein!«

»Warum hast du dich dann auf mich gestürzt?«

»Ich hatte gedacht, dass du das … Maija … angetan hast!« Aho stemmte sich hoch und verzog das Gesicht, weil er sein Knie überhaupt nicht belasten konnte.

»Warum zum Teufel hätte ich eure Assistentin erschießen sollen?«, fragte Daniel immer noch ganz außer Atem. Er sah den Mann an, der vor ihm stand, und versuchte seine Gedanken zu ordnen. Daniel war sich nicht sicher, was er glauben sollte.

»Du bist da so plötzlich aufgetaucht, also dachte ich, dass … Verdammt, ich weiß auch nicht, was ich gedacht habe«, schnaufte Johan Aho und humpelte zu der offenen Zimmertür zurück. Er warf vorsichtig einen Blick hinein und schüttelte schockiert den Kopf.

»Koistinen hatte sich verdächtig verhalten, also sind wir ihr mit Buvina gefolgt. Und dann habe ich dich hineingehen sehen. Du hast sie also tot vorgefunden?«, sagte Daniel und betastete mit den Fingerspitzen seine schmerzenden, von Ahos Schlägen ramponierten Rippen.

»Ich bin da reingegangen und habe sie auf dem Fußboden liegen sehen.« Aho hob sein lädiertes Bein und fluchte leise.

Daniel starrte in den leeren Flur und überlegte, ob er dem Mörder hinterherrennen sollte. Nein – der Mann hatte das Gebäude schon verlassen. Außerdem war Daniel noch immer ohne Waffe. Der Killer hätte sie beide auf dem Fußboden erschießen können, wenn er es gewollt hätte. Warum hatte er es nicht getan?

»Warum bist du Maija Koistinen gefolgt?«, fragte Daniel.

»Weil ich ihr Freund bin, Mensch!«

»Ich versteh nicht …«

»Als Maija in das Taxi gestiegen war, hat sie mir sofort eine SMS geschickt mit dieser Adresse und der Zimmernummer und der Bitte, ich sollte nach ihr sehen. Sie hatte wirklich Angst«, sagte Aho, öffnete die Nachricht und warf Daniel das Telefon zu.

»Warum hatte Maija Angst?«

»Weiß ich nicht.«

»Du hast fünf Minuten später ein Taxi genommen.«

»Hab ich. Aber ich bin zu spät gekommen.«

»Die Angst war offenkundig begründet. Der Killer hat in dem Zimmer auf sie gewartet«, sagte Daniel und trat in die offene Tür.

»Ich versteh nicht.«

»Nein, verdammter Mist. Ich hätte mich am Telefon melden müssen. Das wäre dann vielleicht nicht passiert«, fluchte Daniel und schlug mit der Hand gegen die Wand.

»Was meinst du damit?«

»Maija hat heute versucht, mich anzurufen. Sie wusste etwas. Aber als ich sie kurz danach zurückgerufen habe, wollte sie es nicht mehr verraten. Dann ist sie hierhergefahren, in den Tod. Jemand wollte sie rasch zum Schweigen bringen. Und hat sie genau aus diesem Grund hierherbeordert.« Daniel seufzte, gab Aho das Telefon zurück und holte sein eigenes aus der Tasche. Fünf unbeantwortete Anrufe. Drei von Buvina. Zwei von Raimo Hämäläinen.

70

Antonio hielt seine Hände unter den Hahn und wusch sich das Gesicht mit eiskaltem Wasser. Dann verließ er das WC und sah Botschafter Aarne Karlsson im Zimmer stehen, mit dem Telefon in der Hand. Der Mann sah besorgt aus.

»Könnten Sie nicht einfach erzählen, was Sie über Westerlund wissen?«, fragte Karlsson und sah ihn geradezu flehend an.

»Leider nein. Ich muss Daniel Kuisma treffen.«

»Gut. Ich bringe Sie zu ihm. Wir fahren mit meinem Wagen.«

»Ich möchte Daniel erst anrufen.«

»Ich habe eben versucht, ihn zu erreichen, aber er meldet sich nicht.«

»Aber Sie wissen, wo er ist?«

»Ja. Mit Kriminalkommissar Buvina zusammen unterwegs«, antwortete der Botschafter und zog einen beigefarbenen Mantel an.

Antonio fuhr sich mit der Hand durch die Haare und wog seine Alternativen ab. Es waren wenige. Er könnte Karlsson mit Gewalt zwingen, Daniels Nummer und Aufenthaltsort zu verraten. Aber das würde wieder zusätzliche Probleme mit sich bringen.

Er hatte keinen Grund, dem finnischen Botschafter nicht zu vertrauen.

»Wir müssen allerdings sofort losfahren«, sagte Karlsson und ging zur Glastür.

Auf dem Parkplatz holte er eine Fernbedienung aus der Tasche. Antonio sah, wie die Lichter eines schätzungsweise zwei Jahrzehnte alten roten Porsche 911 Carrera Coupé am äußersten Rand des Parkplatzes aufleuchteten. Sie stiegen schweigend ein, und kurz darauf brummte der 3,4-Liter-Benzinmotor, als Karlsson den Wagen startete.

»Ein Klassiker«, sagte Antonio und blickte sich aufmerksam um.

»Für einen Porsche ist das doch ein Spielzeug.« Karlsson fuhr rückwärts aus der Parklücke heraus. »Ich bin mal neugierig. Woher kennen Sie Daniel Kuisma?«

»Wir haben vor zwanzig Jahren zur gleichen Zeit bei den UN-Einheiten gedient.«

»Interessant. Wann haben Sie sich das letzte Mal getroffen?«

»Das ist schon lange her«, antwortete Antonio, ohne den Botschafter anzuschauen. Er spürte im Sitz dessen unruhigen Fahrstil.

»Warum hat Ihr Mitarbeiter ...«, begann Antonio.

»Johan Aho?«

»Ja. Warum hat er gelogen und behauptet, dass er Kuisma nicht kenne?«

»Vielleicht hat Johan gedacht, es wäre aus Sicht der Ermittlungen besser, Kuismas Anwesenheit geheim zu halten.«

»Aber man sollte doch annehmen, dass er jemandem von meinem Anruf erzählt hat. Ihnen oder direkt Kuisma.«

»Ja, da haben Sie recht. Das ist schon etwas merkwürdig.«

»Wissen Sie, wohin Aho gegangen ist?«

»Hören Sie mal zu, Herr Franzo.« Der Botschafter hustete leicht, damit seine Stimme besser zur Geltung kam, und fuhr dann fort: »Ich weiß nicht, wer Sie sind. Und ich möchte jetzt nicht weiter mit Ihnen über diese Sache spekulieren. Aber ich habe versprochen, Sie zu Kuisma zu bringen, weil Sie Informationen über Westerlund haben. Ich möchte, dass er gefunden wird. Die Zeit arbeitet gegen uns, und ich hoffe, dass Ihre Informationen wirklich von Nutzen sind.«

»Ich verstehe.« Antonio unterdrückte ein Gähnen in der offenen Hand und betrachtete den Bundek-Park auf der anderen Seite der Sava.

Seit seinem letzten Besuch hatte sich die kroatische Hauptstadt verändert. Das war mindestens sechs oder sieben Jahre her. Diese Visite war allerdings etwas entspannter gewesen. Damals hatte er nicht ständig um sein Leben fürchten müssen.

Das Auto bog auf die Avenija Dubrovnik ab und wenig später an einer Kreuzung nach rechts auf eine Straße, die mit Flughafenschildern gekennzeichnet war.

»Fahren wir zum Flughafen?«

»Nicht ganz, aber in die Richtung«, sagte Karlsson und hustete wieder. Prüfend betrachtete Antonio den Mann. Bei natürlichem Licht traten die Unregelmäßigkeiten der Haut auf seinen Wangen noch deutlicher hervor. Vermutlich hatte der Botschafter unter einer schweren Hautkrankheit gelitten. Oder jemand hatte mit einer dicken Nadel Löcher in seine Wangen gestochen. Auf jeden Fall sahen die Folgen schlimm aus.

Sie fuhren ein paar Minuten in Richtung Flughafen, bis Karlsson den Wagen nur hundert Meter vor der Autobahnauffahrt zur E71 auf eine kleinere Straße lenkte, die von wild wuchernden Laubbäumen gesäumt wurde. Der Porsche glitt eine Weile gemächlich über den holprigen Asphalt und bog dann auf den Hof einer grauen Industriehalle ein. Von draußen hörte Antonio einen lauten Knall, drehte sich um und sah durchs Rückfenster, wie sich hinter ihnen ein gelbschwarz gestreifter Schlagbaum schloss. Was war das eigentlich für ein Ort?

Antonio kniff die Augen zusammen und sah zu der Halle am Rande des asphaltierten Hofes hinüber. Irgendetwas hatte seinen Instinkt geweckt. Er warf einen Blick zu Karlsson, sah sein löchriges Gesicht und seine gelassene Miene. Der Botschafter hatte sich von Anfang an äußerst natürlich verhalten. Vertrauen erweckend. Fast schon merkwürdig gelassen. Antonio spürte, wie Karlsson den Wagen beschleunigte und zu der Halle am anderen Ende fuhr. Plötzlich wurde ihm klar, was kurz zuvor für seine Ohren irgendwie seltsam geklungen hatte. »Herr Franzo.« Karlsson hatte ihn eben als Herr Franzo angesprochen. Antonio wusste jedoch genau, dass er sich nicht vorgestellt hatte, als er in die Botschaft gekommen war. Aber vorher hatte er seinen Namen genannt. Am Telefon.

71

Durch die undichten Fenster hörte Daniel, wie die Sirenen der Polizeiautos in der Häuserschlucht widerhallten. Sie waren zwar noch weit entfernt, würden aber in etwa zwei Minuten hier sein. Buvina musste erkannt haben, dass etwas schiefgelaufen war, und hatte Verstärkung gerufen.

»Das sieht nicht gut aus«, sagte Daniel und fuhr sich durch die Haare.

»Hier gibt es unbestreitbar etwas Erklärungsbedarf«, gab Johan Aho zu und setzte sich auf den Fußboden neben Koistinens Leiche.

»Wir haben aber keine Zeit, hierzubleiben und alles zu erklären.«

Aho schüttelte den Kopf. »Na, dann renn mal los.«

»Bist du sicher? Was willst du der Polizei sagen?«

»Dass du dem Killer hinterher bist.«

»Danke, Johan«, sagte Daniel und machte ein paar Schritte zum Treppenflur, blieb dann aber kurz stehen. »Es tut mir leid ... für deine Freundin.«

»Mir auch«, murmelte Johan Aho und streichelte die kurz geschorenen Haare der Frau.

Daniel eilte die Treppe hinunter, rannte ins Foyer und durch die Eingangstür hinaus auf die Straße. Er konnte gerade noch um die Ecke biegen, da fuhr ein Polizeiauto vor das Gebäude.

Auf der anderen Straßenseite standen Taxis. Daniel ging rasch zum ersten in der Reihe und öffnete die Hintertür.

»Wohin fahren wir?«

»Stell den Taxameter an. Ich kläre die Adresse noch«, sagte Daniel und griff nach dem Handy.

»Ich habe tausendmal versucht, dich anzurufen! Was ist da los?« Buvinas Stimme klang nervös.

»Ich bin Koistinen in das Hotel gefolgt. Und habe sie in einem Zimmer erschossen vorgefunden.«

»O Gott! Ich hab gerade eine Streife hingeschickt.«

»Die habe ich gehört und das Hotel verlassen.«

»Was? Warum? Du musst unbedingt da bleiben, wo du bist ...«

»Johan Aho ist dort.«

»Der Mann von der Botschaft?«

»Ja, aber er hat Koistinen nicht umgebracht. Wir haben gesehen, wie der Mörder geflohen ist.«

»O verdammt, was ist das bloß für ein Tag.«

»Wo bist du?«

»Lipovac ist mit in der Villa in Split gewesen. Die Aufzeichnungen der Überwachungskamera sind doch vorhanden. Er sitzt hier bei mir in Handschellen.«

»Verdammt, was?«

»Erkläre ich später. Ich glaube aber nicht, dass Lipovac in

Westerlunds Verschwinden mit drinhängt. Und wahrscheinlich nicht mal in der Geldwäsche. Suche Annika und meldet euch zusammen im Kommissariat. Bin gleich da.« Buvina beendete das Gespräch.

Daniel starrte eine Weile vor sich hin und versuchte die Neuigkeiten zu verdauen. Lipovac hatte sie die ganze Zeit angelogen. Was auch immer die Motive des Honorarkonsuls gewesen sein mochten, er hatte mit seinem Handeln die Ermittlungen erschwert und gebremst.

»Fahr zum Hotel Panorama Zagreb«, sagte Daniel dem Fahrer und wählte Hämäläinens Nummer, während sich das Auto in den Verkehrsstrom einordnete.

»Daniel?«

»Sorry, ich konnte mich nicht früher melden. Du hast ja keine Ahnung, was für ein Chaos hier herrscht! Ich weiß nicht, wo ich anfangen soll.«

»Hör zu, Daniel.« Hämäläinens Stimme klang ernst. »Hast du deinen Pass in der Tasche?«

»Nein, der ist im Hotel. Wieso?«

»Ich möchte, dass du mit der nächsten Maschine nach Helsinki kommst.«

»Warum denn das?«

»Weil man dich jeden Augenblick verhaften wird.«

»Was redest du da? Verhaften – weswegen denn?«

»Verbrechen gegen die Menschlichkeit. Du musst mir glauben ...«

»Raimo, was zum Teufel soll das?« Daniel lachte verblüfft los.

»Mir liegt hier Ermittlungsmaterial von Interpol vor, das ziemlich überzeugend wirkt. Es geht um Bosnien. Sie haben wirklich viele Sachen: Zeugenaussagen, Berichte und andere belastende Sachbeweise.«

»Bist du verrückt geworden?«

»Daniel, hör auf mich. Ich tue alles, was in meinen Kräften steht, damit du in die Maschine einsteigen kannst. Aber du musst sofort losgehen. Glaub mir. Ich besorge dir den bestmöglichen Anwalt hier in Helsinki!« Hämäläinens Stimme war lauter geworden. Daniel spürte ein würgendes Gefühl im Hals und versuchte zu schlucken.

»Hast du gesagt, dass du Ermittlungsmaterial von Interpol in der Hand hast?«

»Ja.«

»Wie konntest du Zugriff auf Material von Interpol bekommen?«

»Das konnte ich nicht. Mir hat jemand geholfen.«

»Wer?«

»Annika Lehto.«

»Versteh ich nicht ...«

»Daniel, Annika ist nach Kroatien gefahren, um ein Profil von dir anzufertigen. Um Informationen von dir zu erhalten. Ich weiß nicht mal, was alles damit zusammenhängt, aber ... aber sie ist nicht das, was du annimmst.«

»Ich glaube dir nicht.«

»Mäkelä spielt sein eigenes Spiel. Ich wusste nichts davon. Hätte ich es gewusst, ich hätte dir nie und nimmer zugeredet, dahin zu gehen.«

»Dafür habe ich keinerlei Garantie.«

»Daniel, du glaubst doch nicht, dass ...« Hämäläinens Satz blieb unvollendet. Daniel hatte das Gespräch abgebrochen.

72

»Du warst das, verdammtes Narbengesicht«, brüllte Antonio und zog die Handbremse des Porsche. Das Auto drehte sich mit quietschenden Reifen und stand quer auf dem leeren Parkplatz. Er schaute sich erregt um und sah, wie sich die Schiebetür der Halle langsam öffnete.

»Du warst das, der sich am Telefon gemeldet hat. Du hast behauptet, dass du Daniel Kuisma nicht kennst.« Antonio packte den Botschafter am Kragen und zog ihn zu sich her.

»Das glaubst du?«, fragte Karlsson ganz ruhig.

»Kuisma ist nicht hier, stimmt's?«, fuhr Antonio fort und sah eine Gruppe von vier Männern aus der Halle herauskommen.

»Das ist nicht persönlich gemeint«, sagte Karlsson trocken.

Die Männer waren etwa fünfzig Meter entfernt und näherten sich dem Auto. Jetzt erkannte Antonio, dass sie bewaffnet waren. Er warf einen Blick zu dem geschlossenen Schlagbaum. Es galt, keine Zeit zu verlieren.

»Mach keine Schwierigkeiten, Franzo. Diese Männer wollen nur mit dir reden«, erklärte Karlsson und legte die Hand auf den Türgriff.

»Bleib du hier zum Reden!« Antonio packte Karlsson an den Haaren und schlug ihn mit der Stirn heftig aufs Lenkrad. Der Kopf prallte auf, schnellte zurück gegen die Nackenstütze und rutschte dann schlaff ans Fenster.

Antonio stieg rasch aus und hastete zur Tür auf der Fahrerseite. Die Männer rannten los. Er zerrte den halb bewusstlosen Karlsson mit Gewalt auf den Asphalt, schwang sich hinters Steuer und löste die Handbremse. Es knallte, einer der Männer hatte geschossen. Die Kugel durchschlug die Tür auf der rechten Seite und traf die Mittelkonsole. Die Räder drehten durch, dann setzte sich der Wagen in Bewegung, und Antonio lenkte ihn auf den geschlossenen Schlagbaum zu, der das Tor des dicken verrosteten Drahtzauns versperrte.

Wieder wurde geschossen, aber diesmal traf die Kugel nicht den Innenraum. Antonio trat das Gaspedal durch und steuerte genau im rechten Winkel auf den Drahtzaun zu. Als der Wagen den Zaun durchschlug, knallte ein dickes Aluminiumrohr gegen die Windschutzscheibe, auf der sich ein Labyrinth von Rissen bildete, das an ein Spinnennetz erinnerte. Der Boden des flachen Wagens krachte auf die Böschung zwischen Zaun und Straße. Antonio sah in den Rückspiegeln, wie rote Metallteile auf den Fußweg flogen. Doch der Porsche setzte seine Fahrt mit Gepolter bis auf die Straße fort und schwenkte dort schließlich dank der kurz wieder gezogenen Handbremse in die Fahrtrichtung ein, sonst wäre er auf die Böschung geschleudert worden, die mit kniehohem Gras bewachsen war.

Antonio drehte das Lenkrad hin und her und stellte fest, dass der Wagen trotz eines unangenehmen Zitterns immer noch fahrtauglich war. Er gab Gas und hörte, wie die Hinterräder eine Weile durchdrehten, dann aber auf dem Straßenbelag Halt fanden und in zügigem Tempo zu der Straße in Richtung Flughafen rollten. O Mann, verdammt. Schon wieder war er einer Falle entkommen. Antonio gegen Geoff: 3:0.

Karlssons Telefon und Brieftasche befanden sich in einer Ablage unter den Reglern der Klimaanlage. Antonio nahm das Telefon in die Hand und sah, dass es mit einem Passwort verschlüsselt war. Er lenkte das Auto von der Auffahrt auf die Straße in Richtung Zentrum, griff mit der freien Hand nach Karlssons Brieftasche und blätterte die Fächer durch.

Kreditkarten, Personalausweis und eine Magnetstreifenkarte mit der Aufschrift Panorama Zagreb Hotel. Er kannte das Hotel. Vielleicht war Kuisma dort.

Antonio parkte den Wagen hundert Meter von dem hohen Glasturm des Hotels entfernt und ging zu Fuß im Laufschritt weiter. Er trat an die Rezeption und sah sich um. Jetzt musste er alles auf eine Karte setzen. Bald würden Geoffs Männer hier sein. Die Sache hatte solche Ausmaße angenommen, dass er es nicht überleben würde, wenn er in Zagreb blieb. Sogar der finnische Botschafter war mit im Spiel und hatte ihn Geoffs Männern ausgeliefert. Wie war das überhaupt möglich – Antonio fiel es schwer, das zu verstehen. Aber er würde noch einen letzten Versuch unternehmen, Kuisma zu finden.

Zielstrebig näherte sich Antonio einer jungen spindeldürren Frau hinter dem Tresen der Rezeption.

»Buongiorno!« Antonio zeigte kurz ein künstliches, aber locker wirkendes Lächeln. »Ich müsste Kontakt zu meinem Freund aufnehmen, Daniel Kuisma. Er meldet sich aber nicht am Telefon. Könnten Sie vielleicht ...«

»Wir dürfen keine Informationen über unsere Gäste herausgeben.« Die Frau zuckte bedauernd die Achseln.

»Genau, natürlich ... aber das ist jetzt eine Art Notsituation. Es geht um seinen Polterabend. Ich bin der Best Man. Könnten Sie anrufen und ihn bitten herunterzukommen?« Antonio grinste, holte einen Geldschein aus der Tasche und legte ihn vorsichtig auf den Tresen.

»Das ist doch nicht nötig.«

»Aber ...«

»Setzen Sie sich und warten Sie. Ich mache eine Ausnahme.« Die Frau lächelte verschmitzt, hob das Telefon ans

Ohr und flüsterte: »Damit der Polterabend nicht verdorben wird.«

Antonio seufzte und setzte sich in einen tiefen Sessel. Kuisma wohnte also tatsächlich in diesem Hotel. Er schaute durch die Glaswände hinaus auf die Straße. Sie würden jeden Augenblick hier sein. Das war klar. Schon wegen Kuisma.

»Er meldet sich leider nicht«, rief die Frau hinter dem Tresen. Verdammt. Natürlich nicht. Was jetzt?

»Könnten Sie mir die Zimmernummer sagen?«

»Das darf ich nicht.«

»Aber ich bin selbst Hotelgast.« Antonio holte aus seiner Tasche die Schlüsselkarte und warf sie auf den Tresen.

»Trotzdem, Herr ...«

»Sind Sie jemals Brautjungfer gewesen?«

»Nein ...«

»Dann – bei allem Respekt – wissen Sie nicht, wie nervenaufreibend es sein kann, einen Polterabend zu organisieren. Ich habe zwei Tage lang nicht geschlafen, ich leide unter einem schrecklichen Kater, und die Braut ruft mich ständig an und ist richtig wütend. Deshalb bitte ich Sie, bringen Sie mich zu meinem Freund, damit ich weiß, dass er überhaupt noch am Leben ist. Oder muss ich die Polizei rufen?«

73

Annika stieß die Tür auf, trat hastig ein und ließ ihre Handtasche zu Boden fallen. Sie legte die Hand auf den Lichtschalter und kreischte los, als sie den Mann im Sessel sah.

»Wer zum Teufel bist du?«, fragte Daniel und erhob sich. Seine Augen glühten vor Wut, und seine zwischen den fast zusammengepressten Lippen hindurchdringende Stimme klang eisig.

Annika drehte sich um und wollte nach der Türklinke greifen, aber Daniel kam ihr mit ein paar schnellen Schritten zuvor und drückte die Tür fest zu.

»Antworte mir!« Daniel versetzte dem Kleiderschrank einen Tritt. Die Frau hielt sich die Ohren zu. Er packte Annika an den Schultern und zog sie weiter ins Zimmer hinein.

Annika schrie auf: »Daniel, lass mich das erklären!« Ihre Stimme war voller Verzweiflung.

Daniel hob die heruntergefallene Handtasche auf und schüttete ihren Inhalt aufs Bett. Schminkutensilien, etwas Schmuck, ein Notizblock und das Handy verteilten sich über die ganze Tagesdecke.

»Hast du ein Mikro?« Daniel trat wieder einen Schritt näher an sie heran. Annika atmete ungleichmäßig, ihre Unterlippe zitterte. Sie starrte eine Weile zu Boden, dann schaute sie auf und nickte demütig.

»Scheiße, was ist hier eigentlich los?« Daniel drehte sich um und vergrub sein Gesicht in beiden Händen.

Vorsichtig hob Annika den Saum ihrer Bluse hoch und riss das an ihrer Seite festgeklebte kleine digitale Aufzeichnungsgerät und das Mikrofonkabel ab. Sie ließ das Gerät auf das Bett neben die anderen Sachen fallen.

»Du musst mir zuhören, Daniel ...«

»Wenn ich mir vorstelle, dass ich dir vertraut habe, Annika«, sagte Daniel jetzt fast flüsternd und sah unverwandt zur Zimmerdecke.

Annika setzte sich aufs Bett und starrte erschüttert vor sich hin.

»Sag jetzt, verdammt noch mal, wer du bist und was du hier tust«, verlangte Daniel. Seine Stimme klang erschreckend ruhig, man konnte noch das Echo der Wut hören, die nur auf den passenden Augenblick wartete, um wieder auszubrechen.

»Man hat mich angelogen, Daniel!«

»Angelogen?« Daniel wischte sich den Schweiß von der Stirn.

»Wer zum Henker hat dich angelogen und wobei?«

»Mäkelä! Mäkelä hat mich und deinen Freund bei der Polizei angelogen! Du hast ja keine Ahnung, was für eine Rolle ich in diesem ganzen Drama spiele!«, rief Annika und sprang auf.

»Versuch nicht abzuhauen!«

»Ich haue nirgendwohin ab! Versuch zu begreifen, dass wir im selben Boot sitzen!«

»Das nun ganz bestimmt nicht!«

»Verstehst du denn nicht, Daniel – Interpol hat mich hergeschickt, um dich zu observieren.«

Ein tiefes Schweigen senkte sich über das Zimmer. Daniel hob die Hand und konnte nicht verhindern, dass ein ungläubiges Lächeln auf sein Gesicht schlich.

»Könntest du jetzt erzählen, Fräulein Geheimagentin, wessen ich eigentlich verdächtigt werde?«

»Interpol besitzt handfeste Gründe für die Annahme, dass du 1995 Mitglied einer kleinen selbstständigen Liquidierungseinheit gewesen bist, die sich schwerer Kriegsverbrechen schuldig gemacht hat.« Annika wischte sich mit den Fingerspitzen Wimperntusche weg, die auf ihre Wange gelaufen war.

Daniel stützte die Hände in die Hüften und schloss die Augen.

»Die Engel des Hammurabi«, flüsterte Annika und bekam zur Antwort ein langes Schweigen.

Daniel wurde plötzlich übel.

»Du hast keine Ahnung, wovon du sprichst.«

»Willst du behaupten, dass der Verdacht gänzlich aus der Luft gegriffen ist?«

»Darf ich fragen ...« Daniel machte eine kurze Pause, weil er plötzlich einen Kloß im Hals hatte, und fuhr dann fort: »... worin diese schweren Kriegsverbrechen genau bestehen?«

»Racheakte, Ermordung von Zivilisten, Plünderungen, Vergewaltigungen und Folter«, sagte Annika mit zitternder Stimme.

»Glaubst du, dass ich im ehemaligen Jugoslawien vor zwanzig Jahren Zivilisten beraubt, vergewaltigt und ermordet habe?«

»Interpol besitzt Beweise dafür.«

»Was für Beweise?«

»Ist es wahr, Daniel?«

»Wie du gesagt hast, man hat dich angelogen«, erwiderte Daniel und spürte, wie sein Herz immer heftiger schlug. Am liebsten wäre er zu Boden gesunken, um mit den Fäusten auf den vom Teppich bedeckten Beton einzuschlagen. Er wollte aus diesem schrecklichen Traum aufwachen.

»Meinst du damit, dass diese ganze Geschichte von den Engeln des Hammurabi eine Lüge ist?«

»Ich meine damit, dass die ganze Geschichte auf den Kopf gestellt wurde«, sagte Daniel und nahm das Aufzeichnungsgerät vom Bett. Es war ausgeschaltet. Er ließ den Blick über die gelbbraunen Wände des Zimmers wandern. Dann trat er vorsichtig einen Schritt näher auf Annika zu und fragte sie ganz ruhig: »Glaubst du diese Anschuldigungen?«

»Ich weiß nicht. Die Vorermittlungen von Interpol besagen, dass die Möglichkeit bestünde, über dich an die anderen Mitglieder der Gruppe heranzukommen. Sie haben vorläufig nur deinen Namen.« Annika rieb sich die Schultern, als friere sie plötzlich.

»Deswegen hat man mich nicht in Finnland festgenommen. Sie wussten, ich würde die anderen nicht verraten.«

»Es ist also wahr?«

»Nein.«

»Aber ...«

»Wie konnte man bei Interpol glauben, dass dieser Plan aufgeht? Ich meine, steht der nicht auf etwas wackligen Beinen?«, fragte Daniel.

Annika wischte sich auch die restlichen Tränen von den Wangen und setzte sich langsam in den Sessel.

»Weil mit der Sache auch noch etwas anderes zusammenhängt.«

»Und was?«, fragte Daniel misstrauisch.

»Ich weiß nicht, was du alles in dem Krieg gemacht hast, Daniel. Aber eins steht fest, Ville Mäkelä ist jetzt unser gemeinsamer Feind.«

74

»Interpol ist an deine Patientendaten gekommen«, sagte Annika und seufzte tief.

Daniel setzte sich aufs Bett und massierte seine Knie, ohne ein Wort zu sagen.

»Sie wissen von der posttraumatischen Belastungsstörung. Von den wiederkehrenden Albträumen, den Paniksymptomen – sie sind über alles informiert. Sie wissen von der kognitiven Verhaltenstherapie und von deiner SSRI-Medikation. Sie kennen praktisch alle Phasen deiner Behandlung«, erklärte Annika und schüttelte bedauernd den Kopf.

Daniel schluckte ein paarmal und überlegte, ob Annika Fragen oder Antworten von ihm erwartete. Erstere hatte er reichlich. Wie konnten die Patientendaten in die Hände der Internationalen Kriminalpolizei geraten? Obwohl Antonio ihn damals auf der Station unter einem falschen Namen angemeldet hatte. Jemand musste die Informationen mit Absicht weitergegeben haben. Zusammen mit den erfundenen Kriegsgeschichten.

»Aber ... aber das alles ist schon so viele Jahre her«, sagte Daniel leise und leckte seine trockenen Lippen.

»Diese Operation von Interpol war in ihrem Umfang und ihrer Komplexität einzigartig. Meine Aufgabe bestand darin, dir näherzukommen. Dein Vertrauen zu gewinnen. Und an deiner Seite zu stehen, wenn die Albträume zurückkehren. Sie wussten, dass sie unter diesen Umständen zurückkehren würden.«

»Wolltet ihr mit Absicht ...«, Daniel spürte einen Stich in der Brust, »... bei mir eine Belastungsstörung auslösen? Ihr habt doch wohl nicht ...« Er schaute Annika ungläubig an.

Sie nickte und brach in lautloses Weinen aus.

»Es tut mir leid.«

»Ich kann das nicht glauben.«

»Ich habe nur eingewilligt, weil ich dachte, dass du ein Ungeheuer bist, so wie sie es behauptet haben. Aber schon im Flugzeug habe ich gemerkt, dass du kein Ungeheuer bist. Du hättest diese Verbrechen nicht begehen können, die sie dir vorwerfen, nicht wahr?«

»Warum haben sie dich ausgewählt?«

»Weil ich Profile von Kriminellen anfertige. Und sie haben geglaubt, dass meine äußere Erscheinung helfen würde, dir näherzukommen.«

»Und Novak ...«

»Vielleicht war das nur ein Mittel, dich aus der Fassung zu bringen. Ich habe das nicht geplant ...«

»Ist wenigstens Westerlund wirklich verschwunden?«

»Daniel. Glaub mir, wenn ich sage, dass ich hier bin, um Westerlunds Verschwinden aufzuklären. Genau wie du.« Annika seufzte, schloss die Augen für einen Moment und fuhr dann fort: »Aber neben den Ermittlungen sollte ich alle möglichen Informationen aus dir herausholen, mit deren Hilfe Interpol die Engel des Hammurabi endlich vor das UN-Kriegsverbrechertribunal bringen könnte.«

Schweigend saßen sie da und hörten dem Surren der Klimaanlage zu. Daniel starrte vor sich hin und blinzelte müde. Minutenlang sprach keiner von beiden ein Wort.

»Du hast gesagt, wir säßen jetzt im gleichen Boot«, sagte Daniel schließlich. »Was hast du damit gemeint?«

»Mäkelä ist in die Geldwäschegeschichte verwickelt. Jakke Timonen hat seine Verbindungen zu Tarnfirmen herausgefunden.«

»Und wie hängt das mit dir zusammen?«

»Ich bin hierhergefahren in der Annahme, dass du ein Krimineller bist. Aber in Wirklichkeit bist du bei der ganzen Geschichte einer der wenigen, die es nicht sind.«

»Im Gegensatz zu Westerlund und Mäkelä ...«

»Und Aarne Karlsson. Er ist Westerlunds Verbindungsmann«, sagte Annika.

»Der Botschafter? Bist du sicher?«

»Karlsson war meine Kontaktperson in Zagreb. Ich habe ihn heimlich hier im Hotel getroffen und ihm über den Fortgang der Ermittlungen berichtet. Jetzt verstehe ich, warum Mäkelä gerade ihn als Verbindungsmann gewählt hat: Sie machen gemeinsam Geschäfte. Ursprünglich dachte ich, Mäkelä hat ihn ausgesucht, weil ...«

»Weil was?«

»Weil ich Karlsson von früher kenne.«

»Ich habe geahnt, dass da irgendetwas nicht stimmt. Das waren nur Kleinigkeiten bei unserem ersten Besuch in der Botschaft. Er hat Milch in deinen Kaffee gegossen, obwohl du nicht darum gebeten hattest. Ich hätte darauf kommen müssen, verdammt.«

»Wir sind uns das erste Mal vor vierzehn Jahren begegnet, damals bin ich mit meinen Eltern nach Brüssel gezogen – wegen ihrer Arbeit. Mein Vater war sein Vorgesetzter.«

»Und du hast angeblich nicht bemerkt, dass er an zwielichtigen Geschäften beteiligt war?«

»Er hat immer dafür gesorgt, dass ich gemacht habe, was er wollte, wie ein Schaf. Schon damals hatte er ein Auge auf mich geworfen. Da war ich gerade achtzehn geworden. Er war fünfunddreißig.«

»Du meinst doch nicht etwa, dass ...«

»Wir haben uns eine Zeit lang getroffen. Und das vor meinen Eltern verheimlicht, weil sie es nicht gern gesehen hätten.«

»Pfui Teufel. Ich glaube, ich habe jetzt genug gehört.«

»Das ist vierzehn Jahre her. Ich war jung und dumm. Sehr dumm. Und er wusste immer genau, an welchen Strippen er ziehen musste, um mich zu überreden. Außerdem, obwohl ich damals noch sehr jung war, sind wir doch beide erwachsen gewesen.«

»Das Gesicht dieses Kerls sieht doch aus wie das von Freddy Krueger.«

»Damals noch nicht. Die Narben sind erst später entstanden. Er hatte vor fünf Jahren die Pocken, eine schwere Form, die man als Erwachsener bekommen kann.« Annika seufzte, faltete ein Taschentuch auseinander und putzte sich die Nase.

Daniel fühlte sich elend. Er hatte einfach keine Kraft mehr, wütend zu werden. Er wollte loslassen, sich auf den Rücken fallen und von hungrigen Hyänen zerfleischen lassen.

»Jetzt ist Karlsson allerdings in die Geldwäsche verwickelt. Und wahrscheinlich auch in Westerlunds Verschwinden. Und in den Tod von Redevich«, sagte Daniel. »Und in den Mord an Maija Koistinen.«

»Wovon redest du da?«

»Ich bin mit Buvina Koistinen gefolgt. Johan Aho hat das auch gemacht. Wir haben Koistinens Leiche in einem Hotelzimmer auf dem Fußboden gefunden. Mit einem Kopfschuss.«

Annika hielt die Hand vor den Mund. Daniel stand auf und dehnte den Nacken langsam zur Seite. Er sah die Frau lange an. Hatte er sich schon in sie verliebt? Es sah unbestreitbar so aus, denn sonst hätte der Verrat nicht annähernd so weh getan. Spätestens jetzt musste er alles überflüssige Wunschdenken aus seinem Kopf verbannen.

»Hör zu, Annika. Wir haben im Augenblick eigentlich keinen Grund, einander zu vertrauen. Es ist sicher besser, wenn sich unsere Wege jetzt trennen. Aber trotzdem, vorher möchte ich dieses Ermittlungsmaterial sehen.«

»Vielleicht hast du ja das Recht dazu.«

»Ich rufe Buvina an. Und komme gleich wieder«, sagte Daniel, öffnete die Tür und trat hinaus. Er schaute über die Schulter zurück, als er hörte, dass sich am anderen Ende des Flures etwas bewegte. Zwei Personen klopften an die Tür seines Zimmers. Die eine trug die Uniform der Hotelrezeption. Der andere einen eleganten dunkelblauen Anzug.

»Verdammt, was ist das jetzt?« Er trat ins Zimmer zurück und schloss die Augen. Das konnte doch nicht möglich sein. Auf keinen Fall.

»Daniel!« Die Stimme hallte im Flur wider. Die Schritte kamen immer näher. »Daniel! Warte!« Die Tür ging langsam zu, aber der Mann konnte noch die Finger dazwischen schieben und sie wieder aufdrücken. Sie blickten sich verwundert an, bis die Frau von der Rezeption mit neugieriger Miene neben ihnen auftauchte.

»Herr Kuisma, dieser Herr ... ist doch wirklich ihr Best Man?«

75

Antonio schloss die Tür hinter sich. Daniel trat zurück und starrte seinen alten Freund an, dessen unerwartetes Auftauchen widersprüchliche Gefühle weckte. Er hatte ihn viele Jahre nicht gesehen, wusste aber, dass Tony nicht gekommen war, um ihnen zu schaden. Tony war jemand, der sich Daniels Vertrauen verdient hatte. Jemand aus der Vergangenheit. Doch dass er ausgerechnet jetzt vor ihm stand, ließ Daniel reserviert reagieren.

»Was ist hier los?«, fragte Annika und zog sich zum Fenster zurück. »Was für ein Best Man?«

»Grüß dich, Daniel.«

»Grüß dich, Tony. Das ist unbestreitbar eine große Überraschung.«

»Tony? Tony Franzo?« Der Tonfall von Annikas Stimme forderte Antworten.

Die Männer sahen einander konzentriert an.

»Was für eine Überraschung? Eine angenehme oder eine unangenehme?«, fragte Antonio.

»Das weiß ich noch nicht. Es hängt davon ab, was du als Nächstes sagst.«

»Daniel, ich habe dich überall gesucht, verdammt. Die Unterhaltung darüber, wie es uns geht, müssen wir auf später verschieben. Ein Killer ist hinter dir her.«

»Ich weiß. Aber was tust *du* hier?«

»Ich bin auf der Flucht vor demselben Killer. Wer ist das Mädchen?« Antonio sah zu Annika hin, die wie erstarrt am Fenster stand.

»Tut mir leid, Tony, aber gerade im Moment fällt es mir schwer, irgendjemandem zu vertrauen. Selbst dir. Sag mir erst, was du in diesem Hotelzimmer machst.«

»Ich suche dich.« Antonio beugte sich näher zu Daniel hin und flüsterte: »Die anderen sind tot. Jemand will uns alle erledigen.«

»Ich habe es gerade erfahren. Interpol.«

»Interpol? Scheiß-Interpol. Hast du nicht gehört, was ich gesagt habe? Die anderen sind tot! Es geht nicht um die Polizei. Die ganze Gruppe ist fast gleichzeitig eliminiert worden. Gabelichs Familie hat man abgeschlachtet. Ich habe es mit eigenen Augen gesehen«, erwiderte Antonio, öffnete den Knopf seines Hemdsärmels und zeigte das an seinem Handgelenk kalligrafisch eintätowierte H.

Daniel schaute ihn verblüfft an und schüttelte den Kopf. »Warum bin ich dann am Leben? Warum bist du noch am Leben?«

»Verdammt noch mal, Danny. Ich bin in den letzten anderthalb Tagen dem Tod dreimal ganz nahe gewesen! Auch dich haben sie im Visier! Vertraust du mir wirklich nicht?« Antonio grinste frustriert und knöpfte den Ärmel zu. »Wir müssen hier sofort weg!«

»Wohin zum Teufel sollen wir gehen?«

»Irgendwohin, wo sie uns nicht finden. Irgendwohin, wo wir uns in Ruhe unseren nächsten Zug überlegen können.

Die geben nicht auf, solange wir nicht tot sind«, sagte Antonio mit leiser Stimme.

»Hört mit dem Geflüster auf und sagt, worum es hier geht!« Annika trat neben sie.

»Misch du dich hier nicht ein. Dir vertraue ich am allerwenigsten«, entgegnete Daniel.

»Wer ist die Frau, verdammt?«

»Seid beide still!«, brüllte Daniel, ging unruhig am Bett vorbei zum Fenster und sah hinaus. Vor dem Hotel hielten gerade drei Autos an. Antonio hatte recht. Jemand kam sie holen. Und es waren keine Polizisten.

»Wir fliegen alle zusammen nach Helsinki. Sofort.«

»Das ist nicht ganz so einfach«, erwiderte Annika betreten.

»Wieso?«

»Weil Karlsson deinen Pass hat. Du solltest unter keinen Umständen nach Finnland zurückfliegen. Nicht ohne Handschellen.«

TEIL V

76

Antonio öffnete die Tür zum Treppenhaus, und sie stiegen hinunter in Richtung Tiefgarage.

»Hast du einen Plan?«, fragte Daniel keuchend, als sie an der zweiten Etage vorbeigingen.

»Eigentlich ja. Wenn du das Land nicht verlassen kannst, gibt es nur eine Alternative«, antwortete Antonio und beschleunigte das Tempo. Annika hatte ihre Schuhe mit flachen Absätzen ausgezogen, um nicht hinter den Männern zurückzubleiben. »Ich habe den Porsche des Botschafters am Rande des Parks abgestellt. Wir fahren nach Rijeka. Das sind etwa zwei Stunden.«

»Karlssons Auto?«

»Ja.«

»Wie bist du dazu gekommen?«

»Wir hatten ein bisschen Streit beim Picknick.«

»Ein ziemlich riskantes Fahrzeug.«

»Gibt es bessere Ideen?«

»Genau dieses Auto suchen sie bestimmt gerade.«

»Dann halten wir uns von Radarfallen fern. Sie haben es sicher nicht als gestohlen gemeldet.«

»Wieso?«

»Weil die uns vor der Polizei schnappen wollen.«

Auf der Rampe der Tiefgarage rannten sie hinaus und überquerten die Straße, um vom Hoteleingang möglichst weit entfernt zu sein. Antonio warf einen Blick zu den Autos, die vor dem Hotel parkten. Ein Teil der Männer war hineingegangen, die anderen warteten vor dem Eingang. Der Polterabend fing gerade erst an.

»Steig schnell ein«, sagte Antonio zu Daniel, als sie den Porsche erreichten.

»Und ich?«, wollte Annika wissen und breitete demonstrativ die Arme aus.

»Kommt sie mit, Danny?«, fragte Antonio und schwang sich auf den Fahrersitz.

Daniel sah die Frau an, die im auffrischenden Wind vor Kälte zitterte. Auch sie war in Gefahr. Annika musste mitkommen. Oder sie sollten sich spätestens jetzt von ihr trennen. Daniel warf einen kurzen Blick auf das Einschussloch in der Autotür. Er musste jetzt nüchtern und besonnen überlegen und über allem stehen, was zu hastigen und impulsiven Entscheidungen führte. Und er musste die Gesamtlage, die sich ständig veränderte, klar und deutlich vor Augen haben.

»Ich frage das nur ein Mal«, sagte Daniel und schaute Annika intensiv an. »Gibt es noch etwas anderes, das ich wissen müsste?«

»Nein. Keine weiteren Geheimnisse.«

»Bist du sicher?«

»Ja.«

»Gut. Setz dich hinten rein«, befahl Daniel und klappte den Beifahrersitz nach vorn.

Antonio steuerte den Porsche auf der Zagrebačka Avenija nach Westen und behielt dabei das Tempolimit und den Rückspiegel im Auge. Niemand folgte ihnen. Daniel betastete mit dem Handrücken die Risse in der Windschutzscheibe, die nur noch durch die Laminierung zusammengehalten wurde.

»Glaubst du wirklich, dass wir mit dieser Schrottkarre ans Ziel kommen?«

»Nein. Wir müssen das Auto wechseln. Aber nicht mitten in der Stadt.«

»Wie hast du dich nach Zagreb verirrt, Tony?«

»Auf der Suche im Internet bin ich darauf gestoßen, dass dieser Finne verschwunden ist. Westerlund. Angesichts dessen, was in den letzten Tagen passiert ist, war ich sicher, dass man dich gebeten hat, in dem Fall zu ermitteln. Die ganze Sache ist eine einzige große Falle.«

»Was ist dir passiert?«

»Das ist eine lange Geschichte. Ich bin schon seit achtundvierzig Stunden vor meinen eigenen Leuten auf der Flucht.«

»Vor deinen eigenen Leuten? Geoffrey O'Donnelly?«

»Ja.«

»Warum will er dich ausschalten?«

»Dahinter steckt jemand anders. Geoff scheint einfach keine Alternative zu haben.«

»Und Novak?«

»Novak? Was soll das heißen?«

»Willst du behaupten, du weißt nicht ...«

»Weißt nicht was?«

»Dass Aleksander Novak am Leben ist. Oder es zumindest noch vor ein paar Tagen war.«

»Danny, ich weiß nicht, was für Stoff du genommen hast, aber ...«

»Wusstest du wenigstens, dass der Botschafter und Westerlund für Geoffrey arbeiten?«

»Für Geoff? Das ist unmöglich.«

»Es ist doch möglich. Sie betreiben Geldwäsche, die von der Zagreber Botschaft aus organisiert wird. Wie kann es sein, dass du – der Liebling des Chefs – nichts davon wusstest?«

»Geoffs Geschäfte sind in den letzten fünf Jahren explosionsartig gewachsen. Ich hatte immer meinen eigenen Bereich, das Gesamtbild kenne ich nicht. Er veröffentlicht keinen Jahresbericht der Firma, sondern achtet darauf, dass die verschiedenen Aktivitäten streng voneinander getrennt sind.«

»Damit niemand genug weiß, um dem Mann wirklich schaden zu können?«

»Ja. Nicht einmal ich sollte es wissen.«

»Du hast Westerlund also nie zuvor getroffen – oder Karlsson?«

»Nein, zum Teufel. Ich bin ja fast in die Falle gelaufen, die Karlsson mir gestellt hat ... Aber ...«

»Aber was?«

»Verdammt. Jetzt fällt mir das wieder ein. Ich hab doch Westerlunds Foto in dem Internetartikel über sein Verschwinden gesehen. Der junge Mann kam mir bekannt vor, aber ich konnte das Gesicht keinem besonderen Ereignis zuordnen.«

»Aber jetzt kannst du es?«

»Ja. Das war in Split. Ist schon Jahre her. Er war damals nichts weiter als ein Laufbursche. Ich erinnere mich an die blonden Haare. Ich könnte dem Kerl sogar auf irgendeiner Party Trinkgeld gegeben haben«, sagte Antonio und vertiefte sich in die Erinnerung an die Einzelheiten des Treffens.

Daniel trommelte mit den Fingern auf der mit Leder ausgekleideten Tür. Allmählich löste sich das Knäuel auf. Westerlund hatte laut Aussage seines Freundes Timonen in Split Urlaub gemacht und danach den brennenden Wunsch gehabt, dorthin zurückzukehren. Es ging also ums leicht verdiente Geld. Westerlund war auf den Geschmack gekommen. Lag hier der Schlüssel für alles andere? War dem Finnen die Habgier zum Verhängnis geworden?

»Warum habe ich das nicht schon gestern Abend kapiert, als ich das Foto gesehen habe«, schimpfte Antonio und fuhr dann fort: »Gibt es noch etwas anderes, das ich jetzt wissen müsste?«

»Vielleicht wäre es gut, wenn ich die ganze Geschichte erzähle«, antwortete Daniel und seufzte.

»Das hört sich gut an«, sagte Antonio und wechselte die Spur. Annika spürte, wie ihr die Beine auf der engen Rückbank einschliefen.

»Aber erst besorg ich uns ein neues Auto. Was wäre ein sicherer Ort außerhalb der Stadt?«, fragte Daniel und öffnete das Display seines Telefons.

77

Josip Buvina schloss die Tür des Verhörraums und blieb nachdenklich im Flur stehen, dessen hellgrüne Wände ihn an die Zagreber Universitätsklinik erinnerten. Besorgt stellte er fest, wie schwer sein Atem ging. Offenbar stieg der Blutdruck wieder. In den letzten zwei Stunden hatte sich auf seinem Schreibtisch ein gewaltiges Durcheinander angesammelt.

Der verschwundene Finne war nur die Ouvertüre gewesen. Dann war der kopflose Mirco Redevich auf der Bildfläche erschienen. Und nun hatten sie auch noch in dem alten Hotel, diesem Tummelplatz für Lipovac und seine merkwürdigen Sexspiele, die Leiche der Botschaftsassistentin Maija Koistinen gefunden. Ein Schuss in die Stirn mit einem Neun-Millimeter-Kaliber aus nächster Nähe – eine kaltblütige Hinrichtung.

Neben der Leiche hatte die Polizei den am Bein verletzten Johan Aho angetroffen. Nach seiner Aussage am Tatort war Daniel Kuisma dem Killer zu Fuß gefolgt. Beide waren verschwunden. Kuisma hatte sich trotz Buvinas Aufforderung nicht im Kommissariat und auch nicht am Telefon gemeldet. Annika Lehto war schon vorher weggerannt, und auch zu ihr bekam man keinen telefonischen Kontakt mehr.

Lipovac hatte die Namen der Prostituierten aus dem Bordell angegeben, die seine Schilderung der Rollenspiele bestätigen würden. Dieses fette Schwein hatte sie von Anfang an belogen, war aber wahrscheinlich nicht in Westerlunds Verschwinden verwickelt.

Dann gab es da natürlich auch noch den investigativen Journalisten und IT-Millionär William Robertson und seine Geschichte von der Geldwäsche, die über die finnische Botschaft lief. Buvina hatte seine Angaben überprüft. Robertson war tatsächlich der Mann, der zu sein er behauptete. Der von ihm entwickelte Onlinedienst »Yournalism« war vorletztes Jahr an einen der weltgrößten Technologieriesen verkauft worden. Nach Schätzungen betrug die Verkaufssumme weit über hundert Millionen Dollar, und Robertson hatte eine Minderheitsbeteiligung an dem Unternehmen behalten. Der Mann konnte sich sein Hobby also leisten. Ein echter Bruce Wayne.

Und gewissermaßen als Sahnehäubchen auf der ohnehin schon hohen und schwankenden Torte war Aarne Karlsson spurlos verschwunden. Der Mann von der Sicherheitsfirma, der im Foyer der Vertretung arbeitete, hatte gesehen, wie der Botschafter zusammen mit einem dunkelhaarigen Mann weggegangen war. Die Videoüberwachung bestätigte das. Wer zum Teufel war das nun wieder?

Zu viele Fragen, zu wenig Antworten. Nichts ergab mehr irgendeinen Sinn. Buvina wollte nur noch eines – sich auf sein langes Bett, eine Maßanfertigung, fallen lassen und schlafen.

Er holte sein Telefon hervor, um nach der Zeit zu schauen. Dann trat er mit bedächtigen, aber entschlossenen Schritten ins Treppenhaus und stieg ins Erdgeschoss hinauf, von wo aus man auf den Innenhof gelangte. Die Zigarette, die er bei einem Kollegen geschnorrt hatte, brannte schon, bevor sich die Tür zum Patio schließen konnte. Der herbe weiche Rauch schmeckte himmlisch und erinnerte ihn an seine Jugend. An die Streifenfahrten mit dem Auto als junger Wachtmeister. Und vor allem an den Krieg. An den 15. September 1991, als die Bomben der Bundesarmee auf Zagreb gefallen waren. Damals hatte ihn eine quälende Ungewissheit erfasst und das Gefühl, dass Suzana nicht in Sicherheit war. Ein eigenartiger Verdacht, der sich schließlich als begründet erwiesen hatte.

Zur gleichen Zeit, als die Bombardierung begann, hatte Suzana eine Fehlgeburt gehabt, und der Traum von einer Familie war geplatzt, erst für eine Weile und schließlich – wie sich später herausstellte – endgültig. Dabei war nicht eine einzige Bombe auch nur in der Nähe ihrer damaligen Wohngegend eingeschlagen. Nach ihrer Schilderung hatte Suzana nur das Dröhnen der Flugzeuge gehört.

Buvina fiel ein, dass er sich danach wochenlang in ein Buch über den Determinismus und ein kausales Denkmodell vertieft hatte. Er wollte damals unbedingt glauben, dass es auch ohne die Bombardierung zu einer Fehlgeburt gekommen wäre. Dass man dieses schockierende Ereignis keinesfalls hätte vermeiden können. Dass er wirklich alles getan hatte, um Suzana zu schützen.

Die Zigarette fiel neben seinem Schuh zu Boden. Er hörte sein Telefon klingeln und hoffte, dass es Daniel Kuisma war.

»Grüß dich, Adam.«

»Du hast gesagt, dass Karlsson einen roten Porsche hat.« Matić' Stimme klang müde.

»Ist der gefunden worden?«

»Nein, aber ein Augenzeuge hat auf dem Hof einer Industriehalle in Mičevec eine Schießerei gehört und gesehen, wie ein roter Porsche 911, ein älteres Modell, weggerast ist.«

»Aha, der Augenzeuge hat sogar das Modell erkannt?«

»Ein Autofachmann, weißt du. Ihm gehört die Karosseriewerkstatt nebenan.«

»Haben wir Informationen, wohin das Auto unterwegs ist?«

»Nur dass es in Richtung der E71 gefahren ist, sonst nichts.«

»Gib das durch. Der Wagen muss schnell gefunden werden.«

»Klar. Wird der Botschafter irgendeines Verbrechens verdächtigt?«

»Wenn Robertson recht hat und es in der Botschaft neben Westerlund noch einen faulen Apfel gibt, dann muss es Karlsson sein«, sagte Buvina und ging ins Haus.

»Was ist, wenn wir Karlsson antreffen?«

»Wir können ihn nicht zwingen, mit ins Kommissariat zu kommen. Der Botschafter genießt diplomatische Immunität. Aber ich bitte Bee, die Verbindung zum finnischen Außenministerium aufzunehmen und mitzuteilen, dass der Botschafter eines schweren Verbrechens verdächtigt wird. Wenn jemand Karlsson ortet, darf man ihn nicht mehr aus den Augen lassen. Ist das klar?«

»Alles klar. Scheißdiplomaten.«

»Kannst du laut sagen.«

»Und ich hab noch was anderes, Josip.«

»Erzähl.«

»Ich habe mich in der Botschaft etwas umgesehen, unter dem Vorwand der Ermittlungen im Fall Westerlund.«

»Adam, du hast keinerlei Vollmacht, in der Botschaft rumzuschnüffeln. Illegal beschaffte Beweise ...«

»Hör zu, Josip. Johan Aho hatte erzählt, dass jemand Maija Koistinen in Angst versetzt hat. Also habe ich ihren Schreibtisch untersucht. Und die eingegangenen Nachrichten abgehört. Und ... darunter fand sich ein extrem interessanter Anruf.«

»Na?«, knurrte Buvina ungeduldig.

»Der Mann stellte sich als Antonio Franzo vor. Angeblich hatte er etwas über Westerlund zu erzählen, wenn er Kuisma treffen könnte.«

»Ist der Name bekannt?«

»Mir nicht. Dem System aber schon. Einer der Gangster von der Küste. Er arbeitet für Geoffrey O'Donnelly.«

»Wie ist seine Verbindung zu Kuisma?«

»Franzo war Soldat bei den UN-Einheiten. Wie Kuisma auch. Ich glaube, da findet sich die Verbindung.«

»Verdammt. Koistinen hat ihr Leben verloren, weil sie diese Nachricht gehört hat.«

»So sieht es aus. Und rat mal, was ich noch habe?«

»Nun sag schon, verdammt, lass mich nicht erst raten.«

»Der Mann vom Wachdienst hat Franzo auf dem Foto erkannt. Er war es, der Karlsson begleitet hat, als der die Botschaft verließ.«

78

Helsinki

»Sagen Sie, dass ich sofort mit ihm reden muss.«

»Ich bedaure, aber Staatssekretär Mäkelä kann im Augenblick keine Gäste empfangen.«

»Ich bin sicher, dass er das kann. Wenn er mein Anliegen hört.«

»Ich könnte eine Nachricht übermitteln.«

»Muss man das erst so simpel erklären, dass es jeder versteht?« Hämäläinen holte seinen Dienstausweis hervor.

»Melde, dass ich gekommen bin, um ihn zu sehen.«

»Gut.« Die Frau am Empfang der Politischen Abteilung des Außenministeriums hob den Hörer ans Ohr. Die Männer vom Wachdienst, die hinter dem Tresen saßen, waren schon aufgestanden, verharrten nun aber und betrachteten den hellblauen Ausweis mit Foto, den Hämäläinen vorzeigte.

»Herr Staatssekretär, auf Sie wartet im Foyer ein Gast, er ist …«

»… Stellvertretender Polizeichef von Helsinki«, ergänzte Hämäläinen und hörte, wie die Frau die Titelformalitäten am Telefon wiederholte.

»Leider ist Herr Mäkelä jetzt nicht frei.«

»Sag ihm, dass ich einen Tipp für ein gutes Restaurant brauche. Ich möchte mit meiner Frau nach Lyon reisen«, erwiderte Hämäläinen und sah auf die Uhr. Die Frau gab das weiter, hörte einen Moment zu, legte auf und nickte vorsichtig.

»Folgen Sie mir bitte.«

Ville Mäkelä saß mit auf der Brust gefalteten Händen hinter seinem massiven Eichenschreibtisch. Hämäläinen setzte sich in den Sessel vor dem Bücherregal.

»Diesmal wird kein Kaffee angeboten?«

»Der ist für geladene Gäste vorgesehen. Worum geht es?«

»Es interessiert dich also doch, warum ich hier bin.«

»Ich habe einen sehr straffen Zeitplan, dich aber trotzdem empfangen. Ich warte darauf, dass du anfängst«, sagte Mäkelä und schaute seinen Gast mit ernster Miene an. Das Selbstbewusste und Spielerische war wie weggeblasen.

»Ich habe von Dingen Kenntnis erhalten, bei denen ich mich frage, was deine Motive sind.«

»Und was sind das für Dinge?«

»Annika Lehto arbeitet für Interpol. Sie untersucht Daniel Kuismas Beteiligung an Kriegsverbrechen, die angeblich in den Jahren 1993 und 1994 während des Jugoslawienkrieges begangen worden sind«, erklärte Hämäläinen und faltete den Ausdruck auseinander, den er aus seiner Brusttasche genommen hatte.

Auf Mäkeläs Gesicht zeigte sich kurz ein erschrockener Ausdruck. Dann klopfte er mit den Fingern auf seinen Schreibtisch und verzog den Mund zu einem vorsichtigen Lächeln. »Du bewegst dich in gefährlichen Gewässern, Raimo. Das sind streng geheime Informationen. Interpol hat das Außenministerium um Amtshilfe gebeten, und wir haben zugesagt, sie zu gewähren. Ich bin dir in dieser Hinsicht nicht rechenschaftspflichtig.«

»Kuisma musste also irgendwie nach Kroatien gebracht werden?«

»Die Beweise für Kuismas Verbrechen sind so gut wie unwiderlegbar, somit sehe ich keinen Grund, warum das Ministerium die Amtshilfe hätte verweigern sollen.«

»Ist das Verschwinden von Jare Westerlund ein reiner Bluff?«

»Natürlich nicht. Westerlund ist tatsächlich verschwunden. Aber das Timing war mehr als perfekt. Notfalls hätten wir uns einen anderen Vorwand einfallen lassen, um Kuisma zu der Reise zu bewegen.«

»Warum musste Kuisma nach Zagreb geschickt werden? Warum hat man ihn nicht in Helsinki verhaftet? Die internationalen Abkommen hätten leicht ...«

»Die Operation beruht auf einem Plan der Profiler von Interpol, bei dem eine neue indirekte Verhörmethode genutzt wird, die sich als effektiv erwiesen hat.«

»Und das wäre?«

»Die Nutzung von Rückblenden sowie die Aktivierung einer posttraumatischen Belastungsstörung kombiniert mit hinführenden Gesprächen. Kuisma wird als anspruchsvoller Fall klassifiziert, es wäre unmöglich, seinen Widerstand mit herkömmlichen Methoden zu brechen. In der Praxis handelt es sich um die Taktik ›guter Polizist, böser Polizist‹, aber die Rolle des bösen Polizisten wird diesmal von der Umgebung gespielt, von Erfahrungen, Gerüchen, Geräuschen und Erinnerungen. Der gute Polizist wiederum ist jemand, der in irgendeiner Weise positive Assoziationen weckt.«

»In diesem Fall eine schöne, intelligente junge Frau, mit der Daniel intensiv zusammenarbeitet. Ein Mann, den seine Lebensgefährtin erst vor kurzer Zeit verlassen hat.«

»Genau.«

»Wer hat sich diesen unfassbaren Plan ausgedacht?«

»Auch diese Information ist geheim, Raimo«, antwortete Mäkelä und legte die Hand auf den Tisch.

Hämäläinen stand auf, trat an den Schreibtisch heran und blieb dem Staatssekretär gegenüber stehen.

»Verdammter Wichser. Du hast mich ausgenutzt. Du hast mich unter Druck gesetzt, meinen alten Freund zu einem Selbstmordauftrag zu überreden.«

»Das war das sicherste Mittel, Kuisma nach Zagreb zu bekommen. Hättest du gewusst, dass er die Zielperson ist, hättest du versucht, die ganze Sache zu verhindern.«

»Natürlich hätte ich das, verflucht noch mal!«, entgegnete Hämäläinen nun deutlich lauter und schlug mit den Knöcheln auf den Tisch.

»Lieber Raimo. Lass dir dein Urteilsvermögen nicht von eurer gemeinsamen Vergangenheit und Freundschaft trüben. Dein Freund hat sich in jüngeren Jahren schrecklicher Verbrechen schuldig gemacht.«

»Einen Scheiß hat er. Das glaubst du doch selber nicht! Und Annika auch nicht.«

»Woraus schließt du das?«

»Weil selbst ein kleines Kind sieht, dass dieses Ermittlungsmaterial nichts als Scheiße ist. Jemand will Kuisma diffamieren. Seinen Ruf ruinieren.«

»Okay, jetzt wird das schon langsam irre, Raimo.«

»Da hast du recht. Aber bevor ich dich weitermachen lasse, was immer du auch gerade getan hast, möchte ich noch eine Sache von dir hören.«

»Raimo, du hast schon in geheimem Ermittlungsmaterial gewühlt, wofür du keinerlei Vollmacht besitzt. An deiner Stelle würde ich mir jetzt verdammt genau überlegen, was du als Nächstes fragst und ... wen.«

»VWM Consulting«, sagte Hämäläinen, leckte den Finger an und blätterte in den Unterlagen, die er in der Hand hielt. »Dort stellst du die Rechnungen über deine Nebenbeschäftigungen aus. Wie zum Beispiel verschiedene Honorare für Auftritte, nicht wahr?«

»Was hat das damit zu tun?«

»Welchem Zweck dient die belgische Tochtergesellschaft von VWM Consulting? Und das im Besitz dieser Tochtergesellschaft befindliche Luxemburger Unternehmen, das wiederum vor einem Monat fünf Prozent einer in Panama registrierten Holdinggesellschaft gekauft hat?« Hämäläinen blätterte achtlos in den Unterlagen und fuhr fort: »Um die Besitzverhältnisse der Holdinggesellschaft zu klären, wird man Wochen brauchen, vielleicht Monate. Aber im Lichte der Informationen, die ich erhalten habe, bin ich sicher, dass die Spuren nach Kroatien führen.«

»Ziemlich viele Vermutungen«, erwiderte Mäkelä und lachte etwas gezwungen.

»Anfangs habe ich geglaubt, dass du mich verarscht hast, weil du dem Ermittlungsmaterial von Interpol Glauben geschenkt hattest. Du dachtest, du stündest auf der Seite der Guten. Aber dann habe ich verstanden, dass deine Motive ganz woanders liegen. Die nächste logische Schlussfolgerung war, dass du von jemandem eine erhebliche Entschädigung dafür bekommst, dass du Kuisma opferst.«

»Du kannst dir gern selber weiter zuhören, Raimo. Ich aber brauche mir so einen Unsinn nicht zuzumuten«, schimpfte Mäkelä und erhob sich.

Hämäläinen sah dem Staatssekretär tief in die Augen und fuhr fort: »Aber sobald deine Verbindungen zu ausländischen Unternehmen ans Licht kamen, habe ich kapiert, dass du schon seit Jahren dein Ding machst. Unauffällig hast du einen kleinen Notgroschen für die Tage als Rentner auf einer Paradiesinsel zurückgelegt. Sehr vorsichtig und diskret. Ohne unkluge Risiken einzugehen. Also muss es etwas anderes sein: Jemand hat gedroht, dich zu denunzieren, und dadurch erreicht, dass du dich verpflichtet hast, diesen Zirkus mitzumachen. Die Angst, etwas zu verlieren, ist größer als der Wunsch zu besitzen.«

»Jetzt würde ich dich bitten, den Raum zu verlassen,

Raimo. Ich bin wirklich äußerst beeindruckt von all der Aufmerksamkeit, die du mir in deinem Verfolgungswahn entgegenbringst. Vielleicht könntest du mir beim nächsten Mal einen Aluhut basteln.«

»Denk daran, dass du nicht unantastbar bist, Mäkelä. Niemand in Finnland ist das«, sagte Hämäläinen, ließ die Unterlagen auf den Schreibtisch des Staatssekretärs fallen und verließ den Raum.

Ville Mäkelä sah ihm hinterher, ohne mit der Wimper zu zucken. Selbst der eingefleischteste Optimist musste in dieser Situation den Tatsachen ins Auge schauen und sich eingestehen, dass der Absturz begonnen hatte.

79

Autobahn nach Rijeka, Kroatien

Der rote, eingebeulte und deshalb etwas lahmende Porsche fuhr zügig auf der Autobahn nach Rijeka. Sie passierten einen Bauernhof, neben dem Dutzende Betonrohre und gepresste Heuballen gestapelt lagen. Eine Dreiviertelstunde lang hatten sie intensiv Neuigkeiten ausgetauscht, nun war Ruhe eingekehrt.

»Hier ist er«, sagte Antonio plötzlich, nahm den Fuß vom Gaspedal und lenkte das Auto auf die Ausfahrt.

Daniel sah, dass auf dem sonst leeren, von hohen Laubbäumen geschützten Rastplatz ein dunkelblauer BMW parkte. Robertson musste, um rechtzeitig hier einzutreffen, mit reichlich überhöhter Geschwindigkeit gefahren sein.

»Das ist unser neues Auto«, sagte Daniel und öffnete seinen Gurt.

»Du hast doch gesagt, der Mann wäre Millionär. Aber das ist ein ganz normaler BMW«, erwiderte Antonio.

»Mit einem Lamborghini wäre es etwas schwieriger, unauffällig zu bleiben«, konterte Daniel und beobachtete, wie William Robertson aus seinem Wagen stieg.

»Aber trotzdem ist er euch auf dem Parkplatz der Botschaft aufgefallen?«

»Na ja. Da hatten wir wohl auch ein wenig Glück.«

»Euer Timing ist gut. Die Fahndung nach dem Porsche hat vor fünf Minuten begonnen«, sagte Robertson und begrüßte das Trio, das ausstieg, mit einem Nicken.

»Wo hast du das gehört?«, fragte Daniel und zündete sich einen Zigarillo an.

»Polizeifunk. Meine Sprachkenntnisse sind allerdings noch etwas holprig. Es kann also sein, dass es um etwas ganz anderes ging.«

»Polizeifunk? Ach ja, na klar.«

»Warum hast du nicht diesen großen Polizisten angerufen? Spielt er nicht mit dir zusammen in einer Mannschaft?«, fragte Robertson und lehnte sich an die Karosserie.

»Buvina? Ich würde denken, ja. Aber ich habe den starken Verdacht, dass er keine Möglichkeit hat, mich zu schützen. Es ist besser, eine Weile versteckt zu bleiben.«

»Versteckt bleiben vor wem? Dich schützen vor was?«

»Vor bestimmten Leuten.«

»Das klingt aber mysteriös. Und du hast dich trotzdem getraut, mich anzurufen?«

»Wir brauchten ein Auto.«

»Damit wären wir dann auch bei dem, was ich meinerseits brauche. Du hast gesagt, du hättest etwas für mich«, erklärte Robertson und setzte eine Sonnenbrille auf, deren dunkelblaues Gestell exakt zur Farbe des Autos passte.

Daniel warf einen Blick auf den Italiener, der hinter ihm stand. Antonio war nicht in die Geldwäsche von Geoffrey O'Donnelly verstrickt. Er wusste nicht einmal davon. Und er war auch der Auffassung, dass die ganze Truppe mitsamt ihrem Chef versenkt werden müsste. In Antonios Augen war Geoff tot. Es gab in der Konstellation keine Interessenskonflikte mehr.

»Aarne Karlsson ist der Mann, den du suchst. Das fehlende Puzzlestück.«

»Bist du sicher? Der Botschafter selbst?«

»Ja. Maija Koistinen ist erschossen worden, und Johan Aho wird höchstwahrscheinlich in diesem Moment verhört. Lipovac ist ebenfalls festgenommen worden, aber Buvina glaubt nicht, dass er etwas mit der Geldwäsche oder Westerlunds Verschwinden zu tun hat«, sagte Daniel und kratzte sich die Stirn.

Robertson stieß einen langen Pfiff aus, lachte dann bitter und sagte: »Heute früh sah es so aus, als würde das ein langweiliger Tag werden. Ihr Finnen dient wirklich als Katalysator.«

»Was hast du als Nächstes vor?«, fragte Daniel.

»Ich nehme ein Taxi ins Zentrum und stöbere weiter in dem Material über die Holdinggesellschaften herum. Mein Auto melde ich heute Abend als gestohlen, also empfehle ich, dass ihr es, sobald ihr da seid, irgendwo stehen lasst. Ihr seid zwar eine sympathische Truppe, aber ich möchte jetzt nicht euer Komplize sein.«

»Danke, William. Du bekommst das Auto wohlbehalten zurück.«

»Scheiß auf das Auto. Das ist doch europäischer Schrott. Ich möchte nur meine Arbeit hier zum Abschluss bringen. Und nicht mit leeren Händen nach Hause fahren. Wer mit dem Material keine pulitzerpreisverdächtige Story zustande bringt, ist selber schuld.«

»Es tut gut, nach Höherem zu streben«, sagte Daniel und sah eine leer stehende Holzbaracke am anderen Ende des Rastplatzes. Hinter die könnten sie den Porsche fahren. Niemand würde ihn finden, wenn er nicht wüsste, dass er genau dort suchen musste.

80

»Ihr wurdet euch übrigens noch nicht offiziell vorgestellt«, sagte Daniel, der jetzt am Steuer saß.

Annika reichte ihre Hand vom Rücksitz nach vorn, und Antonio nahm sie mit ungewollt teilnahmsloser Miene.

»Ich habe deine Telefonnummer«, erklärte Annika.

»Meine? Wieso das denn?«, fragte Antonio.

»Daniel hat gesagt, in einer Notsituation sollte ich dich anrufen.«

»Das ist ja schmeichelhaft«, erwiderte Antonio und stupste Daniel gegen die Schulter.

»Das war noch zu einer Zeit, als ich glaubte, dass wir ein Team sind« sagte Daniel und schaute Annika im Innenspiegel an.

»Hör auf, Daniel. Ich hab doch gesagt, dass es mir leidtut«, fuhr Annika ihn auf Finnisch an.

»Leid tut es dir? Wenn ich mir das im Nachhinein überlege, die Fragen, die du im Taxi gestellt hast ... eine schöne Erinnerung an meine Hochzeit wolltest du hören ... o, mein Gott, was für ein Scheiß!«

»Hör auf! Die Sache ist nicht so schwarz-weiß!«

»Doch, das ist sie. Oder vielleicht hättest du diese fünfzig

Grautöne abwägen sollen, bevor du dich auf dieses Rollenspiel, diesen Mindfuck, eingelassen hast.«

»Glaubst du vielleicht, es war leicht, bei diesem Auftrag einzusteigen? Denkst du, ich bin morgens aufgewacht und hab gedacht, o, klasse, dass ich heute jemanden kennenlerne, dem ich dann bei passender Gelegenheit den Dolch in den Rücken stoßen kann.«

»Tja. Du hast ja nur deinen Job gemacht. Wir müssen alle unseren Lebensunterhalt verdienen. Die einen manipulieren deine Gespräche und zeichnen sie auf ...«

»Leck mich am Arsch, Daniel.«

»Man hätte dich in Zagreb lassen sollen.«

»Warum hast du es dann nicht gemacht?«

»Ich hatte für einen Augenblick vergessen, was für eine Lügnerin du bist.«

»Und ich hab für einen Augenblick vergessen, was für ein Wiederkäuer du bist. Nun versuch doch um Himmels willen mal, da drüber wegzukommen. Das war damals, jetzt ist jetzt.«

»Dieses *Damals* war heute früh. Tu nicht so, als hätte sich schon alles verändert.«

»Nun hört endlich auf, verdammt noch mal! Oder redet wenigstens Englisch!«, brüllte Antonio dazwischen und schlug mit der Hand aufs Armaturenbrett. »Sind wir hier in irgendeiner beschissenen Jerry Springer Show? Ihr hört euch wie ein altes Ehepaar an.«

Daniel und Annika kamen nicht dazu, darauf zu antworten, denn Antonio hielt den Finger an den Mund und drehte den Polizeifunk lauter. Sie hörten eine Serie kroatischsprachiger Nachrichten, in denen die Namen Aarne Karlsson sowie Antonio Franzo mehrfach auftauchten.

»Worum geht es?«, fragte Annika.

»Fuck! Das fehlte gerade noch.«

»Sie haben Karlsson zur Fahndung ausgeschrieben. Und, Tony«, seufzte Daniel, sah den Freund an und fragte: »Woher zum Teufel haben sie deinen Namen?«

»Sie müssen den Anrufbeantworter der Botschaft abgehört haben. Beim Aufsprechen der Nachricht habe ich meinen Namen erwähnt, damit du auf mich aufmerksam wirst.«

»Verdammt. Du hast natürlich Eintragungen im Polizeiregister.«

»Wenn man zwanzig Jahre bei Geoffrey O'Donnelly beschäftigt war, wird man leicht als Krimineller abgestempelt.«

»Ein unschuldiges Opfer engstirnigen Schubladendenkens.«

»So ist es. Man hätte sich nach dem Krieg akademisch gebildete Freunde suchen sollen.«

»Jetzt ist alles noch etwas schwieriger geworden«, sagte Daniel und vergewisserte sich am Tacho, dass er nicht zu schnell fuhr.

»Wir sollten irgendwo anhalten und warten, bis es dunkel ist, bevor wir nach Rijeka weiterfahren.«

»Na, super. Ich wollte sowieso den ganzen Tag mit euch auf Rastplätzen verbringen.« Annika gähnte und schloss die Augen.

81

Zagreb, Kroatien

In der Tiefgarage des Kommissariats war es still und düster. Josip Buvina saß hinter dem Lenkrad, zog den Hebel unterm Sitz hoch und streckte seine Beine aus. Der Sitz rutschte lautlos in die äußerste Position. Der Streifenwagen roch neu. Vielleicht war sein Innenraum mit irgendeinem Raumfrischespray behandelt worden. Oder das Auto war wirklich neu. Am Kilometerzähler konnte man das nicht überprüfen, denn der Strom war nicht eingeschaltet. Die Fahrerkabine sollte eine Weile als Telefonzelle dienen. Buvina hatte kurz zuvor eine SMS von einem bosnischen Prepaid-Anschluss empfangen und beschlossen, an einem Ort zurückzurufen, wo niemand zuhören würde.

»Josip?« Es war Daniel Kuismas Stimme.

»Ich hab mir schon gedacht, dass du das bist.«

»Karlsson ist der böse Bube.«

»So sieht es aus. Wo zum Teufel seid ihr eigentlich? Weißt du, wie verdächtig das wirkt, was du machst? Du verschwindest vom Tatort, meldest dich trotz meiner Aufforderung nicht im Kommissariat. Ich brauche dich wohl kaum daran zu erinnern, dass ihr, du und Annika, keinerlei Sonderstatus besitzt.«

»Ich musste verschwinden. Jemand ist hinter mir her, Josip.«

»Ich weiß das von Interpol«, sagte Josip und schaute durchs Fenster zu, wie zwei Polizisten einen Betrunkenen aus einem Transporter herausführten.

»Du weißt nicht mal die Hälfte. Hinter mir sind sowohl Interpol als auch noch andere Leute her. Beide wollen alte Rechnungen aus den Neunzigerjahren begleichen.«

»In was bist du da eigentlich verstrickt, Kuisma?«

»In nichts, was so ist, wie es derzeit scheinen soll.«

»Fällt etwas schwer, das zu glauben.«

»Wieso weißt du von den Interpol-Ermittlungen?«

»Dein Freund aus Helsinki hat sich bei mir gemeldet. Hämäläinen.«

»Was wollte er?«

»Dich erreichen. Und dich sicher nach Helsinki bringen.«

»Gibt es einen offiziellen Haftbefehl für mich?«

»Noch nicht. Aber ich weiß, dass die Sache vorbereitet wird.«

»Jemand versucht den Haftbefehl hinauszuzögern.«

»Warum?«

»Weil dieser Jemand mich vor der Polizei finden will.«

»Wer ist das?«

»Hör zu, Josip. Ich weiß, dass Geoffrey O'Donnelly an der Sache beteiligt ist. Aber die Strippen zieht einer, der noch einflussreicher ist. Jemand, der eine Verbindung zum Jugoslawienkrieg hat. Und zu Novak.«

»Wäre es dann nicht das Beste, du würdest hierher ins Kommissariat kommen?«

»Danke, Josip. Ich glaube dir, dass du mir helfen willst. Aber ich kann mich noch nicht bei der Polizei melden. Das wäre Selbstmord.«

»Mich interessiert eigentlich nicht, was du glaubst. Ich weiß nur, dass du, falls du dich nicht bald freiwillig bei uns meldest, gesucht, in deinem Versteck gefunden und in Handschellen ins Kommissariat gebracht werden wirst, so wie jeder Beliebige, der verdächtigt wird, ein Verbrechen begangen zu haben.«

»Ich bin mir über meine Alternativen im Klaren.«

»Und dann wird es für mich viel schwieriger sein, dir zu helfen.«

»Ich schätze deine Ehrlichkeit. Wir bleiben in Kontakt, Josip.«

»Daniel, warte! Kannst du mir noch sagen, was du von einem Mann namens Antonio Franzo weißt?«

»Alles.«

»Er arbeitet für Geoffrey O'Donnelly.«

»Vielleicht.«

»Ist er hinter dir her?«

»Nein. Er sitzt neben mir.«

»Daniel, was zum Teufel ist hier los?«

»Josip, hör zu. Ihr sucht den falschen Mann. Franzo hat nichts mit der Sache zu tun. Versucht Karlsson zu finden.« Daniel brach das Gespräch ab.

Buvina ließ sein Nokia auf den Sitz fallen und schloss die Augen.

82

Helsinki

Raimo Hämäläinen schwang sich hinters Steuer und fuhr müde durch sein Haar.

Die Merikasarmi sah jetzt im Sonnenlicht ganz anders aus als zwei Tage zuvor. Alles in allem war dieser Besuch so ziemlich das genaue Gegenteil von seinem ersten gewesen.

»Was hat er gesagt?« Jakke Timonen hatte sich die Kapuze seiner Trainingsjacke über den Kopf gezogen.

»Sagen wir mal so, er macht einen ausgesprochen schuldigen Eindruck«, antwortete Hämäläinen und schloss die Tür hinter sich.

»Wir haben es mit einem gewaltigen Skandal zu tun, Raimo.«

»Mäkelä hat behauptet, dass Westerlund wirklich verschwunden ist.«

»Glaubst du ihm?«

»Ich weiß nicht, was ich glauben soll.«

»Eine Sache gibt mir dabei zu denken«, sagte Timonen, korrigierte seine Sitzposition und fuhr fort: »Annika Lehto hatte bemerkt, dass jemand im System von Interpol ihre Daten überprüft hat. Die Spuren führten zu mir. Sie hat sich gemeldet und gesagt, sie wolle helfen. Mit anderen Worten, was sie angeht, liegt die Operation auf Eis.«

»Und?«

»Bei Interpol muss man sich doch bewusst sein, dass Lehto nicht mehr mit im Boot sitzt. Der präzise ausgedachte und ehrgeizige Plan ist gescheitert. Also ist es zwecklos, das Spiel fortzusetzen, und ...«

»Warum brechen sie es nicht einfach ab und verhaften Daniel, wenn sie nun mal genug Beweise zusammenhaben?«

»Genau. Warum passiert nichts? Ein Haftbefehl wurde nicht erlassen.«

»Ich weiß es nicht«, antwortete Hämäläinen und warf einen Blick auf die SMS, die bei ihm eingegangen war.

»Was ist jetzt?«

»Das ist dieser Polizist aus Zagreb. Josip Buvina. Kuisma ist angeblich wohlauf, versteckt sich aber. Er schickt mir eine Prepaid-Nummer, unter der man Daniel erreichen kann.«

»Wieso gehst du das Risiko ein, ihm zu vertrauen? Ist nicht Buvina genau der von Mäkelä angegebene Kontaktmann? Was, wenn auch er uns verarscht?«

»Ich habe die Sache überprüft. Die Einheimischen haben

Buvina selbst als Leiter der Ermittlungen eingesetzt. Sein Background ist sauber.«

»Das sieht aber bei Mäkelä auch so aus. Und trotzdem ist der Mann durch und durch verdorben.«

»Ich verstehe deine Sorgen. Informationen gebe ich nicht an Buvina weiter. Aber mir fällt auch kein anderer Weg ein, Kuisma zu erreichen. Wir müssen jetzt leider jede Hilfe annehmen, die man uns anbietet.«

»Okay. Fair enough. Was ist der nächste Schritt?«

»Ich beantrage, dass gegen den Staatssekretär Ermittlungen wegen Amtsmissbrauchs eingeleitet werden. Außerdem nehme ich Verbindung zum Staatsanwalt auf und versuche den Außenminister persönlich zu erreichen.«

»Gut. Jetzt müssen wir nur hoffen, dass im Ministerium nicht noch jemand anders in der Sache mit drinhängt.«

83

Autobahn nach Rijeka, Kroatien

An der Kasse der Tankstelle stellte Daniel einige Mineralwasserflaschen und eine Tüte mit belegten Baguettes ab.

»Und zwei Schachteln Café Crème«, sagte er und warf einer plötzlichen Eingebung folgend noch eine Handvoll Schokoriegel auf den Tresen.

Annika und Antonio warteten im Auto, das hinter der Tankstelle stand. Eine kurze Beratung hatte ergeben, dass Daniel derjenige von ihnen war, der in dieser Situation am wenigsten auffiel. Nach Antonio wurde gefahndet. Und Annika war einfach zu blond und zu schön.

Am besten wäre es, Daniel riefe Hämäläinen an. Er vertraute seinem Freund und wusste, dass er der Einzige war, der ihnen helfen könnte. Daniel nahm den weißen Plastikbeutel mit den Einkäufen, dankte dem Verkäufer und ging ganz ruhig zur Tür der Tankstelle. Draußen lief er an der Wand des niedrigen Gebäudes entlang und öffnete dabei eine Blechschachtel Café Crème. Der blaue BMW stand am Waldrand. Antonio und Annika unterhielten sich über irgendetwas.

Daniel zündete sich einen Zigarillo an und blieb an der Ecke der Tankstelle stehen. Es war geradezu ein Wunder, dass Tony ihn gefunden hatte. Nur einen Augenblick später war ein Trupp von Männern in das Hotel gestürmt. Sie waren gekommen, um Daniel zu holen. Antonios erfolgreicher Ausbruchsversuch auf dem Hof der Industriehalle hatte ein großes Räderwerk in Gang gesetzt. Jemand wollte die Engel des Hammurabi umbringen – aber zumindest zwei von ihnen waren weiter auf der Flucht. Was immer das für ein Plan gewesen sein mochte, er war gescheitert. Sie hatten es nicht geschafft, Tony in dem Hotelzimmer zu eliminieren. Das war die entscheidende Wende gewesen.

Daniel nahm ein paar kurze Züge und blies den Rauch langsam durch die Nase aus. Tonys Prepaid-Telefon klingelte in seiner Tasche. Daniel erkannte Raimo Hämäläinens Nummer.

»Grüß dich, Raimo.«

»Das ist wirklich verdammt gut, dass du endlich rangehst! Ich hab die Nummer von Buvina.«

»Sorry. Die Lage ist chaotisch.«

»Ich sorge dafür, dass du nach Finnland kommst.«

»Und Annika.«

»Ja.«

»Und mein Freund Antonio. Nach ihm wird derzeit

gefahndet, aber bedenkt man alle Umstände, dann ist er wirklich ein harmloser Bursche.«

»Mal sehen, was ich tun kann. Jedenfalls hat Mäkelä offenbar sein eigenes Süppchen gekocht, als er es so arrangierte, dass du nach Zagreb gehst. Wahrscheinlich wusste jemand von seinen Verbindungen zur Geldwäsche und hat ihm keine Alternative gelassen.«

»Und Annika war die Zugabe«, sagte Daniel.

»Annika hat uns wertvolle Informationen beschafft. Ich bin sicher, dass du ihr vertrauen kannst.«

»Ich glaube nicht, dass du selbst ihr vertrauen würdest.«

»Sei nicht zu wählerisch. Du brauchst jetzt in deiner Ringecke alle denkbaren Helfer und Freunde.«

»Wer ist Mäkeläs Auftraggeber?«, fragte Daniel und biss auf seinen Zigarillo.

»Weiß ich noch nicht. Aber ich glaube, dass dahinter jemand mit sehr viel Geld und Einfluss steht.«

»Zweifellos.«

»Ihr solltet eine Weile versteckt bleiben. Ich organisiere die Dinge hier in Finnland so, dass wir euch ohne Mittelsmänner und unnötige Zwischenstopps nach Hause bekommen. Das kann aber ein bisschen dauern.«

»Keine Panik. Wir kennen ein gutes Versteck.«

»Gut. Ich melde mich sofort, wenn die Lage hier in Finnland unter Kontrolle ist. Vielleicht wäre es klug, das Telefon zu wechseln.«

»So machen wir das. Danke, Raimo.«

»Und Daniel, du wirst mir doch, verdammt noch mal, glauben, dass ich nicht die geringste Ahnung von Mäkeläs Plänen hatte? Dass ich dich um nichts in der Welt überredet hätte, bei diesem Zirkus mitzumachen, wenn ich das geahnt hätte.«

»Das glaub ich. Du bist ein Arsch, aber nicht so ein Arsch.«

»Gut. Und Daniel ...«

»Ja?«

»Bleib jetzt um Himmels willen lieber in Deckung.«

84

Republik Serbische Krajina
13.3.1995, 22.05 Uhr

»Angel 10, wir kommen auf der anderen Seite heraus!«

»Hier Angel 10, ich höre! Der feindliche Hip Copter landet gerade vor dem Gebäude.« McKinzeys Stimme erklang aus dem Sprechfunkgerät und ließ Novak das Vorrücken der Truppe stoppen, kurz bevor sie die Türöffnung erreichten.

»Okay, Jungs. Auf dem Hof ist eine Mil-Mi-8, und die kann mit Feinden vollgestopft sein. Wir gehen wie geplant hinten über den Parkplatz in den Wald, wo wir in Deckung sind, und dann den Hang hinauf. Die gleiche Strecke wie auf dem Herweg«, sagte Novak keuchend und hob das Sprechfunkgerät an den Mund. »Angel 10, du eröffnest das Feuer nur, wenn wir direkte Feindberührung haben. Wir müssen einen Vorsprung bekommen. Lass sie reingehen und in Ruhe den Keller untersuchen.«

Novak sah die Truppe an, die sich bereithielt. Auf den Gesichtern der Männer spiegelte sich immer noch ihre Entschlossenheit, aber ihre Augen verrieten, dass der Kampf eben seinen Tribut gefordert hatte.

»Okay, Jungs, los!« Er bedeutete Stasiak und Karlo, als Erste loszugehen. Dann wandte er den Blick zu dem Gefangenen, der krumm und mit auf dem Rücken gefesselten Händen hinter ihm stand. »Und wenn du verdammte Ratte etwas rufst oder irgendwas anderes machst, um unseren Rückzug zu erschweren, dann schieß ich dir sofort in den Bauch«, sagte er zu Dordević, dessen Kinn von dem Blut bedeckt war, das aus der gebrochenen Nase lief. Novak stieß Dordević vorwärts.

Sie stürmten in die Dunkelheit hinaus und hörten, wie der Hubschrauber immer noch laut und ungleichmäßig rauschte. Kuisma hielt mit einer Hand den neben ihm laufenden Gefangenen am Arm und warf einen Blick über die Schulter. Hinter ihm rannten Franzo und Gabelich, der auf dem Rücken Baumgartner trug. Diesmal würden sie den asphaltierten Platz nicht so schnell überqueren, da sie sowohl den Gefangenen als auch den leblos über der Schulter hängenden Kameraden mitführten. Sie würden es aber bis in die Deckung schaffen, bevor der Feind die Entführung von Dordević bemerkte.

Novak blickte zurück auf das Schulgebäude und die waagerechten Lichtsäulen, die aus seinen zerstörten Fenstern herausfluteten, als der Feind es mit den Scheinwerfern des Hubschraubers untersuchte.

»Angel 1, hier Angel 10. Die Stärke des Feindes beträgt sechs Soldaten«, berichtete McKinzey von seinem Spähposten aus. »Sie sind ausgestiegen und gehen in das Gebäude hinein.«

»Roger. Bleib auf deinem Posten und warte«, sagte Novak in das Sprechfunkgerät, während die Gruppe den Rand des asphaltierten Platzes erreichte. Jetzt würden sie gleich im Wald verschwinden. »Okay, Jungs, wir haben zwei Kilometer bis zum Auto. Stasiak und Karlo bleiben an der Spitze. Franzo und Kuisma, helft Gabelich, Baum zu tragen.«

Der Hang war stellenweise steil, und die absolute Dunkelheit und die müden Beine sorgten dafür, dass sie nur unsicher und mühsam vorwärtskamen. Franzo, der jetzt Baumgartner trug, rutschte aus und stürzte hin, er fiel mit dem Bauch genau auf eine Wurzel, die aus dem Boden ragte. Gabelich kehrte zurück, um Franzo zu helfen, der sich unter dem toten Soldaten wieder hochschraubte.

»Sir, wir müssen Baumgartner hierlassen. Er ist hinüber«, sagte Franzo mit schmerzverzerrtem Gesicht.

»Nein. Wir behalten ihn bei uns!« Novak ging zum Ende der Gruppe. »Einen Kameraden lässt man nicht zurück.«

»Aber er ist tot! Wir sind zu langsam, wenn wir ihn tragen!« Franzo trat jetzt näher an den Leutnant heran.

»Es wäre nicht klug, wenn wir irgendwelche Spuren hinterließen«, entgegnete Novak, schwenkte das Sturmgewehr, das ihm um den Hals hing, unter die Achsel und hockte sich neben Baumgartners Leiche. Die Augen des toten Mannes starrten unverwandt in den sternenlosen Himmel. Das leblose Gesicht war von Schmerz und Todesangst gezeichnet.

»Franzo, geh Kuisma bei Đorđević helfen. Ich trage Baumgartner«, sagte Novak, hob die Leiche auf seine Schultern und stemmte sich hoch. »Los! Bevor sie uns aus der Luft orten und das Auto finden. Dann stecken wir in der Scheiße.«

Ein paar Minuten später erreichten sie den Kamm des Hügels, von dem sie kurz zuvor den Abstieg begonnen hatten. Das Gelände war hier offener als am Hang. Novak gab den Männern ein Zeichen, am Rand unter den Bäumen Deckung zu suchen, und legte Baumgartner auf den Boden.

»Franzo, wir haben das Funkgerät etwa hundert Meter von hier zurückgelassen. Hol es.« Novak zeigte mit der Hand auf die Baumgrenze.

»Alles klar!« Franzo verschwand im dunklen Wald.

Novak nahm das Nachtsichtgerät und beobachtete die grün gefärbte nächtliche Landschaft. Vorläufig war ihnen noch niemand auf den Fersen. Er kniete sich neben dem schwer atmenden Dordević hin.

»Sag mir eins: Wann hatte man das letzte Mal Kontakt zu diesem Hubschrauberkommando?«, fragte er ganz ruhig.

Dordević starrte den Leutnant mit leerem Blick an und sagte nichts. Nachdem sie sich eine Weile intensiv angeschaut hatten, grinste Novak spöttisch und wandte sich Stasiak zu.

»Die Ratte redet nicht. Aber die stürmen los und suchen uns, schon allein wegen des noch ganz frischen Pulvergeruchs. Sie wissen, dass wir nicht weit gekommen sind.«

»Angel 1, hier Angel 10. Der Feind ist jetzt in voller Gefechtsbereitschaft. Sie sind dabei, in den Hubschrauber einzusteigen.« McKinzeys Stimme erklang wieder aus dem Funkgerät.

»Roger. Kriegst du den Piloten aufs Korn?« Die Männer, die um Novak herumstanden, hörten seine Frage und wandten sich ihm zu.

»Der Schusswinkel ist wirklich schlecht. Ich müsste versuchen, durch die Rotorblätter hindurchzuschießen. Ein Erfolg ist eher unsicher, und es wäre mehr als wahrscheinlich, dass ich entdeckt werde.«

»Gibt es irgendein Mittel, mit dem du den Helikopter am Boden halten könntest?«

»Sir, ich glaube nicht. Der Treibstoffbehälter ist mit Panzerstahl gesichert, den eine 308 nicht durchschlägt.«

»Okay. Nimm einen Feind aus dem Spiel und zwing die anderen, in Deckung zu gehen und sich in Sicherheit zu bringen. Sofort danach ziehst du dich zurück. Wir sehen uns am Treffpunkt.« Novak steckte das Monofon des Sprechfunkgeräts in die Brusttasche.

»Roger«, antwortete McKinzeys Stimme, während zur gleichen Zeit Franzo mit dem Funkgerät aus dem Gebüsch auftauchte.

»Ein Feind wird gleich gefällt. So gewinnen wir etwas Zeit«, erklärte Novak und gab der Gruppe mit dem Gefangenen das Zeichen zum Aufbruch. Der Lärm des Hubschraubers, der hinter dem Wald seine riesigen Rotorblätter drehen ließ, wurde von dem Schuss des Scharfschützen übertönt. Während die anderen in Richtung Auto weitergingen, blieb Novak stehen und betrachtete den auf dem Moos liegenden Soldaten, in dessen Bauch eine Schusswunde klaffte, aus der blutige Kleidungsfetzen und Eingeweide hervorquollen. Novak hatte seine Seele verkauft. Aber nie würde er seine Leute im Stich lassen.

Er kniete sich nieder, hob den toten Soldaten wieder auf seine Schulter und folgte der Gruppe auf ihrem Weg zum Treffpunkt.

85

Republik Serbische Krajina
13.3.1995, 22.20 Uhr

»Sir, ist er tot?«, fragte McKinzey, als Novak Baumgartners Leiche neben dem Auto auf den Boden legte. Außer Atem von dem zügigen Marsch war die Truppe an dem mit Tarnnetzen bedeckten Transporter angekommen. Auch McKinzey war kurz zuvor zurückgekehrt.

»Ja. Aber wir müssen ihn mitnehmen. Los, einsteigen,

und hoffentlich erleben wir keine Überraschungen«, sagte der Leutnant und gab der Gruppe das Zeichen. Karlo und Kuisma hoben ihren gefallenen Kameraden in den Wagen.

»Die Ratte kann auf dem Fußboden reisen«, knurrte Stasiak und versetzte Dordević einen solchen Tritt, dass er umfiel und auf der Seite lag.

Novak und McKinzey schnallten ihre Gefechtsausrüstung ab und gaben sie den Männern, die sich in den Laderaum drängten. McKinzey vergewisserte sich, dass alle eingestiegen waren, schloss die Türen und sprang hinters Steuer.

»Dann nichts wie weg.« McKinzey startete den Wagen und ließ ihn im Leerlauf den zum Tal hin abfallenden Sandweg entlangrollen. »Sir, ich hatte einen sauberen Treffer in die Brust eines Feindes, der neben dem Helikopter stand. Der Mann wurde sofort in den Hubschrauber gebracht«, berichtete McKinzey und hob den Fuß aufs Gaspedal.

»Gut. Ich hatte auch keine Bedenken, dass du womöglich vorbeischießt«, sagte Novak neben ihm, grinste und warf einen Blick auf den jungen Soldaten.

»Glauben Sie, dass wir es jetzt überstanden haben?«, fragte McKinzey wenig später, als die Straße einen Asphaltbelag hatte.

»Im Augenblick sieht es ziemlich gut aus. Hauptsache, wir werden nicht von der Militärpolizei angehalten. Allerdings dürfte es auf unserer Strecke keine Kontrollen geben.«

»Und was, wenn wir angehalten werden?«

»Da wir jetzt einen gefangenen serbischen General und einen toten Soldaten mit dabeihaben, besitzen wir gute Chancen, vor dem Kriegsgericht zu landen«, antwortete Novak. Als er sah, dass McKinzeys Gesicht sehr ernst geworden war, boxte er ihn kameradschaftlich gegen die Schulter und fuhr fort: »He, das Schlimmste haben wir hinter uns!

Von hier aus sind es nur noch ein paar Dutzend Kilometer bis zum Stützpunkt. Versuch zwischen den Straßengräben zu bleiben.« Dann fragte er über Sprechfunk die Truppe, die auf der anderen Seite der Trennwand saß: »Jungs, ist hinten alles okay?«

»Hier ist alles okay!«, meldete Stasiaks Stimme.

»Hört mir noch kurz zu«, sagte Novak, den Blick auf die dunkle Landstraße gerichtet. »Wenn das Auto hält und ich mit der Faust an die Wand klopfe, dann schneidet dem Gefangenen die Kehle durch.«

McKinzey schaute kurz von der Straße weg und blickte aus den Augenwinkeln den Leutnant an.

»Wir warten voller Freude darauf, dass eine solche Situation eintritt«, verkündete Stasiaks Stimme über Funk.

»Freut euch lieber nicht drauf. Dann hat man uns nämlich erwischt«, erwiderte Novak und legte sein Sprechfunkgerät auf die Mittelkonsole.

»Sir, wie ist Baumgartner gestorben?«, fragte McKinzey.

Novak zündete sich eine Zigarette an und drehte das Fenster einen Spalt herunter.

»Ein Bauchschuss mit der Schrotflinte. Aus ein paar Metern Entfernung.« Sein Blick wanderte über beide Seiten der Straße, die von den langen Lichtkegeln der Autoscheinwerfer beleuchtet wurde.

»O verdammt«, fluchte McKinzey und presste die Finger um das Lenkrad.

»Eine schmerzhafte Art zu sterben.«

»Ja wirklich.«

»Sein Herz hörte auf zu schlagen, schon lange bevor wir den Treffpunkt erreicht hatten. Aber ich habe beschlossen, ihn trotzdem mitzunehmen.«

»Baum bekommt ein ordentliches Begräbnis.«

»Im Gegensatz zu Dordević.« Novak zog an seiner Zigarette und dehnte den Nacken.

»Sir ...«, begann McKinzey.

»Ja?«

»Warum wurde Dordević nicht sofort umgebracht? Ist doch ziemlich riskant, ihn auf diese Weise mitzunehmen.« McKinzey räusperte sich und fuhr fort: »Ist das Endergebnis nicht ohnehin dasselbe? Wir haben ja nicht die Absicht, ihn irgendjemandem zu übergeben, oder?«

»Eine Kugel in die Stirn und Schluss, stimmt's? Nein. So leicht lassen wir dieses Ungeheuer nicht davonkommen«, sagte Novak, und dann ging ihm der Satz noch eine Weile durch den Kopf.

»Sir, der Krieg nähert sich seinem Ende. Und jetzt hab ich zum ersten Mal – vielleicht gerade deshalb, weil unser Auftrag bald erfüllt ist und der Krieg wirklich zu Ende geht ...«

»Ja?«

»Jetzt hab ich zum ersten Mal überlegt, was letztlich das Gute vom Bösen unterscheidet.« McKinzey sah den Leutnant an, der nichts sagte. »Ich habe gerade das Gewehr mit Zielfernrohr benutzt und einen Soldaten erschossen, dessen Aufgabe darin bestand, Dordević aus dem Schulgebäude zu evakuieren. In dem Haus haben eine Handvoll Soldaten dasselbe Schicksal erlitten. Und dann – begnügen wir uns nicht damit, unsere Gefangenen zu töten, sondern wollen eine Kunst daraus machen. Das beschäftigt mich.«

»Reiß dich zusammen, McKinzey!«, schnauzte Novak und hielt die Zigarette zwischen den Zähnen. »Ob er sich dem Ende nähert oder nicht – der Krieg ist immer noch im Gange. Vergiss nicht, warum wir diesen verdammten Auftrag ausführen!« Seine Worte brachten den jungen Sergeant zum Schweigen.

Novak blickte kurz aus dem Fenster, sammelte seine Gedanken und wandte sich dann wieder McKinzey zu.

»Wenn eine Hölle existiert, dann kannst du sicher sein, dass Dordević auf dem Weg dorthin ist. Und wenn es nach mir geht, macht er diese Reise möglichst langsam. Vielleicht kommt er dann auf die Idee, seine Taten ein bisschen zu bereuen.«

»Dordević verdient den Tod. Ich möchte nicht, dass Sie mich falsch verstehen. Ich bin der Operation gegenüber loyal und werde es immer sein«, sagte McKinzey etwas verlegen. Er blinzelte, seine Augen waren müde von dem starren Blick auf die Landstraße, die im Lichtkegel der Autoscheinwerfer wie ein Laufband dahinrollte.

»Ich wollte nur sagen, Sir ...« McKinzey atmete die vom Zigarettenrauch geschwängerte Luft ein und fuhr dann fort: »Ich wollte nur sagen, dass ich nicht weiß, ob das die richtige Art ist, die Dinge zu Ende zu bringen. Wird danach auch nur einer von diesen Jungs wirklich seine innere Ruhe finden?«

»Dann sag mir mal, Sergeant, ob sie deiner Meinung nach ihre Ruhe finden werden, wenn wir Dordević dem UN-Kriegsverbrechertribunal übergeben?«

»Sir, dafür dürfte es zu spät sein.«

»Das mag stimmen«, sagte Novak, ließ seine Kippe aus dem Fenster fallen und drehte es zu.

86

Hafenstadt Rijeka, Kroatien
Gegenwart

Die Sonne hatte sich hinter dem Horizont versteckt, während die Dunkelheit über die Kvarner-Bucht hereinbrach. Antonio trat vorsichtig gegen den Rand der massiven Holztür, um die Stifte des Zylinderschlosses aus der Erstarrung zu lösen. Er rüttelte den Schlüssel im Schloss, bis er sich drehen ließ. Die Haustür öffnete sich, und vor ihnen lag ein großer Flur, in dem Daniel als Erstes der glänzend lackierte Dielenfußboden auffiel. Es roch ein wenig muffig nach altem Blockhaus und feuchter Erde.

»Willkommen in meinem geheimen Versteck«, sagte Antonio und reckte sich nach oben, um die Petroleumlampe anzuzünden, die an der Decke hing.

»Was für ein Haus ist das denn?« Annika sah sich neugierig um.

»Ich habe das aus einem Nachlass gekauft«, antwortete Antonio, und als er die skeptischen Mienen seiner Gäste bemerkte, fügte er ganz ruhig hinzu: »Aber keine Sorge. Es läuft nicht auf meinen Namen. Lief es noch nie. Hier wird uns niemand suchen.«

»Und warum hast du es gekauft?«, fragte Daniel, während Antonio sie durch die Bogentür weiterführte.

»Der Preis hat gestimmt, und zwar so, dass man einfach zuschlagen musste. Ursprünglich wollte ich es renovieren und weiterverkaufen. Aber dann hat der russische Strohmann, der es für mich gekauft hatte, im Lotto gewonnen und ist irgendwohin weit weg gezogen, meines Wissens auf die Kanarischen Inseln. Da das Haus nicht auf meinen Namen läuft, kann ich es natürlich auch nicht verkaufen. Es ist sogar richtig kompliziert, die Stromrechnung zu bezahlen.« Antonio schüttelte den Kopf.

Annika runzelte die Stirn mit ungläubiger Miene. Daniel klopfte ihr auf die Schulter.

»Erinnerst du dich, was ich dir über diesen Mann im Flugzeug gesagt habe?«

»Dass du ihm hundertprozentig vertraust?«

»Richtig. Du kannst das genauso tun und dabei ein sicheres Gefühl haben«, sagte Daniel und ging zu Antonio hinüber.

Der Italiener hatte sich über die aus Stein gemauerte Feuerstelle gebeugt. »Ihr könnt im Obergeschoss schlafen. Dort gibt es auch eine funktionierende Lampe«, erklärte Antonio, nahm eine Maglite-Taschenlampe, die neben dem Holzstapel lag, und gab sie Daniel. »Ich mache hier Feuer.« Er legte feuchte Scheite in den Kamin.

Daniel und Antonio saßen an dem kleinen runden Tisch und betrachteten die Flammen im Kamin, deren Lichter an den Wänden tanzten. Annika war kurz zuvor nach oben gegangen. Antonio hatte ihre Gläser mit Caperdonich gefüllt, der zur Kollektion der Jahrgangswhiskys des Hauses gehörte. Daniel verwöhnte sich mit einer dicken Zigarre aus der Küche, die allerdings so trocken war, dass ihr Deckblatt zwischen den Fingern zerbröselte.

»Ich bin noch gar nicht dazu gekommen, dir zu danken«, sagte er und spürte im Gesicht die Wärme der knisternden Flammen.

»Wofür denn?« Antonio schwenkte den warmen Whisky in seinem Glas.

»Dafür, dass du versucht hast, mich zu warnen.«

»Und es ist mir sogar fast gelungen.«

»Wieso denn *fast*, es ist dir doch gelungen«, entgegnete Daniel und blies einen dicken Rauchring in die Luft.

»Aber zu spät. Du bist noch nicht in Sicherheit.«

»Du auch nicht. Und Annika.«

»Annika«, murmelte Antonio nachdenklich und sah zu der kleinen Holztreppe hinüber, die ins Obergeschoss führte. »Wie lange kennst du sie?«, fragte er, nachdem er sich vergewissert hatte, dass die Frau sie nicht hören konnte.

»Zwei Tage.« Verlegen sah Daniel auf seine Uhr.

Antonio lachte gedämpft und beugte sich über den Tisch zu ihm hin.

»Zwei Tage genügen. Das merkt man«, sagte er leise und kostete triumphierend seinen Whisky.

»Fuck you.« Daniel drückte die fast ungerauchte Zigarre in einem Metallgefäß auf dem Tisch aus, wischte sich die trockenen Tabakreste von den Händen und fuhr fort: »Wir müssen dir für das Haus einen Humidor besorgen.«

»Wenn das hier alles vorbei ist, musst du sie unbedingt bitten, mit dir auszugehen – beispielsweise zum Eisessen.«

»Du weißt nicht, wovon du sprichst.«

»Ich weiß nur, was ich selbst sehe. Ich glaube, dass du bei ihr sehr gute Chancen hast.«

»Ich habe mich noch nicht mal entschieden, ob ich ihr vertrauen kann.«

»Aber trotzdem ist sie hier mit uns zusammen. Das klingt nicht besonders logisch.«

»Annika hat mich hinters Licht geführt, Tony«, sagte Daniel so, dass sein Freund ernst wurde. »Allerdings hatte jemand anders vorher *sie* hinters Licht geführt.«

»Nimm es mir nicht übel, Danny-Boy, aber ich glaube, dass du deine Wahl schon getroffen hast«, konstatierte Antonio und dehnte seinen Nacken.

»Vielleicht stimmt das. Vielleicht auch nicht.«

»Ich glaube, dass du ihr vertraust. Und an sich halte ich das auch für eine richtige Entscheidung. Die Frau macht einen ehrlichen Eindruck.« Antonio stand auf, trat zu dem staubbedeckten Fenster mit den dunkelblauen Gardinen und spähte in die mondhelle Nacht hinaus. Dann warf er einen Blick über die Schulter.

»Du hast deine Telefonnummer gewechselt. Und mir nicht Bescheid gegeben, obwohl wir das vereinbart hatten.«

»Sorry. Ich hab es vergessen. Das ist erst zwei Monate her.«

»Dieses Vergessen hätte dich um ein Haar das Leben gekostet.«

»Ich hatte zu Hause Probleme. Die Lage war eskaliert«, erklärte Daniel und legte den Kopf entspannt an die Sessellehne.

Antonio rieb sich seine dunklen Bartstoppeln. Er lauschte dem Knistern des Feuers und sah, wie die energisch auffliegenden Funken auf dem rußigen Blech vor dem Kamin landeten.

»Bereust du es jemals?«, fragte Antonio.

»Ja. Ich weiß nicht. Zumindest müsste man es bereuen. Aber das war ja beängstigend«, seufzte Daniel.

»Was war beängstigend?«

»Ich selbst. Ich habe lange Angst vor mir selbst gehabt.«

»Der Krieg bringt die schlimmsten Seiten des Menschen zum Vorschein.«

»Ein Zitat von Oskar Schindler?«, brummte Daniel mit dem Glas am Mund.

»Aber es stimmt, Danny.« Antonio setzte sich in seinen Sessel und fuhr in aller Ruhe fort: »Du konntest wieder bei null anfangen, als du nach Finnland zurückgekehrt warst.

Aber schau dir an, was aus mir geworden ist: ein waschechter Gangster. Du hast ja keine Ahnung, was ich für eine Scheiße gemacht habe, und das alles für Geld und für die Ehre eines anderen.«

»Du hast sicher das getan, was du tun musstest.«

»Von wegen, verdammt. Niemand hat mich gezwungen.«

»Aber du wolltest irgendwo dazugehören. Ein Teil von etwas sein«, erklärte Daniel, und Antonio nickte nachdenklich.

»Wenn ich mir einen normalen Beruf und eine Familie zugelegt hätte, wäre das für mich wie ein Todesurteil gewesen«, sagte Antonio, leerte sein Glas und fuhr dann mit leiser Stimme fort: »Aber jetzt, nach all dem, gehöre ich plötzlich nirgendwo mehr hin.«

Antonio stellte sein Glas auf den zerschrammten Holztisch. Daniel lauschte, wie das alte Haus seufzte, während der Wind in den Schornstein blies, als sei er eine große Flöte.

87

Dubrovnik, Kroatien

Mio Arslanović wischte sich den Schweiß von der Stirn und schaltete das Fernlicht ein. Auf der Straße zum Ufer war es stockdunkel. Für das, was er vorhatte, war das natürlich gut: Er wollte die Reisetasche in dem tiefen Wasser am Ufer versenken, das den düsteren Himmel spiegelte.

Am Geländer der Aussichtsplattform hielt er an, dahinter fiel der Boden zwanzig Meter tief ab, und am Fuße des steilen Abhangs toste die Brandung. Der Ort war ideal, um eine Leiche verschwinden zu lassen, schon allein wegen der

Strömung. Allerdings war die zugeschnürte Reisetasche so schwer, dass sie wahrscheinlich auf den Meeresboden sinken würde. Nicht einmal die Fäulnisgase würden die Leiche an die Oberfläche treiben lassen. Das Geheimnis bliebe unter der Oberfläche verborgen, zumindest so lange, wie die Tasche hielt.

Mio öffnete den Kofferraum. Tony hatte ihn oft genug gerettet, wenn er in der Klemme saß. Seine Spuren im Hotel zu beseitigen war das wenigste gewesen, was er tun konnte. Dafür waren Freunde ja da. Mio packte den Griff der Tasche und zerrte sie ächzend zu sich her. In ihr befand sich nur noch ein Teil der Leiche, aber sie wog dennoch ungeheuer viel. Plötzlich verlagerte sich der Schwerpunkt der Tasche, sie ließ sich nicht mehr halten und krachte neben dem Auto zu Boden.

»*Trebate li pomoć?*«, fragte eine Stimme hinter ihm.

Mio drehte sich rasch um und legte die Hand instinktiv auf die Tasche seiner Trainingsjacke. Zu spät. Vor ihm standen zwei dunkel gekleidete Männer, die wie aus dem Nichts aufgetaucht waren.

Etwas weiter entfernt leuchteten die Scheinwerfer eines Wagens auf. Der eine der beiden Männer war jung und stämmig, der andere deutlich älter, schon ein wenig ergraut. Mio starrte auf den verblüffend langen Lauf des Revolvers, den der junge Mann in der Hand hielt. Diese Typen waren eindeutig keine Polizisten. Ach, wie sehr er sich jetzt wünschte, sie wären Polizisten.

»Brauchst du Hilfe?«, wiederholte der ältere auf Kroatisch und fuhr fort, ohne auf eine Antwort zu warten: »Mikul, hilf dem Mann mit der Tasche. Hebt sie zurück in den Kofferraum.«

Der Mann mit dem Revolver machte ein paar Schritte auf

Mio zu, schob die Hand in dessen Jackentasche und zog die Waffe heraus. Dann bedeutete er Mio mit seinem Revolver, die Tasche wieder ins Auto zu heben. Es gab keine Alternative, er musste gehorchen, wenn er sich nicht den Abhang hinunterstürzen wollte. Auch diese Möglichkeit schoss ihm durch den Kopf, aber er verwarf sie schnell.

Mio startete den Wagen und sah im Innenspiegel, wie sich der ältere Mann auf dem Rücksitz zu ihm vorbeugte und ihm schwer ins Genick atmete. Es stank nach Knoblauch und altem Schnaps.
»Fahr. Wir kümmern uns ums Navigieren«, sagte der ältere leise und lehnte sich wieder zurück. Der Mann namens Mikul saß neben ihm auf dem Beifahrersitz mit dem Revolver in der Hand.
Mio schaltete, atmete tief durch und ließ den Wagen vorsichtig losrollen. Zur Stadt führte nur eine kleinere, schwach beleuchtete Straße, aber die Männer würden ihn wohl kaum durch die City fahren lassen. Sie wollten bestimmt bis zur Landstraße und würden dann wahrscheinlich nach Osten abbiegen. Mio starrte nach vorn, atmete hastig und begriff die Aussichtslosigkeit seiner Lage.
»Gib dein Telefon her«, sagte der ältere Mann, als sie sich der Kreuzung näherten, und streckte ganz ruhig seine Hand aus. Mio holte sein muschelförmiges Nokia aus der Tasche. Es war ausgeschaltet, damit man nicht mittels der Basisstationen orten konnte, wo er gewesen war. Falls jemand auf die Idee käme, Mio zu verdächtigen, sollte die Leiche irgendwann gefunden werden. Er schaltete es ein und reichte das Telefon nach hinten, während er mit der linken Hand das Lenkrad hielt. Der Mann klappte den Deckel auf, öffnete die Tastensperre und klickte die letzten Gesprächsdaten an.

»Antonio Franzo hat dich vorgestern Nacht angerufen. Die Frage lautet: Wo ist er jetzt?«, sagte der Mann langsam und suchte im Innenspiegel Blickkontakt zu Mio.

»Ich weiß es nicht. Ich habe ihn nicht gefragt, wohin er gefahren ist«, antwortete Mio nervös. »Und er hätte es mir auch sicherlich nicht gesagt, selbst wenn ich ihn gefragt hätte. Hört mal, ich ...«

»Das habe ich mir schon gedacht. Bieg hier nach rechts ab«, erwiderte der Mann und drehte das Telefon in der Hand. »Die Sache ist nämlich die, dass hier ein bedauerliches Missverständnis passiert ist. Der in deine Tasche gepackte Gangster steht nämlich nicht in unseren Diensten, obwohl Tony das glaubt. Wir müssen Tony finden und ihm die Lage erklären, bevor er ganz verschwindet oder irgendeine andere Dummheit anstellt ... Du verstehst das sicher.«

Die Lichter eines entgegenkommenden Fahrzeugs blendeten Mio für einen Augenblick. Er dachte über die Worte des Mannes nach. Hatte der jetzt gelogen? Selbstverständlich, auch wenn Mio sich wünschte, er hätte die Wahrheit gesagt. Vom sicheren Tod trennte ihn nur die verschwindend geringe Möglichkeit eines Missverständnisses. Sollte der Mann in der Tasche vielleicht doch ihr gemeinsamer Feind sein? Mio schob den Gedanken beiseite. Sicher war nur eines: Die Männer suchten Tony, weil sie ihn umbringen wollten.

»Hast du mich verstanden? Ich will, dass du Tony anrufst. Ich will, dass du klärst, wo er sich befindet. Keine Tricks. Noch kann alles gut ausgehen.«

»Tony ist nicht dumm. Er wird mir am Telefon nichts sagen«, entgegnete Mio entschlossen und hielt das Lenkrad krampfhaft mit beiden Händen fest. Der weißgoldene Verlobungsring glitzerte an seinem linken Ringfinger.

»In diesem Fall vereinbarst du ein Treffen mit ihm. Wir können ihn schützen. Willst du, dass er dieses Durcheinander lebendig übersteht?«

Mio spürte, wie sich sein Puls beschleunigte. Plötzlich waren seine Hände und Füße gefühllos geworden, und er konnte den Mund nicht öffnen, um auf die Frage zu antworten.

»Fahr auf diese kleine Allee.« Der Mann zeigte mit der Hand auf einen schmalen Weg rechts von der Straße, der von dichten Bäumen gesäumt wurde. »Ruf Tony an. Improvisiere. Du hast jetzt keine Alternative.«

Während das Auto auf den Weg einbog und der Kies unter den Reifen knirschte, gab ihm der Mann das Telefon zurück. Mio trat auf die Bremse. Der Wagen blieb auf dem Weg stehen, der im Dunkeln lag, weil das Mondlicht nicht durch die dichten Baumwipfel dringen konnte. Er schloss die Augen und atmete schwer. Sekunden verstrichen, und er wusste, dass ihre Geduld zu Ende ging. Trotzdem musste er Zeit gewinnen.

»Es tut mir leid, Jungs …«, sagte Mio vorsichtig.

Plötzlich ging die Tür auf und jemand zerrte ihn aus dem Auto. Man schleifte ihn über den groben Kies, der seine Wangen aufriss, und er sah, wie ein Mann in einer Lederjacke aus dem Kofferraum des anderen Autos eine riesige Rohrzange holte. Sie war so riesig, dass sich damit selbst ein dickes Gitter durchtrennen ließ.

Mio schloss die Augen und wünschte, er hätte sich vorhin den Abhang hinuntergestürzt.

88

Hafenstadt Rijeka, Kroatien

Die Stufen knarrten unter seinen Schritten, es war eine unlösbare Aufgabe, lautlos ins Obergeschoss zu steigen. Das begriff Daniel spätestens, als er Annika mit einer Decke um die Hüften auf dem Bett sitzen sah. Ihre Blicke trafen sich im Licht der Petroleumlampe.

»Hab ich dich geweckt?«, fragte Daniel und bückte sich, als er den niedrigen Raum mit schräger Decke betrat.

»Glaubst du ernsthaft, ich könnte jetzt schlafen?« Annika rieb sich die Augen.

»Ich kann es auch nicht. Aber du solltest dich etwas ausruhen. Wir sind hier in Sicherheit«, sagte er und setzte sich vorsichtig auf einen Korbstuhl, der etwas zerbrechlich aussah.

»Und was geschieht danach?«
»Wann?«
»Ich weiß nicht. Morgen? Wann kommen wir hier weg?«
»Sobald Hämäläinen in Helsinki alles geregelt hat«, antwortete Daniel.

Annika schob sich ans Bettende und lehnte sich an die Wand.

»Dein Freund scheint ein netter Typ zu sein.«
»Raimo?«
»Nein, Tony. Du hast es ihm zu verdanken, dass du noch am Leben bist.«

»Tony ist wirklich ein netter Typ. Er führt ein interessantes Leben.« Daniel machte es sich auf dem Korbstuhl bequem.

»Was meinst du damit?«

»Er ist nach dem Krieg in einem ... Job gelandet, der ein bisschen *anders* ist, wenn du verstehst.«

»Du redest von organisierter Kriminalität?«

»Tony hat ein gutes Herz. Er schätzt langjährige Freundschaftsbeziehungen. Loyalität geht für ihn über alles.«

»Daniel, ich möchte noch ...«, begann Annika, senkte dann aber den Blick.

»Brauchst du nicht. Ging es nicht gerade darum? Um Loyalität.«

»Loyalität?«

»Du warst loyal. Den falschen Leuten gegenüber. Das kann jedem passieren. Und du hast gedacht, dass du richtig handelst.«

»Ich habe diesen Leuten tatsächlich vertraut. Ich habe darauf vertraut, dass ich auf der Seite der Guten stehe«, sagte Annika, und Daniel bemerkte erst jetzt, dass ihre Augen vom Weinen gerötet waren.

»Ich glaube dir das«, erwiderte Daniel und gähnte leicht. Der Geruch der Petroleumlampe erfüllte das Zimmer. Über ihnen flatterte ein Nachtfalter mit seinen zarten Flügeln gegen die Deckenbalken.

»Schlaf jetzt. Ich halte Wache. Und wenn ich mich nicht sehr irre, wird der Italiano unten am Kaminfeuer die ganze Nacht wach bleiben, mit der Pistole in der Hand«, sagte Daniel ganz ruhig.

Annika lächelte kurz, seufzte tief und schob die Decke beiseite, dabei entblößte sie ihre glatten, vom matten Licht vergoldeten Schenkel. Sie sah Daniel prüfend ins Gesicht und wartete auf seine Reaktion. Der Mann im Korbstuhl schaute nicht weg. Jeder hörte den anderen atmen.

»Daniel!«, flüsterte Annika schließlich. Ihr Gesichtsausdruck wirkte ruhig. Nicht unbedingt verführerisch. Daniel erkannte in ihren Augen eine verwirrte, geradezu verzweifelte Verliebtheit, was diesen Augenblick, in dem die Zeit stehen zu bleiben schien, tatsächlich authentisch machte.

»Ich möchte, dass du mich in den Arm nimmst«, sagte sie und schluckte unsicher. Daniel fühlte, wie sein Herz schneller schlug. Irgendetwas in ihm formte die Worte für eine ablehnende Antwort, aber trotzdem stand er auf. Er sah Annikas intensiven Blick und wusste, was in ihr geschah, denn in ihm geschah dasselbe.

»Daniel, komm her«, flüsterte sie. Daniel trat ein paar Schritte näher an das Bett heran und setzte sich auf den Rand, ohne den Blick von der neben ihm liegenden Schönheit abwenden zu können.

»Annika ...«

»Psst. Komm«, flüsterte sie und fasste zärtlich nach seinem Handgelenk.

»Annika – hör auf, bitte«, sagte Daniel und löste seine Hand vorsichtig aus ihrem Griff. »Ich kann das nicht.«

Sie schwiegen einen Augenblick. Dann griff Annika nach der Decke und legte sie offenkundig peinlich berührt über ihre Beine. Daniel schloss die Augen und fluchte innerlich über sich. Die Ereignisse der letzten vierundzwanzig Stunden waren einfach zu schmerzhaft gewesen. Gerade jetzt in diesem Moment kamen sie ihm wie ein unüberwindliches Hindernis vor. Doch merkwürdigerweise war er nicht mehr wütend. Er sah nun keinen Grund, der Frau nicht zu vertrauen. Aber in diesem stillen, intimen Augenblick, der dank seines Rahmens und seiner Atmosphäre wie eine Fügung des Schicksals wirkte, fühlte er sich nicht fähig, noch weiter zu gehen. Alles war schwer. Kompliziert. Er mochte diese Frau, aber die heimliche Agenda und die Verknüpfung mit Interpol waren für ihn eine gewaltige Enttäuschung gewesen. Vorübergehend hatte er das Gefühl gehabt, wieder in der Dunkelheit zu versinken, an einen Ort, wo eine bodenlose Trostlosigkeit herrschte. Er war einfach nicht imstande, so schnell weitere Schritte nach vorn zu machen.

»Ich finde dich sehr, sehr verführerisch«, sagte Daniel schließlich und öffnete die Augen.

»Du brauchst das nicht zu erklären, Daniel. Es macht nichts. Ich weiß nicht, was ich mir dabei gedacht habe.«

»Es ist nicht so, dass ich nicht möchte ...«

»Ich hätte mich nicht so verhalten dürfen. Ich war nicht ich selbst«, erwiderte Annika, wischte sich eine Träne aus dem Augenwinkel und wandte ihr Gesicht schnell von Daniel ab.

»Annika«, sagte Daniel leise.

»Vergessen wir das. Lass uns versuchen eine Weile zu schlafen.«

»Es tut mir leid.«

»Allen hat heute irgendetwas leidgetan. Dem einen dies und dem anderen jenes. Vielleicht ist morgen ein besserer Tag«, erwiderte Annika mit weinerlicher Stimme.

»Ist es dir recht, wenn ich hier neben dir schlafe?«, fragte Daniel und legte sich neben Annika.

»Das ist bequemer für dich als auf dem Fußboden«, murmelte Annika ins Kissen.

Daniel seufzte tief und spürte einen Kloß im Hals. Er musste die drückende Last loswerden, die ihm auf dem Herzen lag. Er musste sich jemandem anvertrauen. Zu verlieren hätte er letztlich wenig.

»Annika?«

»Ja?«

»Man hat Interpol große Lügen aufgetischt.«

»Ich habe doch schon gesagt, dass ich dir glaube.«

»Ich bin bereit, dir die Wahrheit zu erzählen. Die ganze Wahrheit. Ist es dir recht, wenn ich erst einen Zigarillo rauche?«

89

»Ich vertraue dir, Tony. Mehr als allen anderen.«
»Ich verspreche, deines Vertrauens würdig zu sein, Geoff.«
»Aber ich will, dass auch du mir vertraust.«
»Natürlich. Warum muss man darüber überhaupt reden?«
»Weil dir das Wesen des Auftrags erst später klar werden wird.«
»Warum?«
»Weil er diesmal anders sein wird.«
»Alles klar. Ich warte. Was ist das?«
»Ein Geschenk für dich. Verwöhne dich.«
»Dubrovnik Palace?«
»Alles ist bereits bezahlt. Schwimme, trinke, genieße die Sonne, lies, bestell dir eine Hure ins Hotel. Und was den Auftrag angeht, warte ab. Ich informiere dich rechtzeitig.«
»Ist das eine Art vorzeitige Weihnachtsprämie?«
»Etwas in der Richtung.«

Antonio schwenkte den Rest Whisky in seinem Glas. Richtig geschlafen hatte er seit vielen Tagen nicht, dennoch konnte er jetzt nicht einschlafen. Nur ab und zu war er eingenickt, und immer wieder gingen ihm vage Erinnerungen durch den Kopf. Er hatte zugesehen, wie das knisternde Feuer am klein gehackten Holz leckte, das sich allmählich in einen Haufen leuchtend rot glühender Kohle verwandelte. Antonio war noch einmal die Ereignisse der letzten achtundvierzig Stunden durchgegangen, und dabei hatte sich vor allem ein Gedanke herauskristallisiert: zum Glück hatte er keine Familie. Niemanden, dem sie wehtun konnten. Niemanden, dessen Leben sie bedrohen konnten, um ihn aus seinem Loch herauszulocken. Was seine Familie gewesen war, hatte sich gegen ihn gewendet.

Antonio nahm den Fuß vom Tisch. Ein Glück, dass er Daniel Kuisma gefunden hatte. Er war nahe daran gewesen, die Flinte ins Korn zu werfen und ins Ausland zu verschwinden, aber letztlich hatte er doch nicht aufgegeben. So wie er auch damals vor vielen Jahren bei seinem Besuch in Zagreb nicht aufgegeben hatte, als ihm klar geworden war, dass Daniel am Rande des Zusammenbruchs stand. Und psychisch völlig am Ende war. Ein menschliches Wrack, verfolgt von den Gespenstern der Vergangenheit. Orientierungslos und fern von seinem Zuhause.

Er hatte Daniel mit Gewalt in eine Einrichtung geschleppt, die von der Regierung für die Behandlung von Kriegstraumata geschaffen worden war, und darauf geachtet, dass er die erforderliche Therapie erhielt. Damals ging es nicht darum, dass Daniel den Verstand verloren hätte. Er war nur einfach unbeschreiblich bedrückt gewesen und hatte Schwierigkeiten gehabt, das, was er erlitten und was er getan hatte, miteinander in Einklang zu bringen. Monatelang hatte er diese Gleichung im Kopf hin und her gewendet, bevor er bereit gewesen war einzusehen, dass sie sich nicht lösen ließ. Dass nichts seine Frau zurückbringen würde. Dass es eine Rückkehr in den naiven, glücklichen und sorglosen Gemütszustand ganz einfach nicht gab. Die Rache hatte ihm nicht die innere Ruhe gebracht, sondern ihn auf eine Ebene mit jenen Menschen gestellt, die er hasste.

Diese Krise betraf auf unterschiedliche Weise zahllose Soldaten und Zivilisten – der Finne war mit seinen Gedanken nicht allein gewesen. In Kroatien am Ende der Neunzigerjahre hatten die kriegsbedingten posttraumatischen Belastungsstörungen jedoch leider nicht dazu geführt, dass sich die betroffenen Menschen um eine Behandlung bemühten. In der Regel griffen sie vielmehr zur Flasche, zu Drogen und schließlich – meist genau in dieser Reihenfolge – zu der alleregoistischsten Lösung. Sie nahmen sich das Leben. Genau wie der junge Ljubomir.

Antonio seufzte, verdrängte das Bild des lächelnden Jungen aus seinem Kopf und stand auf. Er stellte sich wieder ans Fenster und schaute in die Dunkelheit hinaus. Jetzt würde alles anders sein. Antonio fühlte sich einsam. Er schluckte, schmeckte auf der Zunge den Whisky und fragte sich, wann er wieder die Gelegenheit bekäme, seinen Lieblingswhisky zu trinken – einen Old Overholt.

»Wer bist du?«

»Ich bin Tony. Das habe ich dir schon gesagt.«

»Das weiß ich, Tony, aber ich möchte wissen, wer du bist.«

»Ich bin niemand. Ich bin nur – ein Mann unter vielen anderen.«

»Irgendwie habe ich das Gefühl, dass das nicht wahr ist, Tony. Deine Augen sagen, dass du mehr bist.«

»Was sagen sie?«

»Dass du dich ändern willst. Obwohl du es nicht bräuchtest.«

»Warum sollte ich mich denn ändern wollen?«

»Ich glaube, dass du dich schon verändert hast. Und zu etwas geworden bist, worauf du stolz sein kannst.«

»Sehr tiefsinnig. Bist du Psychologin?«

»Nein. Aber wenn ich es wäre, könnte ich mit dir zusammen hierbleiben. Jetzt muss ich aber wieder nach oben gehen.«

»Muss das sein, dass du gehst?«

»Irgendwie muss ich meinen Lebensunterhalt verdienen.«
»Ich bezahle es dir, wenn du bleibst.«
»Nein. Wir wollen Arbeit und Vergnügen nicht durcheinanderbringen.«
»Silvia …«
»Ja?«
»Du bist schön.«
»Du auch, Tony.«

90

Das gelbe Licht der Petroleumlampe auf dem Nachttisch bot nur eine notdürftige Beleuchtung. Der Tabakrauch stieg aus Daniels Mund auf und breitete sich langsam im Dämmerlicht aus.

»Möchtest du die ganze Geschichte hören? Auch wenn die Gefahr besteht, dass du danach nichts mehr mit mir zu tun haben willst?«, fragte er mit leiser Stimme.

»Das Risiko gehe ich ein.«

»Und das, was ich dir erzähle, bleibt unter uns?«

»Natürlich.«

Daniel schloss die Augen. »Das erste Mal kam ich 1991 mit einem der UNO unterstellten Pionierbataillon nach Kroatien. Wir sollten nicht an bewaffneten Militäroperationen teilnehmen, sondern vor Ort die anderen Blauhelmeinheiten unterstützen. Außerdem haben wir in gewissen Ausmaß kriegszerstörte zivile Objekte wiederaufgebaut.« Er streckte die Hand aus, um den Zigarillo neben dem Bett auszudrücken.

»Von einzelnen Zwischenfällen abgesehen kam es in unserem Operationsgebiet kaum zu bewaffneten Zusammenstößen oder Gewalttätigkeiten. Wir hatten den – für eine Truppe in Alarmbereitschaft – ziemlich typischen Alltag, zu dem das Wacheschieben und Reparaturarbeiten ebenso gehörten wie viele Übungen zur Vorbereitung auf den Ernstfall. Damals habe ich Augusta getroffen.« Daniel machte eine kurze Pause, bevor er fortfuhr: »Augusta arbeitete in einem Restaurant ganz in der Nähe unseres Stützpunktes. Wir waren oft da, haben dort gegessen und unsere freien Abende verbracht. Ich bin dann eine Weile mit Augusta zusammen gewesen, und als ein paar Monate später die Zusammensetzung unserer Kompanie und unser Auftrag geändert wurden, habe ich sie in meiner jugendlichen Begeisterung gebeten, meine Frau zu werden.« Daniel lachte, als wäre die ganze Geschichte vollkommen absurd gewesen.

»Und sie hat auf der Stelle ja gesagt. Wir waren wirklich noch jung, aber ich bin damals ganz sicher gewesen, dass wir den Rest unseres Lebens gemeinsam verbringen würden. Ich war bereit, in Kroatien zu bleiben und abzuwarten, bis sich die Lage beruhigt hatte. Das alles hielt ich für vollkommen richtig. Wir mieteten sogar ein kleines Haus am Rand des Dorfes. Damit ist der glückliche Teil des Gutenachtmärchens aber auch schon zu Ende.«

»Ich bin bereit, auch den anderen Teil zu hören«, sagte Annika liebevoll und nahm Daniels Hand.

»Augustas Familie – ihre Eltern und vier Geschwister – wohnten in dem Ort Kalinovik in Bosnien-Herzegowina. Zu Weihnachten 1991 sind wir dorthin gefahren, obwohl die Lage in Bosnien explosiv war. Ich musste gleich nach Neujahr zu meiner Einheit in Kroatien zurückkehren, aber Augusta sollte noch ein paar Wochen in Kalinovik bleiben, um ihren Eltern bei den Umzugsvorbereitungen zu helfen. Die ganze Familie beabsichtigte, vor dem Krieg nach Kroatien oder über Slowenien nach Italien zu fliehen. Ich wollte Augusta ursprünglich nicht dortlassen, denn der Krieg hatte die Umgebung des Dorfes erreicht, und so war die Lage sehr instabil. Es wurde jedoch eingeschätzt, dass die Zivilbevölkerung in Sicherheit und leicht zu evakuieren wäre, sobald die Situation dies erforderte. Ende Januar bekam ich telefonisch keinen Kontakt mehr zu Augustas Familie, und sie selbst kehrte nicht am vereinbarten Tag nach Kroatien zurück. Gleichzeitig erhielten wir Blauhelme nur ungenaue Informationen über die Lage, demnach waren serbische Truppen in das Gebiet von Foča vorgedrungen, in dem auch Kalinovik liegt. Damals waren wir uns noch nicht darüber bewusst, was für eine Hölle auf Erden in Bosnien ausgebrochen war. Wenn ich gewusst hätte, wie die Lage wirklich war, hätte ich Augusta dort herausgeholt, notfalls allein. Aber ich fasste mich in Geduld, hörte auf die Anweisungen meiner Vorgesetzten, blieb in Reih und Glied und hoffte das Beste. Und zwischendurch habe ich abends wie ein kleines Kind geheult.«

»Du hattest Angst, dass etwas passiert war?«

»Anfangs hatte ich Angst, es könnte etwas passiert sein. Aber schon nach einiger Zeit habe ich es gewusst. Mein Instinkt sagte mir: Etwas ist nicht in Ordnung. Ich war mir sicher, dass ich Augusta nicht lebend wiedersehen würde«, antwortete Daniel und nahm sich vom Nachttisch einen neuen Zigarillo.

»Da hatte ich mich jedoch geirrt. Etwa zwei Wochen später stand sie eines Nachts vor dem Tor unseres Stützpunktes und fragte die wachhabenden Blauhelme, wo sie Sergeant Kuisma finden könnte. Jemand hat mich geweckt und behauptet, meine Frau stehe draußen vor dem Tor. Ich weiß noch, wie ich aus dem Bett gesprungen bin, mich angezogen habe und, so schnell ich konnte, zum Tor gerannt bin. Die zerbrechliche Gestalt, die ich dort in die Arme nahm, war nur noch ein Schatten von dem Mädchen, das ich ein paar Monate vorher zur Frau genommen hatte«, sagte Daniel, und nun versagte ihm zum ersten Mal die Stimme. Sein ungleichmäßiger Atem und die feuchten Augen verrieten, wie unauslöschlich sich dieser Moment in sein Gedächtnis eingeprägt hatte.

»Alles ist gut«, flüsterte Annika.

Daniel wischte sich rasch die Augen trocken und fuhr fort: »Es war ihr gelungen, aus dem Ort zu fliehen. Sie war viele Tage mit allen möglichen Transportmitteln unterwegs gewesen. Ich nahm sie mit in unseren Stützpunkt, und unser Sanitätsoffizier tat sein Bestes, um ihre Verletzungen zu behandeln und ihre Schmerzen zu lindern. Augusta war wie andere Leute aus dem Ort geschlagen und gefoltert worden. Man hatte sie wie Dutzende andere Frauen wiederholt vergewaltigt. Ihre Verletzungen waren sehr schwer. Ich habe an ihrem Bett gesessen und ihr zugehört. Sie hat alles offen und ohne zu zögern erzählt. Ihr Blick war voller Liebe, aber ihr Lebenswille, der vorher so hell in ihren Augen geleuchtet hatte, war verschwunden. Nach dem Ende ihres Berichts bin ich auf den Hof gegangen und musste mich übergeben.«

»Sie hatte mit eigenen Augen gesehen, wie die Soldaten ihre Eltern umbrachten. Ihre Schwester war Opfer einer Massenvergewaltigung geworden, Augusta wusste nicht, ob sie noch lebte. Ihre Brüder hatte sie nicht mehr gesehen, nachdem die Soldaten sie aus dem Haus hinausgeführt hatten. Höchstwahrscheinlich sind sie erschossen und in Massengräbern verscharrt worden, so wie der größte Teil der jungen Männer des Dorfes. Augusta hat erzählt, wie die Vergewaltigungen von hochrangigen Offizieren organisiert wurden. Sie hatten sogar genaue Spielregeln aufgestellt, nach denen sich die Soldaten in aller Ruhe vergnügen durften.« Daniel schüttelte den Kopf und wirkte wie abwesend.

»Wie ist es ihr gelungen, aus Bosnien zu fliehen?« Annika bemerkte, dass ihre Stimme heiser geworden war.

»Hilfe bei der Flucht aus dem Dorf bekam Augusta von einem Mann namens Franjo Stasiak, der ursprünglich in den Reihen der Serben gekämpft hatte, aber nicht bereit gewesen war, sich an den Grausamkeiten gegen die Zivilbevölkerung zu beteiligen. Eines Abends weckte er eine Gruppe von Frauen, die man zu Sexsklavinnen gemacht hatte, und schmuggelte sie in einem Transporter aus den besetzten Gebieten bis nach Kroatien.«

»Was ist mit ihm passiert?«

»Die Frauen haben bestätigt, dass Stasiak ihnen zur Flucht verholfen hat, und nach kurzer Untersuchungshaft wurde er als Held und Wohltäter behandelt. Natürlich musste er erst den Verdacht ausräumen, dass die Rettung der Frauen aus Kalinovik eine genau geplante Aufklärungsoperation gewesen war. Deswegen gab er bereitwillig Informationen über die Truppenbewegungen, die Taktik und die Kriegsverbrechen der serbischen Einheiten preis und gewann allmählich das Vertrauen der Aufklärungsabteilung der Blauhelme. Man ließ ihn jedoch niemals an strategischen Lagebesprechungen oder an der Befehlsausgabe teilnehmen.« Daniel richtete sich auf und setzte sich auf die Bettkante. »Und dann ...« Er seufzte und fuhr nach einer kurzen Pause fort: »Am 29. Januar 1992 ist Augusta eingeschlafen. Als offizielle Todesursache galt eine innere Blutung durch die Misshandlungen und Vergewaltigungen. Mir war jedoch klar, dass sie starb, weil sie aufgehört hatte zu kämpfen. Nach all dem, was passiert war, fand sie keinen Grund mehr, an ihrem

Lebensfaden festzuhalten.« Daniel ließ seinen fast heruntergebrannten Zigarillo zwischen den Lippen hängen. Nur ihr Atmen störte das Schweigen.

»Doch ich bin damals nicht nach Finnland zurückgekehrt. Die Arbeit hat mich gezwungen, alles mit klarem Verstand zu sehen. Verschiedene internationale Missionen zur Friedenssicherung gab es auf dem Balkan genug. Und außerdem hatte ich meine eigene Agenda, wegen der ich dort blieb.«

»Und was war das?«, fragte Annika und bemerkte jetzt zum ersten Mal, dass sie überhaupt nicht wusste, in welche Richtung sich die Geschichte entwickeln würde.

»Rache. Ich glaube, dass ich am ehesten Einfluss auf das Endergebnis des Krieges und auf das Schicksal dieser Verbrecher nehmen konnte, wenn ich meinen eigenen Teil als Soldat leistete. Die Rückkehr nach Finnland wäre keine Alternative gewesen. Von dort aus hätte ich überhaupt nichts tun können. Einen konkreten Plan besaß ich jedoch nicht, und im Laufe der Monate und Jahre gab ich den Gedanken allmählich auf, ich könnte die Mörder von Augusta zur Verantwortung ziehen.« Daniel drückte seinen Zigarillo aus.

»Aber dann geschah etwas?«

»Ja. Es geschah ... Aleksander Novak. Leutnant Aleksander Novak«, sagte Daniel und wandte sich Annika zu, um ihre Reaktion zu beobachten.

»Also derselbe Novak, der ...?«

»Er war Zugführer, als ich im Dezember 1994 an der Operation ›Winter 94‹ teilnahm. Am Ende des Einsatzes wollte er mit mir unter vier Augen sprechen und fragte mich dann, ob ich den Menschen gegenübertreten möchte, die für den Tod meiner Frau verantwortlich waren.«

»Was hast du geantwortet?«, fragte Annika und kniff die Augen zusammen.

»Leutnant Novak sagte mir, man habe ihm die Vollmacht erteilt, einen streng geheimen Kommandotrupp zusammenzustellen, dessen einziger Auftrag darin bestand, eine Handvoll Kriegsverbrecher zur Verantwortung zu ziehen. Ein Kommando, das die Erlaubnis hatte zu richten, und zwar ohne Prozess. Das aber in den offiziellen Dokumenten nicht erwähnt wurde – und übrigens immer noch nicht erwähnt wird. Bei meiner Antwort habe ich nicht einen Augenblick gezögert.«

»Meinst du damit, dass …«, begann Annika.

»Die Operation trug die Bezeichnung ›Die Engel des Hammurabi‹. So nannte man später auch die Truppe, die sie ausgeführt hat.«

»O Gott. Ihr habt also …«

»In den folgenden zwölf Wochen haben wir Menschen gejagt, die nachweislich für schreckliche Verbrechen gegen die Menschlichkeit verantwortlich waren. Die Beteiligung dieser Männer an Massenvergewaltigungen, ethnischen Säuberungen und am Völkermord hätte man wahrscheinlich vor Gerichten auf internationaler Ebene nie lückenlos nachweisen können. Viele von ihnen wären davongekommen. Außerdem wusste damals noch niemand mit Sicherheit, dass sich die Lage im ehemaligen Jugoslawien dann so schnell beruhigen würde. Wir haben das Recht selbst in die Hand genommen«, erklärte Daniel und legte das Kinn auf die Brust.

»Das Gesetz des Hammurabi«, sagte Annika leise. »Aug um Aug …«

»Zahn um Zahn. Wir waren acht, einschließlich Leutnant Novak. Dazu gehörten auch Franjo Stasiak, der Augusta gerettet hat, und der italienische Blauhelm Antonio Franzo …«

»Antonio Franzo. Tony Franzo?«

»Genau der. Er hat von Anfang an in den UN-Einheiten an Kampfaufträgen teilgenommen, ich habe ihn schon 1992 kennengelernt. Tony hat im Krieg viele Freunde verloren, aber ich glaube, dass er sich letztlich meinetwegen und Augustas wegen der Gruppe angeschlossen hat«, erzählte Daniel, schüttelte den Kopf und fuhr fort: »Die anderen waren der Deutsche Philip Baumgartner, der Brite Alec McKinzey und die Kroaten Zoran Gabelich und Leon Karlo. Jeder von uns hatte auf die eine oder andere Weise unter den Gräueltaten dieser Männer leiden müssen.«

Annika nahm die Füße vom Bett und saß jetzt neben Daniel.

»Ihr habt diese Männer also gesucht?«

»Und gefunden.«

»Und ihr habt sie umgebracht?«

»Jeden von ihnen«, antwortete Daniel, ohne zu zögern, und fuhr dann fast flüsternd fort: »Und das war nicht immer schön.«

Eine Weile schwiegen beide. Daniel beobachtete, wie zwei Nachtfalter um die Petroleumlampe tanzten. Draußen hörte man eine Eule rufen.

»Ich verstehe nicht ...«, konnte Annika schließlich mühsam sagen.

»Ich weiß. Ich bin nicht stolz auf meine Taten.«

»Nein, das meine ich nicht.« Annika stand auf. »Jemand will eure ganze Gruppe eliminieren. Aber warum passiert das alles gerade jetzt, wo du hierher zurückgekommen bist?«, fragte sie mit angsterfüllter Stimme.

»Annika ...«

»Ist der ganze Zirkus um Westerlunds Entführung nur ein Mittel gewesen, dich hierherzubringen?«

»Ich glaube nicht an Zufälle.«

»Wenn sie dich ausschalten wollen, warum haben sie das dann nicht in Finnland getan? Sie hätten deine Adresse doch leicht gefunden, beispielsweise im Telefonbuch«, fuhr Annika mit verstörter Miene fort.

Daniel vergrub sein Gesicht für einen Moment in beide Hände und blinzelte müde. Dann blickte er ihr in die Augen.

»Ich hatte dich gefragt, ob du die Geschichte hören willst, obwohl du mich danach vielleicht nie mehr sehen möchtest.«

»Ich habe gesagt, dass ich das Risiko eingehe.«

»Gut, denn wir kommen jetzt erst zum entscheidenden Punkt.«

91

Republik Serbische Krajina
13.3.1995, 23.19 Uhr

Sergeant Alec McKinzey und Leutnant Aleksander Novak stiegen aus der Fahrerkabine des Transporters auf den weichen Sandweg und spürten im Gesicht eine plötzliche Windböe, die den Geruch von Rauch mit sich brachte.

McKinzey hatte den Wagen unter dichten Nadelbäumen nahe am Eingang des Wirtschaftsgebäudes angehalten.

»Beginnen wir mit der Feier. Die ganze Truppe ab in den Keller«, befahl Novak und zündete sich eine zerknitterte Zigarette an.

McKinzey blickte sich rasch um: Auf dem Hof, den sie zwei Stunden zuvor verlassen hatten, um ihren Auftrag auszuführen, war es still und dunkel. Er öffnete die hintere Tür des Transporters und warf einen kurzen Blick in den Laderaum, der von Stasiaks Taschenlampe und dem automatisch angehenden Deckenlicht beleuchtet wurde.

Gabelich drückte seinen Fuß auf den Gefangenen, der auf dem Bauch lag. McKinzey sah, dass die auf den Rücken gedrehten Hände des Generals schneeweiß geworden waren, weil man die Kabelbinder zu straff gezogen hatte. Seine Stirn war rot vom Blut Baumgartners, den sie ans andere Ende des Kofferraums geschoben hatten. Einer der gefährlichsten Kriegsverbrecher des Jugoslawienkriegs lag jetzt als geschlagener und gedemütigter Mann zu ihren Füßen. Und doch bekam McKinzey von dem Blick, den ihm Dordević in den wenigen Sekunden zuwerfen konnte, eine Gänsehaut. Dieser Teufel fürchtete sich noch immer nicht.

»Na dann, Jungs, alle in den Keller«, sagte McKinzey und atmete schwer.

»Hast du gehört, Scheißkerl? Los, aufstehen!« Stasiak packte den Gefangenen an der Schulter und riss ihn hoch auf die Knie.

»Kapierst du, dass dir jetzt niemand hilft?« Karlo ergriff Dordević am anderen Arm und zerrte ihn aus dem Transporter heraus.

»Der Kerl hat so gut wie keine Überlebenschance, oder was meinst du, Kuisma?«, sagte Antonio, der als Letzter das Auto verließ.

»Tut der dir leid?« Daniel schloss die Wagentüren, während die anderen schon im Wirtschaftsgebäude verschwanden.

»Dir etwa?«, entgegnete Antonio trocken und setzte die schwarze Wollmütze ab. Gemeinsam warfen sie ein dunkelgrünes Tarnnetz über den Wagen, damit das Fahrzeug aus der Luft schwerer zu erkennen war.

»Dieses Stück Scheiße hat meine Frau vergewaltigt und

umgebracht. Ich habe lange auf diesen Augenblick gewartet«, erwiderte Daniel und wischte sich den Schweiß von der Stirn. »Und jetzt ist uns Dordević dort in dem Keller ausgeliefert.« Er schwieg einen Augenblick und massierte sich mit beiden Händen das Genick.

»Willst du draußen warten?«, fragte Antonio.

Daniel hörte den gedämpften Schrei eines großen Vogels irgendwo weit entfernt.

»Natürlich nicht, verdammt. Gehen wir rein!« Er spürte, wie das Adrenalin stärker als je zuvor durch seine Adern strömte. Sie stiegen langsam die Stufen zum Keller hinunter und sahen, wie Stasiak, Gabelich und Karlo den Gefangenen an einen Holzstuhl fesselten. McKinzey und Novak saßen auf der Tischkante und schauten mit ernstem Gesicht zu. Novak steckte sich eine Zigarette zwischen die Lippen, und Daniel bemerkte, wie die Flamme des Zippo-Feuerzeugs sein müdes Gesicht für einen Augenblick beleuchtete.

»Was machen wir mit Baumgartners Leiche?« Gabelich lenkte die Gruppe mit seiner Frage für einen Augenblick von dem Gefangenen ab.

»Baum wusste um die Risiken. Wir begraben ihn mit allen Ehren, aber offiziell gilt er als vermisst«, erklärte Novak resolut.

»Er hat keine Familie«, sagte Gabelich vorsichtig und sah die Soldaten an, die um ihn herumstanden.

Daniel bemerkte, dass sich die Männer jetzt erstmals eine Legitimation für ihre Taten ausdachten. Für alles musste es auf einmal irgendeinen plausiblen Grund geben. Es stimmte, dass Baumgartner keine Angehörigen besaß, aber das hätte noch vor ein paar Wochen keinerlei Bedeutung gehabt. Nun, da der Auftrag fast abgeschlossen war, bereitete sich anscheinend jeder allmählich auf eine möglichst weiche Landung im normalen Leben vor. Wenn man bedachte, dass die brutalste und unmenschlichste Phase ihrer Aktion noch bevorstand, wirkte das ausgesprochen paradox.

Stasiak ging zum Tisch, nahm den Riemen seines Sturmgewehrs von der Schulter und legte die Waffe auf den Tisch. Er schnallte den Gefechtsgurt ab, zog seine Jacke aus und entblößte seine muskulösen Arme. Dann drehte er sich um, ballte die Fäuste und trat vor den Gefangenen.

»Ich habe niemals verstanden, warum man zusätzlich zu der anderen Scheiße auch noch über unschuldige Zivilisten herfallen muss«, sagte er leise.

Das blutverschmierte Gesicht von Dordević senkte sich für einen Augenblick. Stasiak beugte sich über den Mann und hielt die Stirn an die Schläfe von Dordević.

»Sag es mir, du Scheißhaufen, sag es mir. Was findest du daran? Wir haben hier heute einen Mann dabei, dessen Frau auf deine Anordnung hin getötet wurde. Geschändet, vergewaltigt, geschlagen«, sagte Stasiak leise. »Und er will genau wie wir alle, dass du für deine mörderischen Taten zur Rechenschaft gezogen wirst.«

Er richtete sich auf und wandte sich zu Kuisma um, der ein paar Meter hinter ihm stand. Dann sah er wieder Dordević an, entblößte seine zusammengebissenen Zähne zwischen den angespannten Lippen und schlug dem Gefangenen die Faust mit solcher Wucht gegen die Schläfe, dass Dordević mitsamt dem Stuhl umkippte. Blut und Schweiß spritzten von seinem Gesicht und glitzerten in dem schwachen Licht der Deckenlampen wie kleine Fontänen. Der Gefangene krachte mit der Seite auf den Fußboden, und als sein Kopf auf dem kalten Beton aufschlug, knallte es schauderhaft und hallte in dem öden Keller wider.

»Stasiak! Warte. Dazu kommen wir gleich. Erst wollen wir von ihm noch Informationen haben. Heb ihn auf«, brüllte Novak.

Stasiak schüttelte einen Augenblick die Fäuste und rieb sich die Knöchel. Dann nickte er dem Leutnant zu, packte Dordević an den Schultern und richtete den Stuhl mitsamt dem Gefangenen wieder auf.

»Ich verlange, dass der Mann noch imstande ist, Wörter zu formen. Zumindest noch eine Weile«, erklärte Novak und warf die fast aufgerauchte Zigarette auf den Fußboden. Dann trat er neben den Blut spuckenden General und hockte sich hin, um dessen Gesicht zu betrachten. Stasiak hatte es bei seinem Fausthieb nicht an Kraft fehlen lassen, aber die Augen des Gefangenen verrieten, dass er immer noch in dieser Welt war. Nicht einmal die Schläge hatten die Widerspenstigkeit aus seinem Gesicht gewischt.

»*Samo pacovi* ... ein Haufen Ratten seid ihr, nichts anderes«, sagte Dordević mit tiefer Stimme.

Novak brach in ein leises Gelächter aus und sah die um ihn herumstehenden Soldaten amüsiert an.

»Der Junge traut sich was«, schimpfte Stasiak und streckte seine Finger.

»Scheißratten, die ganze Bande. Wenn ich die Gelegenheit dazu hätte, würde ich es wieder tun. Aber diesmal würde ich dafür sorgen, dass sich eine ganze Kompanie diese bosnischen Huren vornimmt«, sagte Dordević und hob den Blick langsam zu Daniel. »Deine Frau? Ja?«, fragte er, lächelte jetzt das erste Mal seit seiner Gefangennahme und entblößte dabei seine vor blutigem Speichel triefenden roten Zähne.

Daniel erwiderte den intensiven Blick des gefesselten Mannes und spürte, wie seine Hände zitterten.

»Das bedeutet ja, dass deine Frau auch eine bosnische

Hure war«, konnte Dordević noch voller Schadenfreude sagen, ehe Novaks Ellbogen seine ohnehin schon gebrochene Nase traf. Dordević' Kopf schnellte heftig nach hinten, und der Mann brüllte vor Schmerz.

»Noch ein Wort ...« Novak packte Dordević an den Haaren. »Noch ein Wort und ...«

»Und was? Dann foltert und tötet ihr mich? Das macht ihr doch sowieso«, murmelte der Mann. Sein Lächeln hatte sich in ein schmerzverzerrtes Grinsen verwandelt.

Etwas weiter entfernt nahm McKinzey Franzo an der Schulter und zog ihn näher zu sich heran.

»Ich habe geahnt, dass das keine gute Idee war«, sagte McKinzey besorgt.

»Bleib ganz ruhig. Die Lage ist unter Kontrolle«, erwiderte Franzo leise.

»Hier geht es nicht mehr um Rache. Verdammt, hier wird ein an den Stuhl gefesselter Mann geschlagen«, widersprach McKinzey mit gedämpfter Stimme, während Novak im Hintergrund etwas rief.

»Ist doch nicht das erste Mal. Wir haben auch früher schon Informationen durch Schläge bekommen.«

»Aber jetzt brauchen wir die doch nicht mehr. Wir sollten die Sache rasch erledigen und uns dann schnellstens aus dem Staub machen.«

»Novak braucht aber Informationen.«

»Was für Scheißinformationen denn? Davon war nicht die Rede.«

»Ist etwas nicht in Ordnung, Jungs?« Novak hatte den Kopf des Gefangenen nach hinten fallen lassen und sich ihnen zugewandt.

»Nein, Sir«, beeilte sich Franzo zu versichern.

»Ich formuliere das neu – ist bei dem Sergeant Scharfschütze etwas nicht in Ordnung?« Novak trat zu Franzo und McKinzey hinüber.

»Nein, Sir«, erwiderte McKinzey mit angespannter Stimme.

Novak kam noch einen Schritt näher und betrachtete ihn mit seinen dunklen Augen.

»Vielleicht sollte der Sergeant draußen warten. Bis sich der Sturm hier im Keller gelegt hat.« Novak nickte in Richtung Treppe.

»Sir, das ist nicht nötig«, sagte McKinzey, drückte die Brust heraus und hob das Kinn, um selbstsicherer zu wirken.

»Da sind wir unterschiedlicher Meinung«, entgegnete Novak, ohne mit der Wimper zu zucken.

McKinzey ging in die Dunkelheit hinaus und knallte demonstrativ die Tür hinter sich zu. Er zog die schwarze Wollmütze vom Kopf und fuhr mit den Fingern durch sein dichtes blondes Haar, das an der verschwitzten Stirn klebte. Er ging eine Weile auf dem Kiesweg hin und her, lauschte den Stimmen der Nachtvögel im Wald und bereute zum ersten Mal in seinem Leben, dass er – anders als so viele seiner Altersgefährten – nie angefangen hatte zu rauchen.

92

Republik Serbische Krajina
13.3.1995, 23.41 Uhr

Daniel Kuisma ging ein paar Schritte auf Dordević zu. Novak hatte ein dunkelgrünes Tuch auf das Gesicht des Gefangenen gedrückt, um die Blutung in der gebrochenen Nase zu stillen.

»Ich möchte, dass er noch eine Weile imstande ist, mit uns zu kommunizieren.«

Novak nahm das Tuch vom Gesicht des Gefangenen und entblößte dessen verbogenes Nasenbein, auf dem eine tiefe offene Wunde verlief.

»Dann müsste er sicher überlegen, was er kommuniziert und mit wem«, sagte Antonio und trommelte mit den Fingern auf sein Koppelschloss.

Daniel starrte auf seine Schuhspitzen und versuchte den Sturm der Gefühle, der in ihm tobte, unter Kontrolle zu halten. Die anderen beobachteten ihn und warteten auf seinen nächsten Schritt. Sie wussten sehr gut, dass seine Geschichte und die des Generals auf eine Weise miteinander verknüpft waren, die zum Abschluss alles andere als eine saubere Lösung versprach. Es war jedoch nur ein Zufall, dass ihr Rachefeldzug gerade bei Dordević seinen allerletzten Höhepunkt fand. Die Gruppe hatte insgesamt fünf hochrangige Kriegsverbrecher eliminiert, die alle für Grausamkeiten, begangen an Zivilisten, verantwortlich gewesen waren. Der fünfte, Oberst Dragoslav Dudas, hatte im Keller der Schule sein Ende gefunden. Der sechste saß jetzt gefesselt vor ihnen. Es herrschte Finalstimmung. Man wartete nur noch darauf, dass jemand die Entscheidung herbeiführte.

»Wenn du meine Frau noch mal auch nur mit einem Wort erwähnst, schneide ich dir die Zunge ab«, sagte Daniel und schaute langsam vom Fußboden auf.

Novak schmiss den blutigen Lappen in die Ecke und zog die Jacke aus. Er holte aus einer Beintasche ein Lederetui und öffnete es, zum Vorschein kam ein Set kleiner Scheren und Zangen sowie Nadeln, die alle von schmalen Bändern gehalten wurden und ordentlich aufgereiht waren.

»Na also! Sehr zweckmäßig!«, rief Stasiak ganz beeindruckt und klatschte laut.

Antonio schluckte nervös und verstand jetzt, was Sergeant McKinzey eben gemeint hatte. Die Operation änderte sich und entsprach nicht mehr dem, was vorher vereinbart worden war.

»Meine Herren. Wir gehen nach Plan vor«, verkündete Novak fast feierlich und sah rasch auf seine Armbanduhr. »Da es sich so günstig ergeben hat, dass der General bis hierher alles mit uns zusammen halbwegs unversehrt überstanden hat, möchte ich die Gelegenheit nutzen und ihm noch ein paar zusätzliche Informationen entlocken«, erklärte Novak und wandte sich den Männern zu.

»Jeder von euch kennt sicher das Übereinkommen der Vereinten Nationen gegen Folter. Mein Heimatland Kroatien hat es im Oktober 1992 ratifiziert«, sagte er, holte aus dem Etui eine Messingzange hervor, die nur einen Deut länger war als sein Zeigefinger, und fuhr fort: »Dieses Abkommen ist heute nicht in Kraft. Hoffentlich habt ihr Verständnis dafür.«

Daniel betrachtete kurz den Leutnant, dessen Stimme trotz alledem keinen Sadismus ausstrahlte, sondern eher Entschlossenheit. Es ging wirklich um Informationen. Allerdings fiel es schwer zu verstehen, was für Informationen er noch aus dem Gefangenen herausholen wollte. Das gehörte auf keinen Fall zu dem ursprünglichen Plan, nach dem sie bisher vorgegangen waren.

»Diese Informationen betreffen nur mich und meine Familie. Und sie sind sehr wichtig für mich. Deshalb – wenn ihr erlaubt – verlasst den Raum und lasst mich mit dem Gefangenen allein«, sagte Novak und schnipste mit der Zange.

»Sir, das verstehe ich jetzt aber nicht«, konnte Stasiak noch verwundert sagen.

»Ich weiß, was ich tue«, erwiderte Novak schroff.

»Sir ...« Stasiak trat einen Schritt näher an den Leutnant heran.

»Welchen Teil des Befehls hast du nicht verstanden?«, rief Novak. Seine resolute Stimme schallte durch den Keller. »Die ganze Truppe auf den Hof! Und zwar sofort!« Er hatte sich jetzt mit hochgezogenen Schultern vor Stasiak aufgebaut wie ein Raubtier, das zum Angriff bereit war.

Daniel sah Antonio an, der die Achseln zuckte und einen Schritt zur Treppe ins Erdgeschoss machte.

»Alles klar.« In Stasiaks Stimme lag noch ein Rest Widerspenstigkeit. Daniel spürte einen merkwürdigen Stich in der Lunge. Er schloss die Augen für einen Moment und begriff, dass er nicht eine Sekunde länger mit Dordević im selben Raum bleiben wollte. Warum konnte dieser Teufel nicht einfach schon tot sein?

Daniel legte sich die Hand auf die Stirn, sie war glühend heiß und schweißnass. Er sah, wie Stasiak an ihm vorbeiging und auf der Treppe verschwand, gefolgt von Franzo, Karlo und Gabelich. Ihm war so, als riefe der gefesselte General etwas in seine Richtung. Er hörte, wie Leutnant Novak dem Gefangenen mit lauter Stimme befahl zu schweigen. Daniel kniff immer wieder die Augen zusammen, der Stuhl, der mitten im Keller stand, schwankte hin und her. Der ganze Raum schwankte. Ihm war schwindlig. Und jetzt hörte er, was der General sagte.

»Ich erinnere mich an deine Hure! Ach, was hatten wir für einen Spaß mit der kleinen Nutte!« Die Worte bohrten sich in Daniels Kopf, während er seinen umherirrenden Blick auf die Stelle zu richten versuchte, von der sie ausgingen.

»Da hast du aber eine schöne Ehefrau – die hat für ein ganzes Bataillon die Beine breit gemacht«, rief Dordević trotzig und stampfte mit den Füßen auf. Irgendeine unbegreifliche Kraft ließ den Mann am Tor zum sicheren Tod die Männer, die ihn gefangen genommen hatten, immer weiter provozieren. Die Worte mochten nur Worte sein, aber sein Lachen war zu viel. Jetzt würde er für seine Taten büßen. Es war schon genug Zeit verstrichen.

Novak hörte, wie Daniels Holster am Gürtel aufschnappte. Er sah, wie der Mann die Pistole hob und auf die Beschimpfungen in der Mitte des Raumes richtete. Er hatte schon den Mund geöffnet, um den Sergeant hinauszuschicken, hielt aber instinktiv die Hände vors Gesicht, als der Abzug gedrückt wurde und den Schlagbolzen freigab, der auf die Zündkapsel der Patrone traf. Das Pulver in der Hülse explodierte und schickte die Kugel auf die Reise, begleitet von einem lauten Knall. Novak sah, wie der Schlitten der Waffe nach hinten zuckte und die leere Hülse auswarf. Und dann noch weitere vier Hülsen. Sie fielen leise klirrend zu Boden.

Der Krach der Schüsse war verklungen. Dordević schrie vor Schmerzen. Daniel ließ die Waffe los, die polternd vor seinen Füßen landete. Novak war auf die Knie gefallen und starrte Daniel mit seinen halb unter den Armen versteckten großen Augen an.

»Verdammte Scheiße, Kuisma«, konnte er nur sagen, während sich Dordević vor Schmerzen wand. Daniel hatte ihm fünfmal in die Brust und den Bauch geschossen. »Verflucht noch mal, ich hatte doch gesagt, dass wir noch Informationen brauchen!«, schrie Novak, sprang auf und stieß Daniel heftig gegen die Brust. Sein Gesicht war feuerrot vor Wut. »Scher dich zum Teufel, raus hier, oder ich erschieße dich selber!«

Daniel schob die Tür zum Hof auf.

»Was passiert da? Hat jemand geschossen?«, fragte Stasiak nervös. Die Männer hielten ihre Waffen schussbereit.

»Kuisma? Was zum Henker passiert dort?«, sagte Karlo und wich dem bleichen Finnen aus, der an ihm vorbeiwankte. Daniel stand eine Weile mit dem Rücken zu der Gruppe, die an der Türe wartete, und blickte zu den Sternen hinauf, die nun das erste Mal zwischen den am dunklen Himmel erkennbaren Wolken hervorschauten.

»Er hat nicht aufgehört zu reden«, flüsterte Daniel und tastete nach seiner leeren Pistolentasche. Die Waffe musste er im Keller gelassen haben. Er konnte sich nicht genau erinnern. Alles war irgendwie verschwommen.

»Hast du Dordević getötet?« Antonio war hinter ihn getreten.

»Ich bin mir nicht sicher.« Daniel setzte sich auf den Kiesweg und vergrub das Gesicht in den Händen.

»Dordević sollte schon tot sein! Was treibt der Leutnant eigentlich da unten?«, fragte Stasiak trotzig.

»Er wollte irgendwelche Informationen! Ich verstehe nicht, worum es geht. Das war nicht Teil des Plans«, erklärte Antonio und kniete neben Kuisma nieder. Plötzlich hörten sie Novaks erregte Stimme aus dem Sprechfunkgerät.

»Schnell ... ihr mü ... weglau ... Sofort!«

»Was passiert da unten?«, antwortete McKinzey unverzüglich. Die anderen steckten sich rasch ihre Ohrhörer wieder hinein, um die Nachricht des Leutnants zu hören. Das Signal aus dem Keller war überraschend schwach.

»Geht von dem Gebäude weg! Der Gefangene hat genug Sprengstoff an sich, um den ganzen verdammten Bauernhof in die Luft zu jagen!«, rief Novak.

Die Männer, die da vor der Tür zum Keller standen, sahen sich verblüfft an.

»Sir, was ist dort ...«

»Das ist ein Befehl, verflucht! Sofort in Deckung!«, schrie Novak mit verzerrter Stimme.

»Scheiße, was soll das?« Gabelich sah die im Halbkreis um ihn herumstehenden Männer an.

Antonio packte Daniel an der Schulter.

»Kommt jetzt, verdammt!«, rief er, rannte los und riss Daniel mit.

Sie schafften es noch, etwa zwanzig Meter von dem Haus wegzulaufen, dann fegte eine gewaltige Druckwelle über den nächtlichen Hof und schleuderte sie auf den Kies. Daniel schützte seinen Kopf mit den Händen und sah, wie um ihn herum Scherben und Steinbrocken lautlos einschlugen. Dann spürte er, dass warmes Blut aus seinem Innenohr floss. Für ihn war der Krieg endlich vorbei.

TEIL VI

93

Rijeka, Kroatien
Gegenwart

Daniel lauschte Annikas Atmen, das in regelmäßigen Abständen die Merkmale eines leichten Schnarchens aufwies. Er schaute auf seine Uhr, Annika war schon vor über einer Stunde eingeschlafen. Sie hatte sich die Geschichte angehört, eine Weile geschwiegen und Daniel dann einen Kuss auf die Wange gegeben.

»Danke«, hatte sie gesagt und sich neben ihm zusammengerollt. Vielleicht war das ihre Art, sich zurückzuziehen und das Gehörte zu verarbeiten.

Daniel hatte nichts mehr gesagt. Es gab nichts hinzuzufügen. Er hatte jetzt zum ersten Mal seine Jahrzehnte zurückliegenden Erfahrungen mit jemandem geteilt. Erfahrungen, über die er nicht einmal mit seiner Lebensgefährtin gesprochen hatte. Der richtige Augenblick, auf den er immer gewartet hatte, war nie gekommen.

Am Ende war Annika sichtlich schockiert gewesen, aber offenbar auch erleichtert. Vielleicht hatte sie angenommen, die Wahrheit wäre noch viel schrecklicher. Noch unmenschlicher. Vielleicht war Daniels Bericht letztlich harmlos gewesen verglichen mit all dem, was sie in dem Ermittlungsmaterial von Interpol gelesen hatte.

Daniel wollte nicht mehr darüber nachdenken, was dieses

Material wohl alles enthielt. Oder wer die Informationen der Polizei zugespielt hatte. Dieser Jemand wollte ihn umbringen. Und zusätzlich seinen Ruf für alle Zeiten beflecken.

Der Schlaf hatte Annika erstaunlich schnell übermannt. Daniel spürte die warme Wange der Frau an seiner Brust. Und den brennenden Wunsch, sie zu wecken und zu sagen, dass er mit ihr schlafen wollte. Dass er sie abgewiesen hatte, weil er sich nicht dafür bereit gefühlt hatte. Nicht hier, wo er immer an Augusta denken musste. Und daran, wie ihr gemeinsames Leben nach dem Kriegsende hätte werden können. Ohne diese Kette entsetzlicher Ereignisse, die grauenhafte Erinnerungen hinterlassen hatten.

Wie hätte ihr ganz normaler Alltag mit Kindern, mit den täglichen Gewohnheiten und der Arbeit ausgesehen? Wäre eine so jung geschlossene Ehe letztlich glücklich gewesen? Wäre etwas anderes zwischen sie getreten? Hunderte von Fragen, die durch den tragischen Tod seiner jungen Frau für alle Ewigkeit unbeantwortet im Raum schwebten. Eine Zukunft, die nie Wirklichkeit geworden und in der Vergangenheit geblieben war.

Daniel lag im Bett, hörte den zirpenden Grillen zu und begriff, dass er die richtige Entscheidung getroffen hatte. Später würde er genug Zeit mit Annika haben, sofern sie dieses Martyrium überlebten. Vielleicht könnten sie nach ihrer Rückkehr in die Heimat fortsetzen, was sie begonnen hatten. Sich treffen und gegenseitiges Vertrauen aufbauen. Vorsichtig Fortschritte erreichen. Langsam. Ohne große Erwartungen.

Er wollte nicht enttäuscht werden. Er wollte nicht betrogen werden, wie in der vorhergehenden Beziehung. Die Frau hatte ihn verlassen. Und mit Vorwürfen überhäuft. Zur Einsamkeit waren schließlich die nächtlichen SMS hinzugekommen, in denen sie ihn weiter beschuldigte und mit Schmutz bewarf. Trotz ihrer neuen Beziehung hatte sie anscheinend nichts anderes zu tun gehabt, als ihrem ehemaligen Partner verbitterte Nachrichten zu schicken. Diese ständigen Belästigungen hatten ihn schließlich dazu gebracht, seine Telefonnummer zu wechseln. Und das wiederum hätte ihn um ein Haar das Leben gekostet. Er hatte versäumt, seinem italienischen Freund die neue Nummer mitzuteilen. Aber Antonio hatte nicht aufgegeben. Auch diesmal nicht. Das würde Daniel nie vergessen.

94

Antonio rieb sein Handgelenk, an dem er noch gestern eine teure Uhr getragen hatte, und holte das Telefon heraus, um nach der Zeit zu sehen. Vielleicht könnte Daniels Freund von der Polizei bis zum Morgen verlässliche Abholer für sie besorgen. Oder sie müssten sich noch länger in dem Haus verstecken. Er starrte auf das Display und warf dann einen Blick zur Treppe ins Obergeschoss. Das Kaminfeuer war erloschen.

Plötzlich blinkte das Display. Er brauchte lange, bis er begriff, dass tatsächlich jemand anrief. Antonio erkannte die Nummer. Scheiße, wie war das möglich? Er schlich zum Fenster und öffnete die Gardine einen Spalt. Draußen war alles ruhig. Das Gerät fühlte sich an der warmen Wange kalt an.

»Wie bist du an diese Nummer gekommen?« Antonio spürte sein Herz heftig schlagen. Es dauerte eine Weile, bis Geoff redete.

»Hör genau zu, Tony. Ich bin im Haus am Ufer. Komm her. Jetzt sofort.«

»Denkst du, ich bin ein Idiot?«

»Nein. Ich würde dir nicht so eine blöde Falle stellen.«

»Was für eine dann?«

»Ich habe dir schon eine gestellt. Aber du warst schlauer. Diese Zeit ist vorbei. Ich hab meine Hunde zurückgerufen.«

»Willst du behaupten, deine Leute folgen mir nicht mehr?«

»Meine Männer folgen niemandem mehr. Aber die anderen sind noch unterwegs. Ihr Ziel ist dein finnischer Freund.«

»Wer steckt dahinter, Geoff?«

»Komm zu mir ins Haus am Ufer. Nur du und ich, Tony. Ehrenwort. Und dann wird die Rechnung beglichen.«

»Aus irgendeinem Grund fällt es mir schwer, deinem Wort zu trauen – und erst recht, wenn es um ... Ehre geht.«

»Hör zu, Tony. Vor zwei Stunden haben sie deinen Freund Mio gefunden. Er hatte deine Spuren im Hotel beseitigt«, erklärte Geoff in ernstem Ton.

Antonio hielt den Atem an.

»Wie ...«

»Nicht mal ich hatte jemals von diesem Freund gehört, Tony. Aber diese Leute drehen jeden Stein um«, sagte Geoff.

Antonio spürte, wie sein Herz einen Schlag aussetzte. Mio war vielleicht der einzige Mensch, der von der Existenz ihres Verstecks wusste. Er war vor Jahren sogar mal in dem Haus gewesen.

»Es tut mir leid. Wirklich. Aber dein Freund Mio hat den Schmerz nicht ausgehalten«, fügte Geoff hinzu.

Antonio wurde übel. Das war seine Schuld. Er hätte den alten Freund nicht in die Sache hineinziehen dürfen.

»Wissen sie, wo wir sind?«

»Nein«, antwortete Geoff müde. »Angeblich haben sie aber ziemlich gut geraten.«

Antonio brach das Gespräch ab und sprang auf. Er ging zur Tür, öffnete sie vorsichtig und lauschte. Auf dem dunklen Pfad im Schutz der Bäume spielte das unermüdliche Orchester der Grashüpfer und Nachtvögel. Die angespannte Situation hatte seine Instinkte geweckt. Das Auto war auf dem Hof eines verlassenen Gebäudes etwa zweihundert Meter entfernt abgestellt, mit einer Plane abgedeckt. Allein der Gedanke, in der Hütte überrascht zu werden, war unerträglich. Er würde das Auto holen. Sie mussten nun doch sofort weiterfahren.

»Daniel!«, rief Antonio durch den Türspalt und betrachtete die beiden Finnen, die nebeneinanderlagen und schliefen. »Wir müssen los.«

»Warum?« Daniel schreckte aus dem Schlaf hoch und sah sich um.

»Es ist möglich, dass sie von dem Haus Wind bekommen haben.«

»Das sollte doch ein sicherer Ort sein.«

»Die Lage hat sich verändert. Zieht euch an. Los!«

»Tony, was ist passiert?«, fragte Daniel, sprang aus dem Bett und trat an die Tür.

Annika öffnete die Augen und setzte sich auf.

»Das erkläre ich später. Beeilt euch. Ich hole das Auto vor die Tür. Gib mir den Schlüssel«, sagte Antonio mit ernstem Gesicht.

Daniel kniff besorgt die Augen zusammen, holte den Schlüssel des BMW aus der Hosentasche und reichte ihn Antonio. Annika rieb sich die Augen und band sich das Haar zum Pferdeschwanz.

Der Wind hatte sich gelegt, das alte Haus knarrte nicht mehr. Antonio hörte, wie trockenes Laub und Zweige unter seinen

Schuhen raschelten. Der Weg war schon seit einer Ewigkeit nicht mehr gefegt worden. Er blieb stehen, drehte sich um und betrachtete die Hütte. Annika und Daniel waren immer noch drin. Die Entfernung bis zum Auto betrug noch reichlich hundert Meter. Aus dem Schornstein stieg kein Rauch mehr auf. Zum Glück. Wie idiotisch wäre es gewesen, auf diese Weise ihr Versteck zu verraten.

Die schmale Straße lag verlassen da. Vögel trällerten ihren monotonen Gesang. Grillen zirpten unaufhörlich. Die Nacht war geradezu schwül. Er merkte jetzt, dass es in der Hütte, die man zum Teil in die Erde hineingebaut hatte, viel kühler gewesen war als draußen.

Noch fünfzig Meter bis zum Auto. Vor Geoffs Anruf schien die Zeit stehen geblieben zu sein. Jetzt zählte jede Sekunde, jeder Augenblick war ein glühend heißer Pulsschlag auf dem Weg zur Katastrophe. Er würde das Auto holen und es vor die Hütte fahren. Wohin sie dann fliehen sollten ... war noch unklar.

Er schaute sich wieder um. Die Finnen waren immer noch nicht herausgekommen. Er ging schneller und sah schon den Zaun, hinter dem der BMW stand. Noch ein paar Meter. Dann tauchte das mit der Plane abgedeckte Auto auf. Hatte Geoff ihn warnen wollen? Oder versuchte er nur, das Trio aus seinem Versteck herauszulocken? Irgendetwas ließ ihn trotz allem Geoffs Worten vertrauen. Vielleicht lag das daran, dass Geoff trotz seiner ungewöhnlichen Intelligenz und seiner Führungsqualitäten kein besonders guter Lügner war. Vielleicht lag es auch daran, dass Geoffs Reue echt geklungen hatte.

Antonio zog die Plane herunter und stieg ein. Er schloss die Tür und steckte den Zündschlüssel ins Schloss. Gerade als er ihn drehen wollte und damit die Scheinwerfer eingeschaltet hätte, sah er, wie Autos an ihm vorbeirollten, hin zu ihrem Versteck am Ende des Weges. Antonio hielt den Atem an. Im Dunkeln war es unmöglich, dass sie den BMW auf dem Hof des verlassenen Hauses bemerkten.

Antonio duckte sich und sah zwischen den Speichen des Lenkrads hindurch, dass drei Autos den Weg entlangfuhren. Leise und unbemerkt. Scheiße. Sie wussten, wo sie suchen mussten. Sein Herz schlug wie wild, und sein Mund war ausgetrocknet. Geoff hatte sein Leben gerettet. Aber sein Freund war immer noch dort drin.

Die Autos glitten langsam auf das Haus zu. Ohne Licht. Daniel würde sie erst bemerken, wenn er herauskam. Und dann war es schon hoffnungslos zu spät. Antonio presste die Finger um das Lenkrad. Irgendetwas musste er tun. Es waren mindestens ein halbes Dutzend Männer. Er musste sofort handeln. Von allen schlechten Ideen entschied er sich für jene, die am wenigsten schlecht war. Er startete den Wagen, fuhr rückwärts auf den Weg, drückte die Hupe und stieg dann aus.

»Sie sind schon hier! Flieht!«, rief Antonio so laut er konnte. Er hoffte, dass sein Ruf im Haus gehört wurde, wusste aber, dass er zu spät kam. Die bewaffneten Männer aus dem ersten Auto standen schon vor der Tür.

»Nun rennt doch, verdammt!«, schrie er und sah, wie ein Fahrzeug wendete und in die Richtung beschleunigte, aus der es gekommen war. Unbewaffnet könnte er Daniel nicht helfen.

Er sprang wieder in den BMW und gab Gas.

95

Auf der steilen Serpentinenstraße bildeten die Autoscheinwerfer einen schmalen weißen Korridor, in dem er den Wagen bei dem hohen Tempo kaum halten konnte. Das Drehmoment des BMW reichte beim Gasgeben bergauf nicht aus. Antonio schaltete rasch in einen kleineren Gang. Das Licht der Scheinwerfer im Rückspiegel blendete ihn. Das Auto hinter ihm war schnell, würde es aber auf den kurzen Geraden nicht schaffen, ihn einzuholen. Hinter der Kurve nach der Steigung lag jedoch eine lange Abfahrt hinunter zum Meer und zum Geröll am Ufer, an das die Wellen brandeten.

Er trat das Gaspedal durch, schaltete wieder in den vierten Gang und hörte, wie die Umdrehungen zunahmen und das Tempo immer höher wurde. Bald ließe sich das Auto nicht mehr kontrollieren. Er spürte, wie das Blut aus seinen Knöcheln wich.

Die Motoren heulten um die Wette. Er sah die Scheinwerfer des anderen Wagens – aber diesmal im Seitenspiegel. Das Auto raste bereits neben ihm. Er sah auf den Tacho – hundertfünfzig. Er könnte bremsen. Einen Täuschungsversuch unternehmen. Bei einem Rennen würde er sowieso nur Zweiter werden. Er schaute hinaus und sah neben sich die Karosserie eines Mercedes, eines Kombis. Und eine Hand mit einer Waffe, die aus dem vorderen Fenster herausgestreckt wurde. Die Geschwindigkeit hatte sich weiter erhöht. Jetzt musste er handeln. Antonio traf seine Entscheidung blitzschnell.

Er nahm den Fuß vom Gaspedal, trat die Bremse durch und sah, wie der Mercedes an ihm vorbeirauschte. Die zitternden Hände presste er gegen das Lenkrad des Wagens, der jetzt in Richtung Böschung ausscherte. Weit vor ihm leuchteten die Bremslichter des Kombis auf. Das Steuer rutschte ihm aus den verschwitzten Händen. Das Auto bebte heftig, als es auf den Kies neben dem Asphalt geschleudert wurde. Dann spürte er einen dumpfen Schlag und hörte ein ohrenbetäubendes Krachen, als die Windschutzscheibe zerbrach. Sein Körper hing schlaff im Sicherheitsgurt und wurde hin und her geworfen. Das Auto landete auf dem Dach und drehte sich weiter, Äste drangen herein. Nachdem sich der BMW ein Dutzend Mal im dichten Gebüsch überschlagen hatte, federte er vom Dach zurück auf die Straße und landete auf den Rädern.

Für einen Augenblick schien alles ganz still zu sein. In Wirklichkeit hatte nur das laute Knirschen des Blechs aufgehört. Der Motor war ausgegangen, aber unter der Haube rauschte es immer noch. Antonio öffnete den Gurt und verzog das Gesicht vor Schmerz. Irgendetwas hatte eine tiefe Wunde in seine Stirn geschnitten, und er bekam nicht richtig Luft. Er wusste nicht, wo und in welcher Richtung das Auto zum Stehen gekommen war, bis er im Rückspiegel die roten Leuchten des Kombis sah. Das Auto fuhr im Rückwärtsgang auf ihn zu. Er musste hier raus und weg.

Antonio zerrte am Griff der Tür, aber die ließ sich nicht öffnen. Sie war teilweise eingedrückt worden, als sich das Auto überschlagen hatte. Scheiße! Die Windschutzscheibe. Die war zersplittert, hing aber immer noch fest im Rahmen. Er hob den Fuß auf das Armaturenbrett und trat mit aller Kraft in die Scheibe. Im selben Augenblick sah er, wie der Kombi einige Meter von ihm entfernt stehen blieb. Ein kräftiger Tritt. Und noch einer. Er spürte, wie die Scheibe nachgab und herausfiel. Im letzten Augenblick konnte er sich aus seiner engen Todeszelle befreien.

Antonio schwang sich schnell über das Armaturenbrett und spürte, wie die feinen Glassplitter auf der Motorhaube in seine Hände eindrangen. Hinter ihm waren Stimmen zu hören. Er musste verschwinden, damit sie ihn aus den Augen verloren. Die Dunkelheit wäre auf seiner Seite.

Er rannte noch ein paar Meter bis zu dem Gebüsch, das die Straße säumte, drang in das Dickicht ein und hörte, wie sich die Männer etwas zuriefen. Dann krachte irgendwo ein Schuss, gefolgt vom lauten Echo.

96

Die stachligen Zweige im dichten Buschwerk zerkratzten seine Hände, die er sich schützend vors Gesicht hielt. Er war erst ein paar Dutzend Meter den steilen Hang hinaufgerannt, aber in den Beinen brannte schon die Milchsäure, die sich in den Muskeln sammelte. Schmerz und Müdigkeit musste er jetzt allerdings beiseiteschieben. Wenn er den Gipfel des Hügels erreichte, könnte er seine Richtung ändern und die Verfolger täuschen. Im Schutz der Dunkelheit würde er dann im Gebüsch verschwinden.

Das Zirpen der Heuschrecken war ohrenbetäubend laut, irgendjemand hatte erzählt, dass sie damit erst beginnen, wenn die Temperatur auf über 25 Grad steigt. Er musste daran denken, wie sie zwanzig Jahre zuvor in der Krajina unter Leutnant Novak auch im Dunkeln durch dichtes Gestrüpp auf die verlassene Schule vorgerückt waren. Die Nacht damals war viel kühler gewesen. Jetzt herrschte eine quälende Hitze. Und diesmal war er nicht der Jäger, sondern die Beute.

Antonio warf rasch einen Blick zurück und verlor dabei

fast das Gleichgewicht. Er hörte einen Schmerzensschrei und sah, wie etwa zehn Meter entfernt eine Taschenlampe aufleuchtete. Es war Unsinn gewesen, sich einzubilden, im dunklen Gebüsch könnte er leicht verschwinden. Seine Verfolger waren flink. Plötzlich erleuchtete das Mündungsfeuer einer Pistole zweimal den Hang, gefolgt vom lauten Knall der Schüsse. Antonio kletterte weiter, durch die Wirkung des Adrenalins würde er eine Schussverletzung nicht unbedingt sofort bemerken. Die Kugeln waren jedoch vorbeigepfiffen, denn er merkte, dass er immer schneller vorwärtskam. Unter solch anspruchsvollen Bedingungen war es nicht leicht, richtig zu zielen, wenn man sich außerdem relativ schnell bewegte. Er musste nur einfach weiterrennen und hoffen, dass sie zuerst müde wurden.

Als er über die Schulter zurückschaute, leuchtete der Lichtkegel der Taschenlampe diesmal noch näher auf und streifte sein Gesicht. Wie konnten die Männer so schnell sein? Oder war er vielleicht selbst zu langsam und müde? Die Waffe wurde wieder abgefeuert, und diesmal spürte Antonio einen schneidenden Schmerz in der Wade ein paar Zentimeter unterhalb der Kniekehle. Für einen Augenblick verlor er die Balance, stürzte und landete auf ein paar langen Ästen, die fast bis zum Boden herabhingen. Die nächste Kugel schlug direkt vor ihm in der Erde ein und wirbelte Staub auf. Er stemmte sich hoch und wusste, dass er jetzt ein lächerlich leichtes Ziel darstellte. Alternativen gab es aber kaum. Ernsthaft verwundet hätte er keine Möglichkeit mehr, zu rennen und zu fliehen.

Antonio wandte sich nach rechts, stürmte eine Weile so schnell wie möglich durch das dichte Gebüsch und ließ sich dann an einer rauen Felszunge auf den Bauch fallen. Er ächzte vor Schmerz, als die Knie auf die scharfen Kanten des Felsbrockens trafen. Rasch griff er nach seiner Wade und fühlte unter dem warm strömenden Blut den fingerkopfgroßen Einschusskanal, der am Rande des Zwillingswadenmuskels verlief. Die Kugel hatte den Muskel schnurgerade durchschlagen, überlegte Antonio, also war nicht ihre ganze Bewegungsenergie im Muskel freigesetzt worden – die Schäden würden sich auf die unmittelbare Nähe der Schusswunde beschränken. Das war eine gute Nachricht. Leider aber auch die einzige. Ansonsten hielt er es für unwahrscheinlich, das zu überleben. Im selben Augenblick tauchte der Lichtkegel wieder hinter einem dichten Busch auf. Antonio bedeckte die Augen, um nicht geblendet zu werden, und hoffte, dass die schwarzen Springerstiefel, die sich im Laufschritt näherten, in seine Reichweite kämen, bevor sein Verfolger ihn am Boden liegen sah.

Antonio hielt den Atem an, als die Stiefel langsamer wurden. Nur noch zwei Sekunden, und der Mann war nahe genug und würde den Vorteil verlieren, den ihm die Schusswaffe verschaffte. Der Schweiß lief ihm über die Stirn, und die Sekunden kamen ihm wie eine Ewigkeit vor. Jetzt! Antonio streckte die Hände aus und packte den Mann an den Knöcheln – gerade als das Licht der Taschenlampe auf sein Gesicht traf und sein Versteck verriet. Er sah, wie der Mann mit seiner Pistole schräg nach unten zielte und den Abzug drückte, kurz bevor er im freien Fall stürzte und mit einer unkontrollierten Bauchlandung direkt vor Antonio aufschlug.

Antonio ließ die Knöchel los, kletterte schnell auf den Rücken des Killers und griff nach der Hand, die immer noch die Pistole hielt. Der Mann unter ihm war kräftig und konnte sich schnell auf die Knie und Ellbogen aufrichten. Die Waffe blieb in seiner Hand, als er sich auf die Seite rollte und Antonio abschüttelte, der neben ihm auf den schroffen Felsen fiel. Antonio legte schnell die Beine um den Bauch des Gangsters und versuchte die Pistole an sich zu reißen, während der Mann mit dem Ellbogen immer wieder hart gegen seine Schläfe schlug. Antonio wurde klar, dass er ihm die Waffe nicht entreißen konnte. Der Kampf würde sich erst entscheiden, wenn bei einem von ihnen die Kräfte erlahmten. Oder wenn der andere Scheißkerl dazukam.

Antonio musste jetzt improvisieren. Er machte seine linke Hand frei, tastete auf dem Boden und ergriff den erstbesten Ast. Damit stach er auf die Schulter und den Hals seines Gegners ein und fühlte, wie der Ast durch die Kleidung ins Fleisch eindrang. Der Mann schrie auf, und dann endeten die Schläge mit dem Ellbogen. Antonio stach weiter zu, und das Blut spritzte aus dem dicken Nackenmuskel, während er immer wieder mit dem Ast ausholte. Antonio packte die Finger des Mannes, die sich um seine Waffe spannten, und drückte mit dem Daumen auf den Riegel im oberen Teil des Pistolengriffes, das Magazin rutschte heraus und fiel neben ihnen auf den weichen Erdboden. In der Waffe steckte jedoch noch eine Kugel, die genügte, um den Kampf zu Gunsten seines Gegners zu entscheiden. Antonio spürte, wie seine Kräfte nachließen und die Pistolenmündung seiner Schläfe unausweichlich immer näher kam. Er hatte den Gegner nicht genügend schwächen können und würde verlieren. Das Spiel war vorbei. Auch aus den Augenwinkeln sah er die Pistole nicht mehr. Sie war schon zu nah. Dann der Schuss. Die ungedämpfte Waffe krachte an seinem Ohr, und trockene Erde flog ihm in die Augen. Das Aufleuchten blendete ihn wie ein Blitzlicht in einem dunklen Raum.

Die Kugel war im Boden eingeschlagen. Von dem unerwarteten Impulslärm waren seine Ohren zwar blockiert, aber immerhin lebte er noch. Er sah, wie der Mann den Abzug immer wieder drückte, vergeblich. Der Schlitten der selbstladenden Glock 17 blieb in der hinteren Stellung – die Pistole war leer.

Antonio ließ die Hand mit der Waffe los, hob das Magazin auf und befreite sich aus dem Griff des Mannes. Er stand auf und schaute nach hinten – in die Dunkelheit, durch die er eben gerannt war, mit zwei Männern auf den Fersen. Aber er hörte und sah niemanden. Wo war der andere geblieben? Im Magazin waren nur noch ein paar Patronen. Dann wandte er sich wieder dem blutenden Mann zu, der sich mühsam auf die Knie erhob.

»Es ist schwer, dich umzubringen«, sagte der Killer mit schmerzverzerrtem Gesicht und schwenkte seine leere Waffe. Die Taschenlampe war auf dem Hang ein paar Meter hinabgerollt und ließ das Gebüsch nun so aussehen, als hätte jemand diese Festbeleuchtung geplant.

»Wo sind sie?«, fragte Antonio und trat einen Schritt näher an den Mann heran, dessen Verletzungen nun doch lebensgefährlich aussahen. Das Blut quoll zwischen den Fingern hindurch, die der Mann auf seinen Hals drückte, und lief über das Handgelenk in den Ärmel des schwarzen Collegepullovers.

»Djuro! Djuro! Hilf mir! Verdammt, wo bist du denn?«, rief der Mann plötzlich mit müder Stimme.

Antonio machte rasch einen Schritt nach vorn, stützte sich mit einem Bein etwa einen Meter von dem Mann entfernt ab und versetzte ihm mit dem anderen einen kräftigen Tritt gegen das Kinn, sodass er bewusstlos auf den Rücken fiel. Er nahm die Pistole und schob das Magazin hinein. Daniel und das Mädchen waren vielleicht noch am Leben. Er durfte keine Zeit verlieren.

97

Nahe der Landstraße ging Antonio durch das dichte Gebüsch, bis er sicher sein konnte, dass er weit genug von der Stelle, an der sein Auto ins Schleudern gekommen war, auf die Straße zurückkehren würde. Er lud die Pistole und blieb auf der Hut für den Fall, dass der andere Mann ihn zu überraschen versuchte. Er hatte eine seiner langen Socken ausgezogen und straff um die Schusswunde an der Wade gebunden. Das Bein tat zwar weh, aber vorläufig konnte er es noch voll belasten, ohne dass der Schmerz unerträglich wurde. Dennoch war er langsamer und verletzlicher als bisher auf seiner nun schon zwei Tage dauernden Flucht.

Die ganze Zeit über war auf der Straße kein einziges Fahrzeug vorbeigekommen, und Antonios Augen hatten sich an die Dunkelheit gewöhnt. Deswegen fiel es ihm leicht, den etwa fünfzig Meter entfernten, gegen die Böschung geneigten und zu Schrott gewordenen BMW und den dahinter geparkten Kombi zu erkennen. Dessen Beifahrertür stand offen. Der andere der beiden Männer saß auf dem Sitz und ließ die Füße auf den Asphalt hängen. Als sich Antonio dem Auto näherte, sah er, dass der Mann mit beiden Händen seinen nackten Knöchel hielt und vor Schmerz ächzte. Erst als er vor sich Zweige knacken hörte, hob er den Kopf und schaute in den Lauf der Pistole.

»Du Mistkerl bist flink wie ein Wiesel. Aber du brauchst nicht zurückzufahren. Die Finnen hat man woandershin gebracht.«

»Wohin?«, fragte Antonio und sah, dass der schief stehende Knochen auf der Außenseite des Gelenks unter der Haut aufragte. Ein schlimmer Anblick. Ihm fiel der Schrei ein, den er kurz zuvor bei seiner Flucht bergauf gehört hatte.

»Der Fuß ist an einem verdammten Stein hängen geblieben, es hat geknackt und er war durch«, murmelte der Mann, machte aber nicht die geringste Bewegung, um seine Ausgangsposition zu verbessern. Er stand offenbar leicht unter Schock.

»Gut so. Da wurde das Spiel gleich viel fairer«, sagte Antonio und entsicherte mit dem Daumen die Pistole. »Wohin hat man sie gebracht?«, wiederholte er.

»Du kannst sie nicht retten«, antwortete der Mann, ächzte und riss sein Hosenbein auf.

»Ich frage noch einmal, danach schieße ich dir in die Kniescheibe. Dann frage ich erneut. Falls nötig wiederhole ich das mehrmals, und irgendwann, bevor das Magazin leer ist, wirst du den leichteren Weg wählen«, sagte Antonio und trat einen Schritt näher an den Mann heran, dessen Gesicht nicht nur den physischen Schmerz widerspiegelte, sondern auch den Frust darüber, wie sich die Dinge entwickelt hatten.

»Wie gesagt, du kannst sie nicht retten. Und damit kann auch ich mich nicht retten«, erwiderte der Mann mit einem Grinsen und ließ seinen Fuß los.

»Du ziehst ziemlich weitgehende Schlussfolgerungen«, sagte Antonio und bereitete sich darauf vor, den Abzug zu drücken. Plötzlich hörte man neben dem Zirpen der Heuschrecken das Geräusch eines Motors, und kurz darauf waren auf der Serpentinenstraße die Scheinwerfer eines Autos zu sehen.

»Scheiße!«, murmelte Antonio.

Das näher kommende Fahrzeug verlangsamte sein Tempo. Der Fahrer nahm vermutlich an, er hätte eine Unfallstelle vor sich. Antonio hob die Hand über die Augen, um nicht im Lichtkegel geblendet zu werden, ging mit der Waffe in der Hand um den Kombi herum, schwang sich auf den Fahrersitz und startete den Motor.

»Tür zu!«, rief er und drückte dem Mann die Mündung der Pistole an die Schläfe. Der hob seine Beine ins Auto und schloss die Tür. Antonio gab Gas und sah in den Rückspiegeln, wie der Wagen anhielt und eine Gruppe heftig gestikulierender junger Leute ausstieg. Gleich würden sie den Krankenwagen rufen. Und mit dem käme auch die Polizei. Ein Anruf genügte. Hilfe wäre erreichbar. Verdammt. Was für ein absurder Gedanke. Aber in dieser Situation die einzige Möglichkeit.

»Ich sage dir, wie die Sache von jetzt an läuft«, erklärte Antonio, warf einen kurzen Blick auf die leere Straße und sah dann wieder den Mann an, der neben ihm saß. »Du sagst jetzt, wohin man meine Freunde gebracht hat. Wenn du mich verarschst, lege ich dich um, hole den Personalausweis aus deiner Tasche, finde heraus, wo du wohnst, und bringe deine ganze verdammte Familie um.«

»Wieso glaubst du, dass ich eine Familie habe?«, fragte der Mann, ohne den Blick von der Straße abzuwenden.

»Genau wegen dieser Frage. Sonst hättest du mein Angebot ohne zu zögern angenommen.«

98

Zagreb, Kroatien

Adam Matić brannten vor Müdigkeit die Augen. Er verringerte die Bildschirmhelligkeit seines Computers, klickte die Videoaufzeichnung zum Anfang zurück und startete sie erneut. Josip Buvina war im Verhörraum zu sehen, Johan

Aho saß ihm gegenüber. Der muskulöse Mann hatte seine zitternden Hände auf dem Tisch gefaltet.

»Wir setzen das freiwillige Verhör von Botschaftsrat Johan Aho im Zusammenhang mit dem Mord an Assistentin Maija Koistinen von der finnischen Botschaft fort. Du bist Fräulein Koistinen gefolgt, weil sie dir kurz zuvor eine SMS geschickt hatte«, sagte Buvina mit ruhiger Stimme.

»Ja.«

»Würdest du noch einmal erklären, was Fräulein Koistinen in ihrer Nachricht geschrieben hatte.«

»Die Nachricht enthielt die Adresse des Hotels und die Zimmernummer. Maija schrieb, sie hätte Angst. Und sie bat mich, ihr zu folgen und nach ihr zu schauen.«

»Dann hast du dich, ohne zu zögern, auf den Weg gemacht.«

»Ich habe die SMS ernst genommen. Die Umstände erforderten das meiner Ansicht nach. Westerlunds Verschwinden. Und die Drohungen. Maija hatte ohne Zweifel Angst. Und im Lichte dessen, was jetzt passiert ist ...« Johan Aho machte eine Pause und wirkte sichtlich bedrückt. »Im Lichte dessen, was jetzt passiert ist, hatte Maija aus gutem Grund Angst.«

»Fräulein Koistinen ist jedoch nicht mehr dazu gekommen zu verraten, wer sie in das Hotel gerufen oder geschickt hatte?«

»Nein. Aber ich habe gesehen, dass sie mit dem Botschafter geredet hat, kurz bevor sie losging. Sie müssen Karlsson danach fragen«, sagte Aho.

Buvina blickte in die Kamera, und man sah ihm an, dass er es satthatte. Johan Aho wusste nicht, dass der Botschafter der Hauptverdächtige war. Auf den ersten Blick schien es so, als hätte Aho überhaupt keine Ahnung von den zwielichtigen Geschäften, die über die Botschaft liefen.

Buvina schloss die offene Mappe und fuhr ruhig fort:

»In der ersten Befragung hast du erzählt, dass du das Opfer tot vorgefunden und dich herabgebeugt hast, um ihren Puls zu fühlen.«

»Ja. Aber nachdem ich mich vom ersten Schock erholt hatte, habe ich schnell bemerkt, dass man sie ... dass man sie in den Kopf geschossen hatte. Da habe ich begriffen, dass ich nichts mehr machen konnte. Erst habe ich das Einschussloch gar nicht gesehen. Es war so sauber und ... o Gott.«

»War der Schütze in dem Raum?«

»Ja. Oder ... also ... er muss in dem Raum gewesen sein. Aber ich habe ihn nicht gesehen. Er muss sich versteckt haben. Vielleicht im Bad.«

»Was ist dann passiert?«

»Ich wollte gerade die Polizei anrufen, da sah ich Daniel Kuisma.«

»Warum war Daniel Kuisma dort?«

»Er war Maija auch gefolgt.«

»Weiter.«

»Anfangs dachte ich, er wäre in den Mord verwickelt. Alles ging so schnell. Ich war vor Wut ganz außer mir. Und er dachte offensichtlich, dass ich sie erschossen hatte.«

»Erzähl bitte weiter.«

»Das Missverständnis führte zu einem Handgemenge. Wir haben miteinander gekämpft. Das wäre eine blutige Angelegenheit geworden, aber dann sahen wir, wie jemand aus dem Zimmer herausrannte.«

»Habt ihr das Gesicht gesehen?«

»Nein. Er trug eine Art Maske.«

Matić stoppte das Band. Er warf einen Blick auf den Bericht der Spurensicherung. Im Müllbehälter auf dem Innenhof war eine schwarze Skimaske gefunden worden. Kameras gab es da nicht. *Blind spot*. Der Schütze musste das gewusst haben, weil er es gewagt hatte, seine Maske sofort nach dem Verlassen des Gebäudes abzusetzen. Er musste den Ort schon gekannt haben.

Jemand hatte Maija Koistinen befohlen, dorthin zu kommen. Offensichtlich im Auftrag des Botschafters selbst. Ihre Leiche hätte man wahrscheinlich schon bald unauffällig verschwinden lassen, wenn nicht Aho und Kuisma dazwischengekommen wären. Karlsson nutzte also die Dienste eines einheimischen Auftragsmörders. Vielleicht war derselbe Mann Wochen vorher in Westerlunds Wohnung eingedrungen? Und hatte Redevich ermordet. Seinen Kopf abgesägt. Laut Aussage von Viktor Lipovac, der jetzt in Untersuchungshaft schmorte, hatte das fragliche Hotel, das vor einem halben Jahr geschlossen worden war, über Monate als eine Art Bordell gedient – als Bühne für sadomasochistische Sexspiele. Sie mussten Karlsson finden. Dann würden sie gleichzeitig den Mann mit der Maske erwischen.

Er schrak zusammen, als das Telefon klingelte. Offensichtlich hatte sich etwas Neues herausgestellt.

»Matić.«

»Hier ist die Notrufzentrale. Wir haben eben einen Anruf bekommen«, erklärte eine Frauenstimme. Matić hörte aufmerksam zu, sprang danach auf und rannte, so schnell er konnte, bis ans andere Ende des langen Flures.

»Josip!« Matić hatte die Tür von Buvinas Zimmer aufgestoßen und war rasch zu dem Kommissar gegangen, der auf dem Sofa lag und fest schlief.

»Wer? Zum Teufel – was ist los?« Buvina packte den

Ermittler an der Kniekehle und öffnete dann allmählich die Augen.

»Wach auf! In der Notrufzentrale der Polizei ging eben ein Anruf ein.«

»Wie spät ist es?«

»Fast schon Morgen. Der Anrufer hat sich als Antonio Franzo vorgestellt.«

»Was?« Buvina richtete sich rasch auf und rieb sich schnell die Augen. »Sag das noch mal. Was? Franzo?«

»Antonio Franzo hat eben die Notrufnummer der Polizei angerufen. Eine Gruppe bewaffneter Männer hat zwei Touristen entführt und sie auf eine Insel gebracht, die nördlich von Zadar aufgeschüttet worden ist. Wir haben die genaue Adresse. Ein Mann und eine Frau.«

»Verdammt! Daniel und Annika.«

»Er wollte, dass man dir das mitteilt«, sagte Matić und wich dem großen Mann aus, der hastig vom Sofa aufstand.

»Sind die entsprechenden Einheiten alarmiert?« Buvina zog seine schwarze Jacke an.

»Ja. Das Spezialteam aus Rijeka ist auf dem Weg. Außerdem wurde die Antiterroreinheit Lučko alarmiert.«

»Die ATJ? Ist sie schon unterwegs?«

»Noch nicht.«

»Okay. Sorg dafür, dass wir in den Hubschrauber kommen!«

99

Zadar, Kroatien

Daniel spürte, wie sich der dicke Stahldraht straff um seine Handgelenke spannte und schmerzhaft auf den Knochen drückte. Durch den Beutel aus grobem Stoff, den man über seinen Kopf gezogen hatte, konnte er nur mühsam atmen, aber er wusste, dass er genug Sauerstoff bekam, wenn er ruhig Luft holte. Sie wollten ihn nicht ersticken. Zumindest noch nicht.

Er hörte um sich herum Schritte, aber niemand sagte etwas. Manchmal klang es so, als wären die Schritte viel weiter entfernt, allem Anschein nach saß er also in einem großen Raum, dessen Akustik verriet, dass er noch unvollendet war und einen Steinfußboden hatte. Der Geruch erinnerte an eine mittelalterliche Kirche.

Irgendwo hinter ihm wurde eine schwere Tür geschlossen. Dann herrschte tiefes Schweigen. Daniel ließ das Kinn auf die Brust sinken und lauschte, ob jemand in dem Raum geblieben war. Er drehte den Kopf von einer Seite zur anderen, hörte aber keinen Ton mehr. Offensichtlich hatten sie ihn allein gelassen. Daniel versuchte seine Beine zu bewegen, aber der Draht um die Fußgelenke schnitt schmerzhaft ein. Je mehr er sich sträubte, umso stärker wurde der Schmerz.

Er streckte die Finger und bemerkte, dass sie fast gefühllos waren. Die Sehnen des Beugemuskels drückten gegen den Draht, was einen einschneidenden Schmerz auslöste. Er wäre nicht imstande, sich zu befreien – geschweige denn Annika.

Daniel fühlte sich zerschlagen. Er wusste, dass er schon lange an den Stuhl gefesselt dasaß, war sich aber nicht sicher, ob vielleicht schon mehrere Stunden vergangen waren. Seine Geduld wurde auf eine harte Probe gestellt. Er war gefangen und litt zusätzlich unter der Ungewissheit, und all das ließ mehr und mehr die Wut in ihm hochsteigen. Am liebsten hätte er laut gebrüllt. Dann hörte er, wie sich eine Tür weit hinter ihm öffnete und mehrere Männer eintraten.

»Wo ist die Frau?«, fragte Daniel. Die Stimme, die aus seinem trockenen Hals drang, klang müde und heiser. Er hörte, wie leise gelacht wurde, aber niemand antwortete auf seine Frage.

»Sie hat überhaupt nichts damit zu tun. Lasst sie gehen«, fuhr Daniel erregt fort und drehte den Kopf hin und her. Aber auch jetzt sagte niemand ein Wort. Dann hörte er neben den Schritten auch ein anhaltendes schleppendes und ratterndes Geräusch. Als hätte jemand ein altes und schlecht geöltes Fahrrad an ihm vorbeigeschoben. Was zum Teufel passierte in dem Raum eigentlich?

»Was macht ihr? Nehmt mir dieses verdammte Ding vom Kopf!«, fauchte Daniel und versuchte wieder Hände und Füße zu bewegen. Er atmete schwer und spürte, wie der grobe Stoff bei jedem Atemzug an seinem Mund kleben blieb. Es ging nicht darum, das alles zu überleben. Das wagte er nicht mehr zu hoffen. Jetzt ging es darum, wie schmerzhaft der Tod sein würde, den er erleiden musste. Und was für ein Schicksal Annika erwartete. Die Gedanken, die ihm durch den Kopf schossen, drehten sich um Antonio und die Engel des Hammurabi. Jetzt, als sich das Ende unausweichlich abzeichnete, bereute Daniel zum ersten Mal, dass er damals seine Seele verkauft und an der Umsetzung von Novaks Plan teilgenommen hatte. Das war es wirklich nicht wert gewesen. Nichts war das wert gewesen.

Plötzlich spürte er auf seiner Kopfhaut einen stechenden

Schmerz. Jemand hatte ihm den Beutel mit einer heftigen Bewegung vom Kopf gerissen und mit ihm ein Büschel schweißnasser Haare. Daniel blinzelte. Es dauerte eine Weile, bis sich die Augen an die helle Beleuchtung in dem Raum gewöhnt hatten und er die Gesichter der um ihn herumstehenden Gestalten erkennen konnte. Einer der Männer saß zwei Meter von ihm entfernt auf einem Stuhl. Der Mann war alt, grauhaarig und schien in einem schlechten Zustand zu sein. Aber sein Blick war scharf und entschlossen. Neben ihm standen zwei kräftige Männer, von ihrem Aussehen her hätten sie Brüder sein können.

»Willkommen, *Purple Angel One*«, sagte der Alte und verzog den Mund zu einem glücklichen Lächeln.

Daniel bemerkte erst jetzt, dass der Mann in einem Rollstuhl saß. Er kniff die Augen zusammen, um dessen Gesicht besser erfassen zu können. Plötzlich spürte er, wie alle Kraft aus seinem Körper wich. Genau so hatte er sich gefühlt, als der Barkeeper Novak auf dem gerahmten Foto erkannt hatte. Aber jetzt traf ihn der Schock noch viel tiefer und lähmte ihn weit mehr. Sein Gesichtsgedächtnis war unfehlbar. In diesem Rollstuhl saß General Janko Dordević. Alt. In schlechtem Zustand. Aber lebendig.

100

»Du wusstest es nicht«, sagte Dordević, als er Daniels schockierten Gesichtsausdruck erblickte. »Das sieht man dir an. Du wusstest es nicht. Obwohl der Italiener dich noch warnen konnte«, fuhr er fort und atmete sichtlich schwer. Daniel ließ den Kopf hängen und sah den General von unten an.

»Was hast du eigentlich geglaubt, wer euch jagt? Einheimische kleine Gangster?« Dordević zeigte sein beängstigend liebenswürdiges Lächeln.

Daniel spürte einen Druck im Genick. Trotz der Erschöpfung konnte er die entscheidenden Teile des Puzzles mühelos zusammensetzen.

»Novak hat deine Flucht organisiert«, sagte er ausdruckslos.

Der alte Mann brach in ein krächzendes Gelächter aus.

»Nein, mein Junge. Ich bin ja gestorben. Ich bin nur neu geboren worden.«

»Novak wollte uns glauben lassen, dass ihr beide gestorben seid.«

»Da hast du zum Teil recht. Novak ist nämlich gestorben. Allerdings gerade erst kürzlich«, erwiderte Dordević trocken.

Daniel atmete heftig und wartete auf den nächsten Zug seiner Bewacher.

»Weißt du, warum ich mir dich aufgehoben habe? Warum du der Letzte sein solltest?«, fragte Dordević und korrigierte mit der rechten Hand die Stellung des Rollstuhls.

Daniel antwortete nicht, sondern starrte den Mann unverwandt an.

»Erstens sitze ich wegen dir in diesem Stuhl. Das gehörte nicht zum Plan. Eine Kugel hat damals meine Schutzweste durchschlagen. Und die Wirbelsäule getroffen.«

»Ich verstehe.« Daniel bemerkte verblüfft, dass er lächelte. »Das ist also persönlich gemeint.«

»Alles ist von Anfang an sehr persönlich gewesen, Daniel Kuisma. Zwischen mir und dir. Von dem Zeitpunkt an, als wir deine Frau und die anderen Bewohner des Dorfes kennengelernt hatten.«

»Du hast dafür gesorgt, dass es persönlich geworden ist«, zischte Daniel und spürte, wie sich die Wut in alle Glieder ausbreitete.

»Und eure geheimen Racheakte sind natürlich etwas ganz anderes, habe ich recht?« Dordević lachte und beobachtete die Reaktionen der Männer, die neben ihm standen.

»Wir haben keine unschuldigen Zivilisten getötet und vergewaltigt«, erwiderte Daniel.

»Niemand ist unschuldig. Hast du das immer noch nicht gelernt?«

»Man müsste annehmen, du als General solltest wissen, dass auch der Krieg seine Regeln hat.«

»Die Regeln des Krieges schreiben immer jene, die am meisten zu verlieren und am wenigsten zu gewinnen haben.«

»Und das bedeutet, dass man sie nicht einzuhalten braucht?«

»Sag du es mir, Daniel Kuisma. Wenn ich das richtig verstehe, ist eure Operation kein Teil der Kriegshandlungen irgendeines Landes gewesen. Und da willst ausgerechnet du mir von den Regeln des Krieges predigen?«

Daniel schloss die Augen. Der alte General hatte recht, aber Daniel wusste, dass ihre Verbrechen nicht miteinander zu vergleichen waren. Egal, von welchem Blickwinkel aus man es betrachtete.

»Ich würde es wieder tun. Ohne mit der Wimper zu zucken. Aber diesmal würde ich mich selbst vergewissern, dass du wirklich stirbst«, sagte Daniel leise. Er biss die Zähne fest zusammen, und an seinen bis aufs Äußerste angespannten Armen traten die Adern deutlich hervor.

»Natürlich würdest du das tun. Wegen einer Frau tut ein Mann überraschend dumme Dinge«, erwiderte Dordević und schnipste träge mit den Fingern. Einer der Männer, die neben dem Rollstuhl standen, nickte und ging weg. Daniel schaute nicht nach hinten, hörte aber, dass der Mann den Raum verließ und die Tür schloss.

»Ich muss zugeben, dass diese ganze Operation für mich zu einer Art Zwangsvorstellung geworden ist. Ich habe viel Zeit und Geld investiert und meine Beziehungen genutzt, um dich auf diesen Stuhl setzen zu können, Daniel Kuisma.«

»Du hättest mich auch in Finnland erledigen können.«

»Natürlich. Aber ich wusste, dass ich zu etwas Besserem imstande war«, schmunzelte Dordević und nickte immer wieder, während er sprach. »Aleksander Novak hat die Gruppe der Engel des Hammurabi wirklich aus rein ideologischen Gründen gebildet. Zumindest am Anfang«, sagte er und bewirkte damit, dass Daniel den Kopf hob. »Am 12. März 1995 wusste ich, dass mein Spiel aus war. Wir hatten uns mit Oberst Dudas im Keller eines verlassenen Schulgebäudes versteckt, geschützt von den letzten, wenn auch nicht den besten Getreuen unserer Garde. Wir sollten noch in derselben Nacht auf die serbische Seite und angeblich in Sicherheit gebracht werden. Von wegen, Scheiße! Wir wussten, dass der Krieg auf der Zielgerade war und dass man unsere Taten auch in Rumpf-Jugoslawien verurteilen würde. Wir hatten so gut wie keine Alternative. Ironie des Schicksals: dass mich eine Gruppe entführte, die dafür lebte und atmete, mich am Galgen zu sehen, war ein richtiger Glückstreffer für mich.«

»Woher wusstest du, dass wir kommen würden?«

»Ich wusste es nicht mit Sicherheit. Allerdings waren mir natürlich die Attentate im Januar und Februar auf vier hochrangige serbische Offiziere nicht entgangen. Sie folgten alle einem bestimmten Muster. Und die Gleichung war nicht besonders kompliziert. Mir wurde schnell klar, dass man auch mich und Dudas im Visier haben musste.« Der alte Mann brach für einen Moment ab, hielt ein weißes Taschentuch vor den Mund und hustete Schleim ab.

»Novak hatte erst ein paar Tage vor eurer Aktion Kontakt zu mir aufgenommen. Er war ein Mann der Prinzipien. Aber er wollte auch hören, was ich ihm zu bieten hatte. Ihm war allmählich klar geworden, wie das Leben während des Neuaufbaus aussehen würde.«

»Wollte er Geld?«

»Das auch. Durch Eigentum, das im Krieg sozialisiert worden war, konnte ich eine beträchtliche Summe realisieren. Aber Novak wollte noch etwas anderes. Auch er wollte einen Neuanfang. Für sich und seine Familie. Ich habe zugesagt, das für ihn in den Vereinigten Staaten zu organisieren. Für mich hatte ich dort schon eine neue Identität und ein neues Leben vorbereitet.«

»In Amerika können alle neu anfangen.«

»Das dachte ich eben auch, mein Junge. Und ich habe wirklich neu angefangen. Das Vermögen, das ich im Krieg gemacht hatte, habe ich vervielfacht. Verzehnfacht.«

»Aber ... du ... Wir haben doch die Explosion gesehen. Und die Ruinen untersucht.«

»Manchmal ist der Trick eines Zauberers so einfach, dass das Publikum die Illusion dort sucht, wo sie nicht ist. Und nicht dorthin sieht, wo sie ist. Im Keller des Wirtschaftsgebäudes war ein Jahr zuvor ein dreißig Meter langer Versorgungstunnel angelegt worden. Deswegen hatte Novak genau dieses Gebäude ausgewählt. Ich kannte die Einzelheiten des Plans nicht. Aber ich wusste, Novak würde dafür sorgen, dass ich dort lebend rauskomme. Später habe ich gehört, am schwierigsten sei es gewesen, zwei Leichen zu beschaffen, die am Tunneleingang platziert wurden. Nur sicherheitshalber. Damit alles echt aussah.«

»Dieser verdammte Verräter ...«

»Verurteile Novak nicht mit einer so schwachen Begründung. Er wollte nur euer Bestes. Für euch hat er diese Täuschung organisiert, die viel Zeit und Mühe kostete. Meiner Meinung nach wäre es am einfachsten gewesen, euch dort in dem Keller mit in die Luft zu jagen. Ich habe ihm geschworen, dass ich nicht versuchen würde, euch in die Finger zu bekommen.«

»Warum hätte sich Novak auf dein Wort verlassen sollen?«

»Weil es dumm gewesen wäre, nach Europa zurückzukehren. Aus meiner Sicht war es am klügsten, mein neues Leben zu führen und die Vergangenheit zu vergessen. Und das ist mir auch fast gelungen – bis ich hörte, dass sich der Lungenkrebs ausgebreitet hatte. In die Wand der Brusthöhle, das haben diese verdammt teuren Spezialisten gesagt. Da war mir klar, dass der in Haag extra gegründete Gerichtshof für den Jugoslawienkrieg den Kampf schon verloren hatte, zumindest was mich anging. Denn selbst, wenn mich jemand erkennen sollte – der Prozess würde sehr lange dauern und ich würde trotzdem als freier Mann sterben.«

»Krebs ist ein Segen für so einen Unmenschen wie dich.«

»Die Engel des Hammurabi traten für die richtige Sache ein. Ich verstehe schon, warum ihr getan habt, was ihr getan habt. Auch ich bin nämlich nie jemand gewesen, der sich unterordnet. Ich will meine eigene Rache. Ich habe lange daran gearbeitet. Jetzt will auch ich das: Auge um Auge. Und Zahn um Zahn.«

101

Sie saßen eine Weile schweigend da und sahen sich an. Daniel spürte ein Brennen im Nacken, senkte aber den Blick nicht. Dordević schluckte ein paarmal und begann dann mit ruhiger Stimme:

»Novak kehrte vor zwei Jahren hierher zurück. In meinem Auftrag kümmerte er sich um die Angelegenheiten meines kroatischen Tochterunternehmens. Dabei war eine seiner Aufgaben die Umwandlung bestimmter Kassenströme in legale. Und damals begegnete er Jare Westerlund. Dieser Karikatur eines Diplomaten, der ursprünglich einzig und allein nach Kroatien gezogen war, um für Geoffrey O'Donnelly zu arbeiten. Ein Opportunist mit scharfem Verstand, aber ohne jede Moral, der sich vom Leben nichts weiter erhoffte als einen guten Weiberarsch und leichtes Geld. Zusammen mit dem Botschafter hat er jedoch eine Weile ein äußerst effizientes Geschäftsmodell betrieben. Da kam mehr schmutziges Geld herein, als Novak mit Hilfe des Finnen wieder in die Maschinerie fließen lassen konnte.«

»Franzo hat doch auch für Geoffrey gearbeitet …«

»Glaub mir, mein Junge, das weiß ich. Klar.«

»… hast du also nicht befürchtet, Novak und Franzo könnten sich über den Weg laufen?«

»Das war äußerst unwahrscheinlich. Franzo ist ja nie in Zagreb gewesen. Außerdem hat Geoffrey den Jungs von der Küste nicht erzählt, was in der Hauptstadt passierte. Nicht einmal seinen Helfern, die ihm am nächsten standen. Es sei denn, es musste unbedingt sein. Jedenfalls lief alles gut, bis herauskam, dass Westerlund gegen die Anweisungen verstieß und über wirklich alles Buch führte. Das Datum, die empfangenen Geldmengen, die Personen, die Unternehmen.

Er hatte an seine Excel-Tabelle sogar Fotos, Audioaufzeichnungen und Videos angehängt. Von Anfang an.«

»Wollte er Geld erpressen?«

»Vielleicht irgendwann in der Zukunft. Aber er hat die Liste nicht deswegen zusammengestellt. Das wäre dumm gewesen. Vielmehr handelte es sich um eine Art Lebensversicherung. Westerlund besaß komprimiert in einer einzigen Datei so viel Informationen über mehr als dreihundert Menschen und Unternehmen, die Dreck am Stecken hatten, dass man ihn mit gutem Gewissen als einen äußerst gefährlichen Mann bezeichnen konnte«, sagte der Alte, drehte den Rollstuhl langsam vor und zurück und fragte nach kurzem Schweigen: »Willst du nicht noch mehr hören?«

»Ich dürfte kaum eine Alternative haben.«

»Gut beobachtet.« Der alte Mann lachte. »Westerlund konnte jedenfalls den Mund nicht halten. Bei einem zärtlichen Gezwitscher mit einer Hure verriet er, dass er eine Geheimwaffe besaß. Etwas, womit er notfalls die anderen in die Knie zwingen könnte. Und als sich das rumsprach, wurde Westerlund bedroht. Im Auftrag irgendeines Dritten.«

»Warum hat Geoffreys Organisation nicht eingegriffen?«

»Niemand in Geoffreys Organisation wusste, dass Westerlund Daten über seine Kunden gespeichert hatte. Nicht einmal Botschafter Karlsson. Niemand wusste, warum man ihn bedrohte. Schließlich bekam Karlsson aber doch irgendwie Wind von der Sache. Westerlund hat natürlich abgestritten, Informationen aufzubewahren, aber Karlsson hat die Sache auf jeden Fall weitergemeldet. Kurz danach wurde in Westerlunds Wohnung eingebrochen, und diesmal handelte es sich um Geoffreys eigene Leute. In der Wohnung fanden sie eine externe Festplatte, auf die eine leicht verschlüsselte Datei geladen war. Der Finne wusste, dass seine

Lügen auffliegen würden, sobald Geoffreys Männer die Datei entschlüsselt hatten. Also hat er seinen Kram gepackt und ist noch in derselben Nacht in die Botschaft gezogen – aufs Sofa in seinem Büro. Bewachung rund um die Uhr und Überwachungskameras. In der Botschaft konnten sie ihm nichts anhaben. Ironischerweise saßen Karlsson und Westerlund noch viele Tage bei Besprechungen zusammen an einem Tisch. Und taten den anderen gegenüber so, als wäre alles in Ordnung. Schließlich veranlasste Westerlund seinen Freund zu dem Drohanruf in der Botschaft, damit es einen Beweis für die Drohungen gab. Und verschwand.«

Ein heftiger Hustenanfall unterbrach die Erzählung. Dordević hustete laut in das Stofftuch, und Daniel konnte den blutigen Schleim sehen, bevor der Alte das Tuch zusammenlegte und wieder in die Tasche steckte.

»Im Gegensatz zu vielen anderen hatte ich in den Vereinigten Staaten wirklich Erfolg. Ich finanziere einen großen Teil der Projekte in dieser Gegend hier. Ich und ein paar meiner Partner leiten diesen ganzen Zirkus. So kam die Information über Westerlunds Verfehlungen bis nach Amerika. Das Verschwinden des Auslandsfinnen konnte hervorragend als Vorwand dienen, dich hierherzulocken. Aber dafür brauchte ich Hilfe. Und siehe da, die Lösung fand sich auf Westerlunds Liste. Plötzlich hatte ich überraschenderweise einen Mann aus dem finnischen Außenministerium in der Hand. Ville Mäkelä hatte schon lange seine Nebeneinkünfte mit Hilfe seines alten Freundes Aarne Karlsson nach Zagreb fließen lassen. Seine Aufgabe bestand nun darin sicherzustellen, dass gerade du dorthin fährst, um den Fall zu klären.«

»Wie hängt Interpol mit der Sache zusammen?«

» Interpol habe ich in den letzten zwei Jahren immer wieder kleine Leckerbissen angeboten. Dezente Tipps. Falsche

Hinweise. Gefälschte Sachbeweise. So habe ich allmählich ein Ungeheuer erschaffen, dem nur das Gesicht fehlte. Nach der Krebsdiagnose wollte ich meinen Plan zu Ende bringen. Ich habe ihnen nun noch mehr geliefert. Deinen Namen. Ein Motiv. Ich konnte Informationen über deine Belastungsstörung ausgraben – es musste ja etwas Reales dabei sein.«

»Warum sollte denn jemand glauben, dass ein finnischer Blauhelm Kriegsverbrechen begangen hat?«

»Daniel Kuisma, du bist nach dem Ermittlungsmaterial und den Berichten ein psychisch geschädigter Sadist, der seine Stellung und die Krisensituation ausgenutzt hat, um seine gewalttätigen Fantasien auszuleben. Da es dafür zudem eindeutige – wenn auch gefälschte – Beweise gibt, ist es plötzlich gar nicht mehr so schwierig, die Geschichte zu glauben. Interpol leitet derzeit die Fahndung nach dir ein. Dann bist du kein Held mehr. Sondern bloß noch ein Kriegsverbrecher.«

»Was zum Teufel hast du eigentlich davon? Warum bringst du mich nicht einfach um?«

»Du müsstest die Antwort darauf kennen, Kuisma. Die Engel des Hammurabi. Der Name eurer Gruppe war wirklich einfallsreich. Aug um Aug und so weiter.« Der Alte hustete wieder und knirschte mit den Zähnen. Dann fuhr er fort: »Alle anderen aus deiner Gruppe sind tot, weil sie meine Kameraden getötet haben. Killer muss man töten. Ich aber bin immer noch am Leben. Ein Krüppel und krank, aber am Leben. Ob du es glaubst oder nicht, ich habe die Absicht, dich am Leben zu lassen. Allerdings wirst du von diesem Stuhl nicht mehr mit den eigenen Beinen aufstehen. Du wirst den Rest deines Lebens im Gefängnis verbringen, als Krüppel und als Verrückter, dessen Gerede über einen alten General niemand ernst nimmt. Und das, mein lieber

Freund, ist wahrhaftig eine Rache nach dem Gesetz des Hammurabi.«

102

»Das sei nun also die Rache für die Rache. Ich räche mich jetzt dafür, dass ihr, du und deine Affenhorde, vor zwanzig Jahren beschlossen habt, selbst den Richter zu spielen«, sagte Dordević ganz ruhig, holte dann aus seiner Tasche ein zusammengefaltetes Blatt Papier und setzte eine Lesebrille auf, die an einer silbernen Kette hing.

»Der erste Engel – Leon Karlo. Es war etwas schwierig, den Mann zu orten, denn er hatte seinen Namen geändert und war schon Ende der Neunzigerjahre nach Schweden gezogen. Wir brauchten sogar ein paar Tage, bis wir ihn aufgespürt hatten«, erklärte er und leckte den Finger an. »Meine Partner haben berichtet, dass es um Herrn Karlo ziemlich schlecht stand, als man ihn in einer Kellerkneipe in Malmö fand. Eine alkoholisierte Ratte. Ich fürchte fast, dass wir dem Typen einen Gefallen getan haben, denn für einen Mann, der das Leben nicht schätzt, ist es eigentlich keine Strafe, getötet zu werden. Und trotzdem galt es, ihn von der Liste zu streichen.« Dordević machte eine kurze Pause, als wolle er sicherstellen, dass Daniel aufmerksam zuhörte.

»Also wurde dafür gesorgt, dass der Tod langsam und schmerzhaft kam. Ich wette mal, dass der dortige Gerichtsmediziner letztlich mit dem Würfel ermitteln musste, welche der zahlreichen Verletzungen zum Tod des Opfers geführt hatte.«

Dordević lächelte und lehnte sich in seinem Rollstuhl nach vorn. Der große Mann neben ihm grinste spöttisch und bekreuzigte sich.

»Alec McKinzey, das britische Geschenk für die ganze Welt.« Dordević drehte das Blatt Papier in der Hand und fuhr fort: »Seine Leiche zu finden ist jetzt schon schwierig. Dafür braucht man gute Hunde.« Er stieß die Luft aus wie bei einem Pfiff und schnipste mit den Fingern, um Daniels Aufmerksamkeit auf sich zu lenken.

»Versuch noch einen Augenblick durchzuhalten. Die Liste ist kurz. Wir haben schon fast die Hälfte geschafft.« Dordević lächelte, als Daniel den Kopf hob und ihre Blicke sich trafen. »Antonio Franzo. Glitschig wie ein Aal. Dieser Mistkerl hätte beinahe – ich betone: beinahe – alles versaut. Die Schuld dafür muss ich mir selbst geben. Meinem Urteilsvermögen fehlte es da etwas an Schärfe. Aber jetzt ist auch er aus dem Spiel.«

Daniel spürte einen Kloß im Hals.

»Franjo Stasiak. Er hatte sein Land schon vorher verraten. Das hätte an sich bereits für ein Todesurteil gereicht. Stasiak hatte seinen Platz im nördlichen Slowenien gefunden, wo er als Holzfäller arbeitete. Sagen wir mal so: Wenn die Motorsäge in seinem Leben schon eine große Rolle gespielt hatte, dann war sein Tod in der Hinsicht nicht viel anders.« Dordević sah von dem Papier auf und lachte, als wäre ihm gerade eine angenehme Erinnerung eingefallen.

»Und dann ist da natürlich Zoran Gabelich. Huch, was war das erst für ein Durcheinander! Wir haben ihm in Sarajevo einen Besuch abgestattet. Da herrschte dann am Frühstückstisch ein ganz schöner Trubel. An sich schade – er hatte es in seinem Leben wirklich zu etwas gebracht. Eine wunderbare Familie und ein nettes kleines Haus in einer etwas heruntergekommenen, aber ruhigen Wohngegend. Auf dem Balkan ein echter Traum«, sagte Dordević trocken.

Daniel senkte den Blick wieder auf seine Knie und versuchte den Gedanken zu verdrängen, wie die Männer von Dordević nicht nur Gabelich, sondern auch dessen Familie getötet hatten. Frau und Kinder, die mit der Vergangenheit nichts zu tun hatten.

»Wie kannst du das ... tun?«, fragte Daniel fast ungewollt.
»Was? Töten?«
»Unschuldige Menschen zu töten. Und nun behaupte nicht, dass niemand unschuldig ist.«
»Die Menschen müssen verstehen, dass alles seine Folgen hat. Glaubst du, die Serben waren die Ersten, geschweige denn die Einzigen, die ihren Hass gegen die Zivilbevölkerung der Gegenseite gerichtet haben? Nein, natürlich bist du auch darüber im Bilde, Daniel Kuisma. Scheiße flog auf der einen wie auf der anderen Seite.« In der Stimme des alten Mannes lag eine Spur von Enthusiasmus, die Daniel an seinen Geschichtslehrer in der Oberstufe denken ließ.

»Ich habe diese Folgen sehr konkret erleben müssen«, fuhr der Alte fort. »Ich sitze seit zwanzig Jahren in diesem verdammten Stuhl. Und das habe ich dir zu verdanken, Daniel Kuisma.«

»Wiederhole meinen Namen nicht ständig, als würdest du mich kennen«, entgegnete Daniel schroff und müde und versuchte sich vergeblich aus seiner Bedrängnis zu befreien, in die er straff eingeschnürt war.

»Aber ich kenne dich doch. Schon seit einer Ewigkeit. Ich habe dich vor vielen Jahren kennengelernt. Als ich mir diesen Haufen Ratten in dem Keller angesehen habe, hob sich dein Hass deutlich von allem anderen ab. Er füllte den ganzen Raum aus und saugte allen Sauerstoff auf. Ich habe niemals zuvor oder danach etwas Ähnliches erlebt. Verstehst du nicht? Der Hass ist die stärkste Kraft der Welt. Die Liebe bringt den Menschen nicht voran. Im Gegenteil – sie sorgt dafür, dass selbst ein intelligenter Mann auf den absteigenden Ast gerät und den Kampf einstellt. Der Hass dagegen lässt dich Dinge verwirklichen, die du sonst nicht verwirklichen würdest. Ein Mensch, der seinen Hass akzeptiert, ihn als seinen treuen Freund umarmt und für seine Zwecke einspannt, kommt am allerweitesten«, sagte der Alte, strich mit den Fingern die unsichtbaren Falten seiner weißen Hose glatt und fuhr dann ganz ruhig fort: »Ich habe deinen Hass nicht vergessen. Es hat mir Kraft gegeben, wenn ich an deine mordgierigen Augen dachte – sie waren so dunkel und tot wie bei einem Killerhai, der sich seinem Opfer nähert ...«

»Willst du damit sagen, ich sitze deswegen hier, weil du ein Fan von mir bist?«, fragte Daniel.

Der Alte lachte amüsiert. »An sich ja. Und bevor sich unsere Wege endgültig trennen, möchte ich deinen Hass noch einmal sehen.« Der Gesichtsausdruck des Alten veränderte sich, statt vergnügt wirkte er nun wieder neutral.

»Ich denke mal, dass du ihn schon gesehen hast«, sagte Daniel und schloss die Augen. Dabei hörte er, wie eine schwere Tür hinter ihm geöffnet wurde.

»Da irrst du dich aber gewaltig, mein Freund.« Dordević entblößte seine leuchtend weißen Zähne und zog die Augenbrauen geheimnisvoll hoch.

Daniel riss die Augen weit auf, und seine Muskeln spannten sich gegen die Stahldrähte. Er hatte das Gefühl, dass sich ihm der Magen umdrehte. Er hörte die weinerliche Stimme der Frau, sie flehte die Männer an aufzuhören. Er hatte sich wahrhaftig geirrt.

103

Die aus dem Unterleib aufsteigende Übelkeit war so stark, dass Daniel nach Luft schnappen musste, um den Brechreflex zu unterdrücken. Annika hatte man nicht wegen Westerlund nach Kroatien geschickt. In Wirklichkeit nicht einmal, um seine angeblichen Kriegsverbrechen aufzuklären. Nein, Annika war keine Akteurin, keine Spielerin, sondern nur eine Schachfigur. Nur das letzte, wichtigste Element in der Rache von Dordević.

»Karlsson hatte erzählt, dass eine junge und schöne finnische Frau, die er kannte, als Profiler zu Interpol gegangen war. Fantastisch! Mäkeläs Aufgabe bestand nun allein darin, Annika Lehtos Vorgesetztem die Idee von der Anwendung der indirekten Verhörtechnik schmackhaft zu machen. Warum hätte Interpol nicht zustimmen sollen? Sie hatten wenig zu verlieren. Aber viel zu gewinnen – wenn es gelang, würde Annika der Polizei die Namen aller Engel des Hammurabi beschaffen. Das brächte den Chefs Ruhm und Ehre. Ha! Die Armen wussten nicht, dass sie ihren jungen Schützling in den Tod schickten. Und nun hat es sich so ergeben, dass ihr beide hier seid. Im Nachhinein muss ich zugeben, dass ich nie geglaubt hätte, es würde wirklich gelingen.« Dordević klatschte in die Hände, und auf seinem Gesicht glänzte ein euphorisches Lächeln. Wie bei einem kleinen Kind, das sich freut.

Daniel schloss die Augen, vielleicht stellte sich – wenn er sie wieder öffnete – heraus, dass alles nur ein schrecklicher Albtraum war. Aber der Schrei, der in dem Raum widerhallte, war zu laut. Zu wirklich. Das, was er so oft im Kopf erlebt hatte, geschah jetzt in der Realität. Noch einmal. Augusta war wieder den Männern ausgeliefert. Und diesmal musste er zusehen.

Daniel öffnete die Augen. Einer der Männer versetzte Annika einen Tritt, sodass sie neben dem Rollstuhl auf die Knie fiel. Ihre Hände waren gefesselt, und der Lappen vor ihren Augen hinderte sie daran, etwas zu sehen.

»Ich brauche dir sicherlich nicht zu sagen, was als Nächstes passieren wird. Und wenn das Mädchen am Ende dieses geselligen Beisammenseins verschwindet, muss Interpol bei dem Mordmotiv nicht lange Mutmaßungen anstellen. Du hast sie umgelegt, weil sie dich ins Gefängnis bringen wollte«, sagte Dordević zufrieden.

»Damit erreichst du gar nichts! Ich kenne sie nicht mal!« Daniel verzog das Gesicht zu einem Grinsen und bemerkte, dass ihm die Stimme versagte.

»Ich fürchte nur, dass ich es schon erreicht habe«, widersprach Dordević und rollte sich näher an Daniel heran. »Deine Augen. Also sind wir auf dem richtigen Weg.« Er machte eine kurze Pause und summte dann mit tiefer Stimme eine Melodie, die Daniel irgendwie bekannt vorkam.

Daniel spürte, wie sich sein Gesichtsfeld trübte. Die gesummte Melodie und Annikas ununterbrochenes trostloses Schluchzen ließen ihn in eine Art Tagtraum versinken. Die Geschehnisse der letzten Tage kreisten chaotisch irgendwo am Rande seines Bewusstseins, und es fiel ihm mit jedem Augenblick schwerer, den Verlauf dieser ganzen Serie schnell eskalierter Ereignisse zu begreifen. Er fühlte einen Schmerz in der Brust, als ihm bewusst wurde, dass die Lage nicht mehr schlimmer werden konnte. Antonio war tot. Annika würde man vor seinen Augen vergewaltigen und ermorden. Und zum Schluss war er selbst dran und würde mit allen denkbaren Mitteln gefoltert werden. Nun bekam Dordević wahrhaftig seine Rache.

»Ich bring dich um!«, rief Daniel und zerrte an seinen

Fesseln. Der Draht drang tief in die Haut ein, und dann spürte er, wie das Blut über seine Finger und Fußgelenke lief. Doch die Verletzungen bereiteten ihm keine Schmerzen. Er war wie betäubt. »Hast du gehört? Ich werde dich umbringen!«

Daniel hörte sein eigenes Rufen nicht mehr. Ein Rauschen füllte seinen Kopf aus, es überdeckte alle anderen Geräusche. Alles um ihn herum bewegte sich verlangsamt und ruckartig. Das Licht und die Farben in seinem Blickfeld verschmolzen zu einem einzigen großen, zähflüssigen Durcheinander.

»Jetzt! Ich sehe ihn schon fast.« Dordević klatschte leicht in die Hände. »Ich habe doch gesagt, dass du zu noch viel Besserem imstande bist«, erklärte der Alte und schaute die Männer an, die neben ihm standen.

»Das hier ist er, meine Herren. Der vollkommene Hass, den ich so lange nicht vergessen konnte. Und den ich jetzt aus dem Nichts neu erschaffen habe«, fuhr Dordević theatralisch fort und lachte zufrieden, während Daniel weiter schrie.

Dann holte der Alte tief Luft. »Und nun, meine Herren: Wer von euch beiden möchte den letzten Akt beginnen? Ich lade euch ein.« Dordević nickte in Richtung der Frau, die auf dem Steinfußboden kniete.

104

Antonio hielt den Wagen auf dem hohen Hügel am Straßenrand an und sah, wie der Polizeihubschrauber, ein Bell 206, sehr tief in Richtung des Gutshauses auf der künstlichen Insel flog. Die blinkenden Lichter der Polizeiautos am Ufer tauchten die Brücke zu dem Haus in ein blaues Licht.

»Ist das dort das richtige Haus?«

»Ja«, antwortete der Mann und heulte auf vor Schmerz.

»Es wäre besser für dich, wenn es so ist.«

Beim Aussteigen bemerkte Antonio, dass er das Bein mit der Schussverletzung immer noch belasten konnte. Die Wunde müsste aber möglichst bald desinfiziert und genäht werden.

Der Hubschrauber landete auf einem Platz am Ende der Brücke. Nur kurze Zeit später hielt dort auch ein gepanzertes Fahrzeug des Sondereinsatzkommandos der Polizei. Antonios Entscheidung, die Polizei einzuschalten, war richtig gewesen. Für alles gab es eben ein erstes Mal. Allein hätte er nichts gegen die Entführer von Daniel und Annika ausrichten können. Er warf einen Blick zu dem Mann auf dem Beifahrersitz, der durch den offenen Bruch am Fuß ungefährlich geworden war. Dann ging er um das Auto herum, öffnete die Tür und richtete die Waffe auf das Gesicht des Mannes.

»Was ist das für ein Haus?«

»Eine seiner vielen Villen«, antwortete der Mann und ächzte. Sein Gesicht war schweißüberströmt, und er presste mit den Fingern seinen gebrochenen Fuß.

»Wem gehört das?«

»Dem Alten.«

»Welchem verdammten Alten?«

»So nennen wir ihn. Den Alten. Den Namen kenne ich nicht.«

»Willst du ernsthaft behaupten, dass du nicht weißt, für wen du arbeitest?«

»Ich bin nur für diesen einen Auftrag engagiert worden. Aber es heißt, dass er im Krieg serbische Truppen kommandiert hat. Und danach im Ausland untergetaucht ist.«

»Wie kommt ihr darauf?«

»Weil er eine kleine Berufsarmee zusammengestellt hat, die seine Feinde aus der Kriegszeit jagt. Du und der Finne, ihr wart die letzten.«

»Und Novak?«

»Hat dasselbe Schicksal erlitten.«

»Bist du in Sarajevo gewesen?«, fragte Antonio. Vor ihm tauchte das Bild von Gabelich und seiner Frau auf. Und den zwei kleinen Jungen. Er hielt die Waffe krampfhaft fest.

»Na? Bist du da gewesen?«

»Nein. Aber ich weiß, dass sie auch dort gewesen sind. Und in Schweden. Alle sind tot. Außer dir.«

»O verflucht!« Antonio schaute zum Ufer hinunter und sah, wie die Polizisten beide Seiten des Gebäudes besetzten. Er wandte den Blick wieder dem Söldner zu. Der arbeitete also für einen Alten, der aus dem Ausland zurückgekehrt war, um sich an den Engeln des Hammurabi zu rächen. Für einen Alten, der so viel Macht hatte, dass Geoff bereit gewesen war, ihn zu opfern.

Antonio schloss die Augen und schluckte. Daniel hatte in dem Keller auf Dordević geschossen, nur ein paar Minuten, bevor Novak über Funk die Sache mit dem Sprengstoff gemeldet hatte. Der hätte aber eigentlich schon durch Daniels Kugeln explodieren müssen, sollte man annehmen. Es sei denn, Dordević hatte unter seinem Hemd gar keinen Sprengstoff gehabt. Sondern eine kugelsichere Weste. Das erste Mal ergab die ganze Geschichte einen Sinn. Deshalb hatte sich Novak nicht aus dem Keller gerettet. Das war alles bloß Theater gewesen.

»Warum hat man sie dorthin gebracht?«, fragte Antonio schnell und nickte in Richtung Ufer.

»Grande Finale. Dafür brauchte man auch das Mädchen.«

Antonio spürte, dass sich sein Puls beschleunigte. Er sah,

wie das Sondereinsatzkommando die Tür aufbrach und in das Gebäude eindrang.

»Ist das ganz sicher der richtige Ort? Denk daran, was ich über deine Familie gesagt habe.«

»Ja«, sagte der Mann und gab ihm aus seiner Jackentasche einen gelben Zettel mit der Adresse. Der Scheißkerl hatte seine Aufgabe erfüllt.

Antonio steckte den zerknitterten Zettel ein, hob die Pistole und drückte ab. Er wusste, dass der Lärm des Hubschraubers den Knall des Schusses übertönen würde.

105

Der Nebel lag wie ein feuchter Schleier auf der Haut. Daniel ging zu dem verputzten Haus und berührte die Klinke der Tür. Er warf einen Blick hinter sich und sah die abgezehrten Kinder, die leblos auf dem Eis lagen. Nein – er hätte ihnen nicht helfen können. Die Kinder waren schon gestorben, bevor sie gekommen waren. Irgendwo hörte man gedämpfte Schüsse. Drinnen kreischte jemand.

Er wandte sich wieder der Tür zu und sah, dass sie offen stand. Das Kratzen war jetzt lauter als je zuvor. Es kam von den Dielen unter seinen Füßen. Durch ein kaputtes Fenster hatte es hereingeschneit. Auf der rechten Seite des Zimmers sah er Betten. Das Gebäude diente jedoch nicht als Feldlazarett. Es war etwas anderes.

Er bückte sich, öffnete die Falltür und traf auf Dutzende Augenpaare, die dort im Dunkeln glühten. Die Gestalten kratzten an den Wänden und an der Kellerdecke. Sie wollten hinaus. Hinter ihm schrie jemand. So laut, dass sein Trommelfell schmerzte. Dort standen die Betten, mit den Müttern der Kinder. Die Soldaten waren eine ganze Gruppe, sie hatten sich die Frauen auf den Betten und Tischen bereitgelegt. Irgendwo krachten Schüsse. Offensichtlich richteten sie die gefangen genommenen Männer an der Grube hin, die hinter dem Haus ausgehoben worden war. Ein Kopfschuss, und die Leiche fiel direkt ins eigene Grab. Das ersparte viel Mühe, und die Soldaten kamen schneller ins Haus, um ihre Kriegsbeute zu genießen, die frischen Witwen und deren Töchter. Zur gleichen Zeit schrien die kleinsten Kinder im Kartoffelkeller unter dem Dielenfußboden und klopften an die Falltür. Einen Teil der Kleinen hatte man auf dem Hof gelassen, eingesperrt in einem Gehege, sie sollten bei lebendigem Leibe erfrieren.

Draußen wurde wieder geschrien. Und auch geschossen. Doch diese Schüsse krachten gar nicht dort draußen, sondern viel näher. Jemand schoss direkt hinter ihm. Und jetzt neben ihm.

Daniel öffnete die Augen und erblickte das Gesicht des Alten, der vor ihm saß. Es lächelte nicht mehr. Es war nun voller Wut. Und Enttäuschung. Daniel sah zu, wie der kräftige Mann hinter dem Rollstuhl mit seiner Waffe immer wieder feuerte und gleichzeitig den Alten mit sich zog. Blut spritzte auf Dordević, als die Kugeln in der Brust des Leibwächters einschlugen und ihn wie in Zeitlupe zu Boden warfen. Daniel sah, wie die Salven saubere Linien in die hintere Wand des Raumes hämmerten. Der andere Bodyguard stieß sich mit den Füßen ab und kroch zur Wand. Er schrie, als eine Wolke von Bluttröpfchen aus seinen Beinen aufgewirbelt wurde. Dann traf ihn eine Salve weiter oben und färbte die Wand rot.

Nun krachten keine Schüsse mehr. Man hörte Rufe. Daniel kniff die Augen zusammen, aber immer noch war alles verschwommen. Nur kurz und undeutlich sah er die Frau, die auf dem Boden lag, dann hob ein Mann in einem dunkelblauen Overall mit Helm und Schutzweste sie auf und nahm sie auf den Arm. Dordević hielt die Griffe seines Rollstuhls krampfhaft fest. Die Adern auf seiner Stirn waren gewaltig angeschwollen. Sie sahen sich an. Daniel schloss die Augen wieder. Es herrschte Stille, dann aber hörte er Josip Buvinas tiefe Stimme, und nun liefen ihm Tränen über die Wangen.

106

Josip Buvina sah dem Krankenwagen hinterher, der vom Hof fuhr. Die grellen Blaulichter der Einsatzfahrzeuge beleuchteten das Gebäude, die Insel und die Brücke. Er zündete sich eine Zigarette an, die er sich von einem Mann des Sondereinsatzkommandos hatte geben lassen, und schaute sich nachdenklich um. Über ihm ratterten zwei Hubschrauber, der eine übertrug in Echtzeit Bilder für das Fernsehen. Eben hatte er zwei lange Telefonate geführt, erst eins mit Raimo Hämäläinen und gleich danach mit seinem Vorgesetzten Borko Bee Pavlović. Nach Aussage von Hämäläinen war Staatssekretär Mäkelä, der den Einsatz der beiden Finnen in Zagreb arrangiert hatte, unter dem Verdacht des Amtsmissbrauchs und der kriminellen Geldwäsche inzwischen festgenommen worden.

Daniel und Annika brachte man mit einer Polizeieskorte zur Behandlung ins Krankenhaus. Beide standen unter Schock, wiesen aber keine lebensgefährlichen Verletzungen auf. Zwar war die Frau fast nackt ausgezogen worden, aber die bei dem Feuergefecht umgekommenen Männer, die einzigen, die sich zu dem Zeitpunkt in dem Raum befunden hatten, waren noch vollständig angekleidet gewesen. Der tatsächliche Verlauf der Ereignisse würde jedoch erst später ermittelt werden.

»Ich habe gedacht, du hast aufgehört zu rauchen«, sagte Matić und stieg die Treppe vor dem Haus herunter.

»Das ist jetzt nicht die richtige Zeit aufzuhören«, knurrte Buvina und betrachtete den fast einen halben Meter kleineren Ermittler.

»Der Alte redet nicht«, meldete Matić.

»Bevor Daniel weggebracht wurde, konnte er mir noch sagen, dass Dordević die ganze Zeit die Engel des Hammurabi im Visier gehabt hat.«

»Entschuldigung – wen?«

»Interpol war nicht ganz auf dem Holzweg, Adam. Daniel Kuisma gehörte in der Endphase des Krieges tatsächlich einer selbstständigen Guerillagruppe an.«

»Ist Kuisma also festgenommen worden?«

»Ja. Aber schauen wir mal, was das Gericht auf den Tisch legt. Jedenfalls steht ein langer und schwieriger Prozess bevor.«

»Und Westerlund?«

»Tja, Westerlund«, sagte Buvina trocken. »Dieser kleine Fiesling ist die Hauptattraktion in diesem ganzen Zirkus. Er hatte für schlechte Zeiten eine Liste seiner Kunden zusammengestellt. Geoffrey O'Donnelly hat das erfahren und ihn ausgeschaltet.«

»Wir haben Redevichs Leiche, aber ...«

»... nicht die von Westerlund. Ich weiß – noch nicht. Vielleicht kann O'Donnelly Licht in das Dunkel bringen.«

»Aber du glaubst, dass Westerlund tot ist.«

»Ja, ganz sicher. Bee hat eben erzählt, dass in dem verlassenen Hotel ein Sack mit dem Rest von Redevich gefunden wurde. Und außerdem waren da Westerlunds blutige Kleidungsstücke drin. Der Mann muss tot sein. Sonst hätte er sich mit seinen Informationen längst an die Polizei gewandt. Spätestens zu dem Zeitpunkt, als die Killer Redevich eingefroren hatten.«

»So wird es wohl sein. Hast du schon von der Werkhalle in Mičevec gehört?«

»Was gibt es da?«

»In einer Halle wurden eben zwei Leichen gefunden. Aarne Karlsson und Filip Horvat. Beide durch Kopfschuss hingerichtet.«

»Filip Horvat – das heißt also Aleksander Novak.«

»Genau.«

»Mensch, verdammt, Dordević ist aber wirklich auf Nummer sicher gegangen. Sein Assistent wurde offensichtlich aus demselben klassischen Grund umgebracht – er wusste zu viel.«

»Mafiaklischee.«

»Nichts und niemand durfte Dordević bei seinem Racheplan in die Quere kommen. Obwohl der Mann selber nicht mehr viel Zeit hat. Eben ist er zwar von den Kugeln verschont worden, aber praktisch ist er schon tot«, sagte Buvina, ließ die Kippe zu Boden fallen und steckte die Hand in die Tasche. Dann blickte er aufs Meer und fuhr fort: »Dieses ganze Durcheinander fällt jetzt Geoffrey O'Donnelly schwer auf die Füße. Der Mann hat in der Regel sehr vorsichtig agiert. Aber nun, wo er zugelassen hat, dass sich Dordević ungehindert in seinem Sandkasten austoben konnte, dürfte das auch sein Untergang sein.«

»Der Mann wird in Split schon festgesetzt.«

»Gut so. Wieder ein großer Gangster weniger.« Buvina

zwinkerte Matić zu und stieg die Treppe zum Haus hinauf. Er wollte jetzt Suzana anrufen und ihr erklären, dass es noch eine Weile dauern würde, bis er nach Hause kam. Seine Frau würde vermutlich wieder in strengem Ton über die Möglichkeit des Vorruhestands oder eines Laufbahnwechsels sprechen. An sich hielt er beides nicht mehr für völlig abwegige Ideen.

»Josip?« Matić ging dem Kriminalkommissar hinterher. »Hat Daniel gesagt, wer sonst noch damals zu der Gruppe gehört hatt?«

»Wir haben die Namen. Nach ersten Untersuchungen sind alle im Laufe der letzten zwei Tage gestorben oder verschwunden.«

»War Antonio Franzo einer von ihnen?«

»Nein. Es hat sich um eine Elitetruppe gehandelt. Kuisma hat gesagt, dass Franzo kein besonders guter Soldat war.«

107

Split, Kroatien

»Setz dich, Tony«, sagte Geoff, ohne zu dem Mann hinzusehen, der gerade ins Zimmer getreten war. Er saß auf einer Ledercouch und starrte aufs Meer, das hinter der großen Glastür und der Terrasse gegen die hohen Felsen brandete.

»Ist Whisky da?«, fragte Antonio und blieb stehen, um einen Blick auf die vertraute, raue, aber schöne Landschaft zu werfen. Unzählige Male hatte er mit dem Glas in der Hand in diesem Zimmer gesessen, aufs Meer hinausgeschaut und mit Geoff geredet. Über alles Mögliche.

Antonio schloss für einen Moment die Augen und hörte

zu. Das Spiel der klassischen Streichinstrumente, das aus den Lautsprechern erklang, war von seiner Tonqualität her makellos und erzeugte in diesem Raum eine feierliche, zugleich aber auch wehmütige Stimmung.

»Be my guest. Du weißt, wo die Flaschen stehen«, sagte Geoff ruhig und blickte weiter auf den Horizont.

Antonio sah sich um und ging durch das Zimmer zu dem prächtigen Barschrank mit seiner Fülle von handgeschnitzten Verzierungen.

»Soll ich dir auch etwas eingießen?«

»Gern. Aber ich nehme mal an, dass du eine freie Hand brauchst«, erwiderte Geoff und lachte trocken.

»Das stimmt«, sagte Antonio und hatte dabei einen Kloß im Hals. Der Pistolengriff aus Polymer war in seiner schwitzenden Hand warm geworden.

»Du bekommst das hier.« Er humpelte am Billardtisch vorbei zur Couch und stellte das Whiskyglas behutsam vor Geoff auf den gläsernen Tisch.

»Setz dich, Tony«, wiederholte Geoff und sah Antonio nun zum ersten Mal an.

»Ich habe nicht viel Zeit.« Antonio betrachtete den Mann auf dem Sofa mit ausdrucksloser Miene.

»Willst du weit weg gehen?«, fragte Geoff und schluckte. Seine Stimme klang traurig.

»Ja.«

»Setz dich doch einen Augenblick.«

Antonio stand eine Weile da, ohne ein Wort zu sagen. Dann trat er ein paar Schritte zurück und setzte sich in einen Sessel Geoff gegenüber. Während er die Musik im Hintergrund hörte, überlief ihn ein Schauder, und es schüttelte ihn.

»Samuel Barber. Adagio für Streicher. Davon kriegst du

nie genug«, sagte Antonio und sah dem Mann, der vor ihm saß, in die Augen.

»Wusstest du, dass Barber das Stück schon 1936 komponiert, aber erst zwei Jahre später für Streicher bearbeitet hat? Komisch, weil …«

»Das Stück erst mit Streichinstrumenten richtig zur Geltung kommt.«

»Genau.« Geoffs schiefes Lächeln stand im Widerspruch zu seinen tieftraurigen Augen. Er seufzte und fuhr fort: »Du hast immer viel von guter Musik verstanden. Und du hast immer das Original geliebt und die neueren Versionen gehasst.«

»Leute, die von Werken anderer neue Fassungen komponieren interpretieren, sind oft Streber.«

»Du bist schon immer sehr bedingungslos und konsequent gewesen, Tony.«

»Ja.«

»Deswegen bist du gekommen, um mich zu töten.«

»Ja.« Antonio legte seine Waffe auf den Glastisch, ließ den Griff aber nicht los.

»Ich dachte schon, du kämest nicht«, sagte Geoff, und Antonio sah, wie eine Träne über seine sonnengebräunte Wange lief.

»Du hast es mir leicht gemacht.«

»Vielleicht hatte ich das Gefühl, dir das schuldig zu sein«, erwiderte Geoff und schnupperte vorsichtig an seinem Whisky. Dann hob er das Glas an den Mund und kippte den Inhalt in einem Zug hinunter.

»Du hast mir den Boden unter den Füßen weggezogen, Geoff. Ich habe dir vertraut«, sagte Antonio und bemerkte, dass er nicht bereit war. Er würde nie für das bereit sein, weswegen er gekommen war.

»Es tut mir leid.« Geoffs zittrige Stimme klang aufrichtig.

»Ich weiß. Aber das genügt nicht.«

»Tu, was du tun musst. Du bist mir lieb und teuer, Tony.«

Antonio betrachtete die zerbrechliche Gestalt und bemerkte, dass die Verbitterung und die Rachgier, die eben noch heftig in seiner Brust gehämmert hatten, allmählich verschwunden waren. Eine unerwartete Gelassenheit erfasste ihn und wogte warm durch seinen Körper. Er hatte Geoff vergeben. Doch das änderte nichts.

Er hörte, wie die Streicher immer höher spielten, schließlich verstummten sie ganz und gaben einem Moment der Stille Raum. Danach setzte die Musik wieder ein, mit dem vertrauten, tragisch schönen Thema des Anfangs. Geoff schloss die Augen und ließ das Kinn auf die Brust sinken. Antonio spürte eine Schwäche aufkommen, als seine Gedanken durch all das irrten, was er mit Geoff zusammen erlebt hatte – auf ihrem gemeinsamen Weg, der ihn zu einem abgebrühten Killer gemacht, ihm aber zugleich einen Grund geliefert hatte zu atmen. Am Leben zu sein. Auf ihrem gemeinsamen Weg, der ihm eine Familie geschenkt hatte. Auf diese Familie war immer Verlass gewesen, und sie hatte Jahr um Jahr seine Taten abgesegnet und seine Vorstellung, was richtig und was falsch war, mehr und mehr getrübt. Jetzt musste er endlich selbstständig werden.

Antonio schreckte erst hoch, als das leere Whiskyglas mit einem lauten Knall zu Boden fiel. Er stand schnell auf und sah sich um. Dann hob er seine Pistole und näherte sich dem Mann auf dem Sofa, dessen Kopf wie leblos zur Seite hing.

»Geoff?«, flüsterte Antonio und legte den Finger auf seinen Hals, um den Puls zu fühlen. Erst jetzt bemerkte er die leere durchsichtige Ampulle in Geoffs linker Hand.

»Danke«, flüsterte Antonio, drückte einen Kuss auf seine Hand und legte sie auf die Stirn seines alten Freundes. Dann schaute er auf das immer stürmischer tosende Meer. Es war Zeit zu verschwinden. Und irgendwo weit entfernt neu anzufangen.

Epilog

Er schloss die Ofenklappe und hörte, wie die Flammen ihre Zähne in die klein gehackten Scheite schlugen. Der Duft der im Eimer eingeweichten Birkenzweige erinnerte ihn an seine Kindheit, die, so kam es ihm vor, schon eine Ewigkeit, ein ganzes Leben zurücklag.

Er trat hinaus, sog die frische Spätsommerluft tief ein und spürte das leichte Aroma des Rauches, der aus dem Schornstein der Sauna aufstieg. Vom See klang der Ruf des Polartauchers herüber. Er zündete sich eine Zigarette an und schloss die Augen. Endlich fand er Gelegenheit, eine Weile mit sich allein zu sein. Er empfand es geradezu als ein Wunder, dass diese Rückkehr aus Kroatien gelungen war. Dass man ihn also nicht gefangen genommen oder, noch schlimmer, umgebracht hatte. Die Lage war auf unerwartete Weise völlig außer Kontrolle geraten. Aber jetzt befand er sich in Sicherheit.

Er öffnete eine Flasche Bier und blickte auf die Seenlandschaft, über die sich allmählich die Dämmerung senkte. Jetzt musste er sich in Geduld fassen und von den Menschen fernhalten. Bis Gras über die Sache gewachsen war. In zwei Monaten würde es viel kälter werden. Doch dann war er schon woanders. Er betrachtete die Werkzeuge, die unter dem Saunadach hingen. Eine Axt zum Holzhacken. Eine Zwei-Mann-Schrotsäge für größere Stämme. Sie war riesig. Viel größer als die Stichsäge, mit der er den Kopf von Mirco Redevichs gefrorener Leiche abgetrennt hatte.

Damals hatte er untertauchen wollen. Er hatte vortäuschen wollen, tot zu sein. Das war das einzige Mittel gewesen, um zu überleben. Die Kugel der Luftpistole hatte Redevich an der Stirn getroffen, ihn aber nicht getötet, sondern für eine Weile gelähmt. Es war nicht schwer gewesen, den auf dem Boden liegenden, zuckenden Mann zu fesseln und in die Gefriertruhe zu stopfen. Die Polizei würde später, wenn sie die Leiche fand, davon ausgehen, dass Westerlund dasselbe Schicksal ereilt hatte. Es ließ sich ja leicht nachweisen, dass er in der Botschaft einen Drohanruf erhalten hatte.

Aber es waren mehrere Tage vergangen, und die Polizei hatte aus irgendeinem Grund keinen Kontakt zu der Autovermietung aufgenommen. Da hatte er begriffen, dass die Kugel der Luftpistole in der Stirn des Opfers die Polizei auf seine Spur führen könnte. Als er in Redevichs Wohnung zurückgekehrt war, um die Sache zu Ende zu bringen, war die Leiche schon vollkommen vereist gewesen.

Er warf einen Blick auf die Verbände an seinen Händen. Darunter vernarbten die tiefen Wunden, die er sich selbst beigebracht hatte, um mit dem Blut seinen grauen Kapuzenpullover über und über rot zu färben. Es musste viel Blut sein, damit es so aussah, als wäre sein Ende sehr gewalttätig gewesen. Außerdem hatte er seine persönlichen Dinge in den Müllsack gestopft – einschließlich Führerschein und Pass. Und natürlich auch Redevichs Kopf.

Den Kopf abzusägen war kein Problem gewesen, aber die Augen herauszukratzen erwies sich als eine widerliche Arbeit. Um eine perfekte Illusion zu erzeugen, war das jedoch unumgänglich gewesen. Er hatte auch ein Stück aus Redevichs Stirn herausschneiden müssen, um die Kugel der Luftpistole und das umliegende Gewebe zu entfernen, das den Einschlag verriet. Jetzt fehlte der Polizei in der Gleichung nur noch eine Leiche. Die würde sie allerdings nie finden. Der Fall wäre auch ohne sie klar.

Er drehte das verchromte Feuerzeug in der Hand und betrachtete die Gravur. »Jare«. Ein Geburtstagsgeschenk von den Leuten in der Botschaft. Das hätte er vielleicht auch in den Sack fallen lassen sollen, damit die Polizei es fand. Er überlegte eine Weile, warf es dann aber in einem großen Bogen in die Luft und sah, wie das Wasser spritzte, als es eintauchte. Er müsste seine Sachen noch einmal durchgehen und sicherstellen, dass er nichts besaß, was Hinweise auf seine Vergangenheit gab. Nichts, was seine nächste Reise verhindern könnte. Die würde ganz anders ablaufen als alle vorherigen. Er hatte jetzt Geld. Und eine neue Identität. Er war einfach zu intelligent, um für irgendjemanden den Knecht zu spielen. Den Laufburschen. Er hatte schon vor langer Zeit begriffen, dass die Geschäfte in Zagreb nicht ewig tragfähig bleiben würden. Aber er wollte nicht als Blitzableiter fungieren. Er hatte das Eisen geschmiedet, solange es heiß war, und dann das getan, was niemand anders in dieser Organisation wagte – er hatte aufgehört, als er noch im Plus war.

Die Sauna würde bald warm sein. In aller Ruhe wollte er den Aufguss genießen. Danach würde er losfahren, über Strömstad zur Grenze und dann weiter auf der norwegischen Seite. Bis nach Oslo waren es nicht mehr als anderthalb Stunden. Die Welt lag nun offen vor ihm. Nur Pech könnte ihm jetzt noch einen Strich durch die Rechnung machen.

Er drückte die Zigarette aus, stand auf und ging zu den Leichen, die er ans Ufer geschleppt hatte. Das alte Ehepaar, das völlig überraschend hier aufgetaucht war, durfte mitsamt der Hütte verbrennen. Genau wie vor Jahren seine bescheuerten Eltern.